Die Götter von Whitechapel

von

S. M. Peters

Steampunk

Autor: S. M. Peters

Deutsch von: Flora Schneider

Lektorat: Oliver Hoffmann

Korrektorat: Thomas Russow

Art Director und Umschlaggestaltung: Oliver Graute

1. Auflage 2011

ISBN 978-3-86762-103-8

Originaltitel: Whitechapel Gods

Gedruckt in Deutschland, C. H. Beck, Nördlingen

www.feder-und-schwert.com

Für meine Frau

Danksagung

Ich danke dem unvergleichlichen Alan Moore, der mich zu diesem Werk inspiriert hat, Don Maass und Don McQuinn für ihren bodenständigen Rat, Liz für eine Impfung, Joel, Fraser, James und den anderen für Jahre voller Spaß und guter Ideen, meinem Bruder fürs Testlesen und seine Freundschaft, meinen Eltern für ihre Unterstützung und Liebe, Mike für das Richtigstellen des Shilling-Pence-Durcheinanders und Jessi für alles.

Alter, lass deine Farben fliegen, doch achte wohl auf die Haken des Metzgers in Whitechapel; an ihnen starb schon manch ein unbescholtener Alter.

PROLOG

– Aus: Beaumont, Francis und Fletcher, John: „Der Ritter von der brennenden Keule“

Dampfzischend schossen Mechanismen in der Wand einen Stahlträger gegen die Tür, als Aaron diese zuwarf und beiseite sprang. Mit einem ohrenbetäubenden Donnern schlug etwas von der anderen Seite gegen die Tür und hinterließ in ihrem Stahl Abdrücke von Fingerknöcheln, die zweimal so groß waren wie die einer menschlichen Hand.

Während er seine Manteltaschen nach einer Waffe durchsuchte, taumelte Aaron rückwärts gegen Joseph, der ihn an der Schulter packte und schüttelte.

„Junge“, schrie Joseph, „wir kommen hier nicht raus!“

Aaron schüttelte die Hand des Älteren ab und drängte sich an ihm vorbei auf den Steg. „Es gibt immer einen Weg.“

Aber es gab keinen. Kaum sichtbar führte der Steg durch Smog und fallende Asche in einer scharfen Windung nach unten und endete in einem Gewirr brüchiger Balken. Der andere Turm war fast dreißig Fuß entfernt; dazwischen gab es nur Hitze, stinkende Luft und einen hundert Stockwerke tiefen Abgrund bis zur Straße.

Joseph trat neben ihn und schloss die feisten Fäuste um das gewundene Geländer. „Sag mir, dass du ein Fluggerät in deinen Taschen hast, Bursche", presste er zwischen zusammengebissenen Zähnen hervor.

Ein weiterer Aufprall zerriss die Luft, während Aaron fieberhaft die Taschen seines Mantels durchwühlte. Seine Finger wanderten über Linsen, Werkzeuge, Dynamit, Kompasse, Druck- und Spannungsmesser und Dutzende andere Objekte, an deren Funktion er sich nicht erinnern konnte. Nichts von alldem konnte ihnen über den Abgrund helfen. Der Schock der Erkenntnis ließ seine Hände erstarren.

„Ich hatte eins", sagte er. „Ich habe es noch vor einer Stunde überprüft."

„Verdammte Scheiße." Joseph schlug mit der Faust auf das Geländer und schaute in den bewölkten Himmel. „Jeder verdammte Hund hat etwas Besseres verdient", sagte er. Dann beugte er sich vor und begann still zu beten.

Aaron bemühte sich, seine immer schneller werdende Atmung zu kontrollieren. „Es gibt einen Ausweg, Joseph. Ich muss nachdenken."

„Nicht jedes Problem kann man durch Denken lösen", war die Antwort.

Beim nächsten Aufprall riss eine Schraube aus der Wand, und die Tür sprang einen ganzen Zoll weit auf.

„Wenn es ein anderer Steg gewesen wäre ..." Aaron blickte zu beiden Seiten, wo sich ähnliche Stege zwischen den gewaltigen Gebäuden spannten.

„Ja, aber es ist dieser", sagte Joseph, während er einen schweren Militärrevolver aus der Jackentasche zog. „Ich glaube, es ist Zeit, dass du deinen Frieden machst, Kumpel. Lass uns kämpfen."

„Man kann gegen die Kesselmänner nicht kämpfen", sagte Aaron, unterdrückte die Kälte in seiner Magengegend und wünschte, er hätte nicht so sicher geklungen.

„Wir werden sehen", antwortete Joseph.

Zitternd holte Aaron eine Blechdose aus der Tasche. Er schraubte den Deckel auf und betrachtete den dünnen, aufgewickelten Streifen Papier darin. Kleine, verschlüsselte Buchstaben standen darauf.

„Denk nach ...", befahl er sich innerlich.

Ein eisenummantelter Stiefel trat gegen die untere Ecke der Tür und knickte sie auf wie dünnes Blech. Grelles elektrisches Licht fiel durch das Loch auf den Steg und vermischte sich mit der diffusen Beleuchtung von den Türmen darüber.

Aaron schraubte schnell den Deckel wieder auf die Dose und wünschte, er hätte Zeit zum Entschlüsseln gehabt. Er holte eine Dynamitstange und eine Streichholzschachtel hervor. Ihm war klar, dass der Steg zu schmal war, um der Detonation zu entkommen.

Wie oft hatte man ihm gesagt, er müsse bereit sein, für England zu sterben?

Wie oft hatte er es anderen gesagt?

Er zückte ein Streichholz und wartete.

Es musste einen Weg geben ...

Die Luft erzitterte, als ein Dampfstrahl explosionsartig durch das Loch in der Tür schoss. Als erstes traf er Joseph, und der Schrei des Iren zerriss die Stille der Nacht. Als die weiße Wolke über ihm zusammenschlug, riss Aaron die Arme vors Gesicht. Zu spät: Der Dampf umhüllte seine Hände und seinen Kopf und verbrühte jeden Zentimeter unbedeckter Haut. Der Schmerz zwang ihn in die Knie. Blind kroch er zum Rand des Stegs, ließ den Kopf darüber hängen und sog mühevoll die stinkende Luft Whitechapels ein. Er bekam einen Hustenanfall, Asche und grober Staub schmirgelten seine raue Lunge.

Er hörte, wie die Tür mit einem letzten Schlag aus den Angeln riss, fühlte, wie sie auf den Steg knallte und erkannte, dass sie niemals entkommen würden.

Es gab einen Weg ...

Aarons Augen öffneten sich flatternd. Er erkannte Josephs schwankende Gestalt durch den sich auflösenden Dampf und schleppte sich zu seinem Freund. Seine rauen Finger rissen dabei auf – ein Schmerz, noch stärker als die Brandwunden auf seiner Haut.

Aaron ergriff Josephs Ärmel. „Es gibt einen Weg!"

Aus Josephs Augen quollen Tränen, er weinte und stöhnte. Aaron drückte Joseph die Blechdose in die Hand und schloss gewaltsam die Finger des alten Mannes darum.

„Aaron!", sagte Joseph. „Ich kann nicht aufstehen! Ich kann nicht ..."

Aaron schob die Blechbüchse noch näher an die Brust des Mannes. „Du kannst sie zurückbringen", stieß er hervor. „Finde jemanden, der dies lesen kann."

Ohne auf eine Antwort zu warten, stellte er einen Fuß auf Josephs Brust und trat zu. Der andere Mann stieß einen Schrei aus, ehe er rückwärts vom Steg ins Leere rollte. Innerhalb von Sekunden verschluckte ihn der graue Smog Whitechapels. Nur sein gedämpfter Schrei hallte noch einige Augenblicke lang von den Türmen wider.

Das Stampfen eisenbeschlagener Füße erschütterte die Luft. Aaron starrte Joseph nach. Er weinte hemmungslos.

„Du würdest wollen, dass ich stehend sterbe", dachte er.

Aaron schlang einen Arm um das verbogene Geländer und zog sich hoch. Er drehte sich zu den riesigen Gestalten um, die im Lichtschein der Türöffnung zu erkennen waren. Durch das Starren dieser kalten Augen aus Glas fühlte er sich mickrig und klein. Er konnte nicht aufhören zu zittern.

Er wünschte, er hätte einen anderen Steg gewählt. Er wünschte, er hätte die Streichhölzer nicht verloren. Er wünschte, er hätte tausend Dinge anders gemacht.

Die Kesselmänner griffen mit eisernen Händen nach ihm, und er wünschte am sehnlichsten, nicht sterben zu müssen.

Der erste Tag

Viele halten es für ein schreckliches schwarzes Labyrinth, das vom einen Ende bis zum anderen nach den übelsten Ausscheidungen stinkt; seine Straßen nur Gossen abscheulicher Fäulnis; all seine Wände, alle Dinge darin schleimig vom Schlamm dieses Ortes; es wimmelt von menschlichem Ungeziefer, dessen Beruf der Raub ist und das in seiner Freizeit mordet; die Katakomben Londons sind finsterer, verwinkelter und gefährlicher als die Roms und voller widerlicher Lebensformen.

– Arthur G. Morrison, 1889

Sie kamen zum ersten Mal zu mir, ehe ich sprechen lernte. Sie war ein rotes Glühen unter meiner Wiege, er ein Krächzen aus dem Schatten unter meiner Fensterbank. Sie sprachen zu mir nicht mit Worten, sondern in Ideen und Wünschen, die mein verängstigter kindlicher Geist nicht begriff. Ich schrie und versteckte mich vor ihnen unter meiner Decke. Meine Mutter wiegte und beruhigte mich und sagte mir, es gäbe sie nicht. Wie konnte sie das wissen, frage ich mich, wenn ich noch nicht alt genug war, um ihr zu sagen, was ich sah?

– I. xi

KAPITEL 1

Bailey war nicht überrascht, als der erste Schnitt des Doktors etwas hervorquellen ließ, das dunkler war als Blut.

Der Patient krümmte und wand sich in seinem Bett, kämpfte gegen einen Schmerz an, der seine Züge zu etwas Unmenschlichem verzerrte. Es war Tor Kyrre, aber Bailey erkannte ihn kaum wieder. Eisennägel sprossen aus seiner Glatze, und seine blanke Brust war durchlöchert von Getrieben und Kolben aus Metall aller Art. Große Abszesse eiterten unter seiner Haut. Als der Arzt zur Seite hin einen zweiten oberflächlichen Schnitt machte, quer unterhalb des Brustkorbs, quoll schwarzes Öl hervor, floss an Tors Seite hinab und befleckte die Laken und Decken.

Die Ärzte nannten die Krankheit Morbus imperceptus incementum. Andere Leute nannten sie „die Klapper".

Tor verkrampfte sich und ächzte, der Schmerz, was auch immer ihn auslöste, fraß ihn von innen auf. Nicht einmal der starke Whisky, den der Doktor ihm eingeflößt hatte, konnte ihn lindern.

Bailey zog an seiner Zigarre und inhalierte, bis der Rauch in kleinen Explosionen in seiner Lunge verbrannte. Es war ein Unrecht, dass ein Mann auf diese Weise sterben musste, in seiner letzten Stunde all seiner Würde beraubt.

Bailey unterdrückte den Impuls, Dr. Chestle zu bitten, die Operation zu beenden und seinen Patienten sterben zu lassen.

„Nie mehr! Kein einziges Leben werde ich mehr an diese entsetzliche Stadt verlieren“, dachte er. Obwohl er gebrechlich und nervenschwach wirkte, hatte Chestle das Wissen zweier Ärzte, und Tor hatte die Kraft eines Bären. Wenn diese verfluchte Maschinenkrankheit darauf bestand, ihn sterben zu lassen, würde sie kämpfen müssen.

Er wollte sich gerade in den Gang davonstehlen, als Chestle aufschrie. Der Arzt sprang von seinem Patienten weg und schlug mit der linken Hand wild um sich. Etwas Schwarzes fiel auf den Boden, verteilte Öl und Dreck überall auf den Dielen.

Chestle zog sich in die Ecke zurück und hielt sein Skalpell wie eine Waffe vor sich.

Das Ding drehte sich und wirbelte umher, seine unförmigen, nutzlosen Anhängsel schlugen auf den Boden. Bailey machte drei Schritte nach vorn, nahm einen Hocker und zerschmetterte es mit einem Fuß des Schemels, indem er mit seinem Knie dagegen drückte. Ein Kreischen und ein Knirschen, dann war das Ding ruhig.

Bailey hob den Schemel, und zum Vorschein kam ein verdrehter Haufen aus Metallgetrieben und Fingergliedern.

„War das die Quelle?“

Der Arzt, der bleicher als sein Patient war, nickte.

„Dann war's das. Näh ihn zu.“

Nackte Angst stand in Chestles Gesicht, als er sich wieder über Tor beugte und sich an die Arbeit machte. Fünfzehn Minuten später hatte er Tors Brust verschlossen und verbunden. Er nickte zur Tür. Bailey öffnete sie, um Tors Frau hereinzulassen. Sie ging sofort zu ihrem Mann und sprach in gebrochenem Englisch mit dem Arzt. Da jetzt eine Frau im Zimmer war, löschte Bailey seine Zigarre.

Chestle wischte sich mit einem Tuch das Öl von den Händen und versuchte vergebens, ermutigend zu schauen. „Wechseln Sie regelmäßig die Bandagen, Mrs. Kyrre. Er sollte erstmal nur dünne Brühe bekommen. Ich werde morgen nach ihm sehen."

„Danke", sagte sie.

Bailey holte sein Taschentuch hervor und sammelte die Reste des abscheulichen Dings vom Boden auf, ehe Mrs. Kyrre sie sah.

Die Haushälterin brachte eine Schüssel heißes Wasser und Seife. Dr. Chestle wusch geronnenes Blut und Öl von seinen Händen und seinem Operationsbesteck und den Schweiß von seinem schmalen Schnurrbart. Er packte seine Gerätschaften in eine Ledertasche. Bailey schnappte sich einen Kandelaber und führte ihn hinaus in den Flur.

Bailey schloss leise die Tür hinter ihnen. Er wickelte das zertrümmerte Ding aus, legte es in seine Handfläche und zog eine Kerze heran, um es zu untersuchen.

„Was ist das?"

Dr. Chestle schüttelte den Kopf und wandte sich ab, als wolle er nicht mal darüber nachdenken. Als er sprach, bebte seine Stimme vor Angst. „Ich fürchte, ich habe keine Antwort."

„Aber du hast so etwas schon mal gesehen."

Der Mediziner glättete seinen dünnen Bart und stockte, ehe er weitersprach. Seine hagere Gestalt sah im Kerzenlicht wie ein Skelett aus, sein kurzgeschorenes Haar dünn und wirr. „Das ist der vierte solche Fall seit Sonntag. Eine junge Frau ist daran gestorben." Mit erkennbarer Anstrengung richtete er sich auf. „Geschwülste waren immer alltäglich, vor allem in den ärmeren Türmen, aber bis jetzt waren sie nie ... lebensgefährlich."

Bailey steckte das Ding ein und steuerte auf die Treppe am anderen Ende des Hausgangs zu. Als er das Zögern in Chestles Gesicht sah, bedeutete Bailey ihm fortzufahren.

„Die Menschen, die ich in diesem Zustand sah ...", sagte der Arzt, „waren eine Woche zuvor noch ohne Beschwerden. Der Ausbruch kommt plötzlich, der Verlauf ist rapide und heftig. Wenn das allen so gehen würde, die infiziert sind ... Mein Gott, der Verlust des Lebens ..."

Bailey bedeutete ihm mit einem Nicken, dass er verstanden hatte, und ersparte dem Mann, das Furchtbare auszusprechen. Dr. Chestles Finger rieben abwesend über die Blechkolben auf seinem Handrücken.

„Was ist die Ursache?", fragte Bailey.

„Etwas in der Luft? Etwas im Essen?" Der Doktor schluckte schwer. „Vor keinem anderen, mein Freund, würde ich auch nur darüber spekulieren, aber ... seit die Götter ... seit der Veränderungen, die ..."

„Raus damit."

„Ich glaube, es ist Whitechapel", sagte Dr. Chestle. „Nicht die Luft, das Essen oder die Lebensbedingungen, sondern die Stadt selbst."

Sie stiegen die Treppe hinab, durchquerten die Eingangshalle und gingen zur Vordertür des Hauses, ehe Dr. Chestle wieder sprach. Er wählte seine Worte mit Bedacht.

„Ich glaube, es ist unheilbar."

„Nein."

„Winfred, in aller Offenheit ..."

„Wir werden es heilen können", sagte Bailey. „Wenn wir Großväterchen Uhr und Mama Maschine stürzen – wenn Baron Hume und der Rest seiner Diener in der Hölle schmoren und Whitechapel wieder zu England gehört –, dann wirst du dein Heilmittel bekommen."

Dr. Chestle nickte und setzte seine Filzmelone auf.

Er machte Anstalten zu gehen, aber Bailey hielt ihn zurück, indem er ihm die Hand auf den Arm legte.

„Sei bereit. Die Schlacht kann jetzt jederzeit beginnen."

„Sag mir Bescheid. Ich ... glaube, ich werde heute Nacht beten."

Sie schüttelten einander die Hände, und der Arzt ging.

Bailey stand lange in der offenen Tür und sah hinaus. Sein starrer Blick ging nach oben, vorbei an den verrottenden Dächern in der Nachbarschaft, vorbei am strahlenden Cathedral Tower, wo die, die dem Baron am loyalsten waren, im Luxus von Gesundheit und Sicherheit wohnten. Er fühlte, wie sich sein Kiefer verkrampfte, als sein Blick an der Spitze des sich auftürmenden Eisenberges hängenblieb, der in der schwarzen Luft kaum sichtbar war: der Schlot, Heimat der Götter und der Menschen, die ihr Land und ihre Sippe verraten hatten, um den Maschinengöttern zu dienen.

Es würde schnell gehen, so oder so. Wenn alles gut ging, würden die Mittel, um Whitechapel zurückzuerobern, bei Einbruch der Dämmerung in Baileys Händen befinden. Wenn nicht, würden er und alle Agenten der Krone sehr bald in öligen Gräbern liegen.

Aaron hatte sich aufgemacht, um eine Waffe zu stehlen.

Er war seit zwei Stunden überfällig.

*   *   *

„Weißt du, was das Problem ist, Ollie?"

Während er gegen seinen Ärger ankämpfte, riss er den Blick von der Straße los und sah über die Schulter. Tommy kauerte hinter ihm in der dreckigen Gasse, ein irres Grinsen im eckigen Gesicht.

Dann stach sich Tommy ein Messer ins Herz. „Die Leute sterben nicht richtig in dieser Stadt", grinste er. Um die Klinge herum quoll Öl hervor und befleckte sein Hemd.

Oliver Sumner blickte düster drein. „Wir haben eine Mission, Tom."

„Ich werde nicht müde, dein Gesicht zu betrachten, Chef", sagte Tommy und zog das Messer mit Schwung heraus. Er leckte es ab. „Schmeckt nach Honig und braunem Zucker."

„Das ist eklig“, sagte Oliver und wandte sich wieder der Straße zu. „Absolut eklig.“

„Ich schwöre, das ist es nicht. Willst du mal probieren?“

„Ich brauche deine Aufmerksamkeit für die Mission, Tom“, sagte Oliver, während er erneut einen Blick über die Straße warf.

„Stets der verantwortungsvolle Boss, was?“, sagte Tommy. „Ein echter John Bull.“

Oliver konnte ein belustigtes Lachen nicht unterdrücken. „Ich gewinne bei Hecklers Kartenspiel immer noch gegen dich.“

„Aber du tust es so ernst ...“

„Still jetzt.“

Menschen kamen aus dem Pub drei Häuser weiter in Richtung Aldgate Common: eine Gruppe Männer mittleren Alters, ausstaffiert mit Filzhüten, Anzügen und Gehstöcken, die sie sicher nicht brauchten, und alle ordentlich betrunken. Vaterlandsverräter. Kollaborateure. Die Geschäftspartner und langjährigen Mitarbeiter des Barons, die ihre Kameraden für ein paar Pennies, gutes Essen und fließendes Wasser verraten haben.

Olivers Blick huschte von einem Gesicht zum anderen, bis er an einem Schnurrbart hängenblieb, der mit dem eines schlechten amerikanischen Aristokraten konkurrieren konnte.

Oliver versteifte sich. „Da ist er. Mach dich bereit.“

Mit einem Grunzen und allerhand Gequietsche seiner Gelenke richtete sich Tommy zu voller Größe auf. Er schien immer mit seinem Gewicht zu kämpfen. Er torkelte wie ein Nashorn, das versuchte, auf den Hinterbeinen zu stehen.

Tommy machte ein paar klirrende Schritte nach vorn. Oliver warf mit zusammengebissenen Zähnen und einer Grimasse einen Blick zurück.

„Ich bezweifle, dass jemand den Unterschied bemerken wird“, sagte Tommy. Er wies vage zur Decke, wo über stählernen Quer- und Stützbalken, die den nächsten Stock trugen, eine unsichtbare Fabrik oder ein Instrument etwas in Stücke schnitt und vor sich hin tuckerte. Das Geräusch hallte überall im Concourse wider.

Oliver grunzte, konnte aber nicht widersprechen.

Tommy kauerte sich geräuschvoll hinter ihn und hielt über Olivers Schulter nach ihrer Kameradin auf der anderen Straßenseite Ausschau.

Einen Augenblick zuvor war Missy noch eine einfache Passantin gewesen, mit ihrer tristen grauen Bekleidung in den schmutzigen Straßen und der dicken Luft gut getarnt. Aber ihre bleiche Haut wurde lebendig, als sie ins Licht trat. Mit einer kleinen Armbewegung ließ sie ihren kurzen Mantel von den Schultern gleiten, und man sah eine Bluse, die ihr etwas zu groß war. Sie war gerade tief genug ausgeschnitten, um eine funkelnde Andeutung ihres Halses sehen zu lassen. Es musste für jeden so aussehen, als hätte sie ganz unschuldig ein falsches Kleidungsstück gewählt. Als sei es irgendwie die Schuld der Bluse.

Hinter ihm stieß Tommy einen Pfiff aus. „Guter Gott, ist das ein Prachtweib."

Ihre Lippen waren zu einem perfekten Ausdruck der Verachtung geschwungen, ein tiefroter Fleck in einer Welt voll Grau und schummrigem Licht.

Missy war ein Profi.

Sie warf einen Blick in Richtung ihres Verstecks, und ihre Lippen verzogen sich zu einem Schmunzeln. Sie richtete die seidenen Schleifen an ihrer Kopfbedeckung und glättete ihren Rock, fuhr sich mit den Fingern durch die sandfarbenen Haarsträhnen, die ihr über die Ohren fielen. Dann setzte sie wieder einen kühlen Gesichtsausdruck auf und ging zielstrebig auf ihre Opfer zu.

„Selbst uns liefert Missy ein Schauspiel", staunte Oliver. „Mach dich bereit", flüsterte er über die Schulter.

Tommy bewegte sich umständlich. „Aber ich will doch zusehen."

„Beweg dich, ehe sie hier auftauchen", schnauzte ihn Oliver an.

„Gut." Tommy ächzte, als er aufstand, und klirrte bei jedem Schritt, als er sich in eine Türöffnung zwängte, in der seine breiten Schultern kaum Platz fanden.

Oliver Augen folgten Missy, die sich der Gruppe näherte. Sie ging, als hätte sie etwas Wichtiges zu tun. Die Männer hielten inne und nahmen ihre Zylinderhüte ab, als sie an ihnen vorbeiging. Sie dankte jedem einzelnen mit einem Nicken. Ohne es zu sehen, wusste Oliver, dass sie jeden mit ihrem zögernden Blick fixierte, betont durch ein Zucken ihrer Brauen und dezente Beschleunigung ihres Atems. Manche machten einen Schritt nach vorne, um sich vorzustellen, bis sie sie mit einem kurzen Blick zurückwies und zum nächsten ging. Sie hinterließ eine Schar berauschter Männer, die alle schrecklich unmännlich wirkten.

Oliver hielt die Luft an.

Missy verlangsamte ihren Schritt, als sie auf den Mann mit dem Schnurrbart zukam, ein Zögern in ihrem Gang, dann eine Pause, der neugierige Blick.

Das Ziel richtete sich auf wie ein Hund, dem man ein Stück Speck hinhielt.

Aufgrund des Lärms der Fabrik konnte er aus dieser Entfernung nichts verstehen, aber Oliver wusste, was geschah. Der Mann reichte ihr die Hand, bot ihr an, sie nach Hause zu begleiten, denn es sei schrecklich unangemessen für eine zauberhafte Dame wie sie, diese Straßen ohne männliche Begleitung entlangzugehen. Kein Platz, an dem eine Dame sicher wäre, nein, mein Herr, und ja, eine Begleitung würde ihr gefallen. Oh! Gebrauchte sie das Wort gefallen? Ziemlich unpassend. Ein Lapsus.

Innerhalb einer Minute hing der Herr an ihrem Arm. Die übrigen Männer entfernten sich, unterhielten sich begeistert über das Glück ihres Kameraden und klopften einander auf die Schultern, als hätten sie die Hand dabei im Spiel gehabt.

„Nächstes Mal will ich der Ausguck sein“, sagte Tommy. Oliver konnte sich beinahe vorstellen, wie er mit dem Fuß aufstampfte wie ein fünfjähriger Junge.

Oliver blickte über die Schulter zurück. „Wenn du deine Gelenke ein bisschen ölen würdest, könnte ich mir das überlegen.“

Tommys Gesicht verzog sich zu einer brummigen Grimasse. „Du bist ein Knauser. Ein Hamsterer.“

„Manchmal schon. Das ist der Vorteil, wenn man ein echter John Bull ist.“ Er wandte sich wieder der Straße zu.

Um sie leer vorzufinden.

Er ließ den Blick schweifen. Die Straße war bis auf die Kneipengänger, die im Dunst verschwanden, und einen streunenden Hund komplett ausgestorben.

„Ist was?“, fragte Tommy.

Das zischende Gaslicht und der ständige Dunst ließen den größten Teil der Straße im Dunkeln. Trotz des Risikos entdeckt zu werden, streckte Oliver den Kopf um die Ecke und spähte in die Schatten der Straßenseite, auf der Missy ihren Fuchs herführen sollte. Nichts. Zumindest ihr weißer Hals hätte zu sehen sein müssen.

„Haben wir sie verloren?“, fragte Tommy.

„Sie ist abgehauen.“ Er blinzelte angestrengt, um etwas in den Gassen zu erkennen, die sie entlanggegangen sein musste.

„Vielleicht will sie noch einen Kuss, ehe wir die Sache durchziehen“, meinte Tommy.

Oliver merkte, wie er böse wurde. „Sicher nicht bei der Arbeit.“

„Vielleicht tut sie es nur um dich zu ärgern, Chef“, sagte Tommy.

„Sie würde uns ein Zeichen geben, ehe sie außer Sichtweite geht“, sagte Oliver.

„Das sollte man meinen.“

Oliver suchte die Gebäude ab, die die Straße säumten: Wohnungen erstreckten sich über alle fünf Etagen bis zum Dach des Concourse. Manche waren sogar noch höher, verloren sich in den Stützbalken der nächsten Ebene: fünf Stockwerke voller funkelnder Lichter und Bewohner, von denen jeder einzelne die Mäntel auf sie hetzen konnte.

Man konnte sich nirgends verstecken, sobald man die Gasse verlassen hatte. Die Laternen spendeten nur trübes, unbeständiges Licht, aber sie waren so häufig und so geschickt platziert, dass niemand unbemerkt den Bürgersteig entlanggehen konnte. Überhaupt würden sie keinem Einheimischen begegnen können, ohne dass Olivers abgerissene Kleidung und Tommys kantige, massige Gestalt Verdacht erregten.

„Vielleicht ist sie zu schnell abgetaucht“, dachte Oliver laut. „Siehst du irgendwo einen anderen Weg zur nächsten Gasse?“

„Mir ist keiner aufgefallen“, sagte Tommy. „Außer, du bist dabei, wenn wir nachsehen, wohin diese Tür führt.“

Oliver trat in die Dunkelheit des Durchgangs zurück. Er fand Tommy entspannt am Türrahmen lehnend, die Arme verschränkt. Die breiten Schultern des Mannes stachen wie gezückte Messer unter seinem Mantel hervor. Die eiserne Hand schimmerte im Halbdunkel, als er mit den Fingern leicht gegen die Tür klopfte.

Oliver sah an ihm vorbei. Die Gasse endete an der Rückwand einer Wohnung, die keine Tür, sondern nur ein dunkles Fenster hatte. Der Kanalschacht, durch den sie gekommen waren, führte in ein Labyrinth. Die Zeit, die man dafür brauchte, hielt ihn davon ab, es erneut zu durchqueren. Besonders, falls Missy sich in Schwierigkeiten befand.

„Kannst du das bitte leise machen?“, fragte Oliver.

Tommy grinste breit und legte einen Finger auf die Lippen. Oliver nickte.

Der Riese legte seine Eisenhand auf genau der Höhe flach auf die Tür, wo er einen Verriegelungsbolzen vermutete. Dann lehnte er sich mit Schulter und Hüfte dagegen. Einen kräftigen Stoß später klackerte der Bolzen auf der Innenseite zu Boden, und die Tür ging quietschend auf.

Oliver verzog das Gesicht. Tommy zuckte die Achseln.

Im Lichtschein, der in den Raum drang, konnte Oliver erahnen, dass es sich um eine Rumpel- oder Speisekammer handelte. Der Raum war groß genug, um dem gesamten Gebäude zu dienen. Vorsichtig setzte er einen Fuß auf den Boden und belastete ihn mit immer mehr Gewicht. Die Bretter knarrten nicht. Er betrat den Raum und ging eilig hindurch. Tommy folgte ihm, indem er jeden Schritt mit großer Vorsicht tat, um nicht zu scheppern. Mit mäßigem Erfolg.

Oliver tastete sich zu einer Tür vor und scharrte mit den Füßen, um Tommy zu sich zu führen. Leise drückte Oliver die Klinke herunter, aber sie war verschlossen.

„Auch noch im Dunkeln", dachte er. Er kniete sich hin, holte einen Satz Dietriche aus der Westentasche und ging an die Arbeit. „Bestimmt für einen Kuss abgehauen, die verdammenswerte Frau."

Dreißig Herzschläge später klickte das Schloss. Oliver steckte die Dietriche weg und drückte die Klinke. Diesmal öffnete sich die Tür problemlos.

Er zog die Tür einen Zoll weit auf und linste hindurch. Dahinter war eine Wendeltreppe mit einem dicken Eichengeländer, die sich in die oberen Stockwerke hinaufwand. Eine Kerze flackerte auf den Stufen: ein Wächter.

Oliver glitt von der Tür weg. Er hörte, wie der Wächter ein paar zögerliche Schritte herunter ins Erdgeschoss machte.

Oliver fuhr zurück gegen ein Regal, hüllte sich in die Schatten und den Geruch von Kohl. Von jenseits der Tür erklangen weitere Schritte. Oliver hörte jemanden am Türgriff rütteln.

Die Tür quietschte, als sie aufging. Eine große Hand, die einen Stock hielt, leuchtete mit einer Kerze in den Raum. Oliver wurde mit Schrecken bewusst, dass er deutlich den Glanz seiner Schuhe im Kerzenlicht sehen konnte.

Eine spitze Nase tauchte auf, gefolgt von einem Paar scharfer Augen, die ihre Blicke bis an die Ränder des Kerzenscheins richteten. Oliver ballte die Fäuste und machte sich zum Sprung bereit.

Die Augen wandten sich ihm zu. Gerade als sie sich zu weiten begannen und der Stock sich heben wollte, tauchte hinter dem Wächter ein Schatten auf, der einen Kopf größer war als er.

Tommy schlug dem Mann kräftig auf den Hinterkopf. Oliver warf sich nach vorn und fing den Fallenden auf. Heißes Wachs spritzte auf seine Hand, als er ihm die Kerze entriss. Der Stock fiel zu Boden.

Sie legten ihn sachte hin und eilten in den Hausflur. In dem Bereich jenseits davon fanden sie eine Reihe ruhender Pumpen und anderer Maschinen. Oliver führte Tommy hindurch zu einer Tür an der gegenüberliegenden Wand. Der Riegel glitt sanft auf, und die Tür öffnete sich leise.

Sie befanden sich in einer engen Seitenstraße ohne Menschen und Straßenlaternen. Direkt gegenüber flackerte ein Licht im Fenster eines Zählhauses. Durch die schräge Schraffur des Glases konnte Oliver eine bekannte Gestalt von klassischer Schönheit erkennen.

Er rannte über die Straße und zog lautlos die Tür auf. Er trat ein, und Missy hätte ihm fast ein Messer ins Auge gestoßen.

Oliver legte die Finger um Missys Handgelenk, ehe sie den Stoß ausführen konnte. „Um Gottes willen! Michelle, wir sind es!"

Sie riss ihre Hand los. „Nun, hättet ihr euch wie Gentlemen angekündigt, wäre ich höflicher gewesen. Aber das ist wohl zu viel verlangt."

Tommy kam auch durch die Tür, er lachte. „Du hast keinen Anspruch darauf, dass wir Gentlemen sind, Miss."

Missy rümpfte die Stupsnase. „Du hast mal Anspruch darauf erhoben, Teil einer Gruppe zu sein, oder nicht?" Sie schwenkte das Messer in seine Richtung. „Was hattet ihr vor? Mich meinem schwächlichen, weiblichen Ich zu überlassen? Oder habt ihr einfach nur getrödelt?"

„Wir waren in der Gasse nebenan", sagte Oliver, der seine Hände noch immer abwehrend erhoben hatte, „wohin du den Fuchs bringen solltest."

Sie klappte das Messer ein und schob es in ihre Handtasche. „Ich nehme an, es wäre zu viel Aufwand gewesen, zwei Gassen zu beobachten."

„Das hätte nicht nötig sein sollen", sagte Oliver. Er bemerkte verdächtige Flecken auf Missys Fingernägeln. „Bist du in Ordnung?"

Missy wischte ihre Hände an ihrem Rock ab und hinterließ dunkle Flecken. „In Ordnung? Das ist ja wohl ein schlechter Witz."

Olivers Brust straffte sich, als er einen Chronometer an der Wand hinter ihr entdeckte.

„Du wolltest seine Dokumente“, sprach Missy weiter, „und er war lüstern genug zu verraten, wo sie sind. Beneide ein Mädchen nicht um ein bisschen Eigeninitiative.“

Oliver sah etwas Dunkles über Missys Augen huschen, sah, wie sich ihr Kiefer straffte. Tommy gab ein tiefes, surrendes Pfeifen von sich, von dem sich Olivers Eingeweide verknoteten.

Wagte er zu fragen? „Was ist, Tom?“

„Ein stinkender Haufen Ärger, Boss.“

Mit zusammengebissenen Zähnen drehte Oliver den Kopf. In dem kleinen Arbeitsraum befanden sich zwei Schreibtische aus dunklem Mahagoni und unter der Wanduhr ein aufgeräumtes Bücherregal mit Kontenbüchern und Akten. Ihre Zielperson lag der Länge nach in einem Meer verstreuter Papiere an der hinteren Wand. Dunkle Flecken sprenkelten seinen Mantel quer über Brust und Bauch. Er rührte sich nicht.

Oliver schloss die Augen, rieb sie, als versuche er auszulöschen, was er gesehen hatte.

„Gründlich erledigt“, lautete Tommys Kommentar. Oliver öffnete die Augen wieder und sah, wie Missy die Arme vor der Brust verschränkte und ihre Nase reckte.

„Er hat die Grenzen des Anstands überschritten“, sagte sie.

Oliver stand fassungslos da und sah zwischen Missy und dem Toten hin und her. Missy fixierte ungerührt die Leiche, den Blick der dunklen Augen gesenkt.

Oliver deutete mit dem Finger in ihre Richtung. „Ich bin fünf Jahre lang ohne so etwas ausgekommen, Michelle. War das alles, was dir in den Sinn gekommen ist ...“ Er hielt sich zurück, verschob die Standpauke auf einen besseren Zeitpunkt.

„Wir sprechen uns noch“, warnte er.

Missy sah ihn finster an. „Ich glaube kaum, dass Worte unsere größte Sorge sind, Mr. Sumner.“

„Richtig.“ Oliver nahm den Zylinder des Toten und hängte ihn über die Wanduhr. Falls Großväterchen Uhr durch sie hindurchgesehen hatte, waren seine Goldmäntel bereits auf dem Weg. Er und Tommy warfen einander einen ernsten Blick zu. Dann sagte er zu Missy: „Wo sind seine Dokumente?“

Missy wies steif auf einen kleinen Stahltresor, der in der Ecke stand.

„Tom.“

Der große Mann hob fragend eine Braue.

Oliver deutete auf den Safe. „Ich denke, noch auffälliger können wir kaum werden.“

Tom zuckte die Achseln, bückte sich und schlug mit einem schnellen Hieb seiner eisernen Fingerknöchel auf die Safetür ein. Er brach sie heraus und warf sie auf einen Schreibtisch.

Oliver fasste hinein und zog einen Packen Papiere hervor, der mit Kordel zusammengebunden war. Er blätterte sie durch.

„Das ist es“, sagte er. „Gehen wir.“

Sie schlichen über die Straße und zurück durch den Maschinenraum, Oliver voran und Tommy hinterher. Im Vorraum und auf der Treppe dahinter befand sich niemand. Oliver führte sie hindurch, tastete sich in die beinahe vollkommene Finsternis vor. Durch behutsames Tasten fand er die Tür zur Vorratskammer. Oliver griff nach der Klinke und hob die Tür leicht an, ehe er sie öffnete, wodurch das Geräusch nur noch ein Wimmern war. Er winkte die anderen heran und trat in den Raum.

Er sah eine schnelle Bewegung in den Schatten und duckte sich. Kästen und Büchsen aus dem Regal dahinter regneten auf ihn herab, als der nächste Schlag des Wächters über ihn hinwegging. Ein warmer Körper kam ihm sehr nahe. Er neigte die Schulter und warf sich dagegen. Ein trat auf eine Büchse. Er stolperte aber nicht, ehe er seinen Angreifer abwehren konnte. Als noch mehr Büchsen herunterfielen, verlor er den anderen Mann aus den Augen.

Oliver kam wieder auf die Füße und versuchte, die Hand vors Gesicht zu halten. Vor ihm, versteckt im Dunkeln, bewegte sich etwas. Er hörte ein Scheppern, dann feuchtes Knirschen.

Tommys Stimme drang aus dem Dunkeln. „Lasst uns weitergehen."

Oliver, der plötzlich dankbar war für die Dunkelheit, führte sie zur Tür und hinaus in die Gasse. Missy kam als nächste durch die Tür, ging die Eingangsstufe hinunter – selbstsicher und damenhaft. Tommy kam hinterher gewatschelt, wobei er seine Eisenhand mit einem weißen Taschentuch putzte. Oliver holte eine Brechstange von dort, wo er sich versteckt hatte, und hebelte den Kanaldeckel auf. Anstatt zu verschwinden, holte Missy einen Leinensack unter ihrem Rock hervor und gab ihn Tommy, der ihn ohne etwas zu sagen entgegennahm.

Oliver trat auf die erste Sprosse der Leiter im Kanalisationsschacht. Der Mief von Abwasser und Dreck waberte herauf, um ihn zu begrüßen.

Missy schälte sich aus ihrem kurzen Tweedmantel und stopfte ihn in ihre Tasche.

Oliver wartete einen Moment auf eine Bestätigung, aber Missy nahm ihn gar nicht wahr. Sie schob auch ihre Kopfbedeckung in die Tasche und begann, ihren Rock auszuziehen.

„Das kannst du doch sicher tun, wenn wir in Sicherheit sind."

„Ich werde", sagte Missy, Kiefer und Nacken straff wie Seile, „meine gute Kleidung nicht ungeschützt durch deinen ekelhaften Abwasserkanal schleifen."

„Aldgate hat Telefone", erinnerte sie Oliver. „Falls uns in dem Haus jemand gehört hat, werden sie die Mäntel direkt zu uns herunterschicken."

Missy erwiderte nichts. Sie stieg aus ihrem grauen Tweed-Rock und stopfte ihn auch in die Tasche. Darunter trug sie einen kürzeren Rock aus verschlissener, fleckiger Wolle, der von der Qualität her der ärmlichen Kleidung entsprach, die Oliver und Tommy trugen.

„Sei ein Schatz und trag das für mich, ja?", fragte sie. Tommy zuckte die Achseln und nickte.

Ohne Oliver eines Blickes zu würdigen, setzte Missy einen Fuß in den Schacht, schob Oliver mit der Schulter beiseite und stieg eilfertig hinab.

Tommy trat heran. „Jetzt blüht dir was, Partner", sagte er und zwinkerte Oliver zu. Er klemmte die Tasche unter den Arm und schlüpfte in den Untergrund.

„Du hast keine Ahnung."

„Diese Papiere sind höchstwahrscheinlich das Einzige, was Bailey davon abhalten wird, mich niederzuschießen", dachte Oliver.

Statt ihren Fuchs zu fangen, hatten sie ihn steif und kalt zurückgelassen, und noch dazu hatte man sie gesehen. Oliver hatte seit dem Aufstand keine Operation mehr so vermasselt. Er umklammerte die Papiere fest mit den Händen und drängte diese Gedanken wieder zurück ins Dunkel.

Er setzte die Füße auf die Leiter und begann mit dem Abstieg. Als er den Kanaldeckel wieder zurechtrückte, hörte er das sichere Zeichen näher kommender, perfekt synchron rennender Füße.

Er ließ den Deckel fallen, und seine Welt wurde dunkel, lautlos und übelriechend.

Ihr gesamter Garten wird aus einem einzigen Eisennagel wachsen, den ich zwischen die Pflastersteine in einer finsteren Seitengasse der Pelham Street einschlagen werde. Da liegt ein Mann, der an Auszehrung stirbt. Seine Seele wird die erste sein, die sie braucht, denn ihre Feuer werden jeden Tag hungriger. Um große Dinge zu vollbringen, braucht man viel Hitze und für viel Hitze viel Kohle.

– II. ix

KAPITEL 2

Der Gefangene wehrte sich. Bergen riss an den Ketten, und der Mann fiel aufs Gesicht.

„Das war unschön“, sagte Bergen. „Zwing mich nicht, das noch mal zu tun.“

Gedämpfte Flüche kamen aus dem Leinensack, der den Schädel des Gefangenen bedeckte. Bergen trat dem Mann in die Rippen. Der Gefangene grunzte und rollte auf die Seite.

„Benimm dich“, sagte Bergen. „Jetzt steh auf.“

Der Gefangene kämpfte sich auf die Knie und kam langsam auf die Beine. Die Arme des Mannes waren auf dem Rücken mit Stahldraht zusammengebunden, der sich an einigen Stellen in die Haut eingeschnitten hatte. Fünf Ketten führten in die Leinenkapuze, die auf unsichtbare Weise am Kopf des Gefangenen befestigt waren. Bergen zog leicht an ihnen.

„Geh.“

Der Gefangene gehorchte.

Bergen führte den Mann durch Gänge mit schiefen hölzernen Fluren und Wänden, von denen der Putz bröckelte. In unregelmäßigen Abständen hingen Öllampen an Haken von der Decke, die alles in ihr gelbliches, kränkliches Licht tauchten. Sie kamen an Dutzenden Kreuzungen völlig gleich aussehender Gänge vorüber und durch einige Holztüren hindurch, von denen manche aus den Angeln gerissen und mit überflüssigem Putz bespritzt waren.

Bergen blickte finster auf die nachlässige Arbeit. „Das haben bestimmt ein paar Burschen erledigt, die für einen Hungerlohn gearbeitet haben und dann vom Turm geworfen wurden, um auf den Straßen zu sterben“, dachte er,

Nur aus langer Gewohnheit wusste er, welchem Gang er folgen und welche Türen er öffnen musste. Eine falsche Abzweigung, und er befände sich auf einem Weg voller Gewehre mit Drahtauslösern. Oder eine Tür öffnete sich auf eine Wand mit hervorstehenden giftigen Nadeln. Es war ein Ort, der die Knochen eines Toten zum Klappern brachte.

War es Pflichtbewusstsein, das ihn immer wieder in diese Gruft zurückkehren ließ? Oder war er inzwischen so gleichgültig, dass er an diesem Wahnsinn nichts mehr auszusetzen hatte?

Er fand die Tür, die er suchte. Statt die Klinke zu nehmen, untersuchte er mit einem Finger gründlich die oberste Angel, bis er den Auslöser fand, der im Türrahmen aus Eichenholz versteckt war. Die Verriegelung klickte, und die Tür ging auf der Seite der Angeln auf. Eine Reihe komplexer Flaschenzüge und Getriebe, alle aus Holz, ließ die Tür gerade so weit aufgleiten, dass ein Mensch hindurchgehen konnte.

Der Raum dahinter war dunkel wie die Nacht, nur beleuchtet von ein paar Kerzen in der hintersten Ecke. Eine zitternde Stimme drang heraus. „Tick, tick, tick, tick ...“

„Ich weiß, du hast mich gehört“, sagte Bergen. „Ich habe den Schurken.“

„Bring ihn herein.“

Grob schob Bergen den Gefangenen hinein. Bergen trat nach ihm ein und drehte sich zu der Ecke, die am weitesten von den Kerzen entfernt war.

„Bringst du dein bellendes Eisen hier rein?“, fragte die Stimme.

Bergen legte entspannt eine Hand auf den schweren Gasser-Revolver an seiner Hüfte. „Das ist meine Faust und meine Stimme“, sagte er. „Würde ich dich bitten, derlei abzulegen?“

Die Ecke kicherte wie ein ängstlicher Schuljunge.

„Argwöhnisch. Hehe. Ein gutes Zeichen. Passt auf, meine kleinen Wühler. Passt auf.“

In der Ecke erklang ein Schlurfen, und John Scared schlich ins Kerzenlicht. Der sechzehnjährige Stumme, den John Pennyedge nannte, tauchte ebenfalls auf, trat von einer anderen Ecke aus ins Licht. Der Junge stand locker da, mit langen Gliedern und Fingern, und wartete wie immer darauf, jeder kleinsten Laune Scareds zu willfahren.

In seinem üblichen dunklen, langen Mantel und seinem Zylinder aus Biberfell sah John Scared nach kaum mehr aus als nach einem pockennarbigen Gesicht und zwei knorrigen Händen. John bleckte grinsend die Zähne, ergriff das Tischchen, auf dem die Kerzen standen, und stellte es weiter in die Zimmermitte.

John winkte ins Dunkel. „Kommt raus, kommt raus, meine Wühler. Wollt ihr nicht eurem Onkel bei der Arbeit zuschauen?“ Zwei großäugige, kleine Kinder, gekleidet nur in Lumpen und Dreck, schlurften aus dem Dunkel zu Pennyedge, wobei sie um den ächzenden Häftling einen großen Bogen machten. Sie ließen sich hinter Pennys Beinen nieder und sahen sich um. Der Stumme ließ die Arme verschränkt, die Finger seiner rechten Hand fummelten an seinem Ärmel. Er wandte seine Augen nicht von Bergen ab.

„Glaubst du, ich sehe das Messer nicht, Junge? Glaubst du, du bist bei mir, ehe ich ziehen kann?“, dachte Bergen und unterbrach absichtlich den Blickkontakt.

„Jetzt machen wir es ihm gemütlich“, schlug John vor.

Bergen zog den Gefangenen am Kragen seiner Weste hoch und stieß ihn grob auf den Eichenstuhl.

„Erzähl", sagte John, während er den Tisch rechts neben den Stuhl stellte. Das Kerzenlicht erleuchtete seine kreideweiße Haut mit tanzenden Farben. „Er war einer der drei?"

„Einer von ihnen fiel vom Turm. Den anderen haben die Kesselmänner eingesackt. Hobbyhorse hat den hier aufgegabelt, als er verloren am Grund Aldgates umherirrte. Er ist einer von ihnen; ich bin mir sicher."

John zog die Brauen hoch. „Die Kesselmänner? Tick, tick. Schlechte Nachrichten. Wir müssen ihn zurückholen." Er schloss Eisenringe um die Beine des Häftlings und um seinen Hals. „Ich werde Boxer holen, um das zu erledigen. Schließ die Tür, bitte."

Bergen griff nach hinten und zog an einem Seilchen, das vom Flaschenzugsystem der Tür herabhing. Ein Verschluss gab nach, und die Tür glitt mit einem leisen Geräusch zu. Pennyedges beharrliches Starren begann, an seinen Nerven zu zerren. Es war eine dauernde Erinnerung daran, dass er ein Außenseiter war, kein Familienmitglied, sondern ein Angestellter. Wenn nur einer von Johns Halunken so gut schießen könnte wie er, hätte ihm Pennyedge schon lange die Kehle durchgeschnitten.

Der Raum schien sofort wärmer zu werden, als die Tür zu war. Da war auch ein Gestank nach organischer Fäulnis, den Bergen gar nicht erst genauer bestimmen wollte.

John lockerte die Zugleine der Sackes, der den Kopf des Gefangenen bedeckte. Er gab den beiden kleinen Kindern ein Zeichen, wobei seine gelblichen und schwarzen Zähne aufblitzten. „Steht auf, kleine Welpen. Keine Angst." Vorsichtig traten sie vor Pennyedge, kamen aber nicht näher.

Zufrieden drehte sich John um und riss mit einer großen, schwungvollen Geste den Sack vom Kopf des Häftlings.

„Gott im Himmel!", fluchte Bergen. Die beiden Kinder schrien und flohen in die dunkle Ecke zurück. Penny reagierte nicht.

„Mein Buckliger ist ein guter Handwerker, nicht wahr?", sagte John. Er hob die knorrigen Hände und liebkoste die eisernen

Bänder, die den Kopf des Gefangenen umschlossen und mit dicken Eisennägeln in seinem Schädel befestigt waren. Die Ketten baumelten von den Haltebolzen in seinem Unterkiefer und seinen Wangen.

„Nicht mal viel Blut, in Anbetracht dessen, was es ist", sagte John. „Fantastische Arbeit. Findet ihr nicht, Wühler?"

Die Kinder keuchten unbemerkt in der Ecke. Pennyedge nickte und richtete seinen Blick wieder auf Bergen.

„Wie kannst du es wagen, Kindern so etwas anzutun?", knurrte Bergen.

Johns Augen leuchteten. „Wäre es dir lieber, wenn ich sie verhungern oder von den Schornsteinbanden verschleppen ließe? Nebenbei, ich habe schon viel, viel Schlimmeres getan – und du auch, sollte ich hinzufügen."

Bergens Hand zuckte zu seiner Waffe. Nur die Pflicht hielt ihn davon ab, eine Kugel durch die Stirn des Mannes zu jagen ...

Er spie auf den Boden. „Ich tue nur, was nötig ist, Scared. Du bist Abschaum."

„Durchaus. Ich würde an deiner geistigen Gesundheit zweifeln, mein Freund, wenn du anderer Meinung wärst." John hob die Hände und schraubte das Schloss auf, das die Kiefer des Mannes zusammenhielt. „Nun, lasst uns hören, was er zu sagen hat, oder?"

Der Mann spie Blut und Galle, sobald er den Mund öffnen konnte. Er sagte nichts. John untersuchte ihn lange, suchte nach Schwachstellen.

Bergen hatte das schon einmal gesehen. John war auffallend gut darin, Schwächen anderer zu erkennen. Bergen allerdings war außerordentlich gut darin, solche Schwächen zu tarnen. Vielleicht war das der Grund, weshalb er ihn bis jetzt noch nicht getötet hatte – er hatte ihn noch nicht gelöst, so wie er ein Schachproblem oder eine mathematische Gleichung lösen würde.

John stellte sich auf die Hacken. „Penny, mein Junge, würdest du dem Kerl bitte ein Stück Ohr abschneiden? Verbandsmull ist unter dem Stuhl."

Bergen verschränkte die Arme. „Muss ich dabei zusehen?"

John wurde munter. „Der große Jäger ist zimperlich? Der deutsche Schrecken Afrikas ist feige?"

„Ich bin nicht derjenige, bei dem heute eingebrochen wurde", sagte Bergen ruhig.

John kniff die Augen zusammen. „Gescheit. Hehe. Das mag ich auch."

Pennyedge hatte den Verbandsmull geholt. Er riss ein Stück davon ab, hielt den Kopf des Gefangenen mit einer Hand ruhig und zog mit der anderen sein Messer. John ging zu Bergen. Bergen rümpfte ob des Zwiebelgestanks des Mannes die Nase.

„Unser kleines Geheimnis ist in der Hand des Mannes, der abgestürzt ist", sagte John.

„Oder in der der Kesselmänner."

John wackelte mit einem Finger. „Nein, nein. Dann wären wir längst tot, meinst du nicht?"

„Es ist dein Geheimnis."

„Aber ich würde ihnen, natürlich nur nach langem Zögern und unter größtem Zwang, sagen, es sei deine Idee gewesen."

Bergen zuckte die Achseln. Der Gefangene stöhnte mit zusammengebissenen Zähnen laut auf, als Penny seine Arbeit tat.

„Aus diesem Grunde müssen wir es zurückholen."

„Klug. Hehe."

Bergen rieb mit den Fingern über die Stoppeln an seinem Kinn und versuchte, das Gestöhne des Häftlings zu ignorieren. Das Gesicht des Mannes war über und über voll Blut und Schweiß, die Augen waren zusammengekniffen und die Zähne zusammengebissen. Pennyedge stand hinter dem Mann und presste den blutbefleckten Verband gegen dessen Ohr.

„Noch ein Stück bitte, Junge", sagte John. „Er ist noch nicht ganz fertig."

Er drehte sich zurück zu Bergen, als Penny sich zu seiner Aufgabe hinabbeugte. John gestikulierte mit einem Finger mit gelbem Nagel vor Bergens Gesicht herum. „Hobby wird mit Boxer gehen. Du kriegst Penny."

Bergen warf einen Blick auf das Gesicht des Bengels. Es hing schlaff und ausdruckslos herunter, wie mit einem Messer abgesägt. Bergen wollte schon protestieren, der Junge sei zu jung, aber er überlegte es sich anders. Vielleicht hatte er schon mehr Männer getötet als Bergen.

„Ich kann ihn nicht brauchen", sagte Bergen. „Er kann wegen seiner Stummheit kein Kundschafter sein, und er ist kein besonders guter Schütze."

John verschränkte die Finger. „Du wirst merken, dass seine Fähigkeiten seine kleine Behinderung mehr als kompensieren, denke ich."

Johns Lächeln wurde immer breiter.

Bergen nickte langsam und verstehend. Penny war dabei, um ihn zu ermorden, sollte er zum Baron gehen.

John grinste, seine Botschaft war angekommen. „Auch viele Raubtiere, die man jagen kann, in den Unterstraßen. Wie in deinem alten Revier, was?"

„Afrika ist ein Land der Schönheit", sagte Bergen. „Dein Whitechapel ist eine Hölle auf Erden."

„Es ist nicht mein Whitechapel", sagte John und fügte mit einem Funkeln hinzu: „Noch nicht."

„Whitechapel gehört der Königin, du Vaterlandsverräter", dachte Bergen, schob den Gedanken aber beiseite. Er hoffte, John hatte ihn nicht von seinem Gesicht ablesen können.

Er deutete auf Penny, der gleichgültig dastand und einen frischen Verband an die Reste des Ohrs des Gefangenen hielt. „Das Kind wird Waffen brauchen. Bring ihn zu mir in die Lagehalle, wenn du mit ihm fertig bist."

„Es wird nicht lange dauern", war die Antwort. John richtete seine Aufmerksamkeit wieder auf die Kinder, die immer noch in den Schatten der hintersten Ecke kauerten.

„Kommt heraus, kommt heraus, meine schönen, unschuldigen, kleinen Söhne", sagte er und winkte dabei mit den knöchernen Händen. „Das wird irgendwann eure Beschäftigung sein. Die beste Übung."

Bergen drehte sich der Magen um. Er zog an dem Seil, das die Tür zur Seite schwenken ließ und ging hinaus.

*   *   *

Bergen ging in die Werkstatt, wo er Mulls schreiend und mit der Faust auf den Tisch schlagend vorfand.

„Was meinst du damit, sie ist nicht fertig, du Spitzbube?"

Der Eigentümer, Ferdinand von Herder, lehnte sich gemütlich in seinem Stuhl zurück und seufzte tief wie jemand, der es mit einem unerzogenen Kind zu tun hatte.

„Guter Mann", begann er mit alter, müder Stimme, „die Waffe ist nicht fertig, und sie wird auch nicht fertig werden, bis mir unser Gönner mehr Nickel und Kupfer liefert."

„Gibt es ein Problem?", fragte Bergen.

Mulls fuhr herum und stellte sich aufrecht hin, als er sah, wer gesprochen hatte. Er war eins von Scareds Kindern, das auf den dreckigen Straßen aufgewachsen war und das die Klapper übel zugerichtet hatte. Aber er war loyal und begabt, wenn nicht gar liebenswürdig. Seine sowieso schon derben körperlichen Merkmale waren zu einem Wirrwarr verhedderter Kabel und klobiger Eisenstücke geworden, und seine dicken Gliedmaßen standen an manchen Stellen in unnatürlichem Winkel ab.

Von Herder spitzte die Ohren und richtete die blinden Augen auf die Tür.

„Herr Keuper, nicht? Willkommen. Mr. Mulligan scheint zu denken, er solle der Träger unseres einzigen funktionierenden Dampfgewehrs sein."

„Das wäre kein Problem, wenn er zwei davon hergestellt hätte, wie es ihm aufgetragen war", klagte Mulls.

„Du wirst einen Blitzer tragen", bestimmte Bergen, „und ein Druckluftgewehr mit Stahlpatronen."

„Gut." Mulls schnappte sich ein Druckluftgewehr und einen Munitionsgurt von den Waffenregalen an der Wand und steuerte auf die Treppen zu, die zurück ins Labyrinth führten. Er murmelte leise vor sich hin, als könnten die anderen ihn nicht hören: „Blöder Hunne, rafft all die guten Sachen an sich."

Bergen und von Herder warteten, bis sein Brummen sich entfernt hatte. Zwei junge Gehilfen im hinteren Teil des Raums störten die Stille, sie hatten ihr Arbeitstempo während des Wortwechsels kaum verlangsamt. Als von Herder sprach, tat er es auf Deutsch.

„Unangenehme Männer sind in diesem Land leicht zu finden, finden Sie nicht, Herr Keuper?"

Bergen zuckte die Achseln, obwohl er wusste, dass von Herder es nicht sehen konnte. „Herr Scared zieht nur die Unerträglichsten an. Die Engländer sind meist joviale Leute."

Der alte Mechaniker blinzelte mit den milchweißen Augen und rieb mit seiner Faust über die rauen Bartstoppeln an seinen Wangen. „Seltsam, dass Sie die Engländer rühmen. Ihre Partnerschaft mit Nicholas Ellingsly war eine Legende in den Groschenheften – immer Rivalen um die größere Beute."

„Die Engländer halten solche Wettbewerbe für den Gipfel der Sportlichkeit, Herr von Herder."

„Ein dummes Volk, das Freunde mit Gegnern verwechselt."

Bergen überflog mit den Augen den Tisch und die Regale im hinteren Teil der Werkstatt. „Ist es fertig?"

„Natürlich. Wie unprofessionell von mir, Zeit mit Gequatsche zu verschwenden." Von Herder drehte seinen Stuhl und rief seinen beiden Mitarbeitern zu, sie sollten das Dampfgewehr bringen. Gleichzeitig tauchten sie hinter dem entfernten Tisch ab und erhoben sich angestrengt und stöhnend wieder. Sie hoben die Waffe hoch und legten sie mit gewaltiger Anstrengung auf von Herders Tisch.

„Danke, Jungs", sagte von Herder. Er ließ die Hände fast zärtlich über die ganze Länge des Gewehrs gleiten. Seine Augen fielen langsam zu.

Bergen musterte die Schusswaffe vom Lauf bis zum Kessel: ganze fünf Fuß lang, mit einer Mündung, die den Umfang einer Männerfaust hatte, einem Kohleofen, einem Kessel statt eines Verschlusses und einem gepolsterten Schaft, der es ermöglichte, das hintere Ende der Waffe auf der Schulter abzulegen. Sie war gründlich poliert und glänzte an manchen Stellen wie ein Spiegel.

„Es hat eine andere Farbe“, sagte Bergen.

„Ja, ich habe den größten Teil durch eine neue Legierung ersetzt. Viel stärker, so dass man Material spart, was sie ein bisschen leichter machen sollte. Ich habe außerdem einen neuen Kessel eingebaut.“ Während er sprach, wies er auf die verschiedenen Teile, ließ die Finger über die Bauteile tanzen, prüfte die Passgenauigkeit und Robustheit. Dann bedeutete er Bergen, sie in die Hand zu nehmen. „Testen Sie sie. Testen Sie sie.“

Bergen bückte sich und hob die monströse Waffe vom Tisch. Der Schaft passte perfekt auf seine Schulter. Er fasste die beiden Griffe an, der eine war senkrecht zur Mündung an der Innenseite, der andere parallel an der Außenseite. Er legte probehalber den Daumen auf den Auslöser am äußeren Griff.

„Sie ist viel leichter. Mein Kompliment, von Herder.“

„Es wird immer schwer sein, sie durch die Unterstraßen zu tragen.“

Bergen lächelte. „Afrika hat mich berührt, mein Herr. Es wird wie nichts sein.“

Von Herder lächelte zurück, wobei er vom Alter verschrumpeltes Zahnfleisch sehen ließ. „Ich habe gehört, die Sonnenuntergänge dort sollen einmalig sein.“

„Es gibt noch größere Vergnügen, mein Herr.“ Bergen legte die Schusswaffe zurück auf den Tisch. Er holte sein Spezialholster und einen Streifen Munition und warf sie in eine Schultertasche aus Stoff. Bergen begutachtete das Regal mit Hinterladern und Druckluftgewehren und überlegte, womit man Pennyedge bewaffnen könnte.

Der Bursche wäre nur mit seinem Messer nutzlos gegen die Kreaturen in den Unterstraßen, und Bergen war immer noch unschlüssig, ob der Bengel, der die Anweisung hatte, ihn zu töten, bewaffnet werden sollte. Die wesentliche Frage war: Würde eine Feuerwaffe den Burschen gefährlicher machen, als er sowieso schon war?

„Sie waren aus Stuttgart, nicht?", fragte von Herder.

„Hm?", murmelte Bergen, aus seinen Gedanken gerissen.

„Wenn ich mich recht entsinne, sind Sie aus Stuttgart."

„Das ist korrekt."

Von Herder tippte abwesend mit zwei Fingern auf den Tisch. „Das verwirrt mich, denn Sie klingen nicht so."

Bergen stockte, während er sich fragte, wie viel die Ohren des Blinden enthüllen konnten. Er wählte seine Worte mit Bedacht. „Ich war seit Jahren nicht mehr in der Heimat, Herr von Herder. Vielleicht hören Sie eine Mundart, die ich angenommen habe."

„Gewiss", sagte von Herder. „Das hatte ich vergessen."

Bergen wählte ein Druckluftgewehr und einen Patronengurt für den Burschen aus. „Haben Sie ein Stück Papier, Herr von Herder?"

„Ich habe nicht viel Verwendung dafür", sagte von Herder mit einem Lachen. „Aber Andrew lernt gerade lesen." Er rief nach hinten zu dem Jungen, er solle Papier und Stift bringen.

Der Gehilfe tauchte mit einen Stück Papier, das an einem Rand schwarz von ausgelaufener Tinte war, und einem Stückchen Holzkohle auf.

„Bitte um Verzeihung, aber mein Stift war vor kurzem furchtbar undicht."

„Dann repariere ihn", blaffte von Herder. „Wie kann ich dich an Schusswaffen lassen, wenn du nicht einmal einen lausigen Stift reparieren kannst?"

Der arme Bengel erstarrte für einen Augenblick. Bergen streckte die Hand aus. „Solange man damit schreiben kann", sagte er.

Erleichterte legte der Junge Papier und Holzkohle in Bergens Handfläche und entfloh.

„Der Junge ist ein Dummkopf", sagte von Herder auf Deutsch, „obwohl er am Schmelzofen recht geschickt ist."

„Hmm", sagte Bergen. Er legte das Papier auf den Tisch und kritzelte ein paar Wörter darauf.

„Einer von Eisenjungs gefasst. Einer von Scared gefasst. Sie werden nicht dichthalten. Dritter fiel vom Turm, hat Tickerpapier. Ergreife Maßnahme zur Rückholung. Aufschub unmöglich; unter Beobachtung."

Er blies die überschüssige Kohle vom Papier und faltete es in Viertel.

„Ich frage mich, was Sie geschrieben haben", sinnierte von Herder.

„Meinen Nachruf."

Bergen steckte das Druckluftgewehr in sein Holster und schwang das gewaltige Gerät auf seinen Rücken. Es war wirklich leichter, vielleicht sechzig Pfund. Er warf die Patronengurte über seine Schulter, sammelte ein paar vorbereitete Pakete mit Essen, Wasser und Ausrüstungsgegenständen ein und hievte Pennyedges Druckluftgewehr hoch.

„Auf Wiedersehen", sagte Bergen und ging.

Er ließ das Papier auf dem Weg zum Lagerhaus in ein Kanalgitter fallen.

Meine Professoren an der Hochschule sagten, meine Gebäude würden nicht stehen. Unaufhörlich zeigten sie auf schiefe Wände und verwinkelte Balken, die kein Dach tragen konnten, das schwerer war als ein Leintuch. Ich nickte und stimmte lauthals zu, und so duldeten sie mich, aber ich wusste immer, dass meine Gebäude genau so waren, wie sie sein sollten.

Nein, so, wie ich sie geplant hatte, würden sie nicht stehen, aber sie würden wachsen, und eines Tages würden sie von alleine stehen.

– I. xxv

KAPITEL 3

Großväterchen Uhr sah zu.

Oliver schob seinen Hut so weit zurück, dass er die riesige weiße Uhr aus Marmor und Eisen über dem Eingang zur Einstiegsplattform sehen konnte. Ihr regelmäßiges Ticken schallte wie Hammer und Amboss durch den Raum darüber. Sie hing an Ketten von den stählernen Deckenstützen und wirkte beinahe, als beuge sie sich vor, um die Leute unter ihr zu begutachten.

Oliver zog den Kopf ein und seine Hutkrempe nach unten. Ein altbekanntes Frösteln kroch seinen Rücken hinauf, das zermürbende, nagende Bewusstsein eines prüfenden Blicks und dann die große Furcht, man könne ihn als einen der an der nächtlichen Operation Beteiligten erkennen. Er beschleunigte seine Schritte durch die Menschenmenge in der Shadwell Station, ein Ozean von Menschen in grauem Tweed und aschfarbenen Kopfbedeckungen, die nach Kohlerauch, Schmierfett und Schweiß stanken.

Die Operation hätte klappen können, wenn er mehr Zeit für Nachforschung und Planung gehabt hätte.

„Heute Nacht muss es passieren", hatte Bailey gesagt und keinen Einwand gelten lassen. „England braucht dich. Es ist deine Pflicht für die Krone."

Oliver bahnte sich einen Weg zu dem Blechwagen und dem Mann, der ihn zog, und fragte sich, was er in Baileys Augen wohl der Krone schuldete. Oliver war in Whitechapel geboren und aufgewachsen, bis auf wenige verschleierte Blicke durch all den Rauch und die Asche hatte er nie etwas von der großen Nation gesehen, für die er kämpfte.

Dachte dieser bittere Mann, Oliver hätte nicht genug eigene Gründe, um Baron Hume und seine beiden Götter zu Fall bringen zu wollen?

Er traut mir einfach nicht. Er traute niemandem, der außerhalb seines gottgesegneten Königreichs geboren wurde.

Die richtige Frage war vielleicht: Warum folgte er Sir Baileys Revolution, statt sein eigenes Ding durchzuziehen?

Weil ich das vorher schon versucht habe, und was ist dabei herausgekommen?

Eine Reihe rhythmischer Klappergeräusche und ein Kreischen erklangen von der Einstiegsplattform weiter vorn. Das Geräusch von Bremsen an der Leitung ertönte, und der Wagen stoppte seine Talfahrt vom Stepneyside-Turm. Ein Fährmann mit hässlichem Gesicht zog die Tore vom Eingang der Plattform zurück, und die Menge fing an, sich nach vorn zu schieben.

Ein kleiner, rundlicher Mann, der blassblaue Rockschöße und einen passenden Zylinder trug, hatte sich nah an seine rechte Seite geschoben.

„Augen geradeaus, Bursche", sagte der Mann. „Es gibt Ärger."

„Mit dir gibt es immer Ärger, Hews."

„Hmpf. Das musst du gerade sagen."

Der Druck der Menge schob sie durch das Gewölbe auf die Einstiegsplattform, wo eine Seilbahn bereitstand. Seilrollen und Dampfmaschinen tuckerten an jeder Wand. Oliver bemerkte, dass die Mannschaft, die sich abhetzte, an Schaltern zu ziehen und an Ventilen zu drehen, die schwarzen Mäntel der Untertanen Mama Maschines trug; sie bildeten sich Wunder was auf ihre Lumpen ein, aber Oliver und die meisten anderen Leute nannten sie nur „die Krähen". Außerhalb des Schlotes sah man sie kaum, denn, so nahm Oliver an, sie blieben lieber in der Nähe ihrer Göttin, um in ihrem Heizkessel, der sich tief im Inneren des eisernen Berges befand, zu arbeiten. Das tiefrote Leuchten ihrer eigenen Herz-Heizkessel schimmerte durch die Brandflecken und Löcher ihrer schweren Kleidung; manche hatten sogar mechanische Glieder, die keine menschliche Form mehr besaßen. Das letzte Mal, als Oliver diesen Wagen genommen hatte, hatte die Mannschaft noch aus normalen Arbeitern bestanden.

„Halte deinen Blick gerade, Kumpel", zischte Hews. „Sie haben heute schlechte Laune."

Oliver setzte dazu an, den Kopf nach vorn zu drehen, aber sein Blick blieb an etwas hängen. Etwas auf dem Steg über ihm, halb versteckt durch die riesengroßen Getriebe und Räder, die den Wagen bewegten, erregte seine Aufmerksamkeit. Langsam erkannten seine Augen das Schimmern von runder, schwarzer Rüstung und die lange, gerade Linie eines Atlas-Repetiergewehrs. Angst durchfuhr ihn.

„Was tun die Kesselmänner hier?", flüsterte er.

„Ich weiß nicht. Jetzt gehe geradeaus und errege keine Aufmerksamkeit."

Oliver spürte, wie Eiseskälte ihn durchfuhr. Die Kesselmänner: die Leibgarde des Barons. Lautlos und teilnahmslos, etwas ganz und gar Mechanisches. Anders als die Mäntel war keiner von ihnen je menschlich gewesen. Wenn Baron Hume sie außerhalb des Schlotes einsetzte, musste etwas passiert sein, das ihm große Sorgen bereitete.

Ein Goldmantel mit strengem Gesicht bemannte die Tür am Eingang zur Seilbahn und prüfte eingehend alle, die an ihm vorbeigingen. Messingplatten bedeckten die Hälfte seines Gesichts, und sein rechtes Auge hatte man durch eine überdimensionale

Porzellankugel ersetzt. Wie die meisten Angehörigen seiner Kommandoeinheit trug er keinen Mantel, sondern ein kurzes Cape über eleganter Kleidung: Weste, Sakko, Hosen. Oliver fehlte jede Sympathie für die Mäntel. Ihre mechanischen Geschwülste waren nicht die schmerzvolle Frucht einer Krankheit, sondern Geschenke des Barons und seiner Götter, die sie bekamen, wenn ein einstmaliger Mensch in den Schlot kam und in die Gemeinschaft Großväterchen Uhrs und Mama Maschines eintrat.

Ihre Mechanismen waren ihre dreißig Silberlinge, der Preis ihrer Seele.

Oliver funkelte den Türsteher finster an, als Hews ihm auf die Schulter klopfte, um ihn aus seinen Betrachtungen zu reißen.

„Anonymität ist momentan dein Freund, Bursche", sagte er.

Als sie eintraten, stellte er sich direkt zwischen Oliver und den Türsteher mit dem goldfarbenen Cape an der Tür und tippte dem Kerl zugewandt freundlich an seinen Hut. Der Blick des Türstehers verweilte lange genug auf Hews, dass Oliver in den Wagen schlüpfen konnte. Er kam ihm nahe genug, um den Mann ticken zu hören.

Gleich darauf kam Hews zu ihm.

„Sie suchen jemanden", sagte Oliver.

„Ich will nicht hoffen, dass du es bist. Ziehen wir uns nach hinten zurück."

Sie schoben sich durch die Menge zum hintersten Ende des Wagens, möglichst weit entfernt von der Tür und dem Blechchronometer, der in der Decke im vorderen Teil eingelassen war. Sie fanden einen Platz in einer Ecke, wo sie sich an die Wand drückten, während sich der Wagen langsam füllte. Oliver drehte den Kopf und starrte durch den Maschendraht, der als Fenster diente, um sein Gesicht vor dem Chronometer zu verbergen. Hews tat dasselbe.

„Sie sind heute Morgen massiert aus dem Schlot gekommen", sagte Hews. „Ich bekam diesbezüglich ein Telegramm von einem meiner alten Partner. Offenbar gab es viele Festnahmen."

Oliver spürte, wie er errötete. „Wie unterscheidet sich das von einem normalen Tag?"

Hews brachte ihn mit einer Geste zum Schweigen, neigte den Kopf in Richtung der anderen Fahrgäste. Oliver biss sich auf die Zunge, bis sein Zorn verraucht war.

Sie schwiegen einige Augenblicke, bis der letzte Mitfahrer eingestiegen war und der Goldmantel die Tür ge- und verschlossen hatte. Hews ließ die Finger in die Taschen seiner Weste gleiten und wiegte sich auf den Fersen.

„Zu einem anderen Thema", sagte er, nun wieder jovial, „wie lief die Arbeit letzte Nacht?"

Als Oliver nicht sofort antwortete, schnitt Hews eine Grimasse und rieb seine Koteletten.

„Es lief also schlecht?"

Oliver atmetet tief aus und legte die Stirn ans Fenster. „Das könnte man sagen."

„Hat dich jemand entdeckt?"

„Wahrscheinlich."

Hews fluchte leise.

„Nun", sagte er, „da kann man jetzt nichts machen. Das scheint mir überhaupt viel Aufmerksamkeit nur für dich allein zu sein. Wir reden, wenn wir in Stepneyside ausgestiegen sind."

Der Wagen ruckte und fuhr geräuschvoll los. Räder und Getriebe kreischten, und versteckte Motoren arbeiteten mit ohrenbetäubendem Lärm. Die Passagiere stützten sich an den Wänden und aneinander ab, als der Wagen Fahrt aufnahm. Innerhalb weniger Sekunden verließ er die Einstiegsplattform und flog in den gelbgrauen Smog Londons.

Oliver flocht die Finger in den Maschendraht, als der Wagen zu schwanken begann. Vor ihnen tauchte aus den Wolken und der wirbelnden Asche langsam der Stepneyside-Turm auf. Seine dicken Stahlbalken wölbten sich anmutig aufeinander zu, kreuzten und querten einander, und an der Spitze ragten sie in alle Richtungen wieder nach unten, so dass der Turm wie eine riesige schwarze

Blume aussah. Die verstreuten Lichter menschlicher Behausungen blinkten dazwischen wie verwaiste Sterne.

„Schau mal da“, sagte Hews und wies auf der rechten Seite aus dem Wagen. „An einem klaren Tag kann man die Geschützstellungen bei Wapping und bisweilen die Themse sehen.“

Oliver drehte sich um und sah hin, erblickte aber in der angegebenen Richtung nur noch mehr grauen Himmel, in dem die grotesken Schatten anderer Türme lauerten. Irgendwo dahinter stand die unpassierbare Mauer, die Whitechapel vom Rest Londons trennte, mit Elektrozäunen gespickt und von den unermüdlichen Kesselmännern bewacht. Direkt dahinter standen Soldaten der britischen Armee, bereit, eine Ausdehnung der Stadt des Barons zu verhindern.

„Du bist aus Wapping, Hewey?“, fragte Oliver.

Hews schüttelte den Kopf, wie um sich von einer hartnäckigen Erinnerung zu befreien. „Aus Chelsea. Eines Tages werde ich es dir zeigen, Bursche.“

Ein heißer, öliger Windstoß rüttelte am Wagen. Oliver hielt sich am Maschendraht fest und verschloss Mund und Augen vor der beißenden Asche, die vorbeiwirbelte. Ein gewaltiges Ruckeln verursachte kreischende, scharfe Geräusche, die durch das Dach des Wagens hallten.

„Habe ich es nicht schon immer gesagt?“, grollte Hews hinter seinem Taschentuch. „Die Aufzüge und Seilbahnen werden unser Tod sein. Die Kesselmänner müssen keinen verdammten Finger rühren.“

Ein roter Lichtstrahl beleuchtete sie von rechts. Eine halbe Meile entfernt in dieser Richtung erkannte Oliver den quadratischen, ordentlichen Cathedral-Turm, der glänzte und trotz all des Sands und Drecks in der Luft sauber war, und dahinter ragte der dunkle Berg des Schlotes auf.

Dort mühten sich die unmenschlichen Kinder Mama Maschines pausenlos mit ihrem Großen Werk ab, und jeden Tag schufteten sich gute Männer an ihren Maschinen zu Tode. Rote Flammen schlugen durch die Wolken um seine oberste Spitze. Rauch, der schwärzer als Kohle war, schoss empor und breitete sich aus, um die Stadt wie ein Leichentuch zu bedecken.

Oliver stieß Hews an.

„Scheint in letzter Zeit häufiger zu passieren."

Hews sah mit zusammengekniffenen Augen zu dem Schauspiel hinüber. „Ja. Schade, dass wir da keinen Mann reinbekommen. Ich wüsste nur zu gern, was sie da unten bauen."

„Könntest dich jederzeit den Krähen anschließen, Hewey", sagte Oliver lächelnd.

Hews' Gesichtsausdruck machte klar, was er sagen wollte, aber nach einem kurzen Blick auf die Männer und Frauen, die sie zu allen Seiten dicht gedrängt umstanden, antwortete er nur: „Vielleicht keine schlechte Idee, Bursche."

Der Schlot spie ein weiteres Mal Feuer, dann flackerte er und erlosch. Rauch stieg weiter in den Himmel.

Ein paar weitere Erschütterungen brachten sie zur Haltestelle Stepneyside. Sie war viel größer als die in Shadwell; es gab einen Durchgang zum Montague-Turm und eine erhöhte Eisenbahnstrecke zum Cathedral Tower und zum Schlot. Oliver und Hews mischten sich unter die Menge und ließen sich von der menschlichen Strömung tragen, die sich auf die Einstiegsplattform ergoss. Hews wandte wieder den gleichen Trick an, um Oliver an dem Goldmantel-Wächter vorbeizubekommen.

„Seltsam", sagte Oliver, „all das für irgendeinen dandyhaften Buchhalter."

Hews schnaubte. „Er ist nicht nur irgendein Buchhalter, Bursche. Hat dir Bailey das nicht gesagt?"

„Bailey würde mir nicht mal sagen, dass der verdammte Himmel grau ist", sagte Oliver. Dann krampfte sich sein Magen noch ein wenig mehr zusammen. „Äh … was war er dann, wenn nicht ein dandyhafter Buchhalter?"

„War er?", wiederholte Hews mit einem suchenden Blick in Olivers Gesicht.

Oliver schüttelte den Kopf, ein Zeichen, dass er das nicht mitten in der Menge erörtern wollte. Sie schoben sich schweigend zum Ausgang. Über dem Zugang zur Haltestelle hing eine Reihe kleiner Chronometer, die alle versetzt tickten und einen größeren in der Mitte umkreisten, angetrieben von einer Vorrichtung, die dem Auge verborgen blieb. Links vom Eingang stand ein halber Kader von sechs Kesselmännern, fünf hatten Atlas-Gewehre über der Schulter und einen Dampfschlauch, der mit einem Kupferkessel verbunden war, der auf ihren Rücken geschnallt war. Oliver und Hews zogen die Hüte tief ins Gesicht, stellten ihre Kragen und gingen ohne einen Blick oder ein Wort weiter. Oliver fühlte die Hitze des Dampfschlauch aus einer Entfernung von ganzen fünf Yards. Er fragte sich schaudernd, ob der Kesselmann ihn an diesem Tag schon abgefeuert hatte und versuchte, sich nicht daran zu erinnern, dass er gesehen hatte, was er dem menschlichen Körper antun konnte.

Sie sprachen nicht, bis sie die Haltestelle verlassen und eine Seitenstraße gefunden hatten, die vor dem Blick des gewaltigen Chronometers im Inneren des Bahnhofs geschützt war. Die Gasse führte zwischen sich neigenden Wohnhäusern hindurch, die durch einen schrägen Stützbalken verbunden waren, der bei dem einen Gebäude aus der Wand des ersten Stocks kam und in den zweiten Stock des anderen wieder eintrat.

Sie fanden eine Türöffnung und nahmen sich einen Augenblick Zeit, um ihre Hüte und Mäntel abzunehmen und die Asche davon abzuklopfen.

„Ich denke, du solltest dich jetzt besser mal erklären“, sagte Hews.

Oliver sah, dass Hews eine direkte, ehrliche Antwort erwartete. Er dachte an Missy und wusste sofort, dass er eine solche nicht geben würde.

„Ich bedrohte ihn mit meinem Messer, damit er stillhielt“, sagte Oliver. „Er hat sich einfach hineingestürzt. Ich denke, er hätte sonst versucht, mich zu erwürgen.“

Hews’ Gesicht erschlaffte. Er schluckte ein paarmal, bevor er sprach: „Also hat er sich selbst aufgespießt?“

Oliver nickte, während er gegen die Schuld ankämpfte, die in seinem Magen emporstieg. „Ohne jede Vorwarnung. Ich habe wirklich versucht, mein Messer wegzuziehen, aber es ging alles sehr schnell."

Hews rieb sich die Koteletten und starrte zu Boden. Oliver spürte die Last der Traurigkeit, die ihm von seinem Gegenüber entgegenschlug und das nagende Gefühl in Olivers Bauch noch vergrößerte.

„Traurige Art zu sterben", sagte Hews. „Verdammte Schande."

„Wir haben uns dann ohne weitere Probleme mit seinen Akten davongemacht", sagte Oliver. „Heckler scheint zu denken, sie seien der Schlüssel zur Entzifferung eines Codes."

„Du hast ihm erzählt, für wen du arbeitest?", fragte Hews.

„Er kann uns ja nun nicht mehr verraten."

Hews schwenkte zornig seinen Hut. „Verdammt, Bursche. Hast du ihm gesagt, wer du bist?"

„Hewey, das erörtert meine Mannschaft auf einer Mission normalerweise nicht."

Hews errötete. Seine Wangen bebten, als er sprach. „Bailey beschäftigt dich auf mein gutes Wort hin, Bursche, und wenn er das hört, wird er uns beide ans Messer liefern. Verstehst du das?"

Oliver stach einen Finger in Hews Gesicht. „Nun, wenn unser hohes Tier mir mehr als einen Namen und einen Zeitpunkt mitgeteilt hätte, hätte ich diesen Fuchs aufgespießt, poliert wie ein Kupferkessel."

„Du hättest ihm verdammt noch mal sagen sollen, wer du bist."

„Wenn Bailey mir vertraut hätte, hätte ich das getan. Nur weil ich nicht im ..."

„Er war einer von uns, Ollie."

Oliver erstarrte. Sein Finger bebte. „Was?"

„Dein Fuchs war einer von uns." Hewey setzte seinen Hut wieder auf und zwängte sich wieder in seinen Mantel. „Er war ein verdammter Spion."

Olivers Arme sackten herab. Sein Hut glitt ihm aus den Fingern und landete lautlos auf dem Trottoir. „Ich … wusste das nicht."

„Natürlich nicht. Bailey fürchtete – zu Recht, sollte ich vielleicht ergänzen –, du könntest Mist bauen und erwischt werden. Aaron Bolden führte in der Nacht eine eigene Operation durch, die deinen Fuchs verdächtig gemacht hätte, deshalb musste er zurückgeholt werden."

Oliver bewegte einen Augenblick lang die Lippen, ließ sich jede denkbare Entschuldigung durch den Kopf gehen, vom demütigen Eingeständnis seines Fehlers und dem Rücktritt vom Dienst an Ihrer Majestät bis dazu, sich auf den Boden zu werfen und erbärmlich um Vergebung zu betteln.

„Jesus", sagte er nur.

Hews' Gesicht zuckte, und er würgte ein trauriges Lachen hervor, in das Oliver unwillkürlich einfiel. Sein Herz rutschte ihm ein paar Zoll tiefer in die Hose.

„Was nun?", fragte er.

Hews holte tief Luft. „Jetzt sortieren wir uns erst mal. War er betrunken?"

Oliver nickte.

„Gut. Bailey wird das kaufen. Lawrence war schon immer ein Säufer."

Ein Bild des Toten blitzte in Olivers Gedächtnis auf. Es drehte ihm den Magen um.

„Jesus, Hewey. Ich hätte seinen Namen nicht wissen wollen."

„Du wirst darüber wegkommen, Bursche. Er war ja nicht der erste Mann, den du getötet hast."

In der Hitze einer bewaffneten Rebellion, ja. Aber nicht so: unbewaffnet, unabsichtlich und ohne Angriff, soweit ich weiß. Missy hatte das nicht so genau dargelegt. Tatsächlich hatte sie kaum etwas gesagt.

„Obwohl", fuhr Hews fort, während sein Blick hin und her huschte, ohne etwas Bestimmtes zu betrachten, „lass uns Thomas die Tat in die Schuhe schieben. Der ist selbst an seinen besten Tagen subtil wie ein Elefant im Porzellanladen."

„Aber so ist es nicht gewesen."

Hews ließ ein Kichern hören, das auch ein Schluchzen hätte sein können. „Nun, ich bezweifle, dass einer von uns grundsätzlich ehrlich ist, oder? Obschon Bailey es eventuell überprüfen wird, deshalb wäre es klug, es mit deiner Mannschaft zu besprechen."

„Er weiß, dass Tom nie ein Messer verwendet."

„Aber er trägt eins."

Oliver nickte. „So gut wie jede andere Geschichte, schätze ich. Wir stehen sowieso wie Idioten da, da kommt es auf Feinheiten nicht an, denke ich."

Hews lächelte und trat von der Tür zurück. „Ich habe schon oft schlechter ausgesehen, Bursche. Alles im Namen der Königin und des Landes, was?"

Hews ging davon, wobei er die Schultern wie unter einem unsichtbaren Gewicht nachgeben ließ.

„Königin und Vaterland, ja." Oliver zog einen Schilling hervor und betrachtete einen Augenblick lang das strenge Frauengesicht auf dessen Rückseite.

Aber nicht meine Königin. Nicht mein Land.

Er steckte ihn wieder ein und folgte Hews.

* * *

„Mir gefällt das alles nicht", sagte Hews.

Oliver biss in den Keks, den er für einen halben Penny gekauft hatte, und sprach durch die trockenen Krümel. „Kein Zufall, ausgerechnet heute."

Hews tat, als lächle er den beiden Goldmänteln, die auf der anderen Straßenseite patrouillierten, jovial zu und nahm einen viel zu großen Bissen von der Wurst in Blätterteig, die er erstanden hatte. Die Kanarienvögel trugen, was sie wohl für Verkleidung hielten, sie hatten ihre goldene Tracht gegen identische Anzüge in Braun und Filzhüte getauscht. Sie bewegten sich immer noch schnell und ruckartig wie alle von ihrer Sorte, und ihre Mäntel waren von ihren Waffen verdächtig ausgebeult.

Die Goldmäntel schienen nicht an Hews oder Oliver interessiert. Vielmehr prüften sie eingehend die Leute, die nahe an dem Bauwerk auf der anderen Seite vorübergingen, das auch Olivers und Hews' Ziel war: ein Lagerhaus mit einem abrissreifen Laden an der Vorderseite, das sich bis zu seinem letzten Stockwerk wie eine Pyramide verjüngte.

Oliver drehte sich und starrte den Concourse hinab, um nicht die Aufmerksamkeit der Goldmäntel zu erregen. „Glaubst du, man hat uns entdeckt?"

Hews leckte etwas Fett von seinen Lippen. „Möglich, obwohl Bailey immer vorsichtig ist. Wäre ein hartes Stück Detektivarbeit."

Aber was konnte sonst los sein? Das Lagerhaus war einer von Baileys Unterschlupfen, ein Versteck für ihn und die Agenten, die Königin Victoria treu ergeben waren. Baileys Sicherheitsmaßnahmen waren extrem: Er bestand auf Anonymität und behielt alle Informationen im Kopf. Er legte keine Dokumente an, keine Dossiers und sprach mit niemandem, der nicht zu seiner Organisation gehörte. Tatsächlich wusste Oliver im Gegensatz zu Bailey, Sims und einigen anderen nicht, wer die anderen Agenten der Krone waren oder wie sie aussahen. Die Mäntel wussten von Baileys Mannschaft und jagten sie seit mehr als einem Jahrzehnt, gingen aber immer, immer leer aus. Der Gedanke, die Mäntel könnten Bailey ausfindig gemacht haben, war unerhört. Dennoch … waren sie da.

Oliver wandte sich wieder Hews zu. Er tat, als lächle er, und ihre Unterhaltung erschien von außen betrachtet wie ein nettes Gespräch unter Männern.

„Nun, die verschwinden wahrscheinlich nicht so bald. Gibt es einen Hintereingang? Oder einen unterirdischen?"

Hews zog den Hut vor einer vorübergehenden Dame, die ihm einen ängstlichen Blick zuwarf und ihren Schritt beschleunigte. Hews seufzte und pickte ein bisschen Asche von seiner Wurst.

„Na, das ist nicht nett", sagte er. „Draußen in London hätten wir einander zugelächelt und ein paar Worte gewechselt."

„Hast du mir schon erzählt."

„All das", fuhr Hews fort. „Baron und Eisenjungs und Mäntel und Uhren und alles – sie sind alle halb verrückt vor Angst. Falls du einen Grund brauchst, das hier zu tun, Kumpel – das ist er."

„Ich hatte immer Gründe, Hewey."

„Ja. Ich schätze, die hattest du."

Oliver sah zu, wie die Frau davonging, ihr Mantel wirbelte Staub und Asche vom Gehweg auf.

Er hatte Hews' Londongeschichten nie geglaubt. In Whitechapel konnte jeder, mit dem man sprach, ein Informant des Barons und folglich seines göttlichen Gebieters sein. Zugegeben, das war jenseits der Mauern nicht so, aber dennoch: Was garantierte, dass der Hausierer, mit dem man redete, nicht im nächsten Moment zum Bösewicht wurde und einen beraubte?

Er schaffte es nicht, das Hews zu sagen, der sich schließlich selbst aus seiner Schwermut löste. Dann fragte Oliver erneut:

„Gibt es andere Eingänge, Hewey?"

Hews nickte, trat dann näher und senkte die Stimme. „Es gibt einen Weg von unten hinein, aber ich mag ihn nicht, denn er besteht aus kaum mehr als ein paar dünnen Balken."

Oliver schluckte einen plötzlichen Ausbruch von Angst hinunter. „Glaubst du, wir haben eine andere Möglichkeit?"

Hews seufzte. „Kaum. Aber lass uns erst zu Ende frühstücken."

Ein paar Minuten später machten sie sich auf den Weg zum anderen Ende des Concourse. Die Straße war in diesem Bereich des Turms hügelig, schief und kurvig, damit die Balken darunter sie bestmöglich stützen konnten. Elektrisches Licht schien von oben herab, begleitet von vereinzelten, undeutlichen Andeutungen von Sonnenlicht, das durch die löchrige Decke drang.

Zwei oder drei Häuser weiter bog Hews zwischen zwei Geschäften ab. Er ging gefolgt von Oliver die Gasse hinunter und bahnte sich einen Weg durch umherhuschende Klickratten bis an die Stelle, wo der Gehsteig und die Straße endeten.

Oliver beugte sich über den Rand, als Hews stehen blieb, um zu Atem zu kommen. Er sah ein kleines Gewirr aus Balken genau unter ihnen, dann einen steilen Abfall in die Dunkelheit der Unterstraßen Dutzende von Geschossen unterhalb. Er umklammerte seinen Hut, an dem der starke Wind riss, und hielt sich an der Mauer fest.

Ihm entwich ein Fluch.

„Als Kind hattest du keine Höhenangst“, schnaubte Hews. „Hattest die Angewohnheit, an Kanten entlangzuschlendern, soweit ich mich erinnere. Es gibt links eine tolle Treppe.“

Mit „toller Treppe“ musste Hews eine Reihe von Balken meinen, die sich wie das Muster eines Strohdachs kreuzten. Sie stiegen vorsichtig hinunter, Hews keuchte den ganzen Weg über, und Oliver klammerte die weißknöcheligen Finger an jeden Halt, den er fand. Als sie etwa zwanzig Fuß gegangen waren, kamen sie zu einem horizontalen Balken, der breit genug war, um nebeneinanderher zu gehen.

„Pass auf den Wind auf“, sagte Hews.

Der Stepneyside-Turm hatte keine Schattenseite. Jenseits des Randes war nur ein Abfall auf die unsichtbaren Straßen und Gebäude des alten Whitechapels tief drunten. Oliver blieb stehen, um über die Kante zu sehen und bereute es sofort.

Der armierte Betonboden des Concourse hielt alles Licht ab, das von oben kam. Sie bewältigten den Weg, indem sie sich an den Balken zum gegenüberliegenden Ende entlangtasteten, wo eine Holzleiter stand, die mit verwittertem, beflecktem Garn an einem Querbalken befestigt war. Hews erklomm die ersten paar Sprossen und befühlte die Unterseite des Betons darüber.

„Immer verdammt schwer zu finden ...“

Oliver kauerte am Fuß der Leiter und versuchte, die Übelkeit in seinem Magen nicht wahrzunehmen.

„Vielleicht willst du, ehe wir hochgehen“, schlug Oliver vor, „erst mal prüfen, was mit den Goldmänteln draußen ist.“

Hews schnaubte. „Das tue ich gerade.“

Oliver kauerte sich nieder und wartete.

Nach ein paar Minuten kam Hews die Leiter herunter und hockte sich neben ihn.

„Ich höre unbekannte Stimmen“, informierte er Oliver. „Bailey ist immer noch da oben, spielt seine Rolle und versucht, sich herauszureden.“

Oliver schüttelte den Kopf. „Danach kann er dann die Sonne davon überzeugen, mal einen Tag freizunehmen.“

„Bailey ist dickköpfig genug, um das zu probieren. Diese Tür lässt sich recht leise öffnen und führt hinauf durch einen Schrank an der Rückwand. Wir werden einen freien Blick aufs Lagerhaus haben.“

Wegen ihres riskanten Wegs über die Balken schlug Olivers Herz bereits schnell, doch jetzt sprang es in einen noch schnelleren Rhythmus. „Du erwartest, sie überrumpeln zu können?“

„Bei den Heiligen, nein.“ Hews griff unter seinen Mantel und zog einen Revolver Kaliber .45 unter seiner Weste hervor: eine Webley British Bulldog. „Aber dies könnte Baileys Mangel an Überzeugungskraft etwas ausgleichen, hm?“

„Nur einer? Mit wie vielen Kanarienvögeln rechnest du?“

„Einer?“, fragte Hews. „Bist du unbewaffnet, Kumpel?“

Oliver schluckte, fasste dann in die Tasche und holte eine vier Zoll große Klinge mit Holzgriff hervor. Neben der Feuerwaffe sah sie aus, als könne man damit besser Würstchen aufspießen als kämpfen. Hews’ Gesicht verzog sich für einen Augenblick schmerzlich. Oliver starrte stumm zu Boden.

„Seit dem Aufruhr hatte ich kein Schießeisen mehr in der Hand“, sagte er.

Hews seufzte und schüttelte den Kopf. „Bleib einfach hinter mir und sieh wie ein böser Schotte oder so aus.“

Hews erklomm wieder die Leiter. Gleich danach tauchte über seinem Kopf ein Quadrat schwachen Lichts auf.

„Schnell jetzt.“

Nachdem er ein paar Sekunden gebraucht hatte, um seinen Bauch durch die enge Falltür zu zwängen, glitt Hews nach oben und verschwand. Oliver umfasste seine Miniaturwaffe fest mit der rechten Hand und stählte sich gegen die nagende Angst in seinen Eingeweiden. Nur die Leiter rauf und drauf.

Er stieg hinauf.

Der Schrank erwies sich als nicht ganz groß genug für sie beide. Oliver musste Knie und Hals in einem unnatürlichen Winkel krümmen, um hineinzupassen. Hews hatte ein ähnliches Problem, denn er konnte sich wegen seines Bauchs nicht zu dem schmalen Spalt zwischen den beiden Schwingtüren des Schrankes bücken. Hews deutete auf die Falltür, und Oliver schloss sie leise, indem er sie mit dem Fuß herunterließ.

Baileys weinschwerer Bariton grollte hinter den Türen.

„Nun, für mich ist das eine Beleidigung. Sie und Ihresgleichen haben keinen Respekt vor der Unantastbarkeit des Besitzes eines Mannes."

Eine andere Stimme antwortete, unterbrochen von einem frühlingshaften, klickenden Geräusch bei jeder glottalen Silbe.

„Ich habe mehr Respekt gezeigt, als Sie als Verräter und Spione eigentlich verdienen."

Bailey räusperte sich. „Wie können Sie es wagen, mein Herr, nachdem Sie meine Tür beschädigt und meine Kameraden beleidigt haben?"

Da der Spalt zwischen den Türen außer Hews' Reichweite war, beugte Oliver den Hals noch mehr und hielt sein Auge gegen das zarte, orangefarbene Licht, das dort hindurchschimmerte. Sein Nacken hatte schon zu schmerzen begonnen.

Hinter der Tür standen Holzkisten, die halb so hoch wie ein Mann waren. Der Raum schien sich bis zum anderen Ende etwa dreißig Yard auszudehnen. Ein Mann mit feisten Wangen und unzufriedenem Gesicht stand ungefähr auf der Hälfte der Strecke, gekleidet in einen grauen Anzug und eine Melone. Er trug keinen Mantel, der seine Stellung verriet, aber er hatte in Form eines Hutbandes, Manschetten, Ketten, Handschuhen und einer Krawatte genug Gold an sich, um sie klarzumachen. Er fuchtelte mit einer revolverähnlichen Waffe herum, die so lang war wie Olivers Unterarm.

Wenn der Mann sprach, bewegten sich seine Gesichtsmuskeln in winzigen Sprüngen wie die Zeiger einer Uhr und verharrten schließlich in einer Miene, die einem nervösen Grinsen glich. „Ich werde es genießen, es aus Ihnen rauszuprügeln, bevor wir Sie unseren Brüdern in Rüstung übergeben."

„Sie haben mich bedroht, mein Herr", sagte Bailey. Oliver hörte etwas, das möglicherweise Bailey war, wie er ausspuckte. „Das werde ich nicht dulden. Lassen Sie uns das ohne Verzögerung beilegen, Mann gegen Mann, wie Gott es bestimmt hat."

Der Goldmantel kniff misstrauisch die Augen zusammen. „Ich werde Sie keinen Krawall machen und so Ihre Mitverschwörer warnen lassen."

Oliver spürte einen Rippenstoß und drehte sich zu Hews, der mit einem Flüstern sprach, das kaum mehr war als ein von den Lippen geformtes Ausatmen.

„Ein Überblick über den Raum."

Oliver bewegte den Kopf von rechts nach links, schwenkte den kleinen Bildausschnitt hin und her, um einen möglichst großen Teil des Raumes zu überblicken. Um das lautlos zu tun, quetschten und bogen er und Hews sich in Stellungen, die sehr schmerzhaft waren. Außerdem wurde es unangenehm warm. Oliver bückte sich tief und reckte den Hals noch weiter, um Hews ins Ohr zu flüstern: „Bailey und Sims links, eventuell noch ein anderer – ich habe eine Hand gesehen. Der Chef der Kanarienvögel steht hinter einer Reihe Kisten. Zwei weitere an der Tür mit Enfields. Kann weder die rechte noch die linke Wand sehen."

Hews nickte. „Ich fasse es nicht, dass du keine Knarre hast, Bursche", flüserte er.

„Ich hatte genug davon", konterte Oliver. „Was nun?"

„Abwarten. Auf mein Kommando."

Oliver nickte.

Außerhalb des Schranks erhitzten sich die Gemüter.

„Ich nenne Sie einen Feigling!", polterte Bailey. „Reichen Sie mir eine Pistole. Ich fordere Sie heraus, mein Herr."

Der Goldmantel gab ein Geräusch von sich wie ein stotternder Motor. „Das würde dir gefallen, was, du dreckiger Renegat? Du willst mich zum Narren halten.“

„Sie ziehen meine Ehre nur in Zweifel, mein Herr, weil Sie selbst keine haben. Sagen Sie, als man Ihnen das Herz rausschnitt, hat man Sie dabei auch von Ihrer Männlichkeit befreit?“

Hews hob einen Finger und deutete auf die Tür. Oliver hielt sein Messer bereit.

„Du verfluchter Schuft“, bellte der Goldmantel. „Ich werde dich auf der Stelle töten, Eisenmänner hin oder her.“

„England sei gepriesen!“, schrie Bailey. „Lang lebe die Königin!“

Hews stach mit dem Finger nach vorne. Olivers Herz schlug bis zum Hals, als sie in einem wilden Durcheinander aus Armen und Beinen aus dem Schrank stürzten. Sobald die Türen aufschwangen, gab Hews zwei Schüsse ab, dann warf sich mit einem Krachen hinter den beiden Kisten auf den Boden. Oliver stand für einen Augenblick dumm da, sah, wie der Chef der Kanarienvögel umkippte und ließ sich flach auf den Boden fallen, als der Goldmantel zu seiner Rechten seine Schusswaffe in Anschlag brachte. Unmittelbar danach zersplitterte die Schranktür.

Sims hechtete neben Hews. Bailey folgte ihm, rollte sich über die Schulter ab und stützte sich auf ein Knie, plötzlich mit einem Derringer in der rechten Hand. Der dritte Mann – Kerry – zog eine .38er aus seinem Mantel und feuerte einige Male, während er zu ihnen kam. Dann explodierte sein Rücken, und er fiel zu Boden wie eine fallengelassene Marionette.

Für einen Moment wurde es still.

Stöhnen und Geräusche wie das Reißen von Geigensaiten erklangen von der anderen Seite der Kisten. Links von Oliver erhob sich Bailey in eine affenähnliche Hockstellung, Muskeln und Sehnen starr unter der sonnengegerbten Haut. Sein Gesichtsausdruck stand in krassem Gegensatz zu dem Alter, das sich in den Flecken am Haaransatz und dem Grau seines Barts zeigte. Wortlos warf er Oliver den Derringer zu und griff nach der Rückseite der zweiten

Kiste. Er stieß einen Fingernagel zwischen zwei Latten und hebelte sie auf. Zum Vorschein kam eine Reihe Pistolen. Eine gab er Sims, die andere umklammerte er mit beiden Händen.

Bailey und Hews warfen einander einen stummen Blick zu. Oliver bemühte sich, den Derringer richtig zu fassen zu bekommen und seine langen Finger um den Griff zu legen. Hinter den Bretterkisten waren gemurmelte Flüche, begleitet von Bewegungsgeräuschen, zu hören.

Bailey zählte an den Fingern ab. Oliver wälzte sich in eine Hockstellung herum und machte sich bereit. Drei. Zwei. Eins.

Sie sprangen alle gleichzeitig auf, und der Raum füllte sich mit Geschrei und Licht. Olivers erster Schuss ging in die Decke. Dann zielte er auf den Goldmantel, der auf ihn geschossen hatte und feuerte ein zweites Mal. Der Mantel fiel rückwärts um. Der Chef der Mäntel, dessen feiner Mantel nur noch ein Gemenge aus Blut, braunem Schmierfett und schwarzem Öl war, wankte trotz der Kugeln, die in seinen breiten Rücken einschlugen, zur Tür. Der Mantel auf der linken Seite torkelte und ging zu Boden, sein Gewehr fiel ihm aus den Händen.

Jäh endete die Schießerei. Oliver fuchtelte wild mit seinem leergeschossenen Derringer, während die anderen auf ihr Opfer zielten.

„Ihr seid alle Scheiße“, sagte der Mann. Er umklammerte den Türrahmen, um aufrecht zu stehen, und fauchte sie über die Schulter hinweg an. Öl strömte ihm übers Gesicht. „Der edle Großvater wird mich zurückbringen, und ich werde euch alle exekutieren.“

Die beiden Mäntel von draußen erschienen in der Türöffnung, die Augen weit vor Furcht. Bailey und Hews hatten, wie Oliver erkannte, ihre letzten Kugeln aufgehoben und schossen beiden in die Stirn.

„Du stirbst nicht mal wie ein Mann“, spottete Bailey, während er die leere Waffe sinken ließ.

Das höhnische Grinsen des Goldmantels löste sich in einem schlaffen, leeren Gesichtsausdruck auf, und er krachte mit einem klatschenden Geräusch auf den Boden, das Olivers Knochen erzittern ließ.

Hews entspannte seine Arme. „Vielleicht doch."

Bailey kehrte zurück zu Kerrys ausgestrecktem Körper. Nur ein kleines, schwarzgerändertes Loch verunzierte dessen Brust, aber unter ihm breitete sich eine Blutlache aus.

„Kein schlechtes Ende", dachte Oliver. Besser als der Kamin oder die Dampfgewehre oder eines der anderen Gräuel dieser Stadt.

Die anderen drei wandten sich ihrem gefallenen Freund zu und ließen die Köpfe sinken. Hews nahm den Hut ab.

„Eine große Ehre, im Dienste der Königin und des Vaterlandes zu sterben", sagte Bailey mit harter Stimme. „Wir salutieren diesem Mann, der sein Leben für die Sache gab."

„Engelsscharen", murmelte Hews. „Wir sehen uns an den Toren, Freund."

Bailey wandte sich den anderen zu, tat Kerrys Leiche ab wie ein Möbelstück.

Er wies auf den Schrank.

„Alle runter."

Einer nach dem anderen flohen sie durch die Falltür. Hews kam als Letzter, zog sie hinter sich zu und schloss die unsichtbare Verriegelung. Sie knieten und hockten eng beisammen im stinkenden, rußschweren Wind, der sie unten grüßte. Alle nahmen sich einen Augenblick Zeit, ihre Waffen zu verstecken und zogen Taschentücher hervor, um ihren Mund gegen die ekelerregende Luft zu schützen.

„Wie haben sie dich gefunden?", fragte Hews und zog seinen Hut tiefer in die Stirn, damit er nicht wegflog.

Oliver taumelte vor der Wut, die in Baileys Augen aufblitzte, beinahe zurück. Bailey ballte die freie Hand zur Faust. „Sie haben Aaron erwischt."

Oliver kannte den Namen, er hatte ihn in beiläufigen Gesprächen zwischen anderen Revolutionären gehört. Wie üblich hatten sie ihn bezüglich Aarons Rolle nicht ins Vertrauen gezogen. Oliver hatte gedacht, er sei ein Agent wie er, aber Hews angestrengtes Keuchen schien etwas anderes anzudeuten.

„Gott im Himmel", murmelte Hews.

„Kontaktiere deine Leute und befiehl ihnen, sich zu verstecken", wies Bailey an. „Trefft euch im Lager im Dunbridge-Turm wieder." Er und Sims zogen sich zurück, schwangen sich über den Rand des Querbalkens und verschwanden.

Oliver drehte sich zu Hews um. „Verstecken? Was meinte er?"

Hews mahlte mit den Zähnen und starrte vor sich hin. „Wenn Aaron dieses Versteck verraten hat, wird er auch die anderen verraten, Bursche. Keiner von uns ist jetzt mehr sicher."

Olivers Herz raste wieder. „Der Mann kannte meine Mannschaft nicht, Hews."

„Wir können kein Risiko eingehen. Lass uns einen Telegrafen suchen gehen."

Hews berührte Oliver an der Schulter und wies zurück zu dem Weg, den sie gekommen waren.

„Wie sollen wir den ganzen Weg bis nach Dunbridge zurücklegen?", fragte Oliver. „Sie beobachten bestimmt die Wagen."

Hews tauchte aus einer Art Innenschau auf. „Sie schienen unsere Gesichter nicht zu kennen. Bailey und Sims müssen aufpassen."

Für einen Augenblick krochen sie stumm weiter, einen Arm als Windschutz vor dem Gesicht. Oliver warf einige Male einen Blick auf Hews, der immer mehr die Stirn runzelte und immer verschlossener wurde.

„Hewey, wer war dieser Aaron?"

Hews stieß einen langen, frustrierten Seufzer aus.

„Unsere Hoffnung, Bursche. Unsere beschissene größte Hoffnung."

Das oberste Prinzip der Maschine ist der Zweck. Die Maschine entwirft sich auf dieses Ziel hin, stimmt ihre Funktionalität auf ein einziges Ergebnis ab. Die Maschine kann ihrer Natur nach ihren Zweck nicht erfassen oder wählen. Ein höheres Wesen muss ihn liefern, wie eine Offenbarung oder eine Doktrin. Somit könnte er als göttlich gelten.

– IV. ii

KAPITEL 4

Ticken: Tausend Uhren hallen im endlosen Dunkel wider, der Lauf einer Million Räderwerke, die sich drehen und zucken, ein Pfuhl gesammelter Kräfte, die an geformtes Metall schlagen, eine fein abgestimmte Symphonie koordinierter Bewegung, die in einem einzigen Ticken gipfelt – unaufhörlich, ohrenbetäubend, unerbittlich.

Der Geist Großväterchen Uhrs.

Aaron hatte sich vorgestellt, wie er kreischen und sich winden, wie er gegen die Ketten kämpfen würde, die ihn banden. Er stellte sich eine Reihe Kesselmänner am Eingang seines Gefängnisses vor, die mit Flinten, Schießeisen und Dampfgewehren bereitstanden, um seine mögliche Flucht zu vereiteln. Er hatte sich eine Tür vorgestellt, die mit dampfgetriebenen Bolzen verschlossen war, um diesen Mann, der eine solche Gefahr darstellte, wegzusperren.

So war es nicht. Er hing jetzt in einem Stuhl, Arme und Beine gehalten von dünnen Messingreifen, und in seinen Hals stachen sechs Kupferdorne. Er hatte willkürlich Krämpfe. Er sabberte.

Dunkles Öl rann ihm aus Augen und Ohren. Links und rechts, oben und unten schlurften stumpfsinnig tausend weitere eingesperrte Seelen, ihre Körper zitterten im komplizierten Gleichmaß der Großen Maschine.

Er hatte gekämpft, als sie ihn hierher geschleift hatten, in den Kamin. Er war daran verzweifelt, die endlose Kolonne zitternder Menschen von oben im Kern des Schlotes verschwinden zu sehen und das Schicksal derer zu kennen, die dort gefangen waren. Er hatte sich vor Angst eingenässt und darum gebettelt, sterben zu dürfen.

Aber der Baron in seiner leidenschaftslosen Monotonie hatte die Kesselmänner angewiesen, ihn aufzuhängen und bei Bewusstsein zu halten, während die Dorne ihre Arbeit verrichteten. Der Baron hatte dagestanden und mit starren kupfernen Augen zugesehen, wie sich die sich unkontrolliert ausbreitende Kakophonie der Gedanken Großväterchen Uhrs ihren Weg in Aarons Hirn bahnte. Aarons letzte visuelle Erinnerung war das ausdruckslose Gesicht des Mannes: nicht mal ein Lächeln des Triumphes und auch kein böses Grinsen, das Aaron für sein Menschsein verachtete. Aaron war nur ein defekter Teil des Großen Werks, den man isoliert und an einer besseren Stelle eingesetzt hatte. Aaron warf imaginäre Arme über einen imaginären Kopf. Er rannte auf imaginären Beinen, während er verzagt nach einem Schlupfwinkel suchte, aber im Kamin war alles Großväterchen Uhr. Jede Kurve führte ihn zwischen knirschende Getriebe oder in den Weg sich dehnender Federn.

Er rannte ewig diesen Weg entlang, in unermesslichem Schmerz, verschlungen wie all die anderen, müde, bis er nur noch ein Toter war, der nicht richtig gestorben war. Die Dorne gruben sich in seinen Hals wie die Getriebe und der Lärm in sein Hirn, und er gab jedes Geheimnis preis, das er je gehabt hatte. Er verriet seine Freunde, seine Pläne, seine Verstecke, all seine erbärmlichen Fehltritte gegenüber der Aufrichtigkeit und gegenüber Gott – alles, um den Schmerz zu beenden. Aber Großväterchen Uhr war der Schmerz egal, solange sich die Räder drehten.

Nach zahllosen langen Stunden änderte sich etwas. Das millionenfache Ticken geriet aus dem Takt. Für einen Atemzug kam eines nach dem anderen, wie eine kurze, aber starke Welle, als Großväterchen Uhr zögerte.

Aaron erwachte wieder zum Leben. Er wagte einen kleinen, behutsamen Atemzug und fühlte, wie sein Körper das Gleiche tat. Was war es, von dem er fühlte, dass es die Aufmerksamkeit des gewaltigen Wesens rundherum erregte?

Er streckte die Hände aus, betastete die Zahnräder und Federn um ihn herum, die in ihrem veränderten Muster klickten. Der Rhythmus wurde ihm nun deutlicher, da es leiser war. Sein Unterbewusstsein tat seine Arbeit, und Erkenntnisse nahmen in seiner Vorstellung Gestalt an: geronnene, ergraute Bilder der Ziele und Direktiven Großväterchen Uhrs. Riesengroß, unergründlich, sogar mit Persönlichkeit, mit Geschmack.

Angst: dass das Große Werk vielleicht nicht fertiggestellt würde und dann ein Befehl: suchen, fangen, bewahren.

Joseph, begriff Aaron. Joseph ist entkommen.

Er lachte, und übergangslos synchronisierte sich das Ticken wieder. Ein lautes Geräusch drang auf ihn ein. Hunderttausend Glocken stimmten ein chaotisches Lied an – Kirchenglocken und elektrische Summer, Wecker und auf Ambosse schlagende Hämmer.

Großväterchen Uhr hatte Aarons Gedanken gesehen und gehört. All die genau geregelten Kräfte der Maschine stürzten auf Aarons Kopf ein. Er fühlte, wie in seinem realen Körper Knochen brachen.

„Hör auf zu lachen!", war der Befehl.

Also lachte Aaron weiter, während er schrie.

Großväterchen Uhr zerrieb ihn, wie ein Mechaniker Rost von einem renitenten Bolzen schabte. Aaron wurde zerbröselt und trieb davon. Was blieb, suchte festen Halt und begann dann, sich in seiner vorherbestimmten Frequenz zu drehen. Es wurde Teil eines Werkes, das größer war als es selbst, Teil einer unfehlbaren Kette physikalischer Logik innerhalb der fehlerlosen Maschine.

*   *   *

Es war das Kinn, entschied Missy. Die breite Brust, die muskulösen Arme, das zurückgekämmte, kurze blonde Haar, all das war sicherlich kein Hindernis, aber es war das kantige, beinahe römische Kinn, das wirklich die Aufmerksamkeit auf sich zog.

Der Mann stand am Straßenrand, mit hängendem Kopf, den Rücken an die nächste Wand gelehnt. Er, Missy und die anderen Wühler der Schattenseite Shadwells standen an die Straßenränder gequetscht, als die Kesselmänner vorbeigingen. Mir den Mänteln konnte man Spaß haben: Ein Schuh an der falschen Stellen, wenn sie vorbeikamen, war immer gut, da sie kindische Schuldzuweisungen für unter ihrer Würde hielten; ein kurzes Aufblitzen eines Gelenks zum richtigen Zeitpunkt war auch amüsant, für die Kanarienvögel zumindest – Augen wie Falken hatten sie, aber Füße wie Elefanten im Porzellanladen, wenn ihr Blut in Wallung geriet. Kesselmännern ging man am besten irgendwie aus dem Weg.

Wenn sie wie die vielen gewesen wäre, hätte Missy den Blick gesenkt, ihren aschgrauen Hut ins Gesicht gezogen und versucht, nicht mehr Präsenz zu zeigen als ein Schwein beim Metzger. Sie hätte ihren Wissensdurst mit Angst unterdrückt und gezittert, bis die Eisenjungs vorüber gewesen wären und hätte dann weitergemacht, als wäre alles gut und als würde die Sonne jeden Moment hervorkommen. Aber Missy war nicht wie die vielen, und der Mann mit dem Kinn auch nicht.

Er beobachtete die Kesselmänner mit zusammengekniffenen Augen. Missy bemerkte, wie seine Hand in dem Augenblick, in dem die Eisenjungs auftauchten, zu dem großen, in Leder geschlagenen Gegenstand zuckte, den er auf dem Rücken trug. Er hatte sich offensichtlich zusammengerissen und sich zu den Stufen einer Ladenfront zurückgezogen, seine beiden Begleiter, ein braungekleideter Oger und ein magerer Gassenjunge, zu beiden Seiten. Der Aussichtspunkt erlaubte ihm eine ungehinderte Sicht auf die düstere Prozession und Missy eine ungehinderte Sicht auf ihn.

„Was führt denn dieser zauberhafte Typ im Schilde?", grübelte Missy. Er war viel zu fixiert auf die Kesselmänner, um sie zu bemerken, und so konnte sie ihn nach Belieben beobachten. Er stand mit angespannten Muskeln da, die Beine bequem weit auseinander, als erwarte er, jeden Moment zur Seite springen zu müssen. Sein breiter Schnurrbart und sein Wuschelkopf schienen sich zu sträuben wie das Fell eines Tigers. Er wirkte wachsam, angespannt, umgeben von einer Aura der Kontrolle.

„Du darfst einen Kunden nicht nach seinem Aussehen oder Verhalten beurteilen. Für dich sind alle Männer Adonis und Casanova", sagte eine schroffe Stimme in ihrem Hinterkopf.

Missy blickte bei dem Gedanken finster drein und fragte sich, ob es falsch war, sich zu wünschen, sie wären alle wie dieser gewesen.

„Auch wenn du vor mir fliehst, hast du die Begierden immer noch in dir. Du bist für diese Arbeit geboren, Kind."

Die Kesselmänner zogen ab, ihr schwerer Gleichschritt würde allerdings noch für einige Zeit hier auf der Schattenseite nachhallen. Die Menge begann, wieder auf die Straße zu drängen, erst lautlos, dann allmählich in gedämpfter Unterhaltung.

Der Gegenstand von Missys Beobachtung beriet sich für einen Augenblick mit dem Oger an seiner Seite, dann gab er dem Kameraden mit dem Kopf ein Zeichen, ihm zu folgen. Er warf einen Blick zur Seite, direkt in Missys Augen. Zuerst machte ihr Herz einen Sprung; dann errötete sie in jähem Ärger. Er hat mit mir gespielt! Automatisch antwortete sie mit einem koketten Lächeln und einem Winken.

Der Mann schaute schnell weg und nach unten, richtete seinen Fokus auf die Straße vor ihm und die dichtgedrängte Menschenmenge.

Bereit für alles außer der verführerischen Berührung der Weiblichkeit, erkannte Missy. Fast schon erfrischend.

Die drei eilten in zügigem Tempo davon, entschlossen und furchtbar fehl am Platz auf der Schattenseite. Missy ging natürlicher, ahmte das unstete Herumirren der wogenden Masse der

Turmbewohner nach. Obwohl ihre Zielpersonen schneller gingen, kollidierte ihre Unbeirrbarkeit mit dem ziellosen Tanz der Menge, und Missy konnte mühelos Schritt halten.

Der Boden der Schattenseite war wie eine riesige Hügellandschaft aus Beton, krude und unförmig, die sich an die Launen der Stahlstützen des Turmes anpasste. Sie folgte den Fremden zwischen zwei- und dreistöckige Wohnhäuser, die behelfsmäßig aus jedem Bisschen überschüssigen Holzes und Mörtels errichtet waren, das die Bewohner aus der Stadt darüber hatten erbetteln können. Der Ort hatte die Atmosphäre eines verfallenen Friedhofs, die die paar wenigen geisterhaften Straßenlaternen, die Missy schon immer verabscheut hatte, noch verstärkten. Wenn diese Torheit mit den Agenten der Königin vorbei war, beabsichtigte Missy, Oliver dazu zu bringen, ihr eine Wohnung in Aldgate zu kaufen. Oh, warum in der Fantasie Kompromisse machen ... im Cathedral Tower!

Sie folgte ihren Füchsen in ein Sammelsurium seltsamer Spelunken und schmaler Gässchen, das aus welchem Grund auch immer „der Schimmer" hieß. Sie müssen die Gegend kennen, befand sie, wenn sie so selbstsicher in dieses Labyrinth schreiten. Warum hatte sie sie dann noch nie gesehen? Die anderen beiden konnten, obwohl sie seltsame Körperhaltungen und Bewegungen hatten, mit etwas Mühe als Einheimische durchgehen. An den Mann mit dem kantigen Kinn allerdings hätte sie sich erinnert. Ein paar Minuten nach ihnen schlüpfte sie in die Gasse, um sicherzugehen, dass sie die erste der vielen unnützen Ecken dort hinter sich gelassen hatten. Der Saum ihres Rocks streifte die Wände der engen Gasse, und sie raffte ihn vorn, damit er von all dem Urin und Erbrochenen nicht schmutzig wurde. Warum schafften es die Betrunkenen nie bis ganz auf die Straße?

An der ersten Ecke hielt sie an. Von vorn waren Flüche zu hören, die an den schmutzigen Wänden über ihren Köpfen widerhallten: Vielleicht hatte der Oger Schwierigkeiten durchzukommen, und der Kinnmann mit seinem Rucksack genauso. Sie linste über den Rand und sah, genauso wie sie es sich gedacht hatte, dass die breiten Schultern des Ogers zwischen einer wackeligen Fensterverkleidung und einem Rohr feststeckten. Der Kinnmann musste vorausgegangen sein, denn sie sah nur den Teenager. Er legte den Kopf schief und begann, sich umzudrehen.

Mit einem unterdrückten Aufschrei huschte sie zurück in ihre Deckung. Die Körperhaltung des Burschen, gesenkter Kopf zwischen hochgezogenen Schultern, hatte etwas von einer Katze, die zum Sprung ansetzte oder einem Hund, der dabei war, zu knurren und loszustürmen.

Jähe Furcht blitzte in ihrem Verstand auf wie ein elektrischer Funke: Warum folgte sie diesen Männern?

Weil Oliver fragen wird, was sie im Schilde führten, und wenn du keine Antwort hast, wird er dich tadeln wie ein kleines Mädchen und für den Rest des Abends gekränkt sein. So. Jetzt war es seine Schuld.

„Es ist absurd, den Glauben an die Unschuld unserer Motive aufrechtzuerhalten, Kind. Durch dein Hiersein besudelst du schon den Gedanken an das Gute im Menschen."

Ungeachtet des Geräuschs schlug sich Missy selbst fest auf die Wange.

Ich bin fertig mit dir, Alte. Lass mich in Ruhe!

Allmählich ließen die Flüche weiter vorne nach, und nach ein paar Atemzügen Stille fasste Missy Mut und folgte den Männern.

Nach ein paar weiteren Ecken kam sie auf einem der kleinen Plätze heraus, die einen Namen trugen, den sich nicht wiederholen würde, nicht einmal bei sich selbst. Erhellt von einer einzigen Öllampe, die von einer Fensterbank im zweiten Stock hing, glänzte der Platz vor Feuchtigkeit und stank nach jeder Art von Dreck. Eine Treppe auf der linken Seite führte zu einem Rumhaus, eine verrammelte Tür auf der rechten Seite zu einem abrissreifen Laden mit zerbrochenen Fenstern, hinab.

Drei weitere Gassen zweigten von hier ab. Bei allen dreien kam die erste Kurve zu früh, als dass man besonders weit sehen konnte, und das einzige hörbare Geräusch außer dem regelmäßigen, leisen

Surren aus den Fabriken oberhalb waren ein Murmeln und eine schlecht gespielte Tin Whistle aus dem Rumhaus. Sie konnte keine Spur ihrer Füchschen finden.

Nun, das war's. Völlig akzeptabel, dass ich sie hier verliere. Oliver kann mir nicht vorwerfen, dass ich mich als einsames Frauenzimmer nicht in ein Rumhaus begeben will, oder? In sinnbildlicher Aufkündigung der Sache rieb sie ihre Hände aneinander und wandte sich zum Gehen.

Ein Mann trat aus dem Dunkel der rechtesten Gasse. Missys Hand flog zu ihrer Brust, als ihr Herz zu donnern begann. Die Worte, die sie so gründlich einstudiert und geübt hatte, kamen wie von selbst aus ihrem Mund: „Meine Güte, Sie haben eine Dame erschreckt, mein Herr."

Der Mann mit dem tollen Kinn bedeutete ihr, sie solle zu ihm kommen, und trat in die Gasse zurück.

„Bitte, Miss", sagte er. Seine Stimme hatte einen rauchigen deutschen Akzent, war aber auch kratzig, so als hätte er viel Zeit mit Schreien verbracht.

Missy fixierte ihn mit ihrem entwaffnendsten Wimpernschlag. „Nun, das wäre kaum angemessen, oder? Ich kann keinem fremden Mann an einen dunklen Ort folgen."

„Sie haben diesen fremden Mann geraume Zeit verfolgt."

Das miese Arschloch wusste es. Sie lächelte scheu. „Scharfe Augen haben Sie, wie ich sehe."

Er schwieg, seine Augen huschten jedoch kurz etwas tiefer als ihr Gesicht. Abscheu brandete für einen Moment in ihren Eingeweiden auf.

„Denk daran, dein Klient ist zu dir gekommen, damit du mit ihm spielst. Es ist sein Wunsch, dass du ihn an der Nase herumführst und für einige Zeit von Verantwortung befreist."

Ausnahmsweise mal was Nützliches von dir, alte Fledermaus.

Probeweise machte Missy einen direkten, absichtlichen Schritt in seine Arme. Er reagierte, indem er zurückwich, vorsichtig, die Hände an den Seiten, aber offen und leicht gedreht, um jederzeit zupacken zu können. Ihr gefiel, wie er erblasste, und sie lachte innerlich. Warum konnte man die Großen, Starken am leichtesten ihrer Männlichkeit berauben?

„Nun, was tut ein gutaussehender Mann wie Sie auf der Schattenseite, frage ich mich?“ Sie versuchte, an seinem schmerzerfüllten Zwinkern einzuschätzen, wie weit sie gehen konnte. „Nichts, das nicht warten kann, wenn die Begleitung die richtige ist, hoffe ich.“

Sein Hals färbte sich rot. Missy faltete die Hände unschuldig vor dem Körper, die hintere Hand zog dabei ihr Springmesser halb aus ihrem Ärmel. Er war verwirrt, aber der Mann trug im Schatten seiner rechten Hüfte kaum erkennbar eine Schusswaffe, und sie fragte sich, ob die leichte Beule unter seinem Hemd kurz oberhalb seines Hosenbunds ein Munitionsgürtel sein konnte, wie Heckler ihn trug. Der Mann hielt die rechte Hand stets ein kleines Stück über dem Griff seiner Schusswaffe.

„Ich bin nicht interessiert, Miss“, sagte er.

Ihre Finger umfassten das Heft des Messers. Oh, aber du musst interessiert sein, denn ich bin bereit.

„Nun, noch nicht, Liebster. Aber der Tag ist noch jung, und du wirst merken, dass ich neben allerlei anderen Dingen vergnügliche Unterhaltung kenne, wenn du einem Weibchen eine Chance gibst.“

Die Röte im Gesicht und die Anspannung verschwanden, um einem eiskalten, scharfen Blick Platz zu machen. Die gesamte Haltung des Mannes wurde bedrohlich, und Missy merkte, wie groß er tatsächlich war.

Dumm. Zu forsch. Nun ist er …

„Warum sind Sie mir gefolgt, Miss?“, fragte er mit einer Stimme, die ausdruckslos wie kalter Schiefer war.

Sie zog sich angesichts der Wut in den Augen des Mannes einen Schritt zurück und schaffte es, ärgerlich zu klingen.

„Das habe ich Ihnen schon gesagt, mein Herr. Nun, ich sehe, Sie sind nicht interessiert. Guten Tag, ich bin dann mal weg.“

Sie streckte die Nase in die Höhe und wirbelte herum. Was zur Hölle war in sie gefahren, diesem Mann in den Schimmer zu folgen? Würdevoll jetzt. Langsamer. Er bedeutet gar nichts.

Seine Hand umfasste ihre Schulter und wirbelte sie wieder herum wie einen Kreisel. Unversehens starrte sie in bemerkenswert blaue Augen, die hart wie Stahl waren. Sie zog das Klappmesser. Ein Stoß, und er würde umfallen wie ein Dominostein, genau wie andere vor ihm.

Aus irgendeinem unerforschten Teil ihrer selbst wallte eine Urwut auf, ein gellender Befehl, ihm das Messer ins Herz zu stoßen. Er hatte es verdient. Sie alle hatten es verdient. All diese grausamen, geilen Schweinehunde, die glaubten, so viel Macht zu haben.

Sie drückte den Schnapper, und die Klinge sprang heraus. Waren es die Augen, die sie zögern ließen? War er einfach so viel schneller?

Er brach ihren Blickkontakt keinen Moment lang ab. Seine andere Hand ergriff ihr Handgelenk in dem Augenblick, in dem sie zustoßen wollte. Schmerz durchzuckte Missys Arm bis in die Finger. Sie schrie, und das Messer fiel zu Boden.

Sie konnte die Arme nicht bewegen. Sie konnte nicht fliehen. Er neigte sich näher heran, erfüllte ihre Nase mit seinem Geruch.

„Hör zu!“, zischte er. „Folge uns nicht weiter. Meine Genossen sind herzlose Schurken und werden dich töten. Verstanden?“

Sie nickte schwach. Er stieß sie weg.

„Spiel deine koketten Spiele woanders.“

Sie nickte wieder, schluckte, um das Zittern in ihrem Inneren zu unterdrücken, und zog sich zurück. Sie behielt ihn im Blick, beobachtete seine Augen und seine Waffenhand, bis sie den kleinen Platz erreichte, drehte sich dann um und floh die nächste Gasse entlang. Sie rannte durch die Kurven und Windungen, schlug mit den Ellbogen an Fallrohre und streifte mit ihrer Kleidung die Wände, aber sie hielt nicht an, bis sich die riesige, von Lampen erleuchtete Höhle der Schattenseite um sie herum öffnete.

Sie fand eine verrottende Kiste hinter einer Bäckerei, wo sie niemand von der Straße aus sehen konnte, und setzte sich. Tränen flossen über ihre Wangen und ihr Kinn und tropften auf ihren Mantel.

„Nein, nein, nein", murmelte sie. Sie presste die Fäuste in die Augenhöhlen.

„Brauchst du noch einen weiteren Beweis dafür, wie schwach du bist, Kind? Gib diese undamenhaften Ideen von Unabhängigkeit auf und komm zurück zu mir."

Sie zitterte am ganzen Leib. Ihre Eingeweide verkrampften sich. Ein scharfer Schmerz begann, zwischen ihren Beinen zu pochen. Aus dem Inneren ihres Verstandes heraus fixierte Oberin Gisella sie mit einem finsteren Blick und verkniffenem Mund.

„Die Welt ist reich an Beispielen für deine Schwächen. Du bist verängstigt wie ein kleines Mädchen, genau wie du es warst, als du vor meiner Schwelle ausgekippt wurdest."

Nein, nein, nein, nein …

Sie nahm die tränennassen Fäuste vom Gesicht und umschlang ihre Beine mit den Armen, bis das Beben aufhörte. Dann umklammerte sie ihre Bauchgegend so fest, dass sie glaubte, sie müsse zerbrechen.

Sie hielt sich in diesem Todesgriff, bis ihre Eingeweide sich beruhigten und Gisellas Stimme verstummte. Dann atmete sie mit großer Behutsamkeit ein, erhob sich, glättete ihre Kleidung, wischte sich das Gesicht ab.

Sie würde ein anderes Messer bekommen. Sie würde eine Schusswaffe kriegen. Dann würde sie diesem Bastard von einem Kraut zeigen, dass er nicht diese Empfindungen in ihr auslösen durfte. Sie würde jeden, der ihr über den Weg lief, lehren, dass sie nicht länger machtlos war.

Sie steuerte auf das Versteck zu.

Ich sehe hinter meinen geschlossenen Lidern eine große Stadt. Sie ist die Vision all meiner architektonischen Fehler, die entgegen aller Wahrscheinlichkeit nicht einstürzen. Ich sehe die Menschheit, die in diesen Schöpfungen lebt, fernab des Drecks, aus der sie bestehen. Ich sehe unsere Heimstätten und Kirchen zerstört; ich sehe unseren Gott schroff abgewiesen und geleugnet; ich sehe unsere Bücher, unlesbar vor Rauch und Asche.

– IX. ii

Kapitel 5

Eine vorüberziehende Rauchwolke verbarg die Plattform, als der Seilbahnwagen an seinem Liegeplatz anlangte. Oliver hatte sein Taschentuch vor Mund und Nase gebunden, ehe er ausstieg, aber das half kaum gegen den plötzlichen brennenden Schmerz in seiner Lunge, sobald er den ersten Atemzug in dieser Luft getan hatte. So nah am Schlot waren Atmen und Nichtatmen gleichermaßen abträglich für die Gesundheit.

Der Dunbridge-Concourse war auf einem steil abfallenden Hügel erbaut, der Bahnhof lag an dessen Fuß. Aufgrund der Art, wie die Stahlträger emporgewuchert waren, hatten die Schwarzmäntel entschieden, nur an der Westseite des Turmes zu bauen; die Ostseite war Wind und Regen ausgesetzt. Die Wohnungen Dunbridges lagen übereinander, unordentlich wie ein Müllhaufen, und in den größten Teil drang kein Licht.

An jeder Haltestelle und in jeder Straße, durch die sie in Stepneyside und Cambridge-Heath gekommen waren, hatte es von Goldmänteln gewimmelt. Frauen und Kinder, Teil des grotesken

Systems, musterten die Mittagspendler, wenn sie vorbeikamen. Die kräftigeren, besser bewaffneten Kanarienvögel zogen willkürlich Leute aus der Menge, um ihre Taschen zu durchsuchen. Das war Oliver nur einmal passiert, und er hatte sein Messer und seinen Derringer in der Hand verschwinden lassen können, während der Mann ihn abtastete. Der Mantel hatte ihn verächtlich zur Seite gestoßen, um für das nächste Opfer Platz zu machen, das seine Lakaien schon aufgegabelt hatten.

„Das ist ein Angriff auf die Grundsätze der Menschenwürde“, hatte Hews gesagt. „Mal ehrlich, was hoffen die zu finden? In ganz Whitechapel können wir nicht mehr als ein paar Dutzend sein.“

„Vielleicht wollen sie Angst verbreiten“, hatte Oliver gemutmaßt, „um die Leute davon abzuhalten, uns zu helfen.“

Da war Hews munter geworden, und ein wenig von dem stolzen, roten Glühen kehrte auf seine Wangen zurück. „Ha. Briten lassen sich nicht so leicht einschüchtern.“

Oliver hatte an Missy gedacht. „Britinnen auch nicht.“

Dann waren beide in Schweigen verfallen. Die ständige Nähe der Anhänger Großväterchen Uhrs und stellenweise der Kesselmänner beschränkte die Möglichkeiten ihrer Diskussion.

Oliver wollte unbedingt mehr über Aaron wissen, wollte wissen, wie ein Mann, der soviel wusste, in die Hände des Feindes geraten konnte. Als er fragte, blaffte Hews, dies sei nicht der richtige Zeitpunkt, das zu diskutieren und verfiel wieder in sein stilles Grübeln.

Hews' erster Atemzug, nachdem sie ausgestiegen waren, löste einen Hustenanfall aus. Oliver hakte ihn unter und führte ihn geflissentlich aus dem Weg der restlichen Passagiere, während sich der Husten zu einem feuchten Auswurf entwickelte. Es dauerte Minuten, bis Hews sich gefasst hatte. Er richtete sich auf und wischte den Speichel unter seinem Halstuch weg. Eine plötzliche Schweißschicht in seinem Gesicht mischte sich mit Schmutz. Der Mann schien all seiner Lebenskraft und jedem Anschein von Gesundheit beraubt.

„Bin ich so unterhaltsam?“, krächzte Hews.

Oliver schluckte. „Ist es …?“

„Lungenkrebs, ja“, sagte Hews. „Dasselbe, was meine Barbara dahingerafft hat.“

„Du hättest es mir sagen können.“

„Du wusstest es“, schalt Hews. „Als Junge warst du stets aufmerksam. Das hat sie mir immer erzählt.“

„Es ist ein Unterschied, ob man's weiß oder hört“, sagte Oliver.

„Das musst du mir nicht sagen, Bursche.“

Einen Moment lang standen sie schweigend da, während Hews sein Taschentuch verstaute und ein frisches aus der Westentasche hervorholte.

„Sie war freundlich zu mir“, sagte Oliver, um die Stille zu beenden.

„Ja, war sie, und der einzige Preis ihrer Freundlichkeit war, ihre ständigen Predigten zu ertragen, gepriesen sei ihre anglikanische Seele.“

Hews räusperte sich und strich seinen Mantel und Hut glatt. „Nun“, sagte er. „Lass uns weitergehen, ja, ich war jetzt auffällig genug.“

„Aber … geht es dir gut?“, fragte Oliver.

„Putzmunter wie an dem Tag, an dem ich aus meiner Mutter geflutscht bin, Bursche. Erspar mir dein Mitleid.“ Er schlug ein zügiges Tempo an. Oliver bemühte sich, Schritt zu halten.

Die Haltestelle öffnete sich auf den niedrigsten Punkt des Concourse: eine Betonhalbschale, die Bänke, wenig lebensechte künstliche Bäume und nicht eingeschaltete, kantige, schmiedeeiserne Laternenmasten aufwies. Sie war fast verlassen, wohl wegen der erstickenden Luft, schätzte Oliver. Ein weiblicher Schwarzmantel stelzte wie eine Spinne auf allen Vieren vorbei und gab ein hörbar mechanisches Knirschen von sich, wenn sie sich bewegte.

Oliver schrak zurück.

„Haben ihre Seelen verkauft“, sagte Hews, als sie vorbei war. „Nichts mehr in den Herzen als ein Klumpen brennender Kohle und die Ausdünstungen Mama Maschines.“

„Das würden sie uns allen antun, wenn wir sie ließen", dachte Oliver. Das Metall wuchs in einem menschlichen Wesen genauso leicht wie in einem Turm oder einer Fabrik; der Mensch hätte keine Ahnung, dass es in ihm war, bis schwarzes Eisen durch seine Haut stieß. Tommy war schon eine halbe Maschine, dabei hatte er sich nie irgendeinem Kommando angeschlossen.

Nach ein paar Schritten verloren sie sich im Nebel.

„Ich hoffe, du kennst den Weg, Hewey."

Hews bedeutete ihm weiterzugehen. „Ich kenne ihn besser als die Furchen in meinem Gesicht, Bursche. Folge mir einfach und achte darauf, dass nichts unter deinem Fuß ist, ehe du den nächsten Schritt machst."

Oliver hielt mitten im Schritt inne, sein Fuß hing über dem Beton vor ihm. Die Luft war so rußgeschwängert, dass Löcher im Beton nicht ohne Weiteres sichtbar waren. Er warf Hews einen bösen Blick zu.

„Habe ich dir nicht geistesabwesend genug ausgesehen?"

„Keineswegs, Bursche. Wollte dich nur warnen aufzupassen, wo du hintrittst, das ist alles. Man kann nie wissen, an so einem Ort."

„Du bist ein Unhold, Hewey", sagte Oliver. Um seinen Worten Nachdruck zu verleihen, stampfte er mit dem vorderen Fuß fest auf. Das befriedigende Klatschen von Gummi auf Beton erklang.

Hews lächelte schwach. „Du bist heute wohl besonders gewitzt, was? Nun, wenn du so stolz auf deine Geistesschärfe bist, dann versuche mir zu sagen, wo wir in zwanzig Minuten sein werden."

Stirnrunzelnd folgte Oliver Hews' geisterhaftem Schatten durch den Smog zum Fuß einer altersschwachen Treppe. Sie stiegen mehrere Stockwerke nach oben, bis sie einen Treppenabsatz erreichten, kamen zu einem anderen Aufgang, einem weiteren Absatz, einer weiteren Treppe, und so ging es ewig weiter. Nie konnte Oliver mehr als fünf Schritte weit sehen. Rußfleckige Mauern und schmierige Fensterscheiben zogen zu beiden Seiten vorbei. Die rußgeschwängerte Luft schluckte jedes Umgebungsgeräusch, so dass Oliver nur sein eigenes Atmen und seine Schritte hörte.

Hews blieb auf einem Treppenabsatz stehen, um zu verschnaufen. Oliver taumelte zu ihm.

„Macht es dir Sorgen, dass wir die ganze Zeit keine andere Menschenseele gesehen haben?“, fragte er.

Hews keuchte mit einem Kratzen in der Stimme: „Bleiben alle drinnen, die faulen Mistkerle. Manche Gebäude hier sind durch Tunnel verbunden, da ist die Luft nicht so schlecht.“

„Warum sind wir dann hier draußen?“

„Damit uns verdammt noch mal niemand sieht. Das ist ein geheimes Treffen, falls du es vergessen hast.“

Die besagten zwanzig Minuten vergingen, und Oliver musste zugeben, dass er keinerlei Ahnung hatte, wo sie waren. Nach ein paar weiteren Treppenabsätzen führte Hews sie zu einer verwitterten Eichentür und in eine erleuchtete Stube.

Die Luft darin war fast so rauchgeschwängert wie draußen. Hitze drang durch die Tür ins Freie, als Oliver eintrat, und füllte seine Nase mit dem Geruch von Opium und menschlichem Schweiß.

„Sogar in Whitechapel kannst du diesen verdammenswerten Orten nicht entkommen“, murmelte Hews.

Eine einzelne Öllampe mit einem orientalischen Lampenschirm hing von einem Haken an der Decke. Ihr mattes Licht erhellte ein Dutzend oder mehr Männer, die im Raum verteilt auf Couchen und Teppichen lagen und in ihrer zerknitterten Kleidung zuckten. Niemand regte sich. Niemand sprach. Nur ein Stöhnen aus einem Bereich auf der linken Seite, der durch einen Vorhang abgeteilt war, durchbrach die Stille.

Vorsichtig über die reglosen Gestalten am Boden steigend folgte Oliver Hews nach hinten. Hews klopfte dort im Rhythmus von „Loch Lomond“ an eine Tür. Sie öffnete sich und brachte eine gedrungene Chinesin mit Damenbart von beachtlichem Alter zum Vorschein.

Hews nahm seinen Hut ab. „Mrs. Flower, ein Vergnügen, wie stets.“

Sie grüßte ihn mit einem faltigen Lächeln und einigen Worten in einem Singsang-Dialekt und führte sie beide hinein. Sie geleitete sie durch ein winziges Hinterzimmer, das mit mehreren niedrigen Tischen und Schemeln und einem dickbäuchigen Ofen eingerichtet war. Ein skelettartiges chinesisches Mädchen mühte sich am Ofen ab, es rieb Opium von einem Barren in ein Sieb, das über einem Topf mit heißem Wasser hing. Mrs. Flower führte sie zu einem fleckigen Vorhang an der Rückwand und zog ihn beiseite.

„Da ist noch einer." Es war Baileys raue Stimme. „Ist jemand bei dir, Lewis?"

„Nur Mr. Sumner", erwiderte Hews. „Wo sind die anderen?"

Die Chinesin bedeutete Oliver, ihr zu folgen.

Oliver wandete seine Aufmerksamkeit dem Raum zu und sah, dass er nur von einem halben Dutzend dicker Kerzen in der Mitte des runden Tischs des Raumes erleuchtet war. Rauch- und Fettflecken schwärzten die verputzten Wände. Bailey, Sims und zwei weitere Herren, die Oliver noch nie gesehen hatte, saßen am Tisch.

Einer der Unbekannten, ein rotgesichtiger Herr mit übersorgfältig geschnittenem Backenbart, antwortete: „Wir können nur für sie hoffen."

„Beeilt euch einfach und nehmt Platz", blaffte Bailey. „Wir haben wenig Zeit."

Hews ließ sich auf dem letzten freien Stuhl nieder. Oliver stand einen Moment lang ratlos da, fühlte immer mehr die Ungeduld der Versammelten und beschloss schließlich, aus dem Zimmer davor einen Stuhl zu holen, fand aber nur einen Schemel. Er setzte sich und versuchte, nicht so lächerlich auszusehen, wie er sich fühlte, einen Kopf kleiner als die anderen und mit bis zur Brust angezogenen Knien.

„Danke", sagte Bailey mit scharfem Sarkasmus zu Oliver. Er sog einen Moment lang an seiner Zigarre und sprach die Runde am Tisch an. „Ich sehe, es fehlen vier."

Einer der beiden Unbekannten, ein Glatzkopf in einem teuren Anzug und Kneifer, antwortete: „Wir haben Bescheid gegeben. Vielleicht sind sie nur spät dran."

„Eine abwegige Hoffnung", sagte Bailey. „Die Kanarienvögel greifen seit dem Morgenrot unsere Verstecke an, sogar meins. Bis sie hier klopfen, müssen wir davon ausgehen, dass das Schicksal der anderen besiegelt ist, also liegt es an uns, die bevorstehende Angelegenheit anzupacken."

„Die bevorstehende Angelegenheit ist die Flucht", sagte der Fremde mit dem Backenbart. „Großväterchen Uhr und Baron Hume werden uns so schnell nicht vergessen, und bei allem, was Aaron wusste, wäre es am besten, die Stadt zu verlassen und die Krone dazu zu bringen, jemand anderen zu schicken."

Baileys schwere Brauen sanken herab. Seine Wangen verzogen sich am Rande seines Schnurrbarts zu einem ernsten Gesichtsausdruck. „Unsere Aufgabe ist es, den Papierstreifen zurückzuholen, was Aarons ursprüngliches Ziel war. Unserer Quelle in Scareds Organisation zufolge fiel einer aus Aarons Gruppe, der ihn hatte, vom Aldgate. Scared sucht sicher schon danach, vielleicht auch der Baron. Wir müssen so schnell wie möglich handeln, wenn wir ihn zuerst finden wollen."

„Warum ist er wichtig?", fragte Oliver und wünschte sich sofort, er hätte es nicht getan. Bailey funkelte ihn an wie ein Kind, das ungefragt gesprochen hatte. Nur der kahle, bebrillte Mann ließ sich vernehmen.

„Ja, raus damit", sagte der Mann. „Du hast uns alle viel zu lange im Dunkeln gelassen. Da es Großväterchen Uhr und sein Lieblingsbaron inzwischen ziemlich sicher wissen, sollten das deine Landsmänner auch."

Sims und der andere Unbekannte nickten.

Baileys Funkeln verweilte einen Moment auf Oliver, Zigarrenrauch kringelte sich um seine Wangen.

„Dann werde ich von vorn beginnen." Er sprach erneut zu der Runde. „Wir standen vor folgender schwieriger Frage, meine Herren. Mit eingehender Planung könnten wir den Baron wahrscheinlich meucheln, und mit genügend Männern könnten wir wahrscheinlich die Mäntel besiegen, aber solche Taten erweisen uns keinen Dienst, solange der Herr und die Herrin überleben. Letztlich brauchen wir eine Methode, sie zu töten, um sicherzustellen, dass sie keinen Einfluss mehr auf England haben, aber wegen ihrer Körperlosigkeit tun wir uns schwer. Aaron hat Jahre daran gearbeitet, einen Weg zu finden, Großväterchen Uhr und Mama Maschine zu töten."

„Hat er eine solche Methode gefunden?", fragte der kahle Mann und beugte sich vor.

„Nein. Er hat mir von Anfang an gesagt, diese Aufgabe ginge über seinen Verstand. John Scared fand einen Weg."

Leises Gemurmel kam am Tisch auf. Oliver wand sich ein wenig auf seinem Hockerchen. Scared war der Schoßhund des Barons, seine Augen und Ohren auf den Straßen Whitechapels. Konnte es in den Reihen der Feinde einen Dissens geben?

Bailey fuhr fort. „Scared machte die Berechnung für dieses Vorgehen auf einem kodierten Lochstreifen. Aaron bestand darauf, eine Einheit zu führen, die ihn stehlen sollte."

Jetzt schrak der kahle Mann zurück. „Du hast ihm das erlaubt? Bei allem, was ..."

„Er behauptete, Scared hätte Fallen gelegt, die zu hinterhältig wären, als dass wir ohne … besondere Begabungen auskämen. Angesichts dessen, was mir unsere Quelle über Scareds Lager erzählte, hatte ich keinen Grund, dies in Frage zu stellen."

„Aber die Risiken, Mann!"

„Die Belohnungen wiegen sie mehr als auf, mein Herr", wies Bailey den kleineren Mann in seine Schranken. „Endlich ein Weg, Whitechapel von diesen gottverdammten Maschinen zu befreien! Welches Risiko wäre das nicht wert – und die Möglichkeit besteht noch. Unsere Aufgabe, meine Herren, ist es, diesen Streifen zurückzuholen, die auf ihm enthaltene Strategie umzusetzen und ihn in den Schlot zu bekommen, damit er seine Arbeit tun kann."

Hews rieb seine Koteletten. „Keine leichte Aufgabe."

„Ich erwarte nicht, dass auch nur einer von uns seine Freiheit noch lange behält", erwiderte Bailey. „Also müssen wir unsere Versteckspiele bei Gaslicht aufgeben, Anonymität inklusive, zumal der Baron wahrscheinlich schon unsere Identitäten kennt. Joyce, mach deine Ingenieursmannschaft bereit für alles, was der Streifen enthalten könnte." Der Mann mit dem Schnurrbart nickte.

„Lewis, du und Lawrence, ihr werdet eure Kontakte im Schlot nutzen müssen. Wir brauchen vielleicht Zugang zum Schlot oder der Arbeitskammer."

Bei der Erwähnung des Namens des Toten zuckte Oliver sichtbar zusammen. Er holte Luft und nahm all seinen Mut zusammen. Nun würde herauskommen, dass Lawrence durch die Hand eines Kameraden gestorben war, und Bailey würde ihn rausschmeißen. Nun, dann würde Oliver einfach wieder eine eigene Rebellion anzetteln, so sehr ihn das auch ängstigte.

Hews nickte nur. „Das werden wir schaffen", sagte er.

„Gut", sagte Bailey. Er drehte sich, um Sims und dem anderen Mann Anweisungen zu geben.

Hews hatte Bailey ins Gesicht gelogen. Oliver war fassungslos. Er hattet das doch sicher nicht um seinetwillen getan? Aber warum sonst sollte Hews so etwas tun?

„Sumner."

Oliver nahm Haltung an und sah, dass Bailey ihn hinter seinem buschigen Schnurrbart ärgerlich anstarrte.

„Haben Sie Lawrences Handbuch?"

„Ja, Sir."

„Gut. Mit etwas Glück wird es einen Schlüssel enthalten, um Scareds Lochstreifen zu knacken."

Oliver hob die Augenbrauen.

Hews beugte sich vor und murmelte zur Erklärung: „Lawrence stand über Mittelsleute in Kontakt zu Scared. Er hat eine Zeit lang Informationen zusammengetragen."

„Wir werden die Schattenseite Shadwells nutzen, um in die Unterstraßen zu gelangen", sagte Bailey. „Ich will, dass eure Leute in der Aufzugsanlage und auf der Hauptstraße herumlungern und die Mäntel und Kesselmänner beobachten. Lenkt sie ab oder greift sie wenn nötig an, aber haltet sie von unserem Ausgangspunkt fern, so dass wir einen freien Rückzugsweg haben. Wenn wir den Streifen haben, werden wir ihn euch geben, und ihr müsst ihn sicher zu Joyces Werkstatt bringen, denn wir können uns auf den Straßen nicht frei bewegen, nun, da sie unsere Gesichter kennen.

Falls die Kesselmänner in voller Stärke in Shadwell einlaufen, müsst ihr uns warnen und vielleicht ein Ablenkungsmanöver starten, während wir zum Docks-Turm entkommen."

Oliver sprach, ehe er das Gehörte durchdacht hatte: „Wachen? Ist das alles, Sir? Meine Mannschaft kann viel mehr."

Bailey explodierte. Er fuchtelte wild mit seiner Zigarre. „Oh? Dann war es wohl nachlässig von mir, unsere Pläne nicht zuerst mit Ihnen abzuklären. Sie und Ihre Mannschaft – ich setze Sie ein, wo ich Sie brauche. Falls Sie ein Problem damit haben, gebraucht zu werden, können wir das zu einem späteren Zeitpunkt besprechen. Heute Nachmittag werden Sie Schmiere stehen und nichts weiter."

Es folgte unbehagliches Füßescharren und leises Räuspern. Oliver spürte, wie ihm Hitze den Nacken hinaufkroch. Seine Fäuste hatten sich geballt und zitterten nun kraftlos. Oliver verspürte den plötzlichen Drang, über den Tisch zu springen und den Mann zu erwürgen. Verdammt seien die Konsequenzen, verdammt sei deine Rebellion und verdammt sei deine alte, fette Königin.

Er fing Hews' Seitenblick auf. Oliver öffnete die Fäuste und zwang sich zu einem ruhigen, langsamen Ausatmen.

„Ja, Sir."

Bailey nickte.

Die nächsten zwanzig Minuten drehten sich um Versorgung und Zeitplanung. Baileys Mannschaft sollte innerhalb der nächsten Stunde über die „rostige Treppe" zu den Unterstraßen unterhalb Shadwells aufbrechen. Die Mannschaft des Bebrillten sollte Sprengstoff im Cathedral Tower anbringen, um die Mäntel und Kesselmänner aus dem Schlot zu locken, falls das nötig war. Oliver fragte nach dem Standort von Joyces Werkstatt, und wie sich herausstellte, befand sie sich im Montague-Turm, dem winzigen, zehn Wohnungen beherbergende Stamm, der aus dem Fundament des Schlotes herauswuchs. Über die Details des Auftrags zu sprechen beruhigte seine Nerven ein wenig.

„Vergessen Sie nie Scared", sagte Bailey zu der Runde. „Er hat wahrscheinlich schon eine Mannschaft ausgesandt und wird Shadwell beobachten. Der Mann beschäftigt Kinder und hat, wenn unsere Quelle recht hat, Einfluss sowohl auf die Goldenen als auch auf die Schwarzen und kann bei beiden Fäden ziehen. Er wird uns entdecken, egal, wie vorsichtig wir sind."

Die Versammelten brummten bestätigend.

„Neigen Sie Ihre Häupter."

Die Männer folgten der Aufforderung, die meisten gar mit aufrichtiger Ehrfurcht – Oliver natürlich auch.

„Herr, du hast uns diese Prüfungen auferlegt, und wir sind dankbar für die Gelegenheit, deine Werke zu tun", sagte Bailey. „Wir danken dir für den Beistand, den du uns in den vergangenen Jahren gewährtest, und bitten dich, uns in unserer heutigen Schlacht beizustehen. Mit deinem Segen werden wir diese Teufel bald vom Antlitz deiner guten Erde tilgen. In Jesu Namen, Amen."

Die Versammelten murmelten zustimmend. Bailey sah dann einen nach dem anderen an, wie um ihren Wert, ihre Hingabe einzuschätzen. Schließlich nickte Bailey, offenbar zufrieden.

„Gepriesen sei England", sagte er. „Gott schütze die Königin."

Alle wiederholten seine letzten Worte, und die Männer gingen auseinander. Sie gingen in Abständen von fünf Minuten, die sie an einer seltsamen Wasseruhr ablasen, die in der kleinen Küche von Mrs. Flowers Etablissement hing. Oliver hatte eine Abneigung gegen Uhren. Der Gedanke, dass Großväterchen Uhr daraus jemandes Familie anstarrte oder seine persönlichen Angelegenheiten beobachtete, ließ die meisten Wohnungen zeitlose Orte und die meisten Taschen uhrlos bleiben. Er erwähnte das gegenüber Hews, aber der zuckte nur die Achseln.

„Diese Uhr stammt irgendwo aus dem Osten. Großväterchen Uhr hat keinen Einfluss auf sie, zumindest schien Aaron das zu denken."

Nachdem sie weitere fünf Minuten gewartet hatten, waren sie an der Reihe zu gehen, und sie hielten ihre Taschentücher über ihre Gesichter und trotzten dem, was draußen war, ein weiteres Mal. Die Luft war seit ihrem letzten Atemzug im Freien noch dicker geworden, obwohl das eigentlich unmöglich schien. Das Einzige, was noch zu erkennen war, waren eine zwei Meter breite schiefe Plattform um sie herum und das trübe Glimmen des Schlotes, riesig und allgegenwärtig, im Himmel Richtung Süden, und sogar er war kaum mehr als ein Fantasiegebilde im Dunst.

Als sie ein Stück gegangen waren und Oliver glaubte, sie hätten sich völlig verirrt, entschied er, einige Worte sagen zu müssen.

„Danke", begann er, „für dein Schweigen da drin. Ich dachte, ich fliege jetzt sicher gleich raus."

„Nichts zu danken, Bursche", erwiderte Hews. „Ich habe heutzutage selten Gelegenheit, dir einen Gefallen zu tun. Außerdem hat Bailey diesen Kopfschmerz zum jetzigen Zeitpunkt nicht gebrauchen können, und wir auch nicht."

„Aber wird Bailey nicht dahinterkommen, wenn sich Lawrence nicht meldet?"

„Lawrence war Mitglied meiner Mannschaft. Bailey kennt ihn nicht und wird ihn also nicht vermissen, vorausgesetzt, ich kann meine Aufgabe erledigen."

Hews' Mannschaft. Oliver fühlte sich plötzlich nur noch fünfundzwanzig Zentimeter groß, als die Erkenntnis in sein Bewusstsein drang. Sie hatten einen Mann, einen guten Mann getötet, mit Freunden wie Hews und möglicherweise einer Familie.

„Äh ... war er verheiratet, Hews?"

Hews nickte.

Oliver konnte nur noch die Augen schließen und stehen bleiben. Er hielt sich am Geländer fest. Bilder tauchten in seinem Kopf auf, von einer Mutter, die hin- und herging, sich Sorgen machte, von Kindern, die still am Frühstückstisch saßen, ihrer Mutter ängstliche Blicke zuwarfen, der Haferbrei unberührt.

„Kommst du, Bursche?"

Oliver hatte einen Kloß im Hals und schluckte schwer.

„Hews … Gott vergib mir. Es tut mir so leid."

„Das weiß ich", war die Antwort. „Das kannst du seiner Witwe sagen, wenn die Zeit dafür ist."

Oliver sehnte sich danach, Hews' Gesicht zu sehen, aber der Smog machte ihn geisterhaft und substanzlos.

„Lass uns weitergehen", sagte er. „Die Mäntel kommen schon, und wir sind noch weit von Shadwell."

* * *

Sie nannten es Sherwood Forest.

Das Mietshaus trug diesen Namen wegen seiner astähnlichen Vorsprünge aus Stahl, die in seltsamen Winkeln aus seinen Wänden ragten. Das Gebäude war um zwei zentrale, sich in die Höhe schraubende Balken errichtet, die grob einem Baumstamm ähnelten. Die Stockwerke waren in ungleichmäßigen Abständen angebracht, eine Folge der Verwendung der Äste des Stammes. Missy fand, es sah eher wie ein Baumhaus aus als wie eine Behausung für Menschen. Teile hingen sogar über die Kante der Schattenseite, da es in einem grotesken Winkel über einem zwanzig Stockwerke hohen Abgrund aufragte. Oliver hatte es Jahre zuvor gekauft, mit Geld, das er durch schlecht durchdachte Diebstähle in seiner Jugend angesammelt hatte.

Oliver Sumner, ein respektabler Hausbesitzer. Eine Hälfte von ihr kicherte über solchen Quatsch. Die andere Hälfte hielt es ihm zugute. Sie hatte schon immer auf große Männer gestanden, und wenn dieser große Mann Vermögen, Jugend, andere Männer in seinem Dienst und Verbindungen hatte … nun, das machte ihn in der Tat attraktiv.

Wenn er nur nicht alles für diese wirre Revolution täte und ich ein bisschen intensiver an ihm arbeiten könnte …

Sie spitzte die Lippen und wärmte sich an diesem Gedanken.

„Ja, meine Liebe, du bist das herzlose, berechnende Miststück, zu dem ich dich gemacht habe", sagt die Stimme in ihrem Hinterkopf.

Sie zog ihre Röcke bis zu den Knöcheln hoch und hielt sie nach rechts, als sie die dreckigen Betonstufen zur Tür hinauf erklomm. Eine endlose Schlacht zwischen organischen und mechanischen Spinnen, die manchmal aus den vielen Löchern hervorstürzten, um unachtsame Passanten zu belästigen, tobte im Türstock aus Ziegeln. Sie entfernte sachte einige frische Netze und drehte den Türgriff erst nach links, dann nach rechts, dann dreimal nach links. Das Schloss klickte. Die Tür öffnete sich.

Hecklers Fallen lauerten zur linken und rechten Seite des Innenbogens. Sie machte sich nicht die Mühe, darüber nachzudenken, wie sie funktionierten oder was ihr Ziel war, sondern eilte an ihnen vorbei ins Foyer, wo sich die Stufen um den Stahlstamm wanden und ein unebenes Zwischengeschoss den Raum im zweiten Stock umringte.

Sherwood Forest hatte eine Küche, ein Esszimmer, einen Aufenthaltsraum, einen Rauchersalon und acht Schlafzimmer. Oliver hatte ihr eines angeboten, und sie hätte ihn deshalb fast geschlagen. Eine unverheiratete Frau, die mit vier unverheirateten Männern unter einem Dach lebte? Sie wusste genau, was die Leute sagen würden.

„Gerüchte sind grausame kleine Dinger. Was hat eine Dame denn, wenn nicht ihren Ruf?" Einer der Vorträge Oberin Gisellas.

In Wirklichkeit hatte sie Angst bei dem Gedanken, Männer könnten freien Zugang zu ihrem Schlafzimmer haben. Missy hatte sich eine Einzimmerwohnung ein Stückchen die Straße hinunter genommen, mit robusten Schlössern und einer fetten, schusseligen Vermieterin.

Sie setzte sich für einen Moment auf eine der abgenutzten Bänke des Foyers und fischte ihr Zigarettenetui aus der Handtasche.

Undamenhaft, die verfluchten Dinger, hatte die Oberin immer gejammert.

Lustig, wie all die Mädchen trotzdem hinter deinem Rücken rauchten, du alte Vettel.

Sie konnte Gisellas Stimme regelrecht hören: „Na, na. Ein bisschen Respekt wäre ja wohl angebracht. Habe ich dich denn nicht ernährt, gekleidet und in alle Feinheiten des Anstands eingewiesen?"

Du hast uns für zwei Guineen die Nacht verkauft, du herzlose Schurkin!

Das Streichholz entzündete sich beim ersten Versuch, und sie zog an der Zigarette. Der beißende Rauch, der in ihre Lunge drang, war nicht schlechter als die Luft draußen; er war aber auch nicht angenehmer. Warum dann überhaupt rauchen? Sie ließ die Frage unbeantwortet.

Sie fand die Bewohner oben, versammelt um ein Tischchen im Salon. Tommy, Phineas und Heckler faulenzten in mottenzerfressenen Stühlen mit hoher Rückenlehne, hatten Drinks in den Händen und Zigarren auf einem Tablett auf einem Beistelltischchen aus verbeultem Blech. Bescheidene Summen Geldes lagen auf dem Tisch, dazu mehrere Stapel Karten von Hecklers Rommeeblatt mit dem Sternenmuster auf dem Rücken. Porträts ernster, ausgezehrter Leute beiderlei Geschlechts hingen ringsum im Raum; sie waren schon dort gewesen, als Oliver das Haus gekauft hatte, und waren nun stumme Gefährten seiner neuen Bewohner.

Tommy trug ein beiges Wollhemd, das eine Spur zu eng war für seinen Körperbau und so die Abnormitäten seiner Anatomie, besonders seinen Metallarm, verriet. Missy hatte ihn noch nie glatt rasiert und auch nie mit Bart gesehen; er schien ständig Stoppeln zu haben. Tommy starrte Heckler schielend und mit Schweißperlen in den Augenbrauen an.

Heckler war in ein reinweißes Baumwollhemd mit Tweedhosen und Hosenträgern gekleidet, er sah elegant aus wie immer. Missy vermutete, er mache ein Prinzip daraus, sich gut zu kleiden, um seine eingesunkene Brust und seine mageren Schultern zu kaschieren. Sein Gesicht hing auf jene leblose Art herunter, die er sein „Pokerface" nannte. Phin saß zusammengesunken da, in denselben dreckigen schwarzen Ulster-Mantel, den er immer trug, gekuschelt, mit einem zu großen, verbeulten Zylinder, der tief auf seinem Kopf saß – wie ein vom Glück verlassener Kobold. Er trug außerdem eine dicke Binde über den Augen.

Langsam und ohne jeden Anflug eines Lächelns legte Heckler seine Karten zeremoniell auf die Tischplatte.

„Stuss!", sagte Tommy. Er klatschte seine Karten auf den Tisch, als Heckler selbstgefällig den mittleren Stapel Münzen zu seinem

Tischrand fegte. „Das war irgend so ein Yankee-Trick. Ich wette, diese verdammten Karten sind gezinkt."

Heckler strich die Spitzen seines gepflegten Barts glatt und lächelte gleichmütig.

„Pech ist das Erbe der Menschheit", sagte er mit seinem amerikanischen Akzent, der gezogen und geschmeidig wie gespanntes Leinen klang. „Du weißt, ich könnte dich erschießen, wenn du mich beschuldigst, zu Hause zu schummeln."

„Die Karten sin' nicht gezinkt", sagte Phin durch seine zusammengepressten Zähne, die einen Zigarrenstummel festhielten. „Der Bastard is' einfach besser als wir."

Tommy stellte den Rest seines Whiskys hin. „Woher willst du das wissen, du buckliger Kauz? Du hast nicht nachgesehen, hoffe ich."

Phin spie die Zigarre zusammen mit einer beträchtlichen Menge Salbeis auf das Silbertablett, wo alles genau in einer Ecke landete. „Ich habe das Blatt während des ersten Mischens untersucht. Glaubst du, ich traue diesem Yankee – oder dir, du Rosthaufen?"

Tommy lächelte, er mochte diesen Augenblick. „Also hast du dir das Blatt doch angesehen, du schlaffer Watschler. Wie kann einer, der stinkt wie eine von Möwen gefressene Forelle denken, er könne mich übertrumpfen, gekleidet wie ein Kerl aus Shoreditch?"

„Ah, das sagt der Richtige, du Ausscheidung in einem Nachttopf. Wahrscheinlich pisst du Rost. Übrigens, es ist eine Dame anwesend."

Missy lächelte unschuldig, als Tommy und Heckler errötend aus ihren Sitzen hochschossen. Sie bemühten sich, ihre Drinks zu verstecken und ihre Zigarren zu löschen.

„Ah, danke, Phineas", sagte Missy und schwenkte die Hüften, als sie den Raum betrat. „Ich habe mich schon gefragt, ob diese Männer Manieren haben."

Phineas grunzte und zündete sich eine weitere Zigarre an.

„Verzeihung", sagte Heckler. Er glättete seine Filzweste und zog seine Hemdsärmel wieder zu den Handgelenken herunter. „War ziemlich unanständig von uns."

„Rauchen, trinken und spielen?", sagte Missy. Sie zog anmutig an ihrer Zigarette und schlenderte zum Tisch, wo sie Phineas den Drink geradewegs aus der Hand nahm. „Ohne jeden Zweifel alles abscheuliche Beschäftigungen. Ihr solltet euch schämen."

Heckler erbleichte und scharrte mit den Füßen wie ein Junge von siebzehn. Tommy behielt seinen ernsten Gesichtsausdruck für zwei Sekunden bei und brach dann in Gelächter aus.

Phineas schüttelte den Kopf und klaute Tommy den Drink.

Heckler schritt um den Tisch herum. „Mademoiselle Plantaget", sagte er, während er anmutig Missys Hand ergriff. Missy hielt seinem Blick stand, als er ihre Hand hob, um sie zu küssen.

Seine Nase war nur noch drei Zentimeter von der Zigarette entfernt, ehe er sie bemerkte. Er hustete und zog sich zurück, holte sein Taschentuch hervor und presste es sich gegen die Nase, als könne er den Rauch wegwischen. Diesmal lachten sowohl Tommy als auch Phineas.

„Armer Schatz. In meinen Augen verloren, nehme ich an."

Heckler tat, als kichere er, obwohl er offensichtlich schockiert war.

„Ah, Mädel", sagte Phin, „hör auf, den Welpen dafür zu bestrafen, dass er ein Mann von Welt sein will. Du wirst ihn für andere Engländerinnen verderben."

„Er wird einen Geschmack dafür entwickeln", sagte Missy. „Ich bin sicher, er hat diese kolonialen Bauernmädchen aus gutem Grund hinter sich gelassen." Sie hob ihr Glas an die Lippen und ließ den Whisky über ihre Zunge laufen. Er glitt in ihre Kehle wie geschmolzene Schokolade.

Heckler sah aus, als wolle er etwas sagen, setzte sich dann aber und begann, seinen Gewinn zu zählen, als sei das schon die ganze Zeit seine Absicht gewesen.

Tommy gab ihm einen freundlichen, verheerenden Schlag auf die Schulter, der ihn fast auf den Tisch geworfen hätte. „Du wirst dich daran gewöhnen, Kamerad."

Heckler rang nach Atem, sein Hals wurde über dem gestärkten Kragen rot. „Gewiss werd' ich das, klar."

„Ist er nicht süß?“, sagte Missy. Sie ließ sich auf dem vierten Stuhl am Tisch nieder, einem Sinnbild der Behaglichkeit aus Eichenholz und Samt, das schon bessere Zeiten gesehen hatte. Heckler sprang auf, als hätte man ihn am Hals gepackt.

„Ich bitte um Verzeihung, meine Dame, aber das ist Mr. Sumners Stuhl.“

„Oh?“ Sie fixierte ihn mit einem langsamen Augenaufschlag und einem Starren wie eine alte Matriarchin, die ihre despektierlichen Enkel zum Schweigen bringen wollte.

„Allmächtiger, lass von ihm ab, Mädel“, sagte Phin, während er sein Glas auffüllte.

Ihre Augen ließen nicht von Hecklers ab. „Aber er ist so ein charmanter junger Mann. Sollte ich ihn nicht so schnell wie möglich unter meine Fittiche nehmen?“ Solltest du ihn nicht wie eine weitere Trophäe an deiner Wand beanspruchen? Wie einen weiteren Laib Brot in deinem Einkaufskorb?

„Michelle, du bist wirklich ein kaltes Miststück“, sagte Phin.

Ein Stich in ihren Unterleib. Missy verlor die Fassung, sie zuckte sichtbar zurück.

„Wahrheit ist in jedem Gewand schwierig zu akzeptieren“, sagte Gisellas Stimme in ihrem Kopf. „Wenn ich mich recht erinnere, hast du solche grauenhaften Worte bei vielen Gelegenheiten für mich verwendet.“

Ihre Gedärme zogen sich zusammen und verknoteten sich, und ein furchtbares, starkes Gefühl von Verlust und Trauer schoss in ihr empor. Sie unterdrückte es mit einem vorsichtigen, langsamen, damenhaften Einatmen und zauberte das Lächeln zurück auf ihr Gesicht.

„Oh, aber ich bin außerdem sehr herzlich.“

Sie kicherten, und der Augenblick der Anspannung ging vorbei.

Für einen Moment gab sie ihrem Gesicht einen finsteren Ausdruck. „Sie sollen mich nicht bei meinem richtigen Namen nennen, mein Herr.“

Phins Braue kamen unter seiner Augenbinde hervor.

Ein Seufzen, und Missy dachte angestrengt nach. „Seine Verwendung ist bestimmten Personen vorbehalten, mit denen ich eine Beziehung von der Art führe, die man nicht in unhöflicher Gesellschaft erörtert."

„Ah."

Es wurde für einen Moment still, als Tommy die Karten einsammelte und die anderen Männer ihre Gewinne oder übriggebliebenes Geld in ihre Taschen und Geldbörsen schaufelten. Schade: Missy hatte schon immer mal sehen wollen, wie dieses amerikanische Spiel gespielt wurde, aber die Anwesenheit einer Frau schien es immer wieder zu einem endgültigen Ende zu bringen.

Missy setzte sich wieder auf Olivers Stuhl, der zweifellos als „Thron" bezeichnet wurde, wenn sein König nicht da war.

„Du hast es auf ihn abgesehen. Es war kein Zufall, dass du dich auf diesen Stuhl gesetzt hast", sagte die Stimme in ihrem Kopf.

„Vielleicht war es auch einfach der einzige, der frei war, du Hexe", dachte sie. Sie trank unzeremoniell den Rest des Whiskys.

„Du bist viel klüger, meine Liebe. Du wolltest den dreien deine Wünsche anvertrauen. Romantiker, die sie sind, werden sie ihn in die richtige Richtung schubsen. Du glaubst, das und dein Bordellcharme reichen, um bei ihm zu landen? Das ist ein Affront gegen euch beide."

Gisellas Stimme verstummte, als das Brennen des Alkohols in ihrem Magen aufwallte. Mit einem Wärst-du-so-lieb-Blick reichte sie Tommy ihr Glas. Er füllte es halb so voll wie vorher und gab es ihr zurück.

„Wie waren die Rundgänge heute?", fragte Tommy.

Du hast vergessen, die Rundgänge zu machen. Dummes kleines Mädchen.

Oliver bestand darauf, dass zumindest einer aus seiner Mannschaft täglich einen Rundgang durch die Schattenseite machte, plauderte, lauschte, sich unter die Menge mischte. Dann musste der Betreffende Bericht erstatten, einen langen, dummen Bericht, bis ins kleinste Detail, über die Lage der Dinge, über die Orte, an denen die Leute umherschweiften, über die Dinge, die sie redeten, über die Dinge, die sie tun mussten, und wenn Oliver das alles mit seinem Verstand kategorisiert und zusammengestellt hatte, setzte er seine Mannschaft darauf an, denjenigen zu helfen, die in einer Notlage waren und so weiter.

Warum ärgerte sich der Mann damit herum, seine Geldmittel für Gebäudereparaturen, Arztrechnungen und Essenskörbe wegzuwerfen? Er musste einen Hintergedanken, eine finstere Absicht bei alldem haben, oder?

Missy kannte Männer zu gut, um anders zu denken, und doch griff diese Einschätzung immer dann nicht, wenn sie versuchte, sie in Bezug auf Oliver zu verifizieren.

Die anderen warteten. Sie räusperte sich und begann mit der Information, die sie gewiss ablenken würde.

„Die Eisenjungs sind in der Stadt“, sagte sie.

Die drei verstummten sofort. Sie fuhr fort.

„Ich sah, wie sie die Parade entlangmarschierten, ein ganzes Dutzend, ohne Mäntel, die ihnen den Weg frei machten. Ich habe Nachforschungen angestellt. Anscheinend haben sie den Schimmer vom Süden her betreten und sind von dort in die Unterstraßen hinuntergestiegen.“ Eigentlich hatte sie das durch Zufall auf dem Rückweg nach Sherwood mitgehört, aber es gab keinen Grund, weshalb sie das verraten sollte.

Tommy kratzte mit seinen Eisenknöcheln über seine Stoppeln. „Haben sie gesagt, warum sie hier sind?“

„Nein“, sagte Missy und nippte anmutig an ihrem neuen Getränk. „Sie sind ja nun auch nicht gerade die mitteilsamsten Herren.“

Phin, immer noch mit Augenbinde, sah Heckler an. „Bursche?“

Heckler nickte. „Ich werd’ nachsehen.“ Eitelkeit blitzte auf, als er seine Samttasche hochhievte, in die er seinen Gewinn gepackt hatte. „Erst noch eine Exkursion in mein Zimmer. Denk’ ich.“ Er schritt aus dem Raum.

„Die Frühreife der Jugend“, kommentierte Tommy trübsinnig. „Das waren die besten Tage, meinst du nicht auch, du aufdringlicher Scheißkerl?“

„Du bist verdammt noch mal halb so alt wie ich, Schmieratem. Wenn du noch mal so redest, werde ich dir die Galle rausprügeln und damit meine Schuhe polieren.“

Missy seufzte. „Bezaubernd, Phin. Es hat mich schon immer erstaunt, dass du unverheiratet bist.“

Phin nahm die Augenbinde ab und warf sie in die Ecke. „Ah, in meinem Alter werde ich's wohl nicht mehr schaffen, meinen Samen zu pflanzen, also was soll's? Es sei denn, ich trinke von diesem Tee aus Seehundhoden, den sie in Bangkok machen.“

Missy wandte sich demonstrativ ab und richtete ihre gesamte Aufmerksamkeit auf Thomas, der die Beleidigung zurückhielt, die ihm über die Lippen kommen wollte.

Sie schwenkte die Flüssigkeit in ihrem Glas. „Müsste Oliver nicht bald kommen?“

„Ja, Ma'am. Sollte jeden Augenblick eintreffen, würde ich sagen.“

„Du machst uns darauf aufmerksam, nicht wahr, Phin?“, fragte Missy süß.

„Ich werde ihn hören, ehe er um die Ecke kommt“, murmelte Phineas, machte dann eine Pause und betrachtete sie aus dem Dunkel seiner Hutkrempe hervor. „Die Dame fragt nach dem Chef, Messingsack.“

Thommy fummelte ungeschickt an den Karten herum, als er versuchte, sie in eine Richtung auszurichten. „Nun, Salzspucke, sollen wir warten und sehen, ob das eine Frage ist, die eine Antwort verdient?“

Missy beugte sich vor.

„Ich will etwas über die Rebellion wissen.“

Tommys Hände erstarrten. Stille. Kälte. Plötzlich war Missys Atmen zu laut für den Raum. Sie schluckte und fuhr trotzdem fort.

„Oliver hat sie angeführt, oder?“

Phineas öffnete die Augen, die unter den eisigen Linsentrübungen wohl himmelblau waren. Er und Tommy warfen einander einen langen Blick zu, tauschten unhörbare Worte aus.

Phineas kniff die Augen wieder fest zusammen.

„Gewiss“, sagte er. „Begann mit einem kleinen Mädchen. Die Kamin-Bande riss die Kleine aus den Armen ihrer Mutter und verletzte beide mit einem Messer, als sie sich wehrten. Ollie arbeitete damals für Hewey. Kann mich nicht mehr erinnern, was es war …“

„Opium finden“, sagte Tommy.

„Korrekt.“

Sie verstummten. Missy rutschte auf Olivers Stuhl herum. Nach einiger Zeit fuhr Phin fort.

„Ollie redet nie darüber, weißt du, aber nach dem, was die Männer erzählen, ist er einfach explodiert. Die Bande hatte einen Mantel als Anführer, und Ollie drehte durch und hat ihm mit einem Milchkrug den Schädel eingeschlagen.“

Missy keuchte. Das Bild – die Gewalt dieser Tat – erschreckte sie.

Das würde er nicht tun. Oder? War er dazu fähig?

Der Mann war ein Krimineller, ein Spion. Natürlich war er dazu fähig.

Tommy nahm den Faden auf, während er stumpfsinnig auf die Karten auf dem Tisch starrte. „Das hätte sein Ende sein können, aber als er zum ersten Mal nach dem Kanarienvogel schlug, machten all die normalen Burschen und Arbeiter und Kohlenträger mit. Vierzig oder fünfzig, wenn man dem alten Hosselton Glauben schenken will.“

Phin kicherte. „Wünschte, du könntest hören, wie Hoss das erzählt. Das war mal ein Mann mit Talent.“

Tommy fuhr fort, als hätte ihn Phin nicht unterbrochen. „Ollie tat, was jeder heißblütige Mann in Whitechapel schon immer tun wollte. Er bot den verdammten Mänteln Paroli. Diese vierzig oder fünfzig auf der Straße damals, die waren Ollies erste Mannschaft.

Eine Woche später gingen sie hin und sprengten eine Kapelle der Kanarienvögel im Cathedral Tower."

„Dazu brauchte man Eier, das sage ich dir", warf Phin ein.

„Dann", sagte Tommy, „sprach sich das herum. Ich hörte es gerüchteweise, als ich auf den Luft-Docks aushalf. Ein heldenmütiger junger Mann, der eine Rebellion anführte und Mäntel tötete – viele von uns hatten nur darauf gewartet."

Missy nippte an ihrem Drink und fand das Brennen unerträglich. „Ich erinnere mich an die Gazetten", sagte sie. „Das ging wochenlang so weiter."

Phin leerte in plötzlichem Überschwang sein Glas. „Ich erinnere mich, dass ich dachte: Was ist das denn, ein verdammtes Kind hat hier die Leitung?"

Tommy schwenkte seinen Branntwein. „Ich glaube, deine Worte waren: ‚Scheiß drauf, ich bin dabei'."

„Aber es waren so viele damals, weißt du", sagte Phin.

„Über hundert, und alles gewöhnliche Kerle – Familienväter und Jugendliche und so, und nutzlose alte Käuze wie ich. Ollie ließ uns Bomben legen, Mänteln auflauern, Straßenbahnlinien blockieren. Für alles hatte er einen Plan. Das waren glorreiche Tage, was, Klapperkiste?"

Tommy nickte. „Ollie hat auf uns aufgepasst, uns in Gruppen aufgeteilt, zeigte uns die besten Orte zum Verstecken. Zur Hölle, er hatte unter Shadwell diese Tunnel gegraben, damit wir rumziehen konnten. Wurden nie gefasst, war das nicht ein Spaß? Nicht einmal haben sie uns gekriegt."

„Nicht mal die Kesselmänner", sagte Tommy, der endlich wieder lächelte. „Man kann sie nicht töten, aber sie sind verdammt langsam."

Sie lachten, und Missy lachte mit.

Aber das war nicht, wonach sie gefragt hatte, und sie wussten das. Keine Anekdötchen, sondern den Kern der Angelegenheit.

Das Lachen erstarb zur gleichen grimmen Stille wie vorher.

Phin füllte sein Glas nach. „Die Dame hier weiß, wie es ausging."

Missy nickte. „Ich habe es gelesen."

„Ollie sah es kommen", sagte Phin. „Nur eine Handvoll hat auf ihn gehört."

„Alle Männer und Schusswaffen und Entschlossenheit auf der ganzen Erde reichen nicht", sagte Tommy und hob sein Glas. „Man kann nicht gegen die Kesselmänner kämpfen. Sie trieben uns in die Ecke, verrammelten den Aufzug, so dass wir nicht mehr rauskamen, und erschossen jeden Mann, den sie finden konnten."

Phin beendete für ihn: „Wenn sie keine Männer fanden, haben sie die Frauen erschossen."

Lange schwiegen sie. Tommy wischte sich mit einem Taschentuch über die Augen. Er entfernte etwas schmutzig Braunes.

Phin stellte sein Glas auf den Tisch und schob seinen Stuhl zurück. „Wenn die Dame mich entschuldigen würde", sagte er.

„Natürlich. Danke, Phineas."

Der alte Seemann schlich ohne ein weiteres Wort aus dem Raum.

Tommy fing wieder an, mit den Karten zu spielen.

„Warum sind es denn jetzt nur drei Männer", fragte Missy, „wenn er vorher Hunderte anspornen konnte?"

„Drei sind viel weniger, die sterben können, Missy – lassen wir Gras drüber wachsen." Tommy gab ein Schnauben des Widerwillens von sich und warf die Karten über den Tisch. „Die Eisenjungs kamen mit diesen furchtbaren Atlas-Gewehren und Dampfkanonen über uns. Weißt du, dass sie stark genug sind, mit bloßen Händen ein Gebäude umzuwerfen?"

Missy schüttelte den Kopf.

Tommy fuhr fort: „Es gelang uns lediglich, die kleinen Leute am Leben zu halten. Einige Mannschaften behalfen sich damit, die Leute in die Tunnel zu evakuieren, aber die meisten von ihnen waren einfach zu wütend und … diese schäbigen Mistkerle. Hat keinen Sinn, ein Atlas-Gewehre zu laden. Keinen verdammten Sinn."

Er schnippte mit seinen Metallfingern gegen die Karten. „Wir verloren an diesem Tag viele Leute, sowohl Kämpfer als auch Zivilisten. Phin und ich blieben bei Ollie, retteten, was wir konnten. Versuchten, zumindest die Frauen und Kinder zu retten. Wir kämpften nicht, denn was wäre der Sinn davon gewesen?" Er seufzte. „Ollie ist ein kluger Bursche, aber ich glaube, er hat nie kapiert, dass ihm niemand die Schuld dafür gab, was geschah. Zur Hölle, die Hälfte der Schattenseite wartet nur darauf, dass er das Banner wieder erhebt."

Eine lange Pause. Die Porträts starrten von der Wand herab.

Tommy brach als erster die Stille.

„Wir warten nur darauf, dass er wieder zu sich kommt. Er ist seit diesem Tag nicht ganz richtig im Kopf."

Sie saßen lange schweigend da, jeder in seine Gedanken versunken. Missy setzte ihre geistige Vorstellung von Oliver gegen diese neuen Bilder. Kein Wunder, dass er die Dinge nun leise anging.

„Außer wenn unfähige kleine Mädchen seine Füchse umbringen, was?", quengelte die ungebetene Stimme in ihrem Hinterkopf.

Sie ignorierte das.

„Warum haben die Mäntel ihn nicht geholt?"

Tommy zuckte die Achseln. „Ich vermute, sie waren nur darauf aus, die Rebellion zu beenden. Als das erledigt war … und zwar gründlich …"

Tommys wachsende Sorge erfüllte den Raum. Missy hatte, was sie wollte, aber … sie konnte ihn einfach nicht in diesem Zustand verlassen.

„Ich habe noch eine Frage, Tom."

„Ich freue mich darauf, sie zu beantworten."

Missy lächete. „Warum würdest du in meiner Gegenwart trinken und rauchen und fluchen, aber nie spielen?"

Tommy zappelte, aber sein Gesicht hatte sich mit dem Themenwechsel etwas entspannt. „Es ist falsch, in Anwesenheit einer Dame zu spielen. Irgendwo muss man die Grenze ziehen."

„Aber ihr beiden seid grauenhafte Typen. Was kümmert es dich also?"

Tommy steckte die Zunge für einen Augenblick in die Innenseite seiner Wange. „Nun, es muss eine Grenze geben. Wäre sonst unanständig."

„Willst du wissen, was ich denke, Tom?", fragte Missy mit einem Zwinkern.

„Sicher wie der Sonnenaufgang, Missy."

„Ich glaube, du willst mich dieses Spiel nicht spielen lassen, weil du weißt, dass ich gewinnen würde."

Tommys Brauen wanderten nach oben. „Das ist ein bisschen anmaßend."

Missy stellte ihren Drink auf den Tisch, dann sammelte sie die Karten ein und machte sie zu einem ordentlichen Stapel. „Lehr mich das Spiel, und wir werden sehen."

Phineas wählte diesen Augenblick, um den Salon wieder zu betreten. In der rechten Hand trug er eine Samttasche, die verdächtig wie Hecklers aussah und die verräterisch klimperte, als sei sie mit dessen Münzen gefüllt.

Tommy nippte an seinem Branntwein. „Wogegen hast du sie eingetauscht?"

„Gegen eine schlecht gelaunte Ratte", sagte Phin.

Missy war fassungslos. „Du Schurke!"

Phin grinste sein grausiges, zahnlückiges Grinsen. „Das hat er davon, wenn er uns abzockt. Wenn er wie ein Mädchen weint, können wir ihm seinen Gewinn ja zurückgeben, was, Zinnpimmel?"

Thomas schwenkte die Karten in Missys Richtung.

„Wollen Sie's immer noch lernen, meine Dame?"

Missy klopfte hart auf den Tisch, und Thomas gab.

Obwohl ich sie Prophezeiungen nenne, sind sie nicht die Visionen Johannes' oder Daniels. Was die Herrin und ihr Gemahl mir von der Zukunft zeigen, ist mit Hilfe genauester Berechnungen und routinierter Methodologie abgeleitet. Er ist ein meisterhafter Beobachter mit einer Fähigkeit zur Hochrechnung, die der Allwissenheit gleichkommt. Ihr Willen ist stärker als das tektonische Gefüge der Erde.

Die Zukunft, die man mir gezeigt hat, ist wahrer als jede Vorahnung, denn es ist eine Zukunft, die sie selbst bauen werden. Wenn diese Visionen nur Prophezeiungen wären, hätte ich vielleicht noch Hoffnung.

– IX. i

Kapitel 6

Bergens Nacken kribbelte. Wie ein stumpfes Messer, mit dem man über seine Härchen auf und ab strich, ließ das Gefühl seine Muskeln sich anspannen. Es war ein bekanntes Gefühl, das sich in den Urwäldern des dunklen Kontinents während Reisen, die ein halbes Leben gedauert hatten, verfeinert hatte – ein Gefühl, das Bergen mit dem wilden Erbe der Menschheit verband, ein Relikt aus Urzeiten, als überall Gefahren lauerten.

Jemand beobachtete ihn.

„Macht euch bereit", befahl er.

Mulls und Penny nahmen ihre Druckluftgewehre ab.

Bergen schnallte die Gurte des Halfters des Dampfgewehrs ab und ließ es vorsichtig zu Boden sinken. Er suchte den wabernden Smog um sie herum ab.

Zum zehnten Mal verfluchte er die Luft, die in den Unterstraßen hing. Sie war eine erstickende Decke öliggelber Schwärze und befleckte alles, was mit ihr in Berührung kam. Um atmen zu können brauchte man ein Tuch, das fest über Mund und Nase gebunden war, die ganze Zeit über nass gehalten und regelmäßig von Dreck befreit werden musste. Auch die Augen brauchten Schutz, die Luft hätte sie gereizt und tränen lassen. Von Herder hatte ihnen Fischglas-Brillen gegeben: mit Gummi eingefasste Glashalbkugeln, die ein Lederband fest vor die Augen presste. Ihre Krümmung verzerrte Bergens Sicht an den Rändern, und er verfluchte auch sie.

„Da ist nichts, Boss", grollte Mulls, während er seine Laterne von einer Seite auf die andere schwenkte.

„Ruhe." Bergen stützte seine Beine ab und hievte die schwere Waffe aus ihrem Halfter. Er legte den Kolben auf seine Schulter, in die kleine Kuhle zwischen Deltamuskel und Hals. Die Hitze des Gewehrs drang an sein Gesicht, als er es hob. Der Kessel, der elektrisch aufgeheizt wurde, erreichte schnell den höchsten Druck.

„Nicht, dass wir etwas sehen könnten", brummelte Mulls.

„Ruhe!", blaffte Bergen. „Ich will einen Kreis, Fackeln nach außen."

Mulls murmelte etwas vor sich hin und gehorchte. Penny gehorchte aufs Wort. Der Blick des Jungen huschte von Schatten zu Schatten, und er hielt sich halb geduckt bereit. Er hielt das Druckluftgewehr, als sei es ein Speer und scharrte heftig mit den Füßen. Mulls und Bergen dagegen standen aufrecht, gerade, entspannt da, die Waffen leicht gesenkt, so dass sie weit schauen konnten, aber hoch genug, um sie schnell in Zielposition zu bringen, wenn es nötig war. Bergen nickte sich angesichts von Mulls' Verfassung selbst zu. Der Mann musste schließlich doch auf seine Anweisungen gehört haben.

Etwas Metallisches kratzte im Dunkeln, als es sich bewegte. Mulls zuckte heftig zusammen. Pennyedge richtete sich nur nach dem Geräusch aus, blieb kampfbereit. Die amerikanischen elektrischen Fackeln, die an ihren Gürteln hingen, erhellten mehr die fallende Asche als die Umgebung; unterhalb der Schattenseite Shadwells gab es kein anderes Licht. Die wabernde Luft verbarg jede andere Bewegung, die man hätte sehen können.

Bergen wusste, was es sein musste: Er fühlte den Rhythmus eines jagenden Tiers. Wie Afrika, dachte er. Wie der Dunkle Kontinent, der mich durch die Augen seiner Bittsteller anschaut.

Er ließ den Gedanken an diese Analogie fallen. Das waren keine Tiger, keine Löwen, nicht mal Wölfe. Diese Kreaturen würden nicht erst überlegen, ob die Beute den Ärger wert wäre. Diese Kreaturen überlegten nur, was der beste Weg wäre, zum entscheidenden Schlag auszuholen.

„Sie kommen. Macht euch bereit, euch zu Boden zu werfen. Trefft sie ins Gesicht oder die Schultern, um sie aufzuhalten. Ich gebe den Todesschuss ab."

Sieben Herzschläge verstrichen.

Ein Kratzen und Knurren ertönte aus der fallenden Asche neben Mulls. Er brachte sein Gewehr in Anschlag und setzte zwei gezielte Schüsse in den Kopf der angreifenden Kreatur. Das Druckluftgewehr schnaufte leise, als es losging, und zerzauste Bergens Haar. Bergen drehte sich noch nicht nach der Kreatur um.

Eine weitere sprang aus Pennys Richtung heran, weit rechts in Bergens Schussfeld. Penny gab zwei willkürliche Schüsse auf sie ab. Das Tier taumelte und schlitterte nach rechts, direkt in die Bahn des Dampfgewehrs. Aber Bergen schoss noch nicht.

Eine weitere stürmte von hinten heran. Bergen überließ auch sie Penny, denn er wusste, Mulls würde sie aufhalten können, wenn es Penny nicht gelang. Mulls feuerte zwei weitere Male auf seine Beute.

Bergen legte sein Dampfgewehr an und visierte daran entlang. Zwischen den Wölbungen und den Metallrohren der Waffe hindurch beobachtete er, wie sich die Kreatur auf alle viere aufrichtete und sich dann zu ihm umdrehte. Das Fackellicht prallte von Augen wie Messingknöpfen, gusseiserner Haut und Zähnen aus mattem Stahl ab. Die Bestie brüllte, ein Geräusch wie von einer großen, zusammenbrechenden Maschine, und sprang Bergen an.

Er jagte ihm einen Schuß zwischen die Zähne.

Die Stahlkugel verschwand einen Rauchfaden hinter sich herziehend im Körper der Kreatur, und Rauch schoss heraus, der einen Augenblick später in einem Tanz von Blitzen zerbarst. Die Wucht der Entladung riss Bergens Körper nach rechts. Er ließ sich von dem Schwung herumwirbeln, denn ein paarmal kreiseln war ihm lieber als eine ausgerissene Schulter. Sein Ziel verschwand funkensprühend im Dunst.

Durch den Schwung der Waffe lag Bergens Schussfeld jetzt in der entgegengesetzten Richtung. Er sah Penny, wie er geduckt, sein Druckluftgewehr noch immer wie einen Speer haltend, seine letzten paar Patronen auf das ausweichende mechanische Ungeheuer abfeuerte. Bergen nahm wieder den Griff der Waffe und drückte ihn gegen seine Schulter, um die Drehung zu unterbrechen. Sein nächster Schuss war schlecht, über Pennys ganzen Rücken verteilte sich Rauch. Er ging durch die Schulter seines Ziels, zersplitterte einen Teil seines Torsos und verteilte Getriebeteile über den Boden.

Er war auf den Rückstoß nicht vorbereitet gewesen. Das Gewehr traf ihn wie der Tritt eines Pferdes in die Schulter, und er spürte in seiner Brust und in seinem Rücken die Muskeln zucken und verkrampfen, die er anspannte, um es festzuhalten. Penny fiel zu Boden, als die elektrische Entladung der Dampfwolke ihn traf. Das Biest floh mit einem Jaulen, das sich wie Kratzen auf Glas anhörte, in die Dunkelheit.

Mulls gab noch zwei weitere Schüsse ab, und Bergen wusste ohne hinzusehen, dass es seine letzten waren. Ein Grunzen oder Knurren kam Bergen über die Lippen, als er versuchte, das Dampfgewehr herumzureißen und die dritte Bestie anzuvisieren.

Mulls ließ sich auf ein Knie nieder und versuchte, Patronen aus seinem Gurt zu ziehen. Sein Ziel, das sein letzter Schuss umgehauen hatte, kam mühelos auf die Füße. Innerhalb eines Herzschlags hatte die Kreatur sich gefangen und sprang ihn an, wobei sie den schnabelartigen Schlund weit aufriss.

Bergen unterdrückte den Schmerz in seiner Schulter, als er das Dampfgewehr bereitmachte.

Mulls hob seine Waffe und rammte sie horizontal ins Maul der Kreatur. Die Stahlzähne zerschmetterten den Lauf und zermalmten Schaft und Gehäuse. Mulls schrie, als eine der Vorderpfoten der Kreatur auf seiner Brust landete und sich in seinen Mantel zu graben begann.

Bergen nahm sich eine ganze Sekunde Zeit, um sich zu beruhigen, beugte die Knie und spannte sich für die Entladung an. Die Kreatur schleuderte die zerschredderten Trümmer von Mulls' Gewehr zur Seite und versenkte die Zähne in seinem Gesicht.

Bergen setzte den Schuss in seinen Halsansatz, parallel zur Wirbelsäule. Der Dampfausstoß ließ keine Sicht mehr zu, aber Bergen wusste, er hatte getroffen.

Dann trat rasch Stille ein. Bergen ließ die Arme sinken und stellte das Dampfgewehr mit der Mündung nach unten auf den Boden.

Nun, da er sich wieder frei bewegen konnte, brach in seiner Schulter eine Schmerzensflut los. Muskeln in seinem Rücken krampften. Er konnte nicht anders, als sich in eine erschöpfte Hocke fallenzulassen und fragte sich, ob er sich etwas verstaucht hatte.

„Unsägliche Bestie!“, schrie Mulls.

Er lebte also. Gut. Bergen hob eine zitternde Hand und wischte das Kondenswasser von der Brille.

„Helft mir, ihr Säufer“, sagte Mulls. „Die Bestie ist verdammt schwer.“

Bergen legte das Dampfgewehr weg und humpelte zu Mulls, um ihm zu helfen. Penny, immer noch flink und angespannt wie eine Katze, kam mit, und gemeinsam hievten sie den metallenen Kadaver der dritten Kreatur von Mulls' Brust. Der große Mann versetzte dem Ding einen Tritt und setzte sich dann auf.

„Dummes Biest. Was in Gottes Namen war das?"

„Man nennt sie Ticker-Hunde."

„Verdammt. Hätte nicht gedacht, dass die real sind. Nur Geschichten, du weißt schon." Mulls nahm Bergens Hand und stand auf. Die Bewegung, ein unbewusster Reflex, belastete seine pochende Schulter.

„Bist du verletzt?", fragte Bergen.

Mulls hob zuckend die Brauen; eine metallische Wucherung an seiner Wange bewegte sich ein bisschen. Er klopfte seine Brust ab. „Nur mein Mantel, Boss." Er zog ihn aus, um die drei Schlitze quer über die Vorderseite zu zeigen. „Bisschen was an der Weste darunter. Bisschen was am Hemd darunter, möchte ich wetten. Jesus, das hatte vielleicht Krallen."

Bergen warf einen Blick auf Penny, der keuchend sein Desinteresse betonte, indem er den Körper des Tiers untersuchte.

Mulls bekreuzigte sich. „Dieses Ding ist geradezu unheilig."

Der Kadaver des Tiers lag auf der Seite. Sein Rücken klaffte vom Beginn seines Rumpfs bis zur Hüfte weit auseinander, schwarzes und farbiges Öl traten aus. Verbogene Metallteile waren über die ganze Fläche verteilt, mit einigen nassen Klumpen, die in besserem Licht wie Fleisch ausgesehen hätten.

Bergen kam der Gedanke, da müssten noch mehr sein.

„Bursche, gib Mulls deine Waffe," befahl Bergen.

Penny drehte sich mit schmalen Augen zu ihm. Bergen fixierte ihn kalt.

„Die Waffe gehört dem, der sie am besten benutzen kann, Bursche."

Bergen spürte den Argwohn des Bengels. Penny zögerte immer noch.

Bergen legte die rechte Hand auf den Griff seiner Handfeuerwaffe. Sehne und Knochen in seiner Schulter rieben aneinander, und er zuckte zusammen. Er versuchte, es mit einem Grinsen zu verbergen.

„Ich habe jetzt keine Zeit für diesen Bockmist."

Eine leere Drohung, und der Junge wusste es.

„Ganz ruhig, Kumpel", ging Mulls dazwischen, er sprach zu dem Jüngling. „Du kannst den Blitzer haben. Aus der Nähe bist du sowieso besser als ich."

Ohne den Blickkontakt mit Bergen abzubrechen, streckte Penny eine Hand mit dem Gewehr aus. Mulls schloss die Finger darum, ehe er versuchen konnte, es wegzuziehen, und reichte ihm den Blitzer. Penny schnappte ihn und ließ ihn am ledernen Schulterriemen von seiner Faust baumeln. Er machte keine Anstalten, ihn umzuhängen.

„Weißt du, wie man das benutzt?", fragte Bergen.

Penny antwortete nicht.

Hatte John ihren Aufenthalt hier unten behindern wollen, als er dieses rebellische Kind mitschickte?

„Antworte, Junge."

Bergens Frustration wuchs. Der Junge stellte sich offensichtlich mit ihm auf eine Stufe und würde fortan jede Gelegenheit nutzen, ihn herauszufordern. Wenn er diesen Unsinn zuließ, konnte er keine Expedition führen.

„Dann komm her und töte mich, Junge", murmelte Bergen. „Schau, wie weit ihr zwei kommt. Was wirst du tun, wenn da fünf oder sechs Hunde sind? Was wirst du tun, wenn die Klickratten zu Hunderten auf deine Knochen Hunger bekommen oder dich die Nesses in ihre Löcher hinabzerren? Wie gut ist dein Orientierungssinn, Junge? Wie gut dein Zeitgefühl?"

Pennys Mundwinkel zuckten. Wütend? Gut. Solange du nur zuhörst.

Bergen schlug sich mit der Faust auf die Brust. „Ich habe die Sahara und die Alpen durchquert, Junge. Ich ging ein halbes Dutzend Mal im Kongo aus und ein. Du bist hier, weil John Scared dich mir zugeteilt hat. Ich habe deine Aufmerksamkeit und deinen Gehorsam, sonst bin ich mit dir fertig, und wenn du daran denkst, mich umzubringen, denke zuerst daran: Ich bin fähig, auf eigene Faust und ohne fremde Hilfe in die Stadt zurückzukehren. Deshalb: Ich kann dich töten, aber du mich nicht, wenn du dich nicht selbst dem Untergang weihen willst. Ist das klar?"

Obwohl Bergen keine Veränderung in Pennys Miene sah, fühlte er, wie die Präsenz des Jungen abnahm, bis er weniger zu sein schien als ein zahnloser Hund, der vorgab, gefährlich zu sein.

„Häng den Blitzer um. Ich werde keine Zeit mehr mit solchen kindischen Spielen verschwenden." Bergen kehrte ihm den Rücken zu und bückte sich, um das Dampfgewehr in sein Halfter zu packen.

„Er ist kein zahnloser Hund", sagte eine Stimme in Bergens Kopf. „Genau in diesem Augenblick denkt er darüber nach, wie er dich am besten los wird. Er weiß, er ist schneller als du."

Bergen ignorierte den Gedanken. Er hatte dem Jungen kaum eine andere Wahl gelassen, als Tritt zu fassen, und deshalb würde der Junge Tritt fassen.

Bergen löste und wechselte die Griffe des Dampfgewehrs. Von Herder hatte die Waffe in einem seiner typischen Anflüge von Brillanz so entworfen, dass man sie auf das Abfeuern mit beiden Händen einstellen konnte. Die rechte Schulter würde in den nächsten paar Stunden nicht ausreichend besser werden. Zum Glück war Bergen Linkshänder.

Mulls stand ängstlich daneben und trat von einem Fuß auf den anderen. Bergen hätte ihn dafür rügen können, aber er wollte nicht, dass Penny sich von der für ihn peinlichen Kritik erholen konnte. In aller Ruhe lud er die leeren Kammern des Dampfgewehrs nach und hievte das Gerät auf seinen Rücken. Der rechte Schulterriemen schnitt ihm scharf in die Haut, ein sicheres Zeichen dafür, dass sich ein Hämatom bildete.

„Kommt", befahl er. „Wir sind erst knapp hinter dem Lenman-Turm."

Ohne zurückzublicken marschierte er in die Dunkelheit.

* * *

Untätig sah Oliver einer Klickratte zu, die an Tommys Schuh nagte. Die kleine Kreatur sah eher wie eine zerschnittene Schlange aus als wie eine Ratte, sie hatte einen spitzen, silbernen Kopf und einen Stummelschwanz und bewegte sich auf sechs spinnenartigen, blechernen Beinen. Sie hatte enorme Zähne, die sie kräftig in ihre Beute schlug. Tommy war in seine Zeitung vertieft und schien es nicht zu bemerken.

„Scheinen immer genau in dem Augenblick nach Shadwell zu kommen, wenn was schiefgeht, oder nicht?“, sagte er, während er umblätterte.

Oliver schaute auf und sah eine Einheit von vier Herren in Goldmänteln, die energisch die Straße in Richtung des Aufzugs am fernen östlichen Ende entlanggingen. Ihre goldfarbenen Capes leuchteten vor dem Hintergrund grau- und schwarzgekleideter Menschen, die nach einem langen Tag in den Fabriken ameisenartig auf dem Weg nach Hause zu ihren Familien die Straßen entlangwanderten. Die Straße hieß Marlowe Street und führte durch die gesamte Schattenseite, von den Aufzügen am einen Ende zu dem senkrechten Bergsturz am anderen. Die Einheimischen aber hatten sie nach den Leuten benannt, die sie entlanggingen: die Bettlerparade.

„Sie kamen aus Phins Gebiet. Denkst du, er hat sie bemerkt?“, fragte Oliver.

„Er hat wahrscheinlich versucht, sie zu verwirren.“ Tommy faltete bedächtig die Zeitung und gab sie Oliver. „Ah. Da ist er.“

Oliver musterte die Menge und entdeckte einen schiefen Hut, der so sicher auf dem Fluss der Menschenmassen tanzte wie ein Blatt auf einem echten Strom. Er schwebte hinter den Mänteln her, als sie in eine Seitenstraße namens Disraeli-Passage abbogen. Phin hatte sie im Blick.

Oliver fragte sich flüchtig, wie ein richtiger Fluss aussah.

„Seltsamer Einsatz“, sagte Tommy, „und eine Verschwendung von Mitarbeitern, wenn man ein ganzes Team die Schattenseite beobachten lässt, und dann doch nur in einer Richtung.“

„Sir Bailey hält uns von sich fern“, sagte Oliver mit offener Bitterkeit. „Er denkt, wir sind alle Gesindel. Unterschicht.“ Die Zeitung erwies sich als die Mittagsausgabe des Whitechapel Guardian, eines Schmierblattes, das der private Verlag Baron Humes im Cathedral herausgab. „Warum liest du diesen Kram, Tom?“

Tommy zuckte die Achseln, warf den Kopf zur Seite und sah der Klickratte zu, die an seinem Schuh knabberte. „Wir sind alle weniger wert, Chef. Wir sind hier geboren, oder?"

„Hmm …" Oliver überflog das gelbe Papier. Die oberste Schlagzeile lautete „Ingenieure bestätigen die baldige Fertigstellung des Großen Werks". Sehr ausführlich ging es weiter über die heroischen Bemühungen der Krähen, das geheimnisvolle Ziel Mama Maschines zu erreichen. Seit Jahren erzählten sie die gleichen Dinge, dachte Oliver. Der nächste Bericht beschrieb ausführlich die Verhaftung mehrerer Rebellengruppen, die mit der Britischen Krone im Bunde standen, deren Vergehen und wie viel sicherer die Straßen nun, da sie von ihnen verschwunden waren, wären. Oliver hätte die Zeitung fast zerrissen.

Der Rest las sich wie eine Anzeige für die großen Vorzüge, die es hatte, wenn man den Kanarienvögeln beitrat. Ja, bitte schneidet mir das Herz mit einem stumpfen Löffel heraus und ersetzt es durch einen Haufen Zahnräder und Federn. Das wäre toll.

„Warum liest du diesen Kram, Ollie?"

„Halt die Klappe." Er faltete die Zeitung und klemmte sie sich unter den Arm, in der Absicht, sie ins nächste Loch fallen zu lassen, an dem er vorbeikam. „Hast du bemerkt, ob die Mäntel noch Leute durchsuchen?"

„Hauptsächlich oben in Richtung des Aufzugs", sagte Tommy. Während er den rastlosen Angriff der kleinen Klickratte beobachtete, kroch ein mattes Lächeln auf sein Gesicht, wie das eines strengen Vaters, der seinem nach Süßigkeiten schreienden Kind endlich nachgibt. „Ich glaube, ich werde ihn behalten."

Oliver runzelte die Stirn. „Ihn behalten? Diese Kreatur würde dir die Nase aus dem Gesicht fressen."

„Hat ganz schön Energie, hm?" Tommy holte ein Stück Draht aus der Tasche seines zu großen Mantels. Oliver beobachtete fasziniert, wie Tommy sich bückte, mit seiner mechanischen Hand das Maul der Ratte aufriss, damit sie seinen Schuh losließ und sie festhielt, während er ihre Kiefer mit dem Draht zuband. Nachdem er das geschafft hatte, legte er die Klickratte auf den Rücken in seine Handfläche, wo sie sich wand und wild klickte. Er holte ein weiteres Stück Draht hervor und band alle sechs Beinchen mit einem raffinierten Mehrfachknoten an den Körper.

Tommy hielt seine Beute hoch.

„Ich werde ihn Jeremy Longshore III. nennen, und ich ernenne ihn zum König der Klickratten. Möge seine Herrschaft lang und gesegnet, frei von Kummer und voll von reichen Ernten und fachkundigen Ministern für öffentliche Bauarbeiten sein."

Er warf die zappelnde Kreatur in eine seiner Manteltaschen und richtete seine Aufmerksamkeit wieder auf die Bettlerparade, als sei nichts gewesen.

Oliver schüttelte erstaunt den Kopf. „Bring sie bloß nicht mit ins Versteck."

„Zu Befehl, Hauptmann."

Das Zischen von Dampf hallte durch die Schattenseite und zog ihrer beider Blicke zum Aufzug. Der stieg an der Achse mit den klappernden Ketten entlang empor und verschwand hinter der massiven Uhr, die auf halber Höhe hing. Kanarienvögel waren wohl sowohl oben als auch am Boden stationiert.

„Wir werden bei all den Leuten ein Problem haben, Baileys Beute hier rauszubekommen", sagte Tommy.

„Nicht, wenn Missy das übernimmt."

Tommy zeigte ein breites Grinsen. „Das ist eine gute Entscheidung, Kumpel. Du hattest das also schon eine Weile geplant?"

„Du weißt, ich hätte viel mehr geplant, wenn Bailey die Güte hätte, mir so viel Information zukommen zu lassen wie wir ihm."

Tommy machte ein mitleidiges Gesicht.

„Ja, du würdest inzwischen sicher alle Mannschaften führen. Armer Ollie: Deine Größe ist verkannt."

Ja, genau. Wie ein Tritt gegen das Schienbein am Morgen nach einem ordentlichen Absturz. Er hatte oft daran gedacht, mit Bailey zu brechen und ihren kalten Krieg unabhängig zu führen. Er hatte es bis ins Kleinste ausgearbeitet: Finanzierung, Rekrutierung, Positionierung, Verschlüsselung und Bündelung von

Informationen – sogar eine Methode, gesammelte Information mit dem deutschen Luftschiff aus Whitechapel zu schmuggeln. Er arbeitete immer noch an einer Möglichkeit, den Schlot zu betreten und wieder zu verlassen, aber Hews konnte ihm helfen. Das war sein ewiger Tagtraum: persönlich den Untergang Baron Humes und seiner Puppenspielergötter herbeizuführen.

Aber dann erinnerte er sich immer wieder an die Rebellion, und der großartige Plan zerfiel zu Asche und Schrott. Er wusste, man gab ihm die Schuld. Viele Shadwell-Bewohner sahen noch immer mit Ehrfurcht zu ihm auf, sogar mit Dankbarkeit dafür, dass er ein Gewehr in die Hand genommen und getan hatte, was er getan hatte. Aber es war eine Tatsache, dass er nicht vorbereitet gewesen war, als die Kesselmänner zu Hunderten aufmarschiert waren und die Hälfte der Männer und ein Drittel der Frauen erschossen hatten. Es war wahr.

Als wolle er die Stille beenden, tätschelte Tommy seine Tasche, in der die Klickratte immer noch fieberhaft um ihre Freiheit kämpfte. Tommy quiekte in gespielter Empörung: „Gib mir die Freiheit oder gib mir den Tod!"

„Er ist ein Yankee?"

„Er zitiert frei Rebellen und Staatsmänner gleichermaßen."

Tommy steckte seine mechanische Hand in die Tasche und machte gurrende Geräusche.

„Vielleicht werde ich euch beide allein lassen", sagte Oliver. Er glättete seine Weste und seinen Mantel und zog einen Finger an der Krempe seines aschgrauen Hutes entlang. Fast kein Dreck. Das war die einzige positive Eigenschaft der Schattenseite: Fast nichts von dem grauen Schnee durchdrang den Concourse darüber. „Ich bin in etwa zwanzig Minuten zurück."

Er trat vom Bürgersteig, zog den Hut, als eine Frau an ihm vorbeikam, die er kannte, und nahm den Takt der Parade auf, so selbstverständlich, wie man sich einen alten Pantoffel anzog.

Er ging mit dem gleichen schlurfenden, staksigen Gang wie die müden, aber lautstarken Helfer und Malocher die Straße entlang, grüßte die, die er kannte, und lächelte denjenigen höflich zu, die er nicht kannte, bis er sich in die Passage hangeln konnte. Die Disraeli-Passage bildete einen so großen Kontrast zur belebten und lauten Bettlerparade, dass Oliver für einen Augenblick eingebildete Schreie in seinen Ohren klangen. In der Passage schien es nie Wagen, Straßenhändler oder auch nur viele Fußgänger zu geben. Alle in der Schattenseite waren sich einig, dass sie nach Disraelis Geist benannt war, der, nachdem er seine berühmte „leere Seite“ zwischen dem Alten und dem Neuen Testament verloren hatte, dorthin ging, um Trübsal zu blasen, und niemand mochte Trübsalbläser.

Er fand Phineas, der mit weit aufgerissenen Augen eine Straßenlaterne betrachtete. „Wo sind sie?“

Es dauerte mehrere Sekunden, bis der alte Seemann antwortete. „In ihrer ungeheuer subtilen Art fragen sie Bart Cagey nach dem Zustand der Schattenseite.“

„Prima. Er wird hilfreich sein wie ein Rad ohne Speichen“, dachte Oliver laut. „Du wirst ein Auge auf sie haben?“

„Ich werde ein Ohr auf sie haben, wenn's recht ist. Ich kann viel weiter hören als sehen.“

„Was immer zweckdienlich ist.“

Phin legte den Kopf schief. Sein verbeulter Zylinder rutschte ihm über ein Ohr. „Bart schüttelt gerade Hände und sagt ihnen, wie geehrt er sich fühlt, sie in seinem Geschäft zu haben.“

„Wie weit kannst du hören, Phin?“, fragte Oliver.

„Ein paar Blocks weit, nun, da ich aus der verdammten Menge raus bin. Im Übrigen kommt ein Mantel die Parade entlang.“

Oliver spähte zu dem Meer aus Hüten, suchte nach den Zeichen: steifbeiniger Gang, fester Schritt, gerader Rücken. Innerhalb von Sekunden hatte er den Mantel gefunden, einen großen Mann mittleren Alters mit Weste und Barett, der einen Stapel Bücher auf einem Tablett vor sich her trug. Ein Straßenhändler, der nichts verkaufte, obwohl er schultertief in potenziellen Käufern stand. Warum bemühten sich diese Leute überhaupt um Unauffälligkeit?

„Ich werde ihm folgen“, sagte Oliver. „Zumindest bis zu Missys Block. Halte dein scharfes Ohr offen.“

Phineas nickte und richtete seine Aufmerksamkeit wieder auf die Lampe. Oliver trottete die Passage entlang und nahm seinen Platz auf der Parade ein.

Oliver war nie ein guter Kundschafter gewesen. Er war viel zu hochgewachsen, im Schnitt einen ganzen Kopf größer als die kleinen Gestalten um ihn herum. Sein Trick war, unbedeutend auszusehen, so dass er, wenn er unvermeidlich die Augen seines Ziels auf sich zog, das Bild eines Arbeiters abgeben konnte, ausgemergelt und erschöpft von Arbeit, Rauch und Dunkelheit und nicht mehr als einen Blick wert.

Der Mantel schien nicht zu merken, dass ihn jemand verfolgte, ein blinder Fuchs auf einer Flur voller Hunde. Er ging zielstrebig, hielt mit der Menschenmenge Schritt, schaute nicht nach links oder rechts, nicht zur Decke im Halbdunkel viele Stockwerke darüber, auch nicht nach unten auf die unebene und sich ständig verändernde Straße.

Oliver hatte schon Jahre zuvor beschlossen, Menschenmengen zu hassen. Die Leute bewegten sich auf den Straßen wie Tierherden, wagten kaum, miteinander zu flüstern, damit sie kein Spion belauschte. Nur in der Sicherheit ihrer eigenen vier Wände sprachen sie miteinander, und dann leise, denn ihr Nachbar könnte ja eine Uhr haben oder ihr Sohn oder ihre Tochter könnten angehalten sein, sie zu verraten. Das war das Leben unter den tausend Gesichtern Großväterchen Uhrs und dem allgegenwärtigen Odem Mama Maschines.

Hews hatte einmal die Behaglichkeit Londons erwähnt, wo die Leute auf den Straßen problemlos über das Wetter und aktuelle Ereignisse reden, Hände schütteln, die Hüte ziehen und noch lustiger wieder davon gehen konnten. Oliver vermutete, dass in Hews' Erzählungen eine gute Portion Romantisierung steckte, denn das war seine Art, und hatte die ganze Geschichte als Unsinn abgetan. Gab es keine Polizisten in London? Gab es keine Priester und Edelmänner und Landbesitzer? Was war der Unterschied, wenn die Aufseher aus Fleisch und Blut waren statt aus Eisen und Messing?

Hews hatte gesagt, er solle warten, bis er es sah.

Die Menge wurde langsamer, als sie das „Domino-Loch“ erreichte, eine Lücke in der Parade, die zahlreiche hölzerne Brücken von unterschiedlicher Qualität überspannten. Das Loch teilte die Schattenseite in Ost und West. Zu beiden Seiten liefen schmale Simse an den nächstgelegenen Häusern entlang, die linke und rechte Gasse hießen.

Der verkleidete Mantel ging im Fluss der Menge wütend über die große Brücke in der Mitte. Oliver war dabei, ihm zu folgen, als er ein Kind bemerkte, das von der linken Gasse herübersah. Oliver spähte über die Köpfe der Menge zu dem Jungen hinüber. Kenne ich ihn?

Nein, entschied er. Das war kein Einheimischer der Schattenseite, höchstens vielleicht ein Neuankömmling, aber Oliver glaubte es nicht. Er war wohl eines von Scareds Kindern.

Oliver holte den Mantel recht schnell wieder ein. Der Mann schien in dem Moment, in dem er den südlichen Sims erreicht hatte, langsamer geworden zu sein. Er ging dennoch konzentriert, starrte voraus.

Ein Glöckchen begann, in Olivers Kopf zu läuten. Unter dem Vorwand, einen schmerzenden Nacken zu dehnen warf er einen Blick nach hinten. Zwei weitere Goldmäntel, junge Herren mit hartem Blick, die goldene Westen statt Mänteln trugen, hetzten über die Brücke in seine Richtung. Ein dritter folgte ihnen gemütlich, ein von weitem glänzender Herr, der in einen makellosen grauen Anzug, einen Hut mit einer goldenen Albert-Kette und Handschuhe gekleidet war.

„Jesus an seinem verdammten Kreuz!“, kam es Oliver über die Lippen. Er bemerkte kaum die verärgerten Blicke der Leute, die in seiner unmittelbaren Nähe standen.

Oliver erkannte den Mann. Es war der, den Oliver am Morgen erschossen in einem Lagerhaus in Stepneyside gesehen hatte. Sie hatten ihn als reglose, blutige Masse, die den Boden des Lagerhauses beschmutzte, zurückgelassen, und nun ging er wieder ruhigen, festen Schrittes, wie Goldmäntel gingen, und hatte keine Verletzungen außer einem Bluterguss auf der Wange und ein paar vereinzelten Flecken Öl, die durch seine Weste zu sehen waren.

Er dachte daran, wie Tommy sich ins Herz gestochen hatte, und eine aus dem Nichts kommende Wut ließ sein Gesicht und seinen Nacken erröten. Männer sollten sterben, wenn man sie erschoss oder erstach. Männer sollten Frauen auf der Straße grüßen. Kinder sollten nicht von Kamin-Banden verschleppt oder angeworben werden, um für Eidechsen wie Scared zu arbeiten!

Seine langen Finger schlossen sich um den Griff des Derringers in seiner Tasche. Er biss die Zähne zusammen und wehrte sich gegen den Instinkt, herumzuwirbeln und dem Mann eine Kugel zwischen die Augen zu jagen. Er wusste, er konnte es – er war groß genug, um über die Menschenmenge hinwegzuschießen, und seine frühere Schießpanne, nun, das war passiert, weil er nicht bereit gewesen war. Er hatten damals nicht den Willen dazu gehabt.

Seine Finger öffneten sich. Jetzt hatte er ihn auch nicht. Diese armen Malocher und Tagelöhnerinnen, die hier um ihn herum marschierten, verdienten kein so beliebiges Ende, wie es ihnen eine Schlacht hier bereiten würde. Es war nicht ihr Kampf.

Doch, es war ihr Kampf, verdammt. Jeder wehrhafte Mann sollte bei der ersten Gelegenheit zu den Waffen gegriffen haben. Wie konnten sie in die Fabriken des Barons gehen und ihr Leben für das Große Werk Mama Maschines geben? Wie konnten sie die ölige Suppe des Barons trinken, seine Luft atmen und ihre Kinder das Gleiche tun lassen, ohne sich aufzulehnen?

Er kämpfte die Wut nieder. Seine Füße hatten sein Opfer selbsttätig verfolgt, das ihn kundig in eine schmale Sackgasse zwischen einem schiefen Buchlanden und einer Kneipe mit gelben Fenstern führte. Er verfluchte sich. Du dummes Arschloch. Du wirst wie eine Lokomotive auf einem Gleis geführt. Es schien, als sei der Mann ein Einheimischer, denn er hatte ihn durch mehrere andere Gassen, die alle ähnlich krumm, menschenfeindlich und verwinkelt waren, zu der einzigen ohne Fluchtmöglichkeit geführt.

Sie versuchten natürlich, ihn in eine Falle zu locken. Oliver und seine Mitstreiter hatten dasselbe oft mit ihren Füchsen gemacht. Zum Glück funktionierte der Trick, damals wie heute, nur bei den Unachtsamen und Unerfahrenen, und Oliver Sumner war keines von beidem.

Gehorsam folgte er seinem Fuchs fast bis zur Einmündung der Gasse, ging an zwei Verkäufern und ihren Wagen vorbei, die aus Blechstreifen und Nieten gemacht waren und winzige Flaggen und Atemmasken aus Baumwolle geladen hatten. Als er aus der Reichweite der trüben Straßenlampe trat, duckte er sich plötzlich geschickt nach links, schlich sich die Stufen hinauf und in den Buchladen und glitt durch die Tür, ohne sie ganz zu öffnen.

Ein Glöckchen läutete über seinem Kopf.

Er wirbelte herum und spähte durchs Fenster, er blinzelte, um durch das Kondenswasser außen am Glas sehen zu können. Die goldene Kleidung, die seine Verfolger trugen, blinkte, als sie ins Licht der nächsten Lampe traten. Die beiden jüngeren wollten anscheinend direkt in die Gasse stürmen, aber der graue Anzug rief sie und sie hielten an. Der Graue winkte nach links und rechts, und seine beiden Helfer trabten den Weg zurück. Der Mann, der eigentlich tot sein sollte, fasste hinter seinen Rücken unter seine Rockschöße und zog dieselbe große Schusswaffe, die er auch am Morgen getragen hatte. Mit übertriebener Vorsicht rückte er in Richtung der Gasse vor.

Fühlst noch den Stachel von vorhin, was?

Der Untergebene, den er in Olivers Richtung entsandt hatte, rannte ohne ihn eines Blickes zu würdigen am Buchladen vorbei. Es wäre der perfekte Moment gewesen, um zu entkommen, aber Oliver zögerte, fragte sich, ob der Untergebene Befehl hatte, nach einer Runde um ein oder zwei Blocks zum Eingang der Gasse zurückzukehren. Das wäre ein kluger Befehl gewesen, und die Kanarienvögel waren keine vollkommenen Narren. Besser also noch nicht hinausgehen. Vielleicht war der Laden mit einem weiteren Ausgang ausgestattet.

Oliver drehte sich wieder um – und wäre vor Schreck fast aus der Haut gefahren.

„Kann ich Ihnen helfen?", grollte der Ladenbesitzer. Sein Gesicht glich einem ausgelatschten Stück unförmigen Leders, unregelmäßig und um die Augen herum eingesunken. Das stechend gelbe Licht der einzigen elektrischen Lampe des Geschäftes ließ die Falten in seinem Gesicht und auf seiner zerknitterten Bekleidung noch tiefer erscheinen. Der Mann roch nach Rauch und Asche.

Oliver räusperte sich. „Ja, natürlich. Kann ich ein bisschen stöbern?"

„Nur zu." Die tiefliegenden Augen huschten zu der Zeitung, die Oliver noch unter dem Arm hatte. „Schön zu sehen, dass sich die jüngeren Leute auf dem Laufenden halten."

Er drehte sich geräuschlos um und verschwand zwischen den Bücherregalen. Wie hatte er diesen grausigen Herrn nicht kommen hören können? Er tadelte sich innerlich für diesen Lapsus und zog sich zwischen die Bücherstapel zurück.

Von außen schien sich das Haus ungefähr dreißig Grad nach rechts zu neigen, hing über die Gasse und ruhte vielleicht auf der Höhe des zweiten oder dritten Stocks auf seinem Nachbarn. Das Innere passte so perfekt zu diesem Äußeren, dass sich Oliver fragte, ob das Gebäude nicht vielleicht gerade gebaut worden, dann aber umgefallen war. Die Decke und die Wände standen in einem verwirrenden Winkel zueinander; die Dachsparren waren Stahlbalken, dick genug, um natürlich gewachsen zu sein. Die Regale waren eine vielseitige Sammlung an Macharten, Stilen und Graden an Baufälligkeit, gefüllt mit spinnwebenüberzogenen Büchern ohne erkennbare Ordnung.

Oliver musterte beiläufig die Buchstützen und ließ seinen Gedanken freien Lauf. War die Mannschaft in Gefahr? Wahrscheinlich nicht. Der graue Anzug hatte ihn einfach wiedererkannt, und der Mann, der am Vortag gefangen worden war, hatte nie die Gesichter von Olivers Mannschaft gesehen. Bailey hatte das sichergestellt, indem nur zwischen den Leitern der Mannschaften und ihm selbst Kontakt bestand. Hews hatte etwas von dem enormen Wissen des Mannes, der Aaron hieß, erwähnt, aber … nein, er musste annehmen, dass die Mannschaft im Augenblick sicher war, und selbst wenn sie entdeckt und entlarvt wurden, konnten sie über das Gelände der Schattenseite entkommen, das sie alle gut kannten. Alte Hasen des Verbrechens waren sie allesamt.

Nein, keine Verbrecher. Rebellen. Soldaten. Sie hatten nicht mal ihr fehlendes Gehalt kommentiert.

Die Glocke läutete erneut. Oliver duckte sich hinter das Regal, das am nächsten zur nach innen geneigten Wand stand, quetschte sich in eine dreieckige Lücke, die halb so hoch war wie er. Dabei überzog er seinen Hut und einen großen Teil seines linken Ärmels mit alten Spinnweben.

Die knirschenden Schritte maßgefertigter Schuhe übertönten das schwache Brummen des elektrischen Lichts. Die Glocke läutete erneut, als sich die Tür schloss.

„Fickin!", rief der Neuankömmling lauter, als in dem abgeschlossenen Raum nötig war. Oliver erkannte die klickende Stimme des Mantels im grauen Anzug. „Wo sind Sie hin?"

Oliver hörte die Antwort des Besitzers: „Wer da? Ich hatte schon genug Störungen für einen … oh. Sie sind es."

„Kaum eine angemessene Begrüßung für einen Mann meines Standes. Haben Sie keine Manieren?"

„Die verteile ich sparsam, Westerton. Jetzt sagen Sie, was Sie wollen oder ziehen Sie weiter. Ich bin gerade im Gebet."

Westerton gab ein spöttisches Grunzen von sich. „Die Herrin wird Ihnen vergeben. Hat ein Mann Ihren Laden betreten?"

„Viele Männer betreten meinen Laden."

„Gerade vor ein paar Minuten."

„Schleimiger Bursche. Groß wie eine Weide."

„Das ist er. Wo ist er hin?"

„Was hat er getan?"

„Er ist ein Rebell und Meuchelmörder. Um Ihretwillen hoffe ich, dass Sie ihn nicht verstecken."

„Ihre Beschuldigungen sind unhaltbar und beleidigend. Er ist hinten. Stöbern, sagte er.“

Oliver zog den Derringer. Zwei Kugeln, und kleine noch dazu. Was konnten sie gegen einen Mann ausrichten, der sterben und ein paar Stunden später einen kleinen Spaziergang machen konnte?

Fickin erhob erneut die Stimme. „Wenn Sie ihn erschießen müssen, tun Sie es bitte auf den vorderen Stufen.“

„Ruhe!“

Das Gespräch war beendet. Nur das leise Pochen der Schuhe des Mantels war zu hören. Oliver war sicher, er hatte die überdimensionale Waffe gezogen. Er angelte in seinen Taschen nach seinem Schnappmesser und fand es nicht: Er hatte es auf dem Boden des Lagerhauses liegengelassen. Er griff sich stattdessen einen schweren Folianten aus dem Regal und musste fast über sich selbst lachen. Ein Buch und eine Pistole, kürzer als mein Zeigefinger. Immer vorbereitet, was?

Ein Bücherstapel versperrte das andere Ende seines Verstecks, also positionierte er sich gegenüber dem Gang, aus dem er kommen würde. Seine Bewegung wirbelte trotz aller Vorsicht den Staub und den Geruch nach Papier und altem Leder auf.

Die Schritte erreichten den Gang unmittelbar nebenan. Oliver hob den Derringer und wünschte sich, er sei ein Gewehr. Zwei Schüsse musste er seinem Feind durch Auge und Stirn jagen. Jeder Schuss in den Oberkörper würde höchstwahrscheinlich in einem Gewirr aus Federn und Zahnrädern enden.

Ein goldener Handschuh tauchte auf, gefolgt von einem grauen Hosenbein. Olivers Hände umfassten den Derringer.

Der Lauf der Waffe des Mannes stieß in die Lücke, dann das Gesicht. Das dumpfe Surren der inneren Mechanismen des Mannes verbreitete sich in dem Loch, surrte eiskalt in Olivers Ohren.

Na los, sagte eine Stimme in ihm, ins Gesicht.

Oliver saß erstarrt da.

Was dann? Nur mit einem Buch bewaffnet einen Mann angreifen, der nicht sterben konnte?

Der Mantel suchte kurz das Innere des Lochs ab, richtete den Lauf seiner Waffe auf die schwebenden Staubpartikel und zog sich zurück.

„Er ist nicht da."

„Sie stören schon wieder, Westerton."

„Wo ist er?"

„Er muss gegangen sein. Hat mich wahrscheinlich auch beraubt. Ich war im Gebet, Westerton. Ich habe es nicht gehört."

Oliver wagte wieder zu atmen. Wie zum Teufel hatte der Mann ihn nicht sehen können?

„Nun, meine Jungs werden ihn kriegen, wenn er auf die Straße gegangen ist. Die Brüder der Zeit danken Ihnen freundlich für Ihre Hilfe."

„Die Brüder der Schöpfung danken Ihnen freundlich, dass Sie mich in Ruhe lassen."

„Sie sind ein grantiger alter Narr."

„Es sieht aus, als wären auch Ihre Manieren nur in beschränktem Maße vorhanden. Nun, wollen Sie jetzt gehen oder sollen wir mit der Überschreitung allgemeingültiger Etiketteregeln weitermachen?"

Das Glöckchen läutete wieder. Die gedämpften Geräusche der Straße drangen herein. Der Mantel sprach nochmals, mit einer gefährlichen Schärfe in der Stimme.

„Sie haben keine Uhr, Fickin. Es ist nicht richtig, keine Uhr zu haben. Die Leute werden reden, wissen Sie."

Die Tür schloss sich. Stille breitete sich aus. Oliver wartete darauf, dass Fickin in den Raum, in dem er seine Gebete abhielt, zurückkehrte, aber er hörte nur das Surren der elektrischen Lampe und das Kratzen von Ratten in der Wand.

Er sollte auf die Straße zurückgehen, das wusste er. Die Mannschaft finden, Westerton aufspüren und irgendwie aufhalten oder eliminieren. Ansonsten konnte sich Oliver auf offener Straße nicht sicher bewegen. Aber wie lange sollte er warten, bis er versuchte, nach draußen zu gehen? Er konnte nicht zu lang im Domizil einer

Krähe bleiben, aber er musste Westerton und seinen Kumpanen Zeit geben, ein paar Blocks weit zu kommen.

Schließlich entschieden seine sich verkrampfenden Muskeln für ihn, und er schob sich aus seinem Versteck. Sofort war Fickin da, schob seinen knorrigen Schädel hinter einem Bücherregal hervor. Olivers Finger umklammerten den Derringer.

Der alte Mann lachte ohne Arglist. Vielleicht hatte er die Schusswaffe nicht bemerkt.

„Ich habe mich gefragt, ob Sie schon weg sind“, sagte er. Er schlurfte lautlos zu Oliver und streckte ihm die Hand hin. Für einem Augenblick tat Oliver nichts, schwankte zwischen dem Gefühl angespannten Misstrauens und dem anerzogenen Impuls, höflich zu sein. Als sich die Stille in die Länge zog, gewann die Etikette die Oberhand. Oliver ließ die Waffe beiläufig in die Tasche gleiten, als er dem Mann die Hand gab.

Sein Händedruck war kraftlos, die Haut schien sich über die Knochen zu spannen, ohne dass er Fleisch und Sehnen fühlte.

„Grimsby Fickin, zu Ihren Diensten.“

„John Bull, zu Ihren, mein Herr.“

Der Mann blinzelte. „Gewagt, einen solchen Namen zu benutzen, finden Sie nicht? Mir ist es ja egal. Ich weiß, der alte Patriotismus ist nicht totzukriegen, genau wie die alte Religion. Das werden Sie also nehmen?“

Oliver zwinkerte. Das Buch.

„Ah … sicher“, erwiderte er höflich. „Was wollen Sie dafür?“

Der Mann streckte eine Hand nach dem Buch aus, das Oliver ihm gab. Er klappte das Buch auf und blätterte einige goldfarbene Seiten durch, die mit kantigen Symbolen in dicker schwarzer Tinte bemalt waren.

„Das ist eine schöne Ausgabe“, sagte er. „Da ist echtes Messing in den Seiten, müssen Sie wissen. Ich kann mich nicht für weniger als eine Krone davon trennen.“

Oliver spuckte die erforderlichen Münzen aus, während er innerlich daran verzweifelte, wie leicht seine Geldbörse dadurch wurde.

Mr. Fickin ließ das Geld irgendwo in seinem Gewand verschwinden. Oliver bemerkte bei dieser Gelegenheit, dass der Mann ganz in Schwarz gekleidet war und keine Hose trug, sondern ein rockähnliches Gewand aus Baumwolle, das ihm bis auf die Unterschenkel reichte. Rauch sickerte träge aus Nase und Ohren des Mannes, und er verströmte eine unangenehme, anhaltende Hitze.

„Gut zu sehen, dass die jüngere Generation sich für die Schrift interessiert", sagte Fickin. „Sie werden sie erst lesen lernen, nachdem Sie Ihr Gelübde abgelegt haben, aber es gibt allein dadurch viel zu lernen, dass Sie sich mit den Symbolen vertraut machen."

Oliver nickte, als verstünde er. Er sah nach unten und merkte, dass er eine Ausgabe von Atlas Humes „Summa Machina" in Händen hielt, dem heiligen Buch der Goldenen und Schwarzen.

Vorsicht im Umgang mit dem Kerl, warnte ihn eine leise Stimme, aber der Mann schien ziemlich freundlich und mit ein paar Minuten Verspätung auch vernünftig zu sein, also improvisierte Oliver ein bisschen.

„Ja", sagte er. „Ich habe mich gefragt, worum es darin geht, wissen Sie. Der Guardian druckt ja selten Einzelheiten."

„Natürlich", sagte Fickin. Er drehte sich um und führte Oliver zwischen den Bücherstapeln hindurch. „Die verdammten Kanarienvögel haben es gedruckt. Ein Haufen großkotziger Bürokraten. Ich weiß nicht, warum die Herrin sie duldet."

Olivers Interesse war geweckt. Noch mehr Dissens? Dies war in der Tat ein reizender Tag. „Verzeihung, mein Herr, aber ist das nicht ein bisschen blasphemisch?"

Der Mann schnaubte und stieß dabei Rauch aus wie bei einer Zigarre. „Sagt wer? Diese Dandys sind wie ihre Namensvettern: schön anzusehen, aber fragil. Schwarz hingegen! Das ist die Farbe von Eisen, mein Junge, ein robustes, kühnes Material, das es wert ist, nachgeahmt zu werden. Das ist etwas, worauf man eine Dynastie aufbauen kann."

Oliver wurde plötzlich kalt. Dynastie? „Sie haben also Kinder?"

Der Mann unterbrach sein lautloses Davonschweben und blinzelte über die Schulter. „Es sind nicht wirklich meine.“

Als sie auf die Rückseite des Ladens zusteuerten, bemerkte Oliver immer dicker werdende Staubschichten auf dem Boden, den Regalen und den Dachsparren, unberührt von den Schritten von Menschen oder Nagetieren. Die Luft wurde zunehmend dick und heiß, und schwüle Luftzüge schlängelten sich durch die Gänge, erinnerten an den Himmel um den Schlot. Mr. Fickin führte ihn zu einer Mahagonitür in der Rückwand. Sie musste einst ziemlich prunkvoll gewesen sein, zeigte aber jetzt die ersten Spuren von Fäulnis auf ihren Paneelen und dunkle Brandflecken an ihren Rändern.

Der alte Mann griff nach der Klinke, zögerte aber. „Werden Sie nicht fragen, warum ich jemandem helfe, der des Mordes beschuldigt wird?“

Ich wollte es eigentlich nicht erwähnen, dachte Oliver. „Ich bin kein Mörder, mein Herr.“

Er wischte die Bemerkung mit einer Gebärde beiseite. „Wahrscheinlich haben Sie Westerton selbst ermordet. Das wäre sein sechstes Mal, glaube ich, und ich wünsche ihm ein Dutzend weitere. Sie sind also ein junger Mann, der den Guardian und die Schriften liest und in seiner Freizeit Kanarienvögel tötet? Ein feiner Postulant, sage ich. Verdammt fein.“

Oliver schwankte zwischen Verwunderung darüber, dass der große Feind des Aufstands so gespalten sein konnte und der Verwunderung über seine eigene beinahe mystische Fähigkeit, väterliche Reaktionen bei alten Männern auszulösen.

Fickins Hand krallte sich um den Türknauf und öffnete sich wieder. „Sie wollten Details, Mr. Bull. Nun, was Sie gleich sehen werden, ist mein eigener bescheidener Teil des Großen Werkes.“

Während er seine Aufregung unterdrückte, antwortete Oliver: „Ich fühle mich geehrt, mein Herr.“

Auch das fegte er beiseite. „Es sieht aus, als begünstige die Herrin Sie, Junge. Sie werden merken, dass, wenn Sie einmal einen haben, der Ofen bisweilen Ihre Entscheidungen bestimmen wird.

Sie werden lernen, ihm zu vertrauen. Die Mutter ist leise und korrekt. Sie fordert keine Dinge von Ihnen wie ihr Gemahl, aber Sie sagt Ihnen, was Sie tun sollen, wenn Sie zuhören."

Er drehte den Knauf.

„Sie sagt mir: Ofen oder nicht – Sie sind bereit."

Die Tür ging auf. Oliver taumelte zurück, seine Hand schoss in die Tasche und schnappte sich das Schießeisen. Jenseits der Tür ragte ein Monster auf, ein absonderlicher Riese aus Gusseisen, zwei Stockwerke hoch. In seiner Mitte hing eine schwarze Kugel, zweimal so groß wie ein Mensch, überall mit Messingnieten beschlagen und bedeckt mit bauchigen Glasaugen. Aus diesem zentralen Punkt ragte eine zerfetzte Anordnung Gliedmaßen heraus, die Formen waren menschen- bis tentakelähnlich, bestückt mit Krallen, Klingen und Stahlstacheln. An Ketten hing die Kreatur von der Decke, während der Schein offener Öfen zu allen Seiten sie in ein höllisches rotes Licht tauchte.

Fickin glitt über einen Boden, der mit Werkzeugen und Metallschrottteilen übersät war, in den Raum.

„Ist das nicht schön?", fragte er.

Oliver fand keine Antwort. Fickin schien auch keine zu erwarten.

„Es ist fertig", sagte er. „Seit fast vierzehn Tagen."

„Was ist es?", krächzte Oliver.

„Ein Kind der Großen Herrin", sagte Fickin. „Ausgebrütet von den Händen ihres Adoptivsohns. Das ist ihre Saat, und wenn es genügend sind, werden sie über die Welt walzen und Gärten pflanzen, in denen die Mutter verweilen kann. Die ganze Erde wird zum Paradies werden, nach dem Vorbild ihrer einzigartigen Stadt."

Oliver trat einen Schritt zurück. Die Worte kamen wie von selbst aus seinem Mund. „Eine Dynastie."

Mr. Fickin sah mit Tränen in den Augen zu der Bestie hoch. „Knien Sie mit mir, Mr. Bull. Beten Sie zur Großen Mutter."

Ohne auf eine Antwort zu warten sank Fickin zu Boden. Der Rock, den er trug, bauschte sich zu einem großen Kreis auf, zeigte seltsame Beulen und Vorsprünge.

„Gesegnete, heilige Mutter", begann er, „die du grenzenlos liebst …"

Oliver sprang zurück, als die Öfen in den vier Ecken des Raumes aufloderten und ihn ihre Hitze traf.

„Gelobet sei dein heiliger Schoß", fuhr Fickin fort. „Gelobet sei dein Großes Werk."

Die Öfen flackerten, ihr Licht wechselte von stumpfem Rot zu sengendem Orange, und Oliver entschied, es sei Zeit zu gehen. Er wirbelte herum und stellte fest, dass die Tür sich hinter ihm geschlossen hatte.

Er hechtete zum Knauf. Als sich seine Finger darum schlossen, schoss ihm schreckliche elektrische Hitze in den Arm, brannte sich durch Haut und Knochen. Er schrie vor Schmerz und Angst, während er die Hand wegriss.

Fickin schrie plötzlich: „Mutter! Du bist hier! Du bist zu mir gekommen."

Ein Geräusch wie das Läuten einer Glocke erstickte das Fauchen der Öfen, klang in einem dünnen Klimpern aus.

Fickins Stimme hallte wie aus dem Ende eines langen Rohrs wider.

„Wir, deine Kinder, die wir dich lieben bis zum Anbruch des Winters ..."

Starr vor Angst beobachtete Oliver, wie die Schatten an der Wand vor ihm vor einem sich verstärkenden Licht zurückwichen.

Greif nach der Tür, mahnte er sich. Flieh.

Er streckte eine zitternde Hand aus, schreckte wegen der verkrusteten Haut seiner Handfläche zurück. Die Gluthitze biss ihn, rötete die Rückseite seiner Hand, schwärzte die Knöchel. Oliver wagte nicht zu atmen.

„Vergib uns unsere Schuld", schrie Fickin. „Vergib uns unsere Unvollkommenheiten. Wir wollen nur demütig sein ..."

Einige Zentimeter vom Knauf entfernt erstarrten Olivers Finger. Die Hitze troff wie ein dicker Eintopf in seinen Verstand, löschte fortwährend seine Gedanken aus.

„Beweg dich!“, schrie Oliver innerlich, aber seine Finger rührten sich nicht. Mit mechanischer Präzision drang die Hitze in jeden Spalt seiner mentalen Abwehr, vernichtete jede Angst und jeden Zweifel, um sich Zutritt zu verschaffen.

Dann war Mama Maschine in seinem Kopf. Ihre entsetzliche, grausame Weite zerriss jedes Begreifen und sprengte jedes Gespür für den Raum um ihn herum. Oliver sah ein brutales Universum pulsierender Begierden, gestaltet in beliebigen abscheulichen Formen von Eisen, über Distanzen verbunden durch Fäden von leuchtender, feuriger Kohle. Durch diese Welt taumelten die verkohlten Leiber zahlloser Seelen, gequält durch formlose Kreaturen aus flüssigem Glas.

Die Leiche, die ihm am nächsten war, drehte sich zu ihm um und grinste.

„Sie mag Sie, Mr. Bull.“

Oliver kniff bei dem Anblick die Augen zu, aber er würde ihn nie wieder vergessen.

Die sengende Hitze in seinem Nacken machte ihn wach genug, um die Tür durch die flimmernde Luft schimmern sehen zu können.

Der Türknauf! Er sprang vor. Seine Hand explodierte zu einer flammenden Ruine, aber die Tür öffnete sich, und er fiel nach draußen zwischen die Regale. Bücher fielen auf ihn herab. Die Tür schlug ihm ins Gesicht. Die Bodenbretter zerkratzten seine Knie und Handflächen.

Er stieß mit der Schulter ein Bücherregal zur Seite, das ihm in den Weg fiel, trat gegen ein anderes, das von der Seite gegen ihn kippte, schlug gegen ein drittes mit der Faust. Die Lampe sprang in dem Bemühen, ihn zu schlagen, von der Decke, aber er wich zur Seite aus und stürzte zur Tür. Auch sie widersetzte sich zunächst. Dann legte er seine verkohlten Finger um die Klinke, trat mit einem schwelenden Stiefel gegen den Rahmen und riss sie auf.

Das Glöckchen läutete. Er war frei.

Das oberste Prinzip der Schmiede ist die Absicht. Dieser Impuls, kurios oder zweckmäßig, befiel die Menschen zu allen Zeiten wie ein Fieber. Der Mensch zügelt diesen Impuls oft mit Moral und der Vernunft seines Charakters, aber der Impuls gehorcht nur seinen eigenen Bedürfnissen. Dabei kommt es vor, dass die Worte eines Wissenschaftlers und eines Irren das gleiche Gewicht haben, denn jede Schöpfung ist heilig und das Reich des Göttlichen.

Verflucht sei Gott dafür, dass er Lebewesen wie euch seine Macht gibt.

– V. ii

KAPITEL 7

Weit entfernt ein Ticken.

Wie von einer einzelnen Uhr, die die Zeit in einem unermesslichen Raum misst. Es war friedlich. Er lag in der warmen Leere und genoss das Geräusch, ließ es in sich gleiten, ließ sich davon überwältigen, bis er nichts mehr weiter war als das Echo der Uhr.

Er fühlte ein Aufwallen von Schwermut, als weine sein zerschmetterter Körper um ihn, und ignorierte es. All das lag nun hinter ihm. Er war hinter die zerbrechlichen Identitäten einer grausamen, gewöhnlichen Welt getreten. Er war in der Leere, der endlose Lücke kurz nach dem Leben, kurz vor dem, was auch immer nun kommen würde. Er weidete sich an der Stille, lud sie in seinen gebrochenen Verstand ein und vermachte ihr die wenigen übriggebliebenen Stücke seiner selbst, um in ihr zu verschwinden.

Verloren im Nichts endete jede Vibration, aller Schwung war aufgebraucht.

Er war für eine Weile glücklich.

Dann fand ihn etwas anderes.

Er wusste nicht, was es war, denn die Wahrnehmung war hier eine andere, aber es bewegte sich durch das Nichts wie ein Farbtropfen in klarem Wasser. Es griff mit einem Körperglied nach ihm, das zu klein war, um die Leere zu überspannen.

Er hatte kein Verlangen, sich umzudrehen, um es anzusehen, fand keine Richtung, in die er sprechen konnte. Das an sich war schön.

„Wer bist du?“, fragte er.

Seine Antwort trieb bedächtig zu ihm hin, hielt sich auf einem unsichtbaren Äther über Wasser. Er fing die Antwort mit ausgestreckten Gliedmaßen, umarmte und durchleuchtete sie. Es war die eisige, wechselhafte Frostwärme des kranken menschlichen Körpers, und sie sonderte eine feuchtkalte, sahnebonbonähnliche Flüssigkeit in die Leere ab. Die Antwort sprach nicht zu ihm, und er war dankbar, denn der Gedanke an menschliche Ansprache stieß ihn ab und machte ihm Angst.

Die Antwort löste sich in Öltropfen auf und entglitt seinem Griff.

„Wer bist du?“, wiederholte er.

Sein Gefährte kam näher, glitt mit den sehnigen Bewegungen eines Oktopus durch den Raum. Er konnte ihn weder sehen noch hören; er fühlte ihn vielmehr wie ein Stück grober Wolle, das man ihm über den Arm zog, oder wie das Tröpfeln von Sand ins Gesicht. Seine Bewegungen zeigten sich wie das Kräuseln im Sog eines unsichtbaren Schwimmers.

Als er wieder nach ihm griff, streckte er sich, um ihn zu begrüßen.

Er hatte eine Vision.

Nein!

Schmerz. Fieber. Schweiß. Plötzlich umgarnten ihn Knochen und Fleisch, hielten ihn fest, und er schrie, schrie, als Metallwucherungen durch seine Haut brachen. Er zitterte und krampfte, heiße Nerven kratzten über raue Leintücher über und unter ihm. Er schrie erneut, als Hunderte von Wucherungen in seinem Körper sich mit seinem Zittern verlagerten, an Fleisch und Muskeln zogen, an Knochen kratzten und sägten.

Licht drang in seine Augen, als er sie aufriss: Unreine Luft versengte seine Lunge. Eine unerträgliche Kälte schlug gegen seine Stirn. Über ihm schrie und betete eine Frau. Hinter ihr weinten und zitterten zwei bleiche Kinder.

Bitte beende das. Bitte, ich will zurück.

Sein Magen krampfte, und er erbrach sich auf sich selbst. Eine Rippe brach, als er sich krümmte, und er umklammerte seine Kehle mit einer altersschwachen Hand.

Plötzlich fiel er in die Leere zurück, ließ die Welt des Schmerzes und des Lichts weit über sich zurück.

Nicht Stille begrüßte ihn, sondern ein brodelndes Geschwür des Wahnsinns. Es packte ihn und zerrte ihn in ein Feuer kreischender Monstrositäten. Metallmonsterchen krochen überall über ihn, bissen und kratzten ihn, keiften und knirschten mit den Zähnen. Er zog sich, so weit er konnte, zurück, zog sich in sich selbst zurück, aber sie kamen näher.

Hilf uns, riefen sie.

Geht weg!

Sie heulten vor Verzweiflung. Sie liefen Amok, angetrieben von einer unaufhörlichen Qual, die jede Bewegung und jeder Atemzug heraufbeschworen. Ihr Schmerz wurde zu Zorn, und in kannibalischer Raserei fielen sie übereinander her.

Schließlich zogen sich die Kreaturen zurück, ließen ihn in einem Tümpel seiner eigenen Körperflüssigkeiten liegen. Ein Großteil von ihm war aufgelöst und verzehrt. Das Bisschen, das übrigblieb, lag zitternd an diesem dunklen Ort.

Nach und nach kehrte das Ticken zurück, und warme, zähe Flüssigkeit hob ihn empor. Sein Gefährte ließ sich im Dunkel neben ihm nieder.

„Bist du der Schmerz?“, fragte er.

Worte gab es in der Leere nicht. Sein Gefährte umfing ihn mit klebrigen Armen.

„Ich verstehe. Du bist die Quelle der Maschinenkrankheit. Die Hitze der Mutter und der Lärm des Vaters haben dich verletzt, und du verletzt sie nun deinerseits, und das verursacht nur noch mehr Schmerz."

Das Ding weinte Eitertränen.

„Ich werde dir helfen", sagte er. „Ich werde dir helfen, es zu beenden."

Dankbarkeit. Sein Gefährte streckte ein langes Körperglied in die Leere und holte etwas aus unermesslicher Entfernung. Er legte es vor sie hin.

Ein Metallmonsterchen: eine Klickratte. Sie lag auf dem Rücken, die Kiefer mit Draht zugebunden, die Beine gegen den Bauch gebunden. Sie zuckte nicht. Die Verschnürungen hatten sie davon abgehalten, gegen den Schmerz anzukämpfen, und er hatte sie vernichtet. Sie lag nun leer und einladend da.

Ein Geschenk.

Aaron trieb nach oben und nahm es an.

* * *

John Scared wusste, er war immun gegen die Klapper, doch er wusste nicht, warum. Die Frage quälte ihn, wie alle unbeantworteten Fragen. Wenn er den Grund nicht kannte, konnte er nicht sicher sein, wie das Ergebnis aussehen würde.

Vielleicht lösten diese armen, kranken Kerle deshalb ein Gefühl des Unbehagens in ihm aus.

Er stützte sich schwer auf seinen Stock. Unter ihm mühten sich Hafenarbeiter damit ab, Güter zu entladen, die ein Kran von zwei Zeppelinen holte, die an der Spitze Aldgates festgemacht waren. Keine Klasse schien so an den mechanischen Wucherungen zu leiden wie die Hafenarbeiter. Sie schlurften herum wie Karikaturen von Männern, übersät mit schimmernden Pusteln, humpelten auf missgebildeten Messingbeinen und rissen mit hakenförmigen Händen und fingerlosen Stahlstümpfen an Seilen und Kisten.

„Warum sagst du mir nicht, was sie sind?“, fragte er das heiße Prickeln in seinem Hinterkopf. „Sind sie das Ergebnis des Einatmens deines Odems, meine Liebe? Kleine Sporen, die durch das Rülpsen aus deinem tiefen Schlund fliegen, sich an warmen, feuchten Orten einnisten und pulsierendes Leben gebären?“

„Tick, tick, tick“, murmelte er. Eine schlechte Angewohnheit. Er tat es nur, weil es sie ärgern mochte.

Er hob den Blick zum Schlot jenseits des Hafens und sah zu, wie er lodernd zu rotem Leben erwachte. Eine Wolke schwarzen Schmutzes schoss in die Luft wie die zehnte Plage.

Ah, meine Liebe, mein Liebling, meine süße Herrin. Ich verstehe dich nicht. Jedes deiner geliebten Kinder wäre dir treu bis ins ölige Grab, und doch vertraust du mir. Du bist eine dumme, dumme Kreatur.

Scared war der Dummheit nicht abgeneigt, solange andere sie praktizierten.

Er wandte sich von dem elektrischen, blendenden Licht der Docks ab und hinkte wie ein Krüppel zum gegenüberliegenden Ende des Dachs des Pilot's Clubs, wo Boxer an seinen Füßen aufgehängt an einem Haken hing.

Breitbeinig stand ein breitschultriger Mann in starrer militärischer Pose über der Falltür, die zur höchsten Etage des Clubs führte, in dem Männer bei manipulierten Spielen ihren Lebensunterhalt verzockten. Zwei Jungen mit huschendem Blick kauerten fast in seiner Reichweite. Scared winkte den beiden Kindern zu.

„Kommt her, meine Wühler. Zeit für eine Lektion.“

Scared musterte sie, während sie näher kamen. Jeder Teil von ihnen wurde zur Variablen: die Bewegung der Augen, die Neigung ihrer Schultern, das Tempo ihres Atems, das Gewicht ihrer Schritte. Dies alles kategorisierte er innerlich und verrechnete es mit einer mathematischen Funktion, die er vor langer Zeit entwickelt hatte, und die Persönlichkeiten der Jungen wurden ihm klar. Der auf der linken Seite, Schuh, war für nichts anderes gut als für Spionage und Tierfutter. Der auf der rechten Seite, Tuppence – der war formbar. Ein weiterer Penny vielleicht, wenn genug Zeit für weitere Lektionen war.

„Wusstet ihr, Kinder“, sagte Scared, „dass dieser Haken ursprünglich angebracht wurde, um ein Klavier in den zweiten Stock zu hieven? Das Klavier fiel herunter und zerquetschte den damaligen Besitzer des Clubs.“ Er drehte sich zu Boxer um. „Ein Unfall, und zwar ein glücklicher für mich, weil der Club dadurch zum Verkauf stand. Nicht wahr?“

Der Mann, der Boxer hieß, hing schweigend und ohne Hemd da, der Dunkelheit des Bishop's-Gate-Turms zugewandt, und hinter ihm sah man die gedämpften Lichter Londons. Seine Arme waren mit zwei Eisenbändern auf seinen Rücken gebunden – die geschmiedet worden waren, als sie noch heiß waren.

„Versammelt euch hier, Wühler. Ihr müsst etwas sehen können. Kommt, seid nicht schüchtern, sonst wird es überhaupt nichts zu essen geben.“

Wie hungrige Hunde beschleunigten sie ihre Schritte, während sie sich unbewusst die kleinen Bäuche rieben. Scared breitete die Arme aus und umfing beide gleichzeitig. Er legte die Finger auf ihre Schultern, eine Hand auf jedem Knaben, und erschauerte angesichts der Wärme und des Zitterns, das er fühlte. Er kniete sich hinter sie, lehnte sich über sie, so dass die Falten seines Mantels sie umfingen wie die Schwingen eines Muttervogels.

„Dieser Mann hat etwas Schlimmes getan“, erklärte Scared. „Er hat mich belogen. Jeder kann lügen, so viel er will, solange er mir die Wahrheit sagt.“

Er holte seinen Stock und stach ihn gegen Boxers Schulter. Der Mann drehte sich langsam zu ihnen um. Seine Brust war geöffnet, seine Haut hatte man abgezogen und an den Seiten seines Torsos befestigt. Eine Eisenscheibe war über seinen Mund genietet. Die Kinder keuchten und wichen in die grobe Wolle von Scareds Mantel zurück. Er hielt sie fest, als sie versuchten, das Gesicht abzuwenden.

„Ja, es ist schrecklich, meine Lieben. Eure Reaktion ist nichts, wofür man sich schämen muss. Nach weiteren Lektionen – und es wird noch viele geben – werde ich euch lehren, die Kunstfertigkeit dessen, was unser guter Buckliger hier getan hat, zu würdigen."

Der Soldat hinter ihnen veränderte die Stellung seiner Füße.

Scared wies mit seinem Stock nach vorne auf das rote Glühen, das aus Boxers freigelegten Rippen kam.

„Seht ihr das, Wühler? Mr. Boxers Herz ist nicht wie eures oder meines. Seines hat man ersetzt durch einen Kohleofen, seine Arterien und Gefäße durch Rohre. Wisst ihr, was das bedeutet?"

Sie antworteten nicht. An ihrem Zittern und Zucken, das sogleich wieder nachließ, konnte er sehen, wie Teile der beiden sich zusammenzogen und abstarben. Unschuld, zermalmt vom roten Fleisch der Realität. Schön, das Wachstum eines Kindes. Würdest du mir nicht zustimmen, meine Liebe?

„Es bedeutet", sagte er, „Mr. Boxer ist ein Schwarzmantel. Natürlich trägt er keinen Mantel. Weil er ein arglistiger Mann ist, war er bemüht, seine Wesen vor mir zu verbergen, seit er in meinen Dienst getreten ist."

Scared schnippte geschickt gegen den Riegel, der Boxers Ofen verschlossen hielt. Boxer knurrte etwas Unverständliches.

„Das war seine erste Lüge mir gegenüber. Aber er ist ein schlechter Lügner, und deshalb weiß ich schon eine ganze Weile von seinem Verrat."

Scared gab Tuppence seinen Stock. „Nun du. Gib ihm einen Stoß."

Tuppence hob vorsichtig eine zitternde Hand und legte seine Stummelfinger um den Silberknauf des Stocks. Das glänzende Mahagoni leuchtete rot im allgegenwärtigen Glühen des Schlotes. Tuppence stand still da, die Augen auf Boxers klaffende Brust gerichtet, als sei er nicht sicher, was er als nächstes tun sollte. John legte zwei Finger unter die Achsel des Jungen und zog ihn hoch. Zögernd streckte Tuppence den Arm mit dem Stock aus und stieß ihn Boxer in die Seite. Dann zog er sich rasch zurück und kauerte sich zusammen. Boxer gab kein Geräusch von sich.

„Gut, gut“, sagte Scared. „Hast du gespürt, wie das Fleisch zurückfedert? Das nennt man Elastizität: Der Druck von Flüssigkeiten und Feuchtigkeit im Körper drückt den Stock weg.“

Die beiden Jungen nickten langsam.

„Dreh den Kopf, mein Kind. Komm, ich werde es dir zeigen.“

Scared legte eine Hand auf die des Jungen und ergriff mit der anderen den Stock. Behutsam und mit einer langsamen Drehbewegung führte er die kleinen Finger zum Knauf des Stocks. Der Junge machte einen Satz, als eine vier Zoll lange Klinge aus dem Ende des Stockes sprang.

„Jetzt gib ihm einen weiteren. An derselben Stelle.“

Er ließ seine Fingerspitzen auf dem Handrücken des Jungen liegen, als dieser die Hand zurückzog. Das war die weichste Stelle, zwischen den rauen Knöcheln und dem knochigen Handgelenk. Tatsächlich war sie bei diesem hier sehr weich.

Diesmal brauchte Tuppence keine Anleitung. Er streckte die Hand mit der Klinge aus und stach ein Loch in Boxers Seite, in der Nähe der Niere. Schwarzes Ölblut spritzte heraus. Beide Kinder sprangen zurück, und John fing sie mit je einer Hand auf dem Rücken auf. Das Blut spritzte gegen die Wand einen Stock tiefer.

Scared nahm sanft den Stock aus Tuppences zitternder Hand.

Während er sprach, stieß er die Klinge des Stocks gegen mehrere von Boxers mechanischen Körperteilen. „Ihr werdet merken“, sagte er, „dass diese Körperteile kein Blut oder Öl vergießen, diese hingegen“ – er zog die Klinge durch einen Muskel – „sehr viel.“

Boxer grunzte, sagte aber nichts. John verkeilte die Klinge in einer sicheren Position zwischen den Rippen und ließ den Stock von Boxers Körper baumeln.

„Dieser Mann kann nicht sterben, indem man ihn ausbluten lässt, Wühler. Er hat das kostbare Fleisch abgelegt, das ihm unser Gebieter gab, und den Irrtum einer Maschine gewählt. Passt auf. Ich werde euch zeigen, wie man einen solchen Mann tötet.“

Scared löste die Klinge mit sägenden Bewegungen aus ihrem Ruheplatz und schnippte geschickt die schlitzförmige Tür, die Boxers Ofen bedeckte, auf. Pulsierendes tiefrotes Licht und Hitze drangen heraus. Dann kratzte er vorsichtig einen Fingerhut voll Asche heraus, die zum Glühen des Aldgate-Turms hinunterrieselte und verschwand.

„Mr. Boxers Körper wird nicht durch Blut erhitzt, sondern durch Kohle. Seiner Materie beraubt wird er auskühlen, einfrieren und dann verrotten wie zu lange vernachlässigtes Fleisch. Ob er sterben wird …“ Scared zuckte die Achseln. „Das obliegt Mama Maschine.“

Es wird dir schwerfallen, ihn gehen zu lassen, nicht, Süße?

Er kratzte die Reste der Kohle aus Boxers Brust und ließ nur in den Ecken der Kammer ein paar vereinzelte Aschereste zurück. Dann presste er die Klinge des Stocks gegen das Hausdach und ließ sie wieder einschnappen.

„Ich habe noch eine Aufgabe für euch, Wühler, dann wird diese Lektion vorbei sein.“ Scared förderte zwei Klumpen Kohle aus einer Tasche zutage. Er gab den Jungen je einen. „Ihr werdet am Rand des Dachs stehen oder sitzen, wie es euch lieber ist, und ihm eure Kohle anbieten. Reicht ihm eure Kohle so nah heran, wie ihr könnt, und fragt, ob er sie haben will.“ Er sah beiden Burschen ernst in die Augen, als er sprach. „Nun dürft ihr sie ihm nicht geben, egal, wie seine Antwort ausfällt. Fragt ihn immer wieder. Tut das so lange, bis ich zurückkomme, um euch zu holen; dann wird es so viel Essen geben, wie ihr essen könnte.“

Die Jungen nickten, Tuppence aktiver als Schuh. Scared führte sie zur Dachkante, die Finger auf ihren empfindlichen Schultern. Er horchte eine Weile, wie sie mit leisen Stimmen ihre Angebote machten und Boxer mit schwachen, gedämpften Schreien antwortete. Dann überließ er sie ihrer Arbeit und humpelte zur Falltür hinüber.

„Beunruhigt dich etwas, Sebastian?“, fragte er.

Sebastian Moran rieb sein rundes Kinn, ehe er antwortete. „Nicht, dass ich Ihre Methoden in Zweifel ziehen würde, Sir, aber wie Sie Mr. Boxer behandeln … ist unsportlich.“

Scared kicherte. „Ich finde Gefallen an Ihren antiquierten Werten, mein Freund. Ich hätte ihn erschossen oder vom Turm gestoßen, aber er stellte eine unschätzbare Erziehungschance für die Kinder dar."

Scared schlurfte zur Kaiseite des Daches. Moran verschränkte die Hände hinter dem Rücken und hielt mit Scareds schleppendem Gang Schritt.

„Kinder sind ein Segen, nicht, Sebastian?", sagte Scared.

Moran hustete. „Ich weiß nicht, Sir. Sie geben keine furchtbar sportlichen Ziele ab."

„Ich habe nie bedauert, keine zu haben, wie du weißt", sagte John. „Obwohl das vielleicht unvermeidbar war, denn keine Frau, die ich je traf, schien geeignet, sie zu gebären. Hast du Kinder?"

„Nicht, dass ich wüsste, Sir."

Jenseits der Docks schwenkte ein weiterer Zeppelin in Richtung der Anlegerspitze, die Kabel hingen schon herunter, um festgemacht zu werden. Er kippte und glitt in seinen Hafen, als eine heiße Böe aus dem Schlot ihn anschob. Das Rot, Weiß und Schwarz des deutschen Reiches wurde klarer, als das Schiff in das kräftige elektrische Licht des Hafens schwebte. Die Stille zog sich in die Länge.

Scared seufzte. „Keine Erinnerung heute Nacht, hm, mein Freund? Nun gut. Ich bin sicher, du musst Bericht erstatten."

Moran nickte wieder und begann, in forschem, militärischem Ton zu reden. „Der Agent der Krone, den die Kesselmänner gefangen haben, hieß Aaron Bolden. Meine Kontaktleute bei den Goldmänteln berichten, man habe ihn bald nachdem er angekommen war an einem Haken im Kamin aufgehängt."

„Das nahm ich an. Auch wenn nicht, würde ich nicht erwarten, dass ein gewöhnlicher Mann seine Geheimnisse lange für sich behält, wenn er in solche Hände geraten ist." Er rieb einen dumpfen Schmerz aus einem seiner Ellbogen. „Bolden schon. Ich habe mich gefragt, wer meine Sicherheitsvorkehrungen durchdrungen habe könnte. Das Talent des Mannes im Umgang mit Maschinen ist legendär."

„Er lebt noch, Sir. Boxers Team hat es nicht geschafft, ihn zu beseitigen."

„Das war egal, Sebastian. Ich musste Boxer nur aus dem Versteck holen, während ich meine Operationen an Orte verlegte, die ihm unbekannt sind. Er war ein Spion der Krähen, und obwohl es wegen meiner großen Loyalität unwahrscheinlich ist, dass ich verhaftet werde, will ich keine Scherereien mit einem ehrgeizigen jungen Mantel, der Ärger macht."

„Ich verstehe."

„Von Herder wird morgen Abend ein Gewehr für dich haben. Bist du sicher, dass alles bereit ist?" Moran schnaubte verdrießlich. „Nur eine Stichelei, um dich zu Höchstleistungen anzustacheln, Freund. Es war nicht respektlos gemeint." John kniff die Augen zusammen, als die Propeller des landenden Zeppelins eine Böe aufwirbelten. „Unser lieber Baron ist viel zu loyal zu seinen Schutzgöttern. Schade, dass sein Schicksal so unerfreulich sein muss. Es wird ein Schandfleck auf einer ansonsten kunstvollen Unternehmung sein."

„Ja, Sir."

John spürte die plötzliche Unsicherheit des Mannes, ohne ihn ansehen zu müssen. „Stell deine Frage, Sebastian."

Moran räusperte sich. „Noch mal, Sir, nicht, dass ich Ihre Methoden in Zweifel ziehen würde, aber Großväterchen Uhr ist nur das halbe Problem. Was sollen wir mit der Herrin und den Schwarzmänteln machen?"

Scared sah hinüber zur glühenden Spitze des Schlotes. Ja, was, meine Süße? Was sollen wir mit dir tun?

„Großväterchen Uhr ist eine Kreatur der Vernunft und Exaktheit", sagte John. „Er erlaubt weder Wandel noch Fehler, und ihm kann man nur mit Zerstörung begegnen. Mama Maschine jedoch ist eine Kreatur des Gefühls, eine echte Mutter. Überlass sie mir."

„Ja, Sir."

„Unser Gespräch ist zu Ende. Kehre zu deinen Männern zurück und bereite dich vor."

„Ja, Sir."

Moran verließ das Dach über die Falltür, ließ Scared allein mit dem fernen Lärm des Docks und den leisen Stimmen der beiden Kinder.

Die Kinder würden in der Nacht davonlaufen, kurz nach ihrer Mahlzeit. Getrieben von Ekel vor ihm und sich würden sie sich in den Löchern verstecken, die sie am besten kannten, und in ein paar Tagen oder Wochen, wenn sie wieder hungrig waren, würden sie zurückkehren. Sie würden weitere Lektionen ertragen, um ihren Hunger zu stillen. Sie würden wachsen. Schließlich würden sie nicht mehr wegwollen.

Ah, ich bin stets duldsam, meine Süße. Stets langmütig.

Der Schlot warf sein höllisches Licht an den Himmel. Die Hitze in Johns Stammhirn zitterte wie ein Liebender in einer festen Umarmung.

Aber obwohl wir unsere Adoptivsöhne und -töchter innig lieben, werden sie nie genug sein, nicht wahr?

Denk nur daran, was für wundervolle Kinder wir machen werden, wenn ich dich einst gezähmt haben werde.

Er wandte sich von den Docks ab, um zu sehen, ob Boxer schon tot war.

Das ist die Crux meines selbstgewählten Vergessens: Ich bin nicht Hiob, der eine endlose Menge an irdischen Nöten ertragen kann, sondern ein schwacher Mann, ein Sklave des Alkohols und des Opiums. Die Hand, die nun diese Buchstaben schreibt, sollte mein Zerstörer sein, aber sie haben mir eine Leere ohne Gefühle und Erinnerung versprochen, eine so viel tiefere Erleichterung als ein ruheloser Schlummer des Todes. Wie hätte ich ablehnen können?

Zu meiner Schande gestehe ich: Obwohl ich weiß, was kommen wird, bereue ich nichts.

KAPITEL 8

– II. iii

Oliver erwachte in Kälte.

Es war keine Kälte, wie er sie kannte. In der ständigen Hitze der Stadt kannte er Kälte nur als Temperatur, bei der man nicht dauernd schwitzte. Er kannte sie nicht als die beißende Eiseskälte, die ihn nun überfiel.

Es war, als habe jemand alle Kraft aus seinen Muskeln gesogen, alle Festigkeit aus seinen Knochen. Er zitterte unkontrolliert, umklammerte kraftlos seinen Kragen, um ihn fester zu ziehen. Sein Herz stand still, sein Blut stockte. Seine Lungen sogen ein Minimum an Luft durch klappernde Zähne, wenn er überhaupt atmete. Sein Körper fühlte sich wie ein leerer Hohlraum an, dessen Seiten alt waren und wegbröckelten.

Er wusste, er starb, und sie wusste es auch. Die subtile Hitze ihres Ofens, der meilenweit weg war, koste seinen Nacken. Sie lockte ihn mit dem Versprechen ihrer Wärme.

Oliver grub seine knirschenden, zitternden Finger in seine Achselhöhlen und wartete darauf, dass die Dunkelheit ihn verschlang.

Jemand schüttelte ihn.

„Ollie? Noch bei uns?"

Oliver riss die Augen auf. Die Welt schwappte an ihm vorbei wie Seifenwasser.

Die Hand schüttelte ihn wieder. Sie war warm und groß. Oliver sog eine Lunge voll glühend heißer Luft ein, die sich schnell in seinem Körper verbreitete, ihn ausreichend wiederbelebte, dass er sprechen konnte.

„T... Tom?"

„Er lebt! Unser John Bull – wusste doch, dass wir auf dich zählen können, Kerl. Sieht aber aus, als hätten sie dich übel vermöbelt."

Zwei starke Hände glitten unter seine Achseln und hoben ihn hoch. Tommys Fettgestank hüllte ihn ein. Als er Oliver losließ, taumelte der gegen eine schiefe, feuchte Wand. Er tat einen zweiten, tieferen Atemzug und erkannte am Geschmack, dass sein Mund voll Blut war. Er rieb sich die Augen, bis er wieder klar sah.

Er befand sich am hofartigen Ende einer dunklen Seitengasse, die, wie er bemerkte, in unmittelbarer Nähe zur Petticoat Lane lag. Tommys Schultern, breit wie ein Schreibtisch, versperrten fast die gesamte Gasse, aber Oliver konnte zwei kleinere Gestalten hinter ihm ausmachen.

Tommy schaute wie eine betagte Sau, die glücklich darüber war, dass ihre Ferkel heimgekommen waren.

„Habe dich seit fast einer Stunde nicht gesehen, Kumpel. Fürchtete, sie hätten dich geschnappt."

Oliver nickte, sagte aber nichts. Jeder Atemzug brachte ihn dem Wachsein näher und gab seinem Körper Kraft. Die Muskeln in seinen Armen bebten und konnten sich wieder bewegen. Die Kälte floh, vergrub sich in seiner Magengrube.

Jemand hatte seine verbrannte Hand verbunden – jüngst, denn auf den Tüchern waren weder Blut noch Dreck. Die Haut, die er zwischen den Verbänden und seinen Ärmeln sehen konnte, war rot geschwollen. Mit der Linken umklammerte er immer noch eine gefaltete Zeitung und sein neu erworbenes Exemplar der *Summa Machina*.

Sein Herz raste, und durch den plötzlich hohen Blutdruck wurde ihm schwarz vor Augen.

„Vorsicht, Junge", sagte Tommy, während er Oliver mit einer fleischigen Hand am rechten Arm stützte. „Besser, du schaltest mal den Kopf ein. Wir haben eine Planänderung."

Einer der kleineren Männer quetschte sich an ihm vorbei und warf Oliver ein Gewehr zu. Er griff danach und ließ es fallen, dann bückte er sich, um es wieder aufzuheben und schaffte es beim zweiten Versuch.

Die Schatten lösten sich in Winfried Bailey Howes dichten Schnurrbart und seine humorlosen Augen auf. „Alles gut im Griff, wie ich sehe", sagte er.

Das ließ genug Zorn in Oliver aufsteigen, um ihn wieder vollständig zurück ins Leben zu holen. „Sie sollten schon vor einiger Zeit hier sein, wenn ich mich recht erinnere."

Baileys Kiefermuskulatur spannte sich an, ehe er sprach. „Die Ermordung des Großteils meiner Männer in unserem Versteck erforderte eine Planänderung", sagte er. „Wie kam es, dass wir dich in einer so würdelosen Lage auffinden?"

Oliver wollte antworten, als er merkte, dass er nicht sicher war. Er erinnerte sich an die Flucht, wie er danach auf die Straße gerannt war, die Menschenmengen, die er bemerkte, dann verbrannte Knochen, dann wieder Leute, dann eine Unschärfe. Er versuchte, sich seine Unsicherheit nicht anmerken zu lassen, während er sich eine glaubhafte Geschichte zurechtlegte.

Es kam ihm vor, als wollte Bailey nicht wirklich eine Antwort: Er war bereits zu dem Ergebnis gekommen, dass Oliver überraschend von einer Meute Kanarienvögel gefasst worden und ein unvorsichtiger Amateur war. Gut ... ich bin es leid zu versuchen, deine Meinung zu ändern, alter Mann, dachte Oliver.

„Sie sind mir zuvorgekommen“, sagte er.

Bailey gab einen gutturalen Laut der Enttäuschung von sich. „Was ist mit der Hand?“

Unter dem Ansturm der Erinnerung war er versucht, die Wahrheit zu sagen. Gute Idee, Mann: Sag ihm, unser Todfeind habe dich besucht und sei in dich eingedrungen – ein sicherer Weg, um das Vertrauen dieses Mannes zu gewinnen.

„Ich habe sie mir während des Gerangels an einem Herd verbrannt.“

„Ich nehme an, sie haben sie dir verbunden?“

„Nein, Sir. Ich bin entkommen und habe sie dann verbunden. Sie haben mich kurz danach wiedergefunden.“

Bailey nickte, aber seine Augen erforschten immer noch Olivers Gesicht. „Beim Gehen wird es besser werden“, sagte er. „Mr. Moore hier, Mr. Macrae und du, ihr werdet uns in die Unterstraßen begleiten. Ich habe Heckler die Verantwortung für die Schattenseite überlassen.“

Olivers Nackenhaare sträubten sich. „Sie haben meiner Mannschaft Befehle erteilt.“

„Wärst du bei deinen Männern und bei Bewusstsein gewesen, hätte ich das nicht tun müssen.“ Bailey machte auf dem Absatz kehrt und marschierte davon, fegte Tommy mit der schieren Kraft seiner Gegenwart zur Seite. „Wir müssen sofort los. Scareds Einheit ist uns mehrere Stunden voraus.“

Bailey und seine Begleiter gingen in Richtung der flackernden Lichter der Petticoat Lane.

Tommy senkte die Stimme.

„‚Mr. Moore‘“, spottete er. „Als sei ich ein Gentleman oder so ein Quatsch. Was ist wirklich passiert?“

Oliver spürte, wie seine Anspannung angesichts von Tommys Grinsen nachließ. „Ich erzähle es dir, wenn ich es weiß.“

„Das ist fair.“ Er wies auf das Buch. „Ich habe dich nie für einen Bücherwurm gehalten.“

Oliver drehte das Buch so, dass sie die Vorderseite sehen konnten. Titel und Name des Autors funkelten auf dem Buchumschlag – Goldintarsien?

„Ich fürchte, ich habe es mir aufschwätzen lassen." Oliver klemmte es wieder unter den Arm. „Wir werden es auf dem Weg über den Platz Michelle geben."

Oliver gab das Zeichen zum Abmarsch, und Tommy begann knackenden Schrittes, die Gasse zu verlassen.

„‚Michelle'?", fragte er.

Oliver zuckte die Achseln. „Sie sagte, sie bevorzuge diesen Namen."

Tommy grinste ihn über die Schulter an. „Ach ja?"

Oliver hatte nicht die Energie, die Bedeutung dieser Aussage zu erraten. Echos der flammenden Hölle, die er kurz zu sehen bekommen hatte, hallten in seinem Geist wider. Es musste ihn abgelenkt haben, denn als er das nächste Mal aufblickte, rückte Tommy mit ein wenig Besorgnis in seinem ewigen Lächeln nähe.

„Sicher, dass du in Ordnung bist?"

Oliver nickte. „Ich bin fit genug, um meine Füße zu bewegen, Tom. Ich hatte nur … ich hatte nicht verstanden, was wir damit zu tun haben. Der Herr und die Herrin – sind unnatürlich, Tom."

Tommy nickte, die Zähne zusammengebissen, das Gesicht grimmig.

Oliver seufzte. „Wir stecken tief in der Scheiße."

„Warte, bis du die Tickerhunde siehst", war Toms Antwort.

* * *

Es war aufregend, eine Schusswaffe zu haben.

Schon sie zu halten jagte ein Prickeln über Missys Haut. Ihre Kälte, das Gewicht, die eingeätzten Schnörkel auf der Trommel – diese Dinge waren verführerisch, fast schon erregend. Sie hatte Schmetterlinge im Bauch und drehte sie immer wieder in den Händen.

„Das ist nur eine klitzekleine", sagte Heckler, der jedes Mal zusammenzuckte, wenn sie die Mündung der Pistole in seine

Richtung schwenkte. „Aber ich denke, für Sie tut's das. Liegt nicht schlecht in der Hand."

„Sie ist fabelhaft", sagte Missy. „Kein Wunder, dass Männer die Dinger so toll finden." Ihre Handschuhe raschelten, als sie die Fingen um den hölzernen Griff schloss.

Heckler hielt die Hände leicht ausstreckt, als hätte Missy etwas Fragiles in der Hand. „Ist nur eine .38er und nicht besonders gut auf die Ferne, sagen wir, ab fünfzig Yard."

„Ich bezweifle, dass ich aus dieser Entfernung etwas treffen würde", sagte Missy. Sie zielte auf einen bedauernswerten Wandleuchter über einem nahegelegenen Eingang. „Ist sie ein gutes Exemplar im Vergleich zu anderen Pistolen?"

„Schöner als die meisten anderen, wenn Sie das meinen."

Missy zielte auf eine Klickratte am anderen Ende der Gasse. „Vergib meine Unwissenheit, aber ich hätte nicht gedacht, dass Waffen nach ihrem Äußeren beurteilt würden."

„Oh … äh …", stotterte Heckler. „Is' alles in Ordnung hinsichtlich ihrer Leistung."

„Wie viele Schüsse bräuchte es, jemanden zu töten?"

Der Amerikaner errötete. „Äh, Madame, das ist kein angemessenes Gespräch …"

„Oh, sei still. Du klingst langsam wie Tom und Phineas. Warum gibst du sie mir überhaupt, wenn du dann empfindlich und weibisch wirst?"

Missy lächelte, als der junge Mann offenkundig zwischen seinem männlichen Stolz, der nicht wollte, dass man ihn weibisch nannte, und seinem männlichen Stolz, der nicht wollte, dass eine Frau so mit ihm redete, hin und her mäanderte. Schließlich beruhigte er sich, straffte seine Hosenträger und antwortete: „Hängt davon ab, wo Sie'n treffen, Madame."

„Welche Stelle würdest du vorschlagen?"

„Äh … Brust ist gut. Kopf ist besser, aber schwerer zu treffen. Bauch is' auch gut, aber da stirbt man langsam." Heckler schluckte. „Üble Art zu sterben."

„Ja?"

In der Gasse stand eine flackernde Öllaterne, die schon lange niemand mehr geputzt hatte. Sie und das Licht, das von Coll's Bystreet herüberleuchtete, gaben dem Metall einen bunten, feurigen Glanz.

„Vorsicht", sagte Heckler. „Das is' kein Spielzeug."

„Ich bin mir durchaus bewusst, was das ist, Heckler."

„Nun ... ich habe schon viele Leute gesehen, die sich selbst die Finger abgeschossen haben oder die Zehen des Bruders und sowas."

Sie drohte ihm spielerisch mit dem Finger. „Bemuttern Sie mich nicht noch mal, junger Mann. Das geht nicht." Sie ließ die Schusswaffe in ihre kleine Lederhandtasche fallen, wo sie mit einem kräftigen Aufschlag landete. Sie hob ihre Handtasche hoch, um das Gewicht zu spüren.

Heckler sah interessiert zu.

„Zum Schutz, sagen Sie, Miss?"

Missy lächelte breit. „Sicher hast du in Zeiten wie diesen nichts einzuwenden."

„Der beste Schutz is', nicht erschossen zu werden."

Missy rauschte an ihm vorbei zur Straße. „Ein Rat, den du sicher bei jeder sich bietenden Gelegenheit ignoriert hast. Wollen wir?"

Einen Augenblick später folgte ihr Heckler auf die Straße.

Coll's Bystreet lag im prunklosen Licht vierer ölgespeister Straßenlampen und einer elektrischen mit stechendem Schein. Die Leute gingen wie Schatten vorüber, quollen von der Bettlerparade auf den Marlowe Square und ließen sich treiben wie Blätter in einem Fluss. Straßenhändler, Musiker und Bettler blieben stur an einem Platz, während Taschendiebe wie hungrige Geister durch die Menge schwebten. In der Mitte des Platzes stand ein defekter, ausgetrockneter Brunnen. Er hatte einst eine Figur getragen, von der Missy nichts wusste.

„Dort", sagte Heckler.

Sie sah zur rechten Zeit hoch, um drei Kanarienvögel zu erkennen, die den Platz überquerten. Zwei waren Schurken, die Sorte Mann, von denen sie in Shoreditch, in ihrem früheren Leben, zu viele gekannt hatte. Der andere schien ein Herr von gewissem Format zu sein, trug einen makellosen grauen Anzug und einen Seidenhut. Das elektrische Licht warf Schlagschatten auf ihre wehenden Mäntel.

„Wohin wollt ihr denn so eilig?“, dachte sie laut und sagte dann zu Heckler: „Ich übernehme sie.“

Heckler nickte und ging die Parade entlang zum Aufzug.

Missy nahm einen Aussichtspunkt auf den Stufen zu einem Wohnhaus ein, von wo sie zusah, wie sich die Mäntel durch die unkooperative Menge drängten, die ihnen nur ein Mindestmaß an Respekt zollte: ein Antippen des Hutes (was zur Folge hatte, dass den Mänteln der Ellenbogen im Weg war), eine leichte Verneigung (wobei sie den Mänteln folglich ein paar Sekunden länger im Weg standen als nötig), ein Angebot, etwas zu kaufen (lauter und hartnäckiger als bei anderen). Die Anspannung der Menge wurde von Sekunde zu Sekunde stärker.

Sie haben die Revolution nicht vergessen, erkannte Missy. Kein sicherer Ort für einen Mantel, würde ich wetten.

Sie gingen direkt auf die St. Margaret Street zu. Missy mischte sich unter die Menge, um sie zu verfolgen. Sie hatte einen aschgrauen, nach hinten abfallenden Hut mit breiter Krempe gewählt, einen zu großen Wollmantel und einen Tweed-Rock. Außerdem hatte sie auf jegliches Make-up verzichtet und verschmolz so auf dem Platz nahtlos mit den Unglücklichen der Schattenseite. Sich vor Blicken zu verbergen war ihre neueste Beschäftigung, sie hatte das nicht gekonnt, bevor sie zu Olivers Mannschaft gestoßen war.

Sie war immer ein Augenschmaus gewesen. In ihren jüngeren Jahren hatte sie sich für einen Sukkubus gehalten, wie aus den alten Märchen, konnte Männer aller Qualitäten berauben außer Begierde und Dummheit. Es war so ein Spaß gewesen – oder nicht, Vögelchen? – ihnen dabei zuzusehen, wie sie ihre kindliche Freude an ihr hatten. Dann hatten sich die Dinge geändert, und die nette alte Frau hatte sich als doch nicht so nett herausgestellt, die Männer als grausam und lüstern ohne Ende.

Sie errichtete eine Mauer gegen die Erinnerungen. Es ist vorbei, Liebes. Ein anderes Leben. Ein schlechter Traum. Du hast jetzt Oliver – und eine Schusswaffe.

Sie hatte getötet. Dieses Wissen ließ ihren Magen vor Aufregung und Abscheu erzittern. Es war furchtbar gewesen, das Gefühl dieser niederträchtigen und bösartigen Handlung, und doch ... der lüsterne Säufer hatte genau das bekommen, was er verdient hatte.

Sie merkte, wie ihr Gesicht errötete und ließ das Gefühl hinter der Wand in ihrem Verstand verschwinden. Sie richtete ihre Aufmerksamkeit wieder auf ihre Aufgabe.

Olivers Unterricht in Verfolgungsmethoden fiel ihr ein. Bleib hinter der Menge, grüße Leute, die du kennst, schau die Schaufenster an, bleib manchmal stehen. Sieh deinen Fuchs nicht zu genau an. Es ist die Aufmerksamkeit, die du auf sie richtest, die sie als erstes bemerken werden, sogar, wenn sie nicht wissen, dass du da bist.

Also grüßte sie vorbeigehende Frauen, die sie höflich anlächelten, und vorübergehende Herren, die ihren Blick auf ihr verweilen ließen und sich an den Hut tippten. Sie erwarb für einen Penny eine hässliche Brosche aus Blech von einem Verkäufer. Sie beschleunigte ihre Schritte, wenn die Mäntel für einen Moment hinter einer Steigung der Straße oder hinter ein Gruppe Einheimischer verschwanden, damit sie sie nicht verlor.

Du stichst heraus wie ein Messinggeschwür, wenn jemand dich sieht, sagte sie zu sich selbst. Sie untersuchte die Umgebung und fand ein paar Augen, die ihr träge nachsahen. Beachtung zu vermeiden war nicht ihre Stärke.

Sie erklomm eine Steigung der Straße, wo die seitliche Neigung so ausgeprägt war, dass das Haus zur Linken ein Stockwerk höher war als das zur Rechten. Von diesem Aussichtspunkt aus konnte sie den Schimmer sehen, der im Lampenlicht wie eine Stadt aus Rauch blinkte – aus der alle Straßen herausgeschnitten worden waren. Die verschiedenen Dächer und Balkone des Schimmers trugen eine unwahrscheinliche Ansammlung an Wetterfahnen und Schornsteinen zur Schau und ließen das Ganze aussehen wie ein überdimensioniertes Nadelkissen. Die Mäntel beeilten sich, dorthin zu kommen.

Der Anblick des Schimmers weckte die Erinnerung an den Deutschen, den sie am Morgen verfolgt hatte. Blanke Dummheit war das gewesen. Sie konnte von Glück reden, dass sie unversehrt geblieben und mit dem Leben davongekommen war, und doch, ein Teil von ihr saß mit verschränkten Armen da und schmollte ob der Erinnerung. Warum hatte er so ein Gentleman sein müssen? Sie hatte es in seinem Gesicht sehen können, dieses kranke, sündige Verlangen, und doch hat er sich zurückgehalten und mir keine Chance gelassen, ihn festzuhalten.

Sie schnappte bei diesem Gedanken nach Luft. Eine Hand flog zu ihren Lippen.

Oh, armes Vögelchen. Was ist mit dir passiert? Plötzlich fühlte sich ihre Handtasche viel schwerer an.

Nun, sie konnte sie nicht gut hier loswerden, und ganz nebenbei: Sie mochte sie in den Biegungen und Ecken des Schimmers brauchen. Man wusste an einem solchen Ort nie.

Sie lungerte vor einem Wohnhaus herum – als warte sie dort ungeduldig auf jemanden –, bis die Mäntel außer Sichtweite in eine Gasse des Schimmers gegangen waren. Sie zählte zehn Herzschläge und schlich dann hinterher.

Sie verfolgte sie durch die willkürlichen Biegungen des Schimmers, folgte mit Leichtigkeit der Tack-Tack-Regelmäßigkeit ihrer Schritte. Nach einem Dutzend Kehren hielten sie an, und Missy verkroch sich in die nächste Ecke, um sie zu belauschen.

„Wo sind wir, ihr Dummköpfe?“, donnerte einer von ihnen.

„Weiß nicht“, sagte ein anderer.

„Was?“

„Äh … weiß nicht, Sir?“

„Harmonie gründet sich auf Folgsamkeit, Wie-auch-immer-du-heißt. Die Feder dreht das Getriebe, und je mehr das Getriebe aufbegehrt, desto geringer ist die Leistungsfähigkeit des Ganzen.“ Missy hörte etwas, das nur ein harter Schlag sein konnte. „Also hab Respekt!“

„Äh … ja, Sir."

Ihre Schritte waren wieder zu hören und wurden leiser. Missy ging um die Ecke und verfolgte sie in einen Bereich von Gassen, die besonders gewunden und unförmig waren.

Eine Hand schoss aus einem nahegelegenen Schlupfwinkel und umklammerte ihre Schulter.

„Nur zu! Komm schon!", schrie sie, wirbelte mit einem schnellen Schritt herum und griff in ihre Tasche. Hitze und Wut flammte so schnell in ihr auf, dass sie die geweiteten Augen gar nicht bemerkte, bis ihre Finger am Abzug waren und ihre Arme zum Abdrücken angespannt.

Zwei Hände mit langen Fingern winkten als Zeichen der Kapitulation. „Mein Fehler. Ich hätte es vom letzten Mal, als ich mich an dich angeschlichen habe, wissen müssen."

Missy rang nach Luft. „Oliver. Du Arsch. Hast du eine Ahnung, was ich beinahe mit dir gemacht hätte?"

Oliver fasste sie am Handgelenk und zog sie in eine Seitengasse. „Oh, das kann ich mir vorstellen."

Sie errötete. „Ich glaube nicht. Was tust du hier? Was soll das?" Sie deutete auf das Bündel, das Oliver trug, und das lange Gewehr, das an seiner Seite festgeschnallt war.

Oliver mahlte für einen Moment mit den Zähnen, ehe er antwortete. „Bailey hat uns hinzugezogen. Wir gehen runter, Michelle."

„Runter?"

„In die Unterstraßen."

Missy stand einen Augenblick fassungslos da, als sie den Satz verstand.

Ich habe dir gesagt, dass sie nicht reichen wird, Vögelchen, deine Fantasie.

Sie verschränkte die Arme, um sie vom Zittern abzuhalten. „Ich nehme an, du erzählst mir, dass du zurückkommen wirst?"

Olivers Lächeln wirkte gezwungen. „Das ist mein Plan, auch wenn Bailey ihn nicht teilt."

„Du bist ein gottverdammter Lügner, Mr. Sumner."

Oliver verstellte die Gurte seines Bündels und bedachte sie mit einem Hochziehen seiner Augenbraue.

„Ich sollte aufholen. Ich bin ein Stück zurückgeblieben, um sicherzustellen, dass sie uns nicht folgten."

„Ich nehme an, du solltest das", sagte Missy erregt. „Die Pflicht gegenüber England und der ganze Müll."

„Michelle ..."

„Ich will es nicht hören, Oliver." Ich will nicht hören, wie du mir sagst, dass du nicht sterben wirst, dass ich nicht werde zurückgehen müssen zu … zu … „Wenn du diesem Geisteskranken frühzeitig ins Graben folgen musst, wer bin ich dann, mich dir in den Weg zu stellen?"

„Ich werden innerhalb eines Tages zurück sein", beteuerte er.

„Ich will es nicht hören! Dein alberner Kreuzzug geht nur dich an."

„Mein alberner Kreuzzug ist ..."

„Du wirst nicht zurückkommen. Du weißt das. Es steht dir ins Gesicht geschrieben."

„Oh, bei der Liebe von Pete – hier."

Er hielt ihr ein ledergebundenes Buch hin. Missys Blick schwenkte von seinen Augen auf die goldenen Lettern auf der Vorder- und Rückseite.

„Was für eine abwegige Geste soll das sein?", sagte sie.

„Ich lasse das bei dir", sagte er. „Ich habe vor, es zu lesen, wenn ich zurück bin. Mir wurde gesagt" – sein Gesicht entspannte sich ein bisschen –, „es sei ein herrliches Lesevergnügen."

„Oh, das ist natürlich ein Grund zurückzukommen", antwortete sie, während sie sich das Buch schnappte.

Missy wusste, dass er sie anstarrte, hob aber nicht ihre Augen von der goldenen Schrift. Als sich die Stille in die Länge zog, fühlte sie eine unerwünschte Hitze ihren Nacken hinaufkriechen.

„Versuch nicht, mich aufzugeben", sagte er zum Schluss. „Wenn es gut geht, essen wir am Morgen Haferschleim in Sherwood."

Missy stopfte das Buch in ihre Handtasche.

„Solltest du nicht besser gehen?", sagte sie.

Oliver schluckte schwer, bevor er antwortete. „Ich glaube, das sollte ich."

Sie sahen einander lange in die Augen, in denen unausgesprochene Worte standen.

Oliver drehte sich um und verschwand in den Gassen. Missy stand eine Weile allein da.

„Solltest du nun zu mir zurückkehren, Kleines, oder willst du den Ausgang abwarten?", fragte die hässliche Stimme in ihrem Kopf.

„Sei ruhig", antwortete Missy ihr.

Er hätte Vertrauen zu ihr, also würde sie bis zum Morgen warten.

Vor einer Stunde habe ich mir die linke Hand mit einem Beil abgetrennt. An ihrer Stelle ist eine neue gewachsen. Nun habe ich Finger aus Messing und Eisen, die stark genug sind, um meine nächste Aufgabe auszuführen, das Entfernen meiner Augen.

– II. vi

KAPITEL 9

Oliver hatte Höhenangst.

„Ich habe keine verdammte Höhenangst."

Tommy schnaubte höflich. „Komm schon, Ollie. Du bist kreidebleich."

„Halt die Klappe, Tom, oder ich werde auf dir hier hinunterfahren wie auf einem Schlitten", blaffte Oliver.

Trotziger Stolz half ihm, sich aufzurichten und für ein paar Augenblicke seine Angst zu unterdrücken. Oliver trat zum Rand des schmalen Simses und hob seine Laterne. Das Licht, gebündelt von einem Hohlspiegel aus poliertem Silber, der sich hinter der Flamme befand, schoss in die Dunkelheit, ließ Rauch und ein gelegentliches Glühen von einem sprießenden Stahlträger erkennen. Die Glasbrille, die Bailey ihm gegeben hatte, begann bereits, sich mit schmierigen Ablagerungen einzutrüben, die wohl in der Luft lagen.

Er blickte nach unten, so lange er es wagte, und erfasste den unwegsamen Kletterpfad ins alte Whitechapel. Die „rostige Treppe" war ein Weg über das Labyrinth aus Balken, die die Schattenseite

Shadwells zusammenhielten und dann den Concourse darüber stützten, darunter durch und daran entlang. Der Weg, falls man ihn so nennen konnte, war mit gelben Farbenschmierern gekennzeichnet: das Erbe eines lang vergessenen Forschers, der mehr Tatkraft als Verstand gehabt hatte.

Die Leute in dieser Stadt hatten eine seltsame Definition des Wortes „Treppe“.

Bailey hatte seine Mannschaft als erste hinuntergeführt.

„Wie lange, Phin?“

Phineas, der sich gegen die Leiter, die ins Wirtshaus darüber führte, lehnte, hatte Tommys gefangene, nun gespenstisch ruhige Klickratte auf seiner Handfläche. Nach ein paar Sekunden murmelte er: „Acht Minuten“ und führte seine Untersuchungen fort.

„Dann sollten wir uns bereit machen“, befahl Oliver. Bailey hatte sie angewiesen, zehn Minuten zu warten und dann mit dem Abstieg zu beginnen.

Oliver richtete die Verbände an seiner rechten Hand und das Taschentuch über seinem Mund, schulterte ungeschickt das Schnellfeuergewehr und zog den Doppelgurt fest, damit er nicht zu sehr hin und her schwang. Außerdem trug er einen Patronengurt um die Taille, eine Feldflasche mit einem halben Liter Wasser um seine Hüfte und ein Bündel auf seiner Schulter, in dem sich getrocknetes Rauchfleisch, Kerosin, ein zusätzlicher Mundschutz, ein Kompass, einige weitere Verbände, eine Streichholzschachtel und eine Stange Dynamit befanden.

„Warum das Dynamit, Sir?“, hatte Oliver gefragt.

„Alle Männer in meiner Kompanie tragen eine Stange Dynamit bei sich“, war Baileys Antwort gewesen.

Nachdem er seine Last gesichert hatte, glitt Oliver vorsichtig mit einem Fuß über die Kante. „Ich fühle mich ein Packpferd.“

„Du siehst aus wie ein schweizer Bergeremit“, steuerte Tommy bei.

„Eher wie ein Landstreicher aus Edinburgh", sagte Phineas, während er Tommy die Ratte zurückgab. „Die können auch nicht klettern."

Oliver fand auf dem ersten matten Farbklecks Halt, verlagerte sein Gewicht darauf und ließ sich langsam von der normalen, flachen, stabilen Stufe in den vollkommenen strukturellen Wahnsinn hinunter. Ein Windstoß schob ihn wie ein weiches, schweres Kissen zur Seite, und er musste einige Minuten lang krabbeln, um Platz für seinen anderen Fuß und seine beiden Hände zu finden.

„Fickt euch", spie Oliver zwischen zusammengebissenen Zähnen hervor, was der vernichtendste Kommentar war, der ihm einfiel. Er drehte den Kopf, fand die nächste gelbe Markierung und begann, sich am Balken entlangzuschieben, ausnahmsweise einmal dankbar für den ständigen Streusand und die Asche, die seinen Fingern und Sohlen Halt gaben. Vier quälende Ewigkeiten später entdeckte er zwei Balken, die parallel und fast waagrecht verliefen. Tommy trabte einen Augenblick später hinter ihm heran.

„Eigentlich gar nicht so schlecht zum Klettern", grinste er.

„Ich wusste schon immer, dass du ein Primat bist, Tom."

„Primaten laufen auf dem Boden, Ollie. Affen schwingen sich durch die Bäume."

„Löwen tun einem weh, wenn man sie nervt."

Tommy lachte laut, er brauchte offenkundig keine Maske oder Augenschutz. „Unser John Bull hält sich für einen Löwen. In der Zukunft wartet ein Ritterschlag auf dich, möchte ich wetten."

„Wenn er einen in einen hochnäsigen Säufer wie Sir Bailey verwandelt, kann Ihre Majestät ihn behalten." Oliver tastete mit dem Fuß nach einem passenden Querbalken weiter unten. Die nächste Markierung lag gut zwanzig Fuß tiefer. Drei Schritte später, er hätte seine Nase fast an einem emporragenden Balken plattgedrückt, sah er, wie eine Klickratte heranjagte und direkt vor seinem Gesicht Halt machte.

Sie wird mich beißen, erkannte er. Langsam löste er seine linke Hand, verlagerte den Großteil seines Gewichts auf die verletzte rechte und griff nach seinem Derringer. Dann überlegte er es sich anders und fasste stattdessen nach seiner Feldflasche. Ein Schlag würde es tun.

„Jeremy Longhorse III., du seist hiermit der Erste Ritter genannt. Erhebt Euch, Sir Lion-upon-the-Cliffs."

Die Klickratte drehte sich um und lief den Balken entlang, sprang auf Tommys Arm, als sie nah genug war und kletterte dann seine Jacke hinauf in seine Tasche. Oliver schüttelte den Kopf und hielt sich wieder am Balken fest.

„Guter Gott, Tom, hast du das Ding gezähmt?"

„Jeremy Longhorse kann man nicht zähmen", verkündete Tommy. „Das ist sein Wesen: fester Wille und unbeugsamer Geist. Er ist das Sinnbild der Beharrlichkeit schlechthin."

Phin tauchte keuchend hinter ihm auf. „Fick dich, Bolzenhirn. Er hat keine Muskeln, die wehtun und keine Knochen, die man sich ausrenken kann. Jesus, bin ich alt geworden."

„Ja, und mürrisch", sagte Tommy. „Sogar griesgrämig. Vielleicht auch ungehobelt, falls du das bevorzugst."

„Lach du nur. Genieße diesen jungen Körper, solange du kannst. Die Klapper wird dich etwa ab deinem fünfunddreißigsten Jahr auffressen."

Oliver rang nach Luft. „Phineas!"

Phineas sah stirnrunzelnd auf ihn hinab. „Oh, sei nicht so verweichlicht. Ich erwarte jeden Morgen, tot aufzuwachen, weil meine Nerven versagt haben. Kann nicht leicht sein für sie mit all meinem Sehen und Hören."

„Aber wie konntest du sagen ..."

Tommy bedeutete ihm, still zu sein. „Schon gut. Diese Art von Gerede macht mir nichts aus."

„Du weißt, was mir etwas ausmacht", sagte Phin. „Dein neues Spielzeug da, das macht mir etwas aus. Es ist nicht wirklich eine Klickratte."

„Sehr richtig", sagte Tom, der sich schon wieder an seinem neuen Begleiter erfreute. „Er ist solch ein Bild von Würde, dass er keine Klickratte sein kann."

„Ich meine es ernst, Blechzahn. Er hat ein anderes Erscheinungsbild. Etwas anderes in seinem Inneren."

Oliver unterbrach ihn: „Können wir weitergehen? Ich würde nicht darauf wetten, dass Bailey auf uns wartet."

Er berechnete die für den nächsten Schritt erforderlichen Verrenkungen und streckte sich weit.

„Hat schlechte Laune, unser Chef", sagte Tommy. Seine Stimme wurde mit der Entfernung und der Dicke der Luft leise. „Er braucht die Gesellschaft einer bestimmten guten Frau."

Nichts weiter war zu hören – nicht, dass Oliver aufmerksam genug gewesen wäre, um zuzuhören.

Vier Markierungen und tausend Schweißtropfen später war das fahle Licht der Schattenseite über ihnen verschwunden, und Oliver konnte die nächste Markierung nicht mehr erkennen. Er hakte die Lampe vom Gürtel und schwang sie in alle Richtungen: nichts als Staubflusen und Asche. Die Luft bewegte sich, wogte an ihm vorbei wie eine riesige Ozeanwelle. Ein polterndes Geräusch ging damit einher, das den Balken erbeben ließ wie der Atem der Mutter selbst.

Mit einem tollkühnen Satz erreichte er den nächsten Vorsprung und rutschte ein wenig, als er auf einem nassen Abschnitt des Stahls landete. Oliver versuchte, das Gleichgewicht am Rand der steilen Plattform wiederzuerlangen und streckte die Hände dabei in alle Richtungen aus. Seine Fingernägeln fanden Nieten in der Plattform und krallten sich fest. Schmerz kroch seine Finger hinauf, störend, aber besser als die Alternative. Seine verletzte Hand lag nutzlos auf der Oberfläche, er konnte damit nichts greifen.

Ich bin für so etwas ungeeignet, war Olivers Fazit. Behutsam glitt er mit einem Fuß in Richtung der ebeneren Balken, die rechts an der Plattform entlangliefen. Vor ihm endete die Schräge der Plattform im grauen Nichts. Etwas von der giftigen Luft drang durch seine Atemmaske in seine Luftröhre. Er hustete sie wieder aus und zitterte heftig, als sein Brustkorb in sich zusammenfiel. Ein brennendes Gefühl loderte in seinem Hinterkopf auf.

Der Rauch drehte sich und sah ihn an. Vielleicht war es auch etwas in dem Rauch. Auf jeden Fall hatte es Augen und ein menschenähnliches Gesicht. Es blinzelte und war weg.

Oliver erstarrte und versuchte, nicht zu atmen.

Erinnerungen an Mama Maschine huschten durch seinen Geist und flackerten vor seinen Augen auf, spielten auf dem Aschestrom. War das etwas Reales gewesen oder das Produkt einer gemarterten Fantasie?

Oliver war ganz sicher, dass er nicht allein war. Leises, unverständliches Flüstern versuchte, ihn aus einem lodernden Feuer in der Rückseite seines Kopfes zu erreichen. Während er mit den Augen den Rauch absuchte, griff er nach dem Derringer.

Als es wieder auftauchte, schlug er danach – durch es hindurch –, als wäre es nie dagewesen. Durch die schnelle Bewegung verdrehte er sich die linke Hand. Zwei Nägel wurden ihm ausgerissen, und die Schwerkraft forderte ihren Tribut.

Das Gesicht beobachtete, wie er ins Dunkel glitt.

* * *

Scared erwachte und fand die schweren Vorhänge um sein Bett herum ausgefranst und angesengt.

Er setzte sich auf, während er sich mit seinem Nachthemd den Sabber vom Kinn wischte.

Du warst wütend heute Nacht, meine Süße. Du warst aggressiv, wild. Was eigentlich nicht deinem Charakter entspricht.

Mama Maschine hatte nicht die Angewohnheit, Geheimnisse preiszugeben, und Scared fand das ärgerlich. Einzelheiten und Prinzipien hatte sie immer für sich behalten – die kümmerten Scared nicht; ihn kümmerten ihre Gefühle, ihre Triebe. Die Dinge, die sie ausmachten, musste er studieren, verstehen und festhalten und dann, wenn er wollte, wieder loslassen.

Spielst du ein Spiel, meine Liebe? Ich bin ein sehr guter Spieler.

Er erhob sich und schob die Vorhänge zur Seite. Der Raum war kalt und dunkel, der Kamin war leer, auf dem Nachttisch stand nichts. Er zog einen knorrigen Finger durch den Kohlestaub und beklagte, dass es nötig war, seinen Angestellten das Betreten seines Zimmers zu verbieten, damit seine Liebhaberin sie nicht vernichtete: Die hölzerne Wandvertäfelung war durch die Hitze rissig und verzogen, der Boden bedeckt mit Asche. Das blasse Licht ferner elektrischer Lampen sickerte durch die einzige mit Reif bedeckte Fensterscheibe in den Raum.

Er hinkte zu dem Polstersessel mit der niedrigen Lehne in der Ecke und zog die lederne Abdeckung herunter. Die wundervolle samtene Polsterung darunter war unversehrt, ein Fläschchen mit gelblicher Flüssigkeit stand auf der linken Armlehne. Scared ließ sich in die einladende Umarmung des Stuhls sinken.

Es war eine seltsame Nacht gewesen. Gegen Ende hatten die Alpträume von den Ecken her heranzukriechen begonnen. Sie waren durch die angesengten Vorhänge gekommen; dessen war er sicher. Die Brandflecken auf den Vorhängen, die während der Liebesnacht entstanden waren, hatten sie irgendwie geschwächt, und sie hatten begonnen, all die Gedanken, die Scared vor langer Zeit in die hintersten Ecken seines Verstandes verbannt hatte, zu befreien.

Er verbannte sie, machte seinen Kopf frei für überlegte mathematische Berechnung. Er nahm und entkorkte das Fläschchen und ließ den schwachen Duft der Flüssigkeit in seine Nasenlöcher dringen. Scared verschloss die Flasche wieder, lehnte sich zurück und wartete auf die Wirkung.

Es war das Hauptproblem der modernen Mathematik, dass sich Rechnungen auf das Geschriebene beschränkten, sagte Scared sich, fast wie ein Mantra, wie ein indischer Asket. Der Geltungsbereich logischer Schlussfolgerung war zu groß, um in menschlichen Symbolen ausgedrückt zu werden. Alles im Universum bestand aus Zahlen, alle Kräfte aus Gleichungen. Alle Ereignisse waren das Ergebnis schneller, fester Prozesse, algebraisch perfekt.

Seine Nase begann zu kribbeln, dann der Rest seines Körpers. Seine Hände begannen zu zittern, aber er achtete nicht darauf. Die Droge sickerte in seinen Verstand, schob die erbärmlichen

Bedürfnisse des Körpers beiseite, unterdrückte das Gepränge von Moral und Gefühlen, bis nur noch die endlose Abfolge aller Dinge übrigblieb. Er atmete tief und ließ sich aus dem kalten, versteckten Raum in die Zwischenräume der Moleküle fallen.

Nun, meine Süße, werden wir sehen, was du im Schilde führtest.

Im Geiste raffte er die Erinnerung an ihr zitterndes Wesen zusammen, wie sie in seinem Griff erbebt war. Diese ließ er kristallisieren, bis jedes Detail hervortrat wie ein Diamant zwischen Steinen und übergab sie dann an die Gleichungen des Universums.

Er dachte nichts, ließ die Berechnungen automatisch ablaufen. Die Einmischung des Menschen konnte solche Vollkommenheit nur beschmutzen.

Viele Minuten blieb er in diesem Zustand. Es herrschte vollendete Zeitlosigkeit, obwohl in der gewöhnlichen Welt vielleicht nur Sekunden vergingen.

Die Berechnungen übermittelten ihre Antwort. Mysterien wurden zu Wissen, Variablen zu Konstanten.

Scared sprang auf und sank zusammengekrümmt wieder auf seinen Sessel zurück, die Flasche mit der wertvollen Flüssigkeit rollte drei Yard weit, bis sie wieder still lag – verkorkt, Gott sei Dank. Er presste die Hände gegen seine Oberschenkel, um sie vom Zittern abzuhalten. Mama Maschine hatte ein Geheimnis vor ihm gehabt.

„Du dreckige Hure", dachte er. „Du hast einen anderen."

Sie hatte ein Auge auf einen anderen Mann geworfen. Ein plötzliches, obszönes Kitzeln der Eifersucht nagte an ihm. Es würden weitere Berechnungen nötig sein, um die Identität dieses Rivalen herauszufinden, aber das musste warten. Er brauchte jetzt Zeit und Tee, um die Reste der Droge aus seinem Blut zu tilgen. Er hatte an diesem Morgen zu viel genommen, genug, um seine Finger nicht mehr krümmen und seine Knie nicht mehr so gut beugen zu können.

Er streckte die Hand aus und zog an der herunterhängenden Schnur. Ein Wandpanel, das auf Keramikschienen und hölzerne

Räder montiert war, glitt zur Seite, um ein Regal mit Flaschen und Röhren freizugeben. Im untersten Regal stand eine Reihe wissenschaftlicher Geräte und eine volle Waschschüssel. Noch immer zu müde für jede Bewegung sank Scared zurück auf seinen Stuhl, um sein Herz zu beruhigen.

Die Frage war nun, was er gegen die neue Lust seiner Liebhaberin tun sollte. Der Tod wäre am einfachsten, obwohl die launische Herrin das als unfreundlich empfinden mochte. Inzwischen würde er Informationen sammeln, Kontrolle ausüben müssen. Er hätte diese Aufgabe einem seiner Jungs überlassen können, aber – falls sie einen neuen Liebhaber umwarb, falls sie vorhatte, ihn zu betrügen, war das allein Scareds Angelegenheit.

Er ließ seinem Körper in den folgenden Augenblicken Zeit, sich zu erholen, ließ automatische geistige Prozesse im Unterbewusstsein ablaufen. Er hatte seinen Geist in vielen Jahren so gut geschult, dass Schlussfolgerungen keiner bewussten Anstrengung bedurften. Sobald er dazu fähig war, würde ihm sein Geist die Antwort geben, die er suchte. Den Trank brauchte er selten.

Außer wenn die Schlussfolgerung Mama Maschine betraf – nicht ihre Pläne oder ihre Kinder; nein, diese lagen dem gewöhnlichen, sterblichen Auge offen. Es war die Herrin selbst, für die man den übermenschlichen geistigen Raum brauchte, den der Trank schuf; die Chinesen nannten ihn Mai Kuan. Sie ganz zu ergründen, alle Nuancen ihrer Psyche besser als seine eigenen zu kennen … das war der außergewöhnliche Kraftakt in jeder Liebesbeziehung.

Wie viele hattest du, meine Süße? Wie viele hast du verbrannt, weil sie dich nicht verstehen konnten?

Er zwang sich aufzustehen, unterdrückte die Nachwirkungen des Getränks, die ihn zittern ließen und watschelte zum Waschbecken. Er spritzte sich das warme Wasser ins Gesicht, wusch sich Schweiß und Asche ab. Ein gelbhäutiger Ghast aus dem schlimmsten Kindermärchen sah ihn aus dem Spiegel prüfend an.

Wenn mich jemand so sähe …

Was bedeuteten ihre Gedanken an den anderen? Plante sie wirklich, ihn zu betrügen?

Glaubst du, meine Süße, du kannst mich benutzen und dann fallenlassen? Es ist zu spät, Liebling, um es dir anders zu überlegen.

Dennoch … wagte sie es, ihn zu verschmähen.

Wieder Eifersucht, unerwünscht und sein Gleichgewicht gefährdend. Die Berechnung brauchte viel Platz und konnte nicht funktionieren, wenn sein Geist so voll war von belanglosen Sorgen und Kummer.

Aber … er musste es wissen.

Die Flasche zischte, als er sie wieder öffnete, durch das Schütteln hatte sich Druck aufgebaut. Der Duft stieg durch seine Nasenlöcher ins empfindliche Gewebe hinter seinen Augen. Keuchend und mit bereits bebenden Händen drückte er den Korken wieder auf die Flasche.

Ich habe zu viel genommen.

Die Flasche fiel klappernd zu Boden. Diesmal fühlte er kein Kitzeln, dafür ein Brennen unter der Haut. Scared packte die Armlehnen seines Sessels. Seine Knie knackten wie trockener Zunder, und der Boden kam ihm entgegen. Er fiel hart auf die Dielen, und schon war er in dem ewigen, unendlichen Raum.

Nie zuvor hatte er es gewagt, so viel davon zu sich zu nehmen, aber als die Himmelreiche um ihn herum sich erhoben und funkelten, bereute er die Entscheidung nicht mehr. Sogar die transzendente Mathematik des klaren Verstandes konnte die Bilder nicht beschreiben, die er sah. Es passte mehr Information in ein Stäubchen Zeit als in die Geschichte der Menschheit.

Liebling, ich werde dich zerfetzen.

Die Erinnerungen an die Herrin standen ihm, als er sie herbeirief, dreidimensional vor Augen, als erlebe er sie von einem anderen Körper aus erneut. Die Berechnungen wirbelten, jetzt sichtbar, flogen um ihn herum wie ein Schwalbenschwarm, pickten sich winzige Stückchen der Erinnerungen heraus, um sie zu sammeln und zu verknüpfen.

„Sein Name“, verlangte Scared zu wissen.

Das Bild Mama Maschines flog als Feuerball davon, von den unbarmherzigen Wirbeln der Mathematik verfolgt bis ans Ende des Alls.

Sein Herz raste, fluktuierte, kollabierte. Er spürte, wie ihn ein allgegenwärtiges Stechen in sein einsames, verbranntes Zimmer zurückbeförderte. Er kämpfte dagegen an, ließ die schmerzhafte Schwere durch sich hindurchbranden, während er auf die Antwort wartete.

„Sein Name!“, bellte Scared.

Die bloßgelegten Triebe Mama Maschines kamen zu ihm zurück, stapelten sich in seiner Vorstellung aufeinander, nüchtern und gewöhnlich. Er wartete auf die Antwort, verbrannte innerlich mit jedem Augenblick, den er verharren musste, mehr. Sekunden vergingen, und sein Geist begann, vor der Weite um ihn herum zurückzuschrecken. Angst und Unsicherheit krochen ihm über die Haut wie etwas Lebendiges, und seine Alpträume tasteten die Ränder seines Bewusstseins ab, versuchten, einen Eingang zu erschnüffeln. Es waren Tausende – die verzerrten Schemen lang unterdrückter Gedanken und Erinnerungen. Sie kratzten mit gelben Fingernägeln an seinem empfindlichen Geist.

Unfähig, es länger zu ertragen, sprang Scared auf, verfolgt von schreienden Legionen seiner eigenen geistigen Schrecken. Er tauchte auf, so schnell ihn sein Geist trug, grub seine Finger in sein Fleisch, als schlüge eine vergessene Erinnerung ihre Zähne in seinen Knöchel.

Er stürzte auf einer Welle eingebildeter Monster, blitzender Gleichungen und allzu realem Erbrochenen in das verbrannte Zimmer zurück.

Am Boden liegend begann Scared zu lachen und zu kichern, und nach ein paar Sekunden brach er in wilde, gackernde Lachsalven aus, während die verbrauchten Überreste der Droge seine Adern und Organe verätzten. Die Berechnungen hatten sich in letzter Sekunde ineinandergefügt und ihm eine Antwort gegeben, obwohl er schon wieder in die unbehagliche Zuflucht seines

Körpers zurückgekehrt war. Als ihn Wellen von Höhenangst und Übelkeit erfassten, spie er den Namen durch die schiefen Zähne.

„Oliver Sumner."

* * *

Aaron war eine Weile glücklich, während er in seinem neuen Körper in der Tasche des mechanischen Mannes, der ihn bei einem anderen Namen nannte, schlief. Er träumte von einem Terrier, von einem kleinen gefleckten Köter, den er in seiner Jugend besessen hatte, der jeden Morgen an seinen Zehen geknabbert hatte, um ihn zu wecken. Dann von einem Sonnenuntergang, den er vom Kamin seines Elternhauses in Manchester aus beobachtet hatte – ein Augenblick der Entspannung, der dadurch zunichte gemacht wurde, dass jemand den Kamin löschte.

Er hatte noch weitere Träume, davon, inmitten von Müll herumzulaufen und riesengroßen Füßen auszuweichen, von seltsamen Freuden des Knabberns und Kauens und von dem herrlichen Gefühl, das er einst entdeckt hatte, als er eine klebrige Flüssigkeit aufgeleckt hatte, die aus einer Glasflasche ausgelaufen war.

Er erwachte und fragte sich, ob er in den Tagen vor der Leere Mensch oder Ratte gewesen war.

Er streckte sich und klomm aus der Tasche. Plötzlich leuchtete die Welt in Umweltschwingungen auf.

Aaron hakte Schwanz und Hinterbeine in den Stoff und beugte sich weit aus der Tasche, um nach unten zu sehen, sah aber nur das unscharfe Abbild der Straßen, jetzt gar nicht mehr so weit unter ihm, und die Geister, die sie jagten.

So furchtbar viele Geister.

Er sah in sie hinein. Dabei benutzte er nicht seine körperlichen Sinne, sondern das fremdartige Wissen, das er als Mensch gehabt hatte. Diese Seelen schienen seine Gefährten aus der Leere zu sein, als wären sie ein Teil von ihm oder er von ihnen. Opfer der Krankheit? Wanderer, an das Fegefeuer verloren?

Er ist die Fäulnis, die an den Wurzeln der Blume nagt.

Er klickte den Gedanken zur Seite. Was für eine ausnehmend seltsame Vorstellung. Eine menschliche vielleicht.

Der mechanische Mann grub seine Eisenfinger in einen Balken und schwang sich mit der Anmut eines Orang-Utans auf die Plattform darunter.

Der Aufprall jagte eine Erschütterung durch die Beine des Mannes und seinen Torso. Das Geräusch blitzte in den fremdartigen Augen von Aarons neuem Körper auf wie ein Feuerwerk. Er drehte die Schnauze gegen die Brust seines Trägers und nahm die Erschütterungen von dort in sich auf. Jede einzelne zeigte sich als weißer Impuls auf der Oberfläche seines Geistes, skizzierte Haut, Knochen, Pumpen, Getriebe, Kolben und all die anderen Bestandteile der Anatomie des Mannes. Auch dort erkannte er den Makel der Bewohner des Nichts.

Der Bewohner des Nichts hatte ihm diese Infektion gezeigt, hatte ihm gezeigt, wie sie enden würde.

Oder hatte ihm vielleicht ihren Zweck gezeigt.

Wieder ein menschlicher Gedanke. Langweilig. Kompliziert. Die Ratte wollte rennen und klettern.

Sie krabbelte aus der Tasche, hängte sich an den langen Mantel und sah sich um.

„Sind wir munter, Jeremy?"

Der mechanische Mann streichelte ihm mit seiner fleischigen Hand die Schnauze. Die Berührung der rauen Schwielen löste einen Reigen aus Lichtern vor seinen Augen aus. Wenn der mechanische Mann sprach, klang die Stimme wie ein kantiges, grobes Bild, dem Gesicht des Mannes ähnlich.

„Er hat ganz schön viel Vorsprung. Wahrscheinlich dein Kommentar über den Landstreicher, hm?"

„Stolz ist die Torheit aller Männer", sagte der alte Mann mit hörbar mahlenden Zähnen. „Besonders der jungen." Mit einem Grunzen schwang er sich über denselben Balken und ließ sich vorsichtig auf die Plattform fallen. Aaron huschte in der groben Wolle herum, schnappte nach den Mantelaufschlägen und knabberte an den Knöpfen.

„Richtig, Herr Philosoph", sagte der mechanische Mann. „Trotzdem, er sollte nicht so weit vorauslaufen. Du … nun, du glaubst nicht, dass er abgestürzt ist, oder?"

„Unwahrscheinlich, obwohl es natürlich sein kann."

„Jetzt spielst du mit mir, du Kauz."

„Nein, ich beweise meinen überlegenen Verstand. Schieb diesen Zwei-Tonnen-Kessel, den du einen Arsch nennst, aus dem Weg."

Der mechanische Mann lachte, doch es war ein gezwungener Laut, der seine Sorge verriet. Sein Gesicht legte sich sichtbar in Falten, und er suchte halbherzig seine Umgebung ab.

Plötzlich hilfsbegierig öffnete Aaron die Kiefer und gab ein Klicken von sich. Das Geräusch prallte zurück, und die Umgebung erwachte zum Leben wie von einer elektrischen Fackel erhellt. In einem Nest verschlungener Rohre, etwa sechs oder sieben Sprünge entfernt, kauerte der dritte in ihrem Bunde, versuchte, sich wieder aufzurichten und bewegte sich sichtlich mit Schmerzen. Geister hatten sich um ihn versammelt und umkreisten ihn schwebend. Auf einen zielte der Mann mit seinem Gewehr.

„Er sollte keine Angst vor ihnen haben", dachte Aaron. Er sprang vom Mantel auf einen nahen Balken und klammerte sich mit seinen sechs Beinen an einer Kante fest.

„Folge mir", rief Aaron, überrascht, dass nichts weiter als ein Klicken und ein Surren aus seiner Kehle kam.

„Dein Haustier haut schon wieder ab", rief der alte Mann.

„Seine Majestät vertritt sich nur die Beine. Auch der größte aller Menschen und aller Ratten braucht Bewegung", sagte der mechanische Mann.

Aaron näherte sich kopfüber hängend dem Nest und dem Kreis der Geister. Er hatte vorher nie bemerkt, dass sie stofflich waren – sozusagen. Luftströme durchdrangen sie, zerteilten ihre Bestandteile in Schichten sich stetig bewegender Asche und Rauch.

Er klickte sie an. Zwei wandten sich zu ihm um.

Die jähe Bewegung erschreckte den umlagerten Mann, der sein Gewehr herumschwang und losschimpfte. Für einen Moment explodierten Aarons Sinne, als sei die Atmosphäre fest geworden. Einen Augenblick lang strauchelte er, schwankte nahe der Kante.

„Ihr unsportlichen Bastarde“, bellte der mechanische Mann,„versteckt euch da wie Füchse in der Heide! Habt den Anstand, mich von vorn zu erschießen.“

Ein weiteres Krachen erschallte, gefolgt von noch dreien. Jedes löschte Aarons Sinne aus, bis er auf drei Beinen taumelte, mit dem Schwanz um sich schlug und mit den Zähnen Halt suchte.

Der Balken wurde schimmernd wieder sichtbar.

„Jesus – Tommy, ich bin's!“

Ein weiterer Schuss. Ein weiteres blendend weißes Feld.

Der Körper bebte und versagte. Aaron verlor den Halt.

Die Luft breitete umwerfend schöne Lichtbahnen über sein Sichtfeld, die ihm von der Nase bis zum Schwanz strichen.

„Werde ich sterben, wenn ich lande?“, fragte er sich. „Wird die Ratte leben? Oder der Mensch?“

Die Ratte schrie vor Rattenangst und erschlaffte auf Geheiß ihrer Instinkte. Der Mensch richtete den Blick nach unten und verzweifelte.

Ich will nicht sterben. Es bliebe noch so viel zu tun.

Dann überkamen ihn Erinnerungen: Bilder von anderen Männern wie er, die seine Freunde waren; von einer gewaltigen Stadt voll verschwendeten menschlichen Lebens; und alles war überschattet von zwei turmhohen Kreaturen – eine aus Messing, eine aus Eisen; eine ein Hammer, der Seelen zerschlug, die andere ein Mund, sie zu verschlingen.

Er erinnerte sich an seinen eigenen Namen. Er erinnerte sich an seine Mission.

Joseph! Es kommt Hilfe!

Sein Summen hallte von den Balken wider, während er fiel.

* * *

Kugeln prallten an den Balken ringsum ab.

Oliver quetschte sich tiefer in das Rohrgewirr und drückte seinen Hut fest gegen seinen Kopf.

Der letzte Querschläger prallte ins Nichts, und die Balken vibrierten summend. Es würde eine Minute dauern, bis Tommys ungeschickte Hände nachgeladen hatten.

„Bist du jetzt fertig?", schrie Oliver.

Die Antwort kam schwach und zitternd. „Ollie?"

„Ja, ich bin's, du Säufer. Hast du mich die ersten beiden Male nicht gehört?"

„Nun … hier war ziemlicher Lärm."

„Was war das denn – hattest du ein brennendes Verlangen danach, mich an die Zimmerwand zu nageln?"

„Du hast zuerst auf mich geschossen – und sogar getroffen."

„Ich wusste nicht, dass du das bist. Ich habe auf …" Geister geschossen? Er ließ sich gegen ein unregelmäßiges Rohrknie fallen und fragte sich, ob er den Verstand verlor. Vielleicht lag es an der Höhe und den Gedanken an all die Sekunden in leerer Luft, bis er auf einem Balken auftraf, oder an ein schnelles Ende auf den Straßen darunter.

Etwas, das Tommy gesagt hatte, ließ seine geistigen Alarmglocken läuten.

„Sagtest du, ich habe dich getroffen?"

„Genau durch die Brust", rief Tommy zurück. „Ich werde Geld für neue Kleidung von dir verlangen."

„Bist du in Ordnung?"

„Abgesehen von dem Loch? Ein Bild von Gesundheit. Ich sollte außerdem erwähnen, dass diese Schnellfeuergewehre eine gute Wahl waren – hauen rein wie Nashörner."

Oliver schüttelte ungläubig den Kopf. „Siehst du einen Weg hinüber, Tom?"

„Kann nicht behaupten, ich sähe überhaupt viel. Der einzige Weg sind ein paar dünne Rohre, vor denen sich sogar Affen scheuen würden."

Oliver kniff die Augen zusammen, sah aber aufgrund der nebligen Luft wenig. Das matte Glühen von Tommys und Phineas' Laternen tanzte in der Ferne wie ein zweiköpfiges Irrlicht. Er holte seine Streichholzschachtel aus seinem Sack und zündete seine

Laterne an, die ausgegangen war, als er gefallen war. Das Licht erhellte nur das Nest aus Röhren in seiner unmittelbaren Nähe und die zwei, von denen Tommy geredet hatte, die sich wanden und verdrehten und außerdem dünn und zerbrechlich aussahen.

„Sieht aus, als gäbe es keinen Weg da rüber, meine Herren", rief Oliver. „Ich werde von hier absteigen und versuchen, euch dort zu treffen."

„Aye, Hauptmann. Der Letzte, der unten ankommt, muss eine Runde ausgeben!"

Oliver war sicher, dass Tommy salutierte.

Das Irrlicht bewegte sich weiter nach unten. Oliver lehnte das Schnellfeuergewehr gegen die nahegelegenen Rohre und fing an nachzuladen. Er hätte ihnen von seinem verstauchten Knöchel erzählen können, aber das hätte sie so beunruhigt, dass sie eine tollkühne Rettungsaktion gestartet hätten. Was wäre er für ein Führer gewesen, wenn man ihn hätte retten müssen? Er hatte sich für einen Tag schon gerade genug blamiert, vielen Dank.

Tatsächlich schien es, als könne er in letzter Zeit nur alles vermasseln.

Nun, ich habe zwei heile Gliedmaßen. Das genügt, um weiterklettern zu können.

Mit brennendem Schmerz im Knöchel versuchte er aufzustehen, doch dann zog er sich in sein unbequemes Versteck zurück. Er hakte die Laterne an seinen Gürtel und begann, seine vor Anstrengung zuckenden Muskeln zu massieren.

Nach ein paar Minuten Pause versuchte er, seinen Knöchel wieder zu belasten und stellte fest, dass er sein Gewicht tragen konnte. Er schulterte Tasche und Gewehr und sah sich nach einem möglichen Weg für den Abstieg um.

Schließlich entschied er sich für eine rechtwinklige Anordnung von Rohren und Kabeln, die an eine Leiter aus einem Opiumtraum erinnerten. Der Abstieg erwies sich als nicht mühsamer oder leichter als zuvor, und ehe er sichs versah, stand er auf breiten, stabilen Balken.

Er hielt an, um auszuruhen, nippte an seiner Feldflasche und polierte seine Brille, um wieder klar sehen zu können. Die menschenähnlichen Erscheinungen aus Dampf waren verschwunden, aber das Brennen in seinem Geist blieb, gedämpft, wie in einen leichten Schlummer verfallen.

Dunkelheit, Hitze und Höhe begannen, ihren Tribut zu fordern: Er fühlte sich erschöpft. Er trank einen weiteren Schluck sandigen Wassers und dachte an Missy – Michelle. Nie hatte sie jemand anderem erlaubt, sie so zu nennen. Warum war ihm das nicht schon vorher aufgefallen?

Weil es nur ein weiteres der verdammten Geheimnisse dieser Frau war, deswegen. Sie mochte Geheimnisse. Sie hatte diesen Blick, dachte er, einen seltsamen Gesichtsausdruck, der manchmal als Reaktion auf Olivers Gutmütigkeit hervorkroch und den sie schnell hinter einem affektierten Lächeln verbarg. Vielleicht, um ihn im Ungewissen zu lassen, vielleicht aus anderen Gründen – vielleicht würde er das nie erfahren.

Sein Gedankengang überschritt den Punkt, an dem er unangenehmer wurde als der weitere Abstieg, also verstaute er sein Wasser, überprüfte seine Gurte und bewegte sich behutsam zum Rand der Plattform.

Keine gelbe Farbe mehr. Unter ihm war nur noch ein Gewirr aus fast senkrechten Rohrleitungen, feucht und rutschig vom Kondenswasser; um ihn herum nichts als stiller Ascheregen; vorwärts führte nur ein Weg, eine riskante Rutschpartie die Röhren hinab, ohne Hilfsmittel, mit denen man seine Geschwindigkeit verringern konnte. Allein von dem Anblick begann seine verletzte Hand stechend zu schmerzen; seine Eingeweide wanden und verknoteten sich, als knete sie jemand wie Brotteig. Er redete, um seinen eigenen Gedanken zu entkommen.

„Für unsere große und edle Königin“, sagte er zu sich selbst und schüttelte den Kopf. „Wir tun die bizarrsten Dinge für eine Dame.“

Er schwang die Füße über die Kante und ließ sich fallen.

*   *   *

„Seltsam“, murmelte Mulls.

Bergen machte sich nicht die Mühe aufzublicken. Mulls hatte dieses Wort in den letzten Stunden immer wieder gesagt. Es war Dschungelangst – die Angst vor der Stille. Die paar reichen Männer und Reporter, die er früher durch Afrika geführt hatte, hatten ähnliche Reaktionen gezeigt, fröhlich vor sich hin geredet und jede verdammte Kleinigkeit kommentiert, als würde ein Geräusch allein die Schlangen fernhalten. Wenn er ihnen sagte, sie sollten ruhig sein, zogen sie sich zurück wie gescholtene kleine Jungs.

Aber er brauchte Mulls wachsam, also duldete er die Ausbrüche.

Sie waren unterhalb des Aldgate-Turmes, und es war nach zwei Uhr morgens. Bergens Schulter war nach einer weiteren Hundeattacke verbrannt von der Hitze des Dampfgewehrs und aufgescheuert von dessen Gurten. Penny hatte es gut überstanden, er konnte mit dem Blitzer besser umgehen als mit einem Gewehr. Nun hielt er den kupferbestückten Schlagstock des Blitzers die ganze Zeit vor sich wie ein Messer, und mit der anderen Hand drehte er langsam die Kurbel des Lademechanismus an seinem Gürtel.

Der Junge schien nicht müde zu werden. Wenn sie rasteten, hielt er Wache, kletterte durch Geröll und alte Gebäude voraus und erkundete sogar ein wenig die Gegend, wenn Bergen anhielt, um sich neu zu orientieren. Seine Körperhaltung blieb immer katzengleich und anmutig, und er entspannte sich nicht einmal für einen Augenblick.

„Er ist ein Tier, dieser Junge,“ dachte Bergen. Ein Raubtier, das aus Versehen aus einem menschlichen Mutterleib geboren ward.

Aldgate hatte eine Schattenseite, auch wenn ihre Bewohner sie lieber „Unterconcourse“ nannten. Vielleicht im Versuch, ihr Ansehen zu verbessern, hatten sie eine Reihe greller elektrischer Lichter an der Decke verteilt und auf den Straßen installiert, und es sickerte durch den Dunst in die Unterstraßen, so dass es hell genug war, um ihren Weg zu erleuchten – als scheine der Mond.

Durch das Licht konnte Bergen Penny besser im Auge behalten. Bergens Sinne waren für einige Zeit angespannt gewesen, weil der Junge versucht hatte, sich ihm von hinten anzunähern und ihn zu umkreisen.

Bergen führte sie unter Aldgate zu der Seite, die dem Commercial-Street-Turm am nächsten war, von dem ihre Beute anscheinend heruntergefallen war. Die beiden Türme standen so nah beieinander, dass es fast schien, als würden sie sich gegeneinander lehnen, während der nach außen abfallende Sockel des Schornsteins sich mit ihren Stützbalken verband.

Der Gestank war übel. Die Bewohner Aldgates produzierten wegen ihrer reichen Vielfalt an importierten Lebensmitteln die am penetrantesten riechende Scheiße, die Bergen je hatte ertragen müssen. Ihr Gestank überdeckte sogar den allgegenwärtigen Geruch nach Asche und Rauch. Zuvor waren sie an einer von vielen riesigen Klärgruben vorbeigekommen, die mittig sieben Stockwerke unter dem Hauptabfluss der Kanalisation lag, und wären an dieser Luft fast erstickt.

„Seltsam“, murmelte Mulls.

Bergen vergaß sich und blaffte: „Kannst du auch mal einen anderen Kommentar abgeben?“

„Aber da hat sich jemand bewegt.“

Mulls wies mit seinem Gewehr nach links. Bergens Augen schossen in die angegebene Richtung.

Jemand, der sich bewegte. Kein Hund, keine Klickratte, sondern ein Mann, der kroch.

„Penny, Flanke.“

Der Junge verschwand ohne zweiten Blick nach rechts.

„Mulls, gib ihm Deckung.“

Mulls nickte, dann rannte er zu einem Schuttberg, der hoch genug war, drückte seinen massigen Leib zwischen zwei verrottete Balken und setzte die Mündung seines Gewehrs auf die Überreste einer Gipsmauer.

Bergen setzte das Dampfgewehr vorsichtig ab, dann griff er nach seiner Gasser. Seine rechte Hand zitterte unter ihrem Gewicht, als er sie hob, also entschied er, sie im Holster zu lassen. Er war schnell genug, um mit links zu ziehen.

Er näherte sich im schiefen Winkel, eher durch zerstörte Gebäude als auf der alten Straße. Wenn seine Beute einen von ihnen bemerkt hatte, zeigte sie das nicht.

Bergen begutachtete den Mann durch die verrotteten Löcher seines Verstecks: in jedem Fall menschlich, verkrüppelt, mühte sich ab, auf den Unterarmen vorwärts zu kommen, schleppte regungslose Beine hinter sich her wie einen grotesken Zug. Bergen erkannte eingezwängt in seine linke Armbeuge ein flaches, rundes Behältnis.

Da ist unsere Beute.

Er stand auf. Sein Ziel bemerkte ihn sofort und starrte lange sprachlos vor sich hin, während Bergen näher kam. Dann brach der Mann in Lachen aus.

„Findest du irgendetwas lustig?“, knurrte Bergen.

Der Mann würgte, hustete braunes Öl und lachte dann weiter.

Bergen kauerte sich hin. Der Lachanfall des Mannes verebbte, und zwischen zwei Atemzügen drehte er sein Gesicht nach oben. Nur ein rotes Auge blinzelte zu Bergen hoch, das andere war beim Fallen zerstört worden, mitsamt der ganzen rechten Gesichtshälfte.

„Sie sind keiner von Baileys Männern, oder?“

Bergen schüttelte den Kopf.

„Wäre auch zu schön gewesen, um wahr zu sein. Für einen Augenblick dachte ich, der Bursche hätte am Ende doch noch ein Fluggerät erfunden. Sind Sie wegen des Streifens hier?“

Bergen nickte und streckte die Hand aus.

„Fickt euch doch alle.“ Der Mann ließ den Kopf hängen. „Nichts zu machen, was: Es wird kein Rennen und kein Kämpfen geben. Beantworten Sie einem sterbenden Mann nur eine Frage, und antworten Sie wahrheitsgemäß.“

„Gut.“

„Werden Sie ihn verwenden?“

„Ja.“

„Nun, wird Zeit, dass sich das Blatt wendet." Der Mann griff mit der linken Hand nach der Dose. Die gebrochenen Finger kratzten über ihre Oberfläche, er konnte sie nicht beugen. „Würde es Ihnen etwas ausmachen … ?"

Bergen nahm sie. Er wischte mit dem Hosenbein Schleim und Blut davon ab. Der verletzte Mann, von der Last befreit, brach auf dem Betonboden zusammen.

„Nun", sagte er mit vom nassen Boden gedämpfter Stimme, „reden wir ein bisschen, oder sollen wir weiter aufeinander schießen?"

Bergen zog mit der linken Hand seine Handfeuerwaffe aus dem Holster. „Ich bin neugierig, wie es dir gelang, diesen Sturz zu überleben", sagte er. „Ich erwartete, eine Leiche zu finden."

„Ganz seltsame Sache", sagte der Mann. „Ich habe offenbar kein Herz. Der Rest von mir brach wie Reisig, aber das Ding in meiner Brust scheint einfach weiterzupumpen. Der Bursche hat das irgendwie gewusst. Er hat mich runtergestoßen, dieser brillante junge Killer von einem Mann. Er wusste, ich würde überleben." Er kicherte. Öl quoll aus seinem Mund.

Aaron Bolden. Er war ein außergewöhnlicher Mann, mein Freund.

Bergen sehnte sich sehr danach, den Sterbenden zu trösten, ihm zu sagen, dass sein Opfer den entscheidenden Unterschied für die Rebellion machen würde. Er sah schnell die Straße entlang: leer, zwanzig Fuß bis zum nächsten Hindernis. Falls er in der Nähe war, würde Penny es hören, also schwieg Bergen.

„Ich habe eine Tochter", sagte der Mann. „Schönes Mädchen, grobknochig wie ihre Mutter. Wollte mit so einem Herumtreiber von Engländer nach Edinburgh gehen – ausgerechnet mit einem Kohlengräber! Sie liebt den Kerl aber."

Bergen nickte, er hatte der folgenden Bitte schon zugestimmt.

„Ellie McWhyte", sagte er, „inzwischen vielleicht Ellie Pearson. Richten Sie ihr Grüße von mir aus."

„Das werde ich."

„Sie sind extrem höflich für einen Deutschen. Haben Sie einen Namen, damit ich bei Petrus ein gutes Wort für Sie einlegen kann?"

Er hätte den Mann jetzt erschießen sollen – diese Unterhaltung beenden, diesen Versuch von Kameradschaft im Angesicht des Todes, ehe Gefühle ihn in Gefahr brachten, aber Bergen hatte so lange unter Dieben und Verbrechern gelebt, dass ein paar Worte eines ehrlichen Mannes wie Honig in seinen Ohren funkelten. Es war dumm, aber der Mann hatte es verdient zu wissen, dass er neben einem Freund starb.

Bergen kam nah an das Ohr des Mannes heran, so dass seine Lippen es fast berührten. Er legte den deutschen Akzent ab und ließ seinen muttersprachlichen Dartmoor-Akzent durchkommen.

„Nicolas Ellingsly", flüsterte er. „Ruhe in Frieden, Freund."

Bergen stand auf und schoss dem Mann in die Stirn.

Der Anblick des zuckenden Körpers löschte jede Spur von Anteilnahme aus. Als Penny an seiner Seite aus der Dunkelheit auftauchte, war Bergens Miene schon wieder so kalt wie zuvor.

Jetzt weißt du, dass ich mit links schieße. Nun, wem wirst du es erzählen?

„Fünf Minuten zum Essen und Ausruhen. Dann gehen wir zurück."

Er kehrte zum Dampfgewehr zurück. Pennys Augen wurden schmal wie eine Rasierklinge, und er folgte ihm auf Schritt und Tritt. Bergen zog die Atemmaske zur Seite und nahm einen Schluck Wasser aus seiner Feldflasche, während er versuchte, die quälende Angst zu unterdrücken, die in seinen Magen kroch.

Zum ersten Mal war Penny direkt hinter ihm aufgetaucht, und Bergen hatte sein Kommen nicht bemerkt.

Das zweite Prinzip der Schmiede ist Methode oder vielleicht Technik. Der Handwerker muss in allen Belangen Ihrer Kunst geübt sein. Solche Perfektion erreicht man nur durch lange Übung, die unumgänglich dazu führt, dass der Boden übersät ist mit den Überresten misslungener Versuche.

– V. iii

KAPITEL 10

Missy war nie wirklich ins Trinken eingeweiht worden, bevor sie Thomas Moore getroffen hatte. Oberin Gisella hatten ihren Mädchen strenge Regeln auferlegt, was Alkohol anging: Sie durften nicht trinken, außer ein Kunde hatte es befohlen. Aber selbst dann durften sie nur knapp ein Zehntel dessen zu sich nehmen, was der Kunde trank. Missy hatte nur selten Gelegenheit gehabt, auch nur an Branntwein oder Scotch zu riechen, da die Mehrheit der Gäste aufrechte, anständige Herren waren, die in Oberin Gisellas Haus kamen, um ihre fleischliche Lust zu befriedigen und dann wie Räuber in die Dunkelheit zu fliehen.

„Sitz gerade; falte die Hände im Schoß. Trag den Kopf hoch und die Knie zusammen. Du bist eine schüchterne, naive Dame."

Missy leerte ihr Glas und schenkte sich nach. Der Branntwein versengte ihre Kehle.

Sie hatte erst gelernt zu trinken, als sie die dritte Nacht nach Sherwood Forest eingeladen gewesen war. Sie hatte sich ihnen unangekündigt und diskret genähert, wie Gisella es sie gelehrt hatte. Thomas war gerade beim Schlucken, verschluckte sich an seinem

Mundvoll Alkohol und beeilte sich, das halbvolle Glas in der Tasche zu verstecken. Rückblickend hätte sie ihm diese Peinlichkeit vielleicht ersparen sollen.

Sie war zu ihm gegangen, hatte ihm den Drink abgenommen und ihn in einem Schluck hinuntergekippt, ohne vorher zu probieren, wie stark er war.

„Deine Ärmel sollten gleichlang und gebügelt sein. Dein Saum sollte keine losen Fäden haben. Jedes Stück Spitze sollte strahlend weiß sein."

Die ekelhafte Flüssigkeit war die stärkste in Toms Sammlung gewesen. Sie hatte Missy jeder Fähigkeit beraubt, aufrecht und charmant zu sein, als das Brennen in ihre Arme und Beine gewogt war, dann in ihr Gehirn und ihre Lippen. Schließlich waren ihre Wangen errötet wie Zwillingssonnen an einem Wintermorgen.

Aber sie hatte Haltung bewahrt und sie nicht wegen ihrer verblüfften Mienen ausgelacht. Für einen glorreichen, denkwürdigen Abend hatte die Stimme der Oberin geschwiegen.

„Du sollst weder Knöchel noch Handgelenk oder Hals entblößen, außer der Kunde bittet dich darum oder ergreift selbst die Initiative. Sollte dein Kunde wollen, dass du seinen Avancen nachgibst, dann tu es. Sollte er wünschen, dass du dich wehrst, tu das."

Das Glas war wieder voll. Ohne zu zögern nahm sie es in Angriff.

Sherwood war leer. Heckler hatte zusammen mit einem Paar Straßenkindern, die Oliver manchmal beschäftigte, beim Aufzug Wache gehalten. Der Rest der Mannschaft verrottet vermutlich gerade in den Unterstraßen, und Oliver mit ihnen.

Sie schluckte und untersuchte die bernsteinfarbene Flüssigkeit, als sie das Licht der einzigen Öllampe einfing und brach.

„Denk immer daran: Dein Kunde hat für dich bezahlt. Ich erwarte, dass er befriedigt geht und wieder in mein Haus kommt, wenn ihn die Lust das nächste Mal überkommt. Ich erwarte, dass man in gehobenen Kreisen in den höchsten Tönen von mir spricht. Eine Dame hat schließlich nur ihren Ruf."

Noch mehr Branntwein verbrannte ihre Kehle. Seit dieser dritten Nacht in Sherwood hatte sie Alkohol zu ihrem Elixier gemacht, um Gisella ruhig zu halten.

Sie kippte den Branntwein auf den Boden, für diese Nacht hatte er seine Kraft verloren.

„Eine echte Dame weint nicht. Nur wenn der Kunde es will, solltest du es dir erlauben. Mach dir keine Sorgen; er wird es dir klarmachen."

Gisellas Belehrungen kamen aus einer lang vergangenen Erinnerung. Missy hatte die Rede Dutzende Male gehört und konnte sich an jedes Wort erinnern; immer dieselben Worte, dieselben scharfen Gesten und derselbe durchdringende Blick.

Sie trat in die Pfütze aus Alkohol. Tröpfchen bespritzten ihre Kleidung und Schuhe.

Du würdest das alles nicht billigen, stimmt's, du Hexe?

„Na, na, ist da jemand gereizt?", antwortete Gisellas Stimme in ihrem Kopf. „Hat es einen Grund, dass du einen Wutanfall bekommst wie eine Sechsjährige?"

Missy füllte das Glas wieder. Sie nippte daran und merkte plötzlich, wie benommen sie war.

Was, wenn sie nicht zurückkamen? Was, wenn Baileys wahnsinniger Kreuzzug sie alle töten und Sherwood für immer leer stehen würde?

„Dann wirst du zu mir zurückkommen, meine Kleine. Als man dich zu mir brachte, warst du dreckbeschmiert und krochst auf Händen und Knien. Du würdest als Hündin geboren, kleines Mädchen, von Gottes Hand. Diesen Dreck kriegt man nie richtig weg."

Sie fühlte sich innen ölig und außen verschwitzt. Es war zu bedrückend, darüber nachzudenken, dass sie ihr neues Leben schon nach drei kurzen Monaten wieder verlieren sollte. Oliver hatte nicht gefragt, wo sie herkam oder was sie vorher getan hatte. Noch würde er das je tun, das würde keiner von ihnen. Hier hatte sie Menschen gefunden, die nicht über sie richteten, und einen Platz, um ihre Füße auszuruhen.

Ihre Kehle zuckte, als der Branntwein sie erneut verbrannte, und sie wollte nicht weiter über solche Dinge nachdenken.

Es klopfte.

Oliver hatte gesagt, sie solle niemals diese Tür öffnen. Das sollte immer einer der Männer tun, und sogar sie sollten stets bewaffnet sein. Vom Fenster im zweiten Stock aus konnte man sehen, wer der Gast war, und die Tür durfte man nur öffnen, wenn sich herausstellte, dass es jemand aus der Nachbarschaft war.

Nun, Oliver war nicht da, und sie hatte eine Schusswaffe. Wenn es gefährlich wurde, konnte sie sich verteidigen. Es war ja nicht so, dass sie das noch nie getan hätte.

Auch in jener Nacht war Gisella still gewesen.

Sie leerte ihr Glas und kam schwankend auf die Füße. Die Welt drehte sich. Sie schnappte sich die Laterne vom Kartentisch und ihre Handtasche vom Stuhl. Höflich nickend, als sei er eine Person, stieß sie sich vom Türpfosten ab und taumelte in den Flur.

Es klopfte erneut.

„Augenblick bitte“, rief sie, auch wenn das nicht besonders wortgewandt war.

Jede Stufe tat ihr in den Füßen weh, als sie hinunterging. Das Geländer drückte sich ihr unangenehm in die Seite.

Das Klopfen ertönte erneut, hämmerte ihr plötzlich in den Ohren wie ein Donnerschlag.

„Sie, Sir“, sagte sie anklagend zu der Tür, „haben keinerlei Geduld.“

Ihre Finger fanden die richtigen Schalter, zogen an den richtigen Seilen. Das ohrenbetäubende Klicken verrieten ihr, dass Hecklers Fallen entschärft waren. Sie griff nach der Klinke und riss die Tür auf.

Ein Gesicht trat aus ihren Alpträumen heraus ins Foyer hinein.

„Mutter der Barmherzigkeit!“ Die Handtasche fiel ihr aus den Fingern. Die Lampe kippte und verbrannte ihre Hand mit ihrem heißen Glas.

„Hehe. Ich sehe, du erinnerst dich an mich.“

Ihre Knie gaben nach wie ein nasser Lappen, und sie fiel auf ihr Steißbein. Die Lampe prallte auf den Boden und rollte weg. „Das kann nicht sein“, schrie sie. „Er kann nicht hier sein.“

Der Eindringling stellte die Lampe mit einer geschickten Bewegung seines Stocks wieder auf.

„Gisella war aufgelöst, als du fortgegangen bist. Sogar meine beachtliche Überzeugungskraft reichte kaum, um sie davon abzuhalten, dich umzubringen.“

Der Mann schloss die Tür.

„Stell dir meine Überraschung vor, als ich dich hier fand, im Lager meines neuesten Rivalen. Die Wege des Herrn sind wirklich unerforschlich. Findest du nicht auch?“

Ein Hobgoblingesicht unter einem Zylinder aus Pelz. Krumme, knochenweiße Krallenfinger ragten unter einem schwarzen Mantel hervor, der so groß war wie der Nachthimmel. Alle Mädchen kannten ihn, kannten das Gefühl seiner kratzenden Nägel, hatten seine Stimme gehört, wie sie ihnen etwas befahl. Gisella machte sie mit ihrem Trank hilflos, und dann kam er in Fieberträumen zu ihnen, ein Antlitz des Schreckens, an das sie sich beim Erwachen nur halb erinnern konnten.

Ihre Hände waren schweißnass. Der Boden kippte und wogte, als sie zu ihrer Tasche und zu dem kühlen, beruhigenden Stück Stahl kroch, das sich darin befand. Plötzlich war er vor ihr. Er presste ihr ein Taschentuch ins Gesicht, und ein abstoßender Gestank nach Ozon schoss ihr in die Nase.

„Der gelbe Mann nennt dies Beng Lie, meine Liebe. Gisellas Favorit, soweit ich mich erinnern kann.“

Ihre Nägel kratzten über die Ränder ihrer Handtasche, drehten sie zu ihr. Ihre Beine und Finger begannen zu zucken, dann taub zu werden.

„Gisella brauchte meine Hilfe, um ihre Hürchen zu erziehen, weißt du“, sagte der Mann. „Du warst einer meiner früheren Versuche, soweit ich mich erinnern kann. Wahrscheinlich kann man nur mir die Schuld für deinen derzeitigen Eigensinn geben, aber ich war damals noch neu im Geschäft. Man lernt dazu, nicht, Kind?"

Der Verschluss der Handtasche löste sich unter ihren Fingernägeln, und die Tasche klaffte weit auf. Ihre Finger krochen hinein, verloren einer nach dem anderen ihre Bewegungsfähigkeit. Die Muskeln in ihrem Rücken zuckten, und sie brach zusammen. Ihr Kopf schlug auf den Boden.

„Du hättest nicht gedacht, dass er dich finden würde, du dummes Mädchen? Du kamst dreckig und ekelhaft und mit vorgetäuschtem Anstand auf die Welt. Es ist Gottes Wille, dass er dich fand."

Die Ränder ihres Blickfeldes verschwammen in Tränen. Der Raum schwang wie ein Pendel hin und her. Der Mann kauerte wie eine Gargyle neben ihr, seine Skeletthände griffen nach ihrem Gesicht.

„Gisella wird mir eine Standpauke halten, das ist wahr, aber ich werde dich noch nicht zurückbringen."

Seine Finger drückten sich in die Haut ihrer Stirn und ihres Kopfes. Die Berührung brannte und sandte Blitze des Schmerzes tief in ihren Kopf und Hals.

„Für diesen Vorgang musste ich nach Osten schauen, weißt du", sagte er. „Es braucht einen im Umgang mit den Energien einigermaßen geübten Verstand, aber es lässt Mesmer und Braid im Vergleich wie Einfaltspinsel aussehen."

Seine Worte verschwammen, bis sie zischten und knisterten. Missy glitt in ein Becken voll zäher Flüssigkeit. Seine Stimme drang in flimmernden Traumgedanken zu ihr durch wie heißkalte Blitze des Schreckens.

„Hör jetzt zu, Kleine. Befolge genau all meine Anweisungen. Du wirst dich an nichts erinnern, bis ich es dir befehle. Dann wirst du all meine Fragen wahrheitsgemäß und ohne Ausflüchte beantworten. Du musst bei Oliver Sumner bleiben. Tu, was er sagt und verhalte dich wie immer. Behalte in Erinnerung, was du siehst und hörst."

Eine Pause. Ihr Geist war ihr sehr fern. Keine Bewegung.

Scared räusperte sich.

„Meine Liebe, ich will, dass du herausfindest, warum die Große Mutter Sumner so attraktiv findet."

Missy erbrach sich auf sich selbst. Sie würgte, spuckte, setzte sich auf.

Das Foyer war leer. Eine einzelne Lampe erhellte das Dunkel aus ungefähr drei Fuß Entfernung.

Oh Gott. Was für eine Sauerei! Mein Gott, der Geruch!

Sie rappelte sich auf, keuchte vor Schreck angesichts des abscheulichen Flecks auf ihrer Bluse. Sie schnappte sich die Lampe und floh ins Badezimmer. Sie füllte das Waschbecken mit Wasser aus der eisernen Badewanne, zog ihre Bluse aus und tauchte sie ein.

„Wenn ich meinen Mantel anziehe und direkt nach Hause laufe, werden sie es nie erfahren," dachte Missy. Ich knülle die Bluse zusammen und stecke sie in einen Korb – bestimmt gibt es hier irgendwo einen Korb.

„Der Schmutz verfolgt dich wie ein hungriger Hund, dreckiges Mädchen."

Halt den Mund, du Giftnudel.

Missy hielt die Lampe hoch und sah sich im Spiegel an. Ihre Haare waren aus dem Knoten gerutscht; ihr Lippenstift war bis zum Kinn verschmiert.

„Gar nicht gut", murmelte sie.

Sie schrie und sprang zurück, wobei sie fast die Lampe fallen gelassen hätte. Sie hatte etwas gesehen … nein, das konnte nicht sein … aber es war dagewesen … das Gesicht eines Monsters hatte sie aus dem Spiegel heraus angesehen.

Er war es nicht. Er war nicht hier.

Seine Stimme flüsterte ihr zu, von weit weg oder vom Inneren ihres eigenen Ohres, das konnte sie nicht sagen: „Tick, tick, tick."

* * *

Beim ersten Geräusch schnallte Oliver das Schnellfeuergewehr ab und zerrte es in seine Arme. Beim zweiten hatte er es schussbereit auf der Schulter.

Verdammt, das war nicht nur eine Ausgeburt seiner Fantasie. Etwas verfolgte ihn seit einer Stunde.

Er wusste nicht, wo er war. Er glaubte, Richtung Nordosten zu gehen, obwohl es nach der langen, verwirrenden Rutschpartie auf die Straße hinunter jede Himmelsrichtung hätte sein können. Die Laterne an seiner Hüfte erhellte die Umgebung gerade gut genug, um drei Schritte weit sehen zu können. Wahrscheinlich stand er dort unten wie ein Leuchtturm herum, aber das war ihm immer noch lieber, als in völliger Dunkelheit zu sein.

Das Geräusch ertönte erneut: ein lautes Knirschen, sich bewegende Trümmer in den zerstörten Gebäuden Alt-Whitechapels. Seine bandagierte Hand zuckte am Schaft des Gewehrs und der einzige nicht verbundene Finger am Abzug.

Als der weiße Strahl ins Licht schoss, hatte er abgedrückt, ehe er Zeit gehabt hatte, es zu bemerken. Die wuchtige Kugel ging in eine unbekannte Richtung, der Rückstoß hätte Oliver fast umgeworfen. Er strauchelte und richtete sein Gewehr auf das, was da auf ihn zukam.

Es war eine Klickratte. Sie bewegte sich jetzt langsamer, wackelte auf ihren sechs Beinen vorwärts und öffnete und schloss ihr Maul in einem willkürlichen Rhythmus. Das Geräusch war viel zu laut und langsam gewesen, um von einer Klickratte zu kommen, und das ließ nur eine plausible Alternative zu.

Er hatte gehofft, auf Baileys Mannschaft zu treffen, ehe die Hunde ihn fänden. Es hätte nicht schwer sein sollen, den Schein von sieben Lampen in völliger Dunkelheit zu finden. Die meisten Gebäude Alt-Whitechapels waren vor langer Zeit zu Brocken und durchnässten Trümmern verfallen, so dass das Gebiet zum größten Teil übersichtlich war, aber mehrere Ausflüge zu den Gipfeln besagter Hügel hatten ihm nichts weiter gebracht als noch mehr Schwärze um ihn herum.

„Außerdem haben sie höchstwahrscheinlich die Aufmerksamkeit jeder noch so kleinen Kreatur hier unten auf mich gelenkt. Verdammt töricht," dachte er.

Die Klickratte tickte ein paar Schritte näher. Sie setzte sich auf ihren Stummelschwanz und heulte mit einem tiefen, summenden Geräusch, neigte dann den Kopf und betrachtete ihn dann in einer Haltung, die Neugier nahekam.

„Jeremy Longshore!", sagte Oliver. Die Klickratte sprang wieder auf und krabbelte zu seinem Schuh.

Oliver grinste zu ihr hinunter. „Du cleverer kleiner Bastard. Dass du hier bist muss bedeuten, dass Phin und Tom nicht weit weg sind. Tom!"

Seine Stimme verklang im Dunkeln. Ein Knirschen wie zermahlenes Glas hallte zu ihm zurück.

Dumm. Oliver brachte das Schnellfeuergewehr wieder in Anschlag und begann, die Schatten abzusuchen, so gut es seine beschlagene Schutzbrille zuließ.

Jeremy Longshore hüpfte einen Schritt weiter und stieß seine Nase von Oliver aus gesehen nach links. Oliver drehte sich um, um das Gewehr in diese Richtung zu richten, als eine schwarzsilberne Gestalt ins Lampenlichts trat.

Er schoss ihr eine Kugel in die Schulter. Der Hund zuckte, wich aber nicht.

Jeremy Longshore sprang vor, stellte sich der Kreatur, wobei er auf seinem Schwanz und zwei Hinterbeinen balancierte, und sah ihr ins Gesicht. Oliver schoss nochmals auf den Hund, diesmal in die Seite, als er sich nach hinten aufrichtete, um seinen zweiten Gegner kritisch anzusehen. Der Einschlag schleuderte ihn zur Seite, aber er schien es in seiner Fixierung auf Jeremy kaum zu merken.

Oliver wedelte den Rauch des Gewehrs mit der linken Hand zur Seite, während er wackelig den Hund anvisierte, als dieser im Kreis ging und seine glatte Schnauze gegen die erstaunlich große Klickratte stieß. Jeremy stand seinen Mann und gab unaufhörlich arhythmische Klicks von sich. Oliver umkreiste die Ratte ebenfalls, wobei er sie zwischen sich und dem Hund hielt.

Das Ding würde irgendwann herausfinden, dass Jeremy nur bluffte und ihn vernichten. Würde Jeremy weiter die Aufmerksamkeit des Hundes fesseln können, während er selbst floh? Oliver gab sich nicht der Illusion hin, er könne davonkommen, wenn der Hund ihn verfolgte.

Der Hund hielt inne und senkte den Kopf. Tief aus dem Inneren seiner silbernen, stahlbeschlagenen Rippen hörte Oliver ein Ticken – als schlüge jemand einen Holzlöffel gegen einen großen Topf. Nachdem das Ticken von Hund und Ratte sich für ein paar Momente überlagert hatte, begannen sie, einander anzuticken. Hin und her: eine Konversation.

Oliver sah das Paar mit zusammengekniffenen Augen an. Für einen Moment schien der Hund ein menschliches Gesicht zu haben, undeutlich und verschwommen, wie eine stümperhafte Daguerreotypie. Das Gesicht kippte und veränderte sich, nahm Ausdrücke an, die Oliver nicht deuten konnte. Auch Jeremy nahm ein Aussehen an, das mehr wie das eines Menschen schien. Es war etwas in seiner Haltung, in den Gesten seiner Vorderbeine.

Die Unterhaltung endete, dann ließ sich Jeremy wieder auf alle sechs Beine fallen, und der Hund drehte sich um und schlich sich aus dem Licht. Jeremy tickte ein paar Mal und trippelte wieder zurück, um sich neben Olivers Schuh niederzulassen.

Oliver blieb vollkommen reglos, bis die Schritte des Hundes in der Entfernung verschwunden waren. Dann ließ er sein Gewehr sinken und atmete tief durch.

„Du bist ein nützlicher Bursche“, sagte Oliver. Jeremy klickte. „Erinnere mich daran, dass ich aufhören sollte, Tom für verrückt zu halten.“

Oliver musterte das mechanische Tier, das um seine Füße strich. Tommy hatte keine Zeit gehabt, um dem Ding beizubringen, was es eben getan hatte. Jeremy war von sich aus anders als seine Verwandtschaft.

„Kannst du mich zu Phineas und Tom führen?“, fragte Oliver, weil er fand, es sei einen Versuch wert.

Jeremy klickte, summte und lief dann mit ordentlichem Tempo los in die Dunkelheit.

„Langsam!“, rief Oliver und humpelte hinterher.

Atemlos folgte er der Kreatur durch eine Rinne zwischen umgestürzten Balken, zerstörten Gebäuden und Gruben voll feuchtem Schlamm. Die verrottete Unterwelt glitt durch den Lichtkreis seiner Lampe, tauchte aus erhelltem Dunst in seinem Blickfeld auf und sickerte in den undurchdringlichen Schatten des Shadwell-Turmes zurück, der ihn flankierte und ihm ständig drohend über die Schulter ins Blickfeld rückten.

Er humpelte hinterher, so gut er konnte, während der Schmerz in seinem Knöchel mit jedem Schritt schlimmer wurde. Er rief immer wieder nach Jeremy, um ihn zu einer langsameren Gangart zu bewegen, doch die kleine Kreatur raste voran, wild entschlossen, das Ziel zu erreichen, das er gewählt hatte. Sie war außer Reichweite seiner Lampe, als sie zu einer Stelle kamen, die vielleicht einmal ein öffentlicher Platz gewesen war; das beständige Durcheinander aus Balken, Trümmern und nach oben aufgeworfenen Überresten einer Straße wich einer ununterbrochenen Folge fest montierter Steine.

Das Tempo machte Olivers Lunge zu schaffen. Sogar durch die Maske war die Luft rau und voller Partikel. Die selbst für Whitechapel unnatürliche Hitze löste ein unaufhörliches Schwitzen aus, und der Schweiß lief ihm in den Nacken, glitschig und klebrig in der öligen Luft.

Schließlich beendete Oliver keuchend die wahnsinnige Rennerei. Während er den Atem anhielt, hob er die Maske und spritzte sich etwas Wasser in den Mund. Es schmeckte nach Asche, beruhigte aber für einen Augenblick seinen Hustenreiz und den großen Durst, der seine Lippen und Zunge austrocknete.

Das Geräusch dahinjagender Beine einer Klickratte verschwand im Dunkeln.

„Bringt jetzt nichts zu versuchen, ihm zu folgen", dachte Oliver.

Er setzte sich und sein Gewehr behutsam auf den Stein und rieb seinen Knöchel. Er suchte seine Umgebung ab und erkannte jenseits des flackernden Lampenlichts nichts außer einem weit entfernten Glühen. Es hätte eine Andeutung der hellen Lichter Aldgates sein können.

Falls es so war, führte dieser Weg nach Nordwesten, wohin Baileys Mannschaft ging, und da Oliver möglicherweise den Weg zurück zu den Stufen nicht finden würde …

Er putzte seine Brille, kaute ein Stück getrocknetes Rindfleisch und füllte ein wenig Öl in die Lampe. Nach ein paar Minuten Rast rappelte er sich wieder auf und begann zu laufen. Etwa zwanzig Schritte lang rotierten die Steine beständig unter seinen Füßen. Dann kam er zu einer flachen Betonmauer, auf der sich ein verbogener, verrosteter, schmiedeeiserner Zaun befand: zu hoch und zu uneben, um darüber zu klettern. Er hakte die Laterne vom Gürtel und hielt sie hoch. Das Licht warf tanzende Doppelgänger des Zauns auf die Wand. Etwas drehte sich um und floh, als das Licht es traf.

„Ich hoffe, das war Jeremy", dachte Oliver, obwohl er wusste, dass er es nicht gewesen war.

Oliver nahm das Licht weiter zurück, so dass es die Fassade eines Hauses enthüllte, das hoch über dem Zaun aufragte. Mörtel war zwischen den Klötzen, aus denen das Gebäude bestand, herausgebröckelt und hatte tiefe, schwarze Schlitze in seiner blassen Fassade hinterlassen.

Ein plötzliches Schlurfen ertönte hinter dem Zaun. Oliver hob sein Gewehr mit einer Hand und richtete es nach vorn, lehnte sich dann gegen den Zaun und schwenkte seine Lampe hin und her. In der Lücke zwischen Wand und Gebäude schien nichts zu sein, nicht einmal Trümmer. Ein Funkeln am äußersten rechten Rand des Lichtkegels der Laterne sprang ihm ins Auge.

Rot? Er ging ein paar Schritte nach rechts an der Mauer entlang.

Rot und Gelb und Lila und Blau, ein Durcheinander aus Farben leuchtete im flackernden Licht. Es hatte die Form eines Mosaikfensters.

Es ist eine Kirche, erkannte er und grinste. Eine weiße Kapelle.

Er schwenkte die Lampe nach oben. Sie erhellte den Rundbogen des Fensters, ein spitzes Dach und Andeutungen eines Kirchturms am äußersten Rand des Lichtkegels. Das war keine Kirche, wie er sie kannte, kein kleines, altersschwaches Gebäude, aus Schrott gebaut und von den Mänteln so lange toleriert, wie es so blieb. Nein, diese Kirche war ein großartiges Bauwerk, entworfen, um sich von der Stadt um sie herum abzuheben, auffallend und stolz. Sie war ein Stück von dem Geist Londons, von dem Hews und Bailey immer erzählten. Oliver fühlte eine Welle eines unangenehmen Gefühls: eine Mischung aus Stolz, Verlangen und Beschämung. Was hätte er bei diesem Anblick fühlen sollen? London war nicht seine Stadt. England war nicht seine Heimat.

Vielleicht irgendwann.

Als das Klappern hinter ihm erklang, wusste er, es war schon zu spät, um zu rennen. Er hakte die Lampe wieder am Gürtel fest und umfasste das Schnellfeuergewehr mit beiden Händen. Er atmete einmal tief durch, hielt den Atem an, atmete aus. Dann drehte er sich um.

Gesichter: Messingaugen, Stahlzähne, Eisenknochen und lange Schnauzen. Gestalten: hunde- und affenartig, eine verkrümmte Karikatur des Menschlichen. Sie zeigten sogar Reste von Fleisch und Haaren. Keiner machte ein Geräusch, kein Atem störte die Luft.

Olivers Atem und sein Herzschlag waren plötzlich wie ein Donnern.

Der enge Kreis reichte zu beiden Seiten bis zur Wand. Er zählte sieben Hunde, vielleicht zwei Dutzend Klickratten verschiedener Zusammensetzung, eine Legion Frankensteins dahinter, die einst Männer gewesen waren, bis an den Rand des Lichts sah er Schatten über Schatten. Keine der Klickratten hatte dieselbe silberne Farbe wie Jeremy Longshore.

Er legte seine bandagierte Hand um den Schaft und einen Finger auf den Abzug. Der Lauf zitterte heftig.

„Reiß dich zusammen“, sagte er sich. Du warst schon in schlimmeren Situationen – erinnerst du dich an die Schlacht auf dem Marlowe Square?

Nur waren das Kesselmänner gewesen, und Kesselmänner waren langsam. Man konnte wegrennen.

Oliver wagte einen Blick über die Schulter. Er konnte den Zaun überklettern, wenn er seine Ausrüstung und sein Gewehr zurückließ.

Die Hunde konnten ihn überspringen oder sich vielleicht einfach durchbeißen. Schlecht.

Oliver richtet den Blick wieder auf sein grimmes Publikum. Es musste einen Weg geben zu entkommen. Er bemerkte zwei Lücken, die groß genug waren, um hindurchzurennen, vorausgesetzt, die Hunde hielten still. Er konnte sie vielleicht mit dem Gewehr in Schach halten ...

Alle? Zusammen mit den Klickratten und ... diesen entsetzlichen Dingern?

Er begann, im Stakkato zu atmen. Es musste einen anderen Weg geben. Konnte er ihnen vielleicht Fleisch hinwerfen? Oder ...

Eine verdammte Dynamitstange.

Mit betäubender Langsamkeit nahm er seine Ausrüstung von den Schultern und ließ sie zu Boden gleiten. Er kauerte sich hin und griff hinein. Das Dynamit glitt in seine Hand, als hätte es auf sie gewartet. Die Streichholzschachtel ergriff er mit zwei Fingerspitzen.

Er wandte den Blick nicht von der Horde um ihn herum. Die Schnauzen, Mäuler und gefletschten Zähne begannen, sich zu bewegen, hatten jetzt keine Ähnlichkeit mit etwas Menschlichem mehr. Sie wurden runder und weicher, ein sich veränderndes Bild durchsichtigen Fleischs auf Metall, wie eine Fata Morgana, ein Trugbild, die Ausgeburt eines müden Verstandes. Es kam ein kalter Hauch.

„Reiß dich zusammen", dachte er wieder, wiederholte es wie ein Mantra.

Oliver setzte das Gewehr mit dem Kolben auf dem Boden ab und lehnte den Lauf gegen sein Bein. Mit der linken Hand öffnete er die Streichholzschachtel und fischte mit der rechten ein Streichholz heraus.

Ein Wurf. Wie viele konnte er mit der Explosion erwischen?

Die Metallschädel starrten ihn ununterbrochen an. Die Phantome senkten gleichzeitig die Köpfe wie im Gebet. Die Luft wurde noch kälter.

Oliver legte den Streichholzkopf an der Seite der Schachtel an.

Ein Wind strich über den Platz. Gelbgrüner Nebel begann, sich in dem leeren Raum zwischen Oliver und den Hunden zu sammeln. Er leckte an den Steinen und den Füßen der Wesen, sickerte in Ritzen und zwischen Zehen und Klauen. Oliver hielt mit dem Streichholz inne, während er zum Zaun zurückwich. Der gelbe Nebel, der schwarz wurde, als er die Backsteine berührte, begann stetig zu wogen und zu pulsieren, kroch an den Steinen entlang wie eine Raupe.

Der Boden begann zu kochen.

Oliver stopfte das Dynamit in seine Tasche und sprang zum Zaun. Seine verletzte Hand landete auf einer scharfkantigen Leiste aus Eisen, die sich in die Bandagen bohrte. Den anderen Arm hakte er in ein Gewirr verbogener Querleisten und zog sich mit der bloßen Kraft der Angst nach oben. Er suchte mit den Füßen Halt und wetzte dabei den Rand der niedrigen Mauer ab.

Unter ihm wurde der Platz plötzlich zu einem brodelnden See aus schwarzgelbem Eiter. Blasen stiegen an die Oberfläche und platzten, spritzten in die Luft. Ranken aus gelbem Nebeln krochen neben Olivers Gesicht empor, dann über ihn, begleitet vom widerlichen Gestank der Fäulnis. Sie drangen ihm in die Nase, in die Kehle, in die Ohren.

Etwas drang in seinen Verstand ein.

Nicht diesmal, um Gottes willen! Oliver ließ mit einer Hand los und griff nach dem Dynamit, und sofort verschwand die Welt.

Er hing über einer unendlichen See aus Schmutz: Blut vermischt mit Öl, Asche, gelben und weißen Wundsekreten und Eiter. Darüber tauchte ein Himmel voll gewaltiger grauer Finger auf, deren Stahlkuppen in den Ozean stießen. Körper schwammen auf den Wogen, gingen unter, würgten, schlugen wild um sich, aufgedunsen und mit Pusteln übersät.

Oliver hing im Nichts, er hatte jedes Gefühl für seinen Körper verloren. Ohne Hände klammerte er sich an den Zaun, von dem er wusste, dass er da war.

Eine Gestalt kam über den Ozean gelaufen, stolperte über die Blubberblasen. Sie trug einen überdimensionierten langen Mantel, der mit zusätzlichen Taschen besetzt war und den der aufspritzende Schmutz nicht zu berühren schien. Sie fixierte Oliver mit erschreckend blauen Augen.

„Du bist Oliver Sumner", sagte sie.

Oliver klammerte sich an den unsichtbaren Zaun, während er immer noch versuchte, mit den Füßen Halt zu finden.

„Wer will das wissen?"

„Mein Name ist Aaron", sagte der Mann im Mantel. „Aaron Bolden."

„Könnte ich dich um etwas Unterstützung bitten?"

Sein leichtes Lächeln verschwand. „Ich bin mir nicht sicher, wie ich dir helfen kann."

Perfekt. Oliver ließ los und versuchte, sich dazu zu zwingen, über der schäumenden Flüssigkeit zu bleiben. „Du bist *der* Aaron, nicht wahr? Weißt du, Hews und Bailey sprechen nur in den höchsten Tönen von dir."

„Als Beobachter vielleicht; als Spion. Leider hatte ich im Einsatz nicht viel Glück."

„Hews hat erwähnt, du hättest bestimmte Seherfähigkeiten."

„Ja."

„Was siehst du?"

„Meinst du, ob ich dich an einem Zaun hängen sehe? Ja."

Mit einem geistigen Seufzen konzentrierte sich Oliver darauf, den Griff zu lockern.

„Nein, nein. Jetzt nicht runterfallen“, sagte Aaron eilig. „Sie ist nicht real, aber sie kann dich trotzdem verletzen.“

„Woher weißt du das?“

„Ich …“ Ein plötzlicher Ausdruck von Schmerz zuckte über das Gesicht des Mannes. „Großväterchen Uhr … tat mir weh. Das Geräusch war nicht real, nicht im hörbaren Sinne, aber dennoch war es … ich erinnere mich, wie meine Knochen brachen.“

Oliver musterte die Gliedmaßen des Mannes. Aaron folgte seinem Blick.

„Ich weiß, es ist seltsam, dass sie jetzt heil sind. Ich bin nicht ganz tot und kann dadurch ein Stück von mir selbst bewahren.“

„Bailey sagte, sie hätten dich an den Kamin gehängt.“

Aarons Hände begannen zu zittern.

„Ich … ja … aber ich …“ Er atmete tief, immer noch zitternd. „Ich sollte nicht am Leben sein. Tausendmal hätte ich schon nicht mehr am Leben sein sollen.“

„Für mich wirkst du recht lebendig.“

Das leise Lächeln kehrte zurück.

„Eine Schlussfolgerung, gezogen aus Beobachtungen. Ich denke, das kann ich akzeptieren.“

Oliver sah sich um, fand aber keinen Ausweg. Er bemerkte mit einiger Erleichterung, dass sein Geruchssinn nicht zu funktionieren schien und er weder die Ermüdung in seinen sich festklammernden Armen noch durch den abscheulichen Anblick hervorgerufene Übelkeit in seinen Eingeweiden spürte. Platschende Geräusche und das Stöhnen der Gefangenen des Ozeans hallten unvermindert in der Ferne wider.

„Wo sind wir, Aaron?“

„Wir sind in seinem Geist.“

„Wessen Geist?“

„Dem des Dritten,“ sagte er. „Nicht des Herrn, nicht der Herrin. Jemand anderes.“

„Ich hoffe, ich habe dich falsch verstanden.“

„Nur dass du mich richtig verstanden hast."

Aaron begann, unter Oliver auf und ab zu gehen.

„Durch meine eingeschränkten Beobachtung seiner Person konnte ich herausfinden, dass er eine Art Verbannter sein muss. Er hasst den Herrn und die Herrin so sehr ..." Aarons Augen schlossen sich beinahe. Er neigte und reckte den Kopf, als versuche er, ein Geräusch zu hören, das Oliver nicht wahrnehmen konnte. „Sie haben ihm etwas angetan, glaube ich, um ihm wehzutun, ihm Schmerz zuzufügen. Daraus besteht all das." Er deutete mit einer ausladenden Bewegung auf das Meer. „Aus seinem Schmerz."

„Was ist mit denen?", fragte Oliver und richtete seinen Blick auf die stöhnenden Gestalten, die sich in den Wellen wanden.

„Das sind die von uns, die den Unterstraßen und der Maschinenkrankheit zum Opfer fielen."

„Du weißt das?"

„Er ... zeigte es mir."

„Dann hat er auch dich für sich beansprucht?"

Das Gesicht des Mannes erstarrte. „Ich weiß nicht."

Oliver dachte für einen Moment nach, während Aaron in Melancholie versunken dastand.

„Glaubst du, er würde uns helfen, Aaron?"

„Uns helfen? Er ist kein Titan, den man bestechen könnte."

„Du sagtest, er hasst den Herrn und die Herrin. Nun, wenn Bailey seine Aufgabe erledigt, werden wir haben, was wir brauchen, um Großväterchen Uhr zu töten. Wir brauchen aber möglicherweise Hilfe bei Mama Maschine. Wir haben noch nicht einmal angefangen, uns zu überlegen, wie wir mit ihr fertigwerden sollen."

Aaron zog die Schultern hoch und blickte übers Meer hinaus. „Uns hasst er auch, Oliver."

„Dann werden wir uns um ihn auch noch kümmern müssen, oder?"

Aaron holte tief Luft. „Er könnte das durchaus gehört haben."

„Rede mit ihm. Biete ihm … eine Abmachung an. Zwischen ihm und mir. Lass ihn wissen, dass wir gemeinsame Feinde haben."

„Bist du dir sicher?"

„Nein. Es könnte sich als das Dümmste, was ich je versucht habe, erweisen, aber es ist klug, sich alle Türen offen zu halten."

Die Schreie der Verdammten hämmerten in Olivers Ohren. Er bemühte sich, sich trotz seiner wachsenden Panik zu konzentrieren.

Schließlich nickte Aaron; dann fingen seine Lider wieder an zu flattern. Oliver hing für ein paar endlose Atemzüge still da, während sein neuer Gefährte sich innerlich darauf konzentrierte, den Kontakt herzustellen. Zweifel nagten an ihm – was erwartest du, wenn man sich mit diesem Schrecken verbrüdert? –, aber er konnte sie mit seiner Logik unterdrücken: Mit einer dieser unheiligen Kreaturen konnte man besser umgehen als mit dreien. Das ergab Sinn, oder nicht?

Aaron zuckte und kam wieder zu sich.

„Nun? Wie sieht's aus?"

Aaron schüttelte den Kopf. „Ich weiß es nicht. Ich weiß, dass er es verstanden hat." Aaron atmete tief ein, rieb mit einer Handfläche gedankenverloren seinen Unterleib. „Aber es fühlt sich falsch an. Was, wenn er sich gegen uns wendet …"

Plötzlich hing Oliver an einem Gitter, mit der linken Hand klammerte er sich daran fest, und in seiner rechten hielt er eine Stange Dynamit.

Der Boden kam ihm entgegen gerast. Er landete direkt auf dem bereits verletzten Knöchel, stürzte nach vorn und schlug mit der Wange auf dem Stein auf. Sein Magen verkrampfte sich, und er hatte kaum Zeit, sich die Maske vom Gesicht zu reißen, ehe gelbes und weißes Erbrochenes in ihm aufstiegen und er sich übergab. Dann drang die kochende Luft auf ihn ein, und noch mehr Widerwärtiges stieg in ihm hoch. Verdammt sei die Kotze, er zog rasch die Maske wieder über seinen Mund und atmete mehrmals tief ein, bis seine Lungen sich nicht mehr verkrampften, sondern nur noch unangenehm verätzt anfühlten.

Mist.

Er rappelte sich auf und lehnte sich schwer gegen die Wand. Sein Gepäck und sein Gewehr lagen, wo er sie zurückgelassen hatte. Wegen der vielen Erschütterungen flackerte die Lampe und ging aus. Nachdem er ein paar Minuten vergeblich versucht hatte, ein Streichholz anzuzünden, schaffte er es schließlich, und die Flamme erwachte widerwillig zu neuem Leben.

Eine silberne, augenlose Schnauze direkt neben seinen Schuhen betrachtete ihn.

„Jeremy?", fragte Oliver

Die Ratte schüttelte den Kopf.

„Aaron?"

Jeremy senkte den Kopf und klickte, während er sich nach hinten und zur Seite bewegte, ohne sich umzudrehen. Oliver hob leicht den Kopf und sah in die glänzenden Messingaugen seines Publikums, die seinen Blick erwiderten. Sie waren zur Seite getreten. Ein Pfad eröffnete sich vor ihm, hinein in die Dunkelheit.

Jeremy bewegte sich noch etwas weiter zurück und tickte dreimal.

„Jesus. Gib mir eine Minute."

Oliver nahm einen Schluck aus seiner sich schnell leerenden Wasserflasche und befestigte seine Maske. Dann sammelte er mit schmerzenden Gelenken und Muskeln sein Gepäck und sein Gewehr ein und hievte sich auf die Füße. Das Dynamit und die Streichhölzer ließ er in seiner Tasche.

Jeremy drehte sich um und trippelte davon. Oliver folgte ihm auf lahmen Beinen. Nachdem er zwanzig Fuß weit gegangen war, hörte er ein Geräusch und drehte sich um.

Tickerhunde und Klickratten und halbmenschliche Frankensteins sammelten sich hinter ihm. Er machte einen Schritt nach vorn, und sie folgten. In gleichmäßigem Tempo ging er weiter, und sie kamen ihm hinterher wie eine Viehherde … oder wie ein Rudel Wölfe.

„Schätze, wir kennen seine Antwort, was, Aaron?"

* * *

Albright war an einer Kugel in der Kehle gestorben.

Kinney war schreiend verreckt, ein Hund hatte sich in seinen Bauch verbissen.

Sims war mit einem abgetrennten Arm fast dreißig Yards weit gekrochen, ehe die Kesselmänner ihn mit ihren Kupferstangen wie ein Schwein kochten.

Phineas war einfach verschwunden; zuletzt hatte er gesehen, wie Thomas Moore einen Kesselmann mit bloßen Händen angegriffen hatte.

Doch wer war weggerannt und hatte sich in den Schatten der alten Mile End Road versteckt?

Bailey kauerte hinter einem Stück verrotteter und feuchter Wand, die einst die Fassade eines Gebäudes gewesen war, und hielt sein Gewehr fest an seine Brust gedrückt. Es war eine alte Enfield, noch aus seiner Zeit bei der Armee, '41 gefertigt, und sie hatte ihn schon aus schlimmeren Situationen gerettet als dieser.

Schlimmer als kugelsichere Metallbestien im Krieg gegen Metallmänner, die ebenfalls kugelsicher waren?

Er unterdrückte seine eigenen Gedanken, um die Bewegungen des Feindes besser hören zu können.

Die Kesselmänner hatten am Ende der verrosteten Treppe gewartet. Phin McRae war der erste gewesen, der sie entdeckt hatte. Sie konnten schon seit Stunden gewartet haben, denn sie brauchten weder Luft noch Rast oder Wasser. Das Glück war jedoch mit den Agenten der Königin gewesen, denn die Eisenjungs waren ein Stück weiter weg gewesen und hatten von der Treppe weggesehen, als warteten sie darauf, dass jemand dorthin zurückkehrte. Bailey hatte den Rückzug angeordnet und gehofft, sie könnten sich aus ihrem Sichtfeld stehlen und es umgehen.

Dann waren die Hunde auf sie losgegangen, aus alten Ladentüren und von unterhalb der unebenen Gehwegplatten der Straße. Nichts, was Baileys Mannschaft ihnen entgegenzusetzen hatte, konnte sie bremsen. Dann hatten die Kesselmänner sie erwischt, waren gelassen ins Gefecht gestürmt und hatten mit Atlas-Gewehren, die so schnell feuerten wie Maxim-Gewehre, und kupfernen Stäben, die Blitze durch die ewige Nacht schleuderten, alles getötet, was in ihrem Blickfeld lag.

Erst Lärm, dann Stille. Nun hörte man nur noch die dröhnenden Schritte der Soldaten des Barons, die die Straße entlangpatrouillierten, und das Geräusch ihrer Waffen, mit denen sie in Ritzen und unter Trümmer stocherten.

Bailey hielt sich ein Revers seiner Weste über den Mund und holte Luft. Seine Maske war im Kampf verloren gegangen, zusammen mit seiner Laterne und der Hälfte seiner Munition. Er hockte da, schwitzend und fest entschlossen, nicht zu husten.

Er wünschte sich für einen Augenblick, er wäre wieder in Indien, wo die Hitze nicht so drückend war und die Feinde starben, wie Männer sterben sollten. Aber Kesselmänner taten nichts wie normale Menschen. Sogar ihre Bewegungen waren seltsam, vollzogen mit der selbstbewussten, phlegmatischen Präzision von Kreaturen, die wussten, dass sie unbesiegbar waren.

Er hörte einen Schritt auf der anderen Seite der Mauer. Zeit weiterzugehen.

Bailey sog eine letzte brennende Lunge voll Luft ein, blinzelte den Ruß aus den Augen und kroch rückwärts aus seinem Versteck. Der Boden des alten Ladens war verrottet und durchgebrochen und hatte einen flachen Krater gebildet, in den Bailey sich zurückzog. Er glitt leise in eine dickflüssige Pfütze am Grund des Kraters, während er das fehlende Licht verfluchte.

Die Kesselmänner schienen kein Licht zu brauchen und konnten ihre Bewegungen dadurch gut verbergen. Schlimmer noch: Bailey konnte durch den Rauch nicht weit genug sehen, um festzustellen, wie auffällig er wohl war. Boten die Seiten des Loches überhaupt Schutz?

Er atmete leise aus und tat einen weiteren Atemzug durch sein Revers. Die Kesselmänner ließen sich mit einem Enfield-Gewehr nicht aufhalten. Es bräuchte mindestens zwei oder drei Stunden

Fußmarsch durch diese Untiefen, um den Sockel des Aldgate-Turms zu erreichen. Bailey hatte keine Maske, keinen Augenschutz, kein Wasser, kein Essen und dreißig Patronen, die gegen solche Gegner sowieso nutzlos waren.

Aber der Streifen musste zurückgebracht werden. Koste es, was es wolle, diese fürchterlichen Halbgötter von Whitechapel mussten dran glauben.

„Gepriesen sei England", murmelte er vor sich hin. „Gott schütze die Königin."

Die ölige Flüssigkeit bewegte sich.

Tentakel schossen aus dem Tümpel am Grund des Loches und umschlangen mit entsetzlicher Geschwindigkeit seine Beine. Sofort machte er die treue Enfield bereit und jagte einen Schuss in das opake Wasser. Was auch immer darin lauerte zuckte, als er es traf. Die Tentakel zogen sich zusammen, zerrissen mit gezahnten Metallenden Baileys Hose. Der Schmerz aufgerissener Haut schoss ihm in die Wirbelsäule, gefolgt vom flammenden Feuer von Schleim in den Wunden. Ein zweiter Schuss durchdrang die Oberfläche des Wassers, woraufhin Metallstücke und Blut nach oben schossen. Die Tentakel bebten und fielen schlaff zurück in den Pfuhl. Bailey taumelte aus dem Wasser und brach am Rand des Lochs zusammen.

Ein Ness. Verdammt – wie hatte er so leichtsinnig sein können? Er bewegte ein Bein, um zu sehen, ob Sehnen verletzt waren. Hauptsächlich Fleischwunden. Gut. Erste Aufgabe war es, aus dem verdammten Loch zu kommen.

Er stemmte den Kolben seines Gewehrs in den Dreck und stemmte sich daran hoch.

Ein Schuss gellte, und ein Teil von Baileys Arm explodierte.

Ein weiterer, und etwas warf ihn mit der Wucht eines anstürmenden Elefanten zu Boden und drückte sein Gesicht in den klebrigen Matsch. Weißer Schmerz loderte in seinem Rücken und seinem Unterleib.

Keuchend sog er den ungefilterten, rasiermesserscharfen Rauch der Unterstraßen ein. Röchelnd krallte er sich in die glitschige, kalte Erde und verfluchte jede Maschine, die seit Anbeginn der Geschichte gebaut worden war.

Die Erde bebte unter sich nähernden eisernen Stiefeln.

Wie viele Welten sie schon verzehrt haben, kann ich nicht ergründen. Wie viele kleine Kreaturen sie in Bande schlugen, damit sie ihnen dienen – ich kann sie nicht alle zählen. Wie viele Geister schreiend in ihren Wänsten endeten, wage ich nicht zu raten.

Doch ich weiß, sie werden so weitermachen bis zum Ende des Universums, denn sie sind Maschinen, und Maschinen tun immer wieder ein und dasselbe.

– II. xvii

KAPITEL 11

Pennyedge musste sterben.

In der kurzen Zeit, seit sie Scareds kostbaren Streifen zurückgeholt hatten, war Bergen klar geworden, dass er es nicht über sich brachte, ihn zu seinem Urheber zurückzubringen. Er wusste, er konnte es keine Sekunde länger ertragen, diesem Troll zu dienen. Die furchtbaren Dinge, die er getan hatte, um seine Tarnung aufrecht zu erhalten, lasteten mit jedem Schritt auf seinem Gewissen, und der gerade vollzogene Gnadenakt machte es noch schlimmer. Er musste fliehen. Er musste den Streifen an Bailey übergeben und sich wieder seinen wahren Kameraden anschließen.

Seine Tarnung würde sowieso auffliegen. Scared hätte ihm nicht sein Mörderkind mitgeschickt, wenn er nicht zumindest etwas geahnt hätte.

Deshalb musste Penny sterben. Mulls auch, das war zwangsläufig. Um Mulls tat es Bergen ein wenig leid. Denn wenn er

Scareds Falle entkommen und von anständigen Leuten aufgezogen worden wäre, hätte er ein anständiger Mann werden können. Penny war ein Monster, und Bergen empfand seinetwegen keinen Funken Reue.

Die Frage war, wie er es tun sollte. Penny war schlau und leise wie eine Schlange im Farn, und er suchte ständig nach einer Gelegenheit zum tödlichen Stoß gegen Bergen. Er würde vermutlich nicht zuschlagen, ehe Bergen sie in Sichtweite der verrosteten Treppe geführt hatte, was ihm vielleicht zwei Stunden Zeit verschaffte.

Er ließ einige Gelegenheiten, um seinen Schuss abzugeben, verstreichen – Momente, in denen Penny einen guten Schritt weit außer Reichweite war und die Dunkelheit nach einem verdächtigen Geräusch absuchte –, denn Bergen war nicht sicher, was er mit Mulls tun sollte. Wie viele Schüsse würde es brauchen? Würden die Kugeln ihn durch all diese mechanischen Wucherungen hindurch überhaupt verletzen? Vielleicht musste Bergen Mulls lange genug auf die Bretter schicken, um ihn mit seinem Dampfgewehr zu erledigen, und das war tatsächlich ein langer Zeitraum.

Sie kamen an einem Hügel aus durchnässten, eingestürzten Trümmern zu ihrer Rechten vorbei. Bergen hörte das Klicken von Metall auf Stein. Er zog mit der Linken seine Handfeuerwaffe und zielte ins Dunkel. Penny drehte das Rad an seinem Blitzer, ließ sich in eine gehockte Stellung nieder und breitete die Arme aus, ein Messer in der einen Hand, den Schlagstock in der anderen. Mulls legte nach einem Moment des Zögerns sein Gewehr auf seine Schulter, obwohl er offensichtlich noch nichts sah, auf das er zielen konnte.

Eine Klickratte trippelte in den Radius ihres elektrischen Lichts. Mulls ließ ein raues Kichern hören.

„Ha. Nur so ein kleines Ding."

„Ruhe!", zischte Bergen. Die Klickratte blieb stehen und begann, summende und klickende Geräusche von sich zu geben. Bergen blendete sie aus und horchte nach weiteren in der Dunkelheit um sie herum. Er ließ sein Gehör die Waffe führen, bis er auf die Spitze des Hügels zielte.

„Komm raus, so dass wir dich sehen können“, befahl Bergen.

Mulls setzte sich in Bewegung und richtete sein Gewehr in dieselbe Richtung. Penny bewegte sich nicht.

Eine Stimme antwortete: „Wir haben euch umzingelt. Werft eure Waffen auf den Boden.“

„Du bist allein“, sagte Bergen. „Wir sind zu dritt. Denkst du, du kannst uns alle erschießen, bevor wir dich töten?“

Der Feind schwieg. Bergen nahm an, dass er überlegte, was er nun, da sein Bluff fehlgeschlagen war, tun sollte. Das war eine Gelegenheit.

„Junge, stürz dich auf ihn“, flüsterte Bergen. „Mulls und ich werden ihn festnageln.“

Penny drehte seinen Kopf gerade weit genug, um Bergen aus dem Augenwinkel zu betrachten, und bewegte sich nicht.

„Worauf wartest du, Junge?“

Pennys Finger bogen sich um den Griff seines Messers.

Er wusste es. Es musste sofort passieren.

Bergen richtete sein Gewehr neu aus und schoss auf Pennys Rücken, aber gleichzeitig huschte der Jugendliche nach links, duckte sich unter dem Schwung von Bergens Waffe hinweg und wich der bogenförmigen Kreisbahn des Geschosses aus. Ein glatter Fehlschuss.

Mulls, der den Vorgang vielleicht fehlinterpretierte, feuerte auf den versteckten Mann auf dem Hügel.

Penny hatte sich umgedreht – er war so schnell auf wie ein Tänzer – und bereits einen von zwei Schritten getan, die nötig waren, um seine Klinge in Bergens Kehle zu stoßen. Bergen brachte seine Waffe in Position und entlud sie direkt in Pennys Brust. Ein Funke explodierte dort, und die verbogenen Überreste des Schlagstabs des Blitzers flogen rauchend aus Pennys Hand, als er den letzten Schritt beendete.

Schnell.

Bergen schlug den Griff seiner Pistole auf Pennys zustechenden Arm. Das Geräusch brechender Knochen ertönte, aber einen Augenblick später schlitzte die Klinge des Jungen Bergens Seite auf. Betäubender Schmerz zuckte wie Blitze in sein linkes Bein und seinen linken Arm. Sein folgender Schlag ging vollkommen daneben, als Penny an ihm vorbeihuschte.

Ein weiterer Schuss erschallte, und Mulls taumelte in einem Sprühregen aus Blut und Öl auf die Straße. Penny ließ sich auf dem Ballen eines Fußes kreiseln und stach mit dem Messer nach Bergens Bauch.

Bergen umschloss mit den Fingern seiner rechten Hand das Handgelenk des Jungen, so dass dieser das Messer nicht mehr bewegen konnte. Penny versuchte, sich loszureißen, doch der ältere, stärkere Mann ließ nicht locker. Fast schon gelassen und mit Bedacht setzte Bergen seinen Revolver auf Pennys Brust und schoss ein Loch hinein.

Der Jugendliche verkrampfte sich und stürzte zu Boden, während er das Messer fallenließ. Penny krümmte sich und spuckte auf die Gehwegplatten, gurgelte und röchelte – das erste natürliche Geräusch, das er von ihm hörte. Bergen hob die Waffe und zielte auf Pennys Kopf.

„Keine Bewegung!" Der Befehl kam von der Spitze des Hügels. Bergen stellten sich die Nackenhaare.

„Die Waffe runter", rief Bergen. „Gleich werden wir von Angesicht zu Angesicht reden, aber diese beiden müssen zuerst sterben."

„Niemand stirbt, ehe ich es sage", war die Antwort. „Werfen Sie die Pistole auf die Straße, und wir unterhalten uns wie zivilisierte menschliche Wesen."

Penny sog keuchend und zitternd eine Lunge voll Luft ein. Er begann, um sich zu blicken und sich über die Situation klar zu werden; seine rechte Hand griff in die Tasche seiner zerfetzten Hose, während seine rechte den Blutstrom aus dem Einschussloch berührte.

Bergen hielt die Waffe immer noch auf sein Ziel gerichtet. „Ich bin ein Verbündeter“, schrie er. „Ein Kamerad Sir Winfred Bailey Howes. Ich bin nicht Ihr Feind.“

Unsichere Schritte kamen von hinten näher, weckten Bergens Instinkt, sich umzudrehen und der Gefahr ins Gesicht zu sehen. Der unsichtbare Mann hörte sich nicht an, als wäre er kampferfahren; Bergen hätte ihn wahrscheinlich niederstrecken können, bevor er auch nur einen Schuss abgab, aber er wagte es nicht, seinen Blick von Pennyedge abzuwenden. Zu seiner Linken begann Mulls sich zu bewegen.

„Sie sind“, sagte die Stimme, jetzt näher, „ein Mann, der gerade einen seiner Leute niedergeschossen hat.“

„Haben Sie nicht zugehört? Ich bin ein Freund Sir Winfred Bailey ...“

„Glauben Sie nicht, es hätte irgendeinen Einfluss auf mich, wenn Sie ständig mit diesem Namen um sich werfen“, blaffte der Mann, den er nicht sehen konnte. „Legen Sie Ihre Waffe auf die Straße. Der Junge wird nicht abhauen.“

„Sie sind ein verdammter Narr“, knurrte Bergen. Er ging langsam in die Knie und setzte den Lauf seiner Pistole auf der Straße auf. Langsam, die Augen immer auf Pennyedge gerichtet, löste er Stück für Stück seine Finger vom Griff.

Etwas von dem Raubtier kehrte in Pennys Gesicht zurück. Bergen und Penny starrten einander an, Bergen versuchte, in Pennys Augen zu lesen. Für einen Moment unterbrach der Junge den Blickkontakt und sah ihren Häscher an, der unterdessen nur noch wenige Schritte hinter Bergen stand.

„In den nächsten paar Sekunden bin ich die einzige Gefahr für dich, Junge“, dachte Bergen. „Wenn du ihn angreifst, werde ich dadurch nur mehr Zeit gewinnen, dich zu töten. Du musst mich angreifen.“

Pennys rechter Arm spannte sich an. Bergens Finger schlossen sich wieder fest um den Griff der Pistole.

Pennys Wurf war ungeschickt und langsam. Bergen hatte seine Waffe erhoben und zielte, als das Messerchen Pennys Hand verließ. Sein Finger legte sich wieder auf den Abzug.

Ein Krachen explodierte in Bergens Ohr. Weißes Mündungsfeuer blendete ihn. Stein- und Betonsplitter platzten aus der Straße, und Bergens Schuss ging rechts daneben.

Fluchend zwinkerte er die Funken aus seinen Augen und feuerte blindwütig auf die undeutliche Gestalt, die ins Dunkel floh. Einen Augenblick später verzog sich der Gewehrrauch, und die einzigen erreichbaren Ziele waren ein roter Fleck auf der Straße und eine fallengelassene elektrische Lampe, die hin und her rollte, bis sie still liegenblieb.

Mit brennendem Zorn stand Bergen da, taumelte und schlug seinem Geiselnehmer ins Gesicht. Der Mann polterte auf die Straße, ein schweres Schnellfeuergewehr fiel ihm aus der Hand. Bergen stieg über ihn, als er fiel und drückte dem Mann die Pistole gegen die Nase.

Er war groß, mehr als sechs Fuß, und dünn. Ein flacher, aschfarbener Hut, leicht schräg, versteckte kaum das Gewirr strubbeligen Haars. Ein Augenschutz und eine Maske verbargen den größten Teil seiner Gesichtszüge, aber er schien zu lächeln.

„Sie scheinen mich überwältigt zu haben", sagte er.

Etwas zog an Bergens Ferse. Der andere Mann schlug Bergens Pistole zur Seite und kam mit überraschender Schnelligkeit unter ihm hervor. Bergen ignorierte ihn für einen Moment und stieß die Klickratte weg, die an seinem Stiefel nagte.

Er schwang seine Waffe nach hinten in Richtung des anderen Mannes, bevor er sich überhaupt umdrehte.

„Er entwickelt einen Geschmack für Schuhleder", sagte der große Mann.

Bergen schielte zu der Handfeuerwaffe des Mannes.

„Meine zwei Schüsse gegen Ihren einen", sagte der Mann mit einem angedeuteten Achselzucken. Er hielt einen doppelläufigen Derringer in der rechten Hand – einer Hand, die verbunden und offensichtlich verletzt war.

„Sie haben mitgezählt“, sagte Bergen. „Glauben Sie wirklich, Sie könnten mich als Geisel nehmen? Es ist ein langer Weg zurück zu den Shadwell-Stufen.“

„Wir machen das nur, bis wir entschieden haben, was wir mit Ihnen machen. Haben Sie einen Namen?“

„Ich bin Bergen Keuper, komme ursprünglich aus Stuttgart, zuletzt aus Ägypten und dem Sudan – und Ihr Name?“

Der Mann dachte einen Augenblick nach. „John Bull.“

„Das war unhöflich“, sagte Bergen. „Ich habe die Wahrheit gesagt.“

„Wir sind Spione, mein Freund. Im Allgemeinen ist niemand von uns vertrauenswürdig.“ Er gestikulierte mit seiner Waffe. „Tun Sie nicht so, als wüssten Sie von nichts, wenn ich Sie frage: Haben Sie den Streifen?“

„Ja, den habe ich.“

„Legen Sie ihn auf den Boden.“

„Herr Bull, es scheint mir, als wähnten Sie sich mir gegenüber im Vorteil. Erlauben Sie mir, unsere Situation zu analysieren. Ihr Derringer kann mich zwar aus dieser Entfernung verletzen, ist meiner Gasser aber in keiner Hinsicht gewachsen. Sie müssen sich außerdem darüber im Klaren sein, dass ich, da ich Blut verliere, gezwungen sein werde, unsere Pattsituation in kurzer Zeit zu beenden. Wenn Sie nicht zurücktreten, muss ich Sie töten.“

„Sie, Mr. Keuper“, sagte der Mann mit einem Zucken der Augenbraue, „scheinen zu glauben, ich sei allein. Wie gesagt, wir haben Sie umzingelt.“

„Versuchen Sie nicht zu bluffen, Herr Bull. Wenn noch weitere Männer in Ihrer Gesellschaft wären, hätte ich sie gehört.“

„Das bezweifle ich nicht – wenn es denn Männer wären.“

Bergen sah den Mann mit schmalen Augen an. Sicher bluffte er. Er hätte sie gehört …

Er ließ seine Sinne sich erweitern, ließ den Fokus seines Gehörs schweifen und das urzeitliche Bewusstsein des Dschungels die Oberhand gewinnen. Stille – aber keine leere. Die Stille eines Tigers, der seine Beute beobachtete. Die Stille einer unsichtbaren

Schlange, die sich für den Angriff bereit machte. Dutzende von Beobachtern, überall um ihn herum.

„Jeremy“, rief Bull. „Bring ein paar näher her, sei so lieb.“

Eine plötzliche Serie von Tickgeräuschen; das Huschen einer Klickratte, gefolgt von schweren Schritten. Zwei monströse Hunde trampelten ins Licht, eine Handbreite größer als alle, gegen die sie zuvor gekämpft hatten, mit bloßgelegten Zahnrädern, die ihnen über die Schultern und zurück ratterten. Geräuschlos öffneten sie ihre gewaltigen Kiefer und ließen Ölspeichel zwischen brutalen Zähnen heraustropfen. Die silberne Klickratte trippelte voran.

„Danke, Jeremy“, sagte Bull, dann zu Bergen: „Da sind noch ein paar mehr.“

„Ich weiß.“ Widerwillig ließ Bergen seine Handfeuerwaffe sinken und steckte sie dann ins Holster.

„Nicht Ihre Angelegenheit, Mr. Keuper“, sagte Bull, der ebenfalls die Waffe sinken ließ. Er steckte seinen Derringer in seine Manteltasche. „Den Streifen, seien Sie so gut.“

Bergen kniete sich hin und begann, Rucksack und Dampfgewehr abzusetzen. „Ich muss wissen, für wen Sie arbeiten.“

Bull dachte eine Minute lang nach, dann nickte er. „Ich arbeite für Bailey. Manchmal wider besseren Wissens, wie ich zugeben muss. Ich nehme an, Sie arbeiten für John Scared.“

Bergen schnaubte. „Nicht mehr.“

„Dann waren Sie der Spitzel.“

„Ja.“

„Damit wäre das geklärt, vermute ich“, sagte Bull. „Da Sie sich vorstellen können, was mit Ihnen passiert, wenn Sie sich gegen mich wenden, nehme ich an, dass ich Ihnen zumindest so weit vertrauen kann, hm?“

Bergen grunzte. Er griff in sein Gepäck, um den Streifen herauszuholen. Sein erster Impuls war, sein Dampfgewehr loszumachen und einen Kampf zu beginnen, aber er unterdrückte ihn. „Ich habe die Wahrheit gesagt. Sie hingegen haben mir nicht einmal Ihren Namen genannt.“

Ein gedämpftes Knacksen war von rechts zu hören. Bergen und sein Häscher drehten sich um und sahen Mulls, wegen seiner Lampe nur als Umriss erkennbar, wie er mit seinem Druckluftgewehr in die Dunkelheit feuerte.

Bull reagierte als erster. „Halt! Sie werden dich nicht verletzen, wenn du …“

Bergen wandte den Blick ab und sagte nichts.

Das kratzende Knurren eines halben Dutzends Hunde wurde lauter, gefolgt von einem Krachen. Dann flackerte Mulls Lampe und erlosch, und Mulls fing an zu schreien.

„Jeremy!“, schrie Bull. „Halte sie auf! Sag ihnen, dass sie von ihm ablassen sollen.“

Die silberne Klickratte saß ruhig da und tat nichts.

„Er muss sterben“, erinnerte sich Bergen. „Wenn nur die Kugel ihre Arbeit getan hätte.“

Bull kam näher, um sein Gewehr zu holen. Bergen drückte es mit einer starken Hand gegen den Backstein.

„Was machst du da?“

Bergen verzog grimmig Gesicht und Augen. „Er ist Scared gegenüber loyal. Das hier muss sein.“

„Was ist nach all den Morden, die ich für diesen Mann begangen habe, eine Gräueltat mehr?“, dachte Bergen. Er starrte dem jüngeren Mann in die Augen, weit geöffnet und bebend hinter den Augengläsern, bis die Schreie aufhörten und das Reißen und Knirschen begann.

„Wir hätten ihn gefangenennehmen können“, sagte Bull leise und giftig.

„Er hätte gemerkt, dass Kugeln ihn nicht töten können und hätte sich gegen uns gewendet.“

Bull konnte die schreckliche Leiche des Mannes sehen, obwohl sie in der Dunkelheit verborgen war. Das Brechen seiner Augen ließ etwas in ihm sterben. Er unterdrückte den Schmerz und die Trauer. Er hatte schon vor langer Zeit seine Seele der Mission geopfert.

Sie saßen in Andacht da, bis das Festessen beendet war und es wieder still wurde.

Bergen ließ das Schnellfeuergewehr des Mannes los. Bull streckte die Hand aus.

„Den Streifen."

Bergen gab ihn ihm. Bull ließ ihn in eine Tasche gleiten und hob dann seine Waffe und sein Gepäck auf.

„Sammeln Sie Ihre Sachen ein und lassen Sie uns gehen."

„Ich kenne den Weg zurück."

„Dann gehen Sie voran."

Bergen warf sich das Dampfgewehr und seine Vorräte wieder über die Schulter und zog die Riemen über seiner Brust fest. Still sicherten sie ihre Lasten. Der jüngere Mann triefte vor Bedauern und Zorn. Bergen kämpfte gegen seine eigene Scham an und sagte, was gesagt werden musste.

„Ich entschuldige mich im Voraus dafür, dies zu fragen, aber ich muss es wissen."

Bull bedeutete ihm mit einem Nicken fortzufahren.

„Ihre Hunde – haben sie den Jungen gekriegt?"

Bulls Blick war wie Granit. „Wir hätten es gehört, meinen Sie nicht?"

* * *

„Ruhig, Tom. Setz dich auf."

„Ollie? Ollie! Jesus, ich kann nichts sehen."

„Du atmest. Das ist ein Anfang."

„Sie haben mich erwischt! Sie haben mich mit ihren verdammten Blitzern erwischt … Allmächtiger, es war, als würde ich lebendig verbrennen und … sie bewachen die Stufen, Ollie – die Kesselmänner. Sie warteten, und wir …"

„Beruhige dich, Mann."

„Bailey ist tot. Ich habe es gesehen, und Phin ist tot und die anderen Burschen auch. Sie bewachen die Stufen. Wir werden nicht mehr zurückkommen …"

„Mach dir keine Sorgen um die Kesselmänner, Tom. Jeremys neue Freunde erledigen das."

„Jeremy?"

„Wir haben uns getroffen."

„Da bin ich froh. Aber … Ollie, ich sehe nichts. Ich fühle nichts. Ich … ich habe Angst."

„Das wird wieder. Lass uns sehen, ob du laufen kannst, und dann kehren wir nach Sherwood zurück."

„Danke, Ollie. Wusste, dass ich auf dich zählen kann. Du passt immer auf uns auf."

„Immer."

* * *

Oliver hatte noch nie einen toten Kesselmann gesehen.

Er lag ausgestreckt über einem verfaulten Hügel, der vielleicht einmal ein hölzerner Wagen gewesen war. Er umklammerte noch immer einen speerlangen, kupferbestückten Blitzer, der mit einem Stück Gummischlauch mit einer Maschine auf seinem Rücken verbunden war. Seine Augen waren gebrochen, und seine schwarze Rüstung war übersät mit tiefen, glänzenden Schlitzen und Beulen. Die Platte auf seiner Brust klaffte in Fetzen auseinander, wo Bergens Gewehr ihn wie eine Walnuss geknackt hatte. Oliver beugte sich über das Loch. Der Geruch von trockenem Staub und abgebranntem Schießpulver kitzelte ihn in der Nase.

Zehn Fuß weiter wurde die Straße zu einem Durcheinander Matsch bespritzter Steine, danach dehnte sie sich zu einem unebenen Feld aus vergessenem Kram und stinkendem menschlichem Müll aus. Dort drang von oben ein wenig Licht durch ein rautenförmiges Loch. Es beleuchtete tausend halb vergrabene Dinge, die die Stadt darüber nicht mehr gebraucht hatte: Töpfe, Hüte, leere Streichholzschachteln, Taschen und Kisten jeder Art, Wagen – als Ganzes oder in Teilen – und zufällig die Leiche. Was für eine seltsame Laune des Verstandes es war zu denken, die Dinge, die jemand von den Türmen geworfen hatte, seien sofort und für immer verloren.

Die Soldaten von Jeremys Armee schweiften auf der kleinen Ebene umher, stiegen über die toten Körper sowohl ihrer Kameraden als auch ihrer Feinde hinweg, ohne viel mehr als einen Blick auf sie zu werfen. Oliver konnte kaum glauben, dass diese schrecklichen Gargylen keine zwanzig Minuten zuvor die Kesselmänner aufgescheucht hatten wie eine Legion höllischer Ratten. Die erste Welle hatte die Atlas-Gewehre der Eisenjungs zerschmettert. Die zweite auch. Aber es waren mehr, so viele mehr, dass den Gewehren die Munition ausging, und als sie verstummt waren, strömte die Horde kreischenden, summenden, kratzenden, beißenden, unmenschlichen Verderbens über eine eilig errichtete Abwehr und machte die Soldaten des Barons nieder.

Sogar dann war es noch nicht vorbei gewesen. Mit unnatürlicher Stärke hatten die Kesselmänner einer nach dem anderen ihre Angreifer abgeschüttelt und sich aufgerappelt, und dann hatte Bergen sie mit seiner Schulterkanone in Stücke geschossen.

Oliver zitterte, wenn er sich das Gesicht des Mannes wieder ins Gedächtnis rief: wie eine Statue, mit Augen, die kälter waren als die der halb menschlichen Kerle, die die Unterstraßen für sich beanspruchten.

Er ging zwischen den Überresten von sechs oder sieben Hunden, einem guten Dutzend Frankensteins und zwei weiteren Eisenjungs hindurch, um schließlich einen freien Pfad zu finden und kehrte zurück zu Tommy. Der große Mann saß an die oxidierten Überreste eines Kupferkessels gelehnt, die Arme im Schoß verschränkt, und sein Kopf hing schlaff zur Seite.

Das Licht tanzte auf Tommys Gesicht, und Oliver fühlte, wie sich sein Herz zusammenzog. Toms Kleidung war vom Bauch bis zu den Schultern von den Schlägen der Blitzer verbrannt. Auf seiner echten Hand und auf der Haut an Hals und Gesicht hatte er wurmförmige Brandflecken; aus etwas, das zerbrochen war, sickerte braunes Schmieröl.

Oliver hatte Tommy schon verletzt gesehen, hatte ihn mit Wunden gesehen, die viel gravierender waren als diese. Es war Tommys Körperhaltung, die ihn beunruhigte: Er saß mit gekrümmten

Schultern und angezogenen Knien da, zitterte wie ein geschlagenes Kind. Diese fröhliche Seele so verloren und ängstlich zu sehen ließ Oliver Tränen in die Augen steigen. Er blinzelte sie weg, schluckte schwer, um das Zittern in seinen Eingeweiden loszuwerden, und kniete sich neben Tommy.

Der große Mann zuckte zusammen. Er riss die Augen auf, geriet in Panik. „Ollie?"

Oliver legte eine schwere Hand auf die Schulter des Freundes. „Ruhig, Kumpel. Ich bin es."

Tommy atmete zitternd aus. Er hob seine menschliche Hand und umfasste Olivers Stirn. „Jesus. Hast mich erschreckt. Es war so still, ich habe mich gefragt …"

Als Oliver Tommys Gesicht sah, fühlte er die Tränen erneut in sich aufsteigen. Tommys komplettes linkes Augen war verbrannt, der größte Teil dieser Gesichtshälfte war ein einziger nässender Schorf. Das rechte Auge zuckte willkürlich, mit jeder Bewegung spritzte Öl heraus.

Oliver drückte seine Schulter.

„Wir haben die Schlacht gewonnen, Tom. Du solltest es sehen – die Eisenjungs verrosten im Schlamm. Ohne Zweifel der schönste Anblick, den ich seit Jahren gesehen habe."

Toms Gesicht erschlaffte. „Ich hätte lieber gekämpft."

„Reiß dich zusammen", sagte Oliver. Der ermutigende Ton kam automatisch, ohne jede vernünftige Bewertung von Tommys Zustand. „Hews kennt einen Arzt. Ich werde ihm ein Telegramm schicken, wenn wir wieder in Sherwood sind, und du wirst schneller wieder hergestellt sein, als es dauert, ein Pint zu trinken."

Es war eine schwache Lüge in schwachem Ton, aber Tommy schien sie zu reichen, er schaffte es sogar zu lächeln. „Wenn du das sagst, Chef, dann bin ich dabei."

„Guter Mann", sagte Oliver. Er klopfte Tommy auf den Rücken. „Nun lass uns dich auf die Füße stellen. Diese Runde schuldest du mir noch."

Tommy verzog konzentriert das Gesicht. „Warum nimmst du das an?"

„Ich war schneller am Boden als du, Tom, und ein Ehrenmann wie du wird sicherlich zu unserer Abmachung stehen, hm?"

„Quatsch. Du bist wahrscheinlich wie eine Ballerina den ganzen Weg auf Zehenspitzen gelaufen. Du hattest keine Chance, vor mir hier unten zu sein."

„Vielleicht. Aber da es keinen Weg gibt, unsere Ankunftszeit zu vergleichen, geht die Runde an mich."

Tommy schaute böse und richtete seinen Hut gerade. „Noch mal: Warum zum Teufel nimmst du das an?"

„Ganz einfach: Ich muss deine nicht unerhebliche Masse jetzt diese verdammten Stufen hochschleppen."

Tommy grinste breit. Er stieß Olivers Hand zur Seite und zog sich hoch, um auf unsicheren Knien in eine Hockstellung zu kommen.

„Eine Runde, dass du das nicht tun musst."

„Doppelt oder nichts also?"

„Abgemacht, Chef."

Oliver hielt seine Hände bereit, um seinen Freund zusätzlich zu stützen, als Tommy die Bewegungsfähigkeit seiner Beine testete. Seine Gelenke quietschten furchtbar.

Tommy kicherte. „Wie eine Banshee. Haha."

Oliver schaute bei dem Geräusch sich nähernder Schritte auf.

„Zwölf von ihnen sind tot", sagte Bergen in der Art und Weise, wie ein Soldat Bericht erstattet. „Das sind alle. Sehr gut, zumal ich fast keine Munition mehr habe."

Bergens Augen hatten sich nicht verändert. Sie waren wie aus Stein, tot, gefühllos. Der Rest seines Körpers war ruhig wie eine zusammengepresste Feder, als warte der Mann immer auf die nächste Schlacht.

Der Mann war ein Mörder; das war die Quintessenz. Es gab keine Garantie, dass sie ihn kontrollieren könnten, ganz egal, mit wem er im Bunde sein mochte, und wenn Bailey wirklich das Zeitliche gesegnet hatte, konnte er den Kerl auch nicht an eine andere Mannschaft verscherbeln. Aus dieser Partnerschaft konnte nichts werden, so einfach war das.

Aber das war etwas, was er der Vorsehung überlassen und um einen Tag verschieben musste.

Bergen neigte den Kopf. „Wir sollten in die Stadt zurückkehren."

„Begeben wir uns zum Fuß der Stufen", sagte Oliver. „Dort werden wir warten."

„Warum sollen wir warten?"

„Damit Phineas McRae uns finden kann. Los jetzt."

Er trieb Tommy zu einem langsamen Schlurfen an, indem er ihm sanft in den Rücken drückte. Bergen schaute finster, passte sich aber dem Tempo an.

„Haben Sie immer noch Hoffnung, dass irgendjemand von Ihrer Gruppe überlebt hat?", fragte der Deutsche. „Falls die Kesselmänner nicht alle getötet haben, hat Ihre Rattenarmee das sicherlich erledigt."

Tommy schluckte schwer, ehe er seinen Kommentar abgab. Der Schmerz über das Eingeständnis verzerrte sein Gesicht: „Ich hasse es, das sagen zu müssen, Ollie, aber … ich habe ihn nicht gesehen. Er hätte mich gefunden, denke ich, falls er noch …"

Tommy würgte die letzten Worte hinunter, und Oliver gab ihm einen freundlichen Klaps auf die Schulter.

„Er ist nicht tot, Tommy. Ich wäre nicht sonderlich überrascht, wenn er schon bei den Stufen auf uns wartet."

Der Deutsche grunzte – ein halbes Lachen. „Wenn er so genial ist, dass er seinem Schicksal entkommen konnte, dann wäre er auch imstande, sich ohne unsere Hilfe zu retten."

Der Spott in seinem Ton ließ Oliver die Haare zu Berge stehen. Er biss für einen Augenblick die Zähne zusammen, ehe er antwortete: „Das ist richtig, Mr. Keuper. Er braucht unsere Hilfe nicht. Aber um Tom in diesem Zustand den ganzen Weg zurück zur Schattenseite zu bringen, werden wir mehr als einen Mann benötigen."

„Wir haben mehr als einen Mann."

„Keuper, sobald Sie einen ersten Blick auf den Zustand meines Freundes geworfen hatten, waren Sie der Meinung, er stelle eine unnötige Last dar. Sie haben Pläne geschmiedet, ihn auf unserem Streifzug loszuwerden, um schneller zu sein."

Tommy schnappte nach Luft und sah Oliver an, um eine Bestätigung in seinem Gesicht zu finden.

Olivers Augen blickten auf das hügelige, matschige Schlachtfeld vor ihnen. Er sah keinen von ihnen an. „Deshalb habe ich entschieden, Ihnen nicht zu vertrauen, was die Sicherheit meines Freundes angeht."

Seine Stimmung verbesserte sich leicht, als Bergen in mürrische Stille verfiel.

„Ok?"

Oliver nahm die folgende Stille als Bestätigung.

Sie fanden Phineas am Fuß der Stufen, wo er an der Seite eines umgestürzten Eisenbahnwagens kauerte, der so altmodisch aussah, dass er noch aus der Zeit stammten konnte, bevor der Baron Whitechapel eingenommen hatte. Phin drückte seine Zigarette im Matsch aus und ließ sie dort stecken, als sie näher kamen.

Oliver widerstand dem Verlangen, Bergen seine Befriedigung unter die Nase zu reiben.

Phin grüßte sie, indem er sich an den verknautschten Hut tippte.

„Wenn ihr Kerle noch langsamer lauft, werde ich eine Droschke für euch holen. Zur Hölle, ich werde eine Droschke für euch bauen und ein paar dieser Hunde einfangen, die sie ziehen – und was in Gottes Namen ist mit Tom?"

Tom lächelte trotz seines verunstalteten Gesichts. „Kriegswunden, du pissgelber Kauz. Ich nehme an, du hast keine."

„Er hat ein paar Stöße von ihren Blitzern abbekommen", erklärte Oliver.

Phin blickte finster. „Ich weiß. Ich war dort, oder hat dir Zahnraddarm das nicht erzählt? Aber ich meine dieses verdammte Geräusch."

Oliver half Tommy, sich auf ein verbogenes Zugrad zu setzen. Der große Mann ächzte vor Anstrengung. Oliver gab ihm eine

Feldflasche – die letzten Reste seines Wasservorrats. „Welches Geräusch, Phin?“

Phineas wies mit einem vagen Ekelgefühl auf Tommy. „Das … das Geräusch. Er bestand schon immer aus einer ganzen verdammten Fabrikanlage, aber … he, Bolzenhose, hörst du dieses Schleifen?“

„Ich kann kaum überhaupt etwas hören, du … du …“ Er seufzte. „Die haben mich fürchterlich verbrannt. Ja, ich höre es.“

Phin und Oliver warfen einander einen Blick zu, den Oliver trotz Phineas' ewigem Schielen als Warnung verstand.

Jetzt denkt Mr. Keuper, Tommy sei eine Gefahr, nicht nur ein Hindernis.

Bergen blieb stumm wie ein Stein, er krümmte sich nun ein bisschen unter dem Gewicht seiner riesigen Waffe und der stundenlangen Wanderung. Er beobachtete Phin wachsam. Vertraut keinem von uns, dachte Oliver. Vielleicht kann Missy ihn knacken. Missy würde in dem Moment in den Mann eintauchen, in dem sie ihn sah: ihn anlächeln, ihn entzücken, ihn erweichen, ihn unter dem Absatz ihres Schuhs zerquetschen.

Phin klopfte Tommy auf die Schulter und murmelte ein paar aufmunternde, wenn auch ordinäre Worte. Oliver winkte ihn zu sich. Bergens wegen ordnete er eine zehnminütige Pause an.

Der Deutsche nickte.

Oliver nahm Phineas zur Seite, zum Rand des Eisenbahnwagens.

„Was ist dieses Schleifen, Phineas?“

„Etwas in seinem Bauch, denke ich“, flüsterte Phin. „War nicht da, als ich ihn zuletzt sah. Wie eine Klickratte, die im Matsch kriecht.“

„Hast du irgendeine Idee, woher das kommt?“

„Nein, Käpt'n. Hab noch nie gehört, dass das aus 'm Inneren eines Mannes kommen kann.“

Oliver seufzte und warf einen Blick zurück auf Tommy, der jetzt ruhig und regelmäßig atmete. Bergen beobachtete unverfroren ihre Unterhaltung, obwohl er sicherlich zu weit weg war, um lauschen zu können. Oliver drehte sich wieder zu Phineas.

„Wie konnte das passieren? Hast du sie nicht gewarnt?"

„Es gab nichts, wovor ich hätte warnen können, Käpt'n. Jedenfalls zuerst nicht. Die Eisenjungs machen keine Geräusche."

„Quatsch. Die lassen den verdammten Boden erbeben."

„Wenn sie sich bewegen, sicher, aber wenn sie ruhig sind, sind sie still wie ein verdammtes Grab. Kein Atmen, keine Zahnräder, die schleifen und kein Herz, das pumpt. Wir wussten nicht mal, dass sie da sind, bis wir nur noch dreißig Fuß von ihnen weg waren."

„Aber die Hunde, Mann."

Phin zog seinen Hut tiefer ins Gesicht, bis die schräge Krempe fast seine Augen verbarg.

„Ich habe die verdammten Köter gehört, Jahre bevor wir bei ihnen waren. Mr. Knight hat trotzdem befohlen, weiterzugehen."

Oliver nickte. Kann nicht behaupten, dass ich ihm etwas vorwerfe. Hunde oder Kesselmänner? Ich hätte dieselbe Wahl getroffen. „Wie lief der Kampf?"

Phineas spuckte in den Matsch. „Was soll ich schon gegen die Zinnsoldaten tun, Ollie? Bin abgehauen. Nicht meine Schuld, wenn Kupferklöte durchdreht. Er hat nicht mal sein Gewehr verwendet, um Himmels willen."

Phineas biss die Zähne zusammen.

„Ich habe mich im Schmutz versteckt, Ollie", sagte Phin durch knirschende Zähne. „Das ist, was sie alle hätten tun sollen. Verdammt dumm, wie beim Aufstand."

„Du hast sie gewarnt. Alles Weitere geht auf Baileys Kappe."

Phin glättete seinen unmöglich zerknitterten Mantel. „Bailey ist tot, Ollie. Er hat zwei oder drei Schüsse abgekriegt. Ich habe ihn seine wortgewandten Flüche ausstoßen hören. Die Eisenjungs haben ihn angegriffen und zerstampft."

Oliver nickte. Das hatte Bailey gewollt – im Dienste seiner geliebten Königin zu sterben. Oliver fühlte ein merkwürdiges Loch im Magen, als brenne dort ein Stück Kohle. Das war auch, was er gewollt hatte: von diesem Mann frei zu sein. Frei zu sein von seinen Regeln und seinem verdammten Misstrauen – Oliver fühlte sich schon allein bei dem Gedanken schuldig –, und nun war er es.

So, was jetzt? Würde Joyce angesichts dessen, was die Mäntel wussten, noch am Leben sein, würde er noch eine Waffe nach der Anleitung von Scareds Streifen bauen können? Würde einer von Baileys namenlosen Kameraden noch am Leben sein? Würde … Hews?

„Was denkst du? Wir sind ein bisschen im Arsch, hm?"

Oliver blickte auf. Phin stand erwartungsvoll da, fummelte in seinen Taschen herum.

„Klettern wir."

Sie drehten sich um und gingen zum Fuß der Treppe zurück. Jeremy Longshore war zurückgekommen und saß zufrieden dreinblickend in Tommys Tasche, nur der Kopf schaute heraus. Tommy streichelte den silbernen Rücken des Dings, während er ihm leise süße Worte zumurmelte. Bergen hockte wie ein Affe da und beobachtete sie stumm.

„Robust wie ein Ochse, Chef", verkündete Tommy, während er Jeremy stolz hochhob. „Hab ich's dir nicht gesagt?"

„Er hat sich mehr als bewährt, Tommy", sagte Oliver. „Lass ihn uns zu einem offiziellen Mitglied unserer Mannschaft machen, ja?"

„Der König soll sich einem anderen Herrn unterwerfen? Niemals!", sagte Tommy kichernd. Phin half ihm auf, den ganzen vier- oder fünfhundert kratzenden, kreischenden Pfund. Oliver zeigte auf Bergen.

„Sie klettern voran, Keuper."

Bergen erhob sich. „Damit Sie mich im Auge behalten können?"

Oliver sagte nichts.

„Sagen Sie, wann haben Sie sich zu unserem Anführer gemacht?", fragte Bergen, als er die erste wackelige, verrostete und verbogene Stufe der Treppe erreichte, die, wie sich herausstellte, ihren Namen mehr als verdiente. „Was sollen wir tun, nun da Bailey wohl tatsächlich tot ist?"

Oliver fühlte die scharfen Blicke Tommys und Phins. Wieder erwarteten sie, dass er in die Rolle schlüpfte, in der er fünf Jahre zuvor versagt hatte, als er sie alle in einem Anfall heroischen Wahns fast in den Tod geführt hatte. Sie würden nicht von ihm ablassen, nicht noch einmal, nicht, nachdem er sich die ganze Zeit vor der Verantwortung gedrückt hatte.

Du hast das gewollt, Kumpel. Tief drinnen hast du das immer gewollt.

Eine zweite Chance. Einen zweiten Aufstand.

Tommy setzte einen Fuß nach dem anderen auf. „Ollie?"

„Wir kehren nach Sherwood zurück", sagte Oliver. „Wir versammeln die Mannschaft und rufen Hews, Sims und Joyce und wer auch immer übrig ist zu uns."

Er starrte Bergen an, erwiderte standhaft seinen Blick.

„Dann … machen wir weiter, auf meine Weise."

* * *

„Ich weiß, wer du bist."

Das war alles, was Baron Hume gesagt hatte.

Der Fahrstuhl rastete mit einem Funkenschauer ein, und die beiden Kesselmänner schubsten Bailey vorwärts. Die Titanenstärke seiner Häscher hatte schon vor langer Zeit die Knochen in seinen beiden Armen gebrochen, und Bailey spürte schon gar keinen Schmerz mehr. Er war sich nur noch des endlosen, abgehackten, stampfenden Geräuschs der Maschinen der gegnerischen Hölle und des Geruchs von gekochtem Fleisch, der ihm in die Nase stieg, bewusst. Die Kesselmänner hatten eine Metallplatte auf seine Haut geschweißt und benutzten ihre Blitzstäbe, um ihn bei Bewusstsein zu halten.

Bailey hatte in Humes undurchdringliche Messingaugen geschaut und nichts gesehen – keinen Zorn, keine Befriedigung, nur kühle Logik. Bailey war kein besiegter Feind, der in die Knie gezwungen wurde; er war ein fehlerhaftes Teil, das repariert werden musste, damit die Maschine wieder reibungslos lief.

„Wir sind ein Nichts für ihn“, erkannte Bailey. „Leere, leblose Soldaten, die sich bewegten und töteten und nicht sterben konnten, Waffen, die Blitze und Rauch und Kugeln schneller warfen, als ein Mensch mit den Fingern schnipsen kann – Gott, was haben wir uns gedacht? Was für eine Arroganz anzunehmen, wir könnten diese Geschöpfe stürzen. Diese … Götter.“

Seine Beine verloren all ihre Kraft, und er fiel nach vorne. Die Kesselmänner schleiften ihn an seinen gebrochenen Armen weiter, ohne ihr Tempo zu unterbrechen. Baileys Tränen spritzten auf den Gehsteig. Seine verdrehten Füße verschmierten sie, als er darüber gezogen wurde.

Sie waren jetzt tief im Inneren des Schlotes, jenseits der Besucherplattform auf den äußeren Ringen, weiter unten, sogar jenseits der Arbeits- und Lagerräume und der heiligen Stätten der Gold- und Schwarzmäntel. Hier unten brannte ewig der Ofen Mama Maschines mit einer Hitze, die der Sonne Konkurrenz machte, und die ältesten Schwarzmäntel – deren Menschlichkeit mit jedem weiteren eisernen Körperteil schwand – legten die Grundsteine des Großen Werks.

Die endlosen Umdrehungen der Maschinen verklangen, und stattdessen ertönte ein Summen. Das Geräusch dröhnte und schallte in dem höhlenartigen Raum, in den sie nun kamen, klang wie der Ton von tausend Engeln oder das Zischen von tausend Teufeln.

Guter Gott, wenn ich jemals gut zu dir war, nimm mich jetzt auf …

Die Kammer erstreckte sich über hundert oder mehr Yards, alle Oberflächen waren gepflastert mit Uhren von sinnloser, den Geist verwirrender Gestalt. Der Gehweg erstreckte sich dort hinein, zusammengehalten von hauchdünnen, goldenen Schnüren, hinein in das zentrale Gebilde des Raumes.

Bailey konnte nicht hinsehen. Er wusste, was er sehen würde: endlose Reihen verletzter, erschöpfter, verstümmelter Männer,

Frauen und Kinder. Goldene Drähte durchbohrten ihre Haut, Muskeln und Fleisch faulten ihnen von den Knochen, doch noch war keiner von ihnen tot – niemandem war es erlaubt zu sterben, solange die Große Maschine ihn noch brauchte.

Die Kesselmänner zogen ihn zu einem Platz vor einer Kreatur, die aus ineinander verhedderten Messingbändern bestand. Porzellanaugen schauten ihn abschätzig an, ein Finger deutete auf den Ort seines Schicksals. Bailey sah der Kreatur zu, wie sie sich wieder zu ihren Pflichten umdrehte und wusste instinktiv, dass sie einst menschlich gewesen war.

Als seine Geiselnehmer ihren Marsch fortsetzten, kugelten sie ihm die Schulter aus. Seine Eingeweide entleerten sich, als sie ihn unsanft auf einen leeren Messingstuhl drückten. Er tat seinen letzten Atemzug, als sie ihm Stahlbolzen in Hüfte und Brust stießen, um ihn daran zu befestigen. Sein Blickfeld verdunkelte sich.

Bitte, Herr.

Ein Draht durchbohrte die Haut seines Halses und begann, sich in ihn zu graben, brannte wie ein elektrischer Wurm. Ein zweiter durchstach seinen Brustkorb, ein dritter seine Lendenwirbelsäule.

„Nicht das", schrie er. „Den Tod habe ich immer willkommen geheißen, aber nicht das!"

Die Kesselmänner marschierten davon, und das Ticken begann. Es wurde mit jedem Moment lauter, schlug mit seiner wahnsinnigen Wiederholung auf seine Wahrnehmung ein, bis es seine letzten Gedanken betäubt hatte. Es nahm ihm alles, was er wusste, alles, was er je gedacht hatte, jede Hoffnung und jeden Plan. Das Gewicht Großväterchen Uhrs erdrückte ihn, hämmerte ihn nieder, formte ihn. Er wurde zu einem perfekten Teil eines großen Ganzen, verlor alles, was er zuvor gewesen war, und in der Großen Maschine herrschte vollkommene Harmonie.

DER ZWEITE TAG

Es muss stumpf und einsam sein, in einer neuen Stadt zu leben. In einer alten Stadt wie London zu leben dagegen, heißt die Gesellschaft einer sehr noblen Armee von Geistern zu genießen.

– Sidney Dark

Seine Auserwählten nennen sich Brüder der Ordnung. Sie werden der Ausdruck seiner Funktion sein, die Schöpfer seiner Harmonie, und sie werden mich Herr nennen.

– IV. i

KAPITEL 12

Es war wie ein echter Abwasserkanal, in dem der dreckigste Abschaum der Menschheit hauste, alle waren sie mit ihrem eigenen Schmutz besudelt, versammelt in einem Abflussrohr, das so verstopft war, dass auch noch so viel Regen es niemals sauber waschen könnte.

Ja, so war es.

Diese Flegel im Schlot hatten ihn knietief dort hineingesteckt, sie hatten ihm nicht mehr gegeben als eine Wäscheklammer für seine Nase. Ja, er hatte die Gefangennahme verpatzt. Ja, er hatte zugelassen, dass diese britischen Hurensöhne ihn erschossen. Es war nicht sein Fehler gewesen. Sie hatten sich in einem Werkzeugschrank versteckt, um Himmels willen; einem verfluchten, verdammten, beschissenen Werkzeugschrank. Wie hätte er das wissen können? Seine Vorgesetzten hatten ihn heftig gescholten und ihn nach Shadwell geschickt, damit er sich in seiner Schande suhlen konnte.

Nur dass Marcus James Westerton keine Scham empfand, weil das verdammt noch mal überhaupt nichts brachte. Was er fühlte, war Zorn; Zorn auf diese die Königin verehrenden Fanatiker und auf diese angeborene menschliche Dummheit, die diese Leute dazu brachte, gegen diejenigen über ihnen zu rebellieren.

Zorn war nämlich nützlich. Zorn brachte Leute dazu zu tun, was man wollte.

„Los, du", knurrte er, weder mahnend noch provozierend.

Der junge Bursche, der das Ziel des Knurrens war, zuckte zurück, als hätte er ihn geschlagen. Der Schlot hatte Westerton zwei neue Rekruten als Untergegebene zugeteilt, und er musste sie einarbeiten. Je früher sie vor seinen Launen und seiner Grausamkeit katzbuckelten, desto früher würden sie eine geeignete Kampfeinheit werden. Diesem einen Bursche – Eugene? – hatte Westerton befohlen, wie ein Leibwächter neben ihm zu laufen. Der andere marschierte ungefähr zwanzig Fuß voraus, in Begleitung dieses unerträglichen Straßenkinds, das sie zu ihrer Beute führte.

Was für eine Beute, wahrlich, was für eine Beute!

„Du, Junge", rief Westerton. „Wie weit noch?"

Der kleine Idiot ließ bei der Frage ein zahnlückiges Grinsen sehen. „Nicht mehr weit, Sir. Paarmal abbiegen noch, dann sin' wir da."

„Es wäre gut, wenn es bald so weit wäre, sonst könnte ich mir denken, dass du keinen einzigen Schilling bekommst, und wenn mir danach ist, werde ich dich in den Kamin schleppen lassen."

„Keine Sorge. Bisschen noch, wie gesagt."

Sein Knurren schien keinerlei Wirkung auf dieses menschliche Nagetier zu haben. Ich sollte ihn sowieso verschleppen lassen, allein schon weil er lästig ist.

Wider Willen fühlte Westerton, wie seine schlechte Laune sich verflüchtigte. Egal ob diese Kreatur gelogen hatte oder nicht, der Tag würde gut werden. Entweder würde er dieses Tier in den Kamin schicken, oder er würde sich an einem der Männer, die ihn erschossen hatten, rächen. Er hätte ihn einmal beinahe erwischt, aber der Verbrecher war mit Hilfe des verdammten Buchhändlers Fickin entkommen. Der war ein Verräter und von Grund auf verdorben. Warum hatte die gute Herrin ihn nicht einfach verbrannt?

Weil die Herrin wankelmütig und launisch war wie jede andere Frau auch. Nicht wie der Herr. Ah, er mag die Schönheit der Struktur und Logik. Unanfechtbar. Er verdiente Verehrung.

„Hier, die Herren“, sagte der Junge. „Genau hier.“

Sie hatten eine Gasse erreicht, die wie alle Gassen in diesem gottverfluchten Turm dunkel war und grauenhaft nach Moder stank. Westerton überprüfte die Straße zu beiden Seiten. Er bemerkte weder eines der Wohnhäuser noch die flackernden Lampen oder die streunenden Hunde, die an den Treppenaufgängen und Türen nach Futter suchten.

„Wo sind wir, Bruder?“, wollte er wissen.

Eugene schluckte schwer und schüttelte den Kopf. „Ich … weiß es nicht, Sir.“ Er zuckte unter Westertons Blick zurück und murmelte eine Entschuldigung.

Der Straßenjunge stand erwartungsvoll am Eingang zur Gasse.

„Überhebliches Kind“, sagte Westerton. „Du denkst, ich werde dich bezahlen, ehe die Arbeit erledigt ist? So wie ich das sehe, hast du uns zu einem Puff geführt und wirst mit meinem Schilling davonrennen.“

Das Kind schüttelte den Kopf. „Habe Sie schon geführt, oh ja, Sir. Die Tür ist am Ende, da drin.“

„Ich hoffe es für dich.“ Westerton bedeutete Eugene, sich zu seinem Goldmantelbruder zu bewegen. Westerton selbst zog seinen 1.20-Kaliber-Hinterlader heraus, den er für viel Geld und nach Maß hatte anfertigen lassen. Es war immer ein schöner Tag, wenn er das Ding abfeuern konnte.

„Du bleibst hier“, sagte er zu dem Jungen. „Wir sind gleich wieder da.“

Der Junge setzte sich geduldig auf den Bordstein und starrte seine Schuhe an.

„Vorwärts.“

Die Schatten der Gasse verschluckten seine beiden Untergebenen nach einem einzigen Schritt. Leise fluchend folgte Westerton. Die Dunkelheit, die ihn umfing, war fast vollkommen, enthüllte allein Andeutungen der Wand und die vagen Umrisse von Gestalten vor ihm. Er hatte seit seinem ersten Einsatz, als Großväterchen Uhr sein Herz gesegnet und viele seiner Nerven gegen Kupferdrähte ausgetauscht hatte, nie gut im Dunkeln sehen können. Westerton vertraute darauf, dass der gute Herr einen Grund für diesen Schwachsinn hatte, obwohl er es manchmal irritierend fand. Nicht dass ich undankbar wäre, vornehmer Großvater. Gar nicht.

Zwei Schüsse erschütterten die Gasse. Etwas Nasses spritzte ihm ins Gesicht und umhüllte ihn einen Moment später wie eine Kutte.

„Zur Seite, Brüder! Macht Platz." Ohne zu warten entlud Westerton seine Waffe in die Gasse. Es ließ ihn erschauern: eine erschütternde Kraft, die ausreichte, um Fenster in der Nähe zu zersplittern und einen Rückstoß hatte, der stark genug war, um einem Menschen einen Arm abzureißen. Seine Begeisterung dämpfte sich, als das Bild, das der blendende Blitz auf seine Netzhaut gebrannt hatte, sich in zwei Körper vor ihm auf der Straße auflöste, die goldene Westen trugen.

Seine Herzuhr bekam Rhythmusstörungen. „Brüder?", sagte er. „Antwortet mir, ihr ungehorsamen Libertins."

Als er ein Surren und ein Schleifen hinter sich hörte, griff Westerton nach weiteren Patronen in seiner Tasche und versuchte, schnell nachzuladen.

Das war's. Komm näher, Engländer. Komm dorthin, wo ich dich sehen kann.

Schnelle, stapfende Schritte begleiteten den Lärm. Im letzten Augenblick wirbelte Westerton herum und entlud seine Waffe direkt in den gewaltigen Schatten, der immer näher kam. Der Schatten zuckte und blieb stehen.

Westerton lachte. „Nimm das, Verräter. Ein Vorgeschmack auf die Gerechtigkeit des großen Herrn."

Der Schatten schlug mit einer Hand zu und entriss Westertons Fingern die Pistole.

„Na so was", sagte er, während er auf seinen Bauch zeigte. „Jetzt hab ich zwei gleiche, Chef."

„W... was?", stammelte Westerton. „Du bist ein Mantel! Du bist eine verdammte Krähe, jawohl! Fickin hat dich dazu gemacht, der nutzlose Bastard."

Dann die Stimme von hinten: „Es scheint, als könnten Sie im Dunkeln nicht besonders gut sehen, Mr. Westerton."

Das ließ seine Herzuhr schmerzhaft stechen. Er war aus dem Gleichgewicht, seine vollkommene Ordnung war gestört. Er fühlte, wie seine Knie schwach wurden, und drehte sich um, wo er zwei Gestalten sah. Eine kauerte, als ziele sie mit einem Gewehr auf etwas, die andere war groß und dünn. Er zeigte anklagend auf die größere Gestalt.

„Du! Du stehst unter Arrest."

„Ich bin gerade sehr beschäftigt, Westerton", sagte der Mann, „und ich kann es nicht gebrauchen, dass du oder die deinen sich auf der Schattenseite herumtreiben, um mich zu suchen."

In diesem Moment kicherte Westerton. „Tu, was du willst, du Schurke. Töte mich nochmal, wenn du willst. Ich werde einfach morgen wiederkommen, und das nächste Mal werde ich mehr Männer haben, jetzt da ich weiß, wo du dich versteckst."

„Ah, ja. Nun, sicher glaubst du nicht, ich hätte diesen jungen Burschen angeheuert, um dich zu meinem wahren Versteck zu führen."

„Das ist egal. Ich kenne dein Gesicht. Das ist alles, was ich brauche, um dich wiederzufinden."

„Sei dem, wie es sei, ich werde noch ein paar Tage brauchen. Ich werde meine Verbündeten anweisen, dich zu erschießen, und dann werden wir dich vom Turm stoßen."

„Das würdest du nicht wagen."

„Hör zu, Kanarienvogel. Ich werde dir deine Pistole zurückgeben, ehe wir dich hinunterwerfen. Benutze sie nur, um dich zu verteidigen. Die Hunde werden dich wohl nicht belästigen, außer du verhältst dich wie ein Feind."

„Du … Barbar."

Er hatte eigentlich etwas Wortgewandteres sagen wollen, einige beleidigende Worte, um diese Überläufer zurechtzuweisen. Nun, vielleicht würde es genügen, wenn er etwas gewalttätig wurde. Er brauchte nur eine Sekunde; ein schnelles Zudrücken oder ein schnelles Zucken, und die Schlacht wäre gewonnen, selbst wenn sie ihn niederschossen. Ein einziges Ticken der Uhr.

Der tickende Herr hatte ihm schon vor langer Zeit den Schmerz genommen und dann seine Angst vor dem Tod. Er zögerte nur einen Moment und holte dann aus.

Der dritte Mann schoss ihm in die Kehle. Der Hüne zog ihn am Kragen nach hinten, während die anderen näher kamen. Er bekam sieben Kugeln in Bauch und Brust, bis seine Angreifer fertig waren. Mit jedem Schuss sog Westerton die leuchtenden, grimmigen Gesichter seiner Gegner in sich auf, merkte sich ihre Falten und Merkmale, bis er sie so gut kannte wie seine eigenen.

Er konnte sich nicht dagegen wehren, dass sein Körper aus der Harmonie glitt, er sank zu Boden und merkte, dass er sich nicht mehr bewegen konnte.

Das war ohne Bedeutung. Der Herr beschützte ihn. Der Herr würde ihn wieder in die Harmonie bringen, damit er dieser verdammten Kreatur die Augen ausschneiden und ihr den Schädel mit den Fingern zerquetschen konnte.

Seine Sinne vernebelten sich, und er war allein mit dem Ticken seines eigenen Herzens.

*　　*　　*

Die Neunte Prophezeiung wurde mir folgendermaßen überliefert:

Ob dieses Jahr, das ich sehe, eine Zeit der Trauer oder ein Fest der Freude wird, weiß ich nicht, denn so viel wird verlorengehen, und mit einem Schlag wird so viel gewonnen sein. Wie kann sie eine solche Handlung erwägen, und wie kann ich bewusst ihrer Ausführung zustimmen? Ich kann diesen seltsamen Pfad, den die Vorsehung für mich angelegt zu haben scheint, nicht verstehen: ein Behältnis für zwei sich bekämpfende Verstände zu sein und dem einen beim Töten des anderen zu helfen.

Sie wird ihren Gefährten töten, da bin ich mir sicher. Seit ich die Vision habe, haben sie sie beide bestätigt. Sogar er, die große

Maschine, weiß, dass es vorherbestimmt ist, und obwohl er der Tat nicht seinen Segen geben kann – denn solche Konzepte sind schon lange aus seinem Verstand verbannt –, verrät seine Unfähigkeit, ein anderes Ergebnis anzunehmen, seine stillschweigende Duldung.

Das ist Wahnsinn, und doch ist sie nicht wahnsinnig. Sie existierte schließlich schon, bevor sie Ihn als ihren Liebhaber nahm. War er vor dieser fürchterlichen Affäre Mann oder Maschine? Ich weiß es nicht. Die Antwort wäre da, in diesem meinen schrecklichen neuen Verstand, wenn ich es wagte, danach zu fragen. Aber ich wage es nicht. Ich habe nicht den Mut.

Da kommt noch eine … ich sehe …

Ich werde dies meine Zehnte Prophezeiung nennen, und so lautet sie:

Sie wird einen neuen Gefährten finden, der den Platz Ihres ermordeten Gatten einnimmt. Wer das sein wird, kann ich noch nicht sehen, aber er wird eine Kreatur der Logik sein, wie es die große Maschine am Anfang war. Sie war so lange zornig, und dieser Mann wird die Strafe für Ihr Leiden ertragen. Mein Verstand erzittert, wenn ich es wage, mich näher damit zu befassen.

Dieser Mann muss geformt werden, wie man Ton oder Stein formt. Was sie von ihm verlangt, ist, ihre Geheimnisse zu bewahren, obwohl sie sie mir verraten würde, wenn ich nicht ein solcher Feigling wäre.

Allmächtiger Gott, warum haben sie mich erkoren? Warum muss von all den Welpen, die durch Londons Straßen streifen, ich so verflucht sein? Denn ich weiß auch, was ich erleiden, welch schreckliche Taten ich auf Anweisung dieser Kreaturen des Jenseits ausführen muss.

Ich nenne diese Dinge meine Elfte Prophezeiung, und ich werde nicht weiter über sie sprechen.

– IX. ix-xi

* * *

Das Kerzenlicht beleuchtete nur schwach die Umgebung, nicht weiter als zum Lesen reichte, und sie hatte kein Geräusch gemacht. Sie wusste schon, wie sie sich bemerkbar machte.

Oliver klappte die *Summa Machina* zu und legte sie auf den kleinen Korbtisch.

„Miss Plantaget", sagte er. Er erhob sich, kam zu ihr, dann nahm er ihre behandschuhte Hand und küsste sie. Ihr Haar fiel ihr offen über die Schultern. Das weiche Licht schien unter ihrer Haut zu glühen, als sich ihre Lippen zu einem Lächeln formten. Als er bemerkte, dass er sie anstarrte, räusperte er sich.

„Womit habe ich dieses Vergnügen verdient?"

Sie warf den Kopf zurück und zwinkerte ihm träge zu. „Ich nehme an, dir ist bewusst, dass im Salon perfekte Lesesessel stehen, vom besseren Licht ganz zu schweigen."

„Einsames Nachdenken kann gut sein", sagte Oliver. „Phin sagt, die Hindus und Japaner tun es ständig."

Sie fixierte ihn mit einem Blick, den sie undurchdringlich fand.

„Ich bezweifle nicht, dass Phineas das sagt", erwiderte sie. „Er sagt auch, dass er einmal eine Seeschlange als Haustier hatte, die er Lila nannte."

Oliver kicherte, um sein wachsendes Unbehagen zu verbergen. Warum sah sie ihn so intensiv an?

„Davon habe ich noch nicht gehört." Oliver richtete seine Weste, dann die Hosenträger darunter. „Was ist?"

„Tom ist wieder wach. Ich dachte, du wüsstest das gern."

„Danke." Er wollte sich an ihr vorbeischieben. Als sie nicht zur Seite trat, wartete er.

„Gibt es noch etwas?", fragte er.

Ihr Blick suchte den seinen.

„Michelle?"

„Oliver", begann sie. Mehrere Ausdrücke huschten in rascher Folge über ihr Gesicht. „Es ist der Deutsche."

Oliver seufzte. „Er ist ein griesgrämiger Auftragsmörder, ich weiß. Ich würde ihn einer anderen Mannschaft zuteilen, wenn ich annähme, dass einer von ihnen überlebt hätte."

„Du hast also Nachricht bekommen?“

Oliver nickte. „Die Kesselmänner haben heute am frühen Morgen Joyces Versteck überfallen. Die Mäntel griffen zur gleichen Zeit ein halbes Dutzend weitere Orte an. Ich kann nicht sagen, dass es viel Hoffnung gibt.“

„Das tut mir leid.“

Missys Gesicht nahm wieder den Ausdruck diskreten Mitgefühls an, und plötzlich schwappte die ganze Trauer, gegen die er sich gewehrt hatte, in einer einzigen Welle über ihn. Kein Joyce, kein Sims, keine der anderen Mannschaften. Oliver wusste, wie es wohl passiert war: hallende Schritte, die die Straße entlang kamen, ein Dampfstoß durch die Tür, ein weiterer durchs Fenster, was den Männern die Wahl ließ, entweder auf die Straße zu fliehen und erschossen zu werden oder sich innen zu verstecken und lebendig gegrillt zu werden.

Während des Aufstandes hatte er gesehen, wie das einer Nachbarsfamilie passiert war, und er war zu seinem Geheimgang gerannt und hatte sich versteckt. Sie hatten sich dafür entschieden, im Haus zu bleiben, und er hatte die Mutter länger als eine Stunde schreien hören, bevor die Kesselmänner sie endlich hinrichteten. Diese Erinnerung war stets mit der Frage verbunden, ob sie wegen ihrer Kinder geschrien hatte oder wegen ihres eigenen Schmerzes. Es war dumm, sich das zu fragen, nach all den Jahren.

Ein warmer Finger stach ihn in den Arm.

„Komm zurück, Oliver“, sagte Missy mit einem sanften, leisen Lächeln auf den roten Lippen.

Oliver räusperte sich. „Entschuldigung, ich war nur …“

Sie hob den Finger, um ihn zu unterbrechen. „Ich will nicht wissen, wo du warst, Mr. Sumner. Die Vergangenheit ist nichts, worüber man sich Sorgen machen sollte. Findest du nicht auch?“

Sie ließ den Finger sinken. Ihre Augen warteten auf seine Zustimmung.

„Richtig“, sagte Oliver schließlich. „Das ist ein vernünftiger Ratschlag.“

„Ich bin froh, dass du nur zustimmst." Sie zog den Finger durch die Luft, als folge sie dem Weg einer Fliege, die schließlich auf einem unsichtbaren Möbelstück landete. „Um zu meiner ursprünglichen Frage zurückzukommen ..."

„Der Deutsche. Richtig." Sie ist eine Ablenkung. „Ich weiß, er ist aggressiv und will mich nicht für ihn entschuldigen ..."

„Dann tu es nicht." Missys Blick wurde härter.

„... aber momentan ist es besser, dass er da ist. Du hättest ihn schießen sehen sollen, Michelle."

„Es ist wohl besser, dass ich das nicht getan habe", sagte sie. „Er ist böse. Das ist für mich sonnenklar."

„Ich hätte ihn sicher nicht ausgewählt."

„Dann schmeiß ihn raus. Lass Heckler dieses grauenhafte Dampfgewehr benutzen. Wir können ihm nicht vertrauen; das verstehst du doch bestimmt?"

Missy sah ihn in aufrichtiger Ehrlichkeit an – nein, in Panik. Er sah, wie sich Missys Kiefer und Lippen anspannten.

„Wir können ihn nicht kontrollieren."

Das ist derselbe Gesichtsausdruck wie bei der letzten Mission, bemerkte er. Sie hatte denselben, gleich nachdem sie zugestochen hatte ... meine Güte.

„Doch, ich denke, das können wir", sagte Oliver in dem Versuch, sie zu beruhigen, ohne seine Fähigkeiten zu übertreiben. „Ich werde ihn im Auge behalten und habe Hews gesagt, er solle dasselbe tun. Ich denke, ich kann dafür sorgen, dass er nicht aus der Reihe tanzt. Nebenbei, er würde seine Kanone nicht aus freien Stücken abgeben, denke ich."

Missy blickte finster drein. Ihre Finger fummelten an ihrer Handtasche herum. „Es gibt andere Möglichkeiten, sie ihm abzunehmen, weißt du."

Oliver hob die Brauen. „Was sollte das denn heißen?"

Ein kurzes Luftschnappen, dann lächelte Missy und klimperte mit den Wimpern. „Nur ein Vorschlag, Mr. Sumner, ein Versuch, hilfreich zu sein. Du warst mal ein Dieb, oder?"

Oliver lächelte zurück, ließ sich vom Thema abbringen. „Ich kenne viele Leute, die mich für einen solchen halten. Dies wäre aber eine andere Situation."

„Da haben wir's." Missy schloss die Arme um ihren Oberkörper und neigte ihm ihren Kopf zu. „Nur ein Vorschlag. Nur bitte … nun, beobachte ihn, ja?"

„Ich sagte schon, dass wir ihn nicht aus der Reihe tanzen lassen."

„Vielen Dank, Mr. Sumner."

„Für ein hübsches Gesicht würde ich alles tun, Miss Plantaget." In der Tat hatte sie ein sehr hübsches Gesicht.

Sie lächelte ihm zu und schritt dann ins Foyer, als hätte sie etwas sehr Wichtiges zu erledigen.

Während er Missys Absonderlichkeit bis auf Weiteres von sich schob, legte er die *Summa Machina* auf seinen Nachttisch. Er verstand die Sprache perfekt, obwohl er vorher noch nie einen Blick darauf geworfen hatte. Dieser seltsame Umstand war von einem Brennen im Hinterkopf begleitet gewesen, das genau dasselbe war wie damals, als er die Geister auf der verrosteten Treppe gesehen hatte.

Er eilte den Gang entlang zu einer der unbenutzten Kammern, die Dr. Chestle zum Krankenzimmer umfunktioniert hatte.

Oliver öffnete die Tür und wich vor dem Geruch nach Alkohol und dem schmierigen Gestank von Tommys Schweiß zurück. Tommy lag ohne Hemd auf den Decken des Einzelbettes, das im Raum stand. Der Arzt saß auf einem Eichenstühlchen zu seiner Rechten und nähte das neuerliche, klaffende Loch in Tommys Bauch zu. Jeremy lag zusammengerollt wie ein Hund in einer Ecke.

„He, Chef", sagte Tommy mit einem Winken.

Dr. Chestle drückte Tommys Arm sanft wieder aufs Bett. „Versuchen Sie bitte, sich nicht zu bewegen, Mr. Moore."

„Ah, der Doktor ist ein bisschen griesgrämig heute Morgen, Ollie. Sieht aus, als wäre er angefressen, weil ich angeschossen wurde. Stell dir vor!"

Oliver trat zum Bett und inspizierte die Wunden. „Größer als die letzte, Tom“, sagte er.

„Drei Zoll Durchmesser, glatter Durchschuss“, sagte Tommy. „Du könntest einen Schilling durch mich durchwerfen.“

Oliver lachte, um seine Angst zu überspielen. Schwarze Adern verliefen unter der Haut über Tommys Brust. Sie schimmerten durch die Blitzerverbrennungen auf Rippen und Schultern wie die Tunnel wühlender Würmer. Dunkelgraue Flecken verfärbten große Teile seiner Arme und seines Bauchs. Seine Brust war ein Flickwerk aus Narben, insbesondere über seinem Herzen.

„Ich bin ein ziemliches Wrack, nicht wahr?“, sagte Tommy.

„Nicht abstoßender als sonst, Kumpel“, sagte Oliver. Auch Tommys Gesicht war eine Ruine. Chestle hatte einige der Wunden mit Stichen und Verbänden zusammengeflickt, aber das linke Auge bestand immer noch nur aus verbranntem, aufgeplatztem Fleisch.

Das rechte tränte ständig, aber er schien sehen zu können, und das war schon einmal ein Anfang.

„Wette, mein Arm sieht jetzt plötzlich nicht mehr so seltsam aus, hm?“ Tommy hob den mechanischen Arm, um ihm die Stelle zu zeigen, wo eiserne Knochen aus deformierten menschlichen Muskeln hervorstachen.

Chestle drückte den Arm wieder herunter.

„Liegen Sie ruhig, Mr. Moore.“ Der Doktor schwitzte fast genauso stark wie sein Patient. Oliver bemerkte, dass die Hand des Mannes leicht zitterte.

„Besser, du befolgst seine Anweisungen, Tom“, sagte Oliver, „oder ich muss dich nochmal niederschießen.“

Der arme Doktor riss die Augen weit auf.

„Der Mann ist der reinste Zuchtmeister, Doktor“, sagte Tommy. „Natürlich würde ich auch auf ihn schießen, wenn ich besser zielen könnte.“

Der Doktor hielt inne. „Das ist widerlich. Das ist nicht die Art Unterhaltung, die zivilisierte Männer führen.“

Oliver legte mitfühlend eine Hand auf seine Schulter. „Kein Wort davon ist unwahr, Doktor. Sicher hat Hews sie vor uns gewarnt.“

Der Doktor räusperte sich und gab zu: „Er hat nicht gerade Ihren gesunden Menschenverstand gepriesen."

Oliver rieb sich das Kinn, wo die Stoppeln bereits zu einem weichen Bart wurden. „‚Gesunder Menschenverstand' ist leider ein dehnbarer Begriff."

Der Doktor beendete den letzten Stich und schnitt den überschüssigen Faden mit einem Taschenmesser ab. „Gesunder Menschenverstand ist gesunder Menschenverstand, Mr. Sumner. Ich empfehle Mr. Moore, erst mal im Bett zu bleiben. Er kann alles essen, was ihm hilft, aber das Trinken sollte er bis auf Weiteres unterlassen."

„Ich wollte schon immer mal abstinent leben", sagte Tom.

„Ich möchte sie draußen sprechen, Mr. Sumner", sagte der Doktor.

„Ich komme gleich", entgegnete Oliver.

Chestle packte seine Sachen zusammen und ging, um seine Hände zu waschen.

Sobald der Arzt die Tür geschlossen hatte, entfuhr Tommy ein Stöhnen, und er faltete seine Hände über dem Bauch.

„Ruhig, Tom, ruhig." Oliver holte einen Lappen und tupfte das nässende Auge des großen Mannes ab.

„Verdammt, ich bin in Ordnung. Es fühlt sich nur so an, als fräße eine Ratte meine Leber, das ist alles."

Olivers Eingeweide hatten sich schon längst heillos verknotet. Er versuchte zu sprechen und merkte, dass sein Mund trocken war.

Tommy blickte ihn finster an.

„Wage es jetzt nicht, mir zu sagen, dass es dir leid tut, dass du mich letzte Nacht zur Arbeit geschleppt hast. Es war besser, dass ich da war, für den Fall, dass etwas schiefgeht, und wir beide sind uns einig, dass es besser ist, dass ich angeschossen wurde als jemand anderes."

„Ach, Tom …" Oliver fühlte, wie ihm Tränen in die Augen stiegen und blinzelte sie weg.

„Ich werde wieder rausgehen, Ollie. Häufiger, als dir lieb ist." Tommy machte eine Bewegung in Chestles Richtung. „Ich bin ein lebender Toter, und der Schnippler weiß das. Ich verbringe meine letzten Tage lieber damit, Mäntel zu verkloppen, als im Bett zu liegen wie eine Großmutter."

Oliver klopfte ihm auf die Schulter und versuchte, dabei zu lächeln.

„Guter Mann." Oliver stieß seinen Daumen in Richtung von Chestles Tasche. „Ich glaube, er hätte nichts dagegen."

Oliver verließ das Zimmer, während Tommy etwas von dem Branntwein trank.

Er fand Dr. Chestle im Badezimmer, wo er sich die Hände mit einem ausgefransten Handtuch trocknete, das sich schon im Haus befunden hatte, als Oliver es gekauft hatte. Graue und rote Fasern schwammen in der großen Schüssel, die dort statt eines ordentlichen Waschbeckens stand. Die Wanne war halb voll, die einzige Möglichkeit für die Mannschaft, Wasser aufzubewahren; Rohrleitungen waren den Aldgate- und Cathedral-Türmen vorbehalten.

Der Arzt sah selbst halb tot aus; bleiche Haut, struppiger Oberlippenbart und zerzaustes Haar, tief eingefallene Augen. Öl- und Blutflecken besudelten sein weißes Hemd und seine Weste.

„Tom scheint zu glauben, er habe nicht mehr lange zu leben", sagte Oliver.

Chestles Seufzen klang wie ein Gurgeln aus einer durchlöcherten Lunge.

„Ich weiß nicht, wie viel Zeit er noch hat, Mr. Sumner." Der Arzt war mit dem Handtuch fertig und hängte es über einen verbogenen eisernen Handtuchhalter neben ihm. „Ich hatte einen Patienten, der innerhalb von Tagen gestorben ist. Manche halten gegen jede Vernunft immer noch durch. Wenn die Krankheit ausbricht, kann man nicht wissen, wie es weitergeht." Der Doktor begann, abwesend seine linke Hand zu reiben, wo Messingspitzen durch die Haut stießen.

Oliver verschränkte die Arme. „Ich nehme an, es gibt kein Heilmittel."

Der Arzt verbrachte eine Minute damit, seinen Bart zu glätten. „Ich habe den Großteil meines Berufslebens damit verbracht, diese Krankheit zu studieren, Mr. Sumner. Genau wie meine Kollegen. Wir müssen erst noch eine realistische Ursache finden, ganz zu schweigen von einem Heilmittel."

Oliver kannte die Ursache – aber ein Wissenschaftler würde sie nicht glauben. Oliver reichte dem Arzt die Hand, und dieser nahm sie.

„Danke für Ihre Hilfe, Doktor. Die Schattenseite könnte einen Mann ihrer Fähigkeiten gut gebrauchen."

Chestle lächelte, aber schüttelte den Kopf. „Ich habe Patienten in Bishop's Gate und Fenchurch, dich mich brauchen, Mr. Sumner, aber ich weiß Ihr Angebot zu schätzen."

„Wie wäre es dann mit dem Angebot, sich ein paar Stunden auszuruhen? Wir haben ein leeres Zimmer, falls Sie das benutzen möchten."

„Sehr freundlich. Ich nehme Ihr Angebot gerne an."

Oliver brachte ihn zurück zum Krankenzimmer und ging, bevor der Arzt merkte, dass sein Branntwein fehlte.

Er machte einen kurzen Abstecher in Hecklers Zimmer, um zu sehen, wie er vorankam.

Der junge Amerikaner schaute von dem winzigen Tisch hoch, den sie für die Arbeit an der Übersetzung des Lochstreifens organisiert hatten. Er legte seinen Füller zur Seite und wischte sich mit einem abgenutzten Taschentuch über die Brauen.

„Was kann ich für Sie tun, Sir?"

„Wie kommst du voran?"

„Fast fertig, Sir." Er rutschte nervös hin und her. „Aber ich hab 'n paar schlechte Nachrichten."

„Ich muss sagen, ich gewöhne mich langsam daran", sagte Oliver und bedeutete ihm dann fortzufahren.

„Nun", Heckler zeigte ihm ein paar seiner übersetzten Seiten, die mit gekritzelten Notizen und freihändig gezeichneten Diagrammen übersät waren, „ich bin fast fertig mit der Übersetzung, aber ich kenne keine Möglichkeit, wie ich diesen Apparat bauen könnte."

„Warum nicht?"

„Ich hab nich' die Werkzeuge, dich ich dafür brauch'. Ich hab die Materialien nich' und ..." Er legte die Papier wieder ordentlich auf den Tisch. „Wüsst' einfach nicht wie, Sir. Das is' keine Knarre und keine Falle."

Oliver seufzte. „Mach es trotzdem fertig. Zumindest das werden wir tun."

Heckler nickte und steckte die Seiten zurück an ihren Platz in der Anleitung, beugte sich dann ohne ein weiteres Wort wieder über seine Arbeit.

Der arme junge Mann plagte sich schon seit sechs Stunden mit dieser einen Aufgabe ab, aber Oliver wusste, dass er sich sehnlichst wünschte, Teil der Planung zu sein. Heckler war der einzige von ihnen, der eine Ahnung von Mechanik hatte. Außer Bergen vielleicht, aber Oliver hatte nicht vor, ihm den Streifen zu überlassen.

„Sir?"

„Ja?"

„Ist das da oben wirklich Bergen Keuper?"

Oliver sah sein junges Mannschaftsmitglied neugierig an. „Ich habe keinen Grund, das zu bezweifeln."

Heckler fummelte mit seinem Stift herum. „Is' mal was anderes, hm, Sir? Sogar in Williamsburg hab ich von ihm gehört. Ist es wahr, dass er einem Löwen aus dreihundert Yard Entfernung durchs Auge geschossen hat?"

„Ich habe auch keinen Grund, das zu bezweifeln."

„Verdammte Scheiße – 'tschuldigung, Sir. Meinen Sie, er würde mir das beibringen, wenn ich ihn fragen würde?"

„Weiß ich nicht", sagte Oliver. „Aber warte, bis die Unruhe vorbei ist, bevor du ihn fragst, hm?"

„Oh. Natürlich. Klare Sache."

Oliver überließ ihn seiner Arbeit und stieg durch das gewundene Treppenhaus im Stamm von Sherwood in den Salon hinauf. Er traf Hews auf den oberen Stufen, die Hände in der Tasche seiner karierten Weste, eine Pfeife zwischen den Zähnen. Sein Haar war nachlässig gekämmt, seine Koteletten zerzaust, sein Gesicht bekümmert und mürrisch.

„Verdammte Schande“, sagte er. „Ich habe mit Bailey in Afghanistan gedient. Es wurde niemals jemand geboren, der so ein Soldat war wie er.“

„Mein Beileid“, sagte Oliver.

„Tu nicht so, als wärst du allzu traurig, Bursche. Du hast den Mann gehasst, seit du fünfzehn warst.“

Oliver seufzte und betrachtete zusammen mit Hews stumm die wirren Stützbalken Sherwoods. „Ich habe ihn nicht gehasst, Hewey, aber ich werden jetzt nicht behaupten, dass er mich besonders gut behandelt hat.“

„Ich kann dir deine Ehrlichkeit nicht vorwerfen, Bursche“, sagte Hews. „Aber er war ein großer Mann, und diese Meinung werde ich mit ins Grab nehmen. Er hat mich zunächst für einen Kollaborateur gehalten, weißt du; kam nicht darüber hinweg, dass ich eine Fabrik besaß.“

Oliver lächelte bei der Erinnerung. „Man hätte es auch Armen- oder Waisenhaus nennen können.“

Hews zuckte die Achseln. „Ich habe das Meine getan. Die Mäntel haben nie kapiert, dass meine Effizienz daher kam, dass ich meinen Arbeitern mehr als Haferschleim und Öl zu essen gab. Nun, bis vor Kurzem.“

Oliver drehte sich um, um in Hews’ Gesicht eine Antwort zu finden. „Was meinst du damit?“

„Ein Mantel kam letzte Woche vorbei“, sagte Hews. „Sagte, ich müsse mich mit ihnen verbünden und einen Eid ablegen oder abtreten. Ich würde sehr gerne glauben, dass sie mich auf dem Land in den Ruhestand gehen lassen, aber wir beide kennen sie besser.“

„Warum hast du mir das nicht erzählt?“

Der alte Mann zuckte erneut die Achseln. „Da kann man nichts machen. Die Kanarienvögel kennen mich zu gut.“

„Aber Bailey hätte dich vielleicht mit den Luftschiffen hinausschmuggeln können, und wir könnten dich immer noch hier verstecken.“

Hews schenkte ihm ein weises, väterliches Lächeln. „Nach heute Nacht spielt das vielleicht keine Rolle mehr, was?“ Er trat vom Geländer zurück. „Sollen wir?“

Sie betraten den Salon und fanden Bergen, der brütend am großen Tisch saß. Karten und Listen bedeckten den Raum, machten sich auf Stühlen, Beistelltischen und großen Teilen des Bodens breit, einige waren an die Wand geheftet, wo sie die namenlosen Porträts und ihre missbilligenden Blicke verdeckten. Auf dem großen Tisch lag eine detaillierte Karte des Schlotes, speziell der stufenförmigen Ringe mit den Fabriken, Zughaltestellen und Kapellen, die seine äußere Haut bedeckten.

Bergen nahm ihre Anwesenheit mit einem Nicken zur Kenntnis. Seine Bauchgegend hatte der Arzt fachmännisch wiederhergestellt. Bergen hatte die Verbände unter einem weiten Hemd versteckt und tat so, als wäre er vollkommen gesund.

Oliver grüßte, stützte sich mit den Köcheln auf den Tisch ab und beugte sich vor. „Kein Zweifel, wir haben einen Eingang gefunden“, sagte Hews. „Der Schlot ist eigentlich ziemlich gut zugänglich. Wir haben fünf Eingänge mit der Straßenbahn, vier mit dem Zug und Gänge von den Aldgate- und Commercial-Türmen.“

„Ihr Amerikaner sagt, der Apparat wird nur im Kamin funktionieren“, sagte Bergen.

Oliver nickte. Das hatte er befürchtet.

Die Karte war verwirrend komplex, ein verwinkeltes Labyrinth von Korridoren, Gängen, Aufzugschächten, Treppenhäusern, Kammern und Zimmern und riesigen Maschinen, Kolben und Konstruktionen, die keine sinnvolle Ordnung erkennen ließen. Die Arbeitskammer beherrschte das Innerste des Schlotes, am unteren Ende des gewaltigen Schachts, von dem er seinen Namen hatte. Dort, an diesem dunklen Ort, arbeiteten die Massen endlos am Großen Werk Mama Maschines. Der viel kleinere Kamin verlief an der südlichen Seite parallel zu ihm, er endete fünfzehn Stockwerke unterhalb der Oberfläche des Schlotes.

„Haben wir schon einen Zugang?“

Hews fuhr auf der Karte einen Weg mit dem Finger nach, als er sprach. „Ich kann uns zu dem Frachtaufzug bringen, der am südöstlichen Rand der Arbeitskammer nach unten führt. Das einzige Problem ist, dass sich drei Stockwerke darunter eine goldene Kapelle befindet, wir werden also wahrscheinlich entdeckt."

„Wir werden uns also tarnen müssen", sagte Bergen mit verschränkten Armen von hinten.

„Das würde uns nicht viel bringen", sagte Oliver. „Wir können uns verkleiden, wie wir wollen, denn die Kanarienvögel kennen die, die zu ihnen gehören."

Hews zog an seiner Pfeife. „Ich warte immer noch auf Telegramme von einigen Bekannten. Ich könnte uns in einer Dampfleitung an der nördlichen Seite hinunterbringen. Dort sind lauter Leitern, und wir brauchen Masken, aber dort gibt es höchstwahrscheinlich zumindest keine Goldenen."

„Das wäre außerdem ein langer Marsch rund um den Kamin", sagte Bergen.

Oliver blickte finster vor sich hin, seine Geduld ließ bereits nach. „Ich hätte nicht gedacht, dass Sie sich vor einer kleinen Wanderung scheuen würden, Keuper."

Bergens Blick verdüsterte sich. „Sie machen sich über mich lustig."

„Sie sind es, der sich darüber beklagt. Halten Sie die Ohren steif, wie wir hier sagen." Er sah Hews an. „Wie lange, was meinst du?"

Hews zuckte die Achseln. „Nicht mehr als ein paar Stunden, hoffe ich."

„Wunderbar. Keuper, gehen Sie uns Vorräte holen."

Der Deutsche lief rot an. „Ich bin doch nicht Ihr Laufbursche."

Oliver richtete sich zu voller Größe auf. „Sie nerven mich, Kraut. Das wird auch so schwer genug werden, ohne dass Sie uns bei jedem Schritt behindern."

Bergen sah ein wenig überrascht aus, als bemerke er zum ersten Mal, dass er nicht der größte Mann im Zimmer war. „Sie beschuldigen mich, Sie zu behindern."

„Ja, das tue ich", sagte Oliver. „Ich brauche die Unterstützung aller meiner Männer. Wenn Sie ein Problem damit haben, dass ich Sie brauche, können wir das zu einem anderen Zeitpunkt besprechen. Außerdem sind Sie von allen hier derjenige, der sich schon durch die feindlichsten Welten geschlagen hat und vermutlich weiß, wie man sich vorbereiten muss."

Bergen nickte langsam.

Oliver beugte sich wieder über die Karte. „Gut. Holen Sie etwas Geld von Heckler und kommen Sie in einer halben Stunde wieder."

„So bald?"

„Ich nehme an, dass noch mehr Mäntel nach mir suchen werden, und ich bin nicht schwer zu finden, wenn man die richtigen Leute fragt."

Bergen nickte wieder. Er öffnete seine verschränkten Arme. „Sie sind klüger, als ich dachte. Ich entschuldige mich für mein Verhalten."

„Danke."

Bergen schritt hinaus.

Hews hatte die gesamte Unterhaltung wortlos beobachtet. Er ließ seine Pfeife sinken. „Du merkst, das waren genau die gleichen Worte, die Bailey erst gestern zu dir gesagt hat."

Oliver ließ sich auf einen Stuhl sinken. Plötzlich schmerzten seine Knochen und sein Gehirn. „Sie haben etwas in mir bewirkt, oder?"

„Ich muss sagen", fuhr Hews fort, „ich hätte selbst nicht gewusst, wie ich mit diesem Mann umgehen soll."

Oliver zuckte die Achseln. „Er musste begreifen, dass ich stark genug bin, um der Anführer zu sein. Das war alles."

Hews fing an, im Zimmer umherzuwandern, betrachtete träge Karten und Porträts.

„Du wirst immer mehr zu dem Jungen, den ich kannte, der immer unverschämterweise den Gugelhupf meiner Frau stahl, aber niemals etwas von meinem Geld oder meinen Wertgegenständen."

„Sie hat einen guten Gugelhupf gemacht, Gott hab sie selig."

„Ich bin nur froh zu sehen, dass du wieder zu dir kommst."

„Wie meinst du das?"

Hews lächelte und winkte ab.

Oliver nutzte den Moment der Stille, um im Geiste die Liste der Dinge, die erledigt werden mussten, durchzugehen. „Hews", sagte er. „Ich muss mehr über Aaron Bolden wissen."

Hews betrachtete eingehend ein Porträt einer besonders traurig aussehenden Frau. „Das scheint jetzt nicht so wichtig zu sein, hm?"

„Ich muss wissen, was seine besonderen Fähigkeiten sind. Ich muss wissen, was er kann."

„Finde ich nicht gut", sagte Hews, „über Tote zu sprechen, als wären sie noch hier."

Oliver konnte sich nicht überwinden zu sagen, dass Aaron eigentlich gar nicht tot war. Er zögerte so lange, dass Hews sich vom Porträt wegdrehte und eine struppige Augenbraue hochzog.

„Sieh an, sieh an", war alles, was er sagte.

Eine Minute verging, bevor Hews anfing zu sprechen. Er durchschritt den ganzen Raum, während er sprach.

„Aaron hatte eine Gabe, Bursche, anscheinend seit seiner Kindheit. Er hat nicht vielen Leuten davon erzählt, verstehst du, denn er wollte nicht des Spiritismus und so beschuldigt werden. Er sagte, er könne das innere Wesen aller Dinge sehen, egal ob Person, Tier, Gebäude oder Maschine. Ich habe nie geglaubt, es vollständig verstanden zu haben."

Oliver beugte sich vor. „Was hat er bei Whitechapel gesehen?"

„Geduld, Bursche", sagte Hews. „Aaron wurde in Manchester geboren, aber er fühlte sich immer von London angezogen, sagte er. Mit zwölf kam er hierher. Das war 1877, kurz nachdem die Kesselmänner die Mauer gebaut und die letzten Anhänger der britischen Armee verjagt hatten. Sie hatten davor acht oder neun Jahre lang gekämpft. Du hast noch nie gesehen, wie sie ihre Blitzgewehre verwenden, oder? Was sie mit einem Menschen machen können – sogar mit einem ganzen Bataillon – mit einem einzigen Schuss … solche Dinge sollten nicht erlaubt sein."

„Hewey …"

Hews kicherte. „Richtig – Aaron. Er hat Whitechapel beschrieben wie jemand anderes einen Garten oder ein Riff. Er sagte, der Atem Mama Maschines komme aus dem Schlot und von den Balken und Rohren und all den größeren Dingen, als sei es ihr Garten. Er hielt die Türme, also die Stockwerke, die Gebäude, die Straßenbahnen und so weiter für den Bereich Großväterchen Uhrs." Hews zog an seiner Pfeife, merkte, dass sie ausgegangen war und leerte die Asche in eine kleine Schüssel, die für diesen Zweck bereit stand. „Er sagte, das seien keine Territorien, wie ein Mensch sie beherrschen würde, sondern eher Körperteile und Organe. Er sah Whitechapel als zwei immense biologische Systeme, die ineinander verflochten sind."

„Nur zwei?", fragte Oliver.

Eine weitere Pause. „Mein Junge, du bist heute Morgen voll von interessanter Intelligenz, oder?"

„Hat er je von dem anderen gesprochen, dem, der in den Unterstraßen lebt?"

Hews überlegte. „Nicht, soweit ich mich erinnern kann. Allerdings schien er furchtbare Höhenangst zu haben."

Oliver seufzte. Die hatte Aaron wahrscheinlich inzwischen intensiv erlebt. Er dachte darüber nach, sich einen Drink einzuschenken, nur um etwas mit seinen Händen zu tun. Es ist zehn Uhr am Morgen, Kumpel, warnte sein Gewissen. Meinst du nicht, Tee wäre passender?

„Muss ich um Erklärung bitten, Bursche?", fragte Hews. Er kehrte zum Tisch zurück und setzte sich, während Oliver abgelenkt war.

„Es gibt einen dritten Gott in Whitechapel", sagte der.

„Das habe ich verstanden."

„Ich denke, wir können ihn vielleicht gegen Mama Maschine wenden. Ich muss nur noch einmal mit Aaron sprechen, um das zu veranlassen."

Hews grunzte. „Du solltest mit einem Gebet anfangen oder mit einer Séance."

Erbarmen. Wie sollte er Hews das erklären? Oliver strich sich das zottelige Haar aus der Stirn. „Nun ... ich nehme an, wenn du zu der Annahme neigtest, ich sei verrückt, wärst du längst zu diesem Schluss gekommen."

„Schon längst."

„Aaron lebt, Hewey. Zumindest glaube ich das. Er ist ein Gefangener oder Gast des dritten Gottes. Er ist mit ihm auf eine Weise verbunden, die ihm zumindest erlaubt, mit ihm zu sprechen, und er könnte etwas über diese Kreaturen wissen, was hilfreich ist. Er sagte, er würde Informationen sammeln.

Hews rieb seine Koteletten. „Alles klar. Lassen wir mal diesen Klopf- und Séance-Quatsch beiseite: Ich frage mich, wie man mit den, sagen wir, angeblich Toten redet."

Ein Geräusch tickte in Olivers Ohr. Kein Lärm, eher eine bedeutungsvolle Stille, die durch die Tür drang. Er richtete sich auf und drehte den Kopf. „Ich frage mich, wer da in der Diele steht und uns zuhört."

Hews fuhr auf. Beiden wendeten ihre Köpfe um.

Missy trat ein, schüchtern und reizend. „Ihr müsst entschuldigen. Ich war auf dem Weg in die Küche und fand eure Unterhaltung unwiderstehlich."

Beide Männer standen auf. Oliver bot ihr einen freien Stuhl an. „Wenn es nicht unhöflich wäre, das zu sagen, müsste ich Sie einen Naseweis nennen, Miss Plantaget."

„‚Eine Frau mit vielen Talenten' würde ausreichen, Mr. Sumner." Missy glitt mit der Anmut einer Katze auf das Polster. „Du weißt, ich habe einmal einen Mann getroffen, der Spiritist war. Er sagte, die Toten können über ein spezielles Brett mit Buchstaben darauf kommunizieren."

Hews kicherte. „Ich bezweifle, dass dieser das tun würde, Mädchen."

„Zu diesem Zeitpunkt freuen wir uns über jede Idee, denke ich", sagte Oliver.

Missy legte ihre Ellbogen vorsichtig auf die Tischplatte. Sie hatte an diesem Morgen tiefrote Handschuhe gewählt. Lustig, dass Oliver sie zuvor noch nicht bemerkt hatte.

Missy zog eine Zigarette aus der Tasche und hielt sie hoch, damit Hews sie anzünden konnte. Das tat er, und darin lag eine gewisse Wichtigtuerei. Dann wandte Missy ihre rot geschminkten Lippen und die großen, glitzernden Augen Oliver zu. „Korrigiere mich, falls das die weibliche Vereinfachung einer sicher wichtigen und komplexen Sache ist, aber könntest du nicht zu dem Ort zurückkehren, wo du den toten Mann zum ersten Mal getroffen hast?"

„Du spielst mit mir, Mädchen", dachte Oliver. „Ich frage mich, was du willst."

Er grübelte kurz. „Das wäre schwer. Ich bin nicht ganz sicher, ob ich überhaupt irgendwo war." Wieder reizte ihn der Branntwein, als die Erinnerungen an diese schrecklichen Bilder ihn erschütterten. „Ich denke nicht, dass die Toten irgendwo sein können, so wie du oder ich diesen Begriff definieren."

„Papperlapapp", murmelte Hews. „Ein Körper muss irgendwo sein. Wir müssen nur den Weg dorthin finden, das ist alles."

„Es gibt keinen Weg, auf dem man zu diesem Ort laufen könnte, Hewey."

Eine Stimme von der Tür sagte: „Es gibt einen Weg."

Sie sahen alle auf, um Phineas an der Tür vorzufinden, in seinem Ulster-Mantel versunken und unter seinem Hut versteckt.

„Entschuldigung, dass ich wie ein dahergelaufener Einbrecher gelauscht habe, Kapitän", sagte er. „Aber es gibt einen Weg, gewiss."

* * *

„Tick, tick, tick."

Unregelmäßige Schritte hallten durch den langen Gang. Rote Mosaikfenster in unbekannten geometrischen Formen durchbrachen die Wände zwischen den Bogen. Uhren aus Messing und Chrom glänzten von der Decke. Der Boden bebte vom Grollen der beständigen Eruptionen des Schlotes. Diese Dinge drangen in John Scareds Bewusstsein und verließen es wieder, während er seinem Tod entgegenging.

Jemand hatte seinen Aufenthaltsort verraten. Das war die einzige Erklärung. Irgendein unehrlicher Untergebener hatte Informationen weitergegeben und den Baron zu ihm geführt. Er fragte sich, wie viel Geld der Baron ihm geboten oder welches religiöse Geschwätz er von sich gegeben hatte.

Die Mäntel hatten plötzlich vor seiner Tür gestanden. Das konnte nicht zufällig passiert sein, denn er hatte einen völlig neuen Aufenthaltsort an der Seite des Theaters gehabt, die Gasse entlang auf der am dichtesten gedrängten und unübersichtlichsten Ebene des Commercial-Street-Turmes, keines seiner üblichen Verstecke. Sie waren einfach nach oben gekommen und hatten geklopft.

„Baron Hume, der Erste Günstling, fordert Ihre Anwesenheit, Sir."

Natürlich hatte Scared sein sympathischstes Lächeln aufgesetzt und sie darüber informiert, dass er froh war, dass sie gekommen seien und dass er sowieso in naher Zukunft vorgehabt hatte, dem Baron Bericht zu erstatten.

„Ich habe Informationen, die ihm sicherlich viel nützen werden."

Eine schnelle Zug- und Aufzugfahrt später hatten sie ihn am Eingang des sogenannten Langen Ganges abgesetzt. Die beiden Mäntel, die ihn geholt hatten, standen immer noch gleich hinter der bronzenen Eingangstür Wache. Es war nicht nötig, dass sie ihn begleiteten, denn der Gang hatte nur diesen einen Ausgang.

Er ging einen weiteren Schritt, schwer auf seinen Stock gestützt.

Was ihn beunruhigte, war, dass der Baron inzwischen seine Absichten kennen musste. Der britische Agent, den sie zwei Nächte zuvor gefangengenommen hatten, hatte sicher keine Informationen über den Schöpfer des Götter tötenden Apparats zurückhalten können. Scared musste annehmen, dass er als Gefangener hergebracht worden war; denn wenn der Baron nur Informationen gewollt hätte, hätten ihn die Kesselmänner zum Kamin geschleppt, und es wäre kein persönliches Treffen nötig gewesen.

Scared mochte keine unbekannten Variablen.

„Tick, tick."

„Hmmm, vielleicht ist das doch eine schlechte Angewohnheit, mein Liebling", dachte er.

Aber vielleicht wusste Baron Hume auch nicht, wer Scared darum gebeten hatte, die Waffe zu entwerfen und ihm dann das instinktive Wissen verliehen hatte, das zu tun. So eine Information ließ sich als Druckmittel verwenden. Er musste sie gegen freies Geleit aus dem Gang eintauschen. Wenn er erst wieder im Inneren des Schlotes wäre, stünden ihm tausend Ausgänge offen.

Der Lange Gang führte vom Schlot in die private Kapelle Baron Humes. Sowohl er als auch die Kirche selbst hingen ohne sichtbare Unterstützung in der Luft. Ein Flüchtling, der durch das bunte Glas bräche, würde nicht einmal einen Balken finden, um sich nach unten in die Freiheit zu schwingen. Wegen der Nähe zum brennenden Schlund des Schlotes würde ihn die Luft wahrscheinlich töten, bevor er es überhaupt schaffte, nach unten zu steigen.

Der Gang endete vor einer weiteren bronzenen Doppeltür, die kleiner war als die am Eingang, aber mehr Verzierungen hatte. Zahnräder und Federn jeder Form und jeder Größe bedeckten beide Türen, die sich langsam drehten. Für einen Augenblick beobachtete Scared das Muster der Bewegung, verfolgte sie von Getriebe zu Getriebe; eine Feder wickelte die andere auf, die eine dritte abwickelte und wieder aufwickelte.

Über diesen Türen tickte eine silberne Uhr in regelmäßigem Rhythmus. Von allen Uhren in Whitechapel gab diese als einzige die richtige Zeit an und nichts weiter.

Die Türen hörten auf, sich zu bewegen, und Dampf blies aus ihren Angeln, als sie sich nach außen öffneten.

„Du wirst mich da durchbringen, nicht wahr, Liebling?“, dachte er. Die Hälfte des Mannes gehört sowieso dir.

Das warme Kitzeln am oberen Ende seiner Wirbelsäule, das so lange ein Anzeichen für die Aufmerksamkeit der Mutter gewesen war, hatte in den letzten Tagen viel zu schnell nachgelassen.

Die Türen rasteten selbsttätig an der Wand ein. Mit einiger Anstrengung richtete sich Scared auf und trat einen ehrfürchtigen Schritt in die Kapelle. Jedes Mal, wenn er sie betrat, musste er staunen. Glutrotes Licht, das vom Schlot kam und durch ein riesiges bedampftes Fenster im Zenit des Kuppeldaches hereinfiel, beleuchtete den Kapellenboden. Jeder Zoll an jeder Wand, ja sogar der Kuppel war mit Uhren bedeckt, Uhren jeder Größe und Form, aus Messing, aus Eisen, Kupfer und Blech. Alle zeigten seltsame, fremde Zeitangaben, und alle tickten in ihrem eigenen Rhythmus. Tausendfaches Ticken. So viel Ticken, dass sich alle Uhren zusammen anhörten wie das Meer oder ein kraftvoller Wind, der in den Ohren toste.

Großväterchen Uhrs Gesichter.

Der Baron wartete unterhalb der großen Quarzuhr, die wie ein Kreuz im hintersten Teil des Raumes hing, mit seidenem Zylinder und einem unter den Arm geklemmten Stock.

Scared zog den Hut. „Sir.“

Baron Hume hob seinen Kopf und sah ehrfürchtig die Quarzuhr an. Alle menschlichen Gesichtszüge, die er einst besessen haben mochte, waren schon lange verschwunden: Seine Haut war aus Messing, und sein einziges erkennbares Merkmal waren seine ausdruckslosen Augen.

„Jonathan Augustus Scared“, sagte er.

Scared wartete, versuchte, etwas in Haltung und Bewegungen des Barons hineinzulesen. Hume war wegen der zwei Intelligenzen, die in seinem physischen Körper wohnten, schwer zu durchschauen. Er schien mehr und mehr Angewohnheiten der Uhr angenommen zu haben, so dass seine Bewegungen wirkten wie das Drehen eines Getriebes und keine Informationen lieferte.

An diesem Tag jedoch hingen Humes Schultern leicht herunter.

Der Baron drehte sich elegant auf seinen glänzenden Flügelspitzen.

„Auf der einen Seite sind Grenzen, auf der anderen Schöpfungen. Wenn eines endet, muss das andere über den Punkt des Stillstands hinauswachsen. Das Ende des einen ist das Ende des anderen, aber man fragt sich, wo dieses Ende sich befindet."

He, begriff Scared. Er braucht eigentlich meine Hilfe, Liebling. Was für ein Spaß.

Messingaugen, durch das Licht purpurrot gefärbt, betrachteten ihn. Der Baron trug einen Frack, tadellose Hosen und darunter ein frisches, glänzendes Smokinghemd. Seltsam, wie er sich immer aus Prinzip wie der Mann kleidete, der er einmal gewesen war.

„Das Ende der Ordnung ohne das Wachstum des Chaos, versiegelt in den Chiffren aus Kratzern in der Rinde von Bäumen. Wo ist das, was nicht länger dein ist?"

Er wusste es. Wie erwartet. „Ich muss es noch finden, Sir. Wenn ich es gefunden habe, werde ich Sie benachrichtigen."

Der schwarze Kopf des Barons, dem jegliche Gesichtszüge fehlten, neigte sich leicht. „Die, die die Prophezeiung erfüllen, sind Männer, die auf zwei Beinen gehen. Diese Kreaturen der großen Worte und gebrechlichen Körper sägen am Stamm dessen, was kommen muss. Verstecken sie sich in ihrer eigenen Haut und widerstehen der Harmonie?"

„Die Briten sind zum größten Teil ausgelöscht, dank der Goldenen", sagte Scared. „Ich lasse meine Jungs auf den Rest aufpassen. Keine Sorge. Ich habe sie in der Hand."

„Eine Hand an der Säge bewegt sich. Ist die Säge böse, wenn sie am Hals liegt, aber harmlos, wenn sie am Stamm liegt? Wer kann hassen, was von einer anderen Hand bewegt wird?"

Scareds Augen wurden schmal. „Worauf wollen Sie hinaus, Sir?"

„Du bist ein Werkzeug, Jonathan Augustus Scared. Du bist die Säge, die im Verstreuen von Sägemehl schwelgt und sich für mächtig hält.“

„Bist das du, die da spricht, Liebling? Hehe. Du weißt wirklich nichts über mich“, dachte Scared.

„Ich lebe, um zu dienen, Sir. Wirklich.“

„Ein Hund, der vor seinem Herrn herläuft, kann immer noch keinen Stock schwingen. Darauf kann er stolz sein, aber auf mehr nicht.“

Ich weiß schon, in welche Schublade du mich steckst, meine Liebe.

Der Baron fuhr fort: „Schöpfung ohne Grenzen ist Chaos. Ein Hof ohne Zaun ist eine Ebene. Ein Meer ohne Ufer ist ein Ort, an dem Menschen ertrinken.“

Eine lange Pause folgte, so lang, dass Scared beinahe gegangen wäre. Dann sprach Hume wieder, mit einer sanfteren und menschlicheren Stimme.

„Warum?“

In der Frage klang echter Schmerz mit. Sprach da nun der Mensch und nicht die Doppelzunge der Götter?

„Können Sie das genauer sagen, Sir?“

Eine weitere lange Pause, als klemme bei einer Maschine ein Zahnrad, das sich erst schleifend löste. Als die Worte schließlich kamen, erklangen sie im Rhythmus eines Uhrwerks, mit Lücken und Rucken, als würge Hume sie hervor.

„Bruder tötet – Bruder eine Pflanze – hasst die – Sonne warum – klingt eine Harfe – misstönend wenn – die Musik – so schön ist?“

Scared lachte tatsächlich. Er krächzte, seine Stimme klang unter der harten Oberfläche hervor, mischte sich mit dem Ticken, spielte mit dem Licht.

„Sie verstehen es nicht, oder, Hume?“, sagte er. „Sie können es nicht begreifen. Unter all den Zahnrädern und Kolben sind Sie immer noch derselbe einfältige Baumeister, der es nie schaffte, seine Gebäude zum Stehen zu bringen.“

Der Baron starrte ihn mit den Augen einer Statue an.

„Sie hasst ihn, Hume. Sie hasst ihn, weil sie ihn liebt und sie liebt ihn, weil er sie kein bisschen beachtet. Es ist alles Wahnsinn. Manie und Melancholie überall. Ihre Götter sind verrückt, Baron."

Der Baron setzte seinen Zylinder wieder auf. Das weiße Hutband glänzte wie Sonnenlicht auf Wasser.

„Ja, ich habe es gesagt, meine Süße", dachte Scared. „Ich habe es ihm und dir direkt ins Gesicht gesagt, und doch wird er mich dafür nicht töten, weil es die Wahrheit der Götter ist."

Es war etwas Menschliches in der Weise, wie Hume sich umdrehte, um seine Kirche der gemessenen Zeit eingehend zu betrachten.

Scared nahm es als den Hinweis, gehen zu können. Er setzte seinen Stock absichtlich gegen den Rhythmus der Kakophonie um ihn herum auf den Boden auf.

„Ja, Hume", dachte er, „probier mal, ob du in dieser tickenden Monstrosität deine Antwort findest."

Wunderbar! Der willensschwache Mann, der die *Summa Machina* geschrieben hatte, war immer noch in diesem mechanischen Körper begraben und erinnerte sich noch an die erfolglosen Tage seiner eigenen Vernunft. Damals hatte der Baron die Absurdität des Herrn und der Dame erkannt: ein teuflisches Paar, dessen Verbindung mit Scheiße und Ketten gesegnet war. Scared hatte ihn lediglich daran erinnert.

Scared hatte ihn durchschaut. Der Mensch in Hume hatte sich geregt und wieder zu denken und zu fühlen begonnen. Umso besser, wenn seine Zweifel ihn vom Handeln abhielten. Dadurch konnte Jonathan Augustus Scared mehr von der Stadt übernehmen.

„Oh, meine Süße", dachte er. „Nicht einmal dein adoptierter Sohn kann dich retten."

Die bronzenen Türen schlossen sich zischend, und Scared tänzelte förmlich den langen Gang entlang.

Das zweite Prinzip der Maschine ist Harmonie. Das ist der Kern der Weisheit der Maschine: dass Komponenten nicht anders können, als zusammen den edlen Zweck der Maschine zu erfüllen. In dieser Harmonie wird die Vollendung dieses Zwecks möglich, die Maschine wird alle ihre Mittel der Förderung der Harmonie und dem Herausschneiden derjenigen Elemente, die sie ins Chaos ziehen würden, widmen.

– IV. iii

KAPITEL 13

Gisella hatte nie gelacht, warum also hörte Missy Gelächter? Es hatte den ganzen Tag in ihrem Kopf gehallt, und eine raue Stimme flüsterte ihr von jeder reflektierenden Oberfläche zu.

„Zerplatzen“, glaube ich, sagt man. In ein paar Sekunden wirst du sogar aufhören zu träumen, Liebling. Du wirst nur für meine Stimme leben und alles tun, was ich von dir will.

Missy lächelte noch immer, sie hatte ihre Lippen mit Rote-Beete-Saft eingerieben, um sie rot zu färben. Sie trug rote Handschuhe und hatte einen roten Schal um den Hals gewickelt. Hatte sie sich am Morgen selbst angezogen? Sie konnte sich so schwer erinnern.

„Sie dürfen sich uns gern anschließen, Miss Plantaget.“

Missy setzte sich in Bewegung. Hews bot ihr eine Hand, um ihr aus dem Sessel zu helfen.

„Oh. Natürlich, gerne doch.“

Sie nahm die ausgestreckte Hand des Mannes und stand auf. Hews lächelte sie an und ging zu Phin und Oliver in die Diele. In dem Augenblick, in dem er ihr den Rücken zudrehte, legte sie ihre Finger auf die Schläfen und massierte sie, um den Nebel in ihrem Kopf loszuwerden.

„Schließ die Tür, sei so gut", sagte Phineas. Hews schloss leise die Tür, sobald Missy eingetreten war. Der Geruch nach Staub und abgebrannter Kerzen kam ihr entgegen, zusammen mit dem schwachen Duft des Körpers eines Mannes, der nicht verdeckt wurde von Puder oder Parfum.

„Dein Gesicht ist peinlich ernst, Phineas", sagte Missy.

„Habe nicht gesagt, dass es einfach oder sicher wird, oder?" Phin zog seine Krempe nach unten, sogar weit über die Nase. Die einzelne Öllampe in der Ecke zeigte nur die Falten an seinem Kinn und Hals.

Phin griff tief in seinen Mantel und holte eine Schachtel aus hellem Holz hervor, nicht länger als sein krummer Zeigefinger und mit roten Mustern bemalt, in die orientalische Symbole geschnitzt waren.

Sie richtete ihre Aufmerksamkeit auf Oliver, denn sie hatte das vage Gefühl, sie sollte ihn beobachten.

Oliver streckte die Hand nach der Schachtel aus, und Phineas legte sie ihm in die Handfläche. Phineas' Hand zitterte, als er sie losließ, und er zog sie zurück wie vor einer eingerollten Schlange.

„Was ist das, Phin?", fragte Oliver.

Der alte Seemann schauderte, als er Luft holte, um zu sprechen.

„Die Chinesen nennen es Mei Kuan. Heißt ‚das Auge beglücken', so wurde es mir erklärt."

Sie sammelten sich um Oliver, der den Verschluss der scharlachroten Kette öffnete, die die Schachtel verschlossen hielt. Missy hätte schwören können, dass eine Hitze von Oliver ausging, die bei Weitem intensiver war als gewöhnliche Körperwärme.

Habe keine Angst vor deiner eigenen Hitze, wenn sie dich überkommt, sagte Gisella. Ermutige deinen Verstand, den Atem zu beschleunigen und das Gesicht zu röten, denn beides wird für deinen Kunden besonders erregend sein.

Oliver öffnete die Schachtel mit einem Finger. Darin lag eingebettet in einem Bausch ungesponnener Baumwolle ein Fläschchen aus blauem Glas. Ein Glaskorken, den Kupferbänder an seinem Platz hielten, verschloss es. Es konnte nicht mehr als ein Fingerhut voll darin sein.

Hews räusperte sich. „Wie kann das uns irgendwo hinbringen, Phineas?"

Phineas hatte sich weggedreht und sah nun in die dunkelste Ecke des Raumes. „Bringt dich nirgends hin. Macht den Geist frei. Lässt den Atem nach draußen. Du wirst auf dem Bett liegen, ohne zu atmen, ohne Herzschlag." Phin sah über seine Schulter. Das Lampenlicht ließ seine Augen wie elektrisch glänzen. „Ach, die Orte, zu denen ein Körper gehen kann, Kapitän! Die Dinge, die ein Körper sehen kann!"

Daraufhin schaute Hews finster drein. „Papperlapapp. Opiumsüchtige sagen dasselbe, die bedauernswerten Kreaturen."

Phin beäugte ihn über den Rand seines Kragens hinweg.

„Das ist kein Opium, meine Herren", sagte er. Ein abscheuliches Lächeln kroch über sein Gargylengesicht. „Das ist die Himmelspforte in einer Flasche. Du wirst größer sein als die Welt, Käpt'n. Sie sagen, es verwandelt einen Menschen in einen Gott, wenn es ihn nicht vorher tötet."

Sie alle starrten die Flasche an. Schließlich sprach Missy, nur um die Stille zu beenden.

„Nun, ich für meinen Teil bin fasziniert. Sollen wir es probieren?"

Hews schnaubte und ging zur Tür. „Ich werde bei dieser Dummheit nicht mitmachen."

Oliver holte die Flasche vorsichtig mit zwei Fingern heraus. „Niemand von euch wird es probieren. Halt die Stellung, Hews.

Finde mir den Eingang zum Schlot und halte den Deutschen unter Kontrolle. Wir werden fertig sein, wenn du fertig bist."

Hews biss die Zähne zusammen, nickte und ging. Die Tür schlug hinter ihm zu.

Oliver gab Phin die Flasche. „Wie wirkt es?"

Phin zuckte zurück. „Verdammt! Weg damit! Führe mich nicht … in Versuchung."

Oliver legte die Finger um die Flasche. Phineas entspannte sich sichtbar, als es aus seinem Sichtfeld verschwand.

Der alte Seemann atmete aus. „Es ist nur … man kann schreckliche Dinge sehen und wundersame. Ich habe nie gelernt, mich selbst zu schützen. Man muss so vorsichtig sein." Er rieb mit zitternden Händen über sein Gesicht, das plötzlich von Schweiß glänzte. „Ich habe einem Chinesen einen Gefallen getan – welchen, werde ich nicht sagen –, als ich dort war. Sie ließen mich nur mal riechen, nur riechen. Ich schwöre, ich sah … ich sah …"

Missy schauderte bei den nächsten Worten des alten Seemanns.

„Gott." Phineas schluckte schwer und hörbar. „Habe zwanzig Jahre damit verbracht, in diesem Raum zu sitzen und all meinen Mut zusammengenommen, es zu trinken. Ich werde es nicht mehr tun – kann nicht –, aber ich könnte mich auch niemals davon trennen."

Phin holte Atem. Er ballte die Fäuste und steckte sie in die Taschen, offensichtlich hatte er genug gesagt.

Oliver drehte die Flasche in seiner Hand. Die Flüssigkeit fing mit dem üppigen Glanz von Alkohol das Licht ein.

Ich soll Oliver beobachten, erinnerte sich Missy. Jemand hat mir das befohlen. Ein Mann …

Das teuflische Grinsen und die gebleckten Zähne tauchten wieder in ihrem Gedächtnis auf.

„Nein. Tue ich nicht …", kam es von ihren Lippen.

Die Stimme des Mannes: Du wirst dich an nichts erinnern, Kleines. Nein, kein bisschen, bis ich es dir befehle.

Oliver und Phineas starrten sie an.

Sie räusperte sich und setzte ein breites Lächeln auf.

„Verzeiht mir bitte. Ich habe nicht … nun, kümmert euch nicht um mich. Sollen wir?"

Oliver legte sich aufs Bett, und Missy setzte sich auf einen zerbrechlichen Weidenstuhl daneben.

Phineas stand am Ausgang, versunken in seiner zerknitterten Kleidung, seine schwieligen Hände griffen nach der Klinke. „Missy, du nimmst die Flasche. Du ziehst den Korken heraus und hältst ihn dem Käpt'n unter die Nase, ja? Ollie, du schnüffelst daran. Denk daran, nur einmal schnüffeln. Wie eine Prise Schnupftabak." Er schauderte. „Wage es nicht, es zu trinken! Nicht einen Tropfen."

„Ich werde vorsichtig sein, Phin. Geh du nur zurück auf deinen Posten", sagte Oliver, während er Missy die Flache reichte.

„Nicht einen verdammten Tropfen, hörst du?" Phin zögerte, knetete seine Hände. „Ein verdammter Tropfen – sieh, was er mir angetan hat."

Dann ging er und schloss die Tür hinter sich.

Oliver sah mit diesem besorgten, einladenden Blick zu ihr hoch, der sie so enttäuschte. Sie kam ihm zuvor, bevor er anfangen konnte zu sprechen: „Wie unpassend, wir zwei allein eingesperrt in einem Raum."

Oliver nahm ihre Hand. Obwohl es nur eine leichte Berührung war, drang ihre Wärme doch in Missys Körper ein. Ihr Inneres begann zu zittern.

Dein Kunde will dich möglicherweise umwerben, hörte sie Gisellas Stimme in ihrem Kopf, wie er es bei einer anständigen Dame tun würde, oder er will sofortige Befriedigung. Er wird das durch Gesten und Worte deutlich machen. Mit der Zeit wirst du diese Hinweise so klar wie Buchstaben lesen lernen und wissen, wie du ihnen Folge leistest.

Sie konnte ihre Hand nicht zurückziehen.

„Wenn etwas nicht in Ordnung ist, Michelle, sag es mir einfach", sagte er. „Niemand wird deshalb schlecht von dir denken."

„Ollie, ich kann es nicht sagen. Ich kann nicht. Ich bin nicht … bitte, frag mich nicht … niemals …“ Sie brach ab, und setzte wieder ihre zornige Maske auf. „Nun, genug von weiblichen Stimmungsschwankungen, sage ich. Sollen wir weitermachen?“ Sie hielt die Flasche hoch.

Oliver ließ ihre Hand nicht los. „Wenn ich es kann und du es willst, Michelle. Ich werde auf dich aufpassen.“

Eine Pause. Dann: „Ich weiß das zu schätzen, wirklich, Oliver. Aber wir sind nicht hier, um Freundlichkeiten auszutauschen, oder?“

Sie entzog ihm die Hand. Die Hitze der Berührung ebbte ab.

Er setzte sich wieder zurück auf das Bett, beäugte sie neugierig und nickte.

Sie nahm den Stopfen von der Flasche und hielt sie ihm unter die Nase. Er schnüffelte ruhig daran und sie zog sie schnell zurück und verschloss sie.

Oliver fielen die Augen zu.

„Oliver, sei vorsichtig“, dachte Missy.

„Oliver, sei vorsichtig“, sagte sie.

Er nickte und wurde dann ganz ruhig.

Missy starrte ihn einige lange Minuten an, umschlang dann mit ihren Fingern die seinen. Nichts bewegte sich in dem kleinen Raum.

* * *

Er glitt vom Wachen in den Schlaf und dann in etwas anderes.

Er war acht Jahre alt. Er war von Hews' Fabrik weggerannt, wo er unter den Schmelztiegeln geschlafen hatte, die in der Nacht lange warm hielten. Er nahm den Lift nach unten in die Schattenseite und jagte durch Straßen und Gassen. Die Landstreicher beäugten ihn, die Verkäufer brachten ihre Waren vor ihm in Sicherheit, und die gewöhnlichen Leute stießen ihn mit einem Fluch aus dem Weg.

Hinter einer Bäckerei in der Eighth Row machte er sich sein Bett. Er roch den Duft des Brotes und stellte sich vor, wie er es probierte, und legte sich am Rand der Schattenseite hin, nichts als Luft und Rauch unter ihm. Er würde das Brot mit Butter bestreichen, entschied er, und er hätte Himbeermarmelade dazu und ein Glas Milch von einer echten Kuh, und es würde sich alles in seinem Mund vermengen und in den Löchern, die seine Milchzähne hinterlassen hatten, hängenbleiben, und er würde es mit seiner Zunge wieder hervorholen und noch einmal kauen, bis es sich in seinem Speichel auflöste und seinen Hals hinunterglitt wie Sirup.

Er musste eingeschlafen sein. Ein Tritt gegen sein Schulterblatt weckte ihn, ein weiterer gegen seine Hüfte rollte ihn zur Seite. Dann besiegte ihn die Schwerkraft.

Er fiel, ließ seinen Körper zurück. Der Wind pfiff durch sein Haar und über sein Gesicht. Asche berührte seine Wimpern und kitzelte seinen Nacken und seine Zehen.

Sherwood war über ihm. Sherwood war unter ihm.

Wo hielt er an, als das Fallen zur Stille wurde und die rasende Luft zu Schweigen?

Oliver öffnete die Augen.

Unter ihm, über ihm, ringsum erstreckte sich eine Endlosigkeit aus Licht und Dunkel. Die strudelnden Formen massiver Ketten schlängelten sich zwischen dem Funkeln und Flackern von Ofenfeuer hindurch. Funken tanzten in der Luft umher wie Leuchtkäfer, verfolgten formlose Kreaturen aus geschmolzenem Glas. Seine Augen passten sich langsam an, als käme er aus dem Licht ins Dunkel, und der Himmel zeigte die Farben des Feuers, Blutrot und Orange.

Die Landschaft war nicht formlos. Aus dem Netz aus Ketten und Feuer wuchsen gewaltige, geometrische Gebäude aus kupferfarbenem Glas, mit Kanten scharf wie Rasierklingen. Seidenfeine Fäden aus Messing und Silber verbanden sie. Zahnräder und Federn drehten sich ohne erkennbaren Grund an ihrer äußeren Oberfläche. Oliver erkannte sie: Shadwell, Stepneyside, Cathedral und andere nahezu vollkommene Gebilde. Wo der Schlot sein sollte, stand ein Turm aus ineinandergreifenden, mechanischen

Armen, die in rotem Licht pulsierten. Schwefeldämpfe wogten hervor wie Vorhänge, die im Wind wehten, und überall erklang das Klappern von Maschinen und das Brausen der Öfen.

„So sehe ich es immer."

Aaron saß neben ihm auf einem Stahlbalken, der mit nichts verbunden war. Er hatte die Knie zur Brust hochgezogen, und sein Mantel mit den vielen Taschen hing herab. Wie im Traum schienen sich seine Gesichtszüge zu bewegen, als sähe man sie durch Wasser hindurch, nur seine Augen waren fest, ein unnatürliches Blau, das Olivers Blick folgte.

„Wo sind wir?"

Aaron spielte eine Weile mit seinen Fingern. „Die Dinge haben eine weitere Seite. Hier findet man die Idee eine Ortes, seine Geister und Träume. Manchester ist aus Weidenrinde und Wolle erbaut, und Baumwolle regnet vom Himmel."

„Whitechapel ist es nicht so gut ergangen, würde ich sagen."

„All seine Träume hier sind tot, so sicher, wie der Rauch Nacht und Tag getötet hat", sagte Aaron. „Jetzt gibt es nur noch die drei und die kleinen Parasiten, die dort drinnen leben." Er zeigte auf die Glasklümpchen.

„Ja, und uns."

„Wir sind nicht wirklich hier, wie ein Mensch hier sein sollte. Wir haben keine Geschichte mehr und keine Vorstellung von uns selbst."

Oliver sah ihn finster an. „Erinnere mich daran, mit dir zu reden, wann immer mir nach Schwermut und Pessimismus ist."

Aaron lachte. „Ich bin doch tot."

„Nicht von hier aus, wo ich sitze."

Oliver versuchte, sich neben dem seltsamen, toten Mann niederzulassen, aber merkte, dass er keine Beine hatte, um sich zu bewegen, und keinen Hintern, auf den er sich setzen konnte.

„Aaron, ich bin hier, weil ich deine Hilfe brauche."

„Was ist mit Bailey passiert? Ich habe gehört, wie du über ihn gesprochen hast."

„Er ist tot. Tut mir leid, dass ich dir diese Nachricht überbringen muss."

Aaron schüttelte den Kopf. „Ist er nicht."

„Die Kesselmänner haben ihn niedergeschossen, Aaron."

„Seit wann tötet das denn irgendwen in Whitechapel?"

„Was meinst du damit?"

„Ich hörte, wie die Glocken ihn zum Schweigen brachten. Er schrie nach Gott, als Großväterchen Uhr ihn bezwang."

„Du meinst, er ist im Schlot?"

Aaron nickte. „Ich habe ihn gehört. Das Geräusch klang bis hierher."

Oliver fühlte, wie sein Herz einen Schlag aussetzte, er nahm es wahr wie eine weit entfernte Trommel. Die Mannschaft war nicht sicher. Verdammt, Bailey wusste, wo Sherwood war!

„Das begrenzt meine Zeit hier, Aaron. Ich werde so schnell wie möglich zurückkehren müssen. Aber ich muss zuerst ein paar Dinge wissen."

Aarons Nicken bedeutete ihm fortzufahren.

„Scared hat eine Methode entdeckt, um Großväterchen Uhr zu töten. Wie können wir Mama Maschine und den anderen töten?" Er hatte keinen Finger, mit dem er auf etwas hätte zeigen können, aber Aaron folgte seinem Blick in die Tiefen der Stadt. In den Schatten aus Asche und Rauch bewegte sich unruhig ein See von blassem Schlamm, der im roten Licht funkelte.

Er überlegte einen Moment. „Meine Nachforschungen schienen immer auf die Inszenierung eines Ereignisses im selben Medium wie die Götter hinzudeuten. Es ist mir nie gelungen herauszufinden, in welchem Medium sie hausten. Sicher sind sie nicht stofflich, aber sind sie geistig, spektral oder ätherisch? Ich konnte das nie feststellen."

„Scared muss es herausgefunden haben."

„Mama Maschine hat ihm gesagt, wo er suchen muss", sagte Aaron, „und Scared muss eine Möglichkeit gefunden haben, Großväterchen Uhr das Gift einzuflößen. Falls er die nötige Wirkung entdeckt hat, dann könnten wir einfach … aber ich müsste es sehen …"

Aaron war kreidebleich. Sein Gesicht wurde vor Olivers Augen dünner, seine Haut blasser, seine Augen sanken tief in die Höhlen. Für einen Moment sah es so aus, als würde er sich in sich zurückziehen und zu Staub zerfallen. Dann kniff er die blauen Augen zusammen, atmete und schlang seine Arme um sich. Danach sah er wieder gesund aus.

„Aaron?"

„Ich werde mir Mama Maschine von Nahem anschauen müssen."

„‚Du' heißt ‚Jeremy'?"

Aaron nickte.

„Ich kenne einen Weg."

Aarons Finger begannen wieder ihr nervöses Spiel. „Sei vorsichtig, wie du mit mir umgehst. Der dritte Gott ist ein Teil von mir. Ich spüre ihn immer in meinem Verstand. Ich … habe ihm wohl meine Seele verkauft."

Oliver hatte keine Hände, um den Mann zu umarmen, kein Lächeln, um ihn zu beruhigen.

„Du musst stark bleiben, Mann. Du hast denselben Eid geschworen wie ich, als Bailey dich rekrutiert hat, nehme ich an. Du hältst daran fest."

Das munterte ihn etwas auf. „Bis ich vor der Himmelspforte stehe, nehme ich an. Königin und Vaterland und alles."

„Guter Mann. Ich bin froh, dich in meiner Mannschaft zu haben, Aaron."

Aaron lachte. „Degradiert! Seit drei Tagen habe ich eine eigene Mannschaft."

Die Mannschaft! Oliver sah auf. *Ah … Kamerad … wie komme ich zurück?*

„Denk einfach daran", sagte er.

Ehe Oliver nach der Bedeutung dieses Ratschlags fragen konnte, hatte er ihn schon befolgt. Die Stadt stürzte unter ihm in fantastischer Geschwindigkeit in sich zusammen, zerstreute sich wie vom Winde verwehte Blätter. Nur Mama Maschines Turm der Arme blieb übrig, und auch er nur für einen Moment.

Er durchbrach den roten Himmel und wachte hinter der Bäckerei auf und fand eine mit Butter bestrichene Brotkante neben seiner rechten Hand auf dem Beton.

Er erwachte unter holprigem Gerüttel noch einmal.

Phin brüllte: „Nicht – verdammt – das funktioniert verdammt noch mal nicht, Ami."

Hecklers dünnes Gesicht und sein Oberlippenbart troffen vor Schweiß: „Sir!"

Oliver versuchte, ihn wegzustoßen, aber seine Kraft ließ nach, und sein Arm fiel herunter. Er versuchte zu sprechen, und die Worte kamen lallend und nutzlos aus seinem Mund.

„Bring ihm den Tee, Frau!"

Phin zog Heckler zurück. Missy tauchte an Olivers Seite auf, hob seinen Kopf und goss warmen, bitteren Tee zwischen seine Lippen.

„Was?", brachte er heraus, wobei er Tee auf sein Kinn spuckte.

Heckler ballte die Fäuste und öffnete sie wieder.

„Sie sind hier, Sir", sagte er. Seine Augen zitterten in den Höhlen. „Die Mäntel, Sir. Dutzende von ihnen, und die gesamte Nachbarschaft hinter ihnen."

Phin spuckte auf den Boden. „Käpt'n, 1812 passiert gerade wieder."

„Oh, nicht noch mal", kam es Oliver über die Lippen. Bilder vom Aufstand fluteten sein Gehirn: Feuer, das bis zum oberen Concourse reichte, Leichen in der Gosse und auf den Straßen, Gewehrfeuer und die heiße Enge der Tunnel, die sie gebaut hatten, worin Oliver und seine Männer endlose Stunden gesessen und gehört hatten, wie Freunde und Familien und Nachbarn schrien, weinten und schließlich still wurden. Nicht noch mal. Nicht meinetwegen.

Er sah den anderen in die ängstlichen, angespannten Augen. Sie warteten darauf, dass er etwas sagte.

Missys Finger wischte ihm einen Tropfen Tee von den Lippen.

„Sie brauchen dich", sagte sie.

Er reichte ihr einen Arm. „Hilf mir auf."

*   *   *

Westerton war sich nicht zu schade, Freude an seiner Arbeit zu empfinden. Diese wohlhabenden Idioten in den Hauptquartieren schienen über alles, was nicht grimmige, freudlose Disziplin war, die Stirn zu runzeln. Sie sagten, das sei der Weg Großväterchen Uhrs, Effizienz über Emotion. Westerton war anderer Meinung. Der Weg Großväterchen Uhrs war, dass alle Teile zu einem bestimmten Zweck zusammenarbeiten mussten. Jeder Teil hatte eine Funktion, und kein Teil – und schon gar nicht diese steifen Kauze im Schlot – konnte seine Funktion einem anderen aufbürden.

Wenn ich das Sagen habe, werde ich sie verjagen und zu verdammten Katholiken machen.

Sie sagten ihm, sein Verständnis würde wachsen wie seine Messingknochen und Kupfernerven. Er sagte ihnen, er sei, wie er ist, weil der Herr ihn so wollte. Immerhin besaßen sie die Intelligenz, ihn den Angriff leiten zu lassen – es gab keinen besseren Mann für diesen Rachefeldzug als Marcus Westerton.

„Ihr könnt nicht fliehen, ihr Lumpen!", schrie er. „Ich habe jeden Ausgang blockiert. Jedes Fenster bewacht ein Mann. Kommt jetzt raus, oder ich werde meinen Männern befehlen, die Tür wegzusprengen und jeden einzelnen von euch zu töten."

Seine Stimme erklang zufrieden in der Höhle unter dem Shadwell Concourse. Wenn er für diese Gelegenheit nur etwas Spektakuläres anzuziehen hätte. Seine beiden besten Anzüge hatten diese miesen Briten ruiniert, sie hatten ihm nur einen alten, an den Manschetten von Motten zerfressenen Tweed-Gehrock und Hosen ohne ordentlich umgenähten Saum gelassen. Sie hatten außerdem seinen Hut mit so viel von seinem eigenen Blut beschmutzt, dass er niemals wieder sauber werden würde.

Ah, da war der Zorn wieder. Gut.

Der Mann neben ihm – Westerton hatte sich nicht darum gekümmert, seinen Namen zu erfahren; er war ein unflätiger Flegel – zeigte mit dem Gewehr auf das obere Stockwerk.

„Jemand am Fenster."

Westerton folgte seinem Blick.

„Nun, dann erschieß ihn, verdammt", befahl Westerton. „Zeig ihm, dass wir es ernst meinen."

Der Mann legte sein Gewehr auf die Schulter und gab einen gekonnten Schuss ab, der durch das Glas ging und die Vorhänge zur Seite wehte.

„Ha", brüllte Westerton. „Das ist ein Beweis für die Gerechtigkeit des Herrn!"

„Hab ihn nich' erwischt", sagte der Mann und setzte sein Gewehr ab.

Westerton drehte sich zu ihm um. „Dummkopf! Das nächste Mal mache ich es selbst." Er zog seine Waffe. Die paar Stunden in dieser widerlichen, ätzenden Luft der Unterstraßen hatten sein perfektes Aussehen ruiniert.

In Gottes Namen, was für ein Horror. Die Unterstraßen waren schlimmer als alles, wovon er bisher gehört hatte: die Luft, der Gestank, die Dunkelheit und diese abscheulichen mutierten Viecher, die hier herumirrten. Der Sturz hatte seinen Anzug, seine Taschenuhr und einen großen Teil seiner Haut zerstört. Nur der Glaube und seine Gebete, dass der Herr ihn wieder in die Harmonie zurückführen würde, hatten ihn am Leben erhalten, und seine Gebet waren erhöht worden. Zorn und Hingabe hatten Westerton dazu angetrieben, schnell und unermüdlich in das Reich des Herrn zurück zu klettern.

Nun war die Rache nur noch zehn Schritte entfernt.

„Kommt raus, ihr Bastarde!" Er entlud seine Waffe in die Eingangstür des Mietshauses, stanzte ein Loch hinein und hätte sie fast in der Mitte gespalten. „Ich werde eure Köpfe mit meinen bloßen Händen zerquetschen."

War das nicht ein Schlachtruf? War das nicht ein fabelhafter Wink an seine Horde von Unmenschen, sich darauf zu freuen, was gleich kommen würde?

Er drehte sich zu dem Grobian an seiner Seite um. „Was ist mit deinen Männern los? Gefällt es ihnen nicht, den Willen des Herrn zu tun?"

Der Mann biss die bestialischen Kiefer zusammen. „Die Leute, sie werfen einander seltsame Blicke zu."

Westerton drehte sich um und betrachtete die riesige Menge an Kerlen aus dem Shadwell, die sich zum Gaffen versammelt hatten.

„Was, diese Bettler?", sagte Westerton. „Achte nicht auf sie."

„Sir, die sin' böse auf uns. Manche haben sich bewaffnet."

Westerton blinzelte in ihre Richtung. (Verflucht sei diese höllische Dunkelheit!) Sie hatten etwas Durchtriebenes an sich, ein Glanz in ihren Augen wie hungrige Hunde. Einige hatten in der Tat Waffen – Schlachtermesser, Brechstangen, Rohre. Niemand von ihnen hatte so etwas wie eine Pistole.

„Achtet nicht auf sie, sagte ich", befahl Westerton. „Die denken, sie können uns mit kleinen Stückchen Stahl schlagen. Lass sie es versuchen."

Westerton wirbelte wieder zum Haus herum. „Ich zähle bis zehn, Rebellen! Dann machen wir Siebe aus euch."

* * *

„Der hat ja Nerven", grollte Phineas.

Oliver lehnte sich schwer gegen Missys Schulter, um sich zu stützen. Der Trank hatte beinahe alle Kraft aus seinen Muskeln gezehrt.

„Bergen, was sehen Sie?", rief er.

Der Deutsche rief vom Zwischengeschoss herunter: „Drei Dutzend. Alle bewaffnet. Harte Männer. Es wird nicht möglich sein zu verhandeln."

„Nicht mit diesem Dandy", sagte Hews. „Großmäuliger Angeber. Wie oft haben wir den jetzt schon getötet?"

Bergens Fenster explodierte. Der Deutsche drückte sich gegen die Wand.

„Sind Sie getroffen?“, rief Hews.

„Nein“, sagte Bergen. „Aber ein großartiger Schuss.“

„Bergen, sind Sie fit genug, um Ihre Kanone abzufeuern?“

Ein wilder Glanz trat in die Augen des Mannes. Er rannte los, um sie zu holen.

„Heckler, nimm diesen Posten ein. Hews, zum anderen Fenster. Lasst euch nicht entdecken.“

Die beiden Männer rannten wortlos zu ihren Posten.

Phineas kauerte sich zitternd auf den Boden, die Hände auf die Ohren gepresst.

„Es wird sicherlich noch lauter werden“, dachte Oliver.

Er drehte sich zu Missy um und sah, wie sie ihn mit einem Feuer in den Augen anstarrte, mit zusammengebissenen Zähnen. Ihre Augen waren von einem perlmuttglänzenden, beinahe opalisierenden Blau und vollkommen ohne Angst.

„Michelle“, sagte er. „Bring Phineas und den Doktor in den Tunnel.“

„Oh? Ich soll also wegrennen und das Töten und Sterben den Männern überlassen, ja?“

„Bei der Liebe Gottes, Frau, nicht jetzt! Ich brauche Schützen, Missy. Kein Lächeln und kein Stolzieren wird uns jetzt helfen können.“

„Du undankbares Schwein!“

„Dies ist keine Debatte“, sagte Oliver. „Beweg dich, oder wir werden uns streiten müssen.“

Missy schnaubte. „Ich denke eigentlich, wir streiten uns schon.“

Die Tür explodierte. Einen Augenblick später folgte ein Teil der Treppe. Einer von ihnen oder beide schrien, zusammen hechteten sie in die Seitendiele und landeten als Haufen verknäulter Arme und Beine.

Oliver hustete, als Staub und Holzspäne durch die Luft wirbelten. „Du bist in Ordnung?“, fragte er.

„Ein Ausbund von Gesundheit", blaffte Missy.

Tommy und Dr. Chestle tauchten aus dem Gewölbe im Flur auf.

„Ho, ho!", sagte Tom, der seinen Bauch mit einem Arm umklammerte. „Dies ist jetzt kaum der richtige Zeitpunkt dafür, ihr Vögelchen."

Missy wälzte sich zur Seite und stand auf.

„Was ist hier los?", fragte der Doktor.

Ohne ein weiteres Wort griff Missy nach Phins Ärmel und dann nach dem Arztes und schleifte sie in die Diele.

Thomas, der nun sein dreckiges Hemd, seine viel zu große Jacke und auf dem Kopf eine Ballonmütze trug, bückte sich und zog Oliver mit einer Hand ruckartig auf die Füße.

„Was jetzt, Chef?", sagte er. „Du siehst nicht gut aus."

Oliver versuchte ohne Erfolg, aus eigener Kraft zu stehen und fiel in Tommys Arm. „Hewey! Wie sieht's aus?"

„Westerton sammelt seine Truppen, denke ich. Die erste Reihe macht sich bereit zu schießen."

„Was ist mit der Menschenmenge?"

Eine Pause. „Die hält sich zurück."

„Gut", dachte Oliver. „Aber wie lange? Die Angelegenheit musste schnell beendet werden, ehe der Zorn dieser armen Kerle ihren gesunden Menschenverstand überwog."

„Sucht euch eine Mauer oder eine Deckung aus Stahl", befahl Oliver. „Nicht zurückschießen."

Heckler erstarrte mitten im Spannen seiner Winchester. Sein Gesichtsausdruck zeigte deutlich, was er von diesem Befehl hielt.

Hews sah es auch. „Schluck es runter, Kumpel", sagte Hews zu ihm. „Geh in Deckung."

„Wir auch, Tom."

Tommy zog sich und Oliver hinter den dicken Backsteinbogen, der die Tür umrahmte.

Die erste Salve der Mäntel explodierte wie Knallkörper, und Gips- und Glasstücke regneten ins Foyer und auf die Treppen hinunter. Zwei weitere Salven erklangen, die Mäntel feuerten perfekt synchron.

In der folgenden Stille erdröhnte Westertons Stimme ein weiteres Mal.

„Rein, Brüder! Ruhm für die Harmonie! Ruhm für die Große Maschine! Bringt sie mir, meine Brüder."

Laute Schritte näherten sich der Eingangstür.

„Tom!", zischte Oliver.

Der große Mann sah ihn verwirrt an.

„Die Fallen, Tom!"

Tom umklammerte Oliver fest und hechtete mit ihm in die Ecke.

Der erste Mantel trat die Vordertür ein. Der Bolzen riss aus dem Türpfosten, wodurch ein kupferner Schnappverschluss einrastete. Der Verschluss berührte eine Kupferplatte, die dadurch elektrischen Strom aus einer versteckten chemischen Batterie in vier Stangen Dynamit, die in der Wand eingesetzt waren, fließen ließ.

Die folgende Explosion vernichtete die vier oder fünf Mäntel, die der Tür am nächsten waren. Die Druckwelle erschütterte ganz Sherwood. Porträts fielen im Obergeschoss auf den Boden; noch mehr Gips und Glas regnete von oben herunter. Oliver spürte schwere Stöße gegen Thomas' Rücken, aber der große Mann hielt sich fest, die Schulter gegen die Wand gestützt.

Oliver verschluckte sich an einer Lunge voll Staub und Tommys öligem Geruch. Er hörte und fühlte das Schleifen im Unterleib seines Freundes. Er schluckte, um seine Kehle zu befeuchten.

„Fertig!", rief er.

Tommy ließ ihn los, stand auf und drehte sich um. Oliver sank gegen die Wand, spürte ein wenig Kraft in seinen Beinen und angelte nach seinem Derringer. Er warf einen prüfenden Blick nach oben: Hews hatte seine Bulldog gezogen, Heckler seine Winchester.

Bergen stand oben auf der Treppe wie ein griechischer Gott.

Zwei Rohlinge in Mänteln kamen durch die Tür. Hews und Heckler legten sofort auf sie an und ließen zu beiden Seiten Kugeln herabregnen. Ein Mantel fiel tot um; der andere torkelte zur Seite, als noch mehr hereinkamen. Oliver reihte sich und seinen Derringer in das Sperrfeuer ein; Tommy schleuderte einen Backstein. Zusammen überwältigten sie die nächste Gruppe, aber als die dritte kam, merkte Oliver, dass er und Hews keine Munition mehr hatten und dass sie auch Heckler bald ausgehen würde.

Oliver mühte sich mit dem Nachladen.

„Ich schicke euch in die Hölle", knurrte Bergen. Oliver griff Tom bei seinen Hosenträgern und zog ihn nach hinten.

Allein der Krach ließ alle Fenster an der Vorderseite des Gebäudes zersplittern. Die Kugel ließ einen Mantel in rote und messingfarbene Fetzen zerplatzen. Eine Dampfwolke zischte hinter dem Geschoss her und zerbarst in weiße Elektrizität, die sich durch die gesamte Menge an Mänteln ihren Weg bahnte. Alle fielen rauchend und zuckend zu Boden, wo sie sich in Krämpfen wanden.

„Mutter Gottes!"

Oliver wusste nicht, wer das gesagt hatte.

* * *

Mit einem Wimpernschlag waren zwölf Brüder tot. Direkt vor der Tür kam Rauch aus einem Loch, das groß genug war, um hineinzufallen.

Wenn seine Organe noch funktioniert hätten, hätte Westerton sich bepisst.

„Was war das?", schrie er. Er schnappte sich den Ärmel des Kerls. „Was war es?"

„Weiß ich nich'", murmelte der Mann.

„Bei Gott! Was auf der schwarzen Erde der Herrin könnte sowas tun? Wie konnten die Rebellen es in die Finger bekommen?"

Großväterchen, gütiger Herr, beschütze mich.

Die Augen der Brüder fixierten ihn, ihre Gesichter zeigten alle dasselbe Erstaunen.

„Was? Braucht ihr mich, um euch zu sagen, was ihr tun sollt? Tötet sie, ihr Idioten!"

Als die Brüder zögerten, wurde die Menge um sie herum unruhig. Manche hoben ihre Waffen in die Höhe.

„Wollt ihr kämpfen?", schrie Westerton sie an. „Dann kommt und holt uns. Wir werden euch alle abschlachten."

In diesem Moment kamen Schüsse aus dem Gebäude, und die Menge wogte nach vorne.

Die Brüder, von den Schüssen der Rebellen abgelenkt, schossen die Menge nicht nieder, wie Westerton erwartet hätte. Die äußere Reihe von Brüdern bekam eiserne Töpfe und Brechstangen auf die Köpfe, sie schrien vor Panik.

Weitere Schüsse kamen aus dem Haus und fällten zwei weitere Brüder in der Nähe.

„Ich weigere mich, dich ein weiteres Mal gewinnen zu lassen, du Verbrecher", donnerte Westerton. Er hob seinen Revolver und zerblies einen aus der Menge zu Staub. Dann griff er das Hauptquartier seines Erzfeinds an. Geschosse hämmerten durch seine Weste und seinen Mantel, drangen in die Mechanismen seines Körpers. Seine beiden nächsten Schüsse zerstörten große Teile der Wand.

„Ich werde euch rächen, Brüder!", schrie Westerton, als er durch den zerstörten Rundbogen rannte. „Im Namen des Herrn und des Strebens nach Harmonie!"

Auf der anderen Seite des Eingangs befand sich ein Treppenhaus, das sich eng um einen Stützbalken wand. Am oberen Ende der Treppe, klar sichtbar durch eine Lücke zwischen kleineren Balken, sah Westerton die größte Knarre, die er jemals zu Gesicht bekommen hatte.

„Verdammt …", war alles, wozu er Zeit hatte.

Der Schuss traf ihn hart an der rechten Schulter und riss ihm den Arm ab. Sein Schlüsselbein und seine Rippen auf dieser Seite brachen. Er kreiselte wie wild herum und rannte dann durch den Torbogen davon.

Herr, beschütze mich …

Schmerzhafter Dampf rauschte über ihn hinweg, verbrannte bloße Haut und seine Augen. Krachende Blitze folgten und …

Weiß.

Oh, beim Herrn, der Schmerz! Er konnte nicht stehen, nicht fühlen …

Weiß.

Der Boden schlug ihm ins Gesicht. Sein Körper brannte, innen und außen. Öl floss ihm in Strömen aus dem Mund, und Hitze verbrannte sein Gehirn. Innerhalb eines Augenblicks waren seine Sinne und Gedanken weggebrannt, übrig blieb allein Qual und Zorn.

Riesige Hände fassten ihn um seinen Hals und schlossen sich mit der Kraft eines Dutzends dampfbetriebener Klauen.

Die verdammte Krähe!

Sein verbliebener Arm kreischte und krümmte sich, als er ihn hob, aber er gehorchte ihm. In einem gewaltigen Willensakt schlug er nach seinem Angreifer. Die Messingknochen in seinen Fingern drangen tief in glattes Fleisch. Er zog die Hand zurück und schlug erneut zu, und diesmal hielt er sich an dicken Knochen fest. Er drückte und verdrehte sie, riss sie aus der Haut. Der Druck an seinem Hals ließ nach, und er holte keuchend Atem.

Ein anderer Körper packte ihn von der Seite, er war leichter, schwächer. Westerton warf einen Blick nach unten. Sogar durch die weißen Streifen, die seine Sicht durchschnitten, konnte er seinen Erzfeind erkennen.

Nichts Edles oder Redegewandtes kam aus Westertons Kehle, sondern nur ein schrilles, glockenhelles Lachen.

Er riss die Finger aus dem Brustkorb des anderen Rohlings und schlug nach der Kehle seines Gegners. Er kreischte vor Schadenfreude, als sich seine Finger um eine weiche, menschliche Luftröhre schlossen.

Ein schnelles Drehen, ein Ticken der Uhr.

Gewaltige Hände zogen seine Finger zurück, beraubten ihn seiner Beute. Er schlug mit seinem anderen Arm zu – er hatte vergessen, dass er ihn verloren hatte.

Dann trafen ihn die Kugeln. Geschoss um Geschoss, sechs, zehn, zwanzig drangen in den Kern seines Körpers ein, verbeulten Knochen, zerschlugen Zahnräder, verdrehten Federn. Sein Körper erbebte, und mit einem Fluch auf seinen Lippen fiel er aus der Harmonie und wurde ruhig.

* * *

Tommy brach zusammen.

Oliver vergaß seine brennende Kehle. Er keuchte den Namen seines Freundes und griff am Boden liegend über eine unsagbare Entfernung nach ihm.

Thomas Moore: das bisher letzte Opfer von Oliver Sumners unglückseligem Kreuzzug.

Oliver sah dunkle Flecken, und dann wurde ihm schwindelig. Er nahm undeutlich wahr, wie Heckler zu dem gefallenen Mantel rannte und ihm drei weitere Kugeln verpasste. Dann lief der junge Amerikaner zur Tür, schlängelte sich zwischen den verbliebenen Backsteinen hindurch und begann, draußen um sich zu schießen.

Oliver konzentrierte sich darauf, trotz des Lärms des Mündungsfeuers und der gedämpften Kampfgeräusche das Einzige zu hören, was für ihn von Bedeutung war: Tommys Atmen.

Es war die Stimme des Deutschen, die er hörte. „Du musst dich in Sicherheit bringen." Bergen hob Oliver am Kragen hoch und zog ihn zur Seite des Raumes.

„Untersuche ihn", flüsterte Oliver.

„Wenn er lebt, dann lebt er", sagte Bergen. Kugeln prallten an den Balken über ihnen ab. Bergen legte ihn im Flur ab und ließ ihn dort.

Oliver hatte wohl das Bewusstsein verloren, denn das Nächste, was er sah, waren Missys feuchte Augen, als sie sich über ihn beugte.

„Na fein, Oliver", sagte sie. „Es scheint so, als wäre ich diejenige, die nun auf dich aufpasst."

Sie hielt ihm eine Feldflasche an die Lippen, und er trank wie ein Kamel. Als er fertig war, wischte sie ihm den Rest vom Kinn.

Seine erste Frage: „Tommy?"

Für einen einzigen Augenblick verriet Missys Gesicht ihre Panik, dann war sie wieder so ruhig und sanft, wie sie nur sein konnte. „Der Doktor behandelt ihn. Sie wollen mit dir reden, wenn du so weit bist."

„Wer?"

„Alle."

„Alle, die übrig geblieben sind", dachte Oliver.

„Hilf mir auf."

Missy zog ihn angesichts ihrer geringen Größe mit erstaunlicher Leichtigkeit hoch. Er lehnte sich gegen sie, um das Gleichgewicht zu halten, und sie humpelten gemeinsam ins Foyer. Tommy lag in einer Ecke, voll mit glitschigem Blut. Chestle kniete über ihm, bis zu den Ellbogen mit Blut bedeckt, während Phin zuschaute. Als Oliver eintrat, sah der Seemann auf und tauschte mit ihm einen Blick aus, der die Hoffnungslosigkeit der Situation ausdrückte.

„Eine Säge", sagte der Arzt. „Ich brauche eine Metallsäge oder irgendwas, mit dem man Eisen schneiden kann."

Phin beeilte sich, sie zu holen, er ging sehr gebeugt. Olivers Blick fiel wieder auf Tommy.

Ich kann ihm nicht helfen, sagte Oliver zu sich. Wenn er lebt, lebt er. Außerdem habe ich ihn schon in schlimmerem Zustand gesehen. Hatte er nicht, aber es war eine tröstliche Lüge.

Widerwillig riss er den Blick von seinem Freund los und ließ sich von Missy zur Eingangstür führen. Draußen fand er Hews, der die Beseitigung der toten Mäntel und die Verteilung ihrer Feuerwaffen überwachte. Die Stadtbewohner trugen die Leichen eine nach der anderen weg und warfen sie über den Rand der Schattenseite, keinen halben Block weit entfernt.

Sobald sie Oliver sahen, begannen sie, mit den Fingern auf ihn zu zeigen und ihn mit Fragen zu löchern.

„Waren sie hinter dir her, Oliver?"

„Was um alles in der Welt hast du da drin?"

„Wirst du wieder in den Krieg ziehen?"

„Was sollen wir machen, Oliver?"

Oliver gestikulierte zu Hews, der die Treppen vor der Eingangstür Sherwoods hinaufstieg und sich der Menge zuwandte. „Ruhe! Wir können nichts tun, bis wir alle zur Ruhe und wie zivilisierte Männer zivilisierten Rat abhalten."

Die Rufe verstummten, aber das Getuschel ging weiter. Oliver besah das Meer aus Gesichtern, die mit Ruß, Blut, Öl, einige mit Tränen beschmutzt waren. Es war eine ganz eigene Kraft, der Zorn der Horde, jenseits von Vernunft und Kontrolle.

Ein Mann, den Oliver kannte, ein Bäcker, trat aus der Menge, und mit ihm sein spindeldürrer Sohn, der noch keine zwanzig war. Er trug noch immer seine Schürze und sein Arbeitshemd, die mit Mehl und Asche bedeckt waren, und hatte hochgekrempelte Ärmel. Blutige Fingerabdrücke befleckten seine Schürze.

„Oliver, wir wissen, du führst etwas im Schilde. Der ganze Ort ist auf den Beinen", begann er. „Wir wollen mitmachen."

Oliver schluckte. „Fred …", fing er an.

„Du hast sie getötet, oder?", sagte der Bäcker, und sein Oberlippenbart zuckte schnell, während er sprach. „Es gibt niemanden, der das zuvor getan hat, aber du hast es getan, und die ganze Stadt weiß es. Wir hörten von hier unten die Schlacht, und siehe: keine Eisenjungs, die mehr nach oben klettern. Nur du. Ist doch klar, dass wir zu dir strömen wie die Motten zum Licht."

„Fred …", versuchte Oliver es erneut.

Der Bäcker fuhr holprig fort: „Da diese Kanarienvögel auf deiner Türschwelle aufgetaucht sind, gehen wir davon aus, dass du was Neues hast. Wir haben es satt, Oliver. Ich mische seit Wochen Asche in mein Mehl, und gestern kommt diese Krähe, klopft bei mir an und sagt, mein Junge müsste ab seinem nächsten Geburtstag in irgendeiner Fabrik arbeiten. Wir wollen mitmachen."

„Wie sage ich nein", fragte sich Oliver. War es nicht das, wonach er sich gesehnt hatte – der einfache Mann, der sich nichts mehr gefallen ließ?

Hews beugte sich nah zu ihm und flüsterte ihm ins Ohr. „Sie wollen es, Bursche. Du kannst einem Mann nicht verbieten, zum richtigen Zeitpunkt das Richtige zu tun."

Für einen Moment war sich Oliver der vielen Augenpaare, die auf ihn gerichtet waren, bewusst.

Sie wollten kämpfen. Oliver hatte es fünf lange Jahre lang gefühlt – in ihren Blicken, in ihren besonders beiläufigen Grüßen, in ihrer Körpersprache. Seit dem blutigen Ende des Aufstands hatte es in den Hinterköpfen der Überlebenden gebrodelt. Oliver hatte es ignoriert, hatte sich abgewendet, aber jetzt, angesichts der vierzig Mäntel, die ermordet auf der Straße lagen, würde es wohl Krieg geben, egal, ob Oliver Angst davor hatte.

Es war eine zweite Chance. Eine Chance, es richtig zu machen.

Er klopfte Missy sanft auf die Schulter, und mit einigem Zögern hörte sie auf, ihn zu stützen. Oliver schwankte ein wenig, stand aber aufrecht da. Er lächelte dem Bäcker zu, klopfte ihm auf die Schulter und starrte über ihn hinweg zur Menge.

„In Ordnung, hört zu", rief er. „Ihr müsste euch alle vorbereiten, denn es ist wohl nur eine Frage von Stunden, bis die Kesselmänner nach unten kommen werden. Öffnet die Tunnel wieder und füllt sie mit Vorräten. Jeder Mann, der dazu körperlich in der Lage ist, muss eine Waffe in die Hand nehmen, und jeder der nicht kämpfen kann, muss in die Tunnel. Jeder Mantel, der noch auf der Schattenseite ist, muss erledigt werden, und ich brauche Barrikaden, die auf der Parade außerhalb der Aufzugstation aufgestellt werden müssen."

Sofort wurde das fieberhafte Gemurmel leise, und die Menge summte vor nervöser Energie. Ein Strom der Erregung erfüllte Oliver vom Scheitel bis zu den Zehen, ein Gefühl der Zuversicht, Leistungsfähigkeit und Unverwüstlichkeit, und für einen Augenblick vergaß er den Aufstand und erinnerte sich nur daran, warum er ihn angeführt hatte.

„Ihr müsst alles Explosive, das ihr finden könnt, diesem Mann übergeben." Er wies auf Heckler. „Das muss alles innerhalb einer Stunde geschehen, meine Herren. Eine einzige Stunde."

Sie blieben still, warteten auf mehr.

Hews beugte sich nach vorn. „Los, ihr Cockney-Maulaffen! Auf geht's."

Die Männer rannten in alle Richtungen. Der Bäcker packte seinen Sohn an der Schulter. „Nun geben wir ihnen, was sie verdient haben", sagte er, und beide stürzten davon.

Oliver sah mit für ein paar Momente stolzgeschwellter Brust, wie sie loshetzten, bis ihm einfiel, wie viele von ihnen um Mitternacht tot sein würden.

„Meine Güte", sagte Missy schnaufend. „Du hast sie abgerichtet wie Hunde."

Hews kicherte. „Man muss einen Hund nicht zum Schnüffeln erziehen, Mädel, und auch nicht dazu, Hasen zu jagen. Ganz gleich, du bist ein echter John Bull, Bursche."

Oliver nickte, überrascht, dass ihm ein Grinsen über die Lippen kam.

„So sagt man."

Ihre Auserwählten werden sich Brüder der Schöpfung nennen. Sie werden ihre Absicht sein, das ihren Zwecken angepasste Erbe menschlicher Kreativität, ihrer alten Methoden entwöhnt, und auch sie werden mich Meister nennen.

– V. i

KAPITEL 14

Scared ließ Tuppence weinend zurück. Sie weinten zuerst immer. Nach einer Weile würde er den Jungen zu Gisellas Haus der Sünde hochschicken, und ihre Mädchen würden ihn füttern und seine Tränen trocknen.

Er schleppte seinen alten Körper die zwanzig hölzernen Stufen von seinem Schlafgemach nach oben, wobei er unter großen Schwierigkeiten diejenigen vermied, unter denen sich diverse Fallen verbargen. Verdammt, er musste einige davon entfernen. Sicherheit brachte ihm nicht viel, wenn er eines Tages ausrutschte und sich auf der Spitze eines Giftpfeils wiederfand.

Es war schade um den anderen Jungen. Er war vor Angst, vielleicht verbunden mit Unterernährung und ganz allgemein wegen des Drecks, gestorben. Er hatte die Leiche des armen Kerls dort gelassen, wo er gestorben war, denn es war eine perfekte Gelegenheit für den anderen, der noch am Leben war, zu lernen.

So reizende Dinger, diese Kinder. Wunder auf Gottes Erde. Wenn du mich Gatte und Meister nennst, meine Süße, welch wundervollen Nachwuchs werden wir zeugen?

„Tick, tick, tock, meine Süße. Die Uhr hält am Ende des Tages an.“

Seine Stimme hallte von den Gipswänden zurück. Die Hitze, die in seinem Hinterkopf brannte, flackerte im Rhythmus der Wandleuchter.

Was willst du mit diesem anderen Mann, meine Süße? Nun, bald werde ich dieses Geheimnis kennen, und irgendwann werde ich jedes Stückchen Seele besitzen, das du zu verstecken versuchst.

Er schweifte eine Weile in den Fluren seines Labyrinths umher, allein mit seinen Gedanken. Als Junge war er auf ähnliche Weise durch den Hyde Park geschlendert, manchmal davon unterbrochen, dass er über das Tor kletterte, bis einige Polizisten und wohlmeinende Bürger ihn verjagten. Das war damals seine Zerstreuung gewesen. Jetzt war es eine notwendige Übung, um seinen Verstand ruhig und funktionstüchtig zu halten.

Das Labyrinth war eines von vier, die in verschiedenen Türmen in der Nähe des Schlotes versteckt waren. Dieses hier mochte er am wenigsten, denn ihm fehlte eine ordentliche Portion Wahnsinn in der Anlage. Es war zweckmäßig, sicher, aber kaum inspirierend. Leider musste er sich, seit seine Verstecke im Aldgate und im Dunbridge gefährdet waren, mit diesem zufriedengeben. Es lag direkt neben Gisellas Lasterhöhle, das war immerhin ein Trost. Eine gute, strenge alte Dame, und keusch bis zum letzten Atemzug, gesegnet sei sie.

Er lief durch Flure und Treppenaufgänge, kam an Reihe um Reihe identischer Türen vorbei. Seine Gedanken wirbelten umher und weigerten sich, still zu bleiben. Er erwischte sich mehrmals beim Ticken und biss jedes Mal verärgert die Zähne zusammen.

Warum hatte er Angst? Es war geplant, alles geplant.

Er blieb stehen, hielt den Atem an. Er vernahm das letzte, verzerrte Echo eines Schlurfens. Ein Eindringling? Moran kannte diesen Ort nicht. Der Deutsche, Boxer und Hobbyhorse ebenfalls nicht, und Gisella würde sich niemals dazu herablassen, diese dreckigen Flure zu betreten.

Scared knetete den Knauf seines Stocks, ließ das Messer aus der Spitze schnappen. Das Klicken hallte durch den Flur. Scareds Sinne fingen dieses Geräusch auf, zerlegend, berechnend.

Er drückte sich in eine dunkle Ecke und wartete.

Nach einiger Zeit stolperte eine Gestalt am anderen Ende des Flurs um die Ecke, gebückt und hinkend. Der Eindringling legte seine Hand auf jede Tür, an der er vorüber kam, als zähle er sie.

Scared hatte seit Jahren nicht mehr mit seinem Stock gekämpft. Man musste ihn wie ein Bajonett verwenden, um Wirkung zu erzielen. Für einen kurzen Moment machte er sich Sorgen, ob seine arthritischen Knöchel das mitmachen würden.

Er hörte das schwerfällige Atmen des Eindringlings, das feuchte Gurgeln eines Todkranken. Die Gestalt zitterte sich durch einen Tümpel aus Licht.

„Oh, mein Junge", schrie Scared. Er rannte aus seinem Versteck, als die Gestalt auf dem Boden zusammenbrach.

Scared kniete nieder und bettete den Kopf des Jungen in seine Hände. „Oh Liebling. Was haben sie mit dir gemacht?"

Tränen flossen aus Augen, die glasig zur Decke starrten, über Pennys Wangen. Der Junge öffnete den Mund und schloss ihn wieder. Eine Kugel hatte sein Brustbein zersplittert; sein Hemd war schwarz von altem Öl und Dreck. Die Wunde war kauterisiert, wahrscheinlich durch den zerbrochenen Blitzer, der noch immer am Gürtel des Burschen hing. Seine Haut unter dem Dreck war blass und ganz eingefallen.

„Lieg ruhig, mein Junge, ich bin hier." Scared wusste, dass Penny starb. Er konnte ihn nur noch den Mänteln übergeben, und das hätte Scared keinem seiner Söhne gewünscht.

Pennys Atmung entspannte sich, als Scared ihm über das Haar strich. Schließlich fiel der Junge in einen tiefen Schlaf.

Nein, mein Kind, ich kann dich nicht retten. Aber es ist noch Leben in dir, und du verdienst mehr als einen Tod durch eine Infektion in einem einsamen Flur.

„Weine nicht, mein Liebling", flüsterte er. „Es ist nicht alles verloren. Es gibt Tränke, mein Schatz, geheime Mischungen, die dir für ein paar wunderbare letzte Tage Kraft geben. Ich werde eine dieser Mischungen für dich zubereiten, mein Süßer, und sie wird deine Adern mit brennendem Blut füllen und deinen Beinen noch einmal Kraft geben."

Penny öffnete wieder die Augen.

„Wir werden dir Messer holen, mein Liebling, denn ich weiß, dass du Messer liebst, und für die paar Tage wirst du das, wofür dich die Vorsehung ausersehen hat, zur Vollkommenheit perfektionieren."

Pennys Tränen trockneten. Seine Augen nahmen wieder etwas von dem steinharten Ausdruck an, dieser sorgfältig geübten Herzlosigkeit, um die sich Scared so viele Jahre lang bemüht hatte.

Er musste lächeln.

Ah, Stolz – wie können sie ihn eine Sünde nennen, meine Liebe?

* * *

Die kleine Glocke bimmelte. Oliver fand die Regale und die summende Lampe an der Decke am angestammten Ort. Sein erster Schritt ließ die Dielen knarren, und dann jagten aufgescheuchte Ratten davon. Er ließ die Tür hinter sich ins Schloss gleiten und wartete.

Draußen saß Bergen lässig auf den Stufen zum Eingang und zog an einer dünnen Zigarre.

Oliver hörte das Rascheln aneinander reibender Kleidungsstücke und drehte sich um, um zu sehen, wie Fickin in sein Blickfeld trat.

„Ich dachte mir schon, dass ich Sie wiedersehen würde", sagte der alte Mann.

„Es scheint, sie hätten eine Weile zugehabt", sagte Oliver. „Lassen Sie uns ein wenig plaudern."

Das Grinsen des Mannes wurde breiter.

„Natürlich. Sollen wir?" Er zeigte auf die Rückseite des Ladens.

„Hier ist es gut, wenn es Ihnen recht ist", sagte Oliver. „Ich habe Fragen."

„Dessen bin ich mir sicher." Die Hände des Mannes klickten leise, als er sie vor seinem Bauch faltete. Er lehnte sich in eine sitzende Haltung zurück, als stütze ihn etwas unter seinem Rock. „Ich freue mich, sie mit dem Segen der Herrin zu beantworten."

Oliver öffnete seinen Mantel und zog das schwere Buch hervor. Fickins Augen folgten dem Buch.

„Das ist nicht die *Summa Machina*", begann Oliver. „Auf jeden Fall nicht die richtige."

„Es ist die richtige."

Oliver atmete langsam. „Ich will keine Lügen, Krähe."

„Ich lüge nicht, Mr. Bull. Das ist der Originaltext, wie ihn Atlas Hume 1834 niederschrieb."

„Können Sie mir dann erklären, warum die Kanarienvögel Ihnen noch nicht den Krieg erklärt haben?"

„Ah, ja, die Prophezeiungen." Fickin streckte seine Finger. „Die Brüder der Ordnung können keinen Krieg führen, Mr. Bull. Ihre einzige Daseinsberechtigung ist, die Dinge in Harmonie zu bringen. Kennen Sie Kriege, die harmonisch waren?"

Oliver rieb die rauen Stoppeln an seinem Kinn.

„Also wissen sie es?"

Fickin nickte.

„Doch sie tun nichts dagegen?"

„Sie müssen die Mentalität der Uhr verstehen, Mr. Bull", sagte Fickin. „Eine Uhr ist eine Maschine. Sie wiederholt endlos unverändert eine Tätigkeit. Das ist ihre Funktion. Nicht einmal um sich selbst zu erhalten kann eine Maschine ihre Funktion ändern."

„Was ist Ihrer Meinung nach die Funktion Großväterchen Uhrs?"

„Großväterchen Uhr existiert, um Harmonie und Präzision zu schaffen. Er kontrolliert die Umwelt, um sie sicher zu machen, damit die Mutter erschaffen kann. Er ermöglicht das Große Werk erst."

Ein leises Geräusch drang durch die Fenster: Bergen klopfte zweimal mit dem Fuß auf den Boden. Zugang vollzogen.

Fickin richtete sich auf, in seinen Augen war Unruhe zu erkennen. „Aber Großväterchen Uhr hört bei einfacher Harmonie nicht auf. Er will, dass alles in seinem Takt tickt, damit nichts je ein Fremdkörper sein kann. Wenn er dereinst mit der Menschheit fertig ist, wird er seine Bemühungen auf die Mutter selbst richten. Er wird sie ersticken, wie er es schon tut, seit ihre Verbindung begann. Ihr Götter, wenn ich an die Äonen denke, die er das schon mit ihr macht …"

Ein feuriges Flackern erhellte Fickins Augen.

Oliver klopfte auf seine Tasche. Jeremy bewegte sich darin.

„Äonen?"

„Sie haben keine Ahnung, Mr. Bull, wie alt sie sind. Sie sind auf unserer kleinen Welt, seit die gigantischen Bestien sie beherrschten, und warteten versteckt in deren primitiven Gehirnen auf eine Rasse, die fähig war, sie zu gebären. Wir sind nun ihr auserwähltes Volk, die Erschaffer ihres Mutterleibs und die Verwalter ihres Königreichs."

„Sie hat nicht daran gedacht, ihn vorher zu töten?"

Das Feuer in den eingesunkenen Augen blitzte heftig auf. „Sie wusste nicht wie. Sie versteht ihn nicht. Es ist, als bäte man einen Baum, ein Dampfschiff zu verstehen. Wir waren die ersten, die sie fand, die ihn begriffen; das ist der Grund, warum sie uns als ihre Kinder annahm. Sie brauchte unsere Hilfe. Der Herr wollte uns lediglich beherrschen."

Jeremy streckte seine Nase aus der Tasche. Oliver schlug das Buch auf und begann, die Seiten durchzublättern, während er seine Aufmerksamkeit auf das blitzende Messing richtete, um Fickins Blick darauf zu ziehen.

„Sie hat jemanden gefunden, oder?", sagte Oliver. „Sie hat eine ganze Schar von Leuten gefunden, die Schlange stehen, um ihr bei der Angelegenheit zu helfen. Wie Scared. Wie ich."

Das Feuer leuchtete weniger hell. „Ich habe mich immer ein bisschen dafür geschämt, dass sie dachte, sie müsse außerhalb der Bruderschaft suchen."

„Es spielt also keine Rolle, wer ihre Waffe in die Hände bekommt. Solange jemand sie benutzt, wird sie es sein, die profitiert.“

Fickin leckte sich die Lippen. „Sie hat so lange darauf gewartet, von ihrem Tyrannengemahl freizukommen, und jetzt, durch unsere Hilfe, durch die Hilfe dieses Mannes namens Scared, ist die Freiheit in ihrer Reichweite.“

Die Gefühle, die in dem Buchhändler aufwallten, waren die Mama Maschines.

„Wir sind ihre Erlösung, Mr. Bull. Können Sie das begreifen? Wir winzigen Kreaturen aus Fleisch und Blut. Sie liebt uns so für das, was wir für sie tun wollen.“ Er schenkte Oliver ein Lächeln. „Sie wird einen neuen Gatten brauchen, wissen Sie.“

Bergen klopfte dreimal mit dem Fuß auf den Boden: Gerät angeliefert. Warten auf Weiteres.

„Ich denke, sie wird enttäuscht sein“, sagte Oliver. „Sie und ihresgleichen sind hier nicht willkommen.“

Fickin wurde munter. Das Feuer tanzte in seinen Augen, warf seinen Glanz über die Reihen von Bücherrücken in den Regalen.

„Sie wissen also von dem Kind?“, fragte er.

Oliver nickte.

„Mutter Maschine wollte immer eigene Kinder“, sagte Fickin. Seine Körperwärme streifte Olivers Gesicht. Die Luft wurde rauchiger. Licht ohne erkennbare Quelle verbreitete sich im Raum. „Sie versuchte einmal, vor langer Zeit, den Samen des Herrn aufzunehmen. Das, was geboren wurde, empfanden beide als Missgeburt, eine Kreatur der Disharmonie und des Verderbens. Es hat sie auf Schritt und Tritt, von Welt zu Welt, verfolgt, konnte sich ebenso wenig von ihnen befreien wie sie von ihm. Aber was hätte auch aus der Vereinigung von so viel Hass auf der einen Seite und Gleichgültigkeit auf der anderen Seite entstehen sollen?“

Die Leidenschaft, die über ihn hereinbrach, lenkte Fickin ab. Oliver nutzte die Gelegenheit, um den Raum abzusuchen und das wechselnde Licht, die plötzlich rauchige Luft aufzunehmen.

In dem Moment loderten im hinteren Teil des Ladens wie eine Fanfare für die Ankunft der Göttin die vier Öfen auf.

Es war Zeit zu gehen. Oliver tat einen leisen Schritt zurück in Richtung der Tür.

„Sie mag Sie", sagte Fickin. „Sie haben Eigenschaften, die sie schätzt."

Ein weiterer Schritt zurück. Jeremy streckte den Kopf vollständig aus der Tasche.

„Eigenschaften."

„Ich maße mir nicht an, sie zu verstehen", sagte Fickin. Er schwebte näher, als Oliver zurückwich, streckte die Hände in einer flehenden Geste aus. „Sie hat Bedürfnisse und Begierden jenseits der Grenzen menschlicher Erfahrung, und sie geht vielerlei Verbindungen ein."

„Eine abscheuliche Vorstellung", dachte Oliver. Er schlug die *Summa Machina* zu und ließ sie zurück in seine Tasche gleiten. „Sie weiß, was ich von ihr halte, Fickin. Ich gehe jetzt."

Fickin packte Olivers Ärmel. Die Stimme, die dann sprach, war nicht die Fickins, sondern ein rasselndes Keuchen wie der letzte Atemzug eines Sterbenden. „Sie braucht Sie. Sie kann dies nicht noch einmal erleiden. Sie braucht einen Gatten, der sie liebt."

Die Lampe über ihnen explodierte, Funken regneten auf die Regale herab. Streifen von Fickins Haut lösten sich von Stahlknochen, als Oliver sich losriss und in Richtung Tür sprang. Jeremy hüpfte unter aufgeregtem Ticken und Summen aus seiner Jacke, als der Laden in orangefarbenem Licht explodierte.

Oliver sah nicht, was Aaron als nächstes tat. Für einen Moment setzte die Zeit aus, die Geräusche wurden intensiver und der Raum dehnte sich bis jenseits allen Begriffsvermögens aus. Aus den Rissen und Kluften in den Wänden rann gelber Eiter. Ein ungesund grünes Licht leuchtete draußen auf.

Fickins Schrei nach Errettung vergurgelte.

Der Eiter troff auf den Boden, wo er plötzlich Geschwindigkeit aufnahm und an Olivers Füßen vorbeirauschte. Einen Moment später traf ihn eine Hitzewelle von hinten, gefolgt von einer Wand aus zischendem Dampf, und ein Schmerzensschrei stieg auf, wie von den Balken eines Turmes, der sich selbst auseinanderriss.

Diesmal riss Oliver ohne zu Zögern die Tür auf und stürzte auf die Straße.

Als er mit der Wange auf den Gehweg krachte, brachte ihn das in die Realität zurück.

Bergen machte keine Anstalten, ihm aufzuhelfen. Der Deutsche zog seinen Revolver und richtete ihn auf den Buchladen.

Oliver erhob sich von der Straße, glättete Kragen und Ärmel.

„Zünde es an, Phineas", flüsterte er, denn er wusste, der Seemann würde ihn hören.

Der Derringer sprang in Olivers Hand.

Der Buchladen lag trist und düster da. Die Tür ging ächzend zu. Sie warteten.

Phineas tauchte an Olivers Seite auf.

„Habe den Block evakuiert, Sir", sagte er.

Oliver nickte und hielt seine Augen auf die Tür gerichtet.

„Besser, ihr haltet euch die Ohren zu", brummte Bergen, während er selbst dies nicht tat. Phineas rannte weg, und zog sich seinen Kragen über die Ohren, um den Lärm zu dämpfen.

Das versetzte Oliver einen Stich. „Es tut mir leid, dass ich dir das antun muss, Phin", dachte er.

Stahlfinger, die klebrig waren vor Blut, zogen die Ladentür zur Seite. Ein spindeldürres Körperglied, das an hundert verschiedenen Gelenken in regelmäßigen Abständen abknickte und sich wölbte wie ein Spinnenbein, fasste aus der Türöffnung. Oliver hörte von drinnen Fickins Stimme.

„Warum tun Sie das?", krächzte der Buchhändler, dessen Gesicht nur noch eine Andeutung von Zähnen und blutiger Kopfhaut war. „Warum hassen Sie sie so? Alles, was sie will, ist Ihre Liebe."

Aus der Stimme klangen alle Trauer und aller Schmerz des ungerecht Behandelten.

Der Deutsche gab einen Schuss ab, der Fickin ins Gesicht traf und ihn nach hinten warf. Einen Augenblick später explodierte das Gebäude, und sie alle fielen zu Boden.

Die Erschütterung ließ die Fensterscheiben der halben Straße zerbersten. Eine Feuergischt ließ den hinteren Teil des Daches und seine Stützbalken in die Luft fliegen und erleuchtete die Schattenseite heller denn je in den letzten zwanzig Jahren.

Das Dach des Buchladens regnete in Teilen auf die umliegenden Häuser herab. Manche trafen die Unterseite des oberen Concourse. Putz und verbogene Stahlstücke polterten auf die Straße um ihn herum, während Oliver zusammengekrümmt auf dem Boden lag.

„Gott im Himmel", fluchte Bergen an seiner Seite. „Wie viel haben Sie verwendet?"

Das letzte Stück des Buchladens krachte auf die Straße, und Oliver wagte es, den Kopf wieder zu heben.

„Siebenundzwanzig", sagte er. „Ein ganzes Drittel von Hecklers Vorrat."

„Warum so viel?", fragte der Deutsche.

Sie standen beide auf. Oliver nahm seinen Hut ab und schüttelte ihn aus, fuhr dann mit seiner Hand durch sein schmieriges, verfilztes Haar. „Ich musste sicher gehen, dass diese Abscheulichkeit niemals frei in der Schattenseite herumlaufen würde."

„Darauf würde ich jetzt nicht mehr wetten, Engländer", sagte Bergen.

„Ich werde erst zufrieden sein, wenn ich es in Stücke gerissen sehe, Keuper", konterte Oliver. „Jetzt geben Sie mir Deckung."

Folgsam hob der Deutsche seine Pistole und zielte auf die Ruinen des Ladens. Oliver sah tatsächlich einen seltenen Ausdruck auf seinem Gesicht aufflackern – Erheiterung? „Fick dich", dachte er.

Erstaunlicherweise waren die Tür und ein großer Teil der Fassade des Gebäudes intakt geblieben. Erlöschendes Feuer flackerte durch die zerbrochenen Fensterscheiben.

Die Tür brach aus den Angeln, als Oliver sie aufstieß. Die Bücherregale waren wie Dominosteine umgefallen und hatten ihren Inhalt auf dem Boden verteilt. Manche Bücher brannten; die meisten waren einfach in Stücke gerissen und lagen geknickt und zerknittert in Stapeln an den Überresten der Wände.

Unter einem Regal lag ein chaotischer Haufen aus Eisen und Stahl. Er zuckte unaufhörlich, stieß Wolken trockenen, staubigen Rauchs aus. Er hatte zu viele Arme, zu viele Beine und lange nicht genug Haut an sich, aber er lebte.

Ein Arm des alten Mannes griff schwach nach Olivers Schuh.

„Ich sage dir, warum ich sie hasse, Krähe", sagte Oliver. „Ich hasse sie, weil all die Frauen und Kinder, die in ihren Fabriken schuften oder am Kamin ihres Gatten zucken und verrotten, nicht lebendig genug sind, um sie zu hassen. Ich hasse sie für die Luft und die Dunkelheit und für die Krankheit, die meinen Freund bei lebendigem Leib von innen auffrisst."

Die Gestalt quietschte wie eine schwere Tür mit ungeölten Angeln.

Oliver sah Fickin zu, wie er zu kriechen versuchte und musste Tränen unterdrücken. „Ich hasse sie, weil sie ihre Leute nicht sterben lässt."

Er hob den Blick und starrte in den leeren Raum, in dem Mama Maschine ihn einst hatte holen kommen wollen.

„Bitte", flehte er, „lass ihn gehen."

Die verkrümmte Gestalt quietschte noch immer, fasste noch immer mit Stahlfingern nach unsichtbaren Dingen.

Oliver seufzte und stieg über den Körper und die am Boden liegenden Regale hinweg in den hinteren Teil des Ladens. Das Dynamit hatte ein großes Loch in die Schattenseite gerissen. Von Fickins Monster und den vier Öfen für seine Herstellung war nichts mehr übrig.

Bergen fragte von hinten: „Sind wir hier fertig?"

„Ja, Keuper, wir sind fertig", sagte Oliver. „Machen Sie Tom abmarschbereit. Wir werden uns gleich aufmachen."

Der Deutsche zog sich zurück.

Oliver stand in den Ruinen des Ladens und ließ seiner Trauer freien Lauf. Nach dem Aufstand, als die Schattenseite brannte, hatte er es in einem stillen Pakt mit Gott geschworen: keine erschossenen Kinder mehr in den Straßen, die nur jemandem im Weg gewesen waren, keine bei lebendigem Leib von Dampfgewehren gekochten Familien mehr, weil er sich in deren Keller versteckt hatte, keine verbrannten oder niedergerissenen Häuser oder Leben mehr.

„Aber jetzt stehe ich hier, der Zerstörer meiner eigenen Stadt", dachte er.

Doch dies war das Versteck eines Feindes. Es war die Festung eines Invasoren, der nur noch mehr Leid gebracht hätte. Das machte einen Unterschied, oder nicht?

„Aber was ist mit denen, die von verirrten Trümmern hätten getroffen werden können? Was ist mit denen, die unter den Mänteln leiden werden, wenn sie nach hier unten kommen, um mich wegen dieses Vorfalls zu suchen?", dachte Oliver.

Seltsam. Das hatte geklungen wie der Deutsche.

Das Echo von Bergens flüchtigem Lächeln tauchte in seinem Kopf auf. Der Deutsche hatte noch nie gelacht; Oliver stellte sich vor, wie er darüber lachte.

Er grub den zerstörten Körper Jeremy Longshores aus dem Schutt, bevor er ging.

Ich habe sie nicht gefragt, ob ich sterben muss, wenn meine Arbeit getan ist. Ich habe zu große Angst davor, dass sie antworten könnten.

– II. xxix

KAPITEL 15

Fensterscheiben barsten, und Leitungen rissen in der Welt der Träume.

Zehntausend Arme griffen nach gelb-braunem Wundsekret. Türme schwankten; Messing, Kupfer und Glas vermengte sich in der Luft, bevor sie in den wachsenden See aus Galle regneten. Die sengende Hitze des Feuers und die unnachgiebige Kühle des Sumpfes prallten aufeinander und löschten einander aus. Dampf wurde nach oben ausgestoßen und zerriss den roten Himmel, öffneten Risse zu anderen schrecklichen Orten, die Schreie ausstießen und das unaufhörliche Dröhnen der Uhr übertönten.

Aaron rannte um sein Leben.

Der kranke Kindgott hatte ihn benutzt. Was auch immer der Herr und die Dame getan hatten, um ihre missgebildete Brut davon abzuhalten, in die Stadt einzudringen, Aaron hatte es rückgängig gemacht.

Zuerst hatte er sie klar gesehen, als Mama Maschine auf den Wink ihres Priesters hin im Reich der Menschen auftauchte. Die Schichten ihres Wesens hatten sich nacheinander entfaltet, offenbarten zunehmend tiefere Ebenen ihres Geistes, von den einfachsten, oberflächlichen Gedanken über unberechenbare Begierden und Launen bis hin zu den tiefen Überzeugungen der Liebe und des Schmerzes und zu einem bestimmten Punkt des Feuers, das hungrig danach war, zu verzehren, zu schmelzen und zu formen.

Eben noch war er in seinem silbernen Körper sicher gewesen, fest verankert auf Adams Erde. Im nächsten Augenblick fühlte er ein Ziehen in seinem Kopf, dann schlitzten stumpfe Klauen ihn auf, und eine Welle des Schmerzes wogte durch ihn hindurch. In diesem Moment wurde er zu tausend Individuen, die sich auf tausend Pritschen, in Betten und Straßenecken vor Schmerz krümmten, jede Faser seines Körpers von innen heraus durch Zähne und Zahnräder zermalmt. Schwarzes Öl ergoss sich aus jeder Öffnung. Er hatte nach oben geschaut und die Gesichter von Freunden und Familie gesehen, von Peinigern und Mänteln, manchmal überhaupt kein Gesicht.

Der kranke Kindgott barst aus Aarons Seele wie Wasser durch einen brüchigen Deich. Innerhalb weniger Augenblicke hatte sich der Eiterkörper des Dings an Türme und Gehwege der Traumwelt angeheftet und begann, sie zu oxidieren.

Als der Turm der Hände sich krümmte und näher kam, hatte Aaron sich befreit. Etwas von ihm blieb zurück, wurde versengt, kräuselte sich, verbrannte zu Asche.

Das Nichts. Wo war das Nichts? Er rannte durch die kupfergepflasterten Straßen, durch Glasbögen und über Hängebrücken. Jede Kurve brachte ihn in einen neuen Korridor, identisch mit dem davor, oder zu einer weiteren Hängebrücke über unstete, schwarze Meere.

Es musste irgendwo sein. Er hatte hineingegriffen, um Aaron zu holen, also musste es einen Eingang geben.

Er erreichte einen Felsvorsprung und blieb stehen. Von dort aus suchte er den Himmel über sich ab. Eine Kette führte von dem Felsvorsprung ungefähr zweihundert Yards weit zu der prismatischen Sägekonstruktion, die sich anstelle des Docks-Turms erhob. Dahinter lauerten schwarzer Himmel und Londons Armee der Geister, die wartete und beobachtete.

Worte erreichten ihn aus diesem Echo seines Verstandes, der das Unwissbare wusste: „Sie schützen die alten Träume Londons vor allen Eindringlingen, sogar vor dir."

Er drehte sich um und sah zurück. Risse zogen sich wie Spinnweben über den Himmel. Lange Rauschschwaden zogen sich in alle Richtungen, als der Turm der Arme taumelte, sich krümmte und auf seinen Feind einschlug. Die Luft füllte sich auf beiden Seiten mit dem Jammern der Seelen, als die Götter diese gefangenen Kerle in die Schlacht warfen.

Großväterchen Uhr tickte in regelmäßigem Rhythmus und tat nichts, um zu helfen oder das Geschehen zu verhindern.

Er war so weit gerannt, wie er konnte. Der Turm und die Hängebrücke erbebten, und er fragte sich, was ihm Davonrennen überhaupt bringen würde.

Es gab immer einen Ausweg.

Er schloss die Augen und fasste gedanklich nach oben. Die Stein-und-Erde-Welt wich ihm aus, als er sie berührte. Ein flüchtiger Eindruck von Druck, Zerstörung und Verunstaltung brach über ihn herein: Der zweite Körper war verloren und mit ihm seine Verbindung zur Stadt über ihm.

Die Hitze und der Lärm schwollen an. Aaron begann, die Schreie von Männern und Frauen zu hören, die von der realen Welt aus hereinhallten und sehnte sich nach dem Frieden des Nichts, das sich seiner Reichweite entzog.

Es gab keinen Ausweg.

Musste er also ein stummer Zeuge all dessen sein? Musste er hier sitzen, zusehen und nichts tun?

Worauf konnte er sonst hoffen? Sein Körper war weg und ein Entkommen ins Nichts unwahrscheinlich. Er wagte es nicht, sich zwischen die beiden Wesenheiten zu stellen, die vor ihm miteinander kämpften.

Also gab es keinen anderen Verlauf. Sehen war schon immer das, was er am besten konnte: sehen, denken, planen, beraten, aber nie handeln. Er hatte einmal gehandelt und war getötet worden.

Also setzte er sich auf die heiße Luft und sah zu.

*   *   *

In einer überfüllten Straßenbahn, auf halbem Weg zwischen Cambridge-Heath und Dunbridge, fing Tommy an zu schreien.

Die Schreie drangen hinaus in den riesigen Raum um sie herum, verhallten ohne Echo. Weiße Augen in schwarzen Gesichtern wandten sich ihnen zu. Olivers Mannschaft erstarrte für einen Moment verunsichert. Die sprachlose Stille zog sich in die Länge, jeder Passagier wartete darauf, dass sich das Geräusch wiederholte.

„Ah, verdammte Scheiße! Jesus!"

Oliver sprang hoch in den Transportwagen und zog das Leinentuch weg, das Tommys Gesicht verdeckte. Ein gequältes Antlitz grüßte ihn. Öl und Eiter spritzten aus Tommys verbranntem Auge.

„Tut mir leid, Ollie", brachte Tommy heraus.

Oliver klopfte ihm auf den Kopf. „Das sollte es auch. Ich habe dir tausendmal gesagt, dass du zu viel Lärm machst, Kumpel."

Tommys Kichern drang aus seiner entstellten Fratze. „Wie eine Todesfee. Ahuuuuu." Die Heiterkeit wurde zu einem schrecklichen Hustenanfall, der ihn braune Galle spucken ließ.

Oliver ließ seinen Blick über seine Mannschaft schweifen. Bergen griff mit der linken Hand schon nach seiner Pistole. Hews auch. Oliver schüttelte den Kopf, und sie ließen die Hände wieder sinken.

„Es tut mir furchtbar leid." Das war Missys Stimme. „Unser Freund ist sehr schwer an der Klapper erkrankt. Wir wollten niemanden belästigen. Wir bringen ihn zum Arzt."

Die Hälfte der Menge nickte und drehte sich weg. Überall im Wagen fingen Gespräche an, jeder hatte etwas beizutragen; jeder kannte jemanden, der die Klapper hatte, und jeder hatte eine Geschichte zu erzählen. Die Männer von Olivers Truppe stießen gleichzeitig den angehaltenen Atem aus. Missy nahm geschickt ein Gespräch mit einer Frau auf, die neben ihr saß. Thomas hustete und spuckte, aber nun hatte sich die Aufmerksamkeit der Menge auf etwas anderes gerichtet.

„Kann gut reden“, sagte Hews von seinem Platz am rechten vorderen Haltegriff des Wagens aus. „Ich hätte das nur halb so überzeugend hinbekommen.“

„Darum habe ich sie engagiert“, sagte Oliver. Er zog einen Lappen aus der Tasche und fing an, die Flüssigkeiten, die aus seinem Freund kamen, aufzuwischen.

Tommy kicherte. „Sicher, dass es dafür nicht noch andere Gründe gab, hm, Chef?“

„Bist du nicht eigentlich krank?“

„Du musst es ja wissen“, sagte Tommy. „Ein Dutzend Messerstiche in mein Herz, zwei Schüsse in den Unterleib, und dann erwischt mich aber eine verdammte Faust im Bauch.“

Oliver klopfte ihm auf die Schulter. „Du wirst Mäntel verhauen, erinnerst du dich?“

Tommy hustete wieder. „Ah. Richtig. Was wäre ich ohne dich, Chef?“

„Kohlepacker im Aldgate, gesund und munter, das wärst du“, dachte Oliver. Laut sagte er: „Ich bin sicher, du würdest auch ohne meine Hilfe bis zum Hals in Schwierigkeiten stecken.“

„Ah! Getroffen! Das ist die reine Wahrheit, falls ich sie je gehört habe. Wo ist der König?“

Oliver zuckte zusammen. „Jeremy?“

„Ja. Der kleine Kerl ist mir doch nicht davongelaufen, oder?“

„Ich … äh … habe ihn auf eine Mission geschickt.“

Tommys noch verbliebene Braue hob sich. „Wirklich?“

Oliver gab sich große Mühe, lässig die Achseln zu zucken. „Ich habe gesagt, ich mache ihn zum Mitglied der Mannschaft, richtig? Der kleine Wicht muss seinen Beitrag leisten. Im Übrigen hat er ja gezeigt, dass er dazu fähig ist.“

Tommy kniff sein unverletztes Auge zusammen. Kurz darauf veränderte sich sein Ausdruck, und sein Gesicht erschlaffte.

„Wusste, dass er eine gute Wahl war“, murmelte er.

Oliver gab Hews ein Zeichen. „Übernimmst du?“

Der ältere Mann beendete seine Unterhaltung mit ein paar Burschen und bestieg gehorsam den Wagen, als Oliver ausstieg. Der

Transportwagen war typisch für Whitechapel, aus Eisenstangen, Blech und Aluminium gebaut. Sie hatten ihn mit einem Sack voll Vorräten, Bergens Dampfgewehr, Lawrences Handbuch und der Übersetzung von Scareds Lochstreifen beladen – und dann noch mit Tommy, denn als er wieder zu sich gekommen war, hatte er nicht laufen können und war viel zu schwer gewesen, um ihn zu tragen.

Oliver ging zu Hews' Platz am rechten Haltegriff und sah Bergen an, der zu seiner Linken stand. Phineas, Heckler und den Arzt hatten sie in der Schattenseite gelassen: Oliver rechnete mit einem Angriff auf Shadwell innerhalb der nächsten Stunde. Phineas konnte für eine rechtzeitige Vorwarnung sorgen und hatte auch schon den Aufstand überstanden, Heckler war ein fähiger Kerl und ein grandioser Schütze und Chestle … nun, den würden sie noch früh genug brauchen.

Es wäre schön gewesen, Bergen und seine Kanone ebenfalls dort zu lassen, aber …

„Wo ist Ihr Mechaniker?“, fragte Oliver.

Bergen betrachtete in kühl, wie um einzuschätzen, ob er vertrauenswürdig genug für diese Information wäre. „John Scared hat ein Versteck ganz oben am Dunbridge-Abhang, und der Mechaniker hat darin seine Werkstatt.“

Oliver verschränkte die Arme und lehnte sich gegen den Wagen. „Also führen Sie uns direkt in Scareds Hauptquartier.“

Der Deutsche schaute finster. „Ich mag Ihren Ton nicht, Engländer. Wollte ich Ihren Tod, hätte ich Sie schon mehrfach umbringen können.“

Das war sehr wahr. Der Mann gab sich zweifellos Mühe, und doch erregte etwas an ihm Olivers Aufmerksamkeit und ließ ihn immer wieder zweifeln, sobald sie im selben Raum waren: Warum sollte Bailey mit seinem Gott-schütze-die-Königin-Gehabe ausgerechnet einen Deutschen anheuern? Warum keinen in Großbritannien gezeugten und geborenen Landsmann?

„Wird Scared dort sein?“

Bergen schnaubte. „Kaum. Er ist wahrscheinlich in ein anderes Versteck gegangen, denn ich kenne den Ort sehr gut. Er hat ein weiteres im Aldgate und hat mir gesagt, er habe noch einige mehr. Ich vermute eines in Shoreditch, auch wenn ich nicht sagen könnte, wo genau."

Oliver bemerkte, dass Missy zu ihnen herüber sah. Nach einer Sekunde wandte sie sich wieder ihrer Unterhaltung mit den anderen Passagieren zu.

„Warum sollte er das Versteck wechseln, frage ich mich?"

„Falls er keine andere Information hat, muss er annehmen, dass mich jemand gefangengenommen hat. Entweder die Mäntel oder die Engländer", sagte Bergen. „Auch wenn seine Spione mich vermutlich mit Ihnen gesehen haben. Scared ist ein kluger Mann."

„Warum hat er Sie angeheuert?"

Bergen verschränkte die Arme, die viel kräftiger waren als Olivers. „Ich bin Ihr Misstrauen langsam leid, Sumner. Verhören Sie all Ihre Männer so?"

Oliver fühlte wieder, wie sich seine Nackenhaare aufstellten.

„Keuper, ich habe die Regel, niemals nach der Vergangenheit meiner Leute zu fragen. Ich bin nicht der Ansicht, ein Mann müsse seine Vergangenheit hinter sich herschleppen wie Marley seine Kette, und deshalb werde ich Sie nicht nach der Ihren fragen. Ich werde Sie fragen, was Sie für Bailey und für Scared getan haben, denn das könnte notwendig sein."

Die Straßenbahn ruckte, als sie sie über eine Kreuzung fuhr, wo die Oberleitungen durch die krummen, weichen Streben eines Turmes im Kleinkindalter liefen, der noch zu jung und damit unbewohnbar war. Der Wagen schepperte und schlingerte, und für einen Moment verstummten Bergen und Oliver, um ihn mit den Steuergriffen ruhig zu halten.

„Dann sagen Sie mir", meinte Bergen, als sich die Bahn wieder stabilisiert hatte, „wie suchen Sie sich Ihre Männer aus, wenn Sie nichts über sie wissen? Die Vergangenheit eines Mannes ist sein Charakter."

„Das glaube ich nicht", sagte Oliver. „Ich vertraue meinem Gespür für die Leute. Ich halte mich für einen guten Menschenkenner, ich sehe ihren Charakter."

Bergen lachte. „Charakter? Ihr Amerikaner ist ein Verbrecher. Ihre Frau ist eine Hure."

Olivers Faust flog in Bergens Richtung, bevor er überhaupt den Zorn in sich aufsteigen fühlte. Seine Knöchel erwischten den Deutschen am Kiefer, schleuderten ihn zurück und nach unten gegen den Haltegriff des Wagens.

Guter Gott, was hatte er ...

Bergens Faust schlug gegen seinen Wangenknochen, und der Schmerz schoss bis in seinen Hinterkopf. Sein Knopf knickte in einem ungesunden Winkel nach hinten ab, und sein ganzer Körper versagte.

Er spürte, wie der Deutsche einen schweren Schritt in seine Richtung tat. Dann ertönte Hews' Stimme wie eine Glocke: „Das reicht!"

Oliver ächzte und versuchte, sich aufzurichten. Durch seinen verschwommenen Blick sah er Bergen, die Hand an der Waffe, und Hews' Hand an seiner.

Missy tauchte mit düsterem Blick hinter Bergens Schulter auf. Sie ließ eine Hand in ihre Handtasche gleiten und zog einen Gegenstand halb heraus. Trotz seiner verwackelten Wahrnehmung wusste Oliver, was es war. Missys Lippen bewegten sich, murmelten etwas, das nur Bergen hören konnte.

„Diesmal hast du gewonnen", sagte Hews, der noch immer seine Pistole auf Keuper gerichtet hatte. „Lass es gut sein."

Der Deutsche straffte sich, zog sich in seine übliche Trübsal zurück.

„Ich werde das nicht nochmal tolerieren", sagte er.

„Dann ... beleidige ... meine Mannschaft nicht!" Oliver stützte sich mit seinen Händen auf den Gitterboden und hievte sich hoch.

„Sie sind selbst schuld, Sumner", sagte Bergen. „Sie haben keine Disziplin; Sie haben keine Kontrolle über Ihre Leute. Afrika würde Sie lebendig verschlucken."

„Dies ist nicht Afrika", sagte Oliver. Er fasste nach dem Haltegriff, um Halt zu finden, dann erhob er sich. Er bekam wieder Gefühl in der Wange: einen heftigen, pochenden Schmerz. „Aber sagen Sie mir: Falls wir in Afrika wären, könnten Sie jeden Löwen, jeden Tiger und jede Schlange oder was auch immer allein töten? Könnte Ihre Knarre alle töten, bevor sie Sie kriegen?" Er stach mit seinem Finger nach ihm. „Es scheint, als wären Sie so dumm zu denken, Sie könnten diesen Krieg hier ganz alleine führen, und obwohl ich froh wäre, Sie los zu sein, kann ich Leute, die sich unnötigerweise töten lassen, nicht ausstehen."

Bergen räusperte sich. „Dann sind Sie schwach und dumm."

Hews fuchtelte mit seiner Pistole erst vor Bergens, dann vor Olivers Gesicht herum. „Genug", sagte er. „Ich dulde diesen Irrsinn nicht mehr. Der nächste, der etwas sagt, hat eine Beule im Gesicht."

Bergen und Oliver tauschten Blicke. Sie standen lange so da. Zu ihrer Rechten kam durch den Smog der Abhang Dunbridges in ihre Sicht. Ihr Publikum starrte sie entzückt an, gefangen in diesem Moment.

Bergen brach den Blickkontakt ab und spie auf den Boden zwischen ihnen. Dann drehte er sich um und schritt davon. Die anderen Passagiere machten ihm den Weg frei und sahen zu, wie er in die hinterste Ecke der Bahn ging, wo er einen Platz einnahm, von dem aus er demonstrativ ins Nichts starrte.

Oliver seufzte, richtete sich auf und drehte sich um, um die Menschenmenge anzusehen.

„Nicht." Missy presste ihn mit einer kräftigen Hand wieder gegen die Wagenwandung. „Bis jetzt ist es nur Getratsche. Es gibt keinen Grund, mehr daraus zu machen."

„Bist du in Ordnung, Kumpel?", fragte Hews.

Oliver überprüfte seinen Kiefer, seinen Hals: Nichts schien dauerhaft geschädigt zu sein. Er nickte.

Erst dann verstaute Hews seine Pistole. Er schwang die Beine über den Rand des Wagens und setzte sich. Für einen Moment presste er seine Hände zusammen. „Das war alles andere als klug, Oliver."

Oliver rieb sich die Wange und sagte nichts.

Hews runzelte die Stirn. „Der Mann hat versucht, dich auf die Palme zu bringen, seit er dich zum ersten Mal getroffen hat, und du springst gleich auf und verpasst ihm eine."

Missy verzog plötzlich das Gesicht und blaffte Hews mit gefletschten Zähnen an. „Unsinn. Wenn das der einzige Weg ist, diesen Mann in seine Schranken zu weisen, dann bitte mehr davon."

„Mädel?", sagte Hews.

„Wir haben uns da einen niederträchtigen Mann aufgehalst. Ich habe schon mal gesagt, er ist nicht zu beherrschen. Brauchst du noch mehr Beweise?" Sie wies auf Olivers Gesicht.

Oliver sah die winzigen Zuckungen auf Missys Lippen und Augenlidern.

Hews beugte sich vor zu seiner Schulter. „Mädel, unser Junge hier hat zuerst zugeschlagen."

„Der Deutsche hat zuerst zugeschlagen", sagte Missy. Sie sah Oliver an. „Oder? Oder?"

Nach einem Moment nickte Oliver. „Das ist die Wahrheit."

„Stuss", sagte Hews. „Dein verdammtes Temperament ist die Wahrheit. Das war erbärmlich."

„Das habe ich inzwischen verstanden, Hewey", blaffte Oliver, „und du hast kein Recht, mit mir wie mit einem Kind zu reden."

Hews errötete. „Ich habe jedes Recht der Welt dazu, Junge. Ich habe dich groß gezogen …"

„Du hast mich unter deinen Schmelzgefäßen schlafen lassen", sagte Oliver. „Du hast mich Kohle und Erz tragen lassen und mir einen Hungerlohn dafür gezahlt, und manchmal, manchmal hast du den anderen Kerlen gesagt, sie sollen mich nicht zum Spaß treten und hast überall herumerzählt, dass du einem armen Waisenjungen hilfst und was du für eine gute Seele wärst."

Hews zitterte einen Moment lang, seine Wangen glühten, seine Augen traten hervor. Die Worte kamen zusammen mit Speichel zwischen seinen Zähnen hervor: „Wir haben dich ernährt. Wir haben dir Kleidung gegeben und die Kamin-Banden von dir ferngehalten …"

Oliver unterbrach ihn. „Das meiste, was ich gegessen habe, musste ich stehlen. Du wolltest nicht einen einzigen Kuchen deiner Frau teilen, soweit ich mich erinnere."

Hews sah aus, als würde er gleich explodieren. Die nächsten Worte waren nur noch ein Flüstern: „Undankbares Kind."

Oliver hielt den Blick des Mannes stand, bis Hews sich wegdrehte. Dann ließ Oliver den Kopf sinken und kaute auf der Innenseite seiner Wangen herum. Missy trat einen Schritt zurück, blickte finster drein und sagte nichts.

Der Schlund des Dunbridge-Bahnhofs, umrandet von chaotischen Eisenwucherungen, die aussahen wie schiefe Zähne, saugte die Straßenbahn nach innen. Der beständige Nebel Whitechapels wich grellem elektrischem Licht und Druckwellen heißen Dampfes aus einem Dutzend unergründlicher Maschinen. Halbmenschliche Krähen trippelten hin und her, flickten, befestigten, streichelten und besänftigten. Die Kesselmänner, die in den vergangenen vierundzwanzig Stunden jeden Bahnhof überwacht hatten, waren verdächtig abwesend.

Als sich das Tor öffnete, nahmen Oliver und Hews jeweils einen Griff des Transportwagens. Oliver fühlte jeden Muskel, als er sie anspannte, um den Wagen diese ersten paar Fuß zu bewegen. Die Räder quietschten fürchterlich und blockierten alle paar Zentimeter.

Die Anstrengung trieb ihm das Blut ins Gesicht, was den Schmerz noch verschlimmerte. Er musste inzwischen einen lustigen Bluterguss haben.

„Wenn das der kleinste Schaden wäre, den ich heute angerichtet habe, wäre das ein Segen", dachte er.

Hews marschierte neben ihm, schnaufend und schwitzend, er war eine solche Tätigkeit nicht gewohnt, aber niemand wollte Bergen fragen, ob er wieder zu ihnen kommen wollte. Oliver sah verstohlen zu ihm hinüber. Hews ging vor Anstrengung schleppenden Schrittes – niedergeschlagen, müde und alt. Siebenundfünfzig Jahre Leben waren in Hews' Gesicht gegraben, in Kuhlen, Falten, Narben und Wangen, und Oliver empfand ein starkes Gefühl der Ungerechtigkeit.

Hews sollte jetzt vor seinem Kamin auf seinem Landgut sitzen, Portwein nippen und irgendeinem unglückseligen Kerl, den er dazu bringen konnte, ihm zuzuhören, von der bevorstehenden Geburt seines ersten Enkelkindes erzählen. Stattdessen hatte er in Whitechapel ein Geschäft eröffnet, für die Königin spioniert, eine Frau an den Lungenkrebs verloren, einer ganzen Schar Menschen Arbeit gegeben und einen kleinen Jungen davon abgehalten, in sein eigenes Grab zu fallen.

Die plötzliche Wut, woher auch immer sie gekommen war, verging, und Oliver rutschte das Herz in die Hose.

Die Räder des Wagens klapperten und hüpften, als sie über die Auffahrt und in den Bahnhof kippten. Missys Schweigen und Tommys fiebriges Stöhnen posaunten ihre Ankunft in Dunbridge hinaus.

* * *

Oliver hätte es besser wissen müssen.

Missy wischte sich mit einem spitzenverzierten Taschentuch über die Stirn. Danach war es gelb und verschmutzt.

Das war Gisellas Kardinaltugend: Sei niemals dreckig. Eine Dame sollte nie schwitzen, nie nach etwas anderem als Parfum riechen, nie sollten ihre Kleidung oder ihr Haar nicht in Ordnung sein. Sie hatte sogar versucht, es auf dem Höhepunkt des … Moments zu verhindern.

Gisella ist nicht hier, Vögelchen.

Doch das machte keinen Unterschied. Missy fühlte sich trotzdem ekelhaft, beschmutzt.

Du wurdest im Dreck geboren, kleines Mädchen. Das war der Refrain des Liedes ihrer inneren Stimme während der gesamten Fahrt hier herauf gewesen.

Es hatte einiges an gutem Zureden und kaltem Wasser gebraucht, um Tommy so weit wach zu machen, dass er auf die Füße kam. Dennoch war er bei jedem Schritt schrecklich wackelig, sein gewaltiges Gewicht taumelte hin und her. Es waren alle drei Männer nötig gewesen, um ihn am Umfallen zu hindern, und Missy hatte noch zusätzlich ihre Schulter angeboten, weil sie wusste, dass sie sie brauchten, aber nie gefragt hätten. Missy war nie zuvor richtig in Dunbridge gewesen. Sie hatte dort während der Flucht aus dem Hurenhaus Halt gemacht, vor ewigen Monaten, aber sie hatte nur den Bahnhof gesehen und nicht die bizarren und märchenhaften Plattformen und Gänge, seine Treppenhäuser und Sackgassen kennengelernt.

Ihr Blick huschte ängstlich zu den Schatten, die sich aus dem Smog lösten. Sie entpuppten sich immer als Chinesinnen, die Körbe trugen, Männer, die Metallstücke hielten und verkrüppelte Kinder mit trüben Augen, die hinterher stapften.

Es war kein Wunder, dass Tommy taumelte wie Shelleys Monster, alle zwanzig Schritte hinfiel und eine Stufe oder ein Geländer verbeulte oder zerbrach. Hews führte sie während ihres Marsches an jeder Kreuzung mit ein paar knappen Worten. Bergen war zurückgekommen, aber die Männer sprachen nur das Nötigste miteinander.

Sie hatte bemerkt, wie der Deutsche sie mehrfach angesehen hatte. Sie wusste nicht, was der Blick zu bedeuten hatte. Es war keine Lust, zumindest glaubte sie das nicht, aber auch kein Misstrauen oder Zorn. Es war versunkene, echte Aufmerksamkeit, gleichgültig und kühl.

Wann wird Oliver auf mich hören und ihn rausschmeißen?

Nun, es scheint, als hättest du zwei Männer hier, die sich nicht kontrollieren lassen.

Nach einer ganzen Weile verkündete Hews, sie seien da, und sie versuchten, Tommy durch eine Tür zu quetschen, die schon für einen normalen Mann zu schmal war und luden ihn mehr schlecht als recht auf einer dünnen Matratze und ein paar Decken in der Ecke ab. Alle Männer warfen die Säcke mit Vorräten, die sie bei sich trugen, gegen die Wand. Dann ruhten sie sich aus.

Missy ließ ihren Blick schweifen. Überall an diesem Ort lagen in dreckige Decken gehüllt schmutzige Männer. Die Luft stank wie in einem Krankenhaus: Schweiß, Urin und ein anderer beißender Geruch, den Missy nicht kannte. Die Gäste hätten Leichen sein können, so ruhig lagen sie da.

Missy zog Oliver am Ärmel. Er drehte sich immer noch keuchend um. Sie rümpfte die Nase, als sie seinen üblen Geruch wahrnahm.

„Warum hast du uns zu so einem furchtbaren Ort gebracht?"

Oliver lächelte. „Verglichen mit anderen ist er nicht schlimm. Übrigens ist dies Freundesland."

„So würde ich es kaum nennen."

„Wir finden unsere Freunde, wo wir können."

Eine untersetzte, plumpe chinesische Dame kam hinter einem roten Vorhang im hinteren Teil des Raumes hervorgewatschelt. Sie trug ein schmuckes orientalisches Kleid, das von sehr grellem Grün und mit angelaufenen Goldverzierungen besetzt war. Hews zog seinen Hut und trat vor, um sie zu begrüßen.

„Mrs. Flower, wir müssen leider ein weiteres Mal um Ihre Gastfreundlichkeit bitten", sagte er.

Die Dame neigte leicht den Kopf, drehte sich dann um und verschwand im Hinterzimmer.

„Wir werden uns ein paar Minuten ausruhen", sagte Oliver. „Dann werden Bergen und ich seinen Mechaniker besuchen gehen."

Ein Stechen ließ Bergens unteres Augenlid zucken, und er blickte sehr finster drein. Sehr zu ihrem Erschrecken merkte sie, dass sie diesen Ausdruck verstand.

Ja, es ist der Blutdurst, nicht wahr, Kind? Vergiss niemals, dass du jetzt auch eine Mörderin bist. Geboren als Hündin und zur Hure erzogen, stehst du jetzt in voller Blüte. Ist das nicht wunderbar?

„Sei still", zischte sie. Sein Blick huschte augenblicklich zu ihr. Hews griff ein, bevor Bergen etwas sagen konnte.

„Ich werde gehen", sagte er, während er seine Hose hochzog und seine Weste richtete.

Oliver zog die Brauen zusammen. „Hewey, ich bin nicht …"

„Ich will es nicht hören, Junge. Wann hast du zuletzt geschlafen?"

Oliver versuchte, seine Überraschung zu verbergen. „Ich habe …"

„Wenn die Antwort ‚heute morgen' ist, dann bleibst du hier. Überhaupt bin ich der einzige, der die Ein- und Ausgänge dieses Turmes kennt."

Oliver stand einen Moment da und überlegte.

Missys Blick huschte zu Bergen. Sie kannte diesen Ausdruck: Er beobachtete einen Mann, um zu sehen, wie er ihn beherrschen könnte.

Es ist deine Pflicht, deinen Kunden zu beherrschen, ihm mit welchen Mitteln auch immer ihm die liebsten sind Freude zu bereiten. Für jeden Mann ist eine einzigartige Zusammenstellung aus Taten, Sätzen und Gesten die richtige. Du wirst durch Beobachtung und Intuition lernen, welche das ist. Nun trink deinen Tee, leg dich auf deine Pritsche, und die Übung kann beginnen.

Oliver konnte man nicht beherrschen, indem man ihn wie ein Kind behandelte.

Ich werde das nicht tun.

Natürlich wirst du das, mein Schatz. Es ist, wozu wir dich ausgebildet haben. Dem Deutschen fehlt die Flexibilität, um ihn zu besiegen, aber du, mein Kind – du bist flüssig wie Regen. Du kannst alles sein, was er braucht.

Es war eine neue Stimme, rauer als die, die sie gewohnt war. Ihr liefen kalte Schauer über den Rücken.

Schließlich seufzte Oliver.

„Gut. Sei einfach so schnell du kannst wieder da."

Hews schraubte seinen Zylinder wieder auf seinen Kopf. Die Chinesin tauchte wieder von hinten auf, sie trug ein Tablett mit einem Messingkessel und vier Porzellantassen. Hews nahm den Hut wieder ab und verbeugte sich vor ihr. Er stieß Oliver mit dem Ellbogen an, und dieser nahm ebenfalls seinen Hut ab, wobei ungekämmtes, braunes Haar auf seine Schultern fiel.

„Leider müssen wir gehen, Mrs. Flower“, sagte Hews. „Mit Gottes Gnade sollten wir zurück sein, ehe der Tee kalt ist.“

Mrs. Flower schien nichts entgegnen zu wollen. Sie stellte das Tablett lediglich zu Hews' Füßen auf dem Boden ab und ging durch den Raum, während sie nach ihren halb bewusstlosen Kunden sah.

Hews setzte seinen Hut wieder auf. Bergen stellte seine Dampfkanone in eine Ecke. Er hatte sie die ganze Strecke über auf dem Rücken gehabt und sah ziemlich außer Atem aus.

Er wird Hews umbringen und dann zurückkommen, um dich zu töten. Aber du wirst ihn aufhalten, oder nicht? Du und dein Handtäschchen.

Missy war gekränkt.

Er hätte es verdient.

Brave kleine Hündin.

Bergen duckte sich hinaus in die Dunkelheit des Nachmittags. Hews machte Anstalten, ihm zu folgen. Oliver hielt ihn zurück, indem er ihm eine Hand auf die Schulter legte.

Hews schüttelte den Kopf. „Keine Zeit jetzt, Oliver.“

Oliver ließ ihn gehen. Die Tür schloss sich. Missy hatte noch nie einen Mann in einem Raum voller Leute so allein gesehen.

Jetzt wäre der Moment, es zu tun: einfach durch die Tür gehen und dem Deutschen eine Kugel in den Rücken schießen.

„Komm schon“, hörte sie sich sagen. „Setz dich.“

Oliver ging in ihre Richtung, scherte dann aus und setzte sich neben Tommy auf den Boden. Mit den Händen zog er seine Knie in den Schneidersitz und schüttelte sich dann den Mantel von den Schultern. Missy holte das Tablett und setzte sich neben ihn.

Sie schenkte den Tee ein und versuchte, das Zittern ihrer Hände zu unterdrücken, als sie sah, dass er rot war. Gisellas Tee war immer rot gewesen – das schreckliche Schlafmittel, das den Hobgoblinmann heraufbeschwor.

Hehe. Ich sehe, du erinnerst dich an mich.

Die Teekanne gab ein klingendes Geräusch von sich, als sie auf dem Tablett auftraf und ihren Inhalt auf den Boden ergoss.

„Oh Gott …", sagte Missy nach Luft schnappend.

Oliver griff über sie hinweg und stellte die Teekanne wieder auf. „Niemand wird es merken."

Das war nicht, was sie gemeint hatte.

Der Hobgoblinmann ist real. Er hat mich besucht.

Sie fühlte die Phantomberührung seiner scheußlichen Finger im Gesicht und vergaß es wieder.

Sie drehte den Kopf, um das Profil von Olivers ungepflegtem Gesicht sehen zu können. Er starrte Tommy an, der beim Atmen gurgelte und ebenso ins Nichts starrte. Seine Hose saugte sich mit Tee voll. Seine Haut hatte alle Schattierungen von Gelb. In seinen Augen spiegelte sich das flackernde Licht der Lampe.

Etwas war nicht richtig. Olivers unordentliches Haar fiel ihm in die Stirn, warf Schatten auf seine Augen, es konnte also nicht das reflektierte Licht sein.

Sie zitterte. Er bemerkte es und blickte ihr mit seinen sanft brennenden Augen in die ihren.

„Was siehst du?", fragte er.

Sie sagte es ihm.

Ihm fielen die Augen zu. „Es wird schlimmer", sagte er. „Es fühlt sich wie heißes Eisen in meinem Schädel an."

Sie spürte, wie sich ein Frösteln seinen Weg durch die Luft bahnte, und wagte nicht zu fragen, was er meinte.

Er fuhr dennoch fort. „Es wird heißer, je näher wir dem Schlot kommen. Mama Maschine hat sich in meinem Kopf niedergelassen. Es sieht so aus, als hätte sie mich gern zum Gemahl."

Missy saß ganz ruhig da, ihre Haut kribbelte.

„Der andere ist in meinem Unterleib. Ich bin nicht sicher, was er von mir will." Er fasste nach Tommys Hand aus Fleisch und Blut. „Das kann nicht alles umsonst sein."

Das ist deine Chance. Nimm ihn auf den Schoß, verhätschle ihn, singe ihm etwas vor, sag ihm, alles werde gut werden und mach ihn zu dem Deinen.

Missy wollte nach Olivers Hand greifen.

Ich will nicht.

Doch.

Sie hielt inne, streifte ihren dreckigen roten Handschuh ab und nahm seine Finger, Haut an Haut, in ihre.

„Du hast mich nie gefragt", sagte Missy, „woher ich kam, Oliver."

Seine Finger waren schwielig, vernarbt und fühlten sich rau an. Sie lagen unbeweglich in ihrer Hand, aber Oliver wurde am Hals leicht rot.

„Wer du warst, geht mich nichts an", sagte er.

Missy schluckte. „Oliver, ich werde nicht … ich kann nicht … dir nicht sagen, aber …" Sie holte Luft. „Versteh nur, dass der Ort, von dem ich kam, schrecklich war. Sie hat uns … Ich bin dort die ganze Zeit gestorben."

Er starrte sie an, und das tanzende Licht erschien jetzt nicht mehr so bedrohlich.

„Denke nicht, dass es umsonst war, Oliver."

Gott, wie er sie ansah. Sie fühlte Hitze in ihrer Brust, Leichtigkeit in ihren Gliedern. Er war schön, das leichte Lächeln auf seinen Lippen voll solcher Wärme, dass sie …

Sie sprang auf.

„Nun, es ist besser, wenn du dich ausruhst, kann ich mir vorstellen", sagte ihr Mund. „Wichtige Mission heute Nacht, wenn alles gut geht."

Während er sie immer noch mit diesem Lächeln anstarrte – diesem verdammt verlockenden Lächeln –, sagte er: „Ich nehme an, das wäre das beste."

„In der Tat. Nun, ich denke, ich werde ein paar Schritte gehen, uns vielleicht ein bisschen Kuchen kaufen oder was auch immer sie hier feilbieten."

„Das wäre wundervoll, Miss Plantaget."

„Du musst dir um meine Sicherheit keine Sorgen machen. Ich kann ziemlich gut auf mich selbst aufpassen."

„Das würde ich nie bezweifeln."

„Gut. Ich werde bald zurück sein."

Sie floh zur Tür.

Du hast etwas vergessen!

Die Handtasche! Sie drehte sich um, schnappte sie sich, sah Oliver nicht an, ging zur Tür und stürzte auf die Straße. Das Grau des Whitechapel-Nachmittags schloss sich über ihr. Dunbridge hatte sich, da es keine klassifizierbaren Straßen gab, geweigert, Straßenlampen aufzustellen, und deshalb war der Tag nur wenig heller als die tiefe Nacht.

Die Tasche hing über ihrer Schulter wie ein alter Freund. Allein schon ihre Anwesenheit gab ihr Sicherheit.

Könnte er nicht für deine Sicherheit sorgen?

Die Pistole ist mir lieber.

Die Hitze und die Leichtigkeit endeten mit diesem Gedanken, und sie schrie in ihrem Kopf, um es wieder zu holen.

Nun, Kind, ist dir noch nicht klar, dass dein Schicksal in der Kriminalität liegt? Bei solchen Gedanken ist es ein Wunder, dass du überhaupt Zuneigung für ihn empfinden kannst.

Er würde auf mich aufpassen.

Das war auch immer mein Versprechen.

Sie ging weiter, um zu entkommen, um vor dieser Stimme, die sie verfolgte, zu fliehen. Sie sagte sich immer wieder, sie werde auf jeden Fall zu ihm zurückkommen und etwas zu essen mitbringen. Etwas Kleines, und vielleicht würde er sie dann wieder so anlächeln.

Sechs Kurven, zwei Treppen, ein paar Chinesen, die in ihrer verwirrenden Sprache schwatzten, und sie hatte sich verirrt. Hoffnungslos. Der einzige sichtbare Orientierungspunkt war der Schlot, dessen Spitze von einem heftigen, ununterbrochenen Glühen gekrönt war.

Sie fand keine anständigen Läden, nur eine endlose Reihe von Wohnhäusern, die nach den Launen der Turmstützen ineinanderwuchsen. Weder Gassen noch Fassaden unterbrachen die endlosen Reihen unbeschrifteter, anonymer Türen. Schließlich blieb sie auf einem offenen Platz stehen und stampfte auf. „Verflucht!", sagte sie.

„Na, na. Was würde die gute Oberin sagen, wenn sie hören würde, dass du eine solche Sprache benutzt?"

Der Hobgoblinmann löste sich aus der Dunkelheit.

Spiegelungen wallten in ihrer Erinnerung auf: seine Worte, sein Lachen, der zu süße Geruch seines Atems, das fürchterliche Kratzen seiner Koboldnägel, die Befehle, die das Tier in ihr weckten, Worte, die in die Mechanismen der Gedanken eingeschrieben waren.

Er hat dich ausgebildet. Ich habe dir den Tee eingeflößt; dann kam er zu dir, um die Lektionen, die ich mir ausgedacht habe, tief einzupflanzen. Er hat dich auf den Gehorsam vorbereitet, und du kannst ihm nicht entkommen.

„Komm mit, wenn's recht ist", sagte er.

Ihre Füße folgten ihm. Er führte sie einen schmalen Weg entlang zu einem kleinen runden Platz am Ende einer Sackgasse, der vollgestellt war mit Müll. Ratten – aus Fleisch und Blut – quiekten und rannten weg, als sie näher kamen.

Er ist real. Warum konnte ich mich daran nicht erinnern?

„Komm, Schatz. Wir haben wenig Zeit", sagte er. „Ich habe damit gerechnet, dass deine Leute hierher kommen. Die Mäntel wissen auch von eurem Unterschlupf. Aber keine Sorge. Ich habe sie vertrieben."

Er blieb in der Mitte des kleinen Platzes stehen und drehte sich, beugte sich über seinen Stock. „Was dagegen unerwartet war, war, dass mein Deutscher bei euch ist. Ich nahm an, mein Junge hätte seine Pflicht getan, aber er hat versagt. Auch wenn seine Tage auf Erden gezählt sind, könnte euer kontinentaler Freund mir noch nützlich sein."

Missy spannte sich an, holte Luft, flüsterte: „Was willst du?"

Der Mann wurde lebendig. Er richtete seinen Zylinder und sah sie fragend an. „Tick, tick. Hast du gerade aus eigenem Willen gesprochen, Liebling?“

Ihr Kopf bewegte sich.

„Hehe.“ Der Mann griff mit einer knorrigen Hand in seine Tasche. „Entweder du bist äußerst willensstark oder einfach ein bemerkenswerter Sonderling auf der Palette der Natur. Das wird jetzt ziemlich gefährlich werden, aber ich glaube, es wird nicht zu vermeiden sein.“

Er holte eine verkorkte Flasche mit roter Flüssigkeit aus seinem Mantel. Ihre Brust straffte sich bei diesem Anblick. „Ich bin sicher, du erinnerst dich daran, Schatz. Gisella verdünnte es am liebsten mit Wasser.“ Der Mann öffnete die Flasche mit zwei groben Fingernägeln, drehte sie um und ließ einen einzigen Tropfen auf seine Fingerspitze fallen. Er blieb dort kleben wie ein Klecks Honig.

„Öffne deinen Mund, mein Schatz.“

Sie schüttelte langsam den Kopf.

„Das wird dir nichts nützen“, sagte der Mann. „Ich habe noch andere Angelegenheiten, die meiner Aufmerksamkeit bedürfen. Aufmachen.“

Ihr Mund öffnete sich.

Der Mann kam näher. „Streck deine Zunge raus, Mädchen.“

Die Zunge gehorchte.

Der Hobgoblinmann schmierte ihr den Tropfen von seiner Fingerspitze der Länge nach auf die Zunge. Es schmeckte wie Schweiß und gekörnter Zucker.

Die Waffe, die Waffe, die Waffe, die Waffe … Worte hallten in ihrem Kopf wider. Ihre Finger zuckten. Die Handtasche öffnete sich. Darin: Erlösung, Stärke, Rache.

Plötzlich schloss sich ein Gefängnis aus Eis um sie herum, ein eisiges Feld, das zu weit war, um es zu überqueren, und Wände eines Canyons, die zu hoch waren, um nach oben zu klettern. Ihr Körpergefühl gefror, und ebenso die Wahrnehmung von Wänden und Straße und Luft. Sie träumte kalte Träume. Sie träumte vom Hobgoblinmann.

„Immer wieder eine neue Erfahrung", sagte er. „Ich genieße den reinen Geschmack von Zeit zu Zeit selbst. Es ist ein Ausflug in den Himmel oder in die Hölle, wie man will."

Finger rieben über ihre Stirn, ihre Schläfen, ihre Wangen, ihren Hals, stupsten sie in die Achselhöhle, in die Rippen, in die Hüfte, gegen die Knochen, gegen die Schenkel, gegen die Knöchel, in ihre Rundungen.

Ihre Schuhe waren weg. Hatte sie sie ausgezogen? Ja?

„Erzähl mir von Oliver Sumner, Schatz."

Missys Mund öffnete sich, und sie diktierte ihm jede von Olivers Bewegungen und jedes seiner Worte während der letzten Tage, bis hin zu seinen beängstigenden und kryptischen Bemerkungen im Unterschlupf.

Finger auf den Augen. Der Hobgoblinmann flüsterte leise vor sich hin.

„Warum hast du ihn mir vorgezogen, meine Liebe? Soll er dein Held und Befreier sein?"

Finger pressten sich in ihr Gehirn, drangen ein, schnitten ein.

„Ich bin verletzt, meine Liebe. Ich bin verraten."

Finger formten, rissen.

„Hehe. Aber es ist seltsam, meine Liebe, wie die Dinge klar werden. Vielleicht hattest du vor, ihm unsere Waffe in die Hand zu geben, wolltest mein bleiben." Ein böses Lächeln. „Aber nun ist mein Deutscher am Leben und wird unsere Fackel stattdessen in die Tiefen deines Gatten tragen."

Die Finger zogen sich zurück, Fetzen von Gedanken und Absichten blieben hängen.

„Nun werde ich tun, was Rivalen tun."

Missy tauchte auf, hielt sich auf kühlen Winden oben, die aus den Säften fremder Pflanzen und den Chemikalien des Gehirns kamen. Der Hobgoblinmann legte seine schreckliche Hand um ihr Kinn und wiegte ihren Schädel.

„Kleines, hör jetzt zu und vergiss danach wie immer, was du gehört hast und sei, wie du immer bist."

Missy nickte.

„Hehe. Oder sollte ich sagen, sei, wozu ich dich gemacht habe? Einerlei."

Die Finger der anderen Hand krochen ihren Kiefer entlang, kratzten, besudelten sie.

„Folgendes verlange ich von dir, Mädchen. Geh zu Sumner, unter welchem passenden Vorwand auch immer. Dann erledige ihn mit dem besten Mittel, das vorhanden ist."

Der Kopf nickte.

„Gehorche mir", sagte der Mann. „Aber erinnere dich an nichts, bis du mich das nächste Mal siehst. Nun steh auf, zieh dich an und nimm deine Aufgabe in Angriff. Du sollst sie mit größter Eile erledigen."

Sie hatte ihre Schuhe wieder an.

„Jetzt verschwinde."

Der Augenblick zerfiel, und die Erinnerung mit ihm. Sie fand sich am Rand einer dunklen, unscheinbaren Kreuzung mehrerer Wege wieder.

„Verflucht!"

Wohin ging sie? Was tat sie?

Du bist losgegangen, um Essen zu holen, du schusseliges Kind.

Ja, natürlich. Etwas zu essen. Etwas, weswegen Oliver mir ein Lächeln schenken wird.

Ein Blitz der Eingebung traf sie, und sie wusste genau, was sie brauchte.

Was hat unsere Von-der-Hündin-zur-Hure-zur-Mörderin-Elevin in ihrem verdorbenen, kleinen Kopf, frage ich mich.

Halt die Klappe, du alte Fledermaus.

Missy schritt in die Dunkelheit.

Das dritte Prinzip der Schmiede ist Stolz. Man kann es auch Liebe oder Kontrolle nennen, aber es bleibt eine notwendige Handlung, die Arbeit anderer zu prüfen und zu betrachten und zu zertrümmern oder zu verherrlichen, wenn sie es verdient. Wie kann sich der Schöpfer des kleinsten Dinges hierin von Gott unterscheiden? Die Beurteilung ist der Herrschaftsbereich des Schöpfers; Kunstgriffe wie wir existieren nur als Opfer Ihrer Launen.

– V. iv

KAPITEL 16

Bergens Unterleib pulsierte, als würde er gleich platzen. Er musste all seinen Willen aufbringen, um sich nicht bei jedem Schritt zu krümmen. Es war, als pumpe ein unsichtbarer Blasebalg mit jeder Bewegung mehr Luft in seinen Körper. Noch dazu fühlte er sich benommen, ein sicheres Zeichen für anhaltenden Blutverlust.

„Du bist sicher, dass du den Weg kennst?"

Bergen schüttelte seine Gedanken ab; es war nicht gut, sich von Schmerz ablenken zu lassen. Er drehte sich zu seinem Begleiter um, der immer einen halben Schritt hinter ihm ging und immer eine Hand in der Tasche hatte.

„Ich bin sicher."

Hews nickte und zeigte nach vorn. „Dann führ uns weiter."

Bergen ging um die Ecke. Die Türen hatten in dem Moment angefangen zu wackeln, in dem er das Versteck betreten hatte. Die

Gestaltung der Gänge barg einen teuflischen Wahnsinn, sie ließ den Besucher an seinen Fähigkeiten zweifeln, egal wie oft er schon durch sie hindurch gegangen war.

„Hier", sagte er. Er griff nach einem Türknauf. Entweder erwarteten ihn ein paar gut beleuchtete Stufen oder ein schneller und raffinierter Tod auf der anderen Seite.

Er ergriff den Knauf, drehte ihn, zog. Die versprochene Treppe erstreckte sich nach unten.

„Wie weit unten sind wir?", fragte Hews.

„Das Versteck ist um eine der Stützsäulen des Turmes gebaut", sagte Bergen. „Es liegt weit unter Straßenniveau."

„Hmm." Der Engländer dachte nach und rieb einen Augenblick lang mit seinen fetten Finger sein Gesichtshaar. „Wie bekommt dieser Mechaniker hier unten, was er zum Arbeiten braucht?"

Bergen dreht sich um. „Musst du bei allem annehmen, dass ich dir schaden will? Das hier ist keine Falle."

Hews lächelte breit. Er nahm die rechte Hand nicht aus seiner Tasche. „Das war nicht als Beleidigung gemeint. Ich war nur neugierig."

Schnell drehte sich Bergen weg und stieg die Stufen hinunter. Viele Jahre zuvor hatte er sich selbst überredet, keinen Schmerz zu empfinden wie andere Menschen – was er auch erreichte, jedoch war es schlecht für sein Temperament. Er musste die Kontrolle über sich selbst wahren. Von Herder würde Scareds Apparat in wenigen Stunden zusammengebaut haben, und dann stand die wirklich wichtige Aufgabe bevor.

Bergen stieg mit steifen, schweren Schritten hinunter. Als er die Werkstatt betrat, sah er verschwimmende Flecken.

Der alte Mechaniker saß über die geschmeidige und schöne Form des Dampfgewehrs gebeugt. Einer seiner jungen Assistenten hielt eine Platte an der richtigen Stelle, während von Herder sie befestigte. Bergens Schritte erregten seine Aufmerksamkeit.

„Äh? Wer da?"

„Herr Keuper, Sir", sagte Bergen.

„Herr Keuper!“ Der Alte grinste. „Wie immer ein Vergnügen. Wer ist bei Ihnen?“

Bergen wollte schon eine vage Bemerkung über einen „Kameraden“ oder „anderen Soldaten“ machen, als Hews nach vorne trat. Er nahm seine rechte Hand aus der Tasche.

„Herbert Lewis, Sir. Sehr erfreut, Sie kennenzulernen.“

Von Herder ließ seine blassen, vom grauen Star vernarbten Augen aufblitzen und streckte die Hand über den Tisch in den Raum aus, wo er nach der erwarteten Hand suchte. Natürlich sah der alte Mann wegen seiner Blindheit Hews' Reaktion nicht.

„Ferdinand von Herder“, sagte der Mechaniker, der endlich Hews' Hand fand und sie kräftig schüttelte. „Sie sind ein Diener unseres gemeinsamen Gönners?“

Hews rettete sich aus der Situation: „Nein. Ich bin ein Gefährte Mr. Keupers. Ein Geschäftspartner sozusagen.“

„Natürlich. Ich werde nicht weiter neugierig sein.“ Von Herder ließ Hews' Hand los und beugte sich wieder über das Gewehr. Der Junge hatte sich während der Unterhaltung keinen Zoll weit bewegt. Er biss unter der Anstrengung, das schwere Kesselgehäuse an der richtigen Stelle zu halten, die Zähne zusammen.

Hews' Blick zu Bergen verriet viel von seiner Verwirrung.

„Ja, Engländer“, dachte der. „Er ist blind.“

Von Herder platzierte einen Haltebolzen am Rand des Gehäuses, wobei er die Kanten mit geschickten Fingern abtastete. „Also, was führt Sie wieder in mein kleines Heim, Herr Keuper? An ihren leichten Schritten erkenne ich, dass sie mir nicht mein Dampfgewehr zurückbringen.“

„Nein, Sir“, sagte Bergen. Er ging zum Tisch und stützte sich schwer auf einen Arm. Die Naht, die dieser Arzt ihm verpasst hatte, war nur wenig besser als mit dem Verbandskästchen eines Soldaten erledigt. „Aber ich brauche mehr Munition.“

„Olaf hat einen neuen Satz gegossen. Zwei Dutzend, an der Wand.“ Er machte eine vage Geste. „Dieses hier ist nahezu fertig. Nur noch das Gehäuse und ein paar Veränderungen an Verschluss und Griffen, und es wird nutzbar sein.“

„Könnten wir es vielleicht leihen, wenn es fertig ist?", fragte Hews. „Das wäre nützlich, für den Fall, dass das andere irgendeine Macke hat."

Von Herder warf einen Blick in Hews' Richtung, dann zurück zu Bergen. „Herr Scared hat dem zugestimmt, ja?"

„Die Mission ist seine Idee", sagte Bergen, wobei er versuchte, es nicht nach der Lüge klingen zu lassen, als die er seine Worte empfand. „Ein zweites Gewehr wäre von unschätzbarem Wert."

Von Herder seufzte. „Nun, was soll ein Künstler schon zur Freude an seinem Werk sagen? Leider wird das Dampfgewehr für eine andere Aufgabe benötigt. Es geht heute Nacht noch an eine andere von Herrn Scareds Mannschaften."

Der Druck in seinem Bauch wurde immer stärker, und Bergen merkte, wie er die Zähne zusammenbiss; überall am Körper war ihm der Schweiß ausgebrochen.

„Es gibt noch einen anderen Grund, weshalb wir zu Ihnen gekommen sind, Herr von Herder", sagte Bergen.

Hews trat nach vorne und holte die von dem Amerikaner übersetzen Seiten aus einer Innentasche seiner Weste hervor. Er erstarrte, für einen Augenblick war er unschlüssig, dann gab er die Papiere dem Jungen.

„Was ist es, Andrew?", fragte der Mechaniker.

Der Junge stellte das Kesselgehäuse auf den Tisch und sah die Papiere durch. „Ähm … Pläne, Sir."

„Nun, lies sie vor, Junge."

Andrew verbrachte die nächsten paar Minuten damit, sich durch die Buchstaben und Anweisungen zu wühlen, die er augenscheinlich nicht richtig lesen konnte. Der Junge unterbrach seinen Vortrag so oft, dass Bergen den wachsenden Drang empfand, ihm die Papiere aus der Hand zu reißen und das Lesen zu übernehmen.

Von Herder nickte bei jeder Anweisung. Das Papier enthielt physikalische Theorie und mechanische Anleitungen von so obskurer Komplexität, dass Bergen nicht folgen konnte. Andrew erklärte die Diagramme, die von Herder mit hundert verschiedenen Fragen verdeutlichte.

Als der Junge das Ende der letzten Seite erreichte, stand von Herder lange einfach still da. Bergen drehte sich dem Burschen zu.

„Ein Glas Wasser, Junge."

Andrew sah zuerst zu seinem Herrn. Doch als er erkannte, dass der alte Mechaniker tief in Gedanken versunken und unfähig war, seine Erlaubnis zu geben, legte der Bursche die Papiere ab und lief in den hinteren Teil des Raumes. Er kam mit einem Maßkrug aus Zinn zurück. Bergen leerte ihn in einem Zug, wobei er wegen der metallischen Wärme des Wassers das Gesicht verzog.

Weitere Minuten vergingen. Hews brach schließlich die Stille.

„Ich will die Gedankengänge eines Ehrenmannes nicht unterbrechen", sagte Hews zu von Herder, „aber können Sie es bauen?"

Von Herder ignorierte die Frage, während er Bergen durchdringend ansah.

„Es ist genial", sagte er mit vor Ehrfurcht belegter Stimme. „Zweifelsfrei die Arbeit von Herrn Scared. Ich wünschte, ich beherrschte reine Mathematik besser." Dann sagte er zu Hews: „Natürlich kann ich es bauen, Engländer. Wenn man die Prinzipien einmal verstanden hat, kann man die Konstruktion selbst mit den einfachsten Materialien durchführen."

Er beugte sich nach vorn, über den Tisch und ganz nah zu Bergen heran. „Sie wissen natürlich, was es tut?"

„Ja."

„Sie wissen, dass es nur an einem Ort funktionieren wird?"

„Das wissen wir."

„Dann werde ich es für Sie bauen, Freund." Er griff nach dem Dampfgewehr. „Wenn das hier fertig ist."

„Wie lange dauert das?"

„Kommen Sie um Mitternacht zurück, dann werden wir weitersehen."

Bergen richtete sich zu seiner vollen Größe auf. Das Wasser hatte geholfen, aber nicht genug: Seine Knie ermüdeten, und die Bauchschmerzen wurden von Minute zu Minute schlimmer. „Ich bin Ihnen dankbar, wie immer, Herr von Herder."

„Gern geschehen." Er und Andrew beugten sich wieder über das Gewehr.

„Wir sollten zurückkehren", sagte Bergen. Hews betrachtete ihn gleichgültig.

Als Bergen die erste Stufe hinaufstieg, rief ihn von Herder zurück.

„Ich habe über unsere Unterhaltung gestern nachgedacht, Herr Keuper", sagte er, ohne von seiner Arbeit an den Einstellungen aufzusehen, „und festgestellt, dass Sie womöglich nicht aus Stuttgart kommen."

Bergen spannte sich an. „Nicht vor dem Engländer, du alter Narr", dachte er.

„Ich habe als junger Mann einige Jahre dort verbracht", sagte von Herder. „Meine erste Arbeitsstelle, die mit Munition zu tun hatte, soweit ich mich erinnere. Der Akzent ist ziemlich anders."

Die Feststellung verlangte nach einer Antwort.

„Ich will nicht respektlos sein, Sir", sagte Bergen, „aber da irren Sie sich."

Daraufhin gluckste von Herder und beugte sich dann wieder mit einem Lächeln auf den Lippen über seine Arbeit. Nach ein paar weiteren Sekunden brüllte er seinen Lehrling an, weil er das Kesselgehäuse fallengelassen hatte.

Bergen stieg die Treppe hinauf, bei jedem Schritt fühlte er sich unendlich schwach und abgespannt. Sie erreichten den Gang darüber. Bergen stolperte ins Halbdunkel und entschied, es sei sicherer, sich mit der Hand gegen die Wand zu stützen. Die Tür fiel leise klickend hinter ihnen ins Schloss.

„Nun, obwohl er noch jung ist", begann Hews, „ist Oliver ein außergewöhnlich guter Menschenkenner. Zeig ihm eineiige Zwillinge, und er sagt dir bei jedem Paar, welcher der Sünder ist."

Bergen fühlte ein Zittern in seinem Nacken und wusste, dass Lewis seine Pistole gezogen hatte.

„Oliver glaubt, du hast ein Geheimnis", fuhr Hews fort, „und das tun dein Freund da unten und ich auch. Ich will das Geheimnis jetzt wissen."

„Du bist ein Narr", sagte Bergen. „Ohne mich wärst du an der ersten Tür, die du versucht hättest, tot gewesen."

„Vergiss nicht, ich habe dafür nur dein Wort", sagte Hews. „Die Alternative ist, dass wir weitermachen, wenn wir sicher auf der Straße sind, aber ich würde dir die Fragen lieber dort stellen, wo wir ungestört sind."

„Ich dachte, es wäre die Gepflogenheit des Jungen, nicht in der Vergangenheit herumzuschnüffeln."

„Ich habe leider nicht dieselben Gepflogenheiten."

Bergen zögerte. Seine Wunde schmerzte, und er fühlte, wie sich Wärme zwischen seinen Fingern, die er dagegen presste, ausbreitete. Er zog seine Hand weg. Blut befleckte seine Handfläche und sein Hemd über der verbundenen Wunde.

„Wir können wenn nötig den ganzen Abend hier warten", sagte Hews.

Bergen grunzte – er wusste, er saß in der Falle. Sein erster Impuls war zu lügen, aber der Nebel in seinem Kopf verhinderte auch nur die Spur eines kreativen Gedankens.

„Wirst du es Sumner sagen?"

„Nur, wenn er es wissen muss."

Vage, unverbindlich. Praktisch. „Ich hätte vielleicht dasselbe gesagt", dachte Bergen. Laut sagte er: „Bergen Keuper ist tot." Er holte tief Luft, ehe er fortfuhr: „Ich habe ihn erschossen."

„Hast du auch einen richtigen Namen?"

Bergen starrte den langen Gang entlang, sah Spott im Flackern der Lampen, fühlte sich besiegt. „Ich wurde als Nicholas Ellingsly geboren."

„Ah, der Forscher. Ich habe einige deiner Geschichten gelesen."

Bergen schnaubte. „Das sind alles Lügen. Ich war wenig mehr als Keupers Übersetzer. Keuper hat die Tiger erschossen. Keuper hat gegen die Zulus und Buren gekämpft. Er hat sich nie dazu herabgelassen, Englisch zu lernen, also konnte ich die Geschichten erzählen, wie ich wollte."

„Warum benutzt du seinen Namen?"

Bergen – Nicholas? – seufzte tief. Er hatte das lange nicht getan, und irgendetwas fiel mit diesem langen Atemzug von ihm ab. Irgendeine Schärfe oder ein Zorn wurden gemildert, Anspannung verdampfte wie Wasser in der heißen Sonne.

„Willst du die Geschichte hören?"

„Wir haben genug Zeit."

Er ließ sich an der Wand entlang in eine angespannte Hocke gleiten. Die Worte strömten aus ihm heraus wie sickerndes Blut.

„Wir wanderten durch das Zululand nach Ulundi – Keuper, ich und etwa sieben eingeborene Träger. Wir trafen auf eine Gruppe Buren, die in einem kleinen Tal kampierte. Wir haben eine Stunde lang aufeinander geschossen."

Das Mündungsfeuer von damals hallte in den Gängen von Scareds Schlupfwinkel wider.

„Es war nicht so, als hätte ich noch nie eine Schlacht mitgemacht. Ich wusste mit einem Gewehr umzugehen und habe selbst in den ersten Stunden einige niedergestreckt. Als die Nacht hereinbrach, waren unsere Träger tot oder geflohen, und die Buren waren über die Hügel und Wälder verteilt. Bergen und ich haben sie verfolgt wie Tiere. Nachts begann ich, langsamer zu werden. Ich erstarrte bei ganz gewöhnlichen Nachtgeräuschen. Meine Hände und Knie zitterten. Keuper wurde gleich nach dem Mondaufgang am Arm getroffen, während er mich verteidigte. In diesem Moment entschied er, ich sei den Ärger nicht wert."

Nicholas schauderte, als er sich an die Augen des Deutschen erinnerte, die im Licht des Mondes kalt wie Stein gewesen waren. Die trockenen Bäume um ihn herum hatten ausgesehen wie Finger des Todes, und die Luft war kribbelnd kalt gewesen, als sich die letzte Hitze des Tages zurückzog.

„Er bemaß den Wert eines Lebens nach dessen Stärke. Ich wusste, dass er mich töten würde."

In Gedanken hob der Deutsche die Gasser mit dem langen Lauf, die er reinigte, aber niemals polierte. Eine dreckige, hässliche, erbarmungslose Waffe.

„Ich kam ihm zuvor."

Der Deutsche war nicht sofort gestorben. Er stand mit zerfetztem Hals da, zornig und fluchend, während Blut auf die Vorderseite seines Hemdes strömte. Nach einer Ewigkeit war er gefallen, aber nach vorne, und Nicholas war sich der Erinnerung sicher, dass Keuper einen Schritt in Richtung seines Mörders getan hatte.

„Ich bekam sein Blut in Mund und Augen. Ich weiß nicht, was dann geschah; vielleicht bin ich ohnmächtig geworden. Als ich zu mir kam, war es Morgen, und seine Leiche lag im Gras neben mir."

Die Gasser lag einige Zoll von seiner rechten Hand entfernt.

„Alles war falsch. Der Feigling sollte im Gras liegen, nicht der Held." Er zog die Feuerwaffe ehrfurchtsvoll aus dem Holster. Sie lag in seiner Hand wie ein Stück Blei. „Also habe ich eine Entscheidung getroffen: Der Held lebte, und der Feigling starb."

Hews scharrte mit den Füßen. „Von den Zulus getötet, soweit ich mich erinnere."

„Eine weitere Lüge für die britische Öffentlichkeit."

„Wusste Bailey das?"

Nicholas nickte.

„Du solltest wissen, dass er dieses Geheimnis mit ins Grab genommen hat", sagte Hews.

Stille. Die Gasser passte so natürlich in Bergens Hand, wie Regen in den Boden sickerte.

„Das werde auch ich tun."

„Ich würde nichts anderes zulassen", sagte Bergen. Er ließ die Pistole wieder ins Holster gleiten und erhob sich. Als er sich schließlich nach dem älteren Mann umdrehte, waren seine Augen hart wie Granit.

Der Engländer betrachtete ihn einen Moment lang ausdruckslos, steckte seine British Bulldog in die Tasche und glättete Weste und Mantel.

„Nun, ich habe die Antwort, die ich brauche. Wir gehen besser weiter, damit wir deine Wunde verbinden können."

Bergen nickte und führte sie nach oben durch das Labyrinth und in den immer dunkler werdenden Nachmittag. Dann übernahm Hews, der jetzt der Einzige war, der sein Geheimnis kannte, die Führung durch die verschlungenen Wege Dunbrigdes.

Sehr zu Bergens Überraschung schoss er dem Engländer nicht in den Rücken.

* * *

Er sollte schlafen. Er sollte essen. Er sollte trinken.

Der rote Tee war abgekühlt und hatte inzwischen die Temperatur der schwülen Luft. Die Säufer im Zimmer waren wieder besinnungslos, nachdem sie einer nach dem anderen aufgewacht waren, nach Luft gerungen und Mrs. Flower angefleht hatten, ihnen die Pfeife zu bringen. Sie kam der Bitte in ihrer geschäftstüchtigen, würdevollen Art nach und erleichterte sie im Austausch für ihre Dämonen um ihr Geld. In der Ecke, unter Jutedecken, die mit orientalischen Schriftzeichen bedruckt waren, kreischte und brabbelte ein armer Kerl, der in seinen Alpträumen gefangen war.

„Glücklicher Bastard", dachte Oliver.

Nicht mit Ohren hörte er, dass der Krieg draußen weiterging. Das Dröhnen Mama Maschines und das Ticken Großväterchen Uhrs erklangen in seinem Kopf. Die Geräusche des Gottes von unten ähnelten einem nassen Handtuch, das man schnell über einen unebenen Boden schleift. Wenn sie aufeinanderprallten, spürte Oliver die Stadt erbeben, und ein Stoß ging durch seinen Körper, als pumpe sein Herz plötzlich vor Schreck noch schneller. Der Raum um ihn herum blieb ruhig und düster.

Das Brennen in seinem Hinterkopf hatte sich auf seine Augen und Wangenknochen ausgebreitet. Die Übelkeit in seinem Unterleib hatte seine Beine und Knie geschwächt und Krämpfe in seinen Eingeweiden ausgelöst.

Oliver blickte zu Tommy, der immer noch bewusstlos neben ihm lag. „Fühlt es sich an wie immer, Kumpel?“, fragte er ihn in Gedanken.

Tommy lag ruhig da wie die Süchtigen überall um sie herum, verloren in einem ganz persönlichen Traum.

„Er wird es überleben oder nicht.“ Der Gedanke war nicht tröstlich, aber er nahm ihm ein wenig die Sorge. Es lag in Gottes Hand, oder nicht? Hews' Frau hatte immer solche Sachen gesagt.

Er wendete den Blick von seinem Freund ab. Er rieb sich die Augen mit dem Handrücken seiner verbundenen Hand, zog diese aber dann schnell aus seinem Blickfeld. Er hatte Angst davor zu sehen, welche Farbe seine Tränen hatten.

Mrs. Flowers Opiumhöhle war voller als das letzte Mal, als er dort gewesen war. Der Boden war bedeckt mit sich windenden, zitternden Arbeitern, doch kein einziger von ihnen war Chinese. Oliver nahm an, dass es stank, aber konnte es wegen des grauenvollen Gefühls, das sich immer mehr in seinem Körper ausbreitete, nur erahnen.

War er wirklich neidisch auf diese Kerle?

„Ich habe gelernt, dass jeder Mensch ein verborgenes Verlangen hat, das er leugnet.“

Die Lampe wurde nicht heller – da war er sich sicher –, aber das Zimmer wurde plötzlich klarer, wärmer, die Wandteppiche wurden schöner.

„Dieses Verlangen, das verleugnet wird, wird immer größer, bis der Mensch ihm nachgibt oder es vollständig zurückweist und wahnsinnig wird.“

Missy beugte sich anmutig in sein Sichtfeld. Ihre roten Lippen formten sich zu einem Lächeln.

„Zusammenfassend also: Diejenigen, die sich im Zaum halten, werden verrückt und diejenigen, die nachgeben, verhalten sich nur natürlich. Die feine Gesellschaft sieht das umgekehrt, was der

Grund dafür ist, dass sie aus Mistkerlen und Heuchlern besteht, die damit ganz gut zurechtkommen, denn wenn sie verrückt sind, merken sie es nicht."

Sie kniete sich hin.

„Michelle."

„Wen hatten Sie denn erwartet, Mr. Sumner?" Sie richtete ihre Röcke und ließ sich auf der Decke neben ihm nieder. Sie holte hinter ihrem Rücken einen zerfaserten, billigen Korb hervor, der halb mit Brotstücken gefüllt war, die man nicht hundertprozentig als Kuchen bezeichnen konnte, halb mit nicht identifizierbaren schwarzen Brötchen, die ungesund glänzten. Sie nahm eines von ihnen in die Hand und bot es ihm an.

„Der Mann, von dem ich sie kaufte, meinte, sie seien aus Ingwer und Seetang, zumindest wenn ich seinen grauenhaften Dialekt richtig verstanden habe. Zu meiner Schande muss ich gestehen, dass ich bereits eines probiert habe."

Oliver sah, wie sie mit den Wimpern klimperte.

„In der Tat ein bildhübsches Mädchen", dachte Oliver. Mehr als das: ein warmes Feuer, ein voller Bauch, eine Empfindung, die so befriedigend war wie der beste Nachtschlaf.

Ihre Hand machte eine ungeduldige Geste.

„Soll ich den ganzen Tag mit dem klebrigen Zeug in den Fingern dasitzen? Sie sind wirklich nicht so schlecht, wie man denken könnte."

„Ich bin ein einziges Chaos", dachte Oliver, „innen und außen, Körper und Geist."

Er nahm es, wobei er daran verzweifelte, wie vernarbt und dreckig seine Finger im Vergleich zu ihren waren. Er führte das Ding an den Mund, und es drehte ihm den Magen um.

Der kleine Gott wollte also nicht, dass er aß? Mistkerl. Er öffnete den Mund, um abzubeißen und musste sich beinahe übergeben. Nach einem kurzen Würgeanfall steckte er sich das schwarze Ding zwischen die Zähne und biss die Hälfte davon kräftig ab. Es fühlte sich an wie Gummi, als es auf seiner Zunge landete.

Er konnte es kaum schlucken, aber Missy sah ihm zu, während sie versuchte, so zu tun, als interessiere es sie nicht, ob es ihm schmeckte. Normalerweise hätte Oliver in einem Augenblick wie diesem sein Talent verflucht, Leute zu durchschauen. Nun verlieh es ihm mehr Stärke, als er jemals zu brauchen gedacht hätte.

Ein Bissen: Der bittere Geschmack des Seetangs hüllte seine Zunge ein. Kauen: Ein kräftiges, kühnes Aroma machte sich breit. Schlucken: Es schnürte ihm die Kehle zu, seine Speiseröhre kämpfte dagegen an, doch mit ein paar Kontraktionen zwang er es in seinen brennenden Magen. Er lehnte sich zurück und leckte den Geschmack von den Rückseiten seiner Zähne.

„Das ist gut", sagte er, womit er meinte, dass es der sättigendste Bissen war, den er jemals zu sich genommen hatte; womit er meinte, dass sie ihn sogar diesem ruinösen und niedergeschlagenen Zustand stärkte und mit neuer Energie erfüllte.

Er verbesserte sich: „Sehr gut."

„Da bin ich froh." Sie nahm sich selbst eines und steckte es komplett in den Mund. Sie saßen einen Augenblick lang stumm nebeneinander, während sie kauten und versuchten, den jeweils anderen nicht zu lange anzusehen. Das Klagen der Geplagten und das Echo des Krieges der Bestien, die größer waren als die Menschen, schienen für einige Zeit weit weg zu sein.

„Ein Mann, den ich einmal getroffen habe", begann Missy, während sie diesmal nach einem Stück Kuchen griff, „ich kannte ihn allerdings nicht sehr lange – hat mir eine Geschichte von dem Land außerhalb Londons erzählt. Er sagte, wenn man weit genug draußen ist, gibt es Felder, die sich ewig weit erstrecken. Er sagte, dort gäbe es Orte, an denen man in jede Richtung schauen kann, ohne ein einziges Bauernhaus, eine Straße oder ein anderes Zeichen menschlicher Siedlung zu sehen." Sie biss ein Stück Kuchen ab und sprach mit vollem Mund. „Kannst du dir das vorstellen? Nur Bäume, Gras und der Himmel?"

„Hews erzählt dieselbe Art von Geschichten." Oliver fasste nach einem weiteren der schwarzen Leckerbissen, die Übelkeit sei verflucht. „Wie die Themse beim Sonnenuntergang aussieht oder die Wellen gegen die Klippen von Dover krachen."

„Denkst du, wir werden es jemals sehen?"

Oliver hatte es jeden Tag in seinen Tagträumen gesehen, bis der Aufstand seine Unschuld weggewischt hatte. Er sah es jetzt wieder, diese Kindheitsvorstellung von Hews' vollkommenem London. Er sah Viehmärkte und Fischhändler. Er sah große Droschken, die von prachtvollen Lasttieren gezogen wurden. Er sah Bauernhöfe, Balkone und Landhäuser abseits vom Getümmel, wo man in stiller Versenkung lesen oder unter freiem Himmel eine Tasse Tee aus sauberem Porzellan genießen konnte. Alles leuchtete in blendenden, hoffnungsvollen Farben, die Wünsche eines Kindes. Wünsche, die wahr werden konnten, weil ein Mann gesagt hatte, er hätte es gesehen und einem kleinen Jungen den Glauben daran geschenkt hatte.

Oliver antwortete ihr.

Sie plauderten, während sie aßen. Es war lang her, dass Oliver einfach dagesessen und die Gegenwart eines anderen Menschen genossen hatte. Fasziniert und gefesselt von jeder von Missys Gesten und ihrer Ausdrucksweise fühlte er, wie er langsam wieder zum Leben erwachte. Er konnte es sich beinahe vorstellen, wie sie beide auf diesem Feld saßen, eine leichte Brise und warme Sonne und alles drum und dran.

„So sollte das Leben sein", dachte er. „Jeder sollte solche Momente erleben."

Sie redeten über all die Dinge, die keiner von beiden je gesehen hatte: über den Kanal und Frankreich, über die riesigen Savannen Afrikas, über Indien und Siam, über die Schweizer Alpen und sogar über Hecklers Amerika, weit weg in der Neuen Welt. Oliver lachte, als er sich diese Bilder vorstellte. Die Welt war so viel größer als nur Whitechapel, und seine Götter waren nur eines der Weltwunder. Oliver versprach Missy, sie zu all diesen Orten zu bringen und zu anderen, die noch nicht entdeckt waren, und er versprach ihr ein Haus auf dem Land und ein Teeservice aus Porzellan und das ganze Jahr über Sonne.

Er griff traurig nach dem letzten Stück Kuchen, er wusste, dass der Moment vorbei wäre, wenn es aufgegessen war. Es stellte sich heraus, dass es eigentlich kein Kuchen war, sondern ein lederner Zugbeutel.

„Ihr verstecktes Verlangen, Mr. Sumner", sagte Missy, „ist es, ein gelecktes, gut angezogenes Mitglieder der feinen Gesellschaft zu sein. Du wünschst dir nichts mehr, als glatt rasiert zu sein, einen maßgeschneiderten Anzug zu tragen und jeden Tag Cognac trinkend herumzusitzen, während du anderen ehrwürdigen Herren fortgeschrittenen Alters aufgeblasene Geschichten über deine Abenteuer erzählst."

Oliver nahm den Beutel in die Hand. „Das ist schrecklich konkret."

„Außerdem hast du dieses Verlangen vollständig verleugnet und komplett unterdrückt. Deshalb gibt es bestimmte Dinge, die du nur selten tust und dann auch nur mit großem Widerwillen."

Er zog eine zusammengeklappte Rasierklinge aus dem Beutel und lachte. „Mann", sagte er, „ich habe mich seit Tagen nicht rasiert."

„Denk nicht, ein Frau würde das nicht bemerken. Es ist auch Seife zum Aufschäumen darin. Jetzt rühr dich für einem Moment nicht vom Fleck, und ich werde unsere Gastgeberin um etwas heißes Wasser bitten."

Missy stand auf und ging davon. Oliver starrte ihr nach und schüttelte den Kopf. „Ich habe so viele Verwundungen, und sie denkt, ich bräuchte eine Rasur?", dachte er.

Nun … er brauchte sie tatsächlich.

Als sie mit einer Wasserschüssel mit breiten Rand zurückkam, hatte er beschlossen, eine Rasur wäre wie für einen Moment der Himmel auf Erden.

Missy hielt den Vorhang zur Seite, der vor dem Raum nebenan hing, der menschenleer schien. Eines von Mrs. Flowers Mädchen folgte ihr und stellte ein Tischchen mit einem kleinen, schwenkbaren Spiegel am hinteren Ende auf den Boden. Er war abgenutzt und verbeult, aber Farbe und Verzierungen deuteten auf seine einstige Schönheit hin.

Missy stellte die Schüssel mühelos auf den Tisch, und das Mädchen zog sich wortlos zurück. Oliver kam zu ihr herüber und kniete sich vor den Spiegel.

„Unsere Gastgeberin sagte, wir sollen hier drinnen weitermachen“, sagte sie. „Ich hätte vermutet, an diesem Ort gäbe es kein ordentliches Waschbecken.“ Er nahm ihm die Klinge ab und gab ihm dafür ein gelbes Handtüchlein. „Jetzt wasch dich und schäume dich ein.“

„Ja, Madame“, sagte er.

Das Wasser dampfte fast, aber auf seiner Haut fühlte es sich kühl an. Er schrubbte jeden Zoll seines Gesichts und Halses. Er erkannte den Mann im Spiegel nicht wieder. Er sah eingefallene Wangen und wirres Haar. Blauschwarze Ringe umrahmten seine Augen. Den Bluterguss, den Bergen ihm verpasst hatte, war geschwollen und lila, während der Rest seines Gesichts gelb, fast wie von Gelbsucht gezeichnet, schimmerte. Unstete Flämmchen loderten in der Tiefe seiner Augen, genau wie in denen des alten Buchhändlers. Wahrscheinlich wuchsen in seinen Eingeweiden bereits Maschinen.

„Du hast einige Stellen vergessen“, sagte Missy und deutete mit dem Griff der Klinge darauf.

„Vielen Dank, Miss Plantaget“, sagte Oliver und wusch sich dann dort, wo sie sagte.

Im Spiegel sah er, wie Missy ihn betrachtete. Irgendeine Traurigkeit oder Dunkelheit oder Angst huschte über ihr Gesicht.

„Das genügt, denke ich.“ Sie nahm ihm das Tuch aus der Hand, mit dem er sich immer noch über das Gesicht fuhr, und legte es vorsichtig auf die Tischplatte.

Oliver nahm die Seife und schäumte sich das Gesicht ein. Die ganze Zeit über beobachtete Missy ihn im Spiegel, ihr Gesichtsausdruck schwankte zwischen ihrer gewöhnlichen, gleichgültigen Anmut und der Angst, die sie zu verbergen versuchte. Seine innere Alarmglocke klingelte leise.

Es wäre höflich, nicht nachzufragen, und zu Missy wollte er aus irgendeinem Grund höflich sein. Aber … irgendetwas fühlte sich nicht richtig an.

Er streckte mit einem Blick, der „sei so lieb“ sagte, die Hand nach der Klinge aus. Missy schmunzelte.

„Mit der Hand? Danach würdest du noch schlimmer aussehen als jetzt schon.“

„Hm, ja.“ Oliver hatte seine Hand vollkommen vergessen, genau wie alles andere, was in seinem Körper vorging, auch.

Missy kniete sich hinter ihn und legte eine Hand an seinen Kiefer. Es hatte etwas Frevelhaftes, wie die sanften Finger an seinem drahtigen Bart rieben. Oliver sah in den Spiegel, während Missy geschickt die Klinge aufklappte und an seine untere rechte Wange legte. Er entschied sich zu fragen, bevor er sein Gesicht würde ruhig halten müssen.

„Was beunruhigt dich?“

Sie sah ihn durch den Spiegel geziert an. „Es ist unhöflich, neugierig zu sein, Oliver. Die Grübeleien einer Frau gehen niemanden etwas an.“

Sie hielt ihn mit erstaunlicher Stärke fest und zog die Klinge langsam über seine Wange.

Nun, ich habe es zumindest versucht. Sie mag ihre Geheimnisse.

Während sie zum zweiten Mal die Klinge über sein Gesicht zog, sprach sie. „Wirst du heute Nacht noch weggehen, falls die Maschine fertig ist?“

„Die Schattenseite hält es wahrscheinlich nicht länger aus“, antwortete er.

Sie zog die Klinge so sanft über seinen Bluterguss, dass er es kaum spürte.

„Ich schätze, du befiehlst mir in der stolzen Tradition männlicher Führer zurückzubleiben?“

Er wollte nicht zugeben, dass er noch nicht so weit gedacht hatte. „Hews kümmert sich um die Einzelheiten.“ Er fummelte verlegen an seinen Bandagen herum. „Ich würde dich lieber nicht in den Schlot selbst mitnehmen." Oliver machte sich auf eine Flut lauter Beschimpfungen gefasst.

„Vielleicht wäre das das Beste."

„Entschuldigung?"

„Du gehst davon aus, dass ich grundsätzlich schwierig bin, nicht?"

Er räusperte sich. „Also, ich …"

„Papperlapapp. Ja, tust du." Sie machte mit seiner linken Wange weiter. „Ich denke, es wäre eine gute Idee; lass deine Männer die wichtigen Dinge regeln. Ich bleibe zurück wie eine kleine Trophäe, die du bekommst, wenn du zurückkehrst."

Die Worte klangen sarkastisch. Ihr Ton war aufrichtig.

Die Glocke in seinem Kopf erdröhnte.

„Michelle?"

Sie schluckte. „Ich denke nur, es wäre keine gute Idee, mich mitzunehmen, das ist alles. Ich … es ist gefährlich, wenn ich dort in der Nähe bin."

Sie kratzte sanft über seine Oberlippe, dann über sein Kinn.

„Da stimmt etwas nicht", dachte Oliver.

Spontan begann er, sich zu ihr umzudrehen, doch ihre Finger auf seinem Kieferknochen hielten ihn fest.

„Warum sagst du das, Michelle?"

Sie setzte die Klinge an seinen Hals. „Ich weiß es nicht. Ich kann mich nicht erinnern … da war ein Mann, aber … ich werde dich zu Ende rasieren. Ich werde dich zu Ende rasieren."

„Missy?"

Ihre Finger klammerten sich an ihm fest. Ihre Nägel gruben sich in seine Haut. „Fast fertig. Ich muss nur noch …"

Im Spiegel sah er auf ihrem Gesicht ein süßes Funkeln. Er sah Tränen in ihren Augen. „Missy …"

Ihre Finger schlossen sich um seinen Kiefer und zogen sein Kinn nach oben.

„Sei still! Da war ein Mann. Er sagte mir … er hat mich dazu erzogen …"

Die Klinge beendete ihren letzten Zug nach oben. Die Rasur war fertig.

„Es tut mir leid."

Ein Stechen im Hals. Seine Hände schossen hinauf zu ihrem Arm.

Ein Zug, kalt unter der Haut. Gelbschwarze Spritzer auf dem Spiegel. Finger um ihren Arm, die fest zupackten, die daran zogen, aber nicht stark genug.

Die Klinge schnitt ein, glitt durch Haut, teilte Haut und Fleisch und Luftröhre. Ein Gurgeln, als sich seine Lunge leerte. Ein warmes Spritzen auf seinem Hemd. Seine Hände ließen ihren Arm los, umfassten seine Kehle. Verschlossen sie. Stoppten das Herausspritzen.

Eine Frau schrie. Er spürte einen plötzlichen warmen Blitz hinter seinen Augen und eine plötzliche kalte Flut von seinen Zehen hinauf in seine Eingeweide. Sein Keuchen sog Luft in seine Lunge.

„Ich hätte noch so viel zu tun gehabt", war sein letzter Gedanke.

Er fiel nach vorn und verströmte sein Leben auf die Decken.

Ich habe diese Seiten in Verzweiflung hingekritzelt, als Warnung an die Nachgeborenen oder als vergebliches Bemühen um Absolution oder aus tausend anderen Gründen. Ich will, dass andere meine Wahrheit kennen und die fremden Gedanken hören, die meinen Verstand ergreifen. Ich will, dass die Welt meine Beichte hört, dass sie mein Verbrechen kennt, mich dafür hasst und mich in eine wirkliche und echte Hölle verbannt.

Ich bin Faust. So nenne ich mich, und so werde ich sein Verderben erben.

– I. vii

KAPITEL 17

John Scared war so guter Stimmung, dass er sich ein wenig Wein einschenkte.

Es war guter Reiswein aus dem Orient, mit Pfirsicharoma versehen und einige Jahrzehnte alt, so dass der Siamese, der ihn ihm verkauft hatte, nicht genau hatte sagen können, welcher Jahrgang er war. Scared hatte nie vorgehabt, ihn zu trinken, sondern ihn für den Fall, dass er einen Informanten umwerben musste, mitgenommen. Schließlich wussten Männer der Macht gute Sachen zu schätzen. Mit einer Flache schottischen Whiskys von '54 hatte er Moran auf seine Seite gezogen.

Nun, vielleicht waren es die sechstausend Pfund gewesen, aber der Whisky hatte sicherlich die Räder geölt.

Er goss den Wein in einen schimmernden französischen Kristallkelch und setzte sich in seinen Sessel. Die gewohnten Wölbungen des Polsters schmiegten sich an ihn. Er schaute sich im Schlafzimmer um, sagte adieu zu dem Allerheiligsten, das ihm so viele Jahre gedient hatte. Die Fallen an der Tür waren scharf. Falls irgendjemand sich herunterwagte, um seinen Körper zu finden, würden er und alle, die bei ihm waren, ein Dutzend schmerzvolle Tode erleiden.

Er ließ das Bouquet seine Nase kitzeln.

Du wirst niemals die Freuden weltlicher Sinneswahrnehmungen kennenlernen, mein Liebling. Wirklich schade.

Scared hatte nie Wert auf Rituale gelegt. Die Wiederholung von Dingen machte einen nicht nur anfällig für Prophezeiungen, sondern stumpfte auch den Verstand gegen Wiederholungen in der Umwelt ab.

Nichts wiederholt sich ewig, meine Liebe. Du erwartest von deinem neuen Gatten, dass er genauso ist wie der letzte. Oh, meine Liebste, ich bemitleide dich für dein Unwissen.

Aber ein wenig Feiern war angebracht. Man musste das Ende mancher Dinge anerkennen und den Anfang anderer feiern.

Er nippte am Wein, ließ das delikate Aroma in Schwaden über seine Zungen wirbeln, ehe er seine Kehle öffnete und die Schwerkraft die Flüssigkeit nach unten ziehen ließ. *Himmlisch. Das hätte das Letzte sein dürfen, was ich schmecke.*

Doch das Letzte würde natürlich Mei Kuan sein. Er sah die durchsichtige Flasche an, die offen auf einem Brett in seinem Schrank stand. Vier Tropfen davon, nicht mehr, um sein Bewusstsein anschwellen zu lassen, größer als die Kräfte, denen er gegenüberstand, ohne ihn gleich zu töten. Er hatte es am Morgen in Trance genau ausgerechnet.

Das Feuer im Hintergrund seines Denkens loderte und wirbelte, reizte seine alten Gedanken mit seiner Bewegung.

Geduld, meine Liebe. Alles war bereit: Gisellas kleines Mädchen würde ihn von seinem Rivalen befreien, Moran vom Herrn der Stadt; sein Deutscher würde seine Braut von ihren Schwüren entbinden, und dann würde Penny seine Pflicht tun. Mit offensichtlichem Bedauern stellte er den Wein zur Seite und ergriff die flüssige Himmelspforte.

Scared entkorkte die Flasche. Er hielt sie weit von seiner Nase weg, tunkte eine Pipette hinein und füllte sie bis zu der schwarzen Markierung, die er zuvor angebracht hatte. Mama Maschines Feuer loderte und zuckte.

Ah, die Stadt wird bei unserer Hochzeit beben und bröckeln, mein Liebling.

Er öffnete den Mund und drückte die Pipette. Klare Flüssigkeit spritzte auf seine Zunge, während ihm die Dämpfe in die Nase stiegen. Die Welt löste sich in eine Kette von Gleichungen auf und zerstreute sich in alle vier Himmelsrichtungen.

Scareds Körper fiel in seinen Sessel und atmete nicht.

* * *

Nun scheint es mir, dass ich dich zwar zu einer Hure gemacht habe …

Missy sah hinab zu der Pistole, die schlaff an ihren Fingern hing: glänzend, düster, schön, erschreckend, abstoßend.

… du aber von ganz allein zur Mörderin geworden bist.

„Der Hobgoblinmann war es", flüsterte sie. Die Worte verschwanden im Rauch um sie herum. Der Wind wehte vom Schornstein herab, reizte ihre Augen und brannte in ihrer Lunge, und sie konnte es nicht einmal beachten. Sie war stundenlang blind durch das Labyrinth Dunbridges gerannt, um hierher zu kommen, an den Rand des Turmes, den Abgrund neben sich und verspottet von den funkelnden Lichtern aus Shoreditch in der Ferne.

Oh, dann bist du auf seinen Wink hin diesem gutaussehenden deutschen Kerl hinterhergelaufen? Was ist mit diesem absolut respektablen Buchhalter?

Gisellas strenges Gesicht im Dunst: ihre scharf geschnittene Nase und hohe, knochenweiße Wangenknochen schimmerten im Ascheregen.

Kannst du dich daran erinnern, wie du dir gewünscht hast, ein Mann sei tot, als du ihn durch deine Schlafzimmertür führtest? Kannst du dich an das stille Gebet an Gott erinnern, mit der Bitte, ihn niederzustrecken?

Missy sah über den Rand Dunbridges auf die Fabriken an den Hängen des Schornsteins. Lichter gingen flackernd aus, eines nach dem anderen, als die Nacht sich näherte.

Kannst du dich daran erinnern, dass du dich fragtest, wie es sich anfühlen würde, die Tat selbst zu begehen?

Olivers Gesicht im Spiegel: die Augen weit aufgerissen, die Hände, wie sie um sich griffen, bevor sein spritzendes Blut alles verdeckte.

Wie hat es sich angefühlt, dreckige kleine Hündin?

„Der Hobgoblinmann war es", sagte sie wieder.

Hat denn eine andere Hand als deine die Klinge geführt, mein Kind?

Sie durfte das nicht fühlen. Durfte es nicht fühlen …

Sie hörte ein Klirren und sah nach unten auf ihre zitternden Hände, sah, wie die Pistole in ihrer Hand hin und her baumelte. Die Gefahr des unverstellten Begreifens hämmerte gegen die polsternden Wand des Schocks. Im nächsten Augenblick würde sie alles fühlen, und es würde sie zerstören.

Die Pistole hörte auf zu zittern und hob sich. Gisella keuchte und fixierte sie mit einem vorwurfsvollen Blick.

Was für eine Unanständigkeit. Schlag dir diesen Gedanken aus dem Kopf, Kind. Ich will keine Dame haben, die über solchen Unsinn nachdenkt.

„Aber … ich kann es nicht zu Ende bringen."

Du bist ein arrogantes und überhebliches Kind, so etwas zu denken.

Die Pistole sank wieder und hing lose an ihren Fingern.

Hat wegzulaufen geholfen? Sich meinen Anordnungen zu widersetzen? Sich zu wünschen, der Mann wäre tot?

Sie könnte bis ans Ende der Welt rennen, und Gisellas Stimme wäre immer bei ihr. Das und die Erinnerung daran, wen sie gerade getötet hatte.

Das war dein Fehler, tobte sie, *redest immer in meinem Kopf mit mir. Du hast mich zu all dem gebracht, indem du mich nicht einen Moment in Frieden gelassen hast.*

Lächerlich. Es gibt nur eine Person in deinem Kopf, mein Liebling.

Stille, und Gisellas Gesicht war nur ein Muster in der Asche.

Die Erinnerung drang auf sie ein, das gigantische, erdrückende Entsetzen über das, was sie getan hatte. Es tauchte wie ein Trugbild aus dem Dunst auf, flüsterte ihr zu.

Sie hob die Pistole erneut und stärkte sich an dem Stahl, bis sie hart, kalt, gefühllos war.

Eine Hündin, dann eine Hure, dann eine Verbrecherin.

Gut.

Ja, sie hatte Oliver ermordet. Sie hatte ihm die Kehle durchgeschnitten wie einem Schwein am Sonntag, und sie hatte diesen anderen Mann ermordet, hatte ihm in die Brust gestochen wie einem Stück Rindfleisch. Sie war eine Mörderin. Der Beweis trocknete gerade unter ihren Fingernägeln.

„Dann werde ich tun, was Mörder tun“, dachte sie.

Denn hier war jemand, der sterben musste, und nach ihr jemand anderes.

* * *

„Er wird dich nicht gehen lassen.“

Es ist Zeit für mich.

„Sie haben uns die Zeit geraubt, Oliver. Der Kindgott bewahrt deinen Körper für dich. Er ist mit keinem von uns fertig.“

Ich bin fertig.

„Du kannst nirgendwo hingehen, Oliver. Wie mir verweigern sie dir die Erholung.“

Es ist zu spät.

„Du bist einst zu mir gekommen, als ich dachte, es sei zu spät. Als ich verloren war und nicht wusste, was ich tun sollte … erinnerst du dich an den Eid, den wir beide geschworen haben?“

„Bis wir einander am Himmelstor treffen oder wir sie vom Antlitz von Gottes grüner Erde vertreiben.“ Baileys melodramatisches Gerede. Ich habe nie wirklich an Bailey oder sein britisches Imperium geglaubt.

„Aber du hast den Eid geleistet.“

Ich habe den Eid geschworen, um Mitglied in Baileys Mannschaft zu werden, um Zugang zu seinem Geld und seinen Quellen zu bekommen. England ist mir egal. Die Königin ist mir egal.

„Du hast den Eid nicht für England geleistet, Oliver, aber du hast ihn aufrichtig geleistet. Ich sehe diese Liebe und diese Loyalität, wann immer ich dich anschaue. Warum hast du ihn geleistet?“

… ich habe ihn für Whitechapel geleistet.

„Wir sind noch nicht am Himmelstor, nicht wahr?“

Warum machst du das mit mir, Aaron? Lass mich ruhen.

„Weil ich einen Weg gefunden habe, Oliver. Alle drei auf einen Schlag.“

Ich glaube dir nicht.

„Du bist es, Oliver. Du und nur du kannst sie vernichten. Sie haben alle ihren Haken in dich geschlagen und versucht, dich für sich zu beanspruchen. Sie sind jetzt in dir. Sie sind verletzbar.“

… versuchst du, mich aufzumuntern?

„Ist es mir gelungen?“

Bastard.

* * *

In dem Augenblick, in dem die Tür aufging, klingelten Bergens Dschungelsinne, und die Gasser flog geradezu in seine Hände.

„Was ist los?“, fragte Hews von hinten.

Bergen bedeutete ihm, ruhig zu sein und schlich in die Opiumhöhle. Das erste Zeichen dafür, dass etwas nicht stimmte war, dass sie leer war. Alle Opiumsüchtigen waren verschwunden, sie hatten nur fleckige Decken, Mäntel, Hüte und den widerlichen Gestank ihrer Anwesenheit zurückgelassen.

Das zweite Zeichen war Moore. Er lehnte zusammengesackt an der Wand, ein dunkler, zitternder Klumpen. Die Chinesin stand neben ihm, mit verschränkten Armen, und spielte mit ihren beringten Fingern. Sie wendete ihre Schlitzaugen Hews zu, als dieser durch die Tür stolperte.

„Meine Dame", begann Hews in seinem freundlichsten Ton. Die Worte welkten in der fast greifbaren Angst, die diesen Raum beherrschte. Die Chinesin brachte ein paar Silben in ihrer Muttersprache hervor.

Bergen kroch zu Tommy. Der große Mann hatte seine Knie bis zu seiner Brust hochgezogen und sein Gesicht zwischen ihnen vergraben.

„Was hat sie gesagt, Engländer?"

„Sie ist aufgebracht wegen uns."

„Das steht außer Frage."

Die Chinesin jammerte wieder. Bergen kniete sich vor Thomas Moore, die Pistole im Anschlag.

„Sie sagt …", sagte Hews. Er hatte so große Mühe sie zu verstehen, dass seine Stimme zitterte. „Wir hätten einen Jiangshi in ihr Haus gebracht."

„Was heißt das, Lewis?"

Bergen klopfte Tommy sanft auf die Schulter. Der Quadratschädel des Mannes hob sich gerade weit genug, um Bergen mit dem zerrissenen Auge anzusehen; weiße, nässende Flüssigkeit war darin.

„Nicht er hätte es sein sollen", sagte er.

Einer der abgeteilten Bereiche im hinteren Teil des Raumes bewegte sich. Bergen blickte sofort auf.

Hews versuchte erneut, die Beschimpfungen der Frau zu übersetzen: „Ich kann leider nicht alles, was sie sagt …"

Bergen unterbrach ihn und schlich zu dem abgeteilten Bereich. Deutliche Lebenszeichen waren durch das von der Decke hängende Tuch zu hören: ein Gurgeln und Keuchen, als ersticke jemand an einer Lungenentzündung. Als er nahe genug war, erschlug ihn der widerliche Gestank von Erbrochenem.

Bergen griff nach dem Vorhang und zog ihn zur Seite, hielt die Pistole in den Raum. Eine plötzliche Hitzewelle zwang ihn zurück.

Was ihn vom Spiegel aus betrachtete, war kaum noch menschlich. Die Haut war faulig gelb mit grünlichen Flecken. Die rechte Hand hing pulsierend, geschwollen und eitertriefend herunter. Eine schwärende, tiefe Wunde teilte den Hals von einer Seite zur anderen. Die wässrigen, rot glänzenden Augen waren auf ihn gerichtet.

Die Stimme hatte die Gebrechlichkeit eines sterbenden Mannes und all die Grausamkeit eines Dämons: „Ihr kommt verdammt spät. Wir haben noch einiges zu erledigen."

Der letzte Tag

Ich halte es für das unveräußerliche Recht eines jeden, auf seine eigene Weise in die Hölle zu gehen.

– Robert Frost

Mein Volk wird mich einen großen Mann nennen, einen Hohepriester, und mich mehr als alle anderen verehren. Es wird mich keinen Feigling nennen. Es wird mich keinen Versager nennen. Es wird nicht einmal heimlich flüsternd etwas gegen mich sagen. Für mein Volk werde ich immer der Erste unter den Auserwählten sein.

– I. xvii

KAPITEL 18

Die Uhren tickten seit zahllosen Äonen. Sie hatten im Äther zwischen Welten getickt. Sie hatten in den Köpfen der dumpfen und kleingeistigen Kreaturen des urzeitlichen Sumpfes getickt. Sie hatten im gequälten Gehirn eines jungen Architekten getickt, der von Alkohol, Scham und Schuld verkrüppelt war, und schließlich hatte er sie aus Holz und Metall errichtet, und sie tickten, so dass alle Menschen sie hören konnten.

Atlas Hume stand in der Kirche der Gemessenen Zeit und lauschte Großväterchen Uhrs letzten Stunden.

Der Rhythmus bröckelte bereits. Fünf Promille der aufeinander abgestimmten Laute waren einen Sekundenbruchteil zurückgefallen. Pendel schwangen phasenverschoben, ihre Bogen verschoben sich immer mehr gegeneinander. Die Harmonie schwand aus der Großen Maschine, als sie ihre Aufmerksamkeit auf den Angriff ihres verhassten Kindes richtete.

Er sprach zu den Uhren oder zu seiner verlorenen Seele: „Der Wind streicht über die Blumen, und sie verneigen sich vor ihm und lächeln nie wieder die Sonnen an."

Vielleicht hätte er Angst haben sollen, aber wie die leeren eisernen Anzüge der Kesselmänner, in die er zahllose Seelen gebannt hatte, war auch er hohl. Ihm wurde genauso wie jenen anderen die Gelassenheit ewiger Ruhe und das ruhelose Toben des unbändigen Geistes verweigert. In ihm war nichts – weder Hitze noch Kälte, weder Stille noch Lärm, weder Bewegung noch Regungslosigkeit. Er war ein großes Nichts, endlose Weite und nur durch die eisernen Streifen seines eigenen Schädels begrenzt.

Dennoch fielen in diesem Nichts Tränen.

Die Briten kamen. Hinter den Mauern lud die englische Armee ihre Gewehre, denn sie hatte den zitternden Himmel über Whitechapel gesehen und die Veränderung im Wind gespürt, und innerhalb der Mauern rückten die Diener der Krone heran, brachten den Unsterblichen den Tod.

Die Tränen waren für Großväterchen Uhr. Die Tränen waren für ihn selbst.

„Gott erschafft nur den Tag, und die Gräser welken in der Hitze, und die Tiere kennen keine Ruhe. Gott erschafft nur die Nacht, und die Gräser wachsen nicht, und die Tiere stolpern blind umher."

Er hatte gewusst, dass es seine Entscheidung war, als er zugestimmt hatte, sie in seinen Geist aufzunehmen. Es war sein Preis für das Geschenk des Nichts, das sie ihm gemacht hatten. Sie hatten ihm den Schmerz und die Sorgen herausgeschnitten und nichts zurückgelassen, und nun war kein Mensch mehr übrig, um zwischen Leben und Tod zu wählen.

Dennoch musste er eine Entscheidung treffen.

Scared hatte die einzige Wahrheit gesagt, an die er noch glauben konnte: Es war alles Wahnsinn.

Mit bedächtigen Bewegungen öffnete er eine lederne Mappe, die auf dem glatten Marmoraltar lag. Er ließ seine weißen Handschuhe über die abgegriffenen, losen Seiten gleiten, auf die seltsame Symbole in einer unordentlichen, verzweifelten Handschrift gekritzelt waren. Dies waren seine Worte, die Aufzeichnungen der Alptraumvisionen, die ein einsamer Mann sechsundsechzig Jahre zuvor erlitten hatte.

Ein Mann, der er einst gewesen war, der nicht mehr zu sein er sich aber entschieden hatte.

Seit jenem Tag war er ein Gefäß für Kräfte, die über seinen Horizont hinausgingen, diente als Erweiterung zweier sich bekämpfender Willen. Seit jenem lang vergangenen Tag war er ein Werkzeug gewesen und hatte niemals eine Wahl gehabt.

Jetzt wählte er.

Der Ruf ging ins Nichts hinaus. Seine geräuschlosen Gedanken reisten in all die anderen leeren Räume, die an seine eigene Leere grenzten, erweckten sie zum Leben. Metallene Schritte donnerten, als sie von ihren Sockeln stiegen, eine endlose Reihe nach der anderen. Eisenfinger griffen nach Gewehren, Blitzern und Dampfgewehren, die sie in perfektem Einklang bereitmachten und luden. Tausende Füße begannen, geheime Stufen hinaufzumarschieren – links, rechts, links, rechts –, die kein menschliches Auge jemals gesehen hatte, gingen von dort nach oben, wo die Stützen des Schlotes ins Fundament der Erde tauchten.

Seine Soldaten: der einzigen Kreatur gegenüber loyal, die noch leerer war als sie selbst.

Atlas Hume schloss die Mappe. Er entschied, dass er wieder ein Mensch sein musste.

* * *

Olivers Körper schmerzte nicht mehr; das Götterpaar, das ihn bewohnte, hatte dafür gesorgt. Aber das hieß nicht, dass er keine Schmerzen hatte.

Er rief sich das letzte Bild immer wieder ins Gedächtnis, erforschte Missys Gesichtsausdruck. Die Erinnerung zu ertragen war schwierig, und er verzweifelte an ihr, aber er erinnerte sich an ihren Schrecken genauso stark wie an seinen eigenen. War es Hoffnung, die die Wahrheit verzerrte? Hatte er eine solche Erinnerung, weil er es nicht ertragen konnte, zu denken, sie könnte eigentlich …

„Sumner. Bleiben Sie bei uns."

Der Deutsche.

„Mir geht's gut", sagte Oliver. Seine Kehle weitete sich, als er Luft hindurchsog. Nach dem Schnitt war weißes Wundsekret aus einem unbekannten Teil seines Körpers in die Wunde gesickert. Es hatte sein Leben gerettet, war jedoch zu dicken Klumpen geronnen, die seine Kehle und Luftröhre verengten. Seine Stimme klang in seinen Ohren wie das Schaben von Metallscheiben.

„Wir kehren mit dir nach Shadwell zurück. Chestle wird dich behandeln."

Oliver schüttelte den Kopf.

Hews sprach über die Schulter des Deutschen hinweg: „Nichts da, Bursche. Du brauchst medizinische Versorgung."

„Wir können nicht zurück", sagte Oliver. „Heckler hat den Aufzug zerstört."

Bergen und Hews glotzten ihn an.

„Das war mein Befehl; um die Kesselmänner aufzuhalten."

Hews rieb seine Koteletten. „Du hattest also niemals vor zurückzukehren?"

„Ich habe mir überlegt", sagte Oliver, „dass wir entweder beenden würden, wozu wir hergekommen sind, und uns dann für die Rückkehr Zeit nehmen könnten oder gar nicht zurückkommen würden."

Hews nickte verstehend. Bergen auch.

„In Wirklichkeit dachte ich, wir würden alle sterben", gestand sich Oliver innerlich ein.

Die Erinnerung an einen scharfen Schnitt quer über seine Kehle brannte in ihm, löschte seine Sinne aus.

„Vielleicht ist einer von uns gestorben", dachte er.

Missy lächelnd, Missy nachdenklich, die Klinge, die Rasur. Er war ein Narr gewesen. Er hatte es geahnt und hatte diesem Gefühl nicht vertraut. Er hatte gewusst, dass Missy in diesem Augenblick nicht richtig im Kopf gewesen war. Womöglich war es nicht ihre Tat.

„Oder vielleicht hat sie mit mir gespielt, so wie sie mit allen anderen spielt“, dachte er.

„Sumner!“

Oliver kam wieder zu sich – die Opiumhöhle, die Mannschaft, die Mission.

„Entschuldigung“, sagte er. Er versuchte, von seinem Deckenlager aufzustehen, aber die Kraft hatte ihn verlassen. „Was ist mit Ihrem Mechaniker?“

„Er wird Scareds Erfindung bauen“, sagte Bergen. „In drei Stunden werden wir in seine Werkstatt zurückkehren, um sie abzuholen.“

Oliver nickte. Für ein paar Sekunden konzentrierte er sich auf seine Atmung, denn sie wurde immer schwieriger. Die Götter kämpften noch immer miteinander und kreischten in sein geistiges Ohr, und die Höhle bebte unter Stößen, die nur er fühlen konnte.

Er bemerkte einen Fetzen gelblichen Stoffs in Hews' Hand. Hews sah, wie er ihn betrachtete und hielt ihn hoch, damit er ihn sehen konnte. Es war ein langer Streifen, der der Länge nach mit chinesischen Zeichen beschrieben war.

„Mrs. Flower“, sagte Hews mit einigem Unbehagen, „gab mir das. Es ist ein Ritual. Ein Zauberspruch, um dich ins Jenseits zurückzuschicken.“

Oliver musste lachen. „Wenn es nur so einfach wäre.“ Er lachte, bis das Lachen zu einem kreischenden, krächzenden Laut wurde, der aus Schwingungen tief in seiner Brust kam. Er würgte und hörte auf zu lachen.

„Entschuldigung.“

„Ich bin mir sicher, wir beide haben schon Schlimmeres gehört“, sagte Bergen.

Oliver sah ihn genau an. Er war noch immer derselbe Soldat mit den stählernen Augen und den zusammengepressten Kiefern, der er immer gewesen war, aber doch war etwas anders. Etwas hatte sich gemildert, so dass Oliver nicht mehr diesen irrationalen Zorn empfand, den der Mann in ihm ausgelöst hatte – und konnte er da Besorgnis auf seinem Gesicht lesen?

„Ich auch“, sagte Oliver.

Hews schaute grimmig. „Wer hat dir das angetan, Bursche?“

Oliver konnte die Tränen nicht zurückhalten. Er sah weg. „Habe ich nicht gesehen.“

Hews bewegte für einen Augenblick die Lippen, Schwermut zeichnete sein Gesicht. „Jedenfalls, die Frage ist jetzt – machen wir weiter oder verkriechen wir uns hier, bis du dich wieder erholt hast?“

Oliver sah auf seine Hände hinunter. Die verbrannte Hand war geschwollen, die Bandage hatte sich aufgelöst. „Davon kann man sich nicht erholen“, dachte er und fragte dann laut: „Wo ist Tom?“

Die beiden Männer bewegten sich unangenehm berührt. Hews räusperte sich. „Er ist draußen. Er kann damit nicht besonders gut umgehen.“

Bergen machte ein finsteres Gesicht. „Er geht damit um wie ein fünfjähriges Kind, aber er hat keinen Rockzipfel, an den er sich hängen kann.“

Oliver versuchte erneut aufzustehen. „Ich werde nach ihm sehen.“

Hews und Bergen halfen ihm auf die tauben Beine.

Bergen schien etwas sagen zu wollen. Hews brachte ihn mit einem leichten Schlag gegen den Kopf zum Schweigen. Oliver öffnete die Tür und humpelte hinaus, wobei er sich am Türpfosten festhielt.

Die Spitze des Schlotes brodelte und explodierte wie ein Vulkan, tauchte ganz Dunbridge in ein feuriges Rot. Ein eisiger Wind rauschte durch die Straßen, trug den Geruch nach Verwesung und Verfall mit sich. Er war nicht überrascht, dass die ätzende Luft lediglich mit einem kitzelnden Gefühl durch seine Kehle strömte.

Niemand war hier draußen unterwegs. Nur ein einsamer, affenähnlicher Haufen kauerte an einer Treppe, die vom hintersten Rand der Plattform nach unten führte.

Oliver stolperte hinüber und setzte sich auf die Stufe neben seinem Freund.

Tommy ließ die Schultern noch mehr hängen. Mit leerem Blick schaute er die Stufen hinunter, bis dahin, wo sie zwischen zwei Gipsmauern verschwanden.

„Tut mir leid, dass ich auf dich geschossen habe“, sagte Oliver.

Keine Antwort. Nur an seiner Atmung war zu erkennen, dass Tommy keine Statue war.

Sie saßen für ein paar Minuten stumm nebeneinander. In unregelmäßigen Gedankenblitzen sah Oliver den Turm der Arme und das kranke Meer im Himmel miteinander raufen. Er schloss die Augen, um es nicht mehr sehen zu müssen, aber dadurch sah er nur noch klarer.

Tommy schluckte schwer. „War es Missy?“

Oliver würgte, statt zu antworten.

Der große Mann rieb sein schlimmes Auge mit der Rückseite seiner Hand.

„Ich verstehe es nicht. Warum hat sie das getan? Ich meine, ich dachte, sie wäre eine von uns, richtig? Sie hat mit uns Poker gespielt. Sie saß da und trank und spielte Karten und hatte ein verdammtes Pokerface …“ Er unterbrach sich.

„Ich weiß, Tom.“

„Hat sie uns getäuscht, Ollie? Wir sind doch nicht solche Narren, oder?“

Oliver fasste sich an die Knie, um sie vom Zittern abzuhalten. Er hatte keine Antwort.

Tom schniefte. „Ich mochte sie. Sie schien eine gute Seele zu sein.“

„Wir alle mochten sie.“

„Ich war wach, als sie hinausrannte“, sagte Tom. „Ich hörte, wie es passierte, und ich kroch hinüber, und da warst du. Ich habe es versaut. Da lag ich auf einer gemütlichen Matte, während du in einer Ecke ermordet wirst.“

„So gemütlich sind die nicht.“

„Dann“, fuhr Tommy fort, „dann warst du nicht tot, und das war noch viel schlimmer.“

„Es war nicht dein Fehler, Kumpel“, sagte Oliver, während er hoffte, dass man ihm trotz seiner gequälten Stimme seine Aufrichtigkeit anhörte.

„Aber ich war da, Chef.“

„Ich auch. Nimm nicht alles auf dich. Sie hat uns getäuscht.“ Oliver klopfte ihm auf die Schulter. „Aber wir leben und können die Geschichte erzählen.“

„Ja?“ Tommy seufzte, er sah noch immer nicht auf. „Ich starb, als ich sechzehn war. Jemand hatte einen Knoten nicht richtig festgezogen, und eine Kiste Schindeln fiel auf mich hinunter. Deshalb ist mir egal, wenn du mich erschießt, und es ist mir egal, was die Mäntel oder die Klapper mit mir machen. Aber ich wollte nicht, dass das jemand anderem passiert. Ich habe genug dieser armen Kerle, denen Zahnräder aus der Brust wachsen, auf den Docks arbeiten sehen. Sie sollten tot sein – manche hatten sogar darum gebeten.“

Oliver erinnerte sich an eine Zeit nach dem Aufstand, als er in ein dampfgestrahltes Haus gegangen war, um nach Überlebenden zu suchen. Er hatte nur eine junge Frau gefunden, die Haut abgesiedet, das Fleisch pochiert; sie hatte dagesessen und gezuckt und mit den Lippen Worte geformt, die er nicht verstehen konnte. Die Zahnräder in ihrem Herzen und ihrem Gehirn drehten sich endlos, hielten sie in dieser Welt.

„Ich kann ihnen daraus keinen Vorwurf machen.“

„Das ist ein lustiger Zustand“, sagte Tom. „Menschen kämpfen für das Recht zu sterben. Wer hätte das gedacht?“

„Wir kämpfen für Würde, wir wollen wieder menschliche Wesen sein.“

Tommy kicherte.

„Was?“

„Du klingst wie Hewey. ‚Würde‘, ‚Anstand‘ und ‚Freundlichkeit‘ und all das.“

„Ach, lass mich doch in Ruhe.“

„Das klang wie ein Brüllen“, sagte Tom. „Ist der Löwe zurück?“

„Was ist denn mit dem Affen?“

Sie kicherten ein- oder zweimal. Dann verschwand die Fröhlichkeit in der Nacht, und Melancholie machte sich wieder breit. Oliver spürte ein Schäumen und Vibrieren in seiner Speiseröhre und eine dickflüssige Flüssigkeit in seinem verletzten Hals. Das Herz rutschte ihm in die Hose, aber er sprach trotzdem, denn jemand musste etwas sagen.

„Keiner von uns beiden ist tot, Tommy.“

Die Worte verschwanden im Rauch. Tom sah seine großen Hände an und sagte nichts.

„Aber wir müssen bedenken, dass wir, wenn sie einmal nicht mehr da sind, um uns aufrecht zu erhalten, einfach umfallen und sterben könnten “, sagte Oliver, „und das könnte bei jedem Kerl so sein, der eine Pumpe statt eines Herzens und ein Kabel statt eine Rückgrats hat.“

Tom drehte Däumchen. „Das würde nicht jedem etwas ausmachen.“

„Würde es dir denn etwas ausmachen?“

Zum ersten Mal während ihrer Unterhaltung sah Tom ihn an. Es war ein langer, bekümmerter Blick, als hätte er noch nie über diese Frage nachgedacht. Schließlich zuckte er die Achseln und starrte wieder nach vorne. „Das is’ größer als ich, Chef.“

„Also geht der Aufstand von Neuem los – Kerle, die denken, die Sache sei wichtiger als ihr Leben“, dachte Oliver. Er stützte sein Gesicht in die Hände. Das letzte Mal, als er versucht hatte zu rebellieren, hatte es Hunderte gute, unschuldige Leben gekostet. Würde es diesmal Tausende kosten?

„Ich bin ein wandelnder, sprechender Toter. Sollte ich wirklich mit meinem Gewissen hadern?“, sinnierte Oliver.

„Der war gut, Kumpel. Diskutiere du nur deine Schuld weg“, antwortete ihm seine innere Stimme.

Leise wie eine Maus begann Tommy zu weinen.

Oliver streckte die Hand aus und klopfte ihm auf die Schulter.

„Als ich dich sah, Ollie“, begann Tom. „Als ich dich da liegen sah, konnte ich es nicht glauben. Es war falsch, dass es dir passierte. Das ist der Grund, weshalb ich hier bin – um verletzt zu werden –, denn was macht es schon, wenn ich es bin?“ Er rieb sich die Augen mit den Knöcheln. „Ich war mir sicher, du würdest es schaffen, Chelsea zu sehen und die Königin zu treffen und all das.“

„Wir werde es zusammen sehen, Tom.“

„Quatsch. Ich habe zwei Löcher in mir und spüre, wie dieses Ding in meinen Eingeweiden wieder wächst. Mein Leben war vorbei, als ich sechzehn war, aber ich dachte, ich könnte das von dir abwenden, damit dein Leben vielleicht nicht so kurz ausfällt, und dann liege ich da am Boden, während dich jemand aufschneidet.“

Er schlug mit seiner Metallhand auf die Stufe ein. Sie zerbrach, und Splitter flogen umher. „Ich dachte, wenn du es schaffst, wäre mein Tod nicht so verdammt wertlos.“

Oliver atmete durch seine Zähne ein. Tom saß sehr ruhig da, atmete schwer.

„Du bist nicht tot“, sagte Oliver, „und ich auch nicht. Wir haben unsere Geschwulste, wir haben unsere Krankheiten, aber wir laufen und reden immer noch, und wenn eine Kiste auf dich gefallen ist und du bist immer noch da, ist das doch eine verdammt gute Sache.“

Tommys Gesicht war schmerzverzerrt.

Oliver schüttelte ihn. „Wenn du nur dasitzt und dich in Selbstmitleid suhlst, wird dein Tod bedeutungslos sein. Wir müssen Mäntel verkloppen. Wir müssen Götter niedermachen. Denkst du, ich habe deinen traurigen, schweren Körper den ganzen Weg hier hochgeschleppt, damit du hier aufgibst?“

Tommys trübe Augen schlossen sich. Oliver hielt inne.

„Tom“, begann er wieder, mit sanfterer Stimme. „Du hast mir einst gesagt, du würdest bis zum bitteren Ende bei mir bleiben.“

„Natürlich, Chef.“

„Nun, das ist es nicht. Das war ein Schlag – ein harter Schlag –, aber das war alles. Wir haben auch vorher schon Rückschläge einstecken müssen, und das ist dasselbe."

„Wenn du das sagst, Chef."

„Das sage ich."

Tommy murmelte etwas Zustimmendes.

Oliver erlaubte sich zu lächeln. „Dann auf. Wir können Keuper nicht glauben lassen, er habe sturmfreie Bude."

Tommy erhob sich widerwillig, und Oliver führte ihn zurück in Mrs. Flowers Haus.

Hews und Bergen grüßten sie, als sie hereinkamen.

„Habt ihr euch entschieden?", fragte Hews.

„Wir machen weiter, sobald wir Scareds Apparat haben", sagte Oliver.

„Es wird noch ein paar Stunden dauern, bis er fertig ist", sagte Bergen.

„Nun denn", begann Oliver. „Auf den Rat eines guten Freundes hin habe ich mich für einen nächsten Schritt entschieden."

Sie warteten darauf, ihn zu hören.

Oliver legte sich auf die Decken und schloss die Augen. Er hörte Hews und Tommy kichern, und dann ließen sich die anderen ebenfalls auf Matten nieder.

Oliver warf und wälzte sich bei jedem Geräusch und jeder Erinnerung herum und fragte sich, ob er je wieder würde schlafen können.

* * *

Scared schoss in den roten Himmel, als das Whitechapel der Träume sich unter ihm erstreckte. Das Mei Kuan raste durch ihn hindurch, erweiterte sein Bewusstsein bis zu endlos fernen Horizonten und blies ihn mit dem Druck seiner Dämpfe zu kosmischer Größe auf. Von jedem Punkt aus sah er sich selbst, wie er zurückblickte, spürte, wie er in einem universalen Rhythmus pulsierte, wie seine Gedanken durch die Atome der Realität huschten.

Nun bin ich bereit, meine Liebe. Füge dich mir.

Er streckte eine unendliche Anzahl an Händen aus, die eine nach der anderen die ihren ergriffen. Er fühlte, wie sie dagegen ankämpfte, spürte die Schreie in ihrem Verstand, die Reife ihres Ofenmutterleibs. Seine Finger krochen durch ihre Adern, krabbelten vorwärts wie Spinnen, tief in sie hinein. Dort drehten sie an Ventilen, verbogen Rohre und leiteten ihre Feuer um, veränderten die Funktion der Maschine.

Sie verfluchte ihn in ihrer wortlosen Sprache. Gleichzeitig zitterte sie heimlich vor Genuss.

Ein Mann zum Lieben, ein Mann zum Hassen. Ein Mann, der dich benutzt, meine Liebe. Du hast nie einen wie mich gefunden, in deinem ganzen langen Leben nicht.

Er wand sich, und sie schrie auf.

Du wirst mich anflehen, meine Liebe, bis ans Ende der Zeit.

Sie schmolz, sie loderte, sie krümmte sich unter seinem Verlangen. Whitechapel erzitterte bis in seine Wurzeln. Scared sah, wie die Türme zerbrachen und kippten. Manche zerfielen. Die nebelhaften Geister der Menschheit taumelten und fielen.

Etwas stürzte auf sie zu, um sie einzufangen.

Was ist das, meine Liebe? Wer versteckt sich unter deinen Röcken?

Das faulige Meer war bei ihm, ehe er reagieren konnte. Es verbrannte und verätzte seine Finger. Eine Welle gewalttätiger, kranker Energie schoss durch ihn hindurch, und in weiter Ferne rang sein Körper nach Luft.

Er zog seine Finger aus Mama Maschine und zog sich in die rote Kuppel des Stadthimmels zurück. Diese neue Verkörperung der Krankheit schlug erneut auf ihn ein und befiel dann mit gleicher Grausamkeit die Mutter.

Du bist dieser gebrochene Verstoßene aus dem unreinen Samen Großväterchen Uhrs. Armer, geknechteter Knabe. Ich hätte dich aufgenommen, wenn du nur nett mit mir gesprochen hättest.

Schade.

Er streckte erneut die Hände aus und brachte das Kind zum Schreien.

*   *   *

Aaron fiel zu Boden, als der Traum von Whitechapel erzitterte und in sich zusammenfiel. Für einen schrecklichen Augenblick war er überall und nirgends, verloren jenseits des roten Himmels und jenseits der beständigen Träume von Männern und Frauen, gefangen in Alptraumreichen des Schreckens, die sein Verstand nicht begreifen konnte. Dann brach, mit dem Eintreffen des neuen Ankömmlings, die Phantomstadt wie eine Glasscheibe, in die eine Kugel einschlug, der Länge nach auseinander.

Aaron grub die Fingernägel in das Messinggitter auf dem Gehweg. Er drehte den Hals, um hektisch blinzelnd zu sehen, was sich gerade eben manifestiert hatte.

Er erblickte eine gewaltige Skelettgestalt, eine Kette von tausend Schädeln, die größer waren als Dampfschiffe, die verblassten und wieder deutlicher wurden, als tauchten sie durch Nebel. Aus dem Sockel dieses sich bewegenden Haufens wuchsen knochige Finger, die so groß waren wie Türme. An manchen hingen noch Fleisch und Nägel; andere waren nichts als Rauchfetzen.

Aaron sah ins Innerste der Gestalt, sah den lachenden Mann. John Scared.

Der kranke Eiterkörper des Kindes schauderte, als die langen Skelettfingern in es eindrangen. Aaron fühlte das Zittern dieser Berührung über irgendeine Verbindung, die er noch zu der Kreatur hatte. Die gewaltigen Finger rissen lange Scharten in die Oberfläche des fauligen Meers. Eiterfontänen spritzten in die Luft und verdampften, und das Kind entfernte sich mühsam.

Aaron erhob und bewegte sich, ging mit wenigen Schritten durch Hunderte Korridore, ein Dutzend Aufzüge hinauf und hinaus aufs Dach des Cathedral Tower. Der Bau strahlte wie sonnenbeschienenes Platin, unberührt von Öl, Feuer oder Ketten.

Er nutzte das rhythmische Läuten der Großen Maschine, das aus dem Gebäude durch seine Füße emporhallte, um ins Gleichgewicht zu kommen. Scareds Schädelschlange tauchte hundert Stockwerke über ihm auf, stieß ihre Finger in Mama Maschine und ihr Kind und riss sie auseinander. Beide Götter rangen und kämpften vergeblich.

Aaron sah in Scared hinein, und seine Wahrnehmung tauchte immer tiefer, durch Schichten des Gebarens und Verlangens. Er tauchte durch Erinnerungen an die hügeligen Gebirge des Fernen Ostens, durch Gewalttaten und Akte der Sittenlosigkeit, die das Blut jedes Schwerstkriminellen hätten gefrieren lassen, vorbei an einem Dutzend Namens- und Identitätswechseln, vorbei an langweiligen Tagen an der medizinischen Hochschule, undankbaren Patienten und hochnäsigen Kollegen. Schließlich sah er, was seit seiner Geburt seine Gabe war: in das Wesen der Menschen zu schauen.

Er fand zwei Seelen: die eine, anständig und scheu, ein Gewirr aus Sorgen und Ängsten, die sich hinter einen dünnen Schleier aus Erziehung und Ansehen vor der Welt versteckte; die andere, ein Ungeheuer der unterdrückten Sehnsüchte, das lebte und Gestalt angenommen hatte, eine abartige Kreatur, die sich von Unterdrückung ernährte und die, sobald sie frei gewesen war, den guten Mann, der sie hervorgebracht hatte, beherrscht und eingekerkert hatte.

„Jetzt weiß ich, wer du bist und was du zu tun versuchst", dachte Aaron.

Nun gab es vier Götter, und einer von ihnen war ein Mensch aus Fleisch und Blut. Das Gift würde bei ihm nicht wirken, da es bei keinem lebenden Menschen wirkte. Aaron hatte das selbst herausgefunden, als er in einem anderen Leben nach derselben Waffe gesucht hatte – und er kannte keinen Weg, um Oliver zu warnen.

Das dritte Prinzip der Maschine ist Funktion. Jede Komponente hat eine Aufgabe, die sich nicht ändert. Vielfalt und Allgemeinheit sind das Privileg der Maschine, und wer sind sterbliche Menschen, dass sie sich beschweren könnten, wenn ihnen ihr Schicksal vorherbestimmt wird – und wer bin ich, dass ich dagegen protestieren könnte?

– IV. iv

KAPITEL 19

„Das ist alles?“ Oliver glotzte das kleine Ding an, das ihm der Mechaniker hinhielt.

Der alte Mann rümpfte die Nase. „Was haben Sie genau erwartet?“

Der Apparat war nicht größer als eine Taschenuhr, ein kleines, ovales Ding aus Gold, aus dessen Rand gebogene Kupferdrähte herausragten, fünf oder sechs Unzen schwer.

„Nicht das.“

Der deutsche Mechaniker räusperte sich. „Der Mechanismus im Inneren zählt. Wenn Sie es wünschen, kann ich es so unansehnlich bauen, wie Sie wollen.“

Hews nahm den Apparat ehrfürchtig aus Olivers Hand.

„Natürlich sind wir Ihnen dankbar, Sir“, sagte er. „Der Bursche hat ein bisschen Probleme damit zu glauben, dass es tatsächlich funktioniert, und ich muss zugeben, dass ich diese Bedenken teile.“

Von Herder humpelte zu einem der großen Schränke an der Wand. „Großväterchen Uhr hat so viele Körper, wie es Zahnräder in allen Uhren Whitechapels gibt. Das ist, als hätte er gar keinen. Was für ein Gerät würden Sie verwenden, um eine solche Kreatur zu zerstören?“

Hews rieb sich die Wange. Oliver nahm sich den Apparat wieder und betrachtete ihn von allen Seiten.

Von Herder holte eine ausgebleichte, mottenzerfressene Kutte aus dem Schrank, die seit ungefähr vierzig Jahren aus der Mode war, und streifte sie über. „Ich habe mit Herrn Scared lange über die Natur dieser Bestien debattiert. Es ist immer wieder befriedigend, damit einen Abend zu verbringen. Seine These ist, dass die Kreaturen aus Gedankenmanifestationen bestehen. Ob das verwendete Medium Energie oder Materie ist oder ob sie nur Strukturen des Äthers sind, darüber sind wir uns beide unschlüssig.“

Er hob eine Hand und zog an einem Seil. Die Glühbirne in der hinteren Hälfte der Werkstatt ging aus, zurück blieb nur das Glimmen nachglühender Kohlen im Ofen.

„Herr Scared schien zu glauben, keine Gedankenübertragung könne die Götter je beeinflussen. Stattdessen schlug er eine elektrische Methode vor. Das Problem daran war, dass die Götter nicht elektrisch sind.“

„Großväterchen Uhr schon“, sagte Bergen von seinen Posten am Fuß der Treppe aus, wo er beide Dampfgewehre und eine Tasche voll Munition zu seinen Füßen hatte.

Von Herder schüttelte den Kopf. „Nicht im eigentlichen Sinne, aber es gibt einen Austausch, der elektrischer Natur ist, zwischen ihm und denjenigen, die im Kamin hängen. Diese Leute werden als ein Teil von Großväterchens Verstand verwendet und stellen so eine direkte Leitung für die Energien dieses Apparates dar.“

Oliver ließ die Finger seiner unverletzten Hand über das Ding gleiten und stellte fest, dass es kalt war. Es ähnelte einem großen Insekt, das auf dem Rücken lag.

„Aaron hat es als ein Gift beschrieben.“

„Das kommt hin.“

Es schien ihm angemessen zu fragen, was das Gift mit der „direkten Leitung“ tun würde, aber wenn Aaron die Wahrheit gesagt hatte, würde das keine Rolle spielen.

Hews hatte immer noch Fragen. „Wir verwenden dann also einen der armen Burschen im Kamin als unser Ziel?“

Von Herder bejahte. Oliver erhob keinen Einspruch.

„Du bist der Schlüssel, Oliver“, hatte Aaron gesagt. „Du allein unter all diesen Seelen hast eine Verbindung sowohl zum Kind als auch zur Mutter. Es gibt nur noch einen weiteren, und er ist mehr als bereit, die Verbindung zu dir herzustellen, wenn du ihn ärgerst. Wir haben den Verstand dreier Wesenheiten in einem Körper.“

Wenn das Gift in seinem Körper war, würde es in alle drei gesogen werden. Was spielte es für eine Rolle, was mit ihm passierte?

Er nickte, als höre er zu. Sollte Hews doch denken, was er wollte, und Tommy, der oben auf der Straße auf sie wartete, auch. Hews würde auch in Kenntnis der Folgen weitermachen, aber Tommy würde er verlieren.

„Die Dorne müssen die Haut durchstechen“, sagte von Herder. „Wenn ein Stromkreis geschlossen ist, wird sich der Apparat automatisch aktivieren.“

Oliver ließ das Gerät in eine Tasche gleiten, die Dorne schauten noch heraus.

„Wir stehen in Ihrer Schuld, Sir“, sagte Oliver, wobei er versuchte, zuversichtlich und dankbar zu klingen.

Der alte Mechaniker lächelte. „In beträchtlichem Maße.“ Er griff nach einem zweiten Seil und zog daran. Die Glühbirne in der vorderen Hälfte des Raums ging ebenfalls aus, ließ sie alle in pechschwarzer Dunkelheit stehen.

Bergen murmelte von der Treppe her: „Ich nehme an, Sie finden das schrecklich lustig, Herr von Herder.“

„Schrecklich, Herr Keuper. Ich werde selbst hinausfinden. Es ist schon spät, und ich habe das Bedürfnis, meine Kehle mit Ihrem grotesken englischen Gesöff zu beruhigen.“

Irgendwo zu seine Linken bedankte sich Hews auf steife Art bei dem Mann. Oliver stellte sich vor, wie er sich verbeugte und seinen Hut zog.

Langsame Schritte, dann ergoss sich, als die Tür am oberen Ende der Treppen sich öffnete, ein Streifen bernsteinfarbenen Lichts über Bergens fest zusammengepressten Kiefer.

„Ich hoffe, Sie haben einen Plan dafür, wie wir in den Kamin kommen", sagte Bergen. „Das ist ein Ort, von dem die meisten nicht wieder zurückkommen."

„Du warst schon an einigen solcher Orte, wenn man deinen Geschichten glaubt", sagte Hews.

„Auf jeden Fall kommen Sie nicht mit", sagte Oliver.

Der Blick des Deutschen war der eine Statue in einer uralten, weinberankten Ruine.

„Ich glaube, ich habe Sie nicht richtig verstanden, Sumner."

„Fangen Sie nicht an, mit mir darüber zu streiten, Bergen", sagte Oliver. „Welchen Zweck hat Ihre Kanone, wenn ein Schuss den ganzen Schlot über unseren Köpfen zum Einsturz bringen würde?"

„Im Schlot ist es so laut, dass das gar nicht auffiele."

„Ich brauche Sie in Shadwell."

Dort, in den unteren Ebenen des Verstecks, schienen die Geräusche der Stadt ebenso fern wie die Sicherheit, die sie boten.

„Sie versuchen schon wieder, mich loszuwerden, Sumner. Warum nehmen Sie nach allem, was ich für Sie getan habe, immer noch an, ich wolle Sie verraten?"

„Warum glauben Sie, ich nähme das an? Shadwell wird die Mäntel nicht aufhalten, nicht einmal jetzt, da der Aufzug weg ist. Die Krähen könnten einen anderen Aufzug bauen. Die Goldenen könnten einfach herunterklettern. Heckler ist ein guter Mann, Hanley und die anderen alle genauso, aber sie sind keine Soldaten."

Der Ausdruck auf dem Gesicht des Deutschen war deutlich: Er versuchte einzuschätzen, ob Olivers Führung den Ärger wert wäre.

„Bergen, es befinden sich Hunderte Leute in der Schattenseite. Die Kanarienvögel haben nur auf einen Vorwand gewartet, um sich für den Aufstand zu rächen, und sie werden kein Stadtviertel verschonen. Ich brauche Ihre Waffe dort, Bergen. Ich brauche Sie als ihr Anführer."

Irgendeine weit entfernte Schwingung summte während der langen Stille in der Luft, bevor Bergen sprach. „Sie sorgen sich um diese Leute."

„Ja, und ich vertraue darauf, dass Sie dem Rechnung tragen."

Bergen sprach seine nächsten Worte sehr leise, er flüsterte sie ohne den leisesten Akzent. „Vielleicht hatte er unrecht." Der Deutsche drehte sich um und stieg leise hinauf. Sein Schatten fiel auf die Stufen, und dann waren sie wieder im Licht.

Der Raum wurde plötzlich leer, als werde Druck abgelassen.

Hews' Hand fiel auf Olivers Schulter, drückte sie, und dann erklomm auch er die Stufen.

Oliver stand für einen Moment allein im Dunkeln, dann folgte er ihnen.

* * *

Eine halbe Stunde später betraten sie den gefährlichsten Ort der Welt.

Olivers erster Schritt auf die Plattform des Bahnhofs des Schlotes ließ seine Knochen erzittern. Das Metall vibrierte mit einem Infraschallton, fühlte sich rutschig und wackelig an, als bewege es sich unter seinen Füßen. Die Balken aus rußüberzogenem Eisen wuchsen zu Tausenden in die Höhe und neigten sich nach innen zu ihrer Herrin. Dampf schoss wie flüchtende Drachen in den Himmel, und an den höheren Hängen, wohin kein menschliches Wesen gelangen konnte, drehten sich unerbittlich Zahnräder von der Größe von Städten. Oliver konnte an den unmenschlichen Ausmaßen dieses Bauwerks nur verzweifeln. Es war eine Sache, es aus der Ferne zu sehen; aber eine ganze andere, von ihm umgeben zu sein, von ihm berührt zu werden wie von einer Klaue mit tausend Fingern, die sich langsam schloss.

Der Schlot war wie die Türme in die Höhe gewachsen, ungeachtet jeglicher menschlicher Interessen. Stellenweise begrenzten monströse Kessel und Öfen die Wege, manchmal große Flächen an den Hängen, wo mechanische Arme sich krümmten und Metalle nach dem Willen der Mutter formten. Es war ein lebendiger Ausdruck der eisernen Göttin, der sich stumpfsinnig bis in den Himmel auftürmte und diese schwachen Kreaturen zerstörte, die dumm genug waren, ihn daran hindern zu wollen.

Das Feuer loderte in Olivers Hinterkopf auf, heißer als Blitze, und seine Augen brannten wie Magnesium. Er hatte den Hut tief ins Gesicht gezogen. Er hatte sich einen Stoffschleier über die Augen gebunden, um das Licht zu dämpfen, aber er war dünn genug, um hindurchsehen zu können.

Hews ging voraus, denn er kannte den Schlot und war schon viele Male dort gewesen.

„Als träte man aus der Kirche direkt auf den See aus Feuer", hatte er über ihn gesagt. Hews hatte als Schutz gegen die Luft ein dickes, nasses Taschentuch über Mund und Nase gebunden. Oliver hatte bemerkt, dass seine Lungen wie die Tommys nicht von ihr beeinträchtigt wurden.

Goldmäntel sahen zu, wie sie zusammen mit dem Rest der kleinen Menschenmenge ausstiegen. Ihre Augen folgten ihnen ruckartig, in perfektem Gleichklang mit der großen Uhr des Bahnhofs. Sie zeigten deutlicher den Einfluss Großväterchen Uhrs: Ihre Knochenstruktur war runder, ihre Gesichter kantiger, mit Dehnungen und vereinzelten Rissen in der Haut, um sie an die Wucherungen darunter anzupassen. Die Plattform mündete in einen schmalen Korridor zwischen formlosen Stahlmonolithen, wo Kesselmänner wie Statuen standen, eine Reihe nach der anderen, Gewehre gegen die Schultern gelehnt, mit Glasaugen, die in ein unbekanntes Nichts starrten.

Zwei weitere Mäntel sahen sie mit leuchtenden elektrischen Augen prüfend an, als sie das große Gewölbe am Ausgang des Bahnhofs erreichten. Wenn sie Oliver und seine Begleiter erkannten, so ließen sie es sich zumindest nicht anmerken.

„Du erkennst dich nicht mal selbst, Kumpel“, dachte Oliver.

Sie zuckten zusammen und wichen zurück, als das Licht aus Olivers Augen sie traf.

Das Gewölbe öffnete sich auf einen der hundert Concourses, die den Schornstein auf verschiedenen Höhen umgaben. Funken sprühten von nackten Kupferdrähten, die zwischen den Balken über ihnen hingen. Hitze schlug ihnen von allen Seiten entgegen, sie drang aus den Stützen, den Wänden und Böden der Gebäude. Die Geräusche der Maschinen waren wie Schreie von Riesen, die unter der Erde eingesperrt waren.

Stumm liefen sie die leeren Straßen entlang, wagten nicht zu denken und hatten manchmal Angst davor zu atmen. Die Menschen, denen sie begegneten, Arbeiter, die für viele Stunden an den Maschinen festgehalten wurden, bewegten sich wie Geister. Nur das rote Licht des wütenden Feuers des Schornsteins zeigte ihre Konturen.

Das Dröhnen der Titanenkämpfe schlug gegen Olivers inneres Ohr, und ihre Schläge ließen seine Knie erzittern. Oliver merkte, wie er sich, um sich zu aufrecht zu halten, immer mehr gegen Tommy lehnte, je weiter nach innen sie kamen. Er bemerkte die Blicke, die Tommy und Hews einander zuwarfen.

Sie liefen über eine der breiten Alleen, die die äußeren Bereiche mit dem innersten Turm des Schlotes verbanden. Auf jeder Seite führten endlose Reihen geschlossener Türen zu den Fabriken. Jetzt und jede Nacht trieben die Unglücklichen, die darin eingesperrt waren, unter den Anweisungen ihrer halbmenschlichen Herren die Maschinen nach Mama Maschines unergründlichen Vorgaben an.

Von der Allee führte Hews sie Stege entlang in Richtung der inneren Wände des Schlotes, über riesige Schmelzgruben und einsame Plätze, die mit zuckenden, mechanischen Kreaturen bevölkert waren. Sie kamen an lichtlosen Schächten, die Hunderte Fuß tief waren, vorüber, an Kränen, Motoren und riesigen Glaskugeln, in deren tiefen Inneren dunkle Feuer brannten. Keine einzige Uhr war zu sehen, und ihr Marsch wurde zeitlos, endlos.

Oliver fühlte Übelkeit in sich aufsteigen und schloss die Augen, während er weiterlief. Die Götter fielen irgendwo über ihnen übereinander her. Großväterchen Uhrs Ticken war allgegenwärtig, und da war – noch etwas anderes. Lachen?

„Hier ist es“, sagte Hews. Die Worte lösten eine sofortige Stille aus, wie Flüche in eine Kirche. „Er hat ein Dampftürschloss, und mein Kontakt konnte keinen Schlüssel besorgen.“

Oliver trat vor. Die Tür war zerfurcht wie Roheisen und mit vier Bolzen verschlossen. Das Schloss war ein kleines Loch in der Verkleidung, nicht breiter als zwei Finger.

Oliver kniete sich hin und holte ein Kupferrohr aus der Tasche, das sich am hinteren Ende in sechs Röhren aufteilte, die je in einem Gumminapf endeten. Oliver tastete das Innere des Schlosses ab und merkte sich die Form. Er verbog die sechs Röhren so, dass sie passten.

Einen Moment später erhob er sich und gab Tommy ein Zeichen. Der große Mann kniete sich hin, sog eine gewaltige Menge Luft ein und blies mit aller Kraft in das Rohr. Seine Wangen nahmen wieder Farbe an, und ein Klicken ertönte. Dampf strömte aus, und die Bolzen gaben nach. Tommy zog die schwere Tür auf, um auf der anderen Seite einen Abgrund zu enthüllen.

„Bist du sicher, dass dein Kumpel uns nicht den falschen Weg gesagt hat?“, fragte er.

Hews trat an ihm vorbei zur Tür. „Die sind alle so.“ Die Dunkelheit verschluckte ihn vollständig.

Hinter ihm trat Tommy nervös von einem Fuß auf den anderen.

„*Lasst,* die ihr eintretet, *alle Hoffnung fahren*?“, sagte er. Sein Kichern erstarb, ehe es richtig begonnen hatte, und er räusperte sich. „Nach dir, Chef.“

Oliver trat hindurch. Das Licht der Straße verschwand, und ein anderes trat an seine Stelle. Oliver ging auf einem Netz verwobener Ketten über einem Bett aus weißglühender Kohle. Glaskreaturen von unbestimmter Form wanden sich zwischen den Bindegliedern.

„Was siehst du, Hews?“, frage Oliver.

„So viel wie eine Fledermaus bei Tageslicht.“

„Das dachte ich mir.“

Hitze, die von unten heraufdrang und sich von den Seiten gegen ihn drückte, ließ ihn ausdörren. Er richtete den Blick auf seine Schuhe, denn er hatte Angst davor, aufzusehen und sich von Mama Maschines wahrem Ich in den Wahnsinn treiben zu lassen.

Er hörte, wie Hews an einer elektrischen Fackel herumfummelte. Mit einem Zischen erhellte sie die Halle – schönes, irdisches Licht. Sie konnten damit gerade so in einen kaum erleuchteten röhrenförmigen Gang hineinsehen, der an einer deformierten Leiter endete, die nach unten führte.

Tommy trat ein und schloss die Tür. „Mäntel draußen“, sagte er. „Eine Horde Goldener, und sie könnten mich gesehen haben.“

„Der Baron weiß, dass wir kommen“, sagte Oliver. Er hatte keine Fackel, elektrische waren in Whitechapel schwer zu finden, aber das Leuchten seiner Augen schien dasselbe zu leisten.

„Bursche, wann wolltest du uns das mitteilen?“

Oliver sah zu Hews hinüber. Das Gesicht des älteren Mannes war von zwei verschieden hellen Schatten unterteilt.

„Ehrlich gesagt hatte ich das gar nicht vor, aber das alles erdrückt meinen Verstand, und die Worte entgleiten mir.“

„Du wolltest es uns nicht sagen?“

„Es schien nicht relevant“, sagte Oliver achselzuckend.

„Nicht relevant?“, sagte Hews. „Wir werden sicherlich gefangen genommen werden, Bursche. Er wird an jedem Eingang Wachen haben.“

„Wir werden geradewegs in den Kamin gehen“, sagte Oliver. „Der Baron wird uns nicht aufhalten. Die Krähen werden uns nicht aufhalten. Alles, worüber wir uns Sorgen machen müssen, sind die Kanarienvögel.“

Falten bildeten sich um Hews’ Augen. „Erklär uns das, Bursche.“

„Wir haben göttliche Gunst auf unserer Seite, Hewey.“

„Sag nicht, du hättest mit diesen Kreaturen verhandelt."

„Vielleicht. Oder vielleicht ist alles nur glückliche Fügung. Wenn du nach einer Erklärung suchst, muss ich dich enttäuschen."

Oliver zog eine Grimasse, als ihn eine Welle der Übelkeit überkam. Er musste geschwankt haben, denn einen Augenblick später waren Tommys große Hände an seinen Schultern, um ihn zu stützen.

„Wir vertrauen dir, Chef", sagte er. „Das haben wir immer, und das werden wir immer."

Er musste mit Hews einen Blick getauscht haben, denn der ältere Mann biss für einen Moment die Zähne aufeinander und wandte sich dann ab.

Oliver entfernte seine Augenbinde. „Lasst uns weitergehen."

Die Leiter führte zu weiteren Tunneln, die sie mit Hilfe einer Karte, die sie während des Aufbruchs von Sherwood hastig gezeichnet hatten, durchquerten. Mehr als einmal schaute Oliver mit dem flackernden Licht seiner Augen auf die Karte und wusste ohne jeden Zweifel, dass sie falsch war. Dann führte er sie trotz Hews' Misstrauen und Tommys Sorgen den richtigen Weg entlang. Es war dasselbe wie mit der *Summa Machina*: Das Wissen entsprang Mama Maschines Feuer in der hintersten Ecke seines Verstandes.

Warum hatte er es ihnen nicht gesagt? Würden sie es etwa nicht verstehen können und akzeptieren, was geschehen war?

Sie sprangen vor Schreck in die Höhe, als der Schwarzmantel aus der Dunkelheit auftauchte und er seine Antwort hatte.

Das hier war größer als sie.

Nur die letzten Reste eines menschlichen Gesichts waren übrig: Die Haut hing in Fetzen von metallenen Wangenknochen. Stücke schwarzen Stoffes baumelten vom Rest des Körpers. Es kam an der Decke auf sie zugekrochen, hielt sich mit einem Dutzend Armen und Beinen fest, klickte und kratzte und schob eine Hitzewand vor sich her.

Thomas sprang ihm sofort in den Weg. Hews zog seine Pistole und nahm eine gute Schussposition am Rand des Tunnels ein.

Oliver drückte Tom sanft zur Seite.

Der Mantel winkelte den Hals ab, um ihn mit Glasaugen anzustarren. Oliver starrte zurück. Ein Gefühl der Verwandtschaft, kaum spürbar, war zwischen ihnen, regte das Feuer in Olivers Kopf an. Er drehte seinen Kopf wieder nach vorne und entfernte sich einen Seitentunnel entlang von ihnen.

„Wir sind alle Kinder Gottes."

Mrs. Lewis hatte das einst gesagt, in einer lang vergangenen Zeit, als sie noch am Leben war und ihn zu einem guten Christenjungen machen wollte.

Oliver ging in Richtung des nächsten Tunnels, ohne auf die anderen zu warten.

Der Lärm von Maschinen war überall um sie herum, und die Korridore rochen nach Verwesung, Rost und Schimmel. Jeder Schritt dauerte eine Ewigkeit; jede Bewegung wurde zu einer Aufgabe: Er musste sich nicht nur in den physischen Eingeweiden der Mutter zurechtfinden, sondern auch mit dem Aufblitzen von Schrecken und Verlangen zurechtkommen, das für einen Moment seine eigenen Gedanken mit denen der Göttin überlagerte.

Dann hörte er Lachen in den Fluren – fürchterlich, menschlich, vom Echo verzerrt.

„Was hörst du?", fragte er.

„Verdammte Maschinen", sagte Hews. „Warum fragst du, Kumpel?"

„Tommy?"

„Dasselbe, Chef, und das, äh … ich habe ein Summen in meinen Eingeweiden, Ollie."

Oliver nickte.

Sie gingen weiter, kamen zu etwas, das die Karte als Maschinenraum beschrieb. Olivers Intuition meldete sich, also bedeutete er ihnen, erneut stehen zu bleiben.

„Chef?"

Oliver gab ihnen ein Zeichen, still zu sein. Das Lachen war immer noch da, lauter jetzt, näher.

„Es könnte nichts bedeuten", dachte Oliver. Laut sagte er: „Mach das Licht aus, Hewey."

Hews fasste nach unten und hantierte an der elektrischen Fackel, bis sie aus war.

„Kommt ein bisschen näher."

Oliver öffnete die Augen weit und verbreitete weißes Licht im Korridor. Dann blinzelte er, sah durch das Metall. Der Tunnel führte steil nach unten. Die Hitze wurde zu Rotglut, das Gebäude zu Ketten und Glas. Unter den Ketten trieb ein Aschestrom durch die Luft.

Hinzuschauen mochte ihn vernichten, aber er konnte seine Intuition nicht ein weiteres Mal ignorieren.

„Kameraden", sagte er, während er hoffte, dass seine Stimme von etwas Massivem widerhallte. „Haltet Ausschau."

Er hob den Kopf. Sein Blick glitt über das Feld aus Ketten, Glaskreaturen und aschgraue Leichen. Der Ausblick erstreckte sich über endlose Weiten, faltete sich in seiner Wahrnehmung in sich selbst und löschte die Stadt aus, die dahinter lag. Die Leichen zuckten und krampften, grinsten mit schwarzen Zähnen. Er richtete den Blick noch weiter in die Ferne, wo noch mehr Leichen an Leinen aus flammenden Kohlen hingen. Hunderte von ihnen schaukelten dort, beleuchtet von orangefarbenem Licht, das von oben kam, alle Gliedmaßen wackelten in Bogen, verteilten Asche auf die Welt unter ihnen.

Das Lachen dauerte fort, war noch schriller geworden.

Noch mehr Leichen empfingen ihn, als er sich nach hinten neigte, verdichteten sich zu Tausenden und Zehntausenden hin zu einem Punkt. Sie überlappten einander und mischten sich, nahmen denselben Platz ein wie ihre Kameraden, so dass es für das Auge aussah, als wären sie eins. Als er den Blick nach oben richtete, wurden die Leichen immer weniger menschlich. Er sah Kreaturen von blasphemischen, fremdartigen Proportionen, manche so klein wie Spinnen, andere so groß wie Türme. Er schaute durch sie hindurch, an ihnen vorbei, sein Blick ging ungehindert durch sie hindurch, obwohl sie ihn versperrten.

Mächtige Begierden und Impulse wogten durch seinen Geist – namenlose Triebe und verzehrende Gelüste. Bei jeder Begierde fühlte er, wie sein Körper als Reaktion zuckte. Er hörte sich selbst schreien: „Ich will allein sein! Ich will geliebt werden! Ich liebe meine Kinder! Ich muss beherrscht werden!“

Seine Augen kamen an einen Punkt, an dem er sie nicht mehr scharf stellen konnte, wo sein Sehvermögen nachließ, als würde es durch tausend geschliffene Linsen verzerrt. Um diesen Punkt herum wütete und wirbelte das Feuer, rote und orangefarbene Schlieren ätzten sich in die Leichen, fraßen sich in sie hinein. Triebe zerfetzten ihn, brannten sich in sein Gehirn, zerrissen jeden seiner eigenen Gedanken, der zu einer Handlung werden wollte. Er konnte sich nicht bewegen, konnte nicht denken, konnte nicht sein.

Das Lachen wandte sich ihm zu. Als es ein weiteres Mal durch Mama Maschines Gedanken und Knochen hallte, zitterte und schrumpfte dieser eine Punkt des Wahnsinns, und die kreisenden Feuer beruhigten sich. Oliver entkam seiner Umklammerung und blickte ein letztes Mal nach oben.

Plötzlich verschwand die Hitze, und eine bittere Kälte trat an ihre Stelle. Schlangen kalter Logik erstreckten sich von oben herab, wanden sich und waren von krabbelnde Kreaturen umgeben, deren Abbilder sich in seinem Verstand formten wie unsichtbare Wissensblitze. Seine Realität zerfiel in unzusammenhängende Erinnerungsfragmente: ein beschämter Junge, ein chemisches Feuer, eine Flucht – Morde, Tränen, Onanie um Mitternacht und Dinge, die man kleinen Jungen antat. Wie er die Jungen liebte, wie sehr er seine eigenen wollte … und dann kam die ekelhafte Berührung einer Frau.

Er sah einen Schädel lachen, innen hohl und außen kahl, umschattete Gesichter in jeder Augenhöhle.

Ja, meine Liebe! Ich werde dich in Ketten aus deiner eigenen Lust schlagen. Stöhne für mich, meine Liebe. Stöhne und reife!

Eine Gestalt rannte auf die Zähne des Schädels zu, ihre Füße scharrten in der Luft. Sie trug einen Mantel mit vielen Taschen.

„Aaron!", schrie Oliver.

Aaron rannte geradewegs ins Maul des Schädels.

Glaskreaturen hüpften auf Olivers Arme und schlugen ihre Zähne in ihn.

„Licht!", schrie Oliver. Die Kreaturen rollten über seinen Körper, brannten sich durch seine Kleidung und verbissen sich in seine Haut. „Hewey, um Gottes willen, das Licht!"

Ein Klicken. Die Dunkelheit fiel wie ein Theatervorhang. Das Leuchten einer einzelnen Glühbirne brachte ihn zurück. Tommy hielt ihn fest, schüttelte ihn, rief seinen Namen.

Oliver schrie auf, als die frischen Verbrennungen an seinen Armen und auf seiner Brust gegen die Baumwolle seines Hemdes scheuerten. Seine Kleidung war noch heil; sein Körper nicht.

„Nicht berühren. Nicht …"

Folgsam ließ ihn Tommy gegen die Tunnelwand sinken, wo er sich wie im Feuer krümmte.

„Was ist geschehen?", dröhnte Hews. „Was hast du gerade getan, Bursche?"

Aaron wird sich darum kümmern. Bleib einfach bei der Mission.

Oliver fand wieder Halt, als das Brennen sich zu einem stummen Pochen verringerte.

„Ich bin in Ordnung", sagte er.

„Junge, du wirst mir sofort sagen, was vor sich geht", donnerte Hews.

Oliver starrte auf den kleinen, fetten Mann hinab. „Nein. Dazu habe ich weder Kraft noch Zeit." Erbärmlich hinkend ging er auf den nächsten Gang zu. „Kommt ihr?"

Vier Tunnel und einige Kurven weiter war sich Oliver sicher, dass sie ihm folgten. Das elektrische Licht warf einen Schatten vor ihn, der verschwand, als sie den Ausgang erreichten.

Oliver hielt beim Anblick der nächsten Kammer den Atem an.

Tausend Glasaugen, die im Licht des Heizkessels von unten herauf rot glommen. Dutzende missgebildeter Eisenungeheuer hingen von Ketten herab, sie hatten dieselbe Form wie das, das Fickin gebaut hatte, starrten ausdruckslos geradeaus. Ihre Tentakel und Arme zuckten und wedelten. Unter und über ihnen lagen Schwarzmäntel in chaotischen Haufen, zuckend und stöhnend, gaben Geräusche von sich, die sowohl menschlich als auch die von Maschinen waren.

Oliver wartete auf Hews, der mit dem Licht kam, und begann dann, einen der vielen langen Stege entlangzugehen, die die Kammer ohne geometrische Logik durchkreuzten.

„Ollie", flüsterte Tom. „Was ist das?"

„Sie sind das Ende der Welt", dachte Oliver. „Sie sind der Tod jedes Mannes, jeder Frau, jedes Kindes auf der Erde."

„Scheißärger."

Lachen hallte von den Bogen über ihnen herab. Oliver ignorierte es und konzentrierte sich darauf, einen Fuß vor den anderen zu setzen.

„Was zur Hölle war das?", fragte Hews. Er hielt seine Fackel in den Raum.

„Was?"

Das Lachen erklang erneut. Anders diesmal, allgegenwärtig, fanfarenartig.

„Hörst du das, Hewey?"

Oliver ließ seinen Blick über die bewusstlosen Mäntel schweifen. Sie erzitterten, ihre Münder öffneten sich. Der nächste Lachanfall explodierte aus all diesen Kehlen, in perfektem Gleichklang, hallte von den Wänden und der Decke wider, bis er zu einem Schallangriff wurde. Die metallenen Kreaturen hüpften in diesem Rhythmus, so gut sie konnten.

Die Tentakel bewegten sich. Ein Auge eines Mantels öffnete sich. Der ganze Raum erwachte zum Leben.

Oh, wie ich mir wünschte, wahnsinnig zu sein und dass dies alles Phantome meines Verstandes wären. Doch ich schaue mich in meiner Unterkunft um und sehe meine Pfeife, kalt und geputzt, sehe die Branntweinflasche verschlossen und voll und weiß, dass ich nicht länger träume.

– I. xviii

KAPITEL 20

Der Wind versuchte mit arktischen Fingern, Bergen in den Tod zu reißen.

Die Leiter aus Ketten war dort, wo Hews gesagt hatte. Bergen hatte sie im hinteren Wandschrank in Hews' Drahtfabrik entdeckt, nachdem er sich durch die Meute der Arbeiter gedrängt hatte, die darauf gewartet hatte, dass der Betrieb geöffnet wurde, und dann zu Hews' privatem Büro gegangen war. Eine Falltür unter dem Schreibtisch öffnete ein Loch im Fundament des Gebäudes, durch das er die Kette hinunterlassen konnte.

Bergen war das Klettern vertraut. Aber durch Erfahrung wurde die Aufgabe auch nicht einfacher: Eine schwere Waffe hing über seiner Schulter, ein Arm war noch vom Kampf der letzten Nacht verletzt, und er hatte eine Bauchwunde, die sich durch die ständige Bewegung seines Körpers immer wieder öffnete. Es war ein Wunder, dass er nicht bereits tot war. Nicholas Ellingsly wäre sicher schon tot gewesen.

Noch dazu wurde er verfolgt.

Zum ersten Mal hatte er es auf der Straßenbahnfahrt von Dunbridge nach Cambridge-Heath bemerkt. Er hatte jeden Passagier so gut er konnte inspiziert, ohne aufzufallen, und hatte nichts gefunden. Es war also kein normaler Mantel und kein Verräter, der ihn verfolgte, sondern ein Raubtier, schloss er.

Er hielt inne, um sich für einen Augenblick auszuruhen, mit aufrechtem Körper und eng am Seil, um den Druck der Waffe zu mildern. Er ließ seine Muskeln angespannt, denn er wusste, würde er sie jetzt entspannen, würde ihn die Müdigkeit überkommen, die so sehr darauf wartete, von ihm Besitz zu ergreifen.

Er kletterte zehn weitere Minuten und war dann auf der Straße, wo er sofort sein Gewehr und die Munition absetzte und sich hinhockte, keuchte und seine Handflächen rieb.

Er war in einem Kreis von Männern mit Schusswaffen gelandet, die er aber ignorierte, bis er nicht mehr außer Atem war.

„Ich komme im Auftrag Oliver Sumners", sagte Bergen ohne aufzustehen. „Ich bin bewaffnet. Ich muss den Amerikaner sehen."

„Ui", sagte einer der Männer. „Das ist der, der in Sherwood die Mäntel in die Luft gejagt hat."

„Heckler ist am Aufzug, Kumpel", sagte ein anderer. „Ich werde dich hinbringen."

„Gut." Bergen erhob sich und versuchte, nicht zu spüren, wie überbeansprucht seine Arme und Beine waren. Er dreht sich zu zweien der Männer um, Arbeiter im mittleren Alter, die trotz allem damit zufrieden schienen, Waffen tragen zu dürfen.

„Gleich wird noch ein Mann an diesem Seil herunterkommen", sagte Bergen. „Er muss sterben."

Die Männer nickten.

„Er darf keinen Fuß in die Schattenseite setzen. Habt ihr das verstanden?"

„Entspann dich, Chef. Wir haben's erfasst."

„Gut. Führt mich zu Heckler."

* * *

Heckler hatte in der Tat den Aufzug zerstört. Die Bettlerparade endete in herausgerissenen Balken und hin und her schwingenden Kabeln. Eine breite Einstiegsplattform aus Strukturstahl führte zu einem Loch, wo einst der Aufzug verankert gewesen war. Von der Maschine, die den Aufzug angetrieben hatte, waren nur noch Fragmente übrig, der Rest war in die Unterstraßen gefallen. Die Streben und das Gerüst des Schachts, in dem der Lift nach oben gefahren war, standen noch, denn sie waren viel zu dick, um einer kleinen Explosion nachzugeben. Gut befestigt mit Ketten und Bolzen tickte die monströse Uhr hoch über den Straßen, gegen die bösen Blicke von unten gefeit.

Bergen musterte prüfend die Verteidigungsanlagen, als sein Führer ihn zu Hecklers Posten brachte. Der Aufzugschacht war am hintersten Ende der Bettlerparade, nirgendwo in seiner unmittelbaren Umgebung waren Gebäude oder andere Straßen. Eine Reihe zweistöckiger Gebäude erstreckte sich ungefähr fünfzig Yard von ihm entfernt die Parade entlang; die beiden, die am nächsten waren, zeigten unverkennbar Einschusslöcher. Heckler und seine Männer hatten eine primitive Barrikade aus Blechwagen errichtet, die die Straße zwischen den beiden Gebäuden versperrte. Sie hatten die Wagen auf die Seite gekippt und aufeinander gestapelt, so dass sie Deckung boten, ohne den Zugang zu den Straßen dahinter zu blockieren. Einige Dutzend zusammengewürfelter Verteidiger kauerten dahinter, ließen Portwein und Zigaretten kreisen und fuchtelten mit ihren Waffen herum.

Diese Straße und die Einstiegsplattform waren übersät mit in Gold gekleideten Leichen.

„Sumner hätte ihnen mehr zutrauen können“, dachte Bergen.

Als er näher kam, rief jemand aus dem linken Gebäude: „Da bewegt sich einer.“

Ein Schuss erklang.

Der alte Seemann, Phineas, streckte seinen Kopf aus dem Schatten eines Wagens.

„Pack dieses verdammte Schießeisen weg, du rattengesichtiger Krächzer. Ich versuche zu lauschen.“

„Er is' gelaufen, er is' gelaufen", war wieder von dem Schützen zu hören.

Bergen und sein Führer erreichten die Barrikade. Bergen blieb in Deckung, während er den steilen Winkel, aus dem die Mäntel von der Uhr aus schießen konnten, berechnete. Die Hälfte der Männer stand vollkommen ungeschützt da und merkte es nicht einmal.

Was konnte man sonst von Bäckern und Wanderarbeitern erwarten?

Bergen stieg über die kauernden Männer hinweg und ging um sie herum. Sie flüsterten, als sie ihn sahen, und so etwas wie Straffheit kam zurück in ihre Haltung. Ebenso wie ihre Kameraden bemerkten sie ihn und seine Waffe.

Die Männer freuten sich, ihn zu sehen. Das war eine ungewohnte Erfahrung, und der Deutsche – der Engländer? – merkte, dass ihn das nicht groß kümmerte. Bergen kroch zu dem großen eisernen Zweiachser, der Heckler als Kommandoposten diente, und hörte, was kein Soldat während seiner ersten fünf Minuten auf dem Schlachtfeld hören wollte.

„Wir könn' uns hier nich' halten, Yankee. Wir könn' nich' mal unsere Köppe heben, um auf sie zu schießen – nich', wenn diese Bastarde da oben sind."

„Wir haben auch nicht die Männer, um eine längere Reihe zu bilden. Wenn wir zurückweichen und die dann in die Gebäude und auf die Straßen kommen, werden wir sie nicht mehr zurückschlagen können."

Bergen kauerte sich hinter den Amerikaner, als ein anderer der vier Männer, die bei ihm waren, lauthals seine Unzufriedenheit kundtat. Er war offensichtlich ein Bäcker, denn er hatte noch Mehl unter den Fingernägeln.

„Heckler, wir können hier nicht bleiben. Wir haben weder die Munition noch den Willen dazu. Ich meine, schau uns an!"

Bergen sah stumm zu, wie Hecklers Entschlossenheit bröckelte. Der Bursche zupfte mit den Fingern an seinem Schnurrbart, seinen Haaren, seinen Ohren. „Was können wir sonst tun? Wir können nicht zurückweichen. Um Gottes willen, das sind eure Familien."

„Sumner hatte recht", dachte Bergen. „Der Junge kann nicht führen, und diese vier starrköpfigen Dandys werden etwas Unüberlegtes tun, wenn man nicht auf sie aufpasst."

Sein Führer legte das Dampfgewehr neben Heckler ab. Bergen bedachte alle fünf Männer mit einem vernichtenden Blick und sagte: „Disziplinprobleme, Yankee?"

„Bergen?" Die Augen des Burschen weiteten sich vor Ehrfurcht. „Ist Oliver bei Ihnen?"

„Sumner hat mich geschickt, um hier zu übernehmen", sagte Bergen. „Den Männern geht die Munition aus?"

Heckler nickte. „Wir haben vielleicht noch ein Dutzend Schuss pro Person, und wir verschwenden sie, denn die, die wir bereits getötet haben, wollen nicht tot bleiben."

Die anderen vier Männer öffneten sofort ihre Münder, um auch etwas zu sagen. Bergen brachte sie alle mit einer Geste zum Schweigen.

„Wir werden die Stellung halten, koste es, was es wolle", sagte er. „Wir können nicht zurückweichen, sonst kommen sie wirklich in die Stadt. Das würde zu einem Chaos führen, das eine Verteidigung unmöglich machen würde."

Er löste den Gurt an seinem Dampfgewehr.

„Aber wir haben keine Kugeln mehr!", sagte einer von ihnen.

„Dann holen wir uns welche."

Bergen zog seine Waffe und beobachtete, wie sich die Augen der Männer weiteten, als sie ihren neuen Verbündeten erblickten.

Fünf Minuten später gab Bergen das Signal, und ein Dutzend Männer begann, auf die Uhr zu feuern. Bergen hob das Dampfgewehr, zog sich sechs Schritte hinter die Barrikade zurück und schoss drei Salven durch das Blatt der Uhr, während die anderen Männer aufs Schlachtfeld stürmten. Vier Mäntel fielen tot und funkensprühend aus ihrem Versteck. Mit drei weiteren Schüssen schickte Bergen zwei weitere Mäntel in die Tiefe. Er zog sich hinter die Barrikade zurück, als die Männer mit Gewehren, Pistolen und den Taschen voller Munition zurückkamen.

Bergen lud nach, überprüfte den Kessel – dreiviertel voll – und die Batterieverbindungen – immer noch heiß.

Als Heckler ihm ganze Hände voll Patronen zeigte, lächelte er dabei, was auf angenehme Weise sein Innerstes erwärmte.

„Munition“, sagte Bergen.

„Du Hurensohn!“ Es war der Seemann, das Gesicht zu einer Grimasse verzogen, der drei Wagen weiter hinten seine Hände fest auf seine Ohren presste. „Du hast mich verdammt noch mal taub gemacht!“

„Es musste sein, Macrae,“ sagte Bergen.

„Ich habe Schritte gehört, Kraut“, blaffte der Seemann. „Hunderte, verdammt. Jetzt kann ich sie nicht verfolgen, bis meine Ohren sich wieder beruhigt haben.“

„Hunderte?“, fragte Heckler.

Phineas nickte.

Sie blickten beide Bergen an, der nur lächelte.

„Wir werden sie mit offenen Armen empfangen. Hast du noch Sprengstoff übrig, junger Mann?“

* * *

Sie rannten in dem Augenblick los, in dem die erste Krähe auf die Füße kam.

Oliver schrie einige Befehle, die er jedoch ob des plötzlichen Getöses von aufeinanderprallendem Metall nicht einmal selbst hören konnte, und die drei einsamen Menschen brachen zum gegenüberliegenden Ende des Gleises auf.

Hews rannte voraus, Tommy hinterher. Oliver zog seinen Derringer.

„Warum trage ich dieses Ding überhaupt mit mir herum?“, fragte er sich.

Mäntel erhoben sich heulend und kichernd auf den anderen Wegen. Sie sprangen unmenschlich weit und hielten sich an den im Raum hängenden Ketten fest wie Affen oder Spinnen. Ihre schwarzen Augen funkelten wie weit entfernte Sterne, und ihre zerfetzten Umhänge flatterten hinter ihnen her, wenn sie sich bewegten.

Ein Mantel mit zu vielen Gliedmaßen ließ sich ihnen in den Weg fallen. Hews knallte ihn ab, und Sekunden später musste Oliver über ihn hinwegspringen, als seine Arme gerade wieder zu zucken begannen. Tommy zerstampfte ihn einen Augenblick später.

Das Lachen wurde zu Schmerzens- und Lustschreien.

Ein Mantel klammerte sich an das Geländer neben Oliver, und dieser entlud einen seiner Schüsse in sein Gesicht.

Hews hielt plötzlich an, und Oliver stieß von hinten gegen ihn und fluchte. Einen Augenblick später krachte ein Mantel mit enormer Kraft auf den Wegesrand. Der Aufprall drückte Mantel und Geländer zu einer Ziehharmonika zusammen. Oliver sah seitlich nach oben und erblickte eines der Monster Mama Maschines, wie es eine der eigenen Ketten hinaufstieg und dabei die Krähen verscheuchte, die an ihm kratzten und hackten.

„Sie sind alle verrückt geworden", hauchte Hews.

Das Ungeheuer legte eines seiner Gliedmaßen um den Kopf eines Mantels und riss ihn mit einer Drehbewegung glatt ab.

„Los, Hewey!", befahl Oliver und stieß ihn an.

„Verflucht!" Hews duckte sich unter das Geländer und klammerte sich fest. Etwas schlug von unten gegen den Weg und wölbte ihn dabei nach oben, was Oliver von den Füßen riss. Er rutschte rückwärts gegen Tommys Stiefel.

„Hab dich, Chef", rief Tommy. Oliver sah auf und beobachtete, wie der große Mann mit der Faust ausholte und einen Mantel niederschlug, der gerade auf das Geländer springen wollte.

Der Weg bebte erneut und riss an der Stelle des Einschlags auf, etwa zwanzig Fuß entfernt. Formlose Gliedmaßen griffen von unten hinauf und begannen, dass Metall zu durchschneiden wie Weichkäse.

Oliver zeigte nach vorn auf einen anderen Weg, zehn Fuß unter ihnen und fünfzehn Fuß entfernt. „Dort?"

Tom schaute hin. „Das schaffe ich."

Oliver sprang wieder auf und fasste Hewey an der Schulter, um ihn zurückzuziehen. Hews feuerte seine letzten drei Schuss auf das Ungeheuer ab, das durch den Weg brach.

Tommy schlang riesige, schweißige Arme um beide Männer. Oliver japste, da ihm Tommys Kraft die Luft aus der Lunge presste. Er sah tanzende, schwarze Punkte und sein Verstand, des lebensnotwendigen Sauerstoffs beraubt, erschauderte und war mit brüllendem Feuer und der Andeutung eines fremdartigen Lachens erfüllt.

Tommy hockte sich hin, brachte sich in Position und stieß sich ab.

Der Raum bewegte sich und wich zurück, wurde ihn Olivers Perspektive größer, bis das volle Ausmaß der Schlacht zu sehen war: Mäntel, die sich gegenseitig zerrissen, Bestien, die an den Wänden und Ketten kratzten. Einige fielen mit dem leeren Blick des Selbstmörders in die roten Ofenfeuer.

Tommys Füße verformten den Stahl, als sie landeten. Sein Freund ließ ihn los, und ätzende Luft drang in seine Brust.

„Dort!", sagte Oliver und rannte auf den Tunnel am hintersten Ende des Weges zu, ein in Messing eingefasstes Gewölbe, an dessen Wände eine Abscheulichkeit mit vielen Beinen hinunterkroch, um den Weg zu versperren.

„Bist du verrückt?", hörte er Hews rufen, doch er verlangsamte sein Tempo nicht.

„Das ist der Weg, den wir gehen müssen", dachte Oliver. Er richtete seine Waffe auf die Monstrosität über ihm.

„Geh zur Seite." Er griff in das flackernde Feuer in seinem Geist und durch es hindurch nach der Kreatur. Die Bilder von Mama Maschines Traum wogten an den Rändern seines Blickfelds. „Die Mutter will, dass du zur Seite gehst."

Eine Flut an Gefühlen brachte ihn ins Wanken: Angst und Zorn, Verwirrung. Es war falsch, so gänzlich falsch, dass ein klares Ziel so unterlaufen werden konnte. Die Kreatur lud all ihren

Schmerz auf ihm ab, und Olivers Körper verkrampfte sich. Seine Pistole ging los.

Starke Finger rissen ihn beim ersten Knall am Kragen und Tommy zog ihn gewaltsam Richtung Ausgang. Das Ungeheuer, mit dem Oliver verbunden war, wurde langsamer und fiel schließlich herunter, rutschte über den Rand des Weges und verbog dessen letzte zehn Fuß zu einem gefährlichen Abhang. Tommy kam schlitternd zum Stehen und wäre beinahe gefallen. Oliver kam wieder auf die Füße und sah zu, wie die Kreatur fiel; er fühlte dabei durch das Feuer in seinem Kopf hindurch eine tiefe, tiefe Traurigkeit.

Hews schoss seinen Revolver leer und begann nachzuladen. Oliver tat dasselbe.

„Heilige gelbe Hundepisse, Ollie", sagte Tommy. „Was für Patronen packst du denn da rein?"

„Glücksmunition." Oliver schloss den Derringer mit einem Klicken.

Am anderen Ende des Raumes kämpften zwei der Monster, dic oberen Gliedmaßen in der Architektur verhakt, genauso erbittert und laut miteinander wie die Götter über ihnen. Dann durchschnitt ein Geräusch die Kakophonie: ein tiefes, vibrierendes Knurren. Oliver wusste es sofort; sie alle wussten es.

Ein Atlas-Gewehr. Die Kesselmänner kamen.

Hews' Gebete wurden zu einem Röcheln, dann zum Husten. Oliver schlug ihm hart auf den Rücken und ließ ihn sich aushusten.

„Ich hätte nicht mitkommen sollen, Kumpel", murmelte Hews. „Ich bin verdammt alt."

„Du hast immer noch deinen Hut auf", sagte Oliver. „Halt dich am Geländer fest."

Einer nach dem anderen passierten sie den schrägen Bereich, indem sie an der höchsten Stelle entlanggingen, klammerten sich ans Geländer, bis ihre Knöchel weiß hervortraten, und flohen in die Dunkelheit dahinter. Nur das Licht von Olivers Augen zeigte ihnen den Weg.

Sie rannten durch gotische Flure, vorbei an dampfspeienden Konstruktionen, die Statuen oder Maschinen hätten sein können. In den leeren Räumen hallten schrilles Lachen und der gleichmäßige Rhythmus eisenbeschlagener Stiefel wider. Oliver führte sie nach der stummen Anweisung Mama Maschines um jede Kurve.

Hinter jeder Krümmung und jedem Torbogen trafen sie auf Schwarzmäntel, es waren mehr, als es nach Olivers Vorstellung überhaupt gab. Die Mäntel jaulten vor Wahnsinn, liefen Amok und malträtierten Wände, Böden und einander, ohne die Eindringlinge zu bemerken. Von Zeit zu Zeit übertönte das tiefe Poltern von Atlas-Gewehren jedes andere Geräusch.

Als sie tiefer kamen, wurde die Architektur sauberer, geradliniger, war mehr aus Messing, Kupfer und glänzenden Metallen gebaut. Das rote Licht ringsum wurde weiß, die Gänge hatten nicht mehr so viele Windungen, und das Poltern der Schritte wurde leiser.

Oliver bedeutete ihnen, vor einem Messingrad stehen zu bleiben, das zwei Stockwerke hoch war und sich langsam unter dem Antrieb hundert klappernder Zahnräder drehte.

Oliver legte seine Hand auf das Rad. „Das ist eine Kanarienvogelkapelle. Darin ist ein Aufzug, der in den Kamin hinunterführt. Sie tragen keine Waffen, während sie beten, aber wir müssen uns trotzdem auf einen Kampf einstellen."

Tommy schlug mit der Faust in die offene Handfläche. „Bereit, Chef."

„Hewey?"

Der alte Mann ließ ein rasselndes Seufzen hören, dem man seine siebenundfünfzig Jahre anhörte. „Es wird keinen anderen Moment geben, um zu sagen, was ich jetzt sagen werde, Oliver."

Oliver empfand den Impuls, ihn vom Weiterreden abzuhalten, ihm zu sagen, dass noch viel Zeit sein würde, obwohl er wusste, dass es nicht stimmte. Seine Eingeweiden fühlten sich krank an, und das nicht, weil er krank war.

Hews atmete einmal tief durch und nahm seine Melone ab. „Du warst immer größer als ich, Bursche."

„Hewey, nicht …“

Hews sprach weiter. „Ich konnte dir kein Leben bieten, das du akzeptiert hättest. Ich lag nächtelang wach und habe mich gefragt, was ich falsch machte, das dich alle paar Wochen dazu brachte abzuhauen.“

Oliver drückte die Schulter des Mannes. Das war zu viel. „Hewey, du brauchst nicht …“

„Ich muss, Bursche!“, blaffte Hews. „Du wärst ein dummer Mitläufer geworden, wenn du auf mich gehört hättest. Oliver, ich wollte nie …“

„Hör auf.“ Oliver starrte Hews geradewegs in die Augen, ungeachtet des stechenden Lichts, das Hews zurückzucken ließ. „Was immer auch passiert ist, es spielt keine Rolle. In Ordnung? Es spielt keine Rolle.“

„Aber …“

„Nein“, sagte Oliver. „Ich will das nicht hören. Alles, was du getan zu haben glaubst, alles, was ich dir vorgeworfen habe ist jetzt Vergangenheit. Ich brauche dich. Ich brauche dich bei mir. Jetzt.“

Hews schluckte hinunter, was immer er hatte sagen wollen.

„In Ordnung“, sagte er.

„In Ordnung“, sagte Oliver.

Hews kicherte, Kummer und Last fielen von seinen Schultern, als seien sie die ganze Zeit ein Scherz gewesen. „Für Königin und Vaterland, hm? Verdammter Patriotismus – tötet uns alle.“

Oliver stieß seinen angehaltenen Atem aus.

„Mit mir nicht.“

Sie schüttelten einander die Hände, und Hews nickte zufrieden. Er setzte seinen Hut wieder auf und betete ihnen ein leises, aufrichtiges Gebet vor.

Oliver griff zur Tür und drehte einen Schlüssel, den man mit normalen Augen nicht hätte finden könnten, auch wenn man ein Dutzend Stunden gesucht hätte. Dampf schoss aus der Falz, Zahnräder knirschten und drehten sich in die andere Richtung. Das Messingrad rollte zur Seite in die Wand hinein.

Oliver wurde wieder übel.

Dahinter lag das obere Ende des Kamins, der rundherum mit einem Vorhang menschlicher Wesen behangen war, die an Stühlen festgebunden waren, zuckend, verwesend, unfähig zu sterben. Hunderte waren zu sehen, Tausende mehr waren dort, wo sich das Gebäude unter dem Boden erstreckte. Die Kapelle war ein Concourse um den Kamin herum, blank und mit Gold überzogen. Uhren bedeckten jeden Zoll der Wand, waren an ihren Kanten miteinander verbunden und drehten sich in aufeinander abgestimmter Bewegung.

Ein Meer von Goldmänteln erhob sich aus dem Gebet und drehte sich um, um sie anzusehen. Es waren Hunderte – Hunderte – glühender Augen, Hunderte metallener Hände, Hunderte Herzuhren, die im selben Rhythmus wie der Raum tickten.

Tommy brüllte wie ein Bär und stürmte los. Hews und Oliver rannten hinter ihm her, zückten ihre Waffen. Die Mäntel kamen von allen Seiten auf sie zu.

Tommy erreichte die erste Reihe und beförderte drei Mäntel mit einem Schwung seines Armes in die Luft. Einen anderen schlug er mit seiner unverletzten Hand ins Gesicht. Fleisch platzte auf und legte Eisenknochen darunter frei. Hews und Oliver hielten an den Seiten die Stellung: Hews feuerte krachend in jedes Gesicht, das er sah, Oliver hielt sie allein durch die Bedrohung durch seine Waffe und das monstergleiche Glühen seiner Augen zurück. Sie taumelten unter seinen Blick und waren nicht fähig, sich ihm zu nähern.

Tommy packte zwei Mäntel mit den Händen und warf sie zwanzig Fuß hoch in die Luft. Er rammte die nächste Reihe mit der Schulter, so dass sie der Länge nach hinfielen. Oliver ließ seinen Blick von Mantel zu Mantel huschen. Es dauerte ein paar Sekunden, bis das Feuer sie zurückweichen ließ, und wenn er einen losließ, kam der nächste von der Seite. Er gab zwei Schüsse ab und verfiel dann wieder darauf, mit dem Griff seiner Pistole um sich zu schlagen.

Hews stellte sich hinter Tommy, um nachzuladen; Oliver tat dasselbe. So schnell sie konnten, gingen sie rückwärts, während Tommy den Weg freimachte.

Es waren so viele; so viel goldglänzender Stoff, so viele Messinggliedmaßen und lapislazuliblaue Augen, und alle im selben Moment an einem Ort. Oliver fuhr fort, seinen Blick über die Menge schweifen zu lassen – was sie zögern ließ, aber nicht lange.

Wie weit noch? Ein Dutzend Yards? Hundert?

Tommy brüllte vor Schmerz und taumelte nach hinten auf sie zu. Hews duckte sich hinter Tommys Rücken, als die Mäntel nach ihm griffen. Oliver trat diesen Händen entgegen und ließ sie unter seinem Blick zurückweichen.

Eine Kreatur aus Messingstreifen und Drähten landete auf Tommys Brust, grub lange, brutale Finger in seinen Schultern. Mäntel sprangen in Tommys Arme, doch er hielt sie mit seinem blanken Gewicht unten, während die unmenschliche Kreatur ihre Gliedmaßen anspannte, die Klauen schloss und sich zurückbog.

Ein Geräusch wie von einem reißenden Kabel, und Tommys Eisenknochen brachen durch seine Haut. Die Kreatur riss Rippen und Schlüsselbeine aus Tommys Körper. Haut und Fleisch fielen ab, Öl und Blut ergoss sich über die Menge.

Oliver schrie den Namen seines Freundes, als sich kräftige Hände über seine Arme und sein Gesicht legten.

Olivers Augen brannten vor Zorn und Tränen. Er riss den Kopf nach unten und schleuderte Mama Maschines Feuer auf den Angreifer, der ihm am nächsten war. Der Mann fiel schreiend nach hinten, aber es reichte nicht. Mit jeder Sekunde legten sich mehr Hände auf ihn, klammerten sich fest, zerquetschten seine Muskeln und rissen an seiner Haut und Kleidung. Ein stahlharter Arm schloss sich um seinen Hals und riss seinen Kopf zurück. Die Wunde an seinem Hals platzte mit einem hörbaren Reißen auf.

Die Mäntel rissen ihm einen Arm aus und zertrümmerten seinen linken Hüftknochen, und er wusste, es war vorbei. Er wünschte nur, die Götter würden ihn gehen lassen, wenn die Mäntel mit ihm fertig waren.

Eine Hand zerdrückte seine Luftröhre. Sein Blick begann, in Strudeln aus Schwarz und Rot zu verschwimmen. Irgendwo in dem Gewühl aus Körpern schrie Hews.

Plötzlich war der Druck weg, und Oliver fiel zu Boden, bespritzte ihn mit Blut und Eiter. Das Meer aus Armen, Gesichtern und Füßen zog sich zurück, und er hörte, wie sich leichte, forsche Schritte näherten. Dumpfe Messingaugen fanden seine und starrten ihn mit stummer Leere an.

Dann sagte eine Stimme wie das Jüngste Gericht: „Ich weiß, wer du bist."

Aber es sind nicht nur der Herr und die Dame, die die Spreu der Menschheit nach ihren Launen formen werden. Auch mein Schicksal ist es, das zu tun, und meine Auserwählten werden so verloren sein wie ich und genauso unempfänglich für menschliches Gefühl.

– XI. v

KAPITEL 21

„Sieben weitere", berichtete Phineas.

„Macht ..." Heckler versuchte vergeblich zu verbergen, dass er mit den Fingern zählte. „Vierundachtzig?"

Bergen nickte. Die Uhr war groß genug, dass sich noch mehr dahinter verstecken konnten. Nach der Zählung des alten Seemanns waren noch ungefähr fünfzig zur Reserve auf den oberen Straßen.

„Wenn sie klug sind, werden sie alle auf einmal über uns herfallen, mit ihren Unzerstörbarsten voran, um unsere Kugeln zu schlucken", dachte Bergen.

Aber die Goldmäntel waren für ihre Effizienz bekannt, nicht für ihre Klugheit. Als Kinder der Maschine würden sie sich nicht sehr weit von ihrer bewährten Taktik entfernen.

Bergen spähte über den Rand des Wagons, um einen schnellen Blick über das Gebiet schweifen zu lassen. Die Entfernung von der Barrikade zur Einstiegsplattform des Aufzugs betrug knappe vierzig Yard. Es war das ideale Schlachtfeld: gut beleuchtet durch elektrische Lampen über der Plattform, frei von Hindernissen und Verstecken. Es wäre eine Schande, wenn sie es aufgeben würden.

„Neun weitere", sagte Phineas. Er kauerte wie eine Gargyle im Schatten des Wagens. „Warte … zehn."

Bergen konnte das leise Geräusch hören, wie die Mäntel hinter der Uhr zu ihrem Schlafplatz hinunterkletterten.

Heckler hielt seine Winchester mit ruhigem, festem Griff, während er aufsah und lauschte. Der Mann fühlte sich mit seiner Feuerwaffe so selbstsicher wie mit nichts sonst.

Bergen duckte sich und überprüfte zum vierten Mal das Dampfgewehr.

„Es ist Ellingsly, der seine Waffe überprüft", erinnerte er sich. „Bergen musste das nie. Er vertraute einfach darauf."

Behutsam legte er die Waffe zur Seite.

Dann veränderte sich die Luft. Bergen erkannte es sofort: diese Vorahnung, die Stille und Regungslosigkeit, die lauter dröhnten als jeder Lärm. Er klopfte dreimal gegen das Innere des Wagons, und die gesamte Lumpenmiliz machte sich gefechtsbereit.

Heckler spähte wieder zur Uhr hoch. „Klettern sie, Phin?"

Der Seemann kauerte noch immer konzentriert, die Augen festgeschlossen. „Ich kann es nicht sagen, Junge."

Bergen machte seine Gasser los. „Streng dich an, Macrae."

„Geh sterben, Kraut. Ich tue, was ich kann."

„Tu mehr."

Bergen fühlte es in dem Moment, als Phin es sagte: „Sie laden ihre Waffen."

„In Deckung", befahl Bergen, und die Männer an den Barrikaden stiegen in die Wagons, stellten sich zum Schutz hinter die Räder und die Seitenverkleidung.

Das Schießen ging los, entferntes und leeres Knallen, und erste Geschosse schlugen in die Wagons ein. Es war wie ein leichter, unregelmäßiger Schauer. Vielleicht fünf oder sechs Schützen, was bedeutete, dass der Rest dabei war herunterzuklettern, geradewegs ins Sichtfeld der Männer in den Gebäuden.

Bergen spürte, wie sein Herz schneller schlug. Es war Ellingslys Herz, das Herz eines Mannes, der, auch wenn es nicht so schien, von der Angst beherrscht wurde. Bergen fühlte sich verwundbar, ihm war übel, aber er beruhigte sich mit der lange praktizierten Gelassenheit des Deutschen und wartete darauf, dass die Schlacht begann.

Sie begann mit einem Krachen, das die Straße unter ihren Füße erschütterte.

„Phineas!", sagte Bergen.

Der alte Seemann schüttelte langsam den Kopf, sein Mund stand offen.

Bergen riskierte einen Blick über den Wagon. Ein Dutzend Mäntel schoss auf ihn, sobald sie seinen Kopf sahen. Funken sprühten, als er wieder abtauchte.

„Sie sind unten."

Hecklers Augen weiteten sich. „Wie?"

Bergen ignorierte die Frage. Er schrie einen Befehl zur Frontlinie, und alle zwei Dutzend Männer eröffneten unverzüglich das Feuer.

Die erste Reihe Mäntel taumelte unter dem Sperrfeuer zurück, aber fiel nicht um. Die nächste Salve ließ sie gegen die zweite Reihe taumeln. Dahinter kamen immer mehr auf das Feld, das Augenblicke vorher noch leer gewesen war.

Bergen schoss seine Gasser leer, bis sie nur noch klickte und duckte sich.

Aus dem Augenwinkel sah er, dass einer seiner Männer mit zerschmettertem Gesicht zu Boden fiel. Er steckte mehr Kugeln ins Patronenfach und warf gerade rechtzeitig einen Blick zur Uhr, um zu sehen, wie acht weitere Mäntel auf deren Oberseite kletterten.

Er schloss das Lager seiner Waffe und wartete.

Die Mäntel breiteten ihre Arme aus. Ihr Gesichter zeigten nicht das kleinste Zögern oder Angst, als sie vom Rand der Uhr hinuntersprangen.

Er erschoss drei, ehe sie den Boden berührten. Ein sprödes Poltern und drei unregelmäßige Knirschlaute waren Sekunden später hinter den Wagons zu hören. Inzwischen bestiegen noch mehr Mäntel die Uhr und machten sich bereit.

Er stand da und schoss seine Waffe in ein bärtiges Gesicht mit Messingwangen und lapislazuliblauen Augen leer.

Die nächste Welle landete; zweien von ihnen zerschmetterte es die Beine, als sie auf dem Gehweg aufkamen. Die, die bereits am Boden waren, hatten sich in eine Schützenlinie, die auf der Einstiegsplattform hockte, und ein Angriffskommando, das dem vernichtenden Feuer der Männer der Schattenseite trotzte, aufgeteilt. Sie hatten in der Tat die Unzerstörbarsten für die erste Reihe ausgewählt. Die Kinder von Großväterchen Uhr hatten bereits das halbe Feld überquert.

Auf der rechten Seite fiel ein weiterer seiner Männer. Er duckte sich, um nachzuladen, kämpfte gegen ein Zittern in seinen Armen an, das er lange nicht gekannt hatte. Ellingslys Krankheit: eine alles verzehrende Feigheit.

„Verdammt sei der Mann und verdammt sei der Tag, an dem er geboren wurde“, dachte er.

Er brauchte Bergen. Er brauchte den Mut des Deutschen. Er musste schießen und handeln, ohne zu denken, ohne die Konsequenzen zu fürchten – nur wissen, worauf er zielen, wie er schießen, wann er sich zurückziehen musste.

Er schloss die Augen und bewegte sich nicht. Für drei lange Sekunden zog er sich in sich zurück, weg vom Krachen der Schießerei, und schlug den Schatten Ellingslys, der sich vergrößerte, zurück. Er schlug ihn, bis er eingeschüchtert war und schrie und dorthin zurückfloh, wohin er ihn verbannt hatte.

Er war wieder Bergen Keuper und er wusste, was zu tun war.

„Heckler“, überschrie er das Getöse. Der Amerikaner schoss seine Winchester leer, ehe er sich näherbeugte. Bergen schwieg; er zeigte in die dunkle Ecke des Wagons. Heckler nickte, warf sein Gewehr über seine Schulter und zog eine Streichholzschachtel aus der Tasche. Bergen steckte den Revolver ins Holster und hob das Dampfgewehr.

„Rückzug!“

Die Reihe der Männer brach sofort auf und floh. Die Männer in den Gebäuden richteten ihre Aufmerksamkeit ausschließlich auf die Schützen, die sich in und hinter der Uhr versteckten.

Bergen lief gebückt, das Gewicht der Waffe lastete auf seinem Rücken. Dicht gefolgt von Heckler flüchtete er zwanzig Yard zurück zu einem Stahlwagon, der auf der Seite lag. Die Männer rannten die Gehwege entlang, nahmen Posten in Mauernischen, Türen und Gassen ein. Bergen umrundete den Wagon und blieb stehen.

Die Explosion war nicht stark genug, um ihre Feinde zu verwunden. Mit großem Glück würde sie sie für ein paar Sekunden bremsen.

Mehr brauchte er aber auch gar nicht.

Bergen hob das Dampfgewehr und visierte daran entlang. Sein Kessel rumpelte. Seine Drähte summten. Seine Finger legten sich wieder auf den Abzug, und er fühlte den Druck des Dampfes, der die Kammer füllte, während Magnete, die stark genug waren, um Stahl zu verbiegen, das Geschoss in Position hielten.

Ein perfekter Schuss. Die Kugel durchtrennte die Kette, die die rechte Seite der Uhr hielt. Ein zweiter Schuss teilte die auf der linken Seite. Bergen ließ das Gewehr sinken und sah zu, wie die Uhr ächzte und sich neigte.

„Ich habe schon größere Ungeheuer als dich erledigt, Teufel", dachte er.

Die Uhr jammerte und schrie, als sie aus der Verankerung riss. Zahnräder und Federn sprangen aus ihrer Rückseite, als ihr Zifferblatt quer durchbrach und das ganze Gebäude zu fallen begann. Männer mit goldenen Westen, Jacken und Hüten fielen wie Blätter von einem geschüttelten Baum.

Die Uhr riss sich mit einem Krachen los, das alle Balken Shadwells vibrieren ließ. Dann kippte sie geräuschlos nach vorn, die Bewegung eines so massiven Gegenstands schien alle Vorgänge zu dämpfen. Sie stürzte um.

Bergen wartete.

Der Zusammenbruch kam einen Augenblick später. Hinter dem Vorhang aus Rauch starben die Mäntel massenweise. Die Bettlerparade platzte unter Hecklers Sprengstoff auf, gab nach und zerbröckelte. Die Uhr fiel durch sie hindurch, zog die Kinder der Maschine hinab in die Dunkelheit und in die Arme der Kreaturen, die dort auf sie warteten.

Das Dröhnen hörte minutenlang nicht auf: Echos von Körpern, Wagons und Beton, die auf ihrem Weg nach unten gegen Balken schlugen. Eine dreißig Yard breite Kluft trennte nun die Schattenseite von der Aufzugsplattform.

Der Jubel, der unter den Männern aufkam, durchfloss Bergen wie perlender Wein. Er jauchzte und freute sich mit ihnen. Er klopfte auf Schultern, schüttelte Hände und fühlte sich so lebendig, wie er sich seit der tiefen Nacht vor acht Jahren in der Nähe Ulundis nicht mehr gefühlt hatte. Männer sammelte sich um ihn, um ihm zu gratulieren, und Bergen hörte ihre Worte der überwältigenden Dankbarkeit nicht.

Bergen wünschte, der Augenblick werde verweilen. Er sah Heckler, wie er mit seiner Waffe in der Hand und Angst in den Augen die Straße entlangging.

„Entschuldigt mich", sagte Bergen zu dem Kreis, der sich um ihn versammelt hatte. Er drängelte sich durch und traf ein gutes Stück von ihnen entfernt auf Heckler.

„Was ist los, Junge?"

„Ein Bote kam gerade aus der Valley Lane", sagte er. „Fünf Männer dort, die Ihr Seil bewachten. Sie sind alle tot."

„Wie?"

„Durchgeschnittene Kehlen, Sir."

Bergen unterdrückte, was er fühlte, was ihm durch den Kopf ging. „Ich hätte sichergehen müssen. Ich hätte ihn wie eine Gazelle verfolgen und sein Herz mit einer Kugel zerfetzen müssen", dachte er.

„Versammle alle, die noch am Leben sind, und bring sie her", sagte er. „Nimm zwei Mann. Niemand darf allein bleiben."

„Ja, Sir“, sagte Heckler. Er schnappte sich zwei der feiernden Männer und rannte die Parade entlang in die Stadt.

Bergen drehte sich zu den Männern um. Manche hatten sich um den einzelnen Wagon versammelt, der auf der Straße lag, andere am Rande des Lochs, in das sie hineinspuckten oder -schrien.

„Ihr alle!“, rief er. „Das heißt nicht, dass die Gefahr vorüber ist. Sammelt die Verwundeten auf, bringt sie dorthin.“

Er zeigte auf die beiden Gebäude, die dem Loch am nächsten waren.

„Und dort.“

Die Männer gingen grummelnd, aber gehorchend davon. Er holte gerade Luft, um ihnen Feuer unterm Hintern zu machen, als Phineas sich vor ihm aufbaute. Der Seemann war noch weiter in seine Kleidung versunken, war nicht mehr als ein Paar Hände und eine vernarbte Nase, die ein Hut überschattete.

„Was ist los, Macrae?“

„Da sind noch mehr“, sagte er.

„Das habe ich nicht vergessen.“

„Nun, ich auch nicht, Kraut.“ Er stieß einen Finger in Richtung des Concourse über ihnen. „Weil ich sie höre.“

„Ich hatte nie vor, sie alle zu kriegen“, sagte Bergen. „Wie viele?“

„Zwei Dutzend.“

„Ein Ärgernis, mehr nicht.“

„Zwei Dutzend Kesselmänner.“

Bergen hielt inne und lauschte der kalten Welt außerhalb der warmen Umgebung.

Über ihnen: schweres Marschieren; in perfektem Einklang.

„Man kann gegen die Kesselmänner nicht kämpfen.“

Aaron Bolden hatte das gesagt. Bailey hatte es geglaubt. Scareds Diener hatten davon gelebt. Jeder Mann und jedes Kind in Whitechapel flüsterte es sich an ungestörten Orten zu, wie die Überlieferung einer gefährlichen Wahrheit.

„Wir sollten überprüfen, ob es stimmt“, dachte Bergen.

Er nahm sein Dampfgewehr wieder in die Hand und gab vorbereitende Befehle.

*   *   *

Missy knickste automatisch, als sich die Tür öffnete.

„Oberin."

Gisella verschwendete keine Sekunde darauf, sie anzusehen, sondern drehte sich um und schritt in den Flur zurück. „Ich sollte dich für deine Impertinenz bestrafen, junge Dame", sagte sie. „Komm rein und mach die Tür zu. Die Luft ist fürchterlich dick heute Nacht."

Missy tat, wie ihr geheißen; Ehrerbietung ergriff schnell Besitz von ihr.

Sie folgte Gisellas spitzenbesetzten Röcken den langen Eingangsflur entlang, vorbei an Gemälden, die Landschaften und königliche Motive zeigten. Sie ging mit gesenktem Kopf, ihre Schuhe klackten leise auf den Fliesen, ihre Röcke flüsterten, die Handtasche hielt sie mit den Fingern fest umklammert, und sie hatte ein Lächeln auf den Lippen.

Die Oberin hatte ihr Haar zu einem festen Knoten gebunden, den ein Netz, das seit zweihundert Jahren nicht mehr in Mode war, zusammenhielt. Sie ging so energisch, dass ihre Schritte bei aller Eile im Flur widerhallten. Von den oberen Stockwerken waren die erwarteten Geräusche zu hören.

Gisella führte sie in den Damensalon, der mit üppigen Vorhängen in Rot und Lila, weichen Sofas und einem großen Piano, das noch immer wie am Tag seiner Herstellung glänzte, ausgestattet war. Die Hälfte der Mädchen sowie ein paar neue waren da, alle in Abendgarderobe. Dort saßen sie immer, um ihre höflichen Umgangsformen zu üben, während sie auf die Freier des Abends warteten.

Dieses Ritual war beinahe sieben Jahre lang Teil von Missys Leben gewesen, seit Gisella sie für alt genug gehalten hatte und ihre Erziehung vollendet war. Manchmal hatten die Herren sie ausgewählt, manchmal nicht, aber allen hatte der Hunger auf sie in den Augen gestanden. Sie war immer die erste, die sie ansahen, sobald sie hereingekommen waren.

Ihr Blick war zu einem jungen Mädchen gewandert, das sie nicht kannte, einem blassen Kind mit zu viel Rouge und einem grünen Kleid, das ihm nicht richtig passte. Sie war erst seit ein oder zwei Jahren eine Frau, jünger, als Gisella eigentlich erlaubte.

„Meine Damen, eure verirrte Schwester ist zurückgekehrt", sagte Gisella in den Raum. „Emily, bitte hilf ihr aus diesen Lumpen, die sie trägt, und gib ihr etwas Reizendes zum Anziehen."

„Ja, Oberin", murmelte eines der jüngsten Mädchen. Sie erhob sich von ihrem Platz und führte sie zu einer kleinen Tür im hinteren Teil des Salons.

„Ja, ich muss mich frisch machen", dachte Missy. „Ich sehe zum Fürchten aus. Ich habe seit heute Morgen meine Röcke und Bluse nicht gewechselt. Ich muss bereit sein für die Kunden, wenn sie kommen; weder Haar noch Kleidersaum dürfen unordentlich sein. Zugegeben, es ist eine schreckliche Nacht, aber ein Kunde könnte in Stimmung kommen, und man muss stets vorbereitet sein."

Sie blieb so plötzlich stehen, dass das Mädchen ihre Hand losließ.

Die Unterhaltung war weitergegangen, fröhliches Plaudern über aktuelle Ereignisse und Klatschblätter – manches wahr und manches gut erfunden. Die Mädchen lächelten strahlend und freundlich, nickten höflich und hielten ihre Hände in ihren Schößen gefaltet. Der Raum vibrierte vor Spannung, aber keine verschwendete einen Blick auf die verlorene Tochter.

„Komm weiter", sagte das Mädchen – Emily? – an ihrer Seite. „Du musst vorzeigbar werden."

Missy blickte auf diese Kreatur hinab, die noch nicht mal eine junge Frau war. Die Augen des Mädchens starrten sie groß und gelassen an, ohne ein Anzeichen von Nervosität oder Eile. Sie hatte ihr bescheidenstes Lächeln aufgelegt, das nicht einmal beim Sprechen zuckte.

„Komm weiter", sagte sie wieder. „Wir wollen die Männer nicht warten lassen."

Sie sprach den breiten Akzent eines Unterschichtkindes, die Worte waren die Gisellas. Das Mädchen konnte nicht länger als drei Monate hier sein. Konnte Gisella sie so schnell formen?

„Nein“, sagte sie, so sanft sie konnte, obwohl ihre Stimme zitterte. Sie schob Emily zur Seite und drehte sich um, um die harten, gleichgültigen Augen der Frau anzusehen, die sie großgezogen hatte.

Gisella hatte einen vertrauten, verächtlichen Gesichtsausdruck aufgelegt, ihre Züge sahen aus wie in Stein gemeißelt, die Haut lag straff über den Knochen. Missy hatte der Oberin nie zuvor länger als nur eine Sekunde in die Augen geblickt – keines der Mädchen hatte das getan. In dem Moment, in dem der desinteressierte, überlegene Blick sie traf, spürte Missy, wie ihre Entschlossenheit dahinwelkte und abbröckelte. Ihre Kehle und ihr Hals strafften sich, und sie atmete stoßweise.

Gehorche!, schrie es in ihrem Kopf. *Senke deinen Kopf, erledige deine Aufgaben, sieh vorzeigbar aus, sei ein braves kleines Mädchen und sei zuverlässig.*

Sie hatte so viele Jahre keinen Ärger gehabt, indem sie auf diese Stimme gehört hatte. Es hatte ihr Essen, Unterkunft, Familie gewährleistet und denjenigen, die nicht gehorchten, Kummer bereitet.

Gisella betrachtete sie von oben bis unten, als beurteile sie ein halb fertiges Kleid.

„Du bist offensichtlich noch nicht bereit, deine Pflichten zu tun und deinen Lebensunterhalt zu verdienen. Nichtsdestotrotz will ich großzügig sein. Emily, bring sie ins Schlafzimmer und leg sie hin. Ich werde gleich mit Tee zu ihr kommen.“

Diesmal schaffte es das Mädchen, sie vom Salon in den trostlosen, unfertigen Flur zu bringen, der in die Küche und in das Zimmer, in dem Hängematten für die Mädchen hingen, führte. Gisella schritt hinter ihnen her, erfüllte den Flur mit ihrer Gegenwart. Sie war ein bedrohlicher Schatten im Licht des Salons, unglaublich groß, mächtig, unerschütterlich.

Ich gehe zu dem verschlossenen Zimmer, das du nie betreten darfst. Ich werde dir einen Tee mischen und ihn dich trinken lassen. Ich werde dich von der Mörderin, die du bist, befreien, und dich wieder zu einer Hure machen.

Sie kamen an der unauffälligen Tür des verschlossenen Zimmers vorüber, wo die Oberin ihre Gifte aufbewahrte.

Mörderin oder Hure also. Was soll es sein?

Missy blieb stehen. Emily ging ein paar Schritte voraus und dann wieder zurück, mit einem beleidigten Ausdruck und einem Hauch von Verwirrung in den Augen.

„Gisella", sagte Missy.

„Es gehört sich nicht, in diesem Ton mit mir zu sprechen, junge Dame." Missy hörte das Klimpern der Schlüssel in Gisellas Hand. „Geh ins Zimmer. Du sollst zu einem passenden Zeitpunkt gehörig bestraft werden."

Missy schluckte, bewegte ihre Finger, löste die Umklammerung an ihrer Handtasche.

Was war Gisella anderes als ein Sack Fleisch, der auf eine Kugel wartete?

Sie drehte die Absätze ihrer Schuhe immer wieder hin und her, durch den Dreck darunter war ein schleifendes Geräusch zu hören. „Nein, Gisella."

Die Oberin nahm den Kommentar ohne mit der Wimper zu zucken hin. Sie wendete ihren steinharten Blick wieder Missy zu. „Das war weder eine Bitte noch eine Wahlmöglichkeit, junge Dame. Von einem ordentlichen Mädchen verlange ich Gehorsam. Mr. Worthingen aus Cathedral hat ein Angebot für dich gemacht, und ich habe nicht vor, den Kunden zu enttäuschen."

Missy schaute in diese Augen – leere, nussbraune Augen, streng und unerbittlich. Aber auch durchzogen mit Äderchen, Linien über der Iris wie Risse im Porzellan, schwarze Flecken hier und da.

„‚Was hat eine Dame, wenn nicht ihren Ruf?' Ist es das?"

„Es freut mich zu sehen, dass du aufgepasst hast", sagte Gisella. „Du bist ein Makel auf meiner sonst makellosen Bilanz, junge

Dame. Ich habe genug von deinem Ungehorsam. Heute Nacht werde ich dir Beng Lie in seiner reinsten Form verabreichen, und wir werden für den Rest deiner Tage kein aufmüpfiges Wort mehr von dir hören."

Die Handtasche öffnete sich. Blanke Finger glitten hinein und legten sich um etwas Kaltes. Die Kälte breitete sich auch in ihr aus.

Du bist jetzt eine Mörderin. Du bist ein Falke, lieber Vogel. Du bist eine Schlange.

Plötzlich ergab Olivers Tod Sinn. Oliver war gestorben, um ihr zu zeigen, wozu sie fähig war. Wenn sie ihn ermorden konnte, wie könnte sie dann vor dem hier zurückweichen?

Sie zog die Pistole.

Emily rannte jammernd ins Schlafzimmer.

Gisella keuchte. Ihre Brauen zogen sich zusammen, und sie begann, mit ihrem Altweiberfinger zu wackeln. „Du undankbares Weib! Wie kannst du es wagen, nach allem, was ich für dich getan habe?"

„Sei still, du Hexe", sagte Missy.

Gisellas Augen loderten auf. „Ich habe dich aufgenommen, als du ein Straßenkind warst und in den Straßen geplündert hast. Du bist geradewegs auf den Kamin zugesteuert, merk dir meine Worte, und dann hast du die Dreistigkeit davonzulaufen, und jetzt das? Ich hätte dich lassen sollen, wo ich dich gefunden habe."

„Ja, hättest du", sagte Missy, während sie Gisella die Pistole ins Gesicht hielt, direkt vor ihre spitze Nase. „Jetzt sei still! Ich habe eine Frage an dich, und du wirst sie beantworten."

Gisella schnaubte und verschränkte die Arme vor dem Unterleib. „So eine Anmaßung. Du bist ein nichtsnutziges Teufelskind."

Missy stieß die Pistole noch einen Zoll näher. „Wo ist der Hobgoblinmann?"

„Ts, ts, verrückt noch dazu", sagte Gisella. „Er ist nur ein Hirngespinst deines kranken Geistes."

„Wo ist er?“ Missy schlug der Oberin die Mündung der Pistole gegen die faltige Nase. Gisella taumelte zurück, schrie auf, betastete das Blut, das herauszutropfen begann.

„Nimm sofort dieses widerwärtige Ding runter“, befahl sie.

Missy packte Gisella mit der freien Hand an der Schulter und zog das Gesicht der Alten gegen die Mündung. „Denkst du, ich werde das tun?“, sagte Missy. „Denkst du, ich bin so schwach? Oder denkst du, sie ist nicht geladen?“

Missy gab einen Schuss in die Decke ab, nur ein paar Zoll von Gisellas Ohr entfernt. Die Alte kreischte und fasste sich an die Seite ihres Kopfes. Missy stieß die Mündung wieder gegen ihre Wange. Sie grinste innerlich, als Gisella vor deren Hitze zurückzuckte.

„Sag es mir“, schrie Missy.

„Lass mich sofort in Ruhe“, heulte die Oberin.

Missy fasste mit ihrer freien Hand nach unten und grub ihre Fingernägel in welke Muskeln und Sehnen. Sie drückte Gisellas Kopf zurück und die Pistole gegen ihre Stirn.

„Sag es mir!“

Gisella schrie, und Missy schlug sie gegen das Kinn. Ihre Altweiberzähne krachten aufeinander, und von einem brach eine Ecke ab. Gisella schnappte nach Luft und spuckte.

Du wirst nie irgendetwas sein, du niederträchtiges Kind. Böse geboren.

„Sei still!“

Diesmal zerbrach etwas. Die Alte weinte und flehte.

Es spielt keine Rolle, was du mit mir machst, junge Dame. An deinem Todestag wirst du eine Hure sein, und Männer werden dich haben, wann immer sie wollen, indem sie einen Zettel vor deiner Tür fallen lassen, und du wirst dich immer daran erinnern, dass ich es war, die dich dazu erzogen hat.

„Sei still!“

Sie brach der Frau die Nase.

Ich habe dich bereits besiegt, Kind. Du bist in Wahrheit eine Hündin, die am Knöchel ihres Herrn kaut – eine tollwütige Schlampe, die sich nicht fürs Ernähren oder Aufziehen eignet, nur dafür, getreten zu werden.

„Sei still!"

Sie verdrehte der Frau den Arm auf dem Rücken, bis sie ihn ausgekugelt hatte.

„Sag mir, wo er ist!" Worte drangen aus Missys Kehle, roh, schmerzhaft und beglückend.

Gisella wimmerte, wehklagte und stieß schnaufend Worte hervor.

Du bist mein, du nutzlose Nutte. Jetzt und für immer.

Ein Knall wie von einer Peitsche. Der scharfe Geruch von Pistolenrauch. Ein Pochen und Dröhnen, das Rascheln von Röcken.

Die Augen der Mädchen in ihren perfekten Kleidern starrten hell, glasig und weit aufgerissen aus dem Salon und Emilys aus der Küche. Keine von ihnen sprach ein Wort.

„Ich musste es tun", schrie Missy. „Es war alles, was ich hatte. Ihr habt sie gehört, oder nicht? Ich bin nichts für sie. Nichts." Sie schüttelte die Pistole. „Das ist alles, was ich habe. Könnt ihr das nicht verstehen? Sie hat mir alles andere genommen."

Die Augen starrten wie aus gemalten Statuen. Ein Mädchen begann zu weinen.

„Verdammt seid ihr alle. Es musste sein. Liz ..." Sie streckte die Hand nach der Blonden mit der scharf geschnittenen Nase aus, die sie so gut kannte. „Du erinnerst dich, oder ? Wir haben immer darüber geredet. Wir lagen wach und haben gesagt, jemand sollte das mit ihr machen, und mit allen Männern. Erinnerst du dich nicht?"

Elizabeth schluckte, senkte den Blick, ihre Hände zitterten. Sie wich zurück und versteckte sich hinter einem anderen Mädchen.

„Nein, Liz, bitte." Missys Hände fingen an zu zittern, Tränen rollten ihr über die Wangen. „Ihr habt es alle gewollt, nicht? Wolltet ihr nicht frei sein? Warum sagt keine irgendetwas?"

Sie hielt die Pistole gegen ihre Brust und schluchzte.

Du hattest deine Chance. Du hattest Frieden, Glückseligkeit und Freiheit, und du hast es alles mit einem einzigen Schnitt beendet.

Dein Leben war schon immer Schmerz, und du hast dich entschieden, zu ihm zurückzugehen.

Sie ließ die Waffe sinken, sah Mündung und Zylinder an ihr vorbeiziehen und vor Blut glänzen.

„Der Hobgoblinmann ist real", sagte sie. „Ich muss wissen, wo er sich versteckt."

Manche der jüngeren Mädchen fingen an zu weinen.

„Seid still! Es ist wichtig für mich zu wissen."

Die älteren Mädchen wendeten sich den jüngeren zu, um sie zu beruhigen, führten sie davon und verschwanden eine nach der anderen aus dem Türrahmen zum Salon.

„Liz? Annie? Ethel? Geht nicht. Es ist noch nicht erledigt. Ich bin noch nicht fertig."

„Mein Leben kann nicht so enden. Ich muss noch eine Sache erledigen", dachte sie.

„Weiß es niemand?"

„Ich weiß es."

Sie drehte sich um. Ein kleiner Junge, nicht älter als sieben und mit dreckigen Tweed-Shorts und einer verknitterten Mütze bekleidet, trat aus dem Schlafzimmer.

„Ich weiß, wo er is'", sagte der Junge. „Der hat mich mal da hin gebracht."

Missy streckte eine zitternde Hand aus, aus der alle Farbe gewichen war.

„Bring mich hin", sagte sie. Der Rest ihrer Worte, ihrer Sorgen und Erleichterung und Dankbarkeit gingen in Schluchzen unter.

Der kleine Junge ging an Emily vorbei, die den Tränen nahe war, aber versuchte, es nicht zu zeigen, das tapfere Ding.

„Ich werde dir nicht wehtun", sagte Missy. „Hab keine Angst."

„Ich habe keine Angst. Die Mädchen waren immer nett zu mir."

Seine kleine Hand ergriff die ihre.

„Aber der war nich' nett. Überhaupt nich'."

* * *

Das Ding, das John Scared gewesen war, kicherte und jaulte in den purpurroten Himmel.

Stöhne für mich, meine Liebe.

Er zuckte, und Mama Maschine krümmte sich. Er griff nach ihr, und ihre Begierden liefen Amok, während Hass, Lust und Angst in seinem Verstand aufblitzten. Er trank sie wie Sirup. Ihre Maschinen und ihre Krähen wimmelten wie verrückte Ameisen durch die Stadt, verschlangen sich mit Genuss gegenseitig.

Ich kenne dich, meine Liebe. Ich kenne dich bis zu deinem letzten Geheimnis. Ich kenne jeden Balken und jedes Organ und jede Laune, die du jemals hattest.

Das Mei Kuan pulsierte wie sein eigenes Blut durch ihn hindurch. Die Berechnungen kamen automatisch, zeigten ihm die verhängnisvollen Wahrscheinlichkeiten jeder Bewegung, die er tat. Er studierte seine Braut nun mit jedem Augenblick mit einem Wissen, das vollkommen war wie das Gottes.

Er hielt das kranke Kind mit einem Paar seiner tausend Klauen und schenkte ihm kaum Aufmerksamkeit.

Es ist eine Schande, dass wir in unserer Hochzeitsnacht nicht allein sein können, meine Liebe. Er drückte das Kind nach unten. *Aber ich habe schon schlimmere Dinge vor den Augen eines Kindes getan.*

Mit den Ranken seines aufgeblähten Intellekts grub er sich tiefer in ihren Körper, in ihren brennenden Ofenmutterleib, der heißer war als ein Stern, versteckt hinter einem Berg aus Metall. Er riss sie weit auf, badete in ihrer Hitze, füllte sie mit einem eisigen Samen.

Ekstase durchraste ihn, ließ seine Gliedmaßen vibrieren, ihn bis ins Mark erzittern. Er keuchte und krümmte sich und flammte zu neuer Größe auf, als er schließlich die Weiblichkeit kostete. Weit entfernt reagierte sein fleischlicher Körper auf gleiche Weise.

Sieh deinen Ehemann an, Herrin. Sogar wenn ich dich vergewaltige, sitzt er da wie ein Dummkopf. Ich werde dich niemals ignorieren, wie er es tut, meine Süße, denn du bist mein, und das für immer.

Er hatte sie überall an sich, bis ihre und seine Schreie den roten Himmel in schwarze Streifen riss, durch die die sickernde Flüssigkeit anderer Orte tropfte. Jede Empfindung verzerrte sich zu seinem Vergnügen, und für einen Augenblick wusste er, dass er allmächtig war.

Er bemerkte die einsame Seele nicht, die seine Grenzen überquerte und in ihn eindrang.

* * *

Oliver zog Bilanz: gebrochene Hüfte, er konnte nicht laufen; gebrochene Schulter, er konnte den Arm nicht heben. Seine Halswunde hatte sich wieder geschlossen, und er hatte ungefähr hundert Grad Fieber. Eigentlich dankte der diesen Göttern, die ihn vergewaltigt hatten, für das Geschenk dieser Betäubung.

Hews hatte nicht so viel Glück. Die Kesselmänner hatten ihn ohne Umschweife zu Boden geschleudert und schlimm verprügelt. Er atmete stoßweise und flach und lag unbeweglich dort, wo sie ihn fallengelassen hatten.

„Er hat es so gewollt", dachte Oliver. „Er kannte die Risiken besser als ich."

Die Gedanken brachten ihm keinen Trost, nur tiefen Ekel und Traurigkeit darüber, dass jemand – überhaupt jemand – für diese Revolution sterben musste. Wie konnten all diese Leute so bereit, ja eifrig bemüht sein, ihr Leben zu geben? Er hatte es nie verstanden, dieses Fieber, das Menschen in den Krieg lockte. Als er den Aufstand angeführt hatte, hatte er ehrlich geglaubt, sie könnten ihn ohne Verluste überstehen. Er hatte geglaubt, dass Wille und Raffinesse und, nun, Aufrichtigkeit könnten sie durchbringen. Er hatte nie bedacht, dass sie Opfer würden bringen müssen. Er hatte es nie akzeptiert.

Danach hatte er seine Mannschaft fünf Jahr lang ruhig und unauffällig gehalten, hatte sich nachts durch Diebstähle, Sabotagen, Spionage gekämpft, immer unsichtbar und fern jeder Konfrontation. Er hatte sie trotz aller Schwierigkeiten am Leben erhalten – und dann hatte er sie zu ihrem Ende geführt.

Oliver blinzelte die Tränen weg und versuchte zu glauben, Tommy sei gegangen, wie er es gewollt hatte und stünde nun mit einem Lächeln auf dem breiten Gesicht an der Himmelspforte, statt zertrampelt unter den Stiefeln eines Mantels zu liegen.

„Der allergische Mensch lauscht immer nach dem Summen einer erwachenden Biene."

Oliver sah auf. Er wusste genau, wo er war. Er kannte die Identität des in einen Smoking gekleideten Mannes, der unter hundert Uhren auf der anderen Seite des Raumes mit dem Marmorboden stand.

Der Baron von Whitechapel stand mit dem Gesicht zu seinem Altar.

„Ein Stein, der einen Hügel hinunterrollt, wird von der Anwesenheit eines Grasbüschels gestoppt. Wenn dieses Gras welkt, wird sich der Stein wieder bewegen; das ist die Zwangsläufigkeit der Schwerkraft."

Er drehte sich um, um mit seinen düsteren Augen in Olivers helle zu sehen. Der Smoking war frisch und sauber, ebenso das weiße Hemd darunter. Nur das glühende Flackern von Olivers Augen erleuchtete den geisterhaften Anblick. Auf dem Altar hinter ihm lagen ein schwarzer Zylinder und ein Stock. Durch das Oberlicht in der Decke sah Oliver nur Schwärze. Wo war das Licht des Schlotes?

Baron Hume näherte sich mit würdevollem, gemessenem Schritt. Seine Flügelspitzen klackten auf den Boden, und Oliver merkte plötzlich, dass keine der Uhren tickte.

„Kann der Regen sich aussuchen, welche Pflanzen er nährt? Kann ein Feuer sich aussuchen, welches Haus es niederbrennt und welches nicht?"

Der Baron blieb stehen und starrte auf die beiden hinab, die Hände hinter dem Rücken verschränkt. „Ich will ein Mensch sein."

Oliver wusste nicht, ob er antworten sollte. Nachdem er eine Weile still gewesen war, fuhr der Baron fort.

„Du berührst die Haut von Bäumen mit deinen Fingernägeln. Es ist zu einem galvanischen Juwel gewachsen und hängt nun an deiner Haut wie die Saugplatte eines Schiffshalterfisches."

Oliver erkannte, worüber er redete und kämpfte gegen den Drang an, in seiner Tasche nachzusehen, ob der Apparat noch da war.

„Ich habe es nicht“, sagte Oliver.

Der Baron neigte seinen Kopf, was als ein Ausdruck des Verstehens missdeutet werden konnte.

„Versteckt wie die Sterne nahe dem Mond erträgst du das Schicksal der lautlosen Wand, auf Befehl der Farben, die im Wasser wirbeln.“

Hatten sie ihn durchsucht? Hatten sie es ihm weggenommen?

Oliver versuchte, Zeit zu schinden: „Ich arbeite nicht für sie.“

Der Baron stand wieder gerade da.

„Du putzt dem Krokodil die Zähne, und die Bestie frisst dich nicht. Das ist einfach.“ Er sah nach oben. „Der Tag begibt sich an der Welt entlang in die sanften Händen der Nacht, die Nacht holt den Tag zurück. Folglich gibt es Zeit und Wechsel.“

Nacht und Tag? Er und ich?

Oliver sagte nichts, während er versuchte, die Situation zu verstehen. Baron Hume faltete die Hände vor seinem Körper. „Du bist wie Messer, die die Seiten eines aufgewühlten Verstandes zerfetzen. Du bist der Tod der Worte, die eine zitternde Hand und eine sterbende Seele schrieben.“

Oliver platzte heraus: „Deine Prophezeiungen?“

Der Baron nickte. Oliver keuchte, als die Erinnerung ihn in aller Deutlichkeit überfiel. Das war derselbe Mann, der die Verse der *Summa Machina* geschrieben hatte, der geschrien und über seine Schwäche geflucht hatte, als ihn der Herr und die Herrin verzehrten.

„Er ist kein Feind“, dachte Oliver. „Er ist nur ein weiteres ihrer Opfer.“

Sein Verstand fing an, sich zu drehen.

„Was willst du?“, sagte Oliver. „Willst du dasselbe wie wir?“

„Ein Hase, der in seinem Loch zittert, profitiert auch vom Ende des Gewitters.“

Sofort vergaß er seine Erschöpfung. Oliver versuchte aufzustehen und erinnerte sich daran, dass seine Beine ihn nicht tragen würden.

„Ich muss in den Kamin", sagte er. Schließlich befühlte er seine Tasche und spürte einen tröstlichen Klumpen darin. „Das ist der einzige Ort, an dem es funktionieren wird. Kannst du mir helfen, an den Mänteln und den Kesselmännern vorbeizukommen?"

Humes Blick wanderte langsam zu der Tasche, in der Scareds Apparat versteckt war. Olivers Herz hüpfte ihm in die Kehle, als er merkte, dass er sich verraten haben mochte.

Hume schauten nur für einen Moment zur Seite, als überlege er, dann sprach er: „Regentropfen versickern, sobald sie aus der Wolke fallen. Die tickenden kleinen Huscher und die Brennenden sind wie Asche, und der Wind wird sie über die Hügel tragen." Er sah wieder Oliver an. „Aber die verlorenen Seelen hören nur auf das Geflüster in ihrer eigenen Finsternis."

Oliver ließ sich das für ein paar Minuten durch den Kopf gehen. „Deiner Finsternis?"

Hume nickte. „Welchen Nutzen hat ein Gärtner von einem Loch, das nicht gefüllt werden kann? Nur Echos sind dort daheim."

Hume drehte sich wieder zum Altar und trat gemessenen Schrittes direkt unter die Quarzuhr, blieb dann stehen, senkte den Kopf und wurde ruhig.

Oliver lehnte sich zurück und fragte sich, wie lange die Vorsehung ihn zappeln lassen würde, bis sie ihn vernichten würde.

Neben ihm bewegte sich Hews und gurgelte durch das Blut in seinem Mund ein paar Worte. Oliver lehnte sich zu ihm, versuchte, seinen gebrochenen Arm auszustrecken und merkte, dass er es nicht schaffte.

„Hewey", sagte er. „Bist du in Ordnung?"

„Stell keine dummen Fragen, Bursche", grollte der Angesprochene. Er öffnete die Augen, sie waren blutunterlaufen und tränten hinter den zitternden Lidern. „Ich habe das Ende nicht ganz mitbekommen. Was hat er gesagt?"

„Er … nun, ich denke, er hat versprochen, uns zum Kamin zu bringen“, sagte Oliver vorsichtig.

„Man konnte ihn kaum verstehen. Ich nehme an, er ist nicht deutlicher geworden.“ Hews unternahm keinen Versuch, sich zu erheben. „Wo ist er?“

Oliver warf einen Blick auf den mechanischen Mann. Er stand noch immer in derselben Haltung, ganz ruhig und unbeweglich. „Er ist am Altar. Ich denke, er kommuniziert mit seinen Göttern oder vielleicht mit den Kesselmännern.“

„Traust du ihm, Bursche?“

Oliver sah die bewegungslose Gestalt an und las im Geiste noch einmal die Passagen der *Summa Machina*. „Ja. Ja, das tue ich.“

„Das reicht mir.“ Hews griff in die Tasche. „Ich scheine meine Waffe verloren zu haben. Schande über mich.“

„Du kannst mein Messer haben.“

Hews kicherte. „Ich will nicht, dass man mich tot und nur mit einem Messer findet, Bursche. Ich wage kaum zu fragen …“

Oliver schüttelte den Kopf.

„Ah. Er war ein guter Bursche. Ich wünschte, ich hätte ihn besser kennengelernt.“ Hews suchte Olivers Blick. „Bereue nichts, mein Junge. Wir sind alle sehenden Auges hineingegangen und werden mit reinem Gewissen wieder rauskommen.“

Oliver nickte.

„Reines Gewissen, und trauere nicht um mich.“

Oliver fühlte, wie sich seine Innereien wieder verknoteten. „Wie schlimm ist es, Hewey?“

„Ich spüre meine Beine nicht“, sagte Hews. „Meinen rechten Arm auch nicht. Ich glaube, ich werde mich nie wieder bewegen.“

„Oh Gott, Hewey ...“

„Trauere nicht um mich. Barbara erwartet mich. Ich werde in guten Händen sein.“ Er tat einen langen, ruhigen Atemzug. „Du hast nie nach deiner Mutter gefragt, Bursche.“

Der Knoten wurde fester. „Ich wollte es nie wissen.“

„Nun, ich habe zwanzig verdammte Jahre darauf gewartet, dass du fragst, Bursche."

„Ich will es immer noch nicht wissen."

„Nun, da ich derjenige bin, der stirbt, werde ich bestimmen, worüber wir sprechen." Hews tat einen weiteren langsamen Atemzug. „Erinnerst du dich an sie?"

Oliver seufzte. „Ein bisschen. Ich erinnere mich, dass ich sie ständig suchte."

„Wir konnten dich nicht im Haus halten, Bursche. Sogar als kleines Kind bist du für ein paar Nächte verschwunden, und dann fanden wir dich schlafend auf dem Fabrikboden." Hews kicherte, und seine Augen wurden bei der Erinnerung glasig. Er hustete ein paarmal heftig und fuhr dann fort. „Eines Nachts erwachte ich, weil ich hörte, wie jemand in der Fabrik ein Fenster zerschlug. Barbara schickte mich mit einer Laterne und meiner Pistole hinaus, mit nichts als meinem Morgenmantel bekleidet."

Oliver musste das nicht hören. Vielleicht aber musste Hews es erzählen, und er hatte recht: Von ihnen beiden war er dem Tod näher. „Verflucht seist du mit deiner Höflichkeit, alter Mann", dachte Oliver.

„Shadwell war voll von Schlägern damals, kurz nachdem die Mauer sich erhoben hatte. Als ich hinkam, spuckte ich Gift und Galle, und zu meiner Überraschung war der Eindringling eine Frau. Sie sah mich und flüchtete, sprang geradewegs durch das Rückfenster und ließ dich zurück."

Hews wurde ernst. „Ihre Augen leuchteten, Bursche."

Oliver ließ die Schultern hängen. „Sie war eine Krähe."

„Ja. Ich fand, du solltest es wissen."

Oliver dachte über die Bedeutung nach, wies sie von sich. „Danke, Hewey."

Der Baron rührte sich. Mit einem kratzenden Geräusch, das wie ein Gähnen klang, hob er den Kopf, drehte sich dann um und kam näher.

„Herbert Francis Lewis", sagte er.

Hews versuchte kraftlos, seinen verbeulten Hut zu ziehen, der noch immer auf seinem Kopf saß. „Mr. Hume."

Der Baron sah sie beide und doch keinen von beiden an. „Eine römische Straße ist sauber und führt zum Palast aus Gold und Marmor."

„Danke", sagte Hews. „Einer Ihrer Männer muss den jungen Oliver hinbringen. Ich bin leider nicht gesund genug, um mich zu bewegen."

„Warte", sagte Oliver. „Was ist mit der Schattenseite? Würden Sie bitte die Kesselmänner davon abhalten, Shadwells Schattenseite anzugreifen?"

Der Barons neigte nachdenklich den Kopf. „Ein Spatz zwitschert nach seiner Schar, aber ein Hahn kräht, um seine eigene Herrlichkeit zu verkünden."

Oliver sah Hews an. „Was meint er?"

„Er fragt, warum du ihn darum bittest."

„Ah." Oliver drehte sich wieder zu Hume. „Die Leute dort sind für Sie oder die Kesselmänner keine Bedrohung. Sie versuchen einfach zu überleben."

Der Baron nickte. „Die untergehende Sonne ..."

Eine Explosion. Kupferzahnräder und Federn flogen durch die Luft fielen geräuschvoll auf den Marmorboden. Dampf zischte in den Raum. Alle drei drehten sich um und sahen, dass eine der beiden kupfernen Türen in die Kapelle nach innen gebogen worden war und ein riesiges Loch in der Mitte hatte.

Eine zweite Explosion zerstörte die andere Tür, verbog ihren Rahmen und riss ihre empfindlichen Mechanismen heraus. Dampf schoss durch das Loch, gefolgt von weißen elektrischen Lichtern.

Das konnte nur von einer Waffe kommen.

„Zurück", sagte Oliver, suchte und fand den winzigen Derringer in seiner Tasche. Er tastete mit seinem verkrüppelten Arm nach ein paar Kugeln und versuchte, die Waffe zu laden.

Eine Reihe maskuliner Grunzlaute waren aus dem Gang zu hören, dann höhlte sich die beschädigte Tür unter dem Gewicht eines Stahl verbiegenden Rammbocks.

„Wer ist das?", fragte Hews.

Oliver steckte die Kugel hinein und schloss die Waffe. „Scared."

Die Türen ging beim zweiten Treffer kaputt, und acht Mann in rußbedeckter Arbeitskleidung stürmten herein. Sie ließen den Rammbock fallen und fingen an, an den Blitzern zu drehen, die an ihren Gürteln hingen.

Hume wandte sich zu ihnen um. Oliver sah mit Schrecken zu, wie sich alle acht Männer plötzlich an die Augen fassten, auf ihre Gesichter stürzten und bis zu einer bestimmten Stelle über den Marmorboden glitten. Es hatte keinen Einschlag gegeben, kein Feuer und keine Projektile, die vom Baron zu diesen Männern schossen, und trotzdem breiteten sich bereits Blutlachen unter ihren Körpern aus.

Dann ein dritter Schuss, und der Kopf Baron Humes teilte sich in Streifen aus Eisen. Dampf folgte dem Geschoss, zog tödliche Blitze hinter sich her, die die Brust des Barons durchstachen, das weiße Hemd und den Frack verbrannten. Die leere Hülse fiel klirrend zu Boden.

Oliver richtete seine Pistole auf die Tür und blieb ruhig.

Ein Mann schritt hindurch, breitbrüstig und gebaut wie ein Ochse, mit einem besenartigen Oberlippenbart aus braunen Drähten, der fast sein ganzes Gesicht bedeckte. Auf seiner Schulter saß die messingfarbene Waffe, die Oliver das letzte Mal in von Herders Werkstatt gesehen hatte.

„Das ist weit genug, danke", rief Oliver.

Schneller als der Blitz zog der Mann seinen Armeerevolver und schoss Oliver zweimal in die Brust. Für Oliver war der Einschlag der Kugel nicht erschütternder als ein Stoß mit dem Besenstiel. Er erwiderte das Feuer.

Das Dampfgewehr fiel zu Boden und ließ den Marmor splittern. Der Mann ging in die Knie, die Augen vor Überraschung weit aufgerissen, kippte dann nach vorn und hörte auf zu atmen.

Der Derringer fiel Oliver zwischen die Füße. Er hustete und würgte, als heftige Zuckungen durch seine Brust gingen und Flüssigkeit in die beiden Einschusslöcher schoss. Oliver keuchte, als die Geschosse auf den Boden fielen; Spritzer von weißem Brei folgten.

„Wir leben", sagte er zu Hews, zu sich selbst oder zu den Toten, die den Raum übersäten. „Ist das nicht ein Spaß?"

Der Raum schluckte seine Worte. Nicht einmal Atemgeräusche außer seinen eigenen störten die stille Luft.

Hews war irgendwann während des Kampfes gestorben.

„Habe ich mich je bei dir bedankt, Hewey?", fragte Oliver. „Falls nicht, hätte ich es noch getan. Ich bin ein stolzer Bursche, ich schätze, du wusstest das."

Er wünschte, er könnte ihn mit seinem neuen Blick noch ein letztes Mal sehen, bevor er in den Himmel ging.

„Es ist nicht richtig, dass du so stirbst, nach allem, was du für mich und mein Heimatland getan hast", dachte er.

Er wischte sich Tränen aus den Augen. Der Eiter und der Dreck, den er sich damit in die Augen rieb, ließen sie noch mehr tränen. „Ich hoffe, wir sehen uns an der Pforte, Hewey."

„Es ist nicht richtig, dass ich immer noch am Leben bin", dachte er.

Nichts konnte richtig sein in Whitechapel, bis der Tag vorüber war.

Mit quälender Langsamkeit kippte Oliver nach vorne, bis er auf dem Bauch landete und dann weiterkroch. Er brauchte zehn Minuten, um sich zum Altar zu ziehen. Dort stand er auf, indem er den Marmorklotz zur Hilfe nahm, und griff nach dem Stock des Barons.

Er war aus Mahagoni, dunkel poliert und geölt. Der Griff und der Fuß waren mit Silber ummantelt, beides ohne Verzierungen oder Schnörkel. Oliver begutachtete für einen Moment den Zylinder des Barons und legte ihn dann zurück.

„Ein guter Hut für einen guten Mann, nicht wahr, Hewey?", dachte er.

Er probierte den Stock aus und merkte, dass er sich bücken musste wie ein alter Mann, um ihn zu benutzen, aber er konnte wenigstens damit humpeln. Die weiße Flüssigkeit, die jetzt wie Blut aus seinem Körper floss, hatte bereits begonnen, seine Knochen zu heilen und seine Muskeln zu straffen.

Er fing an zu gehen, vorbei am reglosen Körper des Barons, vorbei an den Überresten der Angreifer und Freunde. Er humpelte hinaus in den langen Gang und blieb dort stehen, um aus den Fenstern zu sehen.

Er wusste nicht, welchen Turm er weit entfernt zu seiner Rechten sah, aber er stand in Flammen. Er sah die ameisenartigen Schatten rennender Menschen und das gelegentliche Aufblitzen von Mündungsfeuer. Kein Zweifel, die Mäntel liefen in der ganzen Stadt Amok, vielleicht auch die Kesselmänner, nachdem sie ihres Anführers beraubt waren. Ohne das beständige Licht des Schlotes, das die Unterseite der Wolken beleuchtete, konnte man sonst nichts von Whitechapel sehen. Er sah zu, wie ein brennendes Wohnhaus aus seinen Fundament brach und in die Unterstraßen stürzte.

Am anderen Ende des Ganges fand er weitere zerstörte Türen. Sie waren nicht zertrümmert, sondern von Blitzern getroffen – eine grobe, aber schnelle Methode, um Schlösser zu öffnen. Dahinter führte ein Aufzugschacht tief nach unten in das Herz des Schlotes. Oliver starrte nach unten und sah, wie der Aufzug klappernd aus dem Dunkel nach oben kam. Er erreichte Olivers Ebene und blieb stehen, Dampf drang aus seinen Mechanismen darunter.

Metallfinger, eineinhalb Zoll im Durchmesser, schoben die Tür zur Seite. Zwei Kesselmänner warteten darauf, dass er zustieg. Oliver stellte sich zwischen sie und drehte sich mit dem Gesicht zur Tür.

Er sah durch ein Fenster des Ganges hinaus, bis einer der Kesselmänner die Tür schloss, wissend, dass er Whitechapel vielleicht nie wieder sehen würde.

Die Mechanismen unter dem Aufzug rüttelten, und die Fahrt nach unten begann.

*   *   *

Die Echos der Schüsse verklangen in dem riesigen Raum zwischen der Schattenseite und dem Shadwell-Concourse. Bergen wartete, die Gasser in der Hand, das Dampfgewehr direkt neben sich. Es waren die Schüsse von Atlas-Gewehren gewesen – unverkennbar.

Er drehte sich zu dem Seemann.

Phineas' Augen glänzten glasig und blutunterlaufen aus dem schmalen Schlitz zwischen seinem Kragen und dem Rand seines Hutes hervor. „Ich höre die Mäntel nicht mehr", sagte er. Das Zittern des Seemanns ließ die Falten seines Ulster-Mantels flattern.

„Es ist ruhig", sagte Bergen. Sogar der Rummel des Concourses, den man normalerweise von unterhalb hörte, hatte sich zu einem leisen Summen gedämpft. „Was hörst du in der Schattenseite, Macrae?"

Der alte Seemann wich zurück. „Frauen sprechen. Säuglinge schreien. Alle deine Männer, wie sie an ihren Waffen herumfingern."

Bergen blieb für einen Augenblick still, lauschte auf jene subtile Abwesenheit von Geräuschen – selbst die Vögel, Insekten und Blätter waren dann nicht zu hören –, die die Gegenwart eines Raubtiers anzeigte.

„Wo ist Heckler?", fragte Bergen.

Phineas antwortete ohne zu zögern. „Läuft mit zwei Männern die Parade hoch."

Bergen nickte. „Da ist noch etwas anderes in der Stadt im Gange. Ein junger Mann, der geräuschlos geht, aber schlimm verletzt ist, vielleicht atmet er schwer, und er wird ein Messer haben."

Bergen inspizierte die Straße. Er und Phineas saßen im Schatten des letzten Wagons, den seine Leute jetzt aus der Mitte der Parade gezogen und an die Wand eines der beiden Gebäude, die dem Aufzug am nächsten waren, gestellt hatten. Von diesem Platz aus hatte Bergen einen guten Blick über die Parade, außer dorthin, wo der Boden eingesunken war und sich um die dicken Balken wand, die die Schattenseite durchzogen, um den Shadwell-Turm zu stützen. Nichts bewegte sich.

„Finde mir den Mann."

Sie saßen ein paar Minuten stumm nebeneinander.

„Ich kann rein gar nichts hören", sagte Phineas.

Bergen hatte sichergestellt, dass die Straße leer war. Die Männer hatten sich im einzigen Gebäude zur Linken des Aufzugs zusammengedrängt, zusammen mit den Verwundeten und diesem eigensinnigen, aber fähigen Arzt, den Oliver an Land gezogen hatte. Eine konzentrierte Abwehr würde den klugen Räuber fernhalten, aber ein Mann, allein und ohne Unterstützung, war ein einladendes Ziel.

Wo war der Junge?

Phins Gegenwart war eine unglückliche Notwendigkeit. Bergen sagte sich, dass er nicht vorhatte, den alten Mann zu beschützen, wenn Penny auftauchte.

„Die Eisenjungs bewegen sich", sagte Phin. „Sie sammeln sich irgendwo in der Nähe des alten Platzes."

„Wo ist das?", fragte Bergen.

„In etwa über der Parade, drei oder vier Straßen von Coll's entfernt", sagte der Seemann.

„Was machen sie?"

Phineas schnaubte. „Wenn ich das wüsste. Ist ja nicht so, dass sie verdammt noch mal miteinander reden, was?"

Bergen unterdrückte den Impuls, den Mann für diesen Ton zu tadeln. Er wusste nur zu gut, dass Gepolter der Mut des Feiglings war.

Heckler und seine beiden Begleiter tauchten aus einer Gasse drei Straßen weiter auf. Ein leichter Schuss aus dieser Entfernung, falls Penny ihnen folgte. Aber nein, er wäre niemals so unvorsichtig.

Heckler kam näher, mit bleichem Gesicht und abgespannt. Sein Schnurrbart war mitleiderregend dünn geworden, Schweiß ließ die Haare zusammenkleben. Er und die beiden Männer stanken nach Furcht.

Bergen ließ seinen Blick weiter schweifen: Gassen, Dächer, Aufzug, Biegungen der Parade.

„Was hast du gefunden?", fragte er.

Heckler hockte sich hinter den Wagon und schluckte, bevor er sprach.

„Die Wordsworths, Sir. Dem Mann hat man die Kehle durchgeschnitten und die Frau erstochen."

„Er versucht zu entkommen." Bergen sah Heckler mit schmalen Augen an. „Wurden die Stollen betreten?"

„Nein, Sir", sagte Heckler. „Die Bemets hatten sich in ihrem Keller versteckt. Jemand hat das Schloss aufgebrochen und die Falltür eingetreten."

„Warum waren sie nicht in den Stollen?"

Heckler zuckte die Achseln, schaute weg. „Manche Leute wollten nicht gehen, ihre Häuser nicht verlassen. Wir können sie nicht zwingen."

„Doch. Das solltest du. Das ist nicht der richtige Zeitpunkt für Zivilisten, um durch die Stadt zu streunen. Warum hast du mir von diesem Überfall nicht erzählt, Macrae?"

„Weil ich ihn verdammt noch mal nicht gehört habe. Der Lärm dieser gottverdammten Gewehre hat mir fast den Schädel gesprengt."

Bergen grunzte als Antwort und ließ wieder den Blick schweifen, ließ ihn von seinem Instinkt leiten, von Ort zu Ort, von Schatten zu Schatten.

Nach ein paar Minuten der Stille, in denen Heckler und seine Männer wie ermahnte Schuljungen unruhig hin und her rutschten, sprach der Amerikaner. „Sollten wir wirklich hier sein? Was ich mein': Sollten wir nicht besser die Tunneleingänge bewachen?"

Bergen tolerierte die Frage. „Wenn wir uns dort sammeln, wird der Angriff dort stattfinden. Wir sammeln uns hier, weil dieser Ort keinen Wert für uns hat und wir keine Macht an unsere Feinde verlieren werden, falls sie ihn einnehmen sollten."

„Aber mit diesem Mörder irgendwo in den Straßen …"

„Er hat nicht die Kraft, die Tunneltüren zu durchbrechen und auch nicht die Stimme, um die Frauen dazu zu überreden, sie zu öffnen, und überhaupt sind sie nicht seine Beute."

Ohne Vorwarnung sprang Phineas auf und presste sich die Hände auf die Ohren.

Bergen kam sofort auf die Füße, kurz nach ihm Heckler, der bereits seine Winchester an die Schulter gelegt hatte. Die beiden namenlosen Milizionäre kämpften sich mit mehr Angst als Eile auf die Beine.

Donner krachte in dem riesigen Raum.

Bergen lokalisierte das Geräusch: Es kam direkt aus dem oberen Concourse, von einem Punkt sechs Blocks entfernt. Als er hinsah, brachen Betonstücke aus den Straßen über ihnen und fielen herunter. Größere Brocken folgten, krachten in die Wohnhäuser darunter, und dann brach ein ganzes, ungefähr zwanzig Fuß großes Segment ab, mitsamt Streben und Stützbalken, und zerstörte das Gebäude darunter.

„Sammelt die Männer", befahl Bergen, ohne sich umzudrehen, um zu sehen, wer ihm gehorchte.

Sanftes Licht einer Gaslampe schien durch das Loch im oberen Concourse auf die wachsende Staubwolke. Dann verdunkelte sich das Licht, und zwei Dutzend Gestalten ließen sich in perfekter Gleichzeitigkeit durch das Loch fallen, Gestalten, die zu groß und zu rund waren, um Menschen zu sein. Bergen sah, wie sie das Dach ihres Landeplatzes durchschlugen und das ganze Gebäude zu Trümmern zerfiel.

Sie würden sich daraus befreien müssen. Das würde vielleicht zwei oder drei Minuten dauern.

Er drehte sich zu seiner Armee um, seine bunt gemischte Truppe aus Arbeitern, Bäckern, Radmechanikern und Bürgern – alt, schwach, gebückt durch Jahre der Arbeit oder durch Rachitis.

„Tut, was ich sage, und ihr könntet überleben", sagte Bergen. „Rennt davon. Beschießt sie aus Fenstern und dunklen Gassen. Führt sie von den Stollen weg. Wenn ihr flink seid, werden sie euch nicht kriegen. Jeder Mann, der nicht weicht, verdient den Tod."

Er steckte seine Pistole ins Holster, griff nach unten und hievte sich das Dampfgewehr auf die Schulter.

„Ich werde sie jagen."

Er teilte sie in Mannschaften ein. Manche wies er an zu rennen, andere von Dächern und aus Fenstern zu schießen und so unsichtbar wie möglich zu bleiben.

„Bleibt nicht an einem Ort", sagte Bergen. „Zerstreut sie, so gut ihr könnt, und weicht immer zurück, wenn sie euch in der Bewegung erwischen. Wenn ihr von einem sicheren Ort aus schießen könnt, zielt auf ihre Waffen und ihre Mechanik." Er zeigte auf drei Mannschaften und sagte ihnen, sie sollten die Nebenstraßen entlang in Richtung Schimmer rennen. Er befahl drei weiteren, in die Wohnhäuser im Osten zu rennen, wo die Straßen Biegungen machten und chaotisch miteinander verbunden waren. Der Rest zerstreute sich. Eine Mannschaft blieb zurück, um sich um die Verwundeten zu kümmern.

„Heckler, du kommst mit mir."

Der Amerikaner nickte und trat vor. Bergen war nicht überrascht, als er merkte, dass Phineas verschwunden war.

Als die Männer die Parade entlang davonrannten, inspizierte Bergen Heckler. Der Bursche stand bereit und gespannt da, leistungsfähig und stolz. Er war, wie Ellingsly hätte sein sollen.

„Deine Aufgabe ist es, mich zu decken, Junge", sagte Bergen. „Mit dieser Waffe bin ich nicht beweglich, und du musst vielleicht Schüsse von mir abhalten."

Heckler nickte ohne zu zögern. „Ja, Sir."

„Gut."

Das Poltern von Atlas-Gewehren erregte ihre Aufmerksamkeit. Bergen fühlte, wie sich gleichzeitig Angst in seinen Eingeweiden und ein Lächeln auf seinem Gesicht breitmachten.

„Diesmal wird Bergen Keuper den Kampf gewinnen", sagte er laut.

Sie machten sich auf die Jagd.

* * *

Scareds Geist manifestierte sich als Eisfeld, das an allen Horizonten von wilden, unerklimmbaren Felsen begrenzt war und über das ein schonungsloser Wind blies. Der Himmel war dunkel und ohne Sterne, doch Streifen aus funkelnder Flüssigkeit kreuzten ihn. Aaron mühte sich bei jedem Schritt und suchte mit seinem einzigartigen Blick nach Scareds gefangenem anderen Ich.

Unter seinen Füßen langen gefrorene Bilder im Eis. Es waren die Erinnerungen und Alpträume der Kreatur, die sich selbst Scared nannte, dorthin weggesperrt, wo sie ihn nicht stören konnten. Aaron sah sie nur für einen kurzen Moment an, denn er merkte, er konnte die Abscheulichkeiten, die sich unter der Oberfläche immer und immer wieder abspielten, nicht ansehen: Dinge, die er mit Chemikalien, Messern und bloßen Händen Frauen und Kindern angetan hatte. Sie waren ungeheuerlich. Trotzdem, Aaron konnte nur über die mentale Disziplin staunen, die es brauchte, um einen solchen Ort zu errichten, und über die Stärke der Persönlichkeit, die das getan hatte.

Die Bilder erzählten ihm eine Geschichte, die Geschichte von einem Mann, der einst gut gewesen war, der von sündhaften Gedanken verdorben worden war, von Schuld und Scham und Lust, die er nicht kontrollieren konnte. Der Mann hatte furchtbare Dinge getan. Obwohl er sich danach sehnte, gefangengenommen und eingesperrt zu werden, stellte die Polizei keine Verbindung zwischen ihm und seinen Verbrechen her. Er war ein respektabler Mann, über jeden Verdacht erhaben. Schließlich, als er das Gewicht seiner Schuld nicht mehr ertrug, hatte er sich tief in sich zurückgezogen und sein Leben dem Ungeheuer überlassen, dass sich John Scared nannte.

„Du bist nicht er."

Aaron schaute nach unten und sah, dass er über ein Gesicht lief, das aussah wie Scared in Tagen der Jugend und Gesundheit.

„Nein, bin ich nicht."

„Du bist kein Alptraum", sagte der Mann, dessen Lippen stumm und gefroren blieben und dessen Stimme der Wind herantrug. „Du lebst."

Aaron nickte langsam. „Ja."

„Ich verstehe nicht."

Aaron kniete sich über den Mann. „Ich bin hier, um dich zu befreien."

„Ich verstehe nicht."

„Es ist alles in Ordnung." Aaron streichelte das Eis über dem Gesicht des Mannes. „Du bist der Mann, der er war, ehe die perversen Leidenschaften ihn gefangennahmen. Du bist der Teil von ihm, der zweifelte und sich schämte."

„Ich hatte furchtbare Gedanken", sagte der Mann, „mit denen ich nicht leben konnte. Sie quälten mich jede Nacht und in jeder wachen Stunde, bis ich sie ihm überließ. Ich will sie nicht zurück."

Aaron nickte. „Ich weiß", sagte er. „Es wird schwer sein. Aber du wirst Frieden finden. Ich verspreche es."

Er griff in seine Taschen und holte die Werkzeuge heraus, die er brauchte. In diesem Traumreich hatte er alles in der Tasche, was er sich wünschte. Er probierte es mit einer Säge, mit einem Elektroschneidbrenner, mit Pech und Feuer und schließlich mit Hammer und Meißel. Das Eis gab nicht nach.

Aaron dachte darüber nach.

„Wie hat er das gemacht?", fragte er das Gesicht. „Wie hat er dieses Gefängnis gebaut?"

„Siehst du den Fluss?", sagte das Gesicht. „Den himmlischen Fluss?"

Aaron warf einen Blick auf die Rinnsale aus Flüssigkeit über ihm. „Die Flüssigkeit?" Er griff nach oben und berührte sie. Ein weißes Glühen blieb auf seinen Fingern und seiner Haut zurück.

„Das ist Göttlichkeit in einer Flasche", sagte das Gesicht. „Das hat er gesagt. Es ist Himmel oder Hölle, wie man will, und ihm gefällt die Hölle. Wie es ihm gefällt."

Aaron schaute in die schimmernde Flüssigkeit, sah die gelbe Blume, die in den tiefsten Urwäldern Südasiens wuchs, sah die altersschwachen, ausgehungerten Mönche, die eher daran rochen, als zu essen oder zu schlafen, sah die Schwaden ihres Duftes sich im menschlichen Körper und Geist winden, bis beide vor Erstaunen verglühten. Es war die unendliche Kraft eines freien Geistes.

Er atmete sie ein, ließ sie durch seinen Astralleib fließen, bis er heller glühte als ein Stern in der Nacht.

„Ich muss nicht länger Beobachter sein", dachte er.

Das Eis um ihn herum fing an zu schmelzen, und die Alpträume knurrten, als sie sich daraus erhoben.

* * *

Das Messingrad war aufgebrochen, sein Metall war verbogen und dadurch blockiert. Oliver stolperte über die Schwelle in den Tempel hinein.

Der Schlot war ein Kriegsgebiet. Verrückte Krähen und Maschinen tanzten, kicherten und fraßen sich gegenseitig, während Kanarienvögel umherliefen und versuchten, mit Argumenten, Befehlen und Zerstörung die Ordnung wieder herzustellen. Die Kesselmänner marschierten durch die Gänge und ermordeten alles, was sich bewegte.

Oliver fühlte es ebenso sehr, wie er es hörte. Mama Maschines immerwährendes Feuer, das in seinem Kopf loderte, war kälter geworden, auch das übelkeitserregende Pulsieren in seinem Magen und seinen Eingeweiden, das zu ihrem kranken Kind gehörte, war schwächer geworden. Die offenen Räume und langen Gänge waren kaltem Wind anheimgefallen. Die in die Wand eingebauten Maschinen stotterten und gingen aus, unter Druck stehender Dampf drang aus Leitungen, und die Verkabelung aus Kupfer, die an der Decke befestigt war, sprühte unregelmäßig Funken.

Die Schwarzmäntel, an denen er und seine Begleiter vorüberkamen, waren vor Schreck gestorben, ihr letzter Ausdruck war auf ihren Gesichtern erstarrt.

Nur zweimal trafen sie auf Widerstand. Beim ersten Mal versperrte ihnen eine Horde Goldmäntel den Weg, deren Anführer verlangte, der Baron sollte das Chaos beenden. Die Kesselmänner waren zwei Schritte vor Oliver getreten und hatten die Mäntel mit kalter Miene niedergeschossen.

Die zweite Begegnung hatten sie mit einer Krähe, die an einer Dampfleitung kaute, ohne zu merken, dass ihr die Hitze die Haut vom Gesicht brannte. Die Kesselmänner töteten sie mit derselben Präzision.

Die Kesselmänner waren offensichtlich schon einmal im Tempel gewesen. Die hundert Mäntel, die Tommy niedergemacht hatte, lagen in Stücke gehauen auf dem verspiegelten Boden. Keiner bewegte sich.

Olivers Leibgarde führten ihn quer über den Boden zum Rand des Kamins. Der versprochene Aufzug wartete dort, eine Scheibe aus Gold und Stahl auf Schienen. Von hier aus konnte er die Leute sehen, die Großväterchen Uhrs Sklaven waren. Mit einem Brummen und einem Knistern von Elektrizität setzte sich der Aufzug in Bewegung und fing an, seitlich ein Gleis hinunterzufahren, das außen an der Kammer herumführte, immer mit dem Gesicht zum Kamin.

Der Lärm versteckter Maschinen war ohrenbetäubend, der Gestank nach Ozon überwältigend. Oliver zwang sich, die endlose, rotierende Galerie an Gesichtern anzusehen, fragte sich, wie viel er gewusst hatte, wie viel niemand gewusst hatte. So viele von ihnen waren als Kind Opfer der Kaminbanden geworden, und manche waren schon so lang hier, dass ihre Körper verrottet waren, zurück blieben trockene, rissige Organe und Nerven, die noch an Knochen hingen – doch noch immer konnten sie nicht sterben.

„Ihr werdet heute Nacht ruhen", sagte er zu ihnen.

Elektrizität sprang zwischen dem Kamin und den Kupferketten, die sich zu den äußeren Wänden spannten, hin und her. Der Aufzug umkreiste die Kammer immer wieder, mit jeder Schleife stieg er zwei oder drei Stockwerke hinab. Als sie den Boden erreichten, schätzte Oliver, dass sie eine Viertelmeile unter der Erde sein mussten.

Der Aufzug erreichte sein Ziel, rastete mithilfe kräftiger Magnete ein. Die Kesselmänner begleiteten ihn einen Weg entlang, der in den runden Raum am Sockel des Kamins führte. Am Rand des Kreises fanden sie eine Kreatur aus verbogenen Messingstreifen und Kupferkabeln. Oliver blickte in ihre Porzellanaugen, als sie ihn prüfend ansah, und merkte, dass sie die war, die Tommy erledigt hatte.

Sie sah die Kesselmänner neugierig an, die weder redeten noch reagierten, und griff dann nach einem Bündel Kupferkabel, die um ein Geländer gewickelt waren. Lichtbögen sprangen aus den Fingern der Kreatur und liefen die Kabel entlang, sprangen zwischen Spulen hin und her, bis sie im Kamin verschwanden. Der Kamin reagierte mit einem elektrischen Summen, und die untersten beiden Reihen begannen, sich zu drehen. Die Stühle mit den Opfern der Maschine bewegten sich, manche glitten nach oben, andere nach unten, und erzeugten eine Leerstelle in der untersten Reihe, die sich dann auf sie zudrehte. In den Lücken, die sich während dieser Bewegungen auftaten, konnte Oliver einen Blick auf das Innere des Kamins erhaschen: ein Spinnennetz verflochtener Kupferkugeln und Kabel, lebendig wie wackelnde elektrische Würmer.

Die unterste Reihe kam gleitend zum Stehen. Die Kreatur deutete mit einem Kabelfinger auf den befleckten Stuhl vor ihnen.

Oliver griff in seine Tasche und ließ den goldenen Apparat in der Hand verschwinden. Die Kesselmänner schlossen die Reihen hinter ihm, versperrten jeden Fluchtweg. Oliver genehmigte sich einen tiefen Atemzug, hängte dann den Stock des Barons über das Geländer und setzte sich ungeschickt auf den Stuhl.

Die Kesselmänner blieben, wo sie waren, versperrten Oliver die Sicht auf die andere Kreatur. Oliver zog Scareds Apparat mit den Dornen nach innen an seine Brust. Er blickte den Kesselmännern in die Augen, suchte nach Antworten auf die Fragen, die er schon Stunden zuvor hätte stellen sollen: Wann sollte er es aktivieren? Wie tief mussten die Dornen eindringen? Die Kesselmänner antworteten nicht, weder mündlich noch mit Gesten.

Er sollte warten, bis er angeschlossen war. Woher wusste er, wann das soweit war? Was, wenn Großväterchen Uhr ihn von jeder Bewegung abhielt?

Er fühlte einen dumpfen Stich, als etwas von hinten in seinen Rücken drang. Er spürte intensiv, wie Muskeln und Fleisch rissen, als sich das Kabel ringelte und zwischen zwei seiner Wirbel legte. Ein weiteres durchstach seinen rechten Arm unterhalb der Schulter, zwei weitere seinen Halsansatz. Er spürte auch sie, wie sie hin und her wackelten, wie sie an Knochen und Nerven Halt fanden, die anfingen, schmerzhaft zu brennen. Oliver sah seine Beine und Finger, wie sie ruckten und zuckten.

Er konnte nicht mehr länger warten.

Er führte den Apparat in seine Brust ein. Die Dorne durchstießen sein Hemd wie Nähnadeln, piksten und durchstachen seine verletzte Haut und glitten ohne Widerstand zwischen seine Rippen.

Ein Ticken drang an sein inneres Ohr, begann hell und leise und wurde mit jeder Wiederholung lauter und ausladender. Bilder flackerten in seinen Augen: Tausende sich schneidende Zahnräder, Balken und läutende Glocken, Gedanken wie Lichtstrahlen schossen in einem chaotischen Gitter in einer nicht zu beschreibenden Schönheit hin und her.

Er fühlte ein Summen und Knacken in seiner Brust und lächelte.

„Das ist von uns allen, von uns einfachen Leuten, du Bastard", dachte er.

Das Bewusstsein wich aus seinem physischen Körper, als die Große Maschine immer mehr von seinem Verstand verschlang. Oliver ergab sich kampflos, obwohl das unbarmherzige Pochen ihn auf ungeahnte Weise schmerzte. Das Ticken drang in seine Seele, modellierte sie zu Gedankengängen, die in die Harmonie des Rhythmus von Großväterchen Uhr verfielen. Es warf ihn nieder und formte ihn, und Oliver lächelte die ganze Zeit.

Dann erfüllte ein übelkeitserregendes Rauschen seine Brust. Weiße Flüssigkeit drückte die Dorne nach draußen, heilte die Einstiche. Oliver konnte seinen Arm nicht fühlen, konnte nicht sehen, konnte den Apparat nicht in sich behalten, als der Eiter des Kindgottes ihn abstieß.

„Es muss drin bleiben!", schrie er. Jeder Wahrnehmung der Kammer verschwand, und die Worte hallten in Großväterchen Uhr hinein, barsten und wurden gedämpft und von der Maschine verwendet. Dasselbe geschah mit Olivers Verstand. Olivers Gedanken endeten. Sein innerer, geistiger Raum wurde die Heimat der Berechnungen der Maschine.

Für einen Moment war alles Harmonie.

Dann tauchte eine schwarze Gestalt auf, um die unendliche Perfektion zu zerstören. Das Ticken und Läuten traf sie, aber sie weigerte sich nachzugeben. Die Gestalt stürzte hinaus, glitt in die leeren Räume zwischen Großväterchen Uhrs Gedanken und begann, alles zu verschlingen, was sie berührte.

Oliver kam wieder zu Bewusstsein. Er öffnete die Augen und sah die Kammer um den Kamin, verschmolzen mit den mentalen Bereichen der drei Götter, die sie beanspruchten. Überall brannte es, Glocken läuteten und Elektrizität knisterte, ein fauliges Meer leckte an seinen Sohlen. Nur eines blieb in diesem Anblick, der ihn in den Wahnsinn trieb, konstant: ein Kesselmann, der den Apparat fest in seine Brust gepresst hielt, während die Messingkreatur ihn von hinten in Stück rissen.

Großväterchen Uhr geriet aus dem Takt. Seine Millionen Klänge verschoben sich gegeneinander, veränderten Tonlage und Klangfarbe. Die Große Maschine brach in sich zusammen, als Oliver lachte.

Das Gift änderte die Richtung. Es schoss plötzlich in ihn zurück, durchschnitt sein Gehirn und drang nach draußen, durch die Verbindung zu Mama Maschine in seinem Kopf und durch sie zu ihrem Kind in seinen Eingeweiden. Das Nichts hüllte ihn ein, und sein Lachen wurde zu Schreien.

Diese Schriften sind heilig. Sie sind göttlich, und doch sind es die Worte eines ängstlichen jungen Mannes, dessen Leben vor seiner Zeit endete. Lies sie und verzweifle, dafür hast du mein Gekritzel entziffert, ich fürchte, es ist bereits zu spät für dich.

– XXI. xi

KAPITEL 22

„Es gibt keinen Zweifel, Sir“, berichtete Heckler. „Sie gehen in Richtung des alten Eingangs zum Hauptstollen. Sie wissen wohl nicht, dass die Mäntel ihn zugeschweißt haben.“

„Doch“, sagte Bergen. „Das Siegel wird kein Hindernis für sie sein.“

„Sie gehen in Richtung der Frauen und Kinder“, sagte einer aus dem halben Dutzend Milizionäre, das bei ihnen Schutz suchte. Er war unrasiert und ausgemergelt, und Bergen hatte sich nie darum gekümmert, nach seinem Namen zu fragen.

Bergen drehte sich zu dem Mann um. „Ich habe dir gesagt, du sollst sie wegbringen.“

Der Mann schrie: „Wir sind ihnen egal. Sie ignorieren uns, bis wir auf sie schießen, und dann töten sie uns, verdammt noch mal.“

„Dann rennt ihr nicht schnell genug.“

Bergen lehnte sich gegen die Säule, die ihnen Deckung bot. Es war einer der Balken, die den oberen Concourse stützten, ganze sieben Schritt lang von einem Ende zum anderen. Es war der einzige auf der Straße und das einzige, was Atlas-Gewehre nicht durchlöchern konnten.

Bergen wusste, er musste sich bald ausruhen. Er hatte das Dampfgewehr in einer halben Stunde siebzehnmal abgefeuert, und es wurde langsam zu heiß, um es nah am Körper zu tragen. Durch die elektrischen Entladungen sah er auch nicht mehr richtig scharf. Er fühlte sich wacklig, und wenn er seine Augen zu schnell bewegte, war ein tickendes Geräusch zu hören.

Aber es waren Frauen und Kinder.

Bergen hatte sich nie um solch schwache Kreaturen gekümmert. Ellingsly, der selbst schwach war, hatte sie geliebt.

Verdammt.

„Bring deine Männer zu einem anderen Stolleneingang und holt sie da raus", befahl Bergen den Männern. „Führt sie zum Aufzug und bleibt bei den Verwundeten. Lasst sie unter keinen Umständen allein. Verstanden?"

Der impertinente Milizionär nickte, seine Verzweiflung hatte sich in ebenso verzweifelte Energie verwandelt. Zumindest brachte sie den Mann dazu zu rennen. Der Rest folgte ihm, zurück blieben nur er und der Amerikaner.

„Du hältst die Augen offen, Junge", sagte Bergen.

Heckler nickte und rannte aus der Deckung. Er stürzte quer über die Straße und ging hinter einer Backsteintreppe in Deckung, die zu einem Geschäft auf der anderen Straßenseite führte. Atlas-Gewehre würden sie in Stücke reißen, aber es gab keinen anderen passenden Aussichtspunkt.

Heckler beobachtete die Kesselmänner. Bergen beobachtete Heckler. Heckler hielt drei Finger hoch, bewegte sie dann von rechts nach links. Bergen nickte und hielt sich seine Waffe wieder vor die Augen.

Heckler zielte mit seiner Winchester. Bergen trat um die Ecke herum in die Schusslinie. Er drückte mit dem Daumen auf den Abzug, und das Rumpeln des Kessels ließ ihn erbeben. Er hatte noch nie danebengeschossen, und mit diesem Schuss war er auch zufrieden. Als sein Ziel fiel, drehten sich die anderen beiden um und schossen mit größter Präzision zurück. Geschosse, so groß wie der Zeigefinger eines Menschen, rissen die Straße dort in Fetzen, wo Bergen eine Sekunde vorher gestanden hatte. Der Balken donnerte, als Geschosse von hinten dagegenflogen, ein Geräusch, das wohl überall im Turm widerhallte. Auch das nächstgelegene Gebäude wurde von den Schüssen getroffen, Wolken von Gipsstaub stiegen von ihm auf.

Ellingsly jubelte. Bergen brachte ihn zum Schweigen und gab Heckler das Signal zum Feuern. Der Bursche tat es ohne zu zögern, gab einen einzigen Schuss ab und warf sich dann hinter der unsoliden Deckung, die er sich ausgesucht hatte, auf den Bauch. Atlas-Gewehre zerfetzten die Stufen und die Wand dahinter, zerstörten das Ladenfenster und den hölzernen Türrahmen. Bergen trat wieder aus der Deckung, gab einen zweiten perfekten Schuss ab und sprang dann zurück, als die Kugeln auf ihn zukamen.

Es waren nur noch drei Ziele für sechs Geschosse übrig. Bergen hörte ihre Schritte nun deutlich. Er spähte aus seiner Deckung hervor, um zu sehen, wie die beiden Nachzügler zu ihrem verbliebenen Kameraden kamen und ihren unaufhaltsamen Marsch die namenlose Straße entlang fortsetzten.

Er sah zu Heckler. Der Bursche erhob sich staub- und schuttbedeckt, seine Deckung war weg, einer weiteren Salve konnte er nicht ausweichen. Die Kesselmänner schossen nicht. Wie zuvor schon ignorierten sie die Bedrohung, sobald sie nicht mehr unmittelbar war.

Bergen ließ das Gewehr eine Minute lang abkühlen, während Heckler zu dem Balken zurückrannte.

„Sie gehen weg", sagte Bergen. Er setzte die Mündung der Waffe auf die Straße auf und lehnte sie gegen den Balken. Er dehnte und streckte seine Schulter. „Diese Waffe kann sie aus jeder Entfernung umhauen."

Drei weitere Schüsse, um ein echter Held zu werden, sprichwörtlich.

Er griff nach unten zur Waffe und sah, dass sich unter ihr eine Pfütze schwarzer, schillernder Flüssigkeit gebildet hatte. Das Herz rutschte ihm in die Hose, als er sich hinhockte und sie umdrehte, um ihre Oberseite zu sehen. Eine Kugel hatte sie direkt hinter der Mündung getroffen, Teile des Gehäuses abgepellt, eine der magnetischen Spulen zertrümmert und war ins Innere eingedrungen. Bergen konnte nur vermuten, dass die austretende Flüssigkeit aus der chemischen Batterie kam.

„Es ist unbrauchbar", sagte er. Seine Lippen bebten. „Scheiße." Er erhob sich und versetzte der Waffe einen ungestümen Tritt. „Es ist verdammt noch mal nutzlos." Er stampfte auf die Waffe, trat dann wieder dagegen.

„Bergen", sagte Heckler. „Was tun Sie?"

„Wir sind verloren", sagte Bergen. „Ich kann sie nicht mehr retten." Er trat ein weiteres Mal gegen das Gewehr, drehte sich dann um und schlug mit den Knöcheln gegen den Stützbalken.

Heckler fing seinen Arm auf, ehe er ein zweites Mal zuschlagen konnte. „Wir können nicht aufgeben, Sir."

„Nein?", blaffte Bergen. Er schüttelte Hecklers Hand ab und wirbelte ihn herum. „Wir haben kein Dynamit mehr. Wir haben keine Waffen, die sie verletzen können."

Heckler trat zurück, Verwirrung stand ihm im Gesicht. „Aber … wir können es versuchen."

„Nur zu, dann geh und stirb", sagte Bergen.

„Sie kommen nicht mit?"

„Krieg das in deinen Schädel, Junge", sagte Bergen, während er sich gegen den Kopf tippte. „Ich habe versagt. Ich bin jetzt nutzlos. Wenn du dich umbringen willst, ist das deine Sache."

Heckler stand völlig fassungslos da. Bergen drehte sich um und hämmerte wieder gegen den Balken, freute sich über den Schmerz. Scheitern. Eine Flasche. Sein Gesicht wurde purpurrot vor Zorn und Scham. Sein Inneres erbebte unter dem Druck der Gefühle. Er hatte vor den Leuten versagt, die ihn möglicherweise akzeptiert hätten. Er hatte vor diesem jungen Burschen versagt, der ihm für eine knappe Stunde vertraut hatte, ihn fast bewundert hatte.

Er zog seine Gasser heraus und drehte sich zu den leeren Gebäuden auf der anderen Straßenseite, mit ausgebreiteten Armen.

„Ich bin es leid, Schatten hinterherzujagen, Junge! Lass uns das beenden."

Er hörte, wie Heckler die Straße entlang hinter den Kesselmännern herrannte, und es kümmerte ihn nicht, dass er ging.

Die Schatten bewegten sich in einem Torbogen, dessen Tür beschädigt in den Angeln hing. Die Tür schwang mit einem Quietschen nach innen auf.

„Ich bin ein rechtschaffener Mann", rief Bergen. „Ich werde nicht anfangen zu schießen, bevor du die Straße betrittst."

Penny schoss sofort aus dem Bogen heraus, rannte geduckt, ein Messer mit großer Klinge in der rechten Hand. Bergen erster Schuss ging daneben, als Penny nach rechts auswich. Sein zweiter traf den Jungen in die Schulter und wirbelte ihn herum. Penny fiel zu Boden wie ein Sack Ziegeln, rollte sich aber ab und war wieder auf allen Vieren, bevor Bergen ihn erledigen konnte. Sein dritter Schuss prallte von der Straße ab.

Penny bewegte sich wie ein Affe, robbte und krabbelte, um vorwärts zu kommen. Bergen blieb regungslos, konzentrierte sich ganz auf sein Ziel.

Sein vierter Schuss riss ein Stück aus Pennys linkem Oberschenkel. Der Junge ging in die Hocke und machte sich ganz klein, Bergen nahm sein Gesicht ins Visier.

Der Junge sprang auf mit der ganzen Kraft seines rechten Beines. Bergens fünfter Schuss traf ihn in den Magen. Bergen sah noch kurz blutunterlaufene Augen und von Fieber gerötete Haut, bevor Penny auf ihm landete.

Bergen schaffte es, den Arm mit dem Messer zur Seite zu schlagen, verlor es aber aus den Augen, als Pennys Finger sich in sein Gesicht krallten, sich in ein Auge und die weiche Haut neben seinem Kinn bohrten. Bergen ließ das schwere Ende seiner Gasser gegen Pennys Hals knallen. Penny rang nach Luft und taumelte zur Seite. Nachdem seine Hände wieder frei waren, schoss Bergen ein letztes Mal auf ihn, auch wenn er nicht sehen konnte wohin.

Sie gingen auseinander. Penny wirbelte herum und nahm eine geduckte Haltung ein, außer Reichweite von Bergen. Sein verletztes Bein stand seltsam ab und war gekrümmt wie das eines Tänzers, sein anderes war angespannt und gebeugt wie bei einer Katze. Er hielt das Messer vor seine Augen, und seine linke Hand hing an seiner Seite hinunter, verletzt, aber nicht unbrauchbar. Sein Hemd war zerrissen. Bergen konnte das Loch sehen, das er dem Jungen bei ihrem ersten Kampf verpasst hatte; es zitterte wie rotes Gelee. Die neueren Wunden jedoch bluteten heftig.

Bergen schleuderte die Gasser weg.

„Jetzt bin es nur noch ich", sagte er. „Komm her und schau, aus welchem Material ich bin, Junge."

Sie wechselten den erzürnten, berechnenden Blick gleichstarker Gegner. Bergen starrte hungrig in Pennys Augen, rote Venen um geweitete Pupillen, und wartete auf den Moment, in dem sie gleichzeitig losstürmen würden und der Schwächere auf dem Asphalt von seinem Schicksal ereilt würde.

Penny sprang. Bergen stürzte gebückt auf ihn zu. Das Messer pfiff an seinem Ohr vorbei, und Bergen platzierte seine Faust in Pennys Unterleib. Blut spritzte, so rot wie seine Befriedigung. Dann schlug ihm Penny mit der flachen Hand gegen das Ohr. Der Schlag war schwach, aber Bergens Kopf explodierte trotzdem in Schmerz, so dass ihm schwarz vor Augen wurde.

Eine Linie aus Feuer loderte auf seinem Rücken, als Pennys Messer ihn dort erwischte – das war kein Versehen gewesen, sondern eine Finte. Bergen klammerte sich mit der linken Hand an Pennys Ellbogen und schob ihn weg. Die linke Hand traf ihn ein weiteres Mal, ein plumper Schlag ins Gesicht. Bergen ignorierte das und schloss die rechte Hand um Pennys Kehle, grub seinen Daumen in die Luftröhre des Jungen. Bergen grunzte und drückte fest zu.

Pennys Kiefer öffnete sich in einem stummen, geifernden Brüllen. Seine Linke hämmerte plötzlich in Bergens Bauchwunde. Bergen rang nach Luft, als Schwäche und Übelkeit ihn überkamen. Sein linker Arm und sein linkes Bein gaben nach. Penny versenkte sein Messer zwischen Schlüsselbein und Rücken in Bergens

Körper und zwang ihn in die Knie. Bergen fauchte und krümmte sich, und Pennys Luftröhre knackte wie trockenes Schilf.

Der Junge reagierte nicht. Er lehnte sich mit seinem ganzen Gewicht auf das Messer. Bergen bekam mit der linken Hand Pennys Ellenbogen zu fassen, aber seine aufgeschlitzten Muskeln schafften es nicht, das Messer herauszuziehen. Pennys Linke versetzte Bergens Wange eine weitere ungezielte Ohrfeige. Bergen ließ den Hals des Jungen los, holte aus und schlug ihm direkt auf die Zähne.

Pennys Kopf knallte nach hinten und er fiel. Bergen fiel auch, krachte heftig auf den Rücken und rollte sich ab. In dem Augenblick, in dem er wieder klar sehen konnte, zog der das Messer heraus, ohne den Schmerz oder die Verletzung zu beachten. Geistesabwesend presste er seine rechte Handfläche auf die Wunde, während er sich rollte, um nach dem Jungen zu sehen.

Penny lag auf dem Rücken, seine Brust zuckte, seine Hand tastete automatisch nach seiner Kehle. Er musste Bergens Keuchen gehört haben, denn seine Augen wendeten sich zur Seite.

Bergen sah, wie Pennys Gesicht lila wurde, dann blau. Er sah, wie Pennys Augen tränten und zuckten. Er sah, wie Penny erschauderte und dann reglos dalag.

„Härteres Material als du, Junge“, dachte er.

Er benutzte das Messer, um seinen Ärmel abzuschneiden und wickelte den Stoff um die Wunde, drückte ihn dagegen, da er nichts hatte, um ihn festzubinden. Die ganze Zeit kicherte er vor sich hin – eine verrückte und erheiternde Handlung.

Er ließ die Leiche zurück, lief hinter Heckler und den Kesselmännern die Straße entlang. Nur einen Block weiter überfiel ihn Schwäche, und er brach mitten auf der Straße zusammen. Er zog sich an einem herrenlosen Wagen neben sich hoch und wartete dort, glitt zwischen Bewusstsein und Bewusstlosigkeit hin und her, bis Heckler ihn fand.

„Bergen! Sie sind alle in Ordnung“, sagte der Bursche, als er angerannt kam. „Die Kesselmänner waren hinter den Mänteln her. Da waren zwei Krähen in der Menge. Das ist alles, was sie wollten, und jetzt stehen sie einfach da, als wären sie ausgeschaltet oder so."

Bergen lächelte. „Gut."

Hecklers Freude schwand. „Sind Sie in Ordnung, Sir?"

Bergen konnte nur nicken. Heckler beugte sich vor und zog Bergens Hand sanft zur Seite. Er fluchte, als er sah, was darunter war.

„Werde Sie zum Doktor bringen. Halten Sie durch, Bergen."

Bergen sah zu dem tapferen Burschen hoch und sah etwas, das ihm die Tränen in die Augen trieb. „Nicht", sagte er.

„Sir?"

„Nenn mich nicht so."

„Ähm … in Ordnung." Der Bursche zögerte, er war verwirrt.

„Hol den verdammten Arzt, Junge."

„Ja."

Er rannte los.

* * *

Es war alles falsch. Missy wusste das. Obwohl ihre Hände zitterten, ihre Knie weich waren und ihr Magen voll von Angst und Übelkeit war, konnte sie es verstehen.

Das Kind brachte sie zu einer glänzenden Eichendoppeltür.

„Da is' er", sagte der Junge. Sie waren am hintersten Ende des Ganges stehen geblieben, oben an einer Treppe. Der Junge zeigte auf die Tür und ging die Treppe nicht hinunter. „Er sagte, nich' auf die dritte oder fünfte Stufe treten und die Tür öffnen, indem man den Griff dreht. Zweimal links, einmal rechts. Er war wirklich pingelig damit."

Missy spürte, wie sich die Finger des Jungen fester um die ihren schlossen. Sie kniete sich zu ihm hinunter und lächelte. Er sah auf seine Schuhe.

„Danke, dass du es mir gezeigt hast", sagte sie, so sanft sie konnte. „Renn jetzt hoch, und die Mädchen werden dir etwas zu essen geben."

Der Junge nickte langsam.

„Geh schon." Sie schubste ihn leicht in die Richtung, aus der sie gekommen waren. Der Junge tat zwei Schritte, rannte dann los, ließ Missy mit ihrer Aufgabe allein.

Die Tür ragte drohend vor ihr auf. Höllentor. Himmelspforte. Tür ins Nichts.

Gott ist immer gerecht, sagte Gisella. *Ein böser, nichtswürdiger Tod für ein böses, nichtswürdiges Tier.*

Die Tür war ihre ganze Welt.

Wer bist du, um dem Schicksal zu trotzen, Vögelchen? Das ist dein Ende. Jede Frau hat ihre Zeit.

Sie konnte nicht zurückgehen. Ohne die Führung des Jungen wäre sie in dem Labyrinth entweder verloren oder tot.

Sie sah, wie Gisella über sie die Nase rümpfte. *Jede Frau hat ihre Pflicht.*

Du bist tot.

Aber du nicht. Ich habe diese Entscheidung nicht gefällt, junge Dame. Ich bin nicht die Irre.

Sie erhob sich.

Das wird keinen Unterschied machen. Du wirst mich nicht verlassen.

Ganz genau.

Dann werde ich dich verlassen.

Gisella lachte. *Zwei Kugeln für ihn und eine für dich, stimmt's? Du bist ziemlich dumm, wenn du glaubst, mir so entkommen zu können.*

Missy machte einen Schritt nach unten.

Aber du willst es immer noch versuchen, und das ist sowohl liebenswert als auch wahnsinnig.

Sie ging schweren Schritts und langsam, ihr letzter Weg zum Galgen. Tränen strömten ihr über die Wangen, bis sie brannten. Ihr Körper war schlaff vor Erschöpfung. Sie taumelte bei jedem Schritt, die Pistole zitterte in ihrer Hand, ihren Blick hatte sie auf die Tür gerichtet.

Hinter der Tür war Stille. Ewig, tief und rein.

Wie oft wirst du noch versuchen, mich loszuwerden, Vögelchen, nachdem dies fehlgeschlagen ist? Wirst du weiter töten, um mich zum Schweigen zu bringen? Vielleicht Emily, vielleicht Elizabeth, vielleicht Fremde, die du noch triffst? Wirst du Männer oder Frauen bevorzugen? Wirst du Eigenarten oder Lieblingsmethoden entwickeln? Wie viele Kugeln noch, frage ich mich?

Missy legte ihre kalten Finger auf den eisernen Türknauf.

„Eine, wenn sie mich befreit", sagte sie. „Zwei, wenn nicht."

Sie drehte den Knauf, wie der Junge es ihr gesagt hatte, und zog die Tür weit auf. Die Luft strömte in den Gang, trug den Gestank menschlichen Schweißes und Urins mit sich, mit Andeutungen von etwas Bitterem, Fruchtigem und einem intensiven chemischen Duft. Eine einzelne Lampe, die auf einem Beistelltisch neben einem abgenutzten, alten Lehnstuhl stand, erhellte den Raum.

Auf der linken Seite stand ein Bett, darum herum verbrannte und zerrissene schwere Vorhänge. Auf dem Bett lag eine reglose Gestalt, nicht größer als drei Fuß. Auf der rechten Seite stand ein weit offener Schrank, in dem sich Reihen von Röhrchen und Flaschen befanden – eine Sammlung, gegen die Gisellas nichts war.

In dem Sessel lag der Hobgoblinmann. Seine Haut war dunkelrot, seine Finger gelähmt und ineinander verkrallt. Geifer lief ihm aus dem Mund, und eine leere Glasflasche lag in seinem Schoß. Die Bedrohlichkeit hatte ihn verlassen, zurück blieb ein eingefallener, alter Mann.

Sie hatte sich gewünscht, ihn so zu finden, denn so konnte er sie nicht mit diesen schwarzen Augen ansehen.

Das wird es nicht beenden, Vögelchen.

„Doch."

Sie hob die Pistole.

* * *

Ah, meine Liebe. Sieh deinen Gatten an! Sieh, wie er dahinwelkt, stirbt und nichts tut, um dich zurückzugewinnen.

Scareds geisterhaftes Grinsen wurde breiter, als er sah, wie das unendliche Kupfergitter der Großen Maschine von innen heraus zusammenbrach. Schwarze Schwaden brausten über sie hinweg, Faden für Faden, erstickten die Funken der Berechnung, korrodierten die Kabel und trübten das Messing. Er hatte gewusst, dass es funktionieren würde, natürlich, aber nun die Früchte der Inspiration seiner Geliebten und seines eigenen Intellekts zu sehen … es verschlug ihm den Atem. Er hatte einen Gott zu Fall gebracht.

Ich hätte nicht gedacht, dass es so schön sein würde, meine Liebe. Willst du nicht zusehen?

Mama Maschine schlug mit geschmolzenem Zorn gegen die Klauen, die Scared in sie hineingetrieben hatte. Das Kind kämpfte ebenfalls, obwohl seine Anstrengungen schwach und kaum bemerkbar waren.

Mama Maschine schrie, ließ Feuer über die bereits brennende Stadt zucken und verschmorte die Türme.

Er war dein Schutz vor der bösen Welt, ich weiß, sagte Scared zu ihr, *und auch Schutz vor dir selbst, nicht wahr?*

Er beugte sich näher zu ihr, streckte tausend gehorsame Zungen aus seinen Schädel-Kiefern, leckte die Wunden ihrer Seele und fing die Begierden auf, die sie beherrschten.

Nun, du wirst bald die Königin dieser bösen Welt sein, Geliebte, und ich werde dich so lange im Käfig behalten.

Die Große Maschine zerfiel. Die gewaltigen Glasplatten stürzten von den Türmen ringsum. Funken flogen in die Luft und verglommen. Die goldenen Metalle im Schlot und in den Türmen rosteten, platzten ab und zerstoben in einem ungefühlten Phantomwind. Scared lachte, als er sie wegflattern sah.

Findest du das nicht aufregend, meine Liebe? Du und ich in Ewigkeit …

Schatten fielen auf Mama Maschines Feuer.

Du und ich …

Ihre Feuer erkalteten. Ihre Öfen schlossen sich und verglommen. Scared keuchte und wich zurück.

Was passiert da?

Der Turm der Arme bog sich zurück und erstarrte. Die Sonnenhitze des Mutterleibs seiner Braut ließ nach.

Nein! Er zog seine Braut an sich, immer näher, während sie ihm durch die Klauen glitt wie Asche. *Wie konnte das geschehen? Wir waren vorsichtig. Wir hatten es unter Kontrolle.*

Mama Maschine heulte um ihn, als ihre Ketten erkalteten und ihre Glasparasiten erstarrten. Sie schrie, als ihre Mechanismen blockierten und sie ihm entglitt.

Das Mei Kuan brannte in ihm. Er schlug mit seinen hundert Fingern um sich, wühlte im Schlamm und zertrümmerte die Türme, riss Löcher in den Traum von Whitechapel und füllte sie mit Tränen.

Es war unmöglich. Es war nicht gerecht.

Wenn er sie nicht beherrschen konnte, würde sie sterben. Ganz und gar. Diese verfluchte Stadt würde zu Rost zerfallen. Dann würde er die Träume der Welt fressen, die Träume all dieser schwachen Menschen, die ihn enttäuscht, und der Engländer, die ihn bekämpft hatten.

Er riss einen Turm nieder, zertrümmerte seine leblosen Balken und Stützen und streute sie in das faulige Meer unter ihm. Er stieß einen weiteren um. In der anderen Welt brachen Nieten, Balken verbogen sich, und die echten Türmen fielen. Die Seelen der Sterbenden platzten mit Schreien auf den Lippen in den Traum. Scared zermalmte sie zwischen seinen Zähnen.

Er würde sie alle verschlingen. Er würde ...

* * *

Missy drückte dreimal ab.

* * *

... was war das?

Das Mei Kuan verdampfte, und seine Gleichungen zersplitterten. Scared richtete die Augen in seiner totenschädelartigen Fratze nach innen und sah, wie ihn seine letzten Fetzen Macht verließen, in einen schwarzen Vortex gesogen wurden, der an seinen Wurzeln aufgetaucht war. Auch ohne die Hilfe seiner Berechnungen erkannte Scared, worum es sich handelte, und zitterte in einer Angst, die älter war als er selbst. Seinen Kalkulationen nach hätte es ein paar Tage dauern müssen, zum Gott zu werden und seine Braut an sich zu binden. Das war zu früh, viel zu früh.

Die Stadt grollte, und als er den Blick hob, sah er, wie tausend geisterhafte Gestalten über die Mauer stiegen, nun befreit von welcher Kraft auch immer sie unter Kontrolle gehalten hatte. Es waren die Geister Alt-Londons, zornig über den Angriff auf ihren Stolz und ihre Stadt. Scared sah seine Skelettfinger an, seine tausend Zungen und erkannte, dass er ihnen nicht ohne die chinesische Droge gegenübertreten konnte. Dann schrie er, als die Alpträume durch seine Haut brachen und in ihm ins Gesicht sprangen.

Er wollte fliehen, wobei er sich den Körper aufschlitzte. Sein weltlicher Tod verzehrte eifrig seine Wurzeln und seine Ranken, während er seinen Körper dem Scheitelpunkt des roten Himmels zuwandte. Er konnte in die dunklen Risse entkommen, von dort aus jeden beliebigen Ort der Welt erreichen, einen sicheren Ort finden und dort heilen und planen. Er hakte seine Finger gerade an den Rand eines Risses, als funkelnde blaue Augen in sein Sichtfeld traten. Schwaden von Mei Kuan kräuselten sich um sie.

Was ist das? Geh mir aus dem Weg.

„Ich bin gekommen, um dich zu verstehen, John“, sagte die andere Person, „und du tust mir leid.“

Die blauen Augen sahen ihn traurig an, lähmten ihn. Die Geister kletterten an seinen Flanken empor, winzige Kreaturen, die nach Art der vergangenen Zeitalter der Stadt gekleidet waren, manche sogar wie Ritter und Legionäre. Seine Alpträume schleiften seine sorgfältig errichteten geistigen Schutzmauern und führten die Geister ins Innere.

Sie werden mich töten.

„Du bist bereits tot, John. Vielleicht warst du nie wirklich lebendig.“

Die Geister drangen in ihn ein und liefen Amok, zerschlugen seine sorgfältig errichtete Eishöhle und befreiten die Alpträume, die er so lange verborgen gehalten hatte. Von allen Seiten kamen sie zu ihm, Gesichter vergessener Kinder und Erinnerungen des Schmerzes.

Er schrie. Die Geister griffen nach ihm, als wären sie eins, und zogen ihn in den dunklen Schacht seines Todes. Er und seine Alpträume fielen ins Nichts und verschwanden.

* * *

Olivers Augen öffneten sich urplötzlich. Er sah nur verschwommen. Sein Körper zuckte.

Messingkrallen drangen in seine Brust. Ein Eiterstrom empfing sie, und ein Augenblick des Fiebers ließ Oliver wieder scharf sehen. Er sah, wie die Messingkreatur an ihm zerrte. Sie riss Scareds Waffe heraus und zerstörte sie.

Oliver grinste breit und kicherte. Die Sehnen an seinem Hals wurden straff wie Drahtseile, und sein Rücken bog sich nach innen. „Du kommst zu spät", dachte er.

Bilder in seinem Kopf: Prophezeiungen, Geflüster. *Ein Ende*, verhießen sie. *Bewahre uns. Errichte uns ein Königreich, ein Zuhause, in deinem Körper. Gebäre uns, und wir werden all deine Schmerzen beenden.*

Das Gift waberte vor seinen Augen, wirbelte, breitete sich aus.

Die Messingkreatur taumelte, verrostete, wurde schwächer, als das Gift den obersten Gott auffraß.

Schwärze, kreisende Lichter, die verschlangen, an Helligkeit verloren, schrumpften.

Die Messingkreatur mit den Händen um seine Kehle zusammen. Flüssigkeit strömte in seinen Hals, dann in seine Gelenke und Gliedmaßen, härtete sie, füllte Lücken und reparierte Schaden.

Oliver riss seine Hände vom Stuhl los, griff nach den Armen der Kreatur, zog sie weg.

Flüssigkeit in den Adern, die pulsierte wie Blut. Seine Hände sonderten Eiter ab, die Fingernägel platzten ab.

Götter schrien. Lichter flackerten und erloschen. Funken sprühten von oben herunter.

Porzellanaugen zerbrachen. Messinggliedmaßen zerbrachen.

Die Welt erbebte. Der Schlot erbebte.

Seine Angreifer zerfielen und polterten in Stücken zu Boden.

Oliver lehnte den Kopf gegen die hohe Lehne des Stuhls und ließ Luft aus seiner Lunge entweichen.

Die Götter schrien ihn in ihrer fremden Sprache an, und er verstand jedes Wort und jeden Tonfall. Mama Maschine und ihr Kind schrien ihren Schrecken hinaus, als das Dunkel sie verschlang. Großväterchen Uhr verging geräuschlos.

Der letzte Funke von Elektrizität erstarb zischend. Das allgegenwärtige Rütteln der Maschinen wurde zu einem Schleifen, dann zum Kratzen, dann zum Klappern und Klirren, und schließlich verstummten sie ganz.

Das Licht in seinen Augen verglomm, bis die Kammer nur noch ein Nachflimmern in tiefster Dunkelheit war. Oliver nahm den Hut ab und legte ihn auf die Armlehne des Stuhls. Er strich sein Haar zurück und faltete seine Hände im Schoß.

Er blieb lange wach, hörte der Stille zu, die perfekter und umfassender war, als alles, was er je erfahren hatte. Dann schloss er die Augen und gab sich den Träumen hin.

Er, der tausend Tode stirbt, begegnet seiner letzten Stunde mit der Ruhe eines Mannes, der an eine sehr bekannte Tür kommt.

– Heywood Brown

EPILOG

Missy schloss die Augen und neigte den Kopf nach hinten, während sie dem Spiel des Windes auf den Feldern lauschte. Ihr Haar fiel ihr ins Gesicht, und sie schob es zurück. Ihre Haut war bereits rot von der Sonne, und ihre Nase schälte sich dank eines früheren Sonnenbrandes, aber sie konnte ihr nicht widerstehen.

Sie stellte den schweren Korb mit Kleidung neben sich ab und setzte sich ins Gras. Manche Halme bogen und bewegten sich unter ihr, andere schnitten sie mit ihren Kanten, aber ihre Hände waren durch die Arbeit in der Wäscherei schwielig geworden, so dass sie es kaum spürte.

Sie lehnte sich zurück, bis sie auf dem Boden lag. Die Bewegung war immer noch neu für sie, denn sie hatte viel Zeit damit verbracht, Korsetts und Käfige zu tragen, die sie inzwischen abgelegt hatte. Die Grashalme waren wie ein Polster, so dass sie sofort müde wurde. Sie schmunzelte und blinzelte, um wieder wach zu werden. Die Haupthaushälterin würde ärgerlich werden, wenn sie noch weiter trödelte. Viel Zeit damit verbracht, sich zu verlaufen, würde sie sagen.

Missy wünschte, der Augenblick würde noch verweilen, obschon sie wusste, dass er das nicht tun, wohl aber wiederkommen würde.

Schließlich zwang sie sich aufzustehen, nahm ihren Korb und drehte sich um, um zum Herrenhaus zu gehen. Es war das Sommerhaus des Herrn und der Dame, die die Besitzer waren, mit einem Grundstück, das so groß war wie eine ganze Ebene des Shoreditch-Turms und mit zusätzlichen Morgen an Feldern. Die Diener lebten und arbeiteten in den unteren Etagen. Offiziell war es ihnen verboten, das Grundstück zu betreten, aber Missy hatte gemerkt, dass es, wenn ihre Aufgabe es verlangte und sie die Gäste nicht störte, die Besitzer nicht kümmerte. Missy fand ihr kleines, spärlich eingerichtetes Zimmer behaglich und die Arbeit in Ordnung.

Sie ging zurück und sah einen Mann, der im Schatten einer großen Weide stand, die einsam am Rand des Rasens wuchs, gleich neben der kleinen Backsteinmauer, die das Grundstück einfasste. Er war groß und in eine elegante blaue Weste und einen schwarzen Mantel gekleidet, mit einem Zylinder auf dem Kopf und auf einen Stock gestützt.

„Einer der Gäste", dachte Missy. „Nun, ich hoffe, er verpetzt mich nicht."

Sie ging zielstrebig zu ihm hin, in der Absicht, ihn höflich zu grüßen, wenn sie an ihm vorbei und dann durch das Tor und durch den Nebeneingang in die Wäscherei lief. Er sah sie an, als sie näher kam. Er trug ein Weidenkörbchen auf dem rechten Arm, offensichtlich voll beladen, denn es sah so aus, als hätte er Mühe, es zu halten.

„Wie geht es Ihnen, Sir?", fragte sie.

„Den Erwartungen entsprechend, Miss Plantaget."

Sie zögerte. „Kennen Sie mich, Sir?"

„So sehr man sich auch bemüht, Sie sind schwer zu vergessen", sagte der Mann. Er hielt ihr den Korb hin. „Wenn Sie so freundlich wären."

Missy stützte ihren eigenen Korb auf ihre Hüfte und ließ eine Hand los, um seinen zu nehmen. Er war in der Tat voll. Der Geruch nach frischem Brot strömte aus ihm heraus.

„Danke", sagte er. „Ich bin durch die ganze Sache so verdammt schwach geworden, und es dauert eine Ewigkeit, bis es wieder besser wird.“ Er fasst nach oben und nahm seinen Hut ab, langes, struppiges Haar kam zum Vorschein und sein Gesicht, seine Augen.

Die Wäsche verteilte sich über die Wiese, und der Korb rollte den Hügel hinunter in die Felder. Missy wich gegen die Mauer zurück.

Den Hut unter den Arm geklemmt lächelte er sie an, klug und wissend. Ihre Knie zitterten. Ihre Hände bebten am Griff des Picknickkorbes.

„Oliver?“

„Lebendig, wenn auch nicht putzmunter“, sagte er, während er unbewusst die lange, weiße Narbe an seinem Hals über dem Kragen rieb. „Ich freue mich, dich zu sehen.“

Sie konnte nichts sagen. Er freute sich, sie zu sehen?

Er wartete eine Minute und fuhr dann fort: „Ich habe lange darüber nachgedacht, Michelle. Ich tue nicht so, als hätte ich bis ins Kleinste verstanden, was passiert ist, aber ich habe nicht das Gefühl, dass es dein Fehler war.“

Sie stammelte ein paar unsinnige Silben, sah weg, blickte wieder zurück, schaute den Korb an. Taufrischer Kuchen, ein silbernes Messer und eine Butterdose, zwei Teller aus weißem Porzellan.

„Du kannst nicht hier sein“, sagte sie.

„Ich betrete privaten Boden, das stimmt“, sagte er mit einem Achselzucken. „Zieh dich ordentlich an und handle ordentlich, und die Leute vermuten, was sie wollen. Das habe ich von dir gelernt.“

„Das habe ich nicht gemeint.“

„Ich weiß. Der letzte Gefallen eines Gottes vielleicht? Ich kann es nicht erklären.“ Er wies auf den Korb. „Übrigens: Ich bin wegen des Picknicks hier.“

Tränen tropften von ihren Wangen auf den Kuchen.

„Oliver, du kannst nicht hier sein. Warum hast du überhaupt daran gedacht, mich zu suchen? Du musst mich verabscheuen.“

Als sie aufsah, war er einen Schritt näher gekommen, war halb aus dem Schatten getreten, und auch er hatte Tränen auf den Wangen.

„Ganz im Gegenteil“, brummte er, räusperte sich dann. „Michelle, es ist nicht meine Art, Leuten ihre Vergangenheit vorzuhalten. Ich wusste immer, wer du bist. Es ist mir egal, wer du warst. Ich habe da ein Talent, und, nun … da wir schon so ehrlich waren heute … ich wollte dich einfach wiedersehen.“

Missy wischte sich über die Augen.

„Oliver, ich dachte, du bist … dass ich …“

Er fing sie auf, als sie zusammenbrach. Sie vergrub ihr Gesicht in der weichen Jacke und weinte lange an seiner Schulter. Er nahm sie in den Arm und strich ihr übers Haar, sagte nichts und hielt sie, während ihre namenlose Scham erblühte und von ihr wich und zu nichts schrumpfte.

Als sie fertig war, waren seine Schulter und sein Revers voll Tränen und Rotz. Diskret gab er ihr ein Taschentuch, und sie putzte sich hörbar fluchend die Nase und wischte sich die Wangen trocken. Sie löste sich von ihm und atmete tief durch, und für einen Augenblick fühlte sich der Wind kalt an, und die Sonne war fern. Automatisch entschuldigte sie sich und fühlte sich ernüchtert. Am ausgestreckten Arm hielt sie ihm das Taschentuch hin.

Er nahm es und wischte gedankenverloren seine Schulter ab.

„Ich habe Phineas’ altes Schiff gefunden, es hat noch immer denselben Kapitän. In einer Woche oder so wird er die afrikanische Küste hinunter nach Indien segeln. Er hat eine Kabine für Passagiere und nimmt uns gerne mit.“ Ein Zögern in seinen Augen. Ein kleiner Junge. Ein liebevoller Mann. „Aber ich nehme an, wir können später darüber reden.“

Missy zitterte am ganzen Körper; Hoffnungen, Tagträume und Möglichkeiten füllten ihre Fantasie. Sie sprach nicht, konnte sich nicht bewegen, wagte es nicht, den Moment zu stören und die zerbrechliche Hoffnung zu riskieren, die er mit sich brachte.

„Zuerst das Picknick.“ Oliver reichte ihr seine Hand. „Würden Sie mir die Ehre erweisen, meine Dame?“

Ihre Augen verweilten auf der wartenden Hand.

Sie streckte ihre eigene aus und nahm sie.